欧阳乾 / 著

南韩往事

知识产权出版社

全国百佳图书出版单位

图书在版编目（CIP）数据

南韩往事 / 欧阳乾著. —北京：知识产权出版社，2017.4
ISBN 978-7-5130-4838-5

Ⅰ.①南… Ⅱ.①欧… Ⅲ.①中篇小说 – 中国 – 当代 Ⅳ.①I247.5

中国版本图书馆CIP数据核字(2017)第065789号

责任编辑：卢媛媛　　　　　　　　责任出版：刘译文

南韩往事
NANHAN WANGSHI

欧阳乾　著

出版发行：	知识产权出版社有限责任公司	网　　址：	http：// www.ipph.cn
电　　话：	010 – 82004826		http：//www.laichushu.com
社　　址：	北京市海淀区西外太平庄55号	邮　　编：	100081
责编电话：	010 – 82000860 转 8597	责编邮箱：	31964590@qq.com
发行电话：	010 – 82000860 转 8101 / 8029	发行传真：	010 – 82000893 / 82003279
印　　刷：	三河市国英印务有限公司	经　　销：	各大网上书店、新华书店及相关专业书店
开　　本：	720mm×1000mm　1/16	印　　张：	23
版　　次：	2017年4月第1版	印　　次：	2017年4月第1次印刷
字　　数：	400千字	定　　价：	48.00元

ISBN 978 – 7 – 5130 – 4838 – 5

目 录

楔子

很多年前，对于混迹在港澳台及海外的华人黑帮有一个特殊的称谓，叫作"大圈"，他们成群结队，呼风唤雨，在异域打出了一片中国人的天地，听起来，很是扬眉吐气。但事实上呢？我只想说，只要混迹在这个行当里，那就是身不由己，没有那么多热血澎湃，也没有那么多壮志凌云，有的，只是为了生活的拼命挣扎而已。

是弱肉强食的生活，逼得我们露出了獠牙。

没错，我曾经就是一个"大圈"，在距离我家乡1000多公里之外的地方拼杀过，在我抡起匕首、砍刀、棒球棍的时候，没有想过民族荣誉，也没有想过为国争光，我的念头只有一个：吃饱饭，活下去。

有的人会问，在哪里不能讨口饭吃？这纯粹是在给自己的暴力行径找借口。但我要说，我绝对不是一个暴力分子，天生就不是，只是命运就像一条深广的河流，你既然蹚足其中，总有身不由己的时候。大多数人的人生都是"一失足成千古恨，再回头已百年身"。

所幸，经历了血液和泥浆里的摸爬滚打之后，我活下来了，才有机会回过头去审视那段身不由己、刀尖舔血的生涯，审视那个鲜活暴戾、血腥乖张的世界，它不在电影里，不在书本上，曾经就在我身边，在我的记忆里，亦真亦幻。甚至有时候我也会怀疑，这一切就这么发生了？简直跟做梦一样，一场"大圈梦"。

也许，有人会说，我在吹牛。

我只是把经历的一切、听到的一切写下来。

我并不是在炫耀，真的，我挨过刀，流过泪，也跑过路。那段经历并不光荣。

那些日子不会再有了，我只是想纪念一下。

第一章　我在他乡做刀手

1

故事要从2007年说起，那一年，因为种种原因，我手头拮据得要命，连饭都快吃不上了。俗话说，穷则思变，我就想办法到处去跑，经过一系列不可确定的变数之后，我最终流落到了济南。我记得当时从报纸上看到朴槿惠宣布参加韩国总统竞选的消息，但没想过这会跟我的人生产生任何交集。

到了济南以后，我进入了一家要账公司，主要是帮着客户讨要工程款。公司里有一个干了好几年的老油条，40多岁，矮壮矮壮的，他是延边人，别人都叫他"老棒子"。因为我是新人，需要有人带，所以经常跟着老棒子一起出去要账。

那是一个秋天，古人说得真好，多事之秋，秋天就容易发生点什么事情。我跟着老棒子去一家叫"鸿发"的建筑公司要账，这家公司的老板叫张鸿发，很硬气，我们公司已经派人来要过3次账了，都无功而返。所以这次特地派了老棒子出面，我只是一个帮手。

到了张鸿发的办公室，我们还没自报家门，他就笑了起来，"你们真有意思，我都说没钱了，再来几趟也是没用。"

老棒子不卑不亢地说："张总，你是不急，可人家急啊，那边二十几口子人等着呢，都有老有小的，谁都不容易。"

"不容易我也没办法啊，"张鸿发把手一摊，"我是真没钱，你说怎么办？"

我有些头疼，要账就害怕碰到这种油盐不进的主，你也不能绑架他是吧。上门放火泼油漆什么的，那都是电影上演的，真实的要账还是得在遵纪守法的框框里来。老棒子沉默了一会儿，忽然从兜里掏出一把弹簧刀，"啪"的一下拍在了桌子上，"张总，今天我给你两个选择，要么你给钱，要么你捅我一刀。"

估计张鸿发从来没见过这样的，一下子愣了。

老棒子把弹簧刀把塞进张鸿发的手里，然后握着他的手就朝自己肚子上捅，吓得张鸿发赶紧挣开一把丢了刀子，"干啥呢这是！"

老棒子捡起刀子又给张鸿发塞了过去，同时撩起自己的上衣说："来来，朝这捅，把肠子给我豁出来……"

最后，张鸿发把账还了。

出了鸿发公司的大门，我们坐在马路牙子上抽烟，我说："棒子哥，真有你的，这要换个人来都搞不定。"

老棒子笑笑，两道笔直的烟柱从鼻孔里冒了出来，"这个世界就这样，软的怕横的，横的怕不要命的。阿乾，我看你身体条件不错，是不是以前……练过？"

我说："是，练过。"

"呵，还文武双全呢。那你为啥来要账公司啊？"

"混口饭吃呗。"

"哪儿不能混口饭吃啊。我当年从延边出来，就是想看看外面的世界，最后发现其实是俩小孩脱裤子，一个屌样。"

"呵呵，那你后悔不？"

"后悔有啥用啊，这么多年都过来了。公司这边，现在是怎么给你开工资？"

我说："底薪八百，要账回来的提成是百分之二。"

"那才几个钱啊。"老棒子扔了烟头，用脚细细地碾灭，"要回来的钱，公司只占三成，这三成里再提给你两个点，还不够人家开大奔的一个月的油钱。"

我被说得有些讪讪的，"棒子哥，人跟人没法比。"

老棒子又重新掏出了一根烟，续上，忽然神秘地对我说："我延边那里的朋友，最近联系我，说有门路能去韩国打工，钱不少赚，"他做了一个点票子的手势，"你有兴趣吗？"

我一愣，"出国啊？"

"废话，不出国怎么赚钱啊。你看看现在国内这个环境，没点后台没点背景的，赚个钱比吃屎都难！"

"可我不会韩语啊，去了没法跟人交流。"

"我懂啊，我能跟他们说话，我带着你。再说了，你知道韩国有多少中国人？那些大一点的居民区里都能成立个居委会了。"

我还是有点蒙圈，"出国有那么容易吗，不是还得办什么护照签证的……"

"护什么照签什么证啊，"老棒子打断了我的话，"你听说过有一种叫'蛇头'的职业吗?"

2

我的人生轨迹，就在那一个秋天被彻底改变了。

没有过多的犹豫，我就上了老棒子的"贼船"，因为他给我描述的前景太美好了：去韩国打工，那边管吃管住，每个月的工资高高的，都是纯赚的。辛苦个三五年，就能弄个几十万，然后再回来开个小店，做点小买卖，滋润的不行。

另一个原因是，我在国内也待腻了，真的就像老棒子说的那样，你没点关系没点背景的，赚钱像吃屎一样困难，花钱像拉稀一样容易。

于是我和老棒子双双辞了工作，来到了山东某个沿海城市，老棒子联系好了蛇头，我们就在码头附近的一家小旅馆里住了下来，等到天黑以后，老棒子领着我上了蛇头的船。

那是一艘机动船，大约有十几米长，船身上还刷着韩文的标语，不过天太黑，看不真切。蛇头是一个50多岁的男子，戴着眼镜，没有我想象中的阴险暴戾，看上去更像是一个大学教授。和老棒子进行了简单的交涉后，他领着我们进入黑乎乎的船舱里，一边走还一边说："现在办出国劳务去韩国，费用得七八万，坐我这船过去，三千块钱就搞定了。你说有什么不一样?"

"是，是，"老棒子一边给他递烟一边说，"反正到了那边，混得怎么样，全看个人造化。"

我们下了船舱，借着昏暗的光线，看到里面已经装载了十几个人，都蜷缩着坐在地板上，空气十分浑浊，差得要命。老棒子有些犹豫，低声对蛇头道："老哥，行不行啊，你这可是严重超载啊。"

"出门在外，就别讲究那么多了。"蛇头有些不悦，"反正你放心，能把你们安全送到地方就行。"

我明白老棒子的忧虑，他是担心载人太多，船吃水太深，容易在海上出事故。可是这样的话，不能在船上说出来，那样可是大不吉。我跟老棒子捡了个地方坐下了，机动船的马达声响起，就这样驶离了岸。我晕晕乎乎地向外看去，发现很快什么都看不到了，没有海岸，没有码头，没有灯光，什么都没有，只是一片黑暗。

一种别样的萧索萦绕在我的心头，那是一种莫可名状的、远离故土的愁绪。在岸上的时候，这种感觉根本体会不出来，可直到离开了那块生我养我的土地，才觉出这种难受来。老棒子两眼看着窗外，一言不发，看样子他心里有着跟我一样的感觉。

"棒子哥，这船得在海上开多长时间啊？"为了排遣心里的愁绪，我没话找话地说。

"大约得十几个小时吧，"老棒子咂咂嘴说，"路程在这摆着呢。"

"还是坐飞机快哈，一个小时就到了。"

"你不是废话嘛，"老棒子笑骂道，"你以为咱们是出国旅游呢。"

跟老棒子闲聊了一会儿，我靠在船舱壁上迷迷糊糊地睡着了，也不知道睡了有多长时间，大约有七八个小时，忽然被人叫醒了。当时天色刚蒙蒙亮，船舱里面有一点小小的混乱，蛇头非常着急，正招呼着我们跳到海里去。我迷迷糊糊地搞不清状况，问："怎么回事？"

"你看那边！"蛇头指着窗外，我眯起眼睛使劲看去，发现在迷蒙蒙的海面上，有一条大船，正在朝着我们这边看过来。

"那是谁的船？"我问道。

"韩国的海监船，专门在海上巡逻的。他们要是看到船舱里有这么多人，肯定要上来登船检查，到时候我们可都完了！"蛇头推了我一把，"快，跳到海里去，抓着右边的船舷，千万不要说话！"

偷渡的人有男有女，那时候也不顾得了，大家都纷纷脱了衣服，只穿着内衣裤跳进了海里，用手抓着右侧的船舷，像水蛭一样吸附在冰凉的船身上。那时的天气虽然谈不上寒冷，但毕竟已经进入了秋天，冰凉的海水一波一波地漫上来，冻得我牙关直打战。我能感觉到，开船的人在不停地转舵，尽量让这一侧的船身避过海监船的视线。

千幸万幸，海监船没有发现我们，从相距十几米远的地方开过去了，我们这些攀附在船舷上的偷渡客们都长出了一口气。其实，现在想来，我宁肯当时被那艘海监船发现，这样也就不会有后来的那些血腥和泪水。

天亮后，船开到了中途一个无人的荒岛上，蛇头说白天不能走，这里已经是韩国海域，他们对偷渡船只的排查相当严格，白天航行的话分分钟被抓。就这样，我们在岛上待了一个白天，到了晚上又继续出发，在第二个黎明的清晨，船终于在一个乱七八糟的码头靠岸了。上了岸，我有些恍惚，感觉这里好像还是在中国，直到看到远处的小卖铺上的韩文招牌，我才切切实实地意识到，我到韩国了。此时此刻，我的双脚，正踏在异邦的土地上。

3

同在一个船上的偷渡客上了岸后，很快就各自散去，三三两两地消失在各个方向。我不知道迎接他们的命运是什么，多年以后，是衣锦还乡，还是一直暗无天日地活着，或者，有些人根本活不到"多年以后"。很大程度上，在这个萧索的码头，就是我们这些渡海而来的同胞们的最后一次相见。

老棒子领着我离开了码头，在附近找了一家不需要身份证的小旅馆住下了。他出去买了一张电话卡和几桶泡面，回来打了一通电话后对我说："先休息一会儿吧，到了下午会有人过来接我们。"

我什么都没有问，对于老棒子，我是绝对的信任。在国内的时候，他就像大哥一般地照顾着我，现在到了异乡，他更是唯一值得我信赖的人。吃了一大桶泡面后，我就沉沉地睡了过去，睡得很沉很沉，仿佛要把在海上耽误的睡眠全都补回来。

一觉睡到了中午，起来之后感觉精神好多了。没有等太长时间，一辆黑色现代轿车就过来接了我们。上车之后，司机回头打了一个招呼："棒子哥，你好。我叫佑赫，马哥让我来接你们的。"

我有些惊讶，"你会说中文?"

他呵呵笑道："我是韩国人，可我的父母都是华侨，我的汉语是他们教的。怎么样，听起来还正宗吧?"

我问他："你父母是哪里人?"

"山东的。"

我顿时生出一股亲切之感，"那咱们算是老乡了。"

佑赫跟老棒子断断续续地交谈着，不过他们已经改成了韩语，我听不懂他们在说什么。随着汽车的行驶，周围的环境越来越繁华，显然已经进入了市区。慢慢地，高楼大厦鳞次栉比起来，在街头行走的男男女女都十分新潮。虽然国内大城市的建筑一点也不比他们的差，但总觉得少了那么点流行的味道。我不由得感叹道："好繁华的城市啊。"

"那是，"佑赫回话道，"仁川在韩国算是大城市了。"

"原来这里就是仁川啊！"我恍然大悟道，"我记得朝鲜战争中，美军就是在仁川登陆的。"

佑赫哈哈笑了起来，老棒子捅了捅我说："阿乾，这种话以后不要在外面说，韩国人很忌讳这个。"

老棒子这句话，让我思索过很长时间，韩国人为什么会忌讳这个事情呢？也许是民族的自尊心让他们不愿意正视那段风云历史，靠着美国的援助，才勉强守住了三八线南侧。而如今经济的迅速发展又给他们注入了无穷的自信心，他们急于抛却历史上"藩属国"的形象，重新树立起自己优秀独立的民族品牌，所以才会出现全世界，哦不，"全宇宙都是韩国的思密达"这样的情节。

这让我想起曾经看过的《武林外传》里的一个情节，名妓赛貂蝉的丫鬟小翠后来被古董商看中，颇为得志，在同福客栈里操着一口河南口音对着之前的主人赛貂蝉吆五喝六，"赶快给我烧一盆热水，本姑娘要洗个大澡！再给我弄一瓶老干妈辣椒酱，不辣看我咋打你！"那种小人得志的形象，真是表演得入木三分。其实一个人就跟一个民族一样，被压抑得多厉害，爆发起来就有多变态。

这些想法，都是后来生发出来的，当时只是觉得新奇，毕竟这是另外一个语言和文化都完全不同的国家啊。轿车经过一片繁华的闹市区，然后拐到了一条比较宽阔的大街上，我忽然惊异地发现，路边上开始出现了中文字样的招牌！

"别那么一惊一乍的好不好，"老棒子锤了我一下，"这里是中华街，也就是韩国的唐人街。"

我好奇盯着他，"棒子哥，你来过？"

"我也是第一次来。可没吃过猪肉，还没见过猪跑吗？"

我有些兴奋，"我们打工的地方，就是在中华街吗？那岂不是能见到很多中国人，说不定还有老乡呢。"

老棒子没有回答我的问题，而是把脸别到了一边去，"等下你就知道了。"

轿车顺着中华街一路开了过去，我看到道路两旁基本都是中文招牌的餐馆，在一处台阶上，竟然还有一尊孔子的汉白玉雕像，真是弥漫着浓郁的中华风情。我刚从山东偷渡过来，感觉拐了个弯又回去了。

轿车在中华街的一家餐馆门前停下了，佑赫带着我们上了二楼，借着昏黄的光线，我看到房间里已经有十几个人坐在里面，没人说话，气氛压抑得可怕。佑赫说："你们稍等一会儿，小马哥很快就到了。"

这时，我已经意识到不对劲了，这里不像是职业介绍所，也不像是务工集散地，而是……我有一种说不出来的感觉。我拽了拽老棒子的衣角，正要发问，老棒子却低声对我说："别问，到了这里，该怎么办就怎么办，只要有钱赚就行了！"

事后我才知道，我们根本不是来打工，而是成了仁川本地华人黑帮召集过来的打手！他们做事风格一向如此，每逢大战就采用"空降兵模式"，从海外调集大量的华人来帮忙，就是所谓的"大圈"。这些大圈仔都是偷渡而来，打了就走，警方想查都查不到，而他们帮派就能置身事外。没有证据，你明知道对方是犯罪暴力团伙，却也无可奈何，这真是一种讽刺。

原来老棒子早就知道我们不是来打工的，而是来做"大圈仔"的。是他，用一个并不美丽的谎言把我引上了这条道路。如今时过境迁，我也谈不上恨他，毕竟在韩国的那段岁月里，他是我最亲的人了。

在房间里等了大约有半个小时的时间，佑赫说的小马哥出现了。他穿着一身黑色皮衣，头发前面有一撮挑染成了黄色，亮得扎眼。他进来先清点了一下人数，然后给每个人发了一沓韩币，面值大约有五六十万。接着招呼手下的马仔道："快点，发家伙！"

几个人抬出来一个箱子，往下一倒，"哗啦"一声，各种各样的暴力工具散了一地，有匕首、钢管、棒球棍、高尔夫球杆……这时天色已经落黑了，昏黄的阳光从窗户缝隙里照进来，打在这些冷冰冰的金属上面，却反射着明晃晃的光。

小马哥抽着烟，把手一挥道，"兄弟们，赶紧挑件趁手的家伙，还有一个半小时，八点准时开战！伤了有抚恤金，死了有安家费，今天都给我往死里打，让这帮韩国佬看看咱们华人的厉害！"

4

我就这么稀里糊涂地上了贼船，手里握着一截冰冷的钢管，不知道为谁卖命，不知道要打的人是谁，只知道等到七点，小马哥一声令下，我就要跟着他们一起冲出去。

在那一瞬间，我甚至觉得有些好笑。命运这个东西，就像漂在水里的一片花朵，自己能够主宰的，就是等待倏忽而来的随波逐流。

小马哥一根烟接着一根烟地抽，不时地看看表，再看看窗外，脸上的表情焦躁不安。屋里的人也大都在沉默地等待着，气氛越来越压抑，像一口大磨盘一样堵在我的心口上。我握着钢管的手心里全都是汗，稀里糊涂地来了韩国，甚至连泡菜都没来得及吃上一口，就要被拉出去跟人拼命，这简直是人生中不能承受之扯淡。但我也明白自己的处境，自从我上了那辆黑色的现代轿车之后，就已经下不来了。

　　我看了看老棒子，他的表情倒很镇定。我知道这家伙原来在延边的时候就是个混子，没少跟人干过架，只是这一次，恐怕不是打架那么简单。老棒子扭头看看我，低声道："阿乾，一会儿冲出去的时候，你就跟在我身后。别害怕，有哥在呢。"

　　这低低的一声嘱咐暖得我心头发烫，鼻子一热，差点没流下泪来。我笑笑说："不害怕，棒子哥，你别忘了我也练过。"

　　老棒子拍了拍我的肩膀，"放心吧，哥怎么把你带出来的，还怎么把你带回去。"

　　天色几乎完全黑了，街边的路灯都零零星星地亮了起来。小马哥看了看表，又推开窗户看了一眼，兴奋得嗓子都破音了，"兄弟们，冲下去，看见外面穿黑西服的都给我砍翻喽!"

　　"啊!"也不是谁带头喊了一声，大家伙一窝蜂地就从楼上冲了下去，呼啦啦的一大片。我从来没有参与过这样的群架，当时忽然有一种错觉，感觉自己根本不是一个"大圈仔"，而是在古战场上手持冷兵器冲向敌方阵营的士兵。

　　这种感觉给了我强烈的心理暗示，当时没冲几步，心中的杀意就像火苗一般猛得窜了上来。怪不得说人就是人性与兽性的结合体，在某些情况下，隐藏的兽性便会爆发出来，甚至会压抑住人性的光辉。

　　借着昏黄的路灯，能看到在中华街后面的拐角处，有一群穿着黑西服的人，大约有三四十个，手里也都拿着家伙，基本上是刀子和棒球棍，这两样东西好像是韩国黑帮干仗的标配。对方也是有备而来，看到我们，他们也是怒吼一声冲了过来。

　　双方人马就这样迅速地碰撞在了一起，然后混乱、融合，很快进入了混战。我敢发誓，真实的黑帮群体械斗比任何电影上演的都更真实、更残酷、更血腥，尤其是这种不计代价后果的殴斗。我能听到刀子捅进身体里的"嗤嗤"声，棒球棍砸在肌肉与骨骼上的碰撞声，我看到一个穿着黑西服的人满身是血，手里拿着刀刃都已经弯了的匕首，一边大叫着"阿西吧"一边寻找着自己的对手，这时一个人从他后面冲了过来，朝他脑袋上就是一棒球棒，这家伙转过头去想看看是谁，结果头还没扭到一半就像面条一样倒了下去。

当时的场景太混乱了，我的大脑中几乎变得一片空白，只记得人亢奋起来潜力简直是无穷的，因为一个挥舞着钢管的家伙被人从背后捅了三四刀竟然毫无察觉，还在大呼小叫地抢着手里的家伙。经过那一役，我也明白了为什么有经验的混子殴斗的时候会选棒球棒，而不是看起来杀伤力更强的刀子和匕首。人在亢奋状态下，挨几刀子根本没事，除非捅在要害处，否则短时间内不会丧失战斗力，但棒球棒不一样，抢在脑袋上基本上就一锤定音。毕竟，职业黑帮的人打仗并不是以干死对方为目的，而是要快速解除掉对方的战斗力。

我本来是跟在老棒子的后面的，但混战起来就看不到他了，我只能自己顾着自己，抢着钢管左冲右突。其实，因为第一次参加这样的大规模黑帮械斗，我并没有一个明确的厮杀目标，而是尽力逼退那些靠近我的人，很多时候，钢管都是打空的，只能听到从空气中划过的"呼呼"的风声，我甚至开始分不清对方与己方的人，眼睛看到的全是一张张狰狞扭曲的面孔。

刚才还和平静谧的中华街，此刻却变得犹如修罗场一般，到处都是喷溅的鲜血与哀号。那些商户仿佛知道将要在这里发生的事情一般，早早的就关了门。事后我才知道，这一役谁赢了，将宣告着对于中华街的掌控权，我们的对手，是仁川本地最有势力的黑帮之一——"清洞派"。

韩国黑帮大体是这么一个组织结构：如同日本黑帮一样，已经早早地产业化，即各种株式会社，在暴力的原始积累的基础上，从事着各种合法的商业经营。但韩国黑帮与日本黑帮有一个明显的不同，它不像日本黑帮一样，有一个比较统一的组织。在日本国内，最大的黑帮组织是山口组、住吉会、稻川会，其他那些小暴力团体，也就唯他们马首是瞻，所以总体来说日本黑帮内部管理比较严格，有一定的运作秩序。而韩国黑帮就比较混乱，因为没有一个强有力的黑帮组织的出现，导致各个地方的黑帮社团各自为王，经常为了各自的利益大打出手，有点像中国的"春秋战国"时代。

其实，在仁川这块地盘上，除了华人黑帮与韩国本地黑帮以外，还有越南帮、泰国帮等外来势力，总之，非常杂乱。在没有接触到这些以前，我怎么也想不到，看似光鲜靓丽、"娘炮"时尚的韩国，其表象之下竟然流动着如此之多的暴力血液。

那场仗打了有十几分钟，我从最初的兴奋与恐惧慢慢变成了麻木，身上沾染了很多不知道是谁的鲜血。忽然一撮黄毛从我眼前一闪，我猛地意识到，那是我们这一帮里领头的"小马哥"，他被几个穿黑西服的逼到了墙角，蹲在地上抱住了头，挡着雨点似的攻击。他蹲得太低，身体几乎蜷缩成了一个团，像是被打怂了，可就是因为这样才救了他的命，几个拿刀子的不方便弯下腰去捅，便在他身上一顿乱砍，却没有造成任何的致命伤。匕首虽说是实打实的"凶器"，但最好的使用方式只能是捅，如果用来砍人的话，效果比菜刀好不了多少。

我当时也不知哪来的勇气，也许是因为都是中国人，天然的有着一种"血浓于水"的感情，我大吼一声，冲了上去，抡起手里的钢管，朝着那几个人的后脑扫了过去。当时那种情景下的打架，真是以命相搏，哪里是要害就朝哪里下手。

我钢管抡得势大力沉，几个人应声而倒，要说人类的头骨果然坚硬，震得我虎口发麻。有两个家伙也不在那里围攻小马了，转身对我展开了反击，一个手拿高尔夫球杆，一个手拿刀子。拿高尔夫球杆的家伙刚冲上来，就被我一钢管砸在脖子上放倒了，我同时听到了"喀"的一声轻响，搞不好颈椎都被打断了。而这时，要命的一幕出现了，拿刀子的那家伙贴近了我的身体，嘴里叫骂着听不懂的韩语，胳膊猛地挥了一下。

我顿时感觉到，右侧肋部被击中了，不疼，就是有些热有些胀，而且身体突然就没了力气。我踉跄地往后退了两步，一手握着钢管，一手紧紧地捂着被"打"那个位置，能感觉到温热的液体像倾倒的暖水瓶中的水一样正在缓缓涌出。

长这么大，我第一次感觉离"死亡"这个词是这的近。

5

那家伙还要上来捅我，小马大吼一声，从后面抱住了他，将他甩到了一边去，接着从地上拎起一根棒球杆，狠狠地砸在了他的脸上，他立刻哀号一声，丢了刀子，捂着脸倒了下去。小马跑过来拉我，"兄弟，你没事吧？"

我半蹲在地上，不知道应该说点什么，只是摇了摇头，同时，心底上涌出来一股绝望的情绪。这种绝望不是因为我自己的伤势，而是在场面上，对方的人完全占据了上风。他们人数本来就多，打起来也更有组织，我们这边是临时集结，打的时候还有中途逃跑的，但我现在的这个样子，别说跑了，连站起来都觉得费劲。

对方的人开始反扑，照这个样子下去，用不了几分钟，我们这边的人将被对方全部砍倒。我看到小马脸上同样流露出了一种绝望的表情。看来，今天是要交代在这里了，也不错，我自嘲地想着，中华街，也算是死在异乡故土了。

忽然之间，小马两眼放光，大喊道："娜美姐！娜美姐！我在这里！"

我顺着小马叫喊的方向看过去，昏暗的街道一头，突然出现了一队天降奇兵，人数不多，只有六七个人，但出手绝对凶悍。领头的是一个女的，她留着齐耳短发，穿着一件短款风衣，手里拿着一把木刀！对，你没看错，我也没写错，就是一把木刀，韩国剑道馆里训练常用的那种木刀。那把木刀在她手里发挥出了惊人的威力，专攻别人的首级，一路砍下来简直势如破竹。幸好，那只是一把木刀，要是真刀的话，肯定要滚落一地的脑袋……

这支从斜刺里猛然杀出的有生力量，打了对方一个措手不及，他们刚刚高昂上去的士气立刻熄了火，而我方人员士气大振，开始配合娜美他们奋力反击。在这种前后夹攻的强悍攻势下，对方很快一败涂地。

这哪里是什么黑帮械斗啊，这简直就是一场小规模的冷兵器战争！

我坐在地上，颓然地喘着粗气，感觉到衣服都被鲜血给浸透了，身子骨软绵绵的，一点支撑的力气都没有。老棒子这时候跑了过来，看到我这个样子几乎是跳了起来，"我×他妈！阿乾，你这是怎么了？"

老棒子也浑身是血，不过看得出来，他身上的血大部分都是别人的，自己只是受了些皮外伤，老炮儿就是老炮儿，不得不服。我想安慰他几句的，却只徒劳地张了张嘴，没说出半个字来。

"怎么回事？"拿着木刀的那女人走了过来，眼神冷酷得跟屠夫似的。

"娜，娜美姐……"出乎我意料的，小马哥竟然"哇"一声哭了起来，"这个兄弟为了救我，被捅了好几刀……"

我心说我×，我只被捅了一刀好吧，哪里有好几刀？

"哭什么啊，他还没死呢！"老棒子一边脱下自己的衣服往我肚子上塞，一边朝着他们吼道，"快点送人去医院啊！去医院！"

"对，对，上医院！"小马像刚反应过来似的，带着满脸的眼泪鼻涕就过来搀扶我，娜美则冷酷地一挥木刀制止了他的举动，"等等。"

"他妈的你们想干什么！"老棒子见状怒吼起来，脖子上青筋暴跳，"架打完了，你们见死不救了是吧？就你们给的那几个破钱，连回去的路费都不够！亏得我带兄弟过来替你们卖命，都是中国人，竟然还玩卸磨杀驴那一套！"

娜美平静地瞥了他一眼，说："去医院太远了，他这个情况肯定撑不过去。小马，带他去安医生那里。"

"可是，行吗……"小马有些犹豫。

"没问题。"娜美说，"他要没这个技术，今天我就砍了他。"

几个人抬着我，迅速地向中华街邻近的一条街道跑去，我的意识像掺了水一样稀薄，开始时断时续。老棒子在我耳边不停地喊着，"阿乾，睁开眼，你他妈别睡着啊！你忘了吗，我们还没拿着钱回去花天酒地呢！女人，你他妈不是喜欢女人吗，哥给你找10个……"

应该没过多长时间，就到了地方，我这时连眼睛都不愿意睁开了，只听到老棒子大喊道："阿西吧！这他妈的这是整形诊所啊！"

"整形诊所也能做外科手术！你闪开！"小马哥托着我就冲进了诊所里面，扯着带哭腔的嗓子喊了起来，"安医生，安医生，快出来救人啊！"

我听到匆忙走过来的脚步声，然后自己被放在了一个台子上，衣服被剥掉了，也不知道是谁的两根手指直接伸到了刀口里探，在伤口左右转了一圈，又开始往肚子里伸，手指全进去也没探到底，于是一个冰冷又略为沉稳的声音说："进腹腔了，准备手术吧。"

这时不用麻醉，我就已经晕了过去。

事后我才知道，捅我的刀进腹腔后，从结肠与回肠之间穿过，一直穿到腹部后侧那位置。最后给我造成的结果是大网膜破裂，结肠、回肠破损，腹部积血300多毫升，再晚来5分钟就没命了。娜美没有让小马送我上医院，判断是正确的。

没有人愿意背井离乡，像野狗一样厮杀，死在这里，连祖宗都不会遇见。混迹在这里的人，每个人都是身不由己，不论看似潇洒或者冷酷，其实都背负着太多的故事。比如救我一条命的这个整形医生，他的名字叫安，是个有些颓废还酗酒的家伙，但我在南韩混大圈的岁月里，逐渐知道了他身上隐藏着的那些让人瞠目结舌的秘密。

第二章 欢迎加入"大圈帮"

1

我是隔天醒过来的。

我感觉到好渴，渴得好像刚从沙漠里走出来一样，浑身的水分都被风干了。我动了动，想下去找水喝，却不小心牵动了肚子上的伤口，疼得我"哎哟"一声。

一个护士模样的姑娘推开门，急忙扶着我躺了下来，叽里呱啦地说着什么什么"啊拉嗦"？我猜大体意思就是说"你现在需要休息不能乱动你知道吧"？

我说："我好渴，你们这儿有没有人会说中文？"

她愣了一下，"哦，你是中国人啊？"

我也愣了一下，"你也是中国人？"

她笑了，"对啊，我是福（湖）南人。"

我暗中感慨，果然是乡音难改啊。

她把水递给我，我咕咚咚喝了一杯子，第一次明白了"久旱逢甘霖"是什么滋味。喝完后，我把杯子递给她，说还要。

她却摇了摇头，说我做的是腹部手术，因为打麻醉药的原因，胃肠功能会暂时失去活动能力，吃下东西后会潴留在腹部而不下行，不能喝太多的水，刚才的一杯，其实就已经有些超量了。

在医院里，护士的话就是真理，哪怕只是一个小小的诊所。我只能把杯子放下，问："你认识小马吗？"

"当然认识，只要是中华街的，谁不知道小马哥啊？"

"我就是他送过来的。"

"这么说，你也是因为打架进来的喽？"

我轻咳一声，避开了这个话题，问："你能不能帮我联系一下小马？"

"你现在最需要的就是休息，先别想其他的了。"她帮我把被子掩好，又关切地摸了摸我额头的温度，在关门的时候回头莞尔一笑，"有什么情况随时喊我就行，我叫郑允儿。"

郑允儿，我不知道这是她的韩国名字还是她的中国名字，但那个最后的笑容太甜美了，眉目之间，脉脉传情，让我有一种能在他乡泡姑娘的冲动。但很快的，我就冷静了下来，因为我深知人生常有三大错觉：手机震动，有人敲门，她喜欢我。

郑允儿刚出去，老棒子就回来了，他拎了一个塑料袋，里面全是些吃的东西。看到我醒了过来，他很高兴，一下子就想扑过来的样子，我急忙道："棒子哥，别，伤口疼。"

他这才停住了扑势，笑呵呵地看着我。我看到他的额头上贴着一道长长的纱布，不由问道："棒子哥，你也挂彩了？"

"被砍了一刀，幸亏我闪的急，要不然眼睛遭殃了。"

"卧槽，"我说，"你这是毁容了啊，以后还怎么泡妞。"

"哈哈，你棒子哥又不是靠脸吃饭的，蒙着脸都能泡妞。"他笑了笑说，"昨天安医生给我做了处理了，说四五天就能拆线，回头连疤都不会留下。要不怎么说呢，人家这韩国的整形技术就是高，就这小诊所就看出来了。"

"安医生？"

"就昨天给你做手术的那个，人家可真是救了你一命啊。你不知道，你被送过来的时候都已经休克了，那血流的。肚子上的刀口像小孩子的嘴那样往外翻着，卧槽连肠子都流出来了，人家又用手给你塞了回去……"

我打断他道："棒子哥，别说了。"那画面我连想都不愿意想。

"靠，臭小子，你不知道昨天晚上把我给吓的，还以为你救不回来了呢，没想到才隔一天你就醒了。麻药的劲儿过去了吧，怎么样，疼不疼？"

"疼，能不疼吗？霍霍的。"

"来，抽根烟，止止疼，"他从塑料袋里拿出一包烟来拆开，"尝尝这韩国烟怎么样。"

我注意到他的两个眼圈乌黑乌黑的，很明显是晚上没睡，陪了我整整一个通宵。人在异乡，又受了那么重的伤，情感变得十分脆弱，我鼻子一酸，眼圈就泛红了，"棒子哥，对不起，让你担心了……"

"靠，你说这干嘛！老子把你带出来的，要是带不回去，那才是真对不起呢！"

老棒子把烟抽着，放在了我嘴里。为了抑制住流泪的冲动，我使劲抽了一口。

"阿乾，你有什么打算?"抽着烟，老棒子问我。

"什么什么打算?"

"就是说，这票咱们已经做完了，后续的钱我也已经帮你领了，咱俩手里的加起来，有个小几万。等你伤好了，出院以后，有什么打算?"

"棒子哥，咱不回国吗?"

他抽着烟，并未接我的话，而是紧紧蹙着眉头，思考着什么。直到一根烟抽完了，他才摁灭烟头说："小马说，他过几天会过来，有些事情想跟我们商量一下。"

我看着他的表情，心里惊了一下，"棒子哥，你不是不想回去了吧?"

"不是，我不是这个意思，"他有些烦躁地站了起来，"先不想这些事儿，等回头小马来了再说吧。你现在也别多想，主要就是安心养伤。"

老棒子陪了我一个白天，看我没什么大事了，晚上就找地方睡觉去了。我一个人躺在病床上，回想着他白天说的那些话，脑袋里乱七八糟的。八九点的时候，郑允儿进来给我换药，换完药以后她正要走，我轻轻地拉了一下她的手。

"怎么了?"她回过身子，低下头问我。长长的头发垂了下来，扫在了我的脸颊上，痒痒的。

"允儿，你想过回国吗?"

她沉默了一会儿，没有回答，反而问了我另外一个问题，"你知道我最喜欢看哪一部电影吗?"

"哪一部?"

"《风斗士》。"

"我也看过这部电影的，不过没觉得哪里好啊。"

"我喜欢它，是因为里面的一句台词。"

"哪一句?"

"电影里的主角崔裴达去挑战空手道高手的时候，高手问他：'如果你死了，怎么处置你的尸体?'你还记得崔裴达是怎么回答的吗?"

我摇了摇头，时间过去很久，没什么印象了。

"崔裴达说：随便扔在蓝天下的什么地方。"

2

在韩国，有许多背井离乡的中国人，他们操着中国的口音，保持着中国的生活习惯，却不愿意回国，在异国他乡的土地上过上一辈子，我不知道这是为什么。

万一哪天在这里死了，没有祖坟，没有牌位，没有亲人，就像扬在风里的一把沙，说没就没了，留不下一点痕迹，想想就让人觉得害怕。也许只有我是这么想的，也许，出来混的人，早已把这些置之度外。

我在诊所里躺了一个星期，才感觉体力慢慢地恢复了。在这一个星期里，都是老棒子在照顾我，无微不至的，看样子我要是真的在这里被捅死了，他会懊恼一辈子的。

诊所里的安医生每天上午过来检查伤口愈合情况，主要就是看看刀口有没有感染。他基本上不跟我说话，眼神冷淡的可以。这家伙清清瘦瘦的，下巴上有稀稀疏疏的胡茬子，怎么看怎么有些颓废的感觉。他检查伤口的手法有些粗鲁，我敢肯定，那天晚上直接伸到我肚子里探伤的手就是他的。

这间诊所并不大，主要就是安医生和郑允儿两个人在忙活，接的也都是一些小活，比如纹个唇线，拉个双眼皮啥的，我这样的就算是大工程了。韩国整形业真心发达，就这样的小诊所，每天都有顾客上门。后来我在韩国待得时间长了，才明白他们为什么这么热衷于整形。大家都以为韩国是一个精细的民族，其实不是，韩国原住民无论男女，都长着一张宋康昊似的大饼脸，整形业不发达才怪。

当然，这只是我个人的见解，国内有些人就是喜欢韩国影星，崇拜东方神起，Super Junior 什么的，见了他们比见了亲爹都亲，根本不相信他们都是整过容的。这也没办法，每个时代都有属于自己的脑残。

那天安医生给我换药的时候，我实在憋得慌了，就跟他搭了个腔，"安医生，你也是中国人吧?"

"算是吧。"他头也不抬得回我。

"算是，是什么意思?"我追问道。

"我身上流着中国人的血，但没有在中国生活过。"

"这么说，你是华侨了? 那也算是炎黄子孙呐。那天我听见你说英语了，特流利，你是在哪里长大的?"

他不再回答我的问题，而是专心致志地换药，让我觉得挺没趣的。其实每个人的过往探究起来，都有一段隐秘的传奇，就像后来我回国之后，在居住的小区里经常见的一位拾破烂的阿姨。她有50多岁了，跟一般的捡破烂的人不同，走路目不斜视，铿锵有力，收东西的时候说一不二，从来不跟人讨价还价，爱卖不卖。小区里有一次业主跟物业上的保安打架，啤酒瓶子跟砖头乱飞，连铁锹都用上了，差一点出人命，阿姨还是推着她那辆三轮车出来收破烂，从打群架的人堆里穿行而过，跟没事人似的！后来我才知道，她年轻的时候是本市最大的混子头目"鲍三"的女人。鲍三被枪决以后，就有仇家不停地上门找事，阿姨忍无可忍，拎着菜刀把一个闹得最凶的仇家给砍翻了，还顺便挑了他的两根脚筋，挑断之后拿打火机烤了烤，导致送到医院之后根本无法缝合，那人落了一个终生残疾。从那以后，就再也没有仇家上门来闹事，不过阿姨随后也进去了，关了十几年，出来以后就以收破烂为生。

所以说，不要小看身边的每一个人，有些人，就喜欢把往事深深藏在心底。我很庆幸之前卖破烂的时候从来没跟阿姨讲过价。

言归正传，如果说第一次改变我人生轨迹的是我听信了老棒子的话，跟着他一起上了偷渡韩国这趟"贼船"，那么第二次改变了我人生轨迹的就是这次住院，它让我在南韩"大圈帮"的这滩沼泽里越陷越深。

安医生刚处理完我的伤口，老棒子就领着小马来看我了，后面还跟着那个女杀神娜美。这妮子的眼神让我很不舒服，看谁都是冷冰冰的，就是特别装×特别"拽"那种，我总觉得她有点"中二病"。

"嘿，安，这几天过得怎么样？听说你晚上又喝大了，没有出去找小姐吧，哈哈哈，你要知道那些漂亮妞儿全是整容整出来的，连胸跟屁股都是假的，完全不能信。你使劲捏捏，他妈的还能摸到里面的硅胶呢……"小马极其熟络地跟安打着招呼，一开始真没看出来，这家伙那么碎嘴。

面对小马的热情招呼，安却只是不咸不淡地点了点头，应付了过去。他和娜美的眼神交错而过，我发觉这两个自恋狂之间好像不太对付。

小马的头上也缠着纱布，那天械斗的时候他也被砍了好几刀，所幸这家伙皮糙肉厚，歇了两天看上去一点事没有。他看着我肚子上刚处理完的伤口，咧了咧嘴问："安，我这朋友的伤没事吧？"

"没什么事，刀口没有感染，正在愈合。"安看了他们一眼，"我先出去了，你们谈吧。"

"嘿，晚上没事去九龙春，我请你吃炸酱面。"小马冲安喊道。安没说话，只是挥了挥手，关上了门。

我躺在病床上，看着小马和娜美，不知道这两个人想找我谈什么。不过我可以确定的是，他们想跟我谈的事情，一定先和老棒子说过了，并且达成了某种一致。

"阿乾，好兄弟，多亏了你，要不是你，那天晚上我的命就没了。你这一刀，是替我挨的。"小马坐在我床边，说话的语气还挺真诚。

我说："都是中国人，应该的。"

"我小马是知恩图报的人，以后，我就把你当兄弟看。"他指了指娜美，说："介绍一下，这是我老大，娜美姐，社团里的第二把交椅。整个京畿道，只要是出来混的，不管是中国人还是韩国人，你提娜美姐的大名，没有不知道的。"

我讪讪地打了个招呼："娜美姐。"

娜美脸上还是毫无笑意，只是略略跟我点了点头。

小马说："阿乾，你的情况，棒子哥都给我说了。我就直说了吧，现在国内这个情况，我也很了解。你别看我是二代华侨，从来没去过中国，但情况我都知道啊，新闻联播我也偶尔看看的，学习普通话嘛。我知道，大环境的问题，赚点钱不容易。中华街上有不少是从中国跑来的，就在这不回去了。为什么？他们一没关系，二没背景，回去吃屎？你知道就现在中华街边上卖炸酱面的一个月能赚多少钱……"

小马真是碎嘴，我头都快炸了，幸好娜美从后面踢了他一脚，"说重点。"

"哦，哦，重点。"小马揉了揉屁股，用挺真诚的表情看着我，"我希望你们不要再回国了，留下来，加入我们社团，咱们一起做些事情。"

要我加入黑社会？我看向了老棒子，他没说话，只是对着我轻轻地点了点头。

很明显，老棒子已经跟他们达成了某种意向，可他是延边人，朝鲜族，就算再怎么样，这里也能算是个第二故乡。可是我呢？我就要这么背井离乡一辈子？

我还惦记着陈小勉呢，我的初恋女朋友，搞不好一辈子都见不着她了。

我犹豫着说："马哥，你看我只是……"

"你是好兄弟，我知道！"小马摁了摁我的肩膀，"以后在这里，你就是我小马的人，有我吃的，就有你吃的，有我穿的，就有你穿的。提我小马的名字，你就是在仁川横着走，也没人敢欺负你！"

我欲哭无泪，这还没答应呢，他就开始替我展望前景了。我说："马哥，是这样，这件事情太大了，我来的时候没想过，你给我两天的考虑时间好不好？"

小马还想说什么，娜美替他接上了话，"也行，这是件大事，你就好好考虑一下，然后再答复我们。”

娜美和小马都走了以后，我问老棒子："棒子哥，你已经决定留下来了?"

老棒子坐在我床边，叹了一口气说："兄弟，哥给你说句实话，这是咱们能出人头地，混出个人模狗样来的最好机会了。"

3

从老棒子的口中，我大体明白了仁川的地方势力格局。这座人口仅次于首尔和釜山的韩国第三大城市，其内部势力远远要比看上去的复杂，不仅有最新兴起的越南帮与菲律宾帮，还有比较老牌的华人帮与三合会，甚至第二次世界大战之时渗透进来的日本帮也在活跃中。在外来帮派的打压和竞争下，本地帮派倒有些边缘化了，一直不温不火，直到最近兴起的"清洞派"，才让本地帮派有了点起色。跟许多帮派一样，"清洞派"也披着合法经营的外衣，组建了三四个比较大型的株式会社，其头目是被江湖中人称为"白原虎"的金大奉。

金大奉搞经营很有一套，短短时间内就控制了仁川北部的大部分地盘，甚至还插手了仁川港的生意。由于是政府经营，仁川港一直是传统意义上的"黑帮禁区"，而金大奉却能够插手其中，足见其人手腕之狠硬。很快，本地的一些零散帮派纷纷唯金大奉马首是瞻，归拢在了"清洞派"的麾下。而自信心爆棚的金大奉迅速扩大地盘，终于把手伸到了一直有华人帮派在罩着的中华街。

这就直接导致了我肚子上被豁开了一刀的那场恶战。

仁川的中华街是传统意义上的华人帮领地，自从清朝时期中华街建立以来，在这块地盘上就一直盘踞着由中国人主导的势力帮派，虽然随着历史的变迁，帮派的成员们换了一茬又一茬，但不变的只有一点：这里始终是中国人的天下。虽然在中华街里做生意的韩国人要比中国人还多，但没关系，在这里永远是中国人说了算。

中华街就像个"国中之国"，虽然游客和商家可以自由进出，但不经过允许，别的帮派的成员是不能进入中华街的。但新近崛起的金大奉不乐意了，他想改变这一游戏规则。后来听说金大奉喜欢看香港动作片，不知道他有没有看过《精武门》，里面有一句台词最能概括他的心情："是中国人的地方，中国人就可以进来。"

哦不，应该改成"是韩国人的地方，韩国人就可以进来"。

电影归电影，对于金大奉来说，拿下中华街，他率领的"清洞派"将成为整个仁川当之无愧的第一帮派，再经过几年发展，他本人甚至可以成为和韩国黑道史上骨灰级元老"金泰村"并列的人物。这就像打拳击的都想进入名人堂一样，混到这个份上，财富和地位都已经不是问题，剩下追求的目标，就是自身的影响力。

在中华街上，主事的华人帮派的名字很有中国特色，叫"犰"，听说上个华人帮派叫"麒麟"，总之都跟动物分不开。"犰"的话事人姓孟，叫孟焦俊，我总是会联想到焦恩俊。为了不让我有这种联想，下面我只以"孟老大"来称呼他，不提他的名字。

孟老大能坐上话事人的这个位置，绝不是浪得虚名的，靠的就是心思和手段。以我后来跟孟老大的交往可以做出如下断定：如果把这个人放到行政系统里，就算从最基层干起，最起码也能混个厅级干部。

面对"清洞派"金大奉的挑衅，孟老大没有退缩，他拿出了厅级干部的气度和胆魄，跟金大奉狠狠打了一架，这就是我参加的那一役。据说孟老大平时最喜欢看《三国演义》，从里面研究用兵之道，然后再运用到帮派械斗里面去。那天晚上娜美的神兵天降，就是孟老大的特意安排，用兵法来讲就是"出其不意，攻其不备"。

一个爱看电影，一个好读三国，这场械斗的结局从一开始就已注定。

虽然金大奉失利，但"清洞派"根基仍在，这一点小挫折只是暂时阻挡了他扩张的步伐。在这种情况下，"犰"急需扩大自己的势力，不能每逢大战就采用"空降兵模式"，从海外调集华人来帮忙，那样成本太高，也太危险，韩国的海监局毕竟不是吃素的。

再说说金大奉，这也是我以后才知道的事情，江湖上称他"白原虎"，这个外号可不是白叫的。金大奉的出身不是很好，他父亲是一个从朝鲜跑过来的"脱北者"，因为不是什么高层人士，并不受韩国待见，勉强在韩国能混口饱饭吃，根本谈不上什么社会地位。金大奉就出生在韩国京畿道一个叫作"白原洞"的小地方，从小就出来混了，身上继承了他爹的那股隐忍劲儿。想想也是，一般人能当"脱北者"吗？从朝鲜跑出来可比从中国偷渡到韩国困难多了，抓住没废话，直接就是枪毙，甚至全家都得跟着死。所以"脱北"不是一般人能干得了的。

我在韩国待得久了，也遇到过几个脱北者，听他们说起自己在朝鲜的遭遇。其实最惨的，并不是那些跨越边境的时候被抓住了的人，而是那些已经逃出来了，又被遣返回去的那些人。听他们说，刚刚在边境线上把人遣返回去，立刻就会被接收的朝鲜士兵执行枪决，让他们跪在鸭绿江畔，面朝平壤的方向，而且在枪决之前还要问一句："难道吃饱饭比祖国还重要吗？"

朝鲜人身上的那股隐忍劲儿，或许就是在这种环境下逼迫出来的。继承了朝鲜人血统的金大奉14岁出来混的时候，在一个小酒馆里被当地的一群流氓欺负，被用酒瓶子砸破了头。金大奉连包扎都没去包扎，就拿了把刀子在酒馆外面等着，一连等了三四个小时，据说那几个本地流氓醉醺醺地从酒馆里出来的时候，他头上流的血已经把身上的衣服全浸透了。

一般人失血这么多，早就晕了过去。可金大奉忍住了，他咬着牙，操起匕首朝那帮流氓捅了过去，一连捅翻了五六个人，剩下的两个人看到满身是血、眼睛里迸发着野兽一般光芒的金大奉，直接就给吓瘫了，倒在地上爬都爬不起来。是役，金大奉在白原洞一战成名，时人畏惧，皆呼之为"白原虎"。

以金大奉这样的性格，在中华街吃了这么大的亏，他会善罢甘休？孟老大带领的华人社团"犰"，面临着这个身上有着朝鲜血统的本地黑帮老大的疯狂反扑。在这种情形下，孟老大需要积蓄力量，积蓄更多的足以抵御"白原虎"撕咬的力量，所以，小马才会劝我加入他们的社团，与他们"共谋大业"。

当然，这一切都是我后来慢慢才知晓的，当时老棒子劝我，就只说了一句话："阿乾，人这一辈子，如果抓不住几次关键的机会，那就真过去了，到最后一事无成。你说咱们这腔热血，不就是要留着给赏识咱们的人吗？"

我不怪老棒子，真的，我不怪他，他也是一个大半辈子郁郁不得志又心比天高的人，我说的那些错综复杂的背景，他当时也不知道，他只想着能有一个舞台，能够尽情地挥洒自己的鲜血。

4

晚上，他们都回去了，我躺在病床上，思绪万千。就在我心神不安的时候，允儿进来换药了。

我闻着她身上淡淡的香水味，忽然心里空落落的。两个中国人，却在异国他乡的土地上挨得这么近，显得格外的孤独。

我说："允儿，小马今天来找过我了，他希望我留下来。"

"我知道。"允儿一边换着药一边问我，"你答应了？"

"我没说，我需要想想。"我长吁了一口气。

允儿继续换着药，灯光从她的脸颊上打过去，显得特别柔和，特别漂亮，我忍不住摸了一下她的胳膊。

"别闹。"她只是抬起头，轻轻嗔怒了一句。

我说："允儿，你觉得我应该留下来吗？"

允儿忙完了手上的活，坐下来，看着我说："我想知道你为什么来韩国？你在中国生活得不好吗？"

我笑了笑，"想听听我的故事吗？"

"好啊，"允儿也笑笑，"反正闲着也没事。"

"你别看我这样，其实我也是大学毕业的，只不过，毕业之后一直没找着工作。"我耸耸肩说，"后来我就去了酒吧，做'泄愤服务员'，这是说得好听一点，说得难听点就是人体沙袋，让人打啊让人踢啊啥的。后来我碰着一个教练，他看我素质还不错，就把我招到了他的泰拳俱乐部里，供我吃，供我喝，准备培养我当职业拳手。可练了有个把年，俱乐部倒闭了，我又四处流落，还是靠着身上练的这点本事，去了要债公司，专门替别人要债。"

允儿的眼神有些意外，"你的经历还有些传奇色彩呢。"

"什么传奇啊，都是生活所迫，混口饭吃罢了。就是在要债公司里，我认识了棒子哥，是他带着我来到的韩国。"我说完了自己的事情，又看着她问："你呢？"

"我？"允儿笑了笑，她摆了个Pose问我，"你看我，像不像明星？"

"像，你来韩国是为了当明星的？"

"哈，当明星也不见得有多么好，还是自由自在的生活最舒服。"允儿边收拾着手边的药箱，对我说："你问我，觉得你应不应该留下来，其实，这个问题应该问你自己。没有任何人，可以替你做这个决断。"

我看着这个小姑娘关门的背影，忽然觉得她的成熟与年龄不成比例，仿佛历练过很多事情，才能说出这么冷静的话来。

留下还是回去，这是一个问题。其实当老棒子说"我们这腔热血，不就是要留着给赏识咱们的人"的时候，我就有些动心了。那个年龄，我已不再做年少轻狂的梦，我不想呼风唤雨，但渴望被认同，渴望被尊重的情愫一直被深深埋在心底。

如果就这么回去了，我除了肚子上的一道大疤和几千块钱外，还能剩下什么？

回去，未必会有作为；留下，也不是一无是处。

我暗暗下了决心。

我也终于明白，为什么下决心都是暗暗的了。

第二天，老棒子来看我的时候，我说："棒子哥，我愿意跟着你一起留下来。"

老棒子听了这话，很激动，砸了我肩膀一拳，"我就知道你不会丢下你哥一个人跑回去！"

我正色道："可有一样，棒子哥，你得听我的。咱们留下来不是为了拼命，是为了赚钱的。等咱赚够了钱，咱就回去。"

"那还用你说，兄弟！这里哪比得上国内好啊，屁大点的地方，要啥没啥，腌个泡菜都能当宝贝。等赚了钱，咱就回去，到时候咱也是'海归'，要票子有票子，要女人有女人！"

正在说话的当口，安医生进来查房了，老棒子很兴奋，冲着安医生说："安医生，俺兄弟俩两个以后就留在仁川了，以后还要你多多照顾。"

安医生扫了他一眼，冷冷地说："我是一个医生，我只照顾病号。"

这一句话把老棒子呛的，张着嘴嗫嚅了好几下也没说出一个字来。

我出院那天是在清早，特意让老棒子帮我买了些礼品，感谢一下安医生。他坐在桌子后面，双手抄在白大褂兜里，淡淡地说："不用谢我，我只是拿钱治病，就是这么简单。你在这的手术费、治疗费，小马都是已经付过钱的。"

我知道安医生的脾气，笑道："那也得谢谢你，不管拿钱没拿钱，毕竟是你救了我一条命。"

"那也只是碰巧而已，碰巧你们打架的地方离我诊所比较近，碰巧那天我在诊所里没出去。要是你们换个打架的地方，换家诊所，救你命的就是别人了。"

我笑道："安医生，我只是表示一下感谢而已，咱没必要上升到哲学高度吧。"

听我这么说，他冷冰冰的胡子拉碴的嘴角上终于挂了一丝笑意，伸手把礼品拿了回去，"行，东西我收下了。我这里不是什么好地方，希望以后不会在这里见面了。"

"谢谢。"我朝他点了点头，刚要走，忽然又想起了什么，"哦，对了，安医生，帮我向允儿问好啊，谢谢她这段时间来对我的照顾。"

我走出门去，一轮朝阳正从云层里喷薄而出，晨曦的金光透过黎明前的黑暗洒向大地，如同万箭穿心。一辆黑色的现代轿车就停在诊所门口，车里坐着老棒子跟娜美，小马从驾驶位上探出头来，朝我喊道："阿乾，上车！"

我说："去哪儿？"

"去哪儿？哈哈哈……"小马笑起来，"这个点，当然是去吃早饭啦！"

我上了车，小马扭开旋钮，车里响起了震耳欲聋的八十年代的粤语歌曲，唱的是黄家驹的《大地》。在异国他乡听到这首歌，猛然间让我心潮澎湃：

在那些苍翠的路上，

历遍了多少创伤，

在那张苍老的面上，

亦记载了风霜。

秋风秋雨的度日，

是青春少年时，

迫不得已的话别没说再见，

回望昨日在异乡那门前……

小马一边拍打着方向盘，一边摇晃着脑袋跟着节奏哼唱着，可惜他的唱歌水平实在不敢恭维，即使是跟着唱也几乎没有一句在调上。现代轿车缓缓开进了中华街，我闻到了肉春卷和炸酱面的味道，这对我和老棒子来说，不只是一顿早饭那么简单，吃完这一顿饭，我俩的双脚将踏进另一个世界。

汽车在中华街的一栋3层小楼前停下了，娜美、小马、老棒子还有我依次进入，踏上狭窄、陡峭的木质楼梯，穿过一个还没有多少客人的麻将馆，来到了三楼的一家中式餐馆。这家餐馆门头不大，上面挂着一块红底黑字的牌匾，龙飞凤舞写着"九龙春"3个大字。站在门口，娜美和小马都整了整衣服，调整了一下呼吸，才推门而入。

我跟老棒子对视了一眼，也跟着走了进去。

这间小小的，低调的中餐馆，淹没在庞大的中华街里，显得其貌不扬，但它却是整个仁川市华人黑帮的心脏。借着并不明亮，甚至有些黯淡的光线，我看到一个人坐在一张中式方桌的后面，正在吃着什么东西。

娜美和小马恭敬地叫道："老大。"

我眼皮一跳，那就是"犼"的老大孟焦俊。

孟老大抹了抹嘴，招了招手，让我们走了过去。等走得近了，我才看清楚了他的面孔，50多岁的年纪，鹰钩鼻，薄薄的嘴唇，略微突出的下巴显示出他强烈的权势欲望，并且不怒自威。身材比较魁梧，穿着一件带有红色暗纹的皮衣。他目光扫了我们一眼，淡淡地道："都来了？先坐。"

我们挑了个位置坐下，孟老大又道，"都还没吃饭吧？小马，对后厨说，再上4份炸酱面。"

热气腾腾的炸酱面上来了，我们拿起筷子，小心翼翼地吃着。孟老大问："怎么样，这口味，还吃得惯吧？"

我跟老棒子急忙附声道："挺好，挺好。"

"那就好。"孟老大用筷子拨弄着碗里的炸酱面，感慨道，"1882年，朝鲜壬午军乱爆发，清朝为了援助，向朝鲜派遣了3000名士兵和40多名华商，第二年，清朝领事馆在仁川设立，这些士兵和华商就留了下来，从那时候开始，仁川就出现了炸酱面。后来的华侨又根据韩国人的口味，在面条上放了蔬菜和肉，又在春酱里加了焦糖，确实是又香又好吃，却已经不是当年的炸酱面了。"

"这也算是……与时俱进嘛。"老棒子附和着道。

"呵呵，你就是老棒子吧？久仰大名。"

"不敢，不敢，我就是一无名小卒，比不上孟老大呼风唤雨。"老棒子很是惶恐。

"你不必谦虚，我当年在延边也混过一段时间，就听说过你的名号，算是老炮儿了。今天在这里相遇，也算是故人重逢吧。"老大不愧是老大，说出来的话既威严非常又十分中听。

老棒子很激动，差点就要当场跪下了，"多谢孟老大赏识！"

孟老大点点头，又看向了我，"你就是阿乾，听说就是你救了我的兄弟小马？"

我当时脑袋有点懵，不知道怎么就蹦出了一句成语："那个，举手之劳。"刚说完我就心道完了，这话说得也忒装逼了。

孟老大微微一笑，说："果然是英雄出少年，后生可畏。以后华人的前途和希望，就靠你们了。"

"那是，老大请放心，只要有我小马在，就有中华街在，有中华街在，咱们华人的根就不会断！"小马把胸脯拍得梆梆响，一脸气势如虹的表情。孟老大笑了笑，没说话。

娜美低声询问道："老大，一会儿在这里举行入会仪式？"

"嗯，吃完饭，你去把唐叫来吧，让她做个见证人。"孟老大拿起筷子，夹起了一坨炸酱面。

5

过了十几分钟，一个年龄40多岁，容貌平和，甚至可以说有些慈悲相的中年妇女跟着娜美走了进来。小马站起来叫道："唐妈。"

"唐，你来了。"孟老大也站起身来，亲自让出一张椅子给她坐。看得出来，这个叫唐妈的女人不简单。

唐妈点上一根细长的女式香烟，看了我和老棒子一眼，笑道："孟大哥，这是要收新人了？"

孟老大也笑道："是啊，还要你来给主持个仪式，真是麻烦你了，唐。"

"说这话就见外了，什么叫'麻烦'？我既然在社团里混过，那么生就是'犼'的人，死就是'犼'的鬼，社团的事，就是我的家事，也是我的分内事。你不让我过来，那才叫见外。"唐妈虽然看起来面容慈悲，一脸善相，但话里还是带着一股江湖气。

"呵呵。"孟老大笑笑。

唐妈摁灭了烟头，站起来，脸色变得严肃认真，她在店里供的关二爷前上了一炷香，我跟老棒子则分别对着关二爷跪下，手里各执一炷香，等着唐妈说话。

唐妈对着关二爷拜了三拜，转头说道："咱们虽然人在韩国，但根是中国的，血是中国的。入我帮门，以后当以华人为重，不负父老乡亲所托，壮我华人之势，扬我华人之威，决不可干有损华人尊严之事。"

"是。"我跟老棒子齐声答道。

这是仪式的第一关，叫作"明先义"，意思就是先把冠冕堂皇的话摆在前头，讲人生大义，高风亮节，提升整个社团的凝聚力和崇高感。无论在国内还是国外，只要是正儿八经的华人帮会，这一关都是必讲的。像三合会，成立的前身是天地会，在入会前要"拜天为父，拜地为母，天地人和，刚正不阿"；海外的"致公堂"是洪门的组织，入会前歃血为盟，拜关二爷，要立誓"义气团结，忠诚救国，侠义除奸"，在民国之前入会的话，还要加上一个"反清复明"；台湾的竹联帮，前身是"竹林联盟"，即取竹子"中通外直，宁折不屈"的气节，入会前要先立誓"不离兄弟，不弃同袍，为天下担道义"。总之，入帮会是件很严肃的事情，一般都会上升到国家、民族的高度。

过了"明先义"这一关后，接下来是"立帮规"，这是很重要的一条，如果说

"明先义"相当于企业文化的话，那么"立帮规"就是企业守则，决定着一个帮会的内部管理与发展方向。唐妈一共念了八条帮规，每念一条，就让我和老棒子重复一遍：

"一，入我帮门，尔父母即我之父母，尔兄弟姊妹即我之兄弟姊妹，尔妻我之嫂，尔子我之侄，如有违背，五雷诛灭。

二，中国各省兄弟，及江湖之客到来，若一时困窘，必要留住一宿两餐，如有诈作不知，以外人看待，死在万刀之下。

三，帮门兄弟虽不尽相识，皆为一家之人，但凡说起投机，而不相认，死在万刀之下。

四，帮门内兄弟不得捉拿自己人，即有旧仇宿恨，当传齐众兄弟，判断曲直，决不得记恨在心，万一误会捉拿，应立即放走，如有违背，死在万刀之下。

五，遇有帮内兄弟困难，必要相助，钱银水脚，不拘多少，各尽其力，如有不加顾念，五雷诛灭。

六，如有私自侵吞兄弟钱财杂物，或托带不交者，死在万刀之下。

七，如兄弟寄托妻子儿女，或重要事件，不尽心竭力者，五雷诛灭。

八，入我帮门，不得懊悔叹息，如有此心者，死在万刀之下。"

念完这八条帮规，我跟老棒子分别将手里的香头在小臂上摁灭，烫出一个疤，然后重新点燃，恭恭敬敬地插在关二爷前面的香炉里，跟唐妈之前插在中间的那一根并在一起，正好是三炷香。

第三关是"拜龙头"，也就是拜帮派里最高的老大。我跟老棒子面朝孟老大的方向，各端一个茶碗跪着，且要将茶碗举过头顶。孟老大往茶碗里斟满白酒，我们一饮而尽，这就算完成了。在以前，还要割破自己的手指，将血滴进去再喝，这叫"歃血为盟"，但现在仪式简化了，也算是与时俱进吧。

完成这三项仪式，我跟老棒子就已经算是"仉"的人了。

唐妈的表情放松了下来，拍了拍我的肩膀说："小伙子，好好干，看得出来，孟老大很赏识你们。我给你们讲讲规矩，社团里的等级是很明确的，刚入会的叫'灯笼'和'四九'，根本是没有资格参加入会仪式的，只有给社团出了力，做出过贡献，升到'草鞋'或者'红棍'，才有资格在这里拜龙头，拜关二爷。你们俩平越三级，算是一步登天了。"

老棒子说："孟老大、唐妈放心，我俩一定尽心为社团出力。"

唐妈点点头，又看了看我，说："你叫阿乾，听说你还练过？那我就期待你成为我们社团里的双花红棍了。

帮会里的这些名头都有讲究，就拿红棍来说，在圈里还有个名头，叫"四二六"，4乘26加4等于108，意指水浒传108个好汉，其中武松手执红棍，因而得名。红棍就是社团里的金牌打手，而双花红棍就是指社团里最能打的人。

在来之前，老棒子已经给我讲过这里面的许多规矩与道道。而"双花红棍"这个名头，我是不敢奢望的。我虽然在泰拳俱乐部里练过，还差一点成了职业拳手，但我那毕竟是擂台竞技，有着一定的路数与规则，哪里像这般街头厮杀一样，动辄钢管短刀，招招都朝要害处下手。就这种混战状态下，你就是把散打王请来也白扯。经历过上次的恶战后，我算是明白了，街头跟擂台完全是两个概念，有着截然不同的打斗风格。尤其是那种大规模械斗，个人的能力几乎可以忽略不计，靠的就是人员数量和凶狠程度。

所以唐妈说起双花红棍，我就知道自己力有不逮，还没想好怎么说，小马就嚷嚷了起来："唐妈，你让阿乾来做双花红棍，我娜美姐干啥去啊？"

对啊，这还有个杀神娜美呢，我心里一惊，又想起了械斗那天晚上她手持木刀斩人如切菜一般的场景。干净利落，毫不拖泥带水，要是真刀的话，估计那天晚上得滚落一地的脑袋。这本事不是一天两天能练出来的，看来这妮子经历过不少恶战。

"好了，别争什么红棍不红棍的了，不管坐什么位置，都是为社团出力。"孟老大说。

"那是，那是，跟着孟老大，我哥儿俩一定尽心竭力。"老棒子急忙接话道。

孟老大点点头，走过去拍了拍老棒子的肩膀，"延边资深老炮，放心，你水平怎么样我心里有数。这样吧，你先跟着娜美，等这片地方和人头都混熟了，我再单独给你开一个堂口。"

老棒子的双眼里几乎放出精光来，他脸上的肌肉颤抖着说："老大放心，我一定不辜负重托，一定全心全意为社团出力！"说完又朝着娜美道，"娜美姐，以后我就跟着您混了，有什么做得不对的地方，您甭客气，该说说，该骂骂！"

娜美还是一副冷冰冰的死人脸，只是稍微点了点头。

老棒子成了娜美的手下，我是他的兄弟，自然也成了跟着娜美混的。这让我多少有点不甘心，跟在一个丫头片子屁股后面，怎么说也太影响我大老爷们的光辉形象。可我看老棒子的样子没有一点不甘心，还兴奋得不得了。

小马一把搂住我说："阿乾，跟着娜美姐混，就等于是跟着我混。以后谁敢欺负你，报我的名号，给你说，我小弟都不带，单枪匹马出去削他……"

孟老大朝他摆摆手，让他过去，小马立刻止住碎嘴，乐颠颠地跑过去，"老大。"

"你去DL定个卡座，叫上堂口的其他几个兄弟，一是大家都认识认识，二是给新进来的两个兄弟接风洗尘。"

"好嘞。"小马得令，朝我使了个眼色说，"今天晚上，带你见识花花世界。"

第三章　狗日的跆拳道

1

DL是家夜店。

在国内的时候，我也去过几次夜店，但从来没见过这种阵势的，刚走到门口就能听到里面传出来的震动人心的鼓点声。如果说夜店也分星级的话，这一家绝对是五星级的，装修之奢华超出了我平生所见，门口围了好些穿着奇装异服的红男绿女，着装暴露相貌清纯的女生不停地从我身边经过，偶尔还向我抛个媚眼。

"怎么样，在国外没见过这种规模的夜店吧？"小马得意地说，"开眼了吧，这才叫潮流。"

虽然我对他的态度有些鄙夷，却不得不承认他的话。

小马要去旁边的便利店买盒烟，让我跟老棒子先进去，在门口的时候遇到一个穿着黑西服的保安，伸手拦住了我们，叽哩哇啦的说了一串什么，反正我也是一个字也听不懂。

我问老棒子："他说什么？"

老棒子说："他说，让咱俩出示身份证。"

我说："进这里还需要身份证？在国内都只是过一个安检，从来没查身份证的。"

老棒子叽哩哇啦的跟他交涉起来，两个人谈了几句没有谈拢，那个保安伸手往外推了一下老棒子。老棒子急了，上去就要动手，我一下拽住了他的衣服。都说强龙不压地头蛇，谁知道这开夜店的老板有什么背景。在国内，要开一家这样的夜店，那肯定是手眼通天，黑道白道都玩得转，上面还得有人。万一真是这样的势力，收拾我俩就跟收拾小鸡崽似的。

最要命的是，我俩是偷渡客，在这里是黑户口，就算有理也是一万张嘴也说不清的。

就在双方争执的时候，小马过来了，问："怎么回事？"

"马哥，这家伙拦着不让我俩进，嘴里还挺不客气。"老棒子气鼓鼓地说。

"我靠，敢拦我的人？"小马站在我俩前面，跟那个保安交涉着，可说了两句话还是没有讲完，小马伸手，一个清脆的耳光就扇了过去。

那家伙挨了一耳光，愣了。我跟老棒子也愣了，没想到小马敢在这里找事。这时一个貌似保安队长模样的人从里面走了出来，脸上挂着笑，用生硬的中文说道："马哥，怎么回事？"

小马拿下巴指了指那个挨了一耳光的保安，"你问他。"

保安队长问了几句，伸手就朝那个保安的后脑勺上扇了一巴掌，那家伙讪讪地站到了一边去，不吭声了。保安队长说："对不住，几位请。这家伙，是个新来的，不太懂事。"

"我说呢，竟然不认识我小马。"小马领着我们往里走去，一边说，"话说回来，没身份证确实是个事，过几天我让唐妈给你们搞一个。"

小马这么嚣张，是有理由的。这家夜店离中华街并不远，虽然不属于"犰"的地盘，但距离这么近，好歹也要给几分面子。要是招惹了这帮黑道上的人，被打了砸了，起码要歇业十天半个月的，那损失可就大了去了。

顺道一提的是，后来我才知道，进韩国的夜店，都是需要身份证的，一是因为方便管理，二是杜绝未成年人进入。并且进去之后会在你手腕上带一个手环，在里面消费和喝酒，都会以此作为凭证结账。

一进去DL里面，我就彻底蒙圈了。其内部真可以用"宏大"来形容，别的不说，光吧台就有3个，并且夜店里分上下两层，上层是一圈VIP坐席，也就是国内说的"卡座"，坐在里面可以居高临下凭栏远眺，整个DL的灯红酒绿纸醉金迷尽收眼底。下层全是站场，没有坐的地方，当然也没有人坐，他们全都在舞池里涌动着。那硕大的舞池光影交错，几乎云集了韩国所有的帅哥美女，都在里面忘情地扭动着，挥洒着傲人的青春与漫漫的长夜。DJ搓碟的手法很有一套，重金属的摇滚音乐充斥耳膜，光听那节奏就想跟着应节而动，让我这种几乎从不下舞池的人都想大喊一句"睡你麻痹起来嗨"！

小马领着我俩上了二楼，在一个VIP坐席里，孟老大和娜美已经在坐着喝酒了。还有其他几个生面孔，我不认识，小马给我一一介绍，都是社团里的骨干力量，反正看上去就不像是好人，个个都是争勇斗狠之辈。只有一个人让我挺意外的，他个子高高瘦瘦，戴个眼镜，一脸和气的笑容，怎么看怎么不像是出来混的，倒像是个知识分子的模样。小马后来告诉我的话印证了我的猜想，这家伙叫张勇真，是个华人，庆熙大学经济系毕业的高材生，在社团里坐"白纸扇"的位置。

白纸扇，又叫"四一五"，四乘十五加四等如于六十四，意指易经六十四篇，心明术数之意，而术士多有白纸扇在手，因而得名。白纸扇的职务是负责社团财务，管理数簿。说到这里，我想起了一个以前听过的段子：有一高僧问："一根鱼竿和一筐鱼，你选哪个？"

一个人回答说："我要一筐鱼。"

高僧摇头笑道："施主肤浅了，授人以鱼，不如授人以渔，这个道理你懂吗？鱼你吃完就没了，鱼竿你可以钓很多鱼，可以用一辈子！"

那个人说："我要一筐鱼之后把它卖了，可以买几根鱼竿和一副麻将。然后把鱼竿租给别人，收租金，再约到他们一边钓鱼一边打麻将，麻将可以抽水钱……"

高僧："阿弥陀佛……老子不想和你们这些学经济的说话……"

总之，学经济的对待金钱的概念与普通人不同，钱在他们手里，总是会变着法子增值，一般人根本就弄不明白他们是怎么搞的，尤其是像我这种连"理财"是什么东西都不懂的人，就更不明白这个行当了。但我奇怪的是，堂堂庆熙大学毕业的高材生，为什么不好好找个工作，却加入了"犰"，混迹于黑道呢？

当我知道这个答案的时候，已经是很久以后了。看似人畜无害的张勇真，也背负着一段惨痛的过去和不堪回首的往事。所谓黑道，其实就是一个泥潭，只有那些走投无路的人才会被迫进来。

在VIP坐席里喝了几杯酒后，孟老大斜瞥了一下下面，说："你们年轻人已经等不及了吧？别闷着了，下去跳舞吧。"

小马嗯唰一声，拉起几个人就窜了下去，直奔舞池，看样子已经憋了挺长时间了。我跟老棒子也起身离去，上面只有娜美还有几个年长点的坐着，在陪着孟老大继续喝酒。

我被拽进了舞池里，一开始还有点不习惯，老棒子已经疯狂地扭了起来，仿佛是舞王附身。在一大帮帅哥靓女和音乐的感召下，我也不自觉地摇摆起来，跟着他们一块跳起。并且DL的舞池下面的地板是活动的，在很有节奏地晃动着，就算人在上面站着不动，身体也会跟着摇摆，不得不说真是太新潮了。

舞池里面真是人挤人，摩肩擦踵，我能清晰地闻到男男女女身上散发的浓郁的荷尔蒙的味道。挨在我身边的几个姑娘打扮得浓妆艳抹，穿着吊带，眼神迷离，身材火辣得真是让人忍不住想摸上一把。就在我这么想的时候，就有男的贴了过来，把手搭在了她们腰上，很明显，他们之间并不认识，但小姑娘丝毫不以为意，香汗淋漓的身体顺势就贴了过去，紧挨着扭动了起来。

赫胥黎说，人类终将娱乐至死。在韩国，我仿佛看到这句话正在变成现实。

我也忽然明白，为什么科技与经济都大大超前的韩国，却害怕贫穷落后的朝鲜。他们已经不能放弃娱乐，不能放弃偶像，不能放弃狂欢，所以他们才会惧怕那冷冰冰的主体思想，惧怕那冷冰冰的人民革命军和视死如归的朝鲜特种部队。1968年发生的"青瓦台袭击事件"，可以说是韩国人所有心中的痛。朝鲜只派出了区区三十名特种士兵，就越过三八线，神不知鬼不觉地穿过重重防御的非军事区，经过五天艰难的山中跋涉，一直开到了韩国首尔的青瓦台，差一点就干掉了时任韩国总统的朴正熙。正是朝鲜这种残酷无情的劲头，让韩国感到发自心底的惧怕。

但一个对残酷无情感到惧怕的国家，却又有着天然适合黑帮生存的土壤，这真是一个莫大的讽刺。

我在舞池里跳了一会儿，从人群的缝隙里看到不远处有一个披散着金黄色长发的姑娘，感觉有些眼熟。她穿着一身连体的亮片短裙装，忘情地在舞池里舞动着，金黄色的头发飞扬起来，在闪耀的灯光下像是一阵不动的风。我又仔细看了两眼，才发觉出来，那不是安医生诊所里的郑允儿吗？

2

在我住院那段时间里，允儿没少照顾我，我出院的时候走的太匆忙，也没来得及跟她道别，正好今天在这里看到，我要好好感谢一下她，怎么说也得请她喝杯酒吧。

我穿过人群，挤了过去，在她身后叫了一声"允儿"。

郑允儿正在疯狂地扭动着，再加上音乐的声音太大，她根本就没听见我叫她。两个男的正紧贴着她跳着，手不时地在她的腰上和屁股上摸一把。要不是亲眼所见，我怎么都不能相信那个清纯可爱的小护士竟然还有如此放纵的一面。

我又叫了一声，她还是没听见，我就伸手拉了她一把。

而就是这一拉，出了问题。

允儿抬头一看是我，眼神有些意外，她贴在我的耳边大声问道："你怎么在这儿？"

我也凑在她耳边，刚想回答她，刚才那两个一直贴着她跳舞的男的不乐意了，伸手过来推了我一把，把我推得一个跟跄。允儿急忙拉住了那两个男的，大声地说着什么，其中一个梳着三七分，长得还有些帅，就是当下女生最喜欢的那种有点娘炮的家伙不屑地笑了笑，又推了允儿一把。允儿还要上去争辩，那家伙忽然一甩手，冷不丁地扇了允儿一个耳光！

这一下就把我给惹恼了，我从小到大，无论是在学校里读书还是在社会上混，被教的最多的一个信条就是"不能打女人"。女人生在这个世界上，绝不是为了挨男人打的，何况还是于我有救命之恩的允儿。我带了两步助跑，一脚就把三七分那家伙踹倒在了地上。

我们当时处于舞池的边缘，三七分倒地之后站了起来，二话没说，抓起DJ设备台上的搓碟机就朝我砸了过来，我往旁边一闪，搓碟机"啪"一下砸在了地上，跳舞的人"啊"一声惊叫，全朝旁边闪了过去，舞池里一下就乱了，立刻，音乐停了，灯光也全都亮了起来。

他们一伙的有五六个人，这时全都围了上来。我一把将允儿拉了过来，跟他们对视着。老棒子和小马还有另外两个兄弟也围了上来，问我："阿乾，怎么回事？"

我指着对面的那个三七分说："那家伙找事，先推了我，又打了允儿一耳光。"

"×他妈的，上去办他！"老棒子说着就要冲过去揍人家，我一把拉住了他说："棒子哥，等等，今天孟老大在场，他没说话咱别乱动。"

我向二层的VIP卡座望去，孟老大跟娜美他们几个人就站在上面，看着一楼发生的一切，表情很镇定，波澜不惊的。夜店里的顾客全都从舞池里出去了，在外面围了一圈看热闹。店里的那些保安也只是远远地围着，并没有上来劝阻，恐怕他们也是震慑于孟老大的威势，不敢上来贸然行事。

那个三七分歪着脑袋，一只手插着兜，看起来相当傲慢的样子，他拿手指头点了点允儿，又叽哩哇啦的说了一句话。在我还没学会韩语之前，觉得这帮人说话可真难听，就像嘴里含着一根黄瓜似的。我问老棒子："他说的啥？"

"他说，允儿是他们的人，让允儿过去，这事就算了了。"

"这不可能，"我说，"棒子哥，你给他们翻译，让他们有本事过来抢。"

老棒子还没来得及翻译，那边又说了一句什么话，然后几个人肆无忌惮地笑了起来。小马和老棒子的脸色立刻变得十分愤怒，要不是孟老大在上面镇着场子，他俩非冲过去跟对方干仗不可。我问道："棒子哥，他们笑什么？"

"这帮孙子。"老棒子气鼓鼓地说，"他们说，一看咱们就是从中国来的，个个都跟穷鬼似的，让咱们……滚回去。"到最后，老棒子都说不下去了。

话说到这个份上，这场架打也得打，不打也得打了。如果只是因为一个允儿，那大家还有坐下来好好商量的余地，但现在，对方公然把这种挑衅上升到了国家与民族的高度，这事已经做绝了，没有后路了。今天站在这里的，不光是我，还有老棒子，小马，孟老大，以及另外来的一些兄弟，他们都是华人。这事就是我说算了，他们也不会算。

我再度朝二楼看上去，孟老大只是抽着烟，眯着眼睛，若有所思地看着我们。按说都这时候了，他要做的就是一声令下，让我们集体上去削丫的，但自始至终，他始终没有说话，静观着事情的发展。我忽然间明白了，他是想在这种场合下检验一下社团新人的能力。

能坐到老大这个位置上，城府得有多深呐。

我对小马说："马哥，今天这事，我惹起来的，我一个人扛，你们都别动手。"

小马说："说什么屁话，你现在是我的人。要干倒这几个小×崽子，还不是分分钟的事，等会儿孟老大一说话……"

"关键是老大不说话，"我低声道，"马哥，老大不愿意看你出风头，他想看看新人的实力，你明白吧。"

小马抬头看了看二楼的孟老大，又看了看我，眼神有些犯迷糊了。

老棒子也领会到了孟老大的意思了，低声问道："阿乾，你想怎么着？"

"棒子哥，虽然咱俩都是社团新人，但你比我大，我是小辈，今天这事我来办。你跟对面说，这里人多，群架打起来麻烦，有敢出来单挑的吗？"

允儿急忙拽了我一下，着急道："你疯了，你的伤才刚刚好，万一再破了怎么办？"

我笑道："你哄小孩儿呢，刀口都已经长好了，怎么能再破。允儿，这几个人不是你的朋友吧？"

"什么朋友，我根本不认识他们，就刚才在一块跳舞的。"允儿特真诚地看着我，说，"真的，别为我去打架，不值当的。"

"本来是为了你，但现在不是了。"我往后推了推她，往前站了一步。老棒子指指我，朝对面说了一句什么，大体意识就是"单挑"。

对方一听单挑，全都笑了，末了，那个三七分往前走了一步，站在距我不到五米的距离。他们那伙人看三七分应战了，猛然兴奋起来，一阵叫好的嗯哨声。

三七分将了将头发，不屑地指了指我，又说了一句什么。我转头问："他说什么？"

老棒子叫道："×他妈的，别管他说什么了！上去干他！"

三七分笑了笑，伸出食指朝我勾了勾，极尽挑衅之能事。我也是怒火中烧，一个箭步窜过去刚要挥拳，那家伙忽然起了一腿，又快又准，就朝着我的左肋踢了过来，我急忙回防，将小臂夹紧在侧腹处，生生挨了这一腿。

他一腿踢中，并没停歇，接着又是跳起来左右两个横踢，"啪啪"两下，分别攻击我两边的侧肋。这个是跆拳道里比较典型的技术，叫作"双飞"，就这一下子，我就明白了，为什么那帮人一看他应战了都打着嗯哨叫好，因为这家伙是练过的。

从他起腿的这个时机和速度看来，这家伙最起码拥有黑带三段的水准。

在对手挥拳的时候，因为动作的关系，打出去的那条手臂的一侧是没有防守的，抓住这个时机进行腿法攻击，是比较经典的迎击技术，所以这三下全都踢中了。不过他速度虽然快，但力量的穿透性明显没那么强，只是让我用来防御的双臂感到轻微震麻而已。

三七分先占了上风，对面的人又聒噪起来，发出一阵怪叫和嗯哨声。老棒子在我身后叫道："阿乾小心点，这家伙是个练家子！"

我没有回头，只是朝他做了个"OK"的手势。对付区区跆拳道，还在我的能力范围之内。这时，这家伙一个跃步，直接就起了一记横踢朝我面门扫来，我身子往后一仰，他踢了一个空，接着顺势转身来了一个360度旋风踢，不得不承认，这一腿踢得又高又飘，跟跳舞似的，煞是好看。我稍微低头一个侧身闪过去，接着拧腰翻胯，一记狠辣的泰式低扫就朝他还没落地的左膝扫了过去。这家伙在空中就一个"哎哟"，直接躺在了地上。

韩国跆拳道跟朝鲜跆拳道还不一样。朝鲜跆拳道属于ITF（搏击型跆拳道），脱胎于空手流派，还保留了大量的实战对抗技能。而韩国跆拳道则已经完全运动化，在护具与规则的保护之下，它已经变成了一个无比脆弱的竞技项目，拿来对付一般人可能还绰绰有余，但对付一个差点走上职业之路的泰拳手来说，显然是太不够用了。

三七分跟跟跄跄地站起来，又瘸着往后退了两步，看样子那一记低扫给他带来了极为严重的创伤，在那样的角度下，我要是下手再黑一点，能一腿扫断他的膝盖。就这德行了，三七分还想起腿来抽我，可一动弹就疼得呲牙咧嘴，他转身拿了一个喜力啤酒的空酒瓶，"啪"一下敲碎了瓶底，露出了绿森森的玻璃碴子，拎着朝我走来。老棒子急地在后面大叫道："我×他妈的，阿乾别愣着，快找家伙！"

说话间，那家伙已经走了过来，朝我肚子上就捅，真不害怕弄死人的。我心里一惊，明白这也是个打架的老手了，藏着掖着只会害了自个儿。我往后一撤，抓住他拎酒瓶子的手腕使劲一扭，接着一膝盖顶了上去，"咔吧"一声，肘关节肯定是脱臼了。他惨叫一声，我没再给他喘息的机会，一个自上而下的切肘盖在了他的脸上。他踉跄着向后退去，我立即跟上，双手缠上他的后颈接着进入了内围的"箍颈撞膝"，朝着他右侧软肋处"砰砰"就是两记沉重的顶膝，至于肋骨能断几条，那就看造化了。

小子已经完全丧失反抗能力了，我最后朝着他受了重创的膝盖又是一记低扫，这家伙"扑通"一下栽倒在了舞池里的弹簧地板上，想爬都爬不起来了。我朝他啐了一口唾沫，"×你妈，中国人是你爹。"

我这口唾沫刚啐完，对面几个人"呼啦"一下全围了上来，看样子是要灭了我。

3

一直在二楼观战的孟老大终于说话了："他们要是不守规矩，今晚上就别让他们出这个门。"

"犰"的人早就憋得发毛了，这时一得令，也从我背后围了上来，至少得有七八个，有两个手里还捏着明晃晃的刀子。我真是奇怪，一开始进来的时候都过安检了，他们的刀子是怎么带进来的？后来在夜店里还打过几次架，每次打架都有人拿出刀子来，我真是不知道他们到底把家伙藏在了哪儿带进来的。

对面的人一看我方有刀子，知道我们不是普通出来混的，一下子就怂了，没人敢再往前上一步。小马指着他们，叽哩哇啦骂了一通，这帮家伙也不还嘴，抬着躺在地上哼哼唧唧的三七分悻悻地走了。

保安立刻过来收拾残局，清理酒瓶和玻璃渣子，音乐重新响起，很快就歌舞升平，人们又在舞池里疯狂地扭起来，好像什么事都没发生过一样。

人类这种忘情的娱乐能力，真是让我叹为观止。甩个屁股摇个头，就能有这么大的瘾？

我也不跳舞了，就靠着吧台跟老棒子还有允儿3个人喝酒。老棒子说："刚才那货敲碎啤酒瓶底的时候，我真替你捏一把汗。"

我说："就打一练跆拳道的，你紧张什么。"

老棒子就有些不满，"练跆拳道的怎么了？别拿村长不当干部啊。"

我知道老棒子是延边人，在延边很流行跆拳道这项武术，也是他们的传统技艺，就安慰道："棒子哥，这帮犊子练的跆拳道跟你们延边练的那种不一样，全是花拳绣腿，只能看不能摸，一摸就散架。你们延边练的那个跟朝鲜的一样，我接触过，厉害。"

听我这么一说，老棒子才开心得笑了笑。这我倒没有奉承他，朝鲜的花郎道确实不容小觑。我以前在拳馆训练的时候认识一个从朝鲜那边来的教练，在他们体系里叫作"师范"，人都40多岁了，身板干瘦干瘦的，看上去像个数学老师似的，破坏力却极强，五六厘米厚的木板，按说拿拳头都不容易砸开，人家却能用贯手刺断！贯手就是把手崩起来，用前面的指尖去击打物体，那破坏力得有多强，你们感受下。

今天晚上喝的酒，全是允儿请的客。我本来不想让女人掏钱，但允儿说，今天晚上这场架是为她打的，幸亏我没出什么事，要不然她心里绝对过意不去。这顿酒，就当是感谢了。

我说："允儿，跟我们打架那伙人，和你什么关系？"

"没什么关系，就刚刚在舞池里才认识的。"允儿撩了撩披散在肩上的金黄色的头发，无所谓地笑了笑，"夜店里不就是这样吗，跳着跳着就摸上了，其实一散场，谁也不认识谁，全都是来找乐的。"

这话我信，就刚才我上卫生间的时候，还看到喝的一塌糊涂的几对男女抱着在里面亲，我敢肯定他们谁也不认识谁，还有来了感觉的，直接拖进卫生间里办事的。小门一关，马桶盖一放，就坐在上面整起来，"哎呀哎呀"的叫得可带劲了。别管语言有多大差别，叫起床来都是一样的。这夜店，外表看起来金碧辉煌，其实真是个藏污纳垢的地方。

我盯着允儿，问："你也是来这里找乐子的？"

她晃着手里浅黄色的洋酒，挑衅似的看着我，"有什么不可以吗？"

我说："安医生知道吗？"

她笑了，"这事跟安医生有什么关系。诊所里不忙，我就出来放松放松，这是我的自由。"

我看着她纷乱的长发，长长的睫毛，晶莹的嘴唇，还有挑衅一般的目光，心里陡然升起一股欲火，站起来拉过她的手说："走，进去跳舞！"

在舞池里，在劲爆的音乐中，在炫目的灯光下，我俩紧贴在一起，踩着节拍疯狂热舞。我从来没跳得这么带劲过，像磕了药一样，想停都停不下来。允儿的长发在我面前甩来甩去，划过脸颊，痒痒的。她热了，去卫生间换了衣服，出来的时候只穿了一件吊带，曼妙身材纤毫毕现。我把手搭在她的后背上，感觉出了津津汗水，滑滑的，腻腻的。

我大声叫道："允儿，你在韩国到底干什么？"

"什么？"在震耳欲聋的音乐声中，她听不到我的话。

我又重复了一遍，"我说，你留在韩国到底是为了什么？"

她摇摇头，不知道是不想回答我的问题还是表示听不清楚，她把我的手放在她的腰上，对着我的耳朵大喊道："跳舞！跳舞！"

对，管他呢，不如跳舞。既然所有悲伤和痛苦都能得到发泄，就不要去想太多。谁也不知道自己的明天会如何，那么就在这短暂的时间里，让我们在狂欢中沦陷。

那场舞，一直跳到了凌晨三点多钟。允儿又喝了不少酒，去卫生间吐了一场，醉得路都走不直了。孟老大和娜美他们几个人早就撤了，最后只剩下了同样是喝得醉醺醺的小马和老棒子。

因为我要送允儿回家，就跟小马和老棒子在夜店门口分道扬镳了。被冷风一吹，大家的酒劲都有些醒过来了，老棒子嘱咐我道："阿乾，你小心点，今天被你揍的那小子可够惨的，绝不会这么善罢甘休。小心他们在半路上埋伏，黑你一把。"

我笑道："放心吧，刚才在里面就把丫给打服了，我不信他们还敢找事。"

"总之，小心点好。"

分开之后，我叫了个车，送允儿回她的单身公寓。其实整个仁川的中国人很多，就算语言不通，也影响不了基本的日常生活和出行。尤其是那些服务行业的韩国人，为了招徕顾客，多多少少的都会几句汉语。我真害怕哪天中国人把韩国给占领了。

允儿的单身公寓不大，整理得却十分温馨，看上去颇有情调。她进了门就噼里啪啦甩掉鞋子，拽着我的衣服领子就倒在了床上。我闻着她身上的酒气和女人的香气，只觉得脑袋里面糟糟的，全身都是软的，只有一个地方是硬的。

允儿的唇贴了上来，湿漉漉的，搅得我心慌意乱，心猿意马。我的手顺着她的脊背向下摸去，慢慢滑到了不该触碰的部位。刹那间，仿佛有一股灼热的电流顺着手指传到了我的四肢百骸，浑身都酥麻了一下，丹田处泄开了一个闸门，有什么东西正从那里疯狂地涌出，在昏暗的灯光下嘶吼着，犹如千军万马。

什么都不顾得了，我三下五除二就脱光了身上的衣服，可偏偏就在这时候，手机响了起来。我到韩国之后就换了本地的卡，一直没有人给我打过电话，我很意外，就看了一眼来电显示，是小马。

允儿百般妩媚，我衣服也都已经脱光了，本来不想管他，可当时是凌晨三四点，没什么急事的话，小马肯定不会给我打电话。犹豫了一下，我就接了起来。

"喂，阿乾！快来安医生的诊所！"小马叫道，声音很是着急。

"怎么了？"

"我们在路上被黑了！老棒子脸上被砍了一刀，估计要瞎！"

我的心骤然绷紧，像被一只大手捏住了一样。

4

老棒子和小马，这两个人是在距离中华街不远处的一条巷子口遭到伏击的。

当时他俩喝得醉醺醺的，一边唱着歌一边往回走，还勾肩搭背的。老棒子憋得尿急，等不到回去上厕所了，就在路边找了一根电线杆子，对着尿了起来。反正当时是凌晨三四点，街上也看不见一个人影。

老棒子刚尿到一半，就从余光里瞥见不远处出现了五六个人影，径直朝他们走了过来。老棒子毕竟是老炮儿，胆气大，就冲那伙人喊道："干啥的？"

对面没人答话，一个大汉助跑过来，凌空一脚踢在了老棒子头上，让他一屁股就坐在了尿里。站在一边抽烟的小马一看不对劲，掏出兜里的折叠刀就冲了上来。说起来那天晚上也是点儿背，小马平时随身都带家伙的，可那天晚上去夜店他嫌麻烦，就没带，只是在兜里揣了一把十几厘米的折叠刀。这种刀子拿来削平果还行，打架就差点意思了。小马还没挥舞几下就被人用钢管给放翻了，两个人就趴在一起，抱着头蜷着身子，任凭那伙人拳打脚踢。打了半天，有个人还嫌不过瘾，捡起小马丢在地上的折叠刀在他们身上乱划了几下，最后抓起老棒子的头发，一刀就划在了他的脸上。老棒子当时就捂着脸哀号了一声，声音凄厉无比，把他们几个都给吓着了。那伙人见打得差不多了，又踹了几脚，才悻悻地离开了。

我穿上衣服就从允儿的单身公寓里出来了，直奔安医生的诊所。等赶到的时候，小马正坐在诊所里抽烟，头上跟胳膊上都裹着纱布，腰上还缠了一圈，看样子挂彩的地方挺多。除了小马，娜美也在，她铁青着脸，一言不发，手里握着手机，像是在等待什么。

我忙道："棒子哥呢？"

"在里面呢。"小马指了指手术室的位置，"安医生正在处理。"

"处理什么？棒子哥他没事吧？"

小马又狠狠抽了一口烟，"伤到眼睛了，不知道能不能保得住，我，唉……"小马丢了烟头，两只手捂着脸，垂下头去，听不清他后半句说了什么。

我心里懊丧到了极点，一拳砸在了墙上。这帮人肯定是在夜店里挨打的三七分那家伙的同伙，他们知道我们是中国人，就埋伏在了中华街附近，等我们晚上回去落单的时候下手。他们伏击的目标绝对是我，没想到却连累到了小马和老棒子的头上。

砍在老棒子脸上的这一刀，比砍在我心里还要疼。

娜美的手机忽然响了，她立刻接了起来，听了几秒后说："好的，知道了，三楼骨科病房。辛苦。"

她站了起来，拿起手边那把木刀，指了指我说："阿乾，你跟我走。"

我一愣，"去哪？"

"大吉医院。"

小马嚷嚷着："娜美姐，我也去！"

"你留在这儿，照看着老棒子，有什么事给我打电话。过会儿会有几个兄弟过来陪着你。"娜美以不容反驳的口吻发出了命令，小马只能乖乖地坐下了。

诊所门口就停着娜美的一辆车，我感觉她是一脚把油门踩到了底，汽车嘶吼着就飞一般地窜了出去，跟他妈子弹似的。我想明白了，我们这是要去医院"补刀"。

在国内瞎混的时候，听过"补刀"这一说法，尤其流行于东北地区。一般就是把人干伤打残了以后，等他送到医院了再去病房里干一顿，补上两刀，虽然不是奔着要命去的，但也基本上是往死里整。对此，我曾请教过延边资深混子老棒子，问："棒子哥，想把人打成啥样，一次性完成不就行了吗？为什么还要专门跑到医院里补刀呢？"

老棒子是这样回答的，"一般人挨了刀，被送往医院的路上都会发狠，心里想等老子伤好了如何如何，想得最多的还是报复。但如果这时候你去医院再捅他几刀，就会把他给彻底打服，让他有一种发自灵魂的战栗。"

发自灵魂的战栗，这种语言描述既直白又犀利，简直洗练到了艺术的高度。我当时就在心里感叹：老混子就是老混子，琢磨人性简直如洞若观火。

而今，我也要迈入老混子的行列，去医院补刀了。

娜美把车停在了医院门口，我们两个人坐着电梯就上了三楼，连护士都没惊动，人少就是好办事。到了骨科病房，我一脚就踹开了门，看到里面是一个单间，三七分那小子正躺在病床上，右手打了石膏，左手还在抽烟。屋里还有另外5个人坐在一起，貌似在赌钱，玩着一种叫作"花涂"的扑克，跟中国的老人牌差不多。矮桌上放着一些零散的韩币，脚底下是乱七八糟的烟头，还有几个真露的酒瓶子。

看到我们进来，他们都愣了一下，坐在最靠门边的那个人首先反应了过来，他嘴唇一翻鼻子一皱骂了一句："阿西……"抄起酒瓶子就走了过来，娜美与他同时出招，在他举起酒瓶子的时候那柄木刀也砍了下来，剑道招式里标准的"唐竹"，从上而下的直劈，真露的酒瓶子被木刀砸了下去，直接在那人的脑袋瓜子上爆了，又加上挨了木刀一下子，他登时就仰面躺下起不来了。

剩下的4个人大呼小叫着就逼了上来，他们急切间找不到武器，也是人手一个酒瓶子，其中一个拎着张板凳冲了上来。娜美毫无惧色，手中的木刀从左至右猛地一划，在空中发出了一声尖锐的呼啸，瞬时就把4个人逼退了一步。她接着一个迅猛的上步，手中木刀如闪电般出击，"啪、啪"就放翻了两个人。话说这些吃泡菜长大的韩国佬抗击打能力还真强，其中一个倒地之后一个"骨碌"又爬了起来，红着眼睛朝娜美扑了过来。娜美直接一个错身而过，在交错的瞬间，木刀从他腹腔位置狠狠地砍了过去，真就像日本武士片里演的那样，那人在娜美身后晃了两下，然后痛苦地倒在了地上。

剩下的3个人不敢再轻举妄动，举着手里的家伙惊恐不安地瞪着我们。娜美一振手里的木刀说："阿乾，先过去废了那家伙！这里有我！"

躺在病床上的三七分看到我朝他走了过去，感觉快要吓蒙了，朝着我叽哩哇啦说了一大串鸟语，最后竟然挥舞着还能动的左拳向我打了过来。我一把攥住他的手腕，轻轻松松地拧了过去，朝他背后猛地一别，"咔吧"一声，这条胳膊也废掉了。此刻的三七分两条胳膊都断了，他趴在床上，脸上的五官痛苦得挤到了一块去，大张着嘴巴喘着气，却发不出一点声音。

那3个人一看我下此狠手，嚎叫着就往上冲。娜美把木刀往前一送，正顶在冲在最前面那个人的咽喉上，他"呃"了一下，刚来得及翻了一个白眼，就被一刀砍翻了。另一个估计也是练跆拳道的，跳起来朝娜美使了一个飞脚，目标是去踢她的手臂，让她丢掉手里的木刀。看来这家伙比较精明，明白打架中"断其前锋手"的重要性，可娜美没有给他实践这一理论的机会，手中的木刀往上一撩，正砍在他的小腿上。那人落地之后疼得捂着小腿在那里蹦跶，娜美一个跃步，从右斜上方一个极其漂亮的弧线型斩击，如流星般坠落在那人的脖颈左侧。他连哼都没哼一声，像根木桩子一样倒了下去。

我靠，我敢说那一刻绝对是宫本武藏、佐佐木小次郎、柳生十兵卫、座头市灵魂附体，她这一刀就算放在片场里也是让人惊艳的一击，导演绝对不会喊"Cut"的那种。剩下的最后一个哥们扔了手里的板凳，打开窗户就跳了下去。

幸亏这是三楼，不是十三楼。

娜美不想放过任何一个漏网之鱼，朝我摆了一下头说："下去追！"

病房里的打斗声引了几个小护士过来，看到我俩凶神恶煞的样子急忙朝旁边躲开了，我跟娜美追到楼下，已不见了那家伙的样子，腿脚真够利索的。我抬头看了看三楼的高度，这要换成我，我是不敢跳。

5

等我跟娜美补完刀，回到安医生诊所的时候，大约是凌晨五点一刻，从我们出发、废人、回来，前后加起来不到一个小时，可谓是干净麻利快。老棒子的手术已经做完了，右边的整个脸都被包了起来，跟海盗似的。安医生说，不幸中的万幸，刀子没有伤到眼球壁和眼体，只是划破了眼睑，没有失明的危险。

听到这句话，我真是要喜极而泣，几乎要抱着老棒子哭起来。他唯恐我碰到他刚缝合的伤口，嘴里嘟囔不清地把我推到了一边去。高兴了半晌，我忽然想到了一个问题，问安医生道："他脸上这道口子，会不会留疤？"

正在清洗器械的安抬头看了我一眼，面无表情地说："留疤有留疤的价钱，不留疤有不留疤的价钱。"

这句话把我噎得够呛，心想大家都是华人，至于这么冷血吗？娜美也有点不痛快了，接过话来说："你就只管治疗，用最好的药，钱一分也不会少你的。"

安头也不抬地回了一句，"给钱也得看我心情。"

娜美杏目一下圆睁起来，显然是动了怒，右手握紧了木刀的刀柄，嘎吱嘎吱地响。我真怕她一刀劈了安医生，那可真就没人给老棒子看病了。这时胳膊上腰上裹着纱布的小马急忙站出来打圆场，"娜美姐，你别生气，安他不是那个意思，真不是那个意思……兄弟们有个伤有个难的，不是每次都来找他？他哪次推托过了？他就是刀子嘴豆腐心……是吧，安，你说我说的对吧？你别看娜美姐这样，她可关照我们底下的兄弟了，我们有个什么事，她比谁都着急。娜美姐其实就是个热心肠，我知道你也是热心肠，嗨，你俩这热心肠凑到一块去了……"

任凭小马喋喋不休做着和事佬，娜美冷眼瞅着安，一言不发，安则低头清洗着自己的医疗器械，连眼皮都不抬。自恋狂碰到了自恋狂，就注定会有不可调和的矛盾。我有些心疼起小马的那张碎嘴来。

僵持了半天，娜美先绷不住劲了，她收起自己的木刀，冷冷地说："我先回去睡觉了。明天上午10点，九龙春开会，阿乾，别迟到。小马，你要没事的话，也过去坐一下。"

"得嘞，我知道了娜美姐，你先回去睡觉吧。"看到两个人终于不再杠着了，小马也是松了一口气。

娜美走了，老棒子也进病房休息了，就剩下我跟小马还在这坐着。他递给我一根烟，两个人抽起来，一边吹着牛。

小马说："今天去医院补刀，挺顺利？"

我说："那是相当顺利，娜美姐剑豪附体，震慑全场，有个哥们吓得直接从三楼跳下去了。"

"哈哈哈，那是——"小马笑起来，被烟呛了一下子，"娜美姐可是从小在仁川打起来的，真的，正儿八经道场学的，叫什么……北辰一刀流，知道啥意思不？就是干你只用一刀，不用第二刀。我给你说，幸亏娜美姐用的只是木刀，她要拿真刀，我去，整个仁川市早就腥风血雨了，政府都得通缉她你知道不？别说仁川了，就整个京畿道……"

"是，是，娜美姐确实牛×。"我急忙打断了他的话。小马这嘴太碎，要是任凭他说下去，一个牛×就能吹一晚上。

"牛×，是真牛×。"小马还不忘强调一句。

我说："她跟安医生是怎么回事？我看他俩总是不对付啊。"

"嗨，这真是小孩没娘，说来话长了，我告诉你，那还是两年前……"

我再次急忙打断他道："马哥，你别整的跟回忆录似的，挑要紧的说说就行。你以为谁脑子都跟你一样好使啊？你这信息量太大，我记不住。"

这话让小马相当受用，他深吸了一口烟，然后风骚地吐出了一个烟圈，"好，我今天就简明扼要地给你说说这些事情的来龙去脉，也让你看看我小马的综合归纳能力。不过这还是得说到两年前……"

我硬着头皮说："嗯，你说。"

"两年前，安才开始在这落户，开了这么一家整形诊所，也不接大活，就是给人割割双眼皮，垫垫鼻子什么的，顶多也就是隆胸了。之前他好像是在美国干这个的，具体我也不是很清楚。不管你从哪来，你就是从联合国来的，在我们'犰'的地盘上，你也得按规矩交保护费是不？安是个硬茬，就是不交。说真的，我就佩服他这一点，我当时带着人砸了他两次店，愣没吓着他。我心里说，这个是汉子，挺牛×，后来就砸的次数少了一些，前前后后加起来，有五六次吧。再后来呢，我俩就成朋友了。"

"就成朋友了？"我看着他。

"你不是让我讲梗概吗？"

"你这也太梗概了。中间发生了啥事，你砸了人家五六次店，还能跟人家做朋友？"

小马深吸了一口烟，眼神有些迷离，"是这样，那一次吧，社团里给我一个活，我没办好，孟老大挺生气，我脑子一热，说孟老大你别气，我自己罚自己一刀，接着手起刀落，就把这左手的小拇指给剁了。当时疼得我啊，脑门上全是汗，都快疼尿了。那一天夜里挺深了，我出门一看，中华街上全关门，黑漆漆一片，连个车也打不着，我这心里急啊，不是说超过几个小时，就手指头就接不上了嘛。我就往前跑，看到就安医生这诊所还亮着灯。我当时疼得也顾不得那么多了，一头就闯了进来，求安给我把手指头接上。安一开始还拒绝，说自己只是个整形医生，不会做外科手术。"

"那，然后呢？"

"然后？然后我心里一急，就疼晕过去了。等我再醒来，发现这手指头已经接好了。所以说啊，安这人就是刀子嘴，豆腐心，其实心肠好着呢。你看我这手指头接的……"小马将左手的小拇指伸给我看，"能看出疤不？"

我细细地看去，果然，如果不特意去看，根本发现不了这手指头是后来才接上的，只在外侧的边缘处有几个细微的线孔痕迹，应该是当时缝针留下的。安医生这手艺，可谓是精湛至极了。

看了小马的手指头，我问他："那你后来还砸人家店不？"

"砸什么店啊还，我感谢他还来不及呢！我手指拆线的那天晚上就请他去了夜总会，给他叫了6个小姐，6个！"小马狠狠地给我比划了一个"六"的手势。

我说："那安医生可够性福的。"

"切，"小马冷哼一声，环顾了一下左右，低声跟我说，"我怀疑这家伙那话儿有点毛病，最次也是个性冷淡，对小姑娘一点都不感冒。我就奇了怪了，那些小姑娘都是十七八的，还有学生妹，嫩得能掐出水来我给你说，那奶子一弹就往上跳，还直颤颤……"

"咳咳。"我咳嗽了两声，顺势换到了下一话题，"说说他跟娜美是怎么回事吧，他俩为啥总较劲？"

"为啥？还能为啥？两个硬茬碰到一块，不就剩下较劲了。"小马续上一根烟，狠抽一口说，"其实他俩之间，啥事没有，就是单纯的脾气冲脾气。还有一点啊，我给你说，你可千万别传出去。"

"嗯，你说。"我支起了耳朵。

"你可千万别传出去啊，要是被其他兄弟知道了，再传到孟老大耳朵里，咱俩可就惨了。"

我说："你放心，我嘴出了名的把风，绝不会有第三个人知道。"

小马俯下头，神秘兮兮地说："娜美其实有一个任务，是孟老大指派给她的，让她负责监视安。"

"监视安？"我疑惑道，"为什么？安不就是一个整形医生吗？"

"这就是上层机密了，我也不是很清楚，据说是安身上有点事情……嗨，管他呢，阿乾你记着，千万别把这些话传出去啊，我不开玩笑的，要不咱俩真惨了。"

"放心吧，"我拍拍他的肩膀，"我知道轻重的。"

跟小马聊了半天，我们都累了，小马上病床睡觉去了，我和衣躺在沙发上，却因为这一晚上太兴奋了，怎么也睡不着。看着外面的天色马上就要亮了，干脆也不睡了，蹑手蹑脚地走到老棒子屋子里，想看看他情况怎么样，想不到老棒子也没睡，招呼我道："阿乾。"

我惊了一下，"你也没睡啊。"

"睡不着，眼睛有点疼。拿根烟过来抽，解解乏。"

我把烟抽着，放在了他嘴上。他深深吸了一口，两道烟柱从鼻子底下缓缓冒出，"你知道上午在九龙春开会，要商量什么吗？"

"什么？"

"收官之战要开始了。"

"收官之战？"

老棒子点点头，"知道'犰'最大的敌人是谁吗？"

"不是清洞派的'白原虎'金大奉吗？"

"对，金大奉自从上次输了一役后，一直在积蓄力量，想着卷土重来。清洞派跟'犰'之间的恩怨，迟早要做个了断，但在这之前，每一方都要尽量扩张自己的地盘，壮大自己的实力。"

"棒子哥，我还是不明白。"

"伏击我跟小马的这帮人，也就是你们去补刀的这帮人，他们肯定不是普通的小混子。敢在中华街附近动我们的，也肯定是有帮有派的。不管他们是什么帮什么派，既然招惹到了'犰'，就倒霉了。'犰'这次要彻底灭了他们，用这帮小杂碎来竖威，用东北话来说，就是立棍。吃了他们，就等于壮大了自己。"

我有些瞠目结舌，"已经去医院补过刀了，还要再灭他们一次？"

"当然了。"老棒子用仅剩的左眼意味深长地瞄了我一下，"这叫讲政治。"

我疑惑道："棒子哥，这都谁给你说的？"

"没谁给我说，我猜的，事儿不都是明摆着的嘛。你要不信，就等到上午开会的时候看看。"

我心道这事不管真假，就冲老棒子这一番煞有介事的分析，他就是个混社会的料。

第四章 仁川大风暴

1

我跟老棒子聊到天亮，他困了，我也该走了。我要去中华街的九龙春开会，顺便印证一下事情是不是真像老棒子说的那样。

在我从安医生诊所里出门的时候，正碰上来上早班的允儿。她完全没了晚上在夜店里的那种放荡，而是束了个马尾，穿着一件素色又清爽的衣服，脸上铺了一层淡妆，像是一朵含着露水开放的喇叭花。我跟她打了个照面，心里扑通扑通乱跳起来，"允儿，昨天晚上……我真不是……"

她倒是坦然地很，完全没有我这般手足失措，"我明白，昨天晚上我们都喝多了，不用在意，就当什么都没发生过。"

我急道："我不是这个意思，我是说……"

"你想说什么？"

是啊，我想说什么呢？想说我是认真的？开玩笑，两人酒后差点发生的一夜情，有什么认真可言，况且我俩并没有发生什么实质性的内容。想说我会对你负责？这更莫名其妙了，人家根本就没这意思，我不是觍着脸往上贴吗？我只是流落在异国他乡的一个混子，没有正式工作，没有车子，没有房子，甚至连明天能不能睁眼看到太阳都说不准。我就像一粒细微到不能再细微的灰尘，飘荡在这个光怪陆离的时代里，被各种突然起来的漩涡所裹挟着，而自身却无能为力。

我什么都说不出来。

允儿看了我一眼，拿起挂在墙上的护士服说："我要工作了。"

"哦。"我答应了一声，失魂落魄地走出了诊所，心里好像有什么东西"啪"一下碎了。

当我赶到中华街九龙春的时候，看到门口挂起了"暂停歇业"的牌子。二楼的厅堂里已经坐了十几个人，有些是晚上在DL夜店里见过的，有些则是生面孔。老棒子和小马都受伤了，不能来，我就坐到了娜美下手的位置。

会议由"白纸扇"张勇真主持，就是庆熙大学的那个高材生，主管社团财务的那哥儿们。在DL夜店里发生冲突的时候，他也在场。

我第一次参加黑帮的会议，以为就像电影里演的那样，大家七嘴八舌，纷纷吵吵，划成好几个派别，说不了两句就要动起手来，然后再被老大给喝止住。其实真实情况完全不是那样，张勇真先做了简短的发言，主要汇报了一下社团近期的财务盈利及外在资金的运作情况，里面掺杂着大量的数学词汇，什么百分比啦，什么年度涨幅啦，什么同比利率啦，听得我昏昏欲睡，有一种参加经济座谈会的感觉。说完了这些后，张勇真又开始分析韩国最近出台的经济宏观政策，以及根据这些政策，社团控制下的一些生意该做什么方向性的调整。

我在昏昏欲睡之间，忽然一丝灵光乍现，让我顿悟了一个事情！原来这就是黑社会啊，这就是现代化社会里黑帮最典型的一种生存状态！国内之所以没有黑社会，只有黑社会性质的犯罪组织，就是因为这一点：缺少成系统化的商业生存模式！国内所谓的"出来混的"，其实就是打个架，斗个殴，在社会上博个名声，跟经济利益不挂钩。偶尔有拉帮结派势力扩大的，无非也就是欺行霸市，比别人多卖点东西，收个保护费。再升级一点的，开个赌场抽水钱，组织卖淫挣个人头费，也就顶天了。它绝不可能形成像仁川这样的帮派生存模式：有悠久的帮派传统，有严格的上下级关系，有社团自己控制的产业，有一条完整的资金链在运作。一个真正的帮派，就应该像一家大型企业那样去发展。

当然，这是由于国情不同造成的，要是在朝鲜，更没有黑社会生存的土壤了，饭都吃不饱，还玩什么黑社会。其实说白了，黑社会就是存在于政府之外的另一套地下组织和政治秩序！

张勇真发完言后，气氛陡然严肃了起来，我暗道，要说正事了。

果然，孟老大清了清嗓子，说了一下小马和老棒子在中华街被伏击的事情，他讲这话的时候语气很平静，但我却能从里面听出来一丝按捺不住的火药味。说完之后，他转头问另一个堂口管事的："白道，对方的来头，你这边打听得怎么样了？"

白道说："打听清楚了，是附近新浦街上的一个小帮派，就叫'新浦帮'，头目叫赵俊河，手下有二十多个人，以在新浦市场里收保护费为主。"

"切，一帮小喽啰。"有人不屑道。

白逍继续说:"赵俊河虽然手下人不多,但关系广,路子比较野,好像跟清洞派的金大奉也有来往。"

一提到金大奉的名字,大家都有些沉默了。孟老大看向娜美,说:"娜美,小马和老棒子都是你的人,现在他们都被砍了,接下来要怎么办,你拿个主意吧。"

"以血还血,以牙还牙,没什么好说的。"娜美面无表情。

"×他妈的,灭了新浦帮!"有人附和道。

"对,得让这群混子们知道,谁才是仁川的老大!"

"狗日的,敢欺负到'犰'的头上来了,找劈啊!"

"一群小兔崽子,得给他们点颜色看看!"

……

娜美表完态之后,众人群情激奋,恨不得现在就一口咬死赵俊河。我心里现在可亮堂了,老棒子分析的真没错,"犰"这次吃定了这些小杂碎,那个什么新浦市场,恐怕也要收入社团的势力范围了——恐怕这才是真正的目标,一切不以赚钱为目的的斗殴都是耍流氓。

老棒子这么多年果然不是白混的,这些东西他简直门儿清,要我说,像老棒子这种人就是天生的老油子,干啥啥不成,放哪儿都祸害,唯独扔进江湖圈里,只要给个机会就能大放异彩。

会议的主旨既然确定了下来,剩下的就是制订行动计划了。制订行动计划是一个比较长期的工程,因为要摸清对方活动的规律。如果要开战的话,最理想的状态就是把对方全盘围剿,不放过一条漏网之鱼,而这需要一个周密的策划。

过了三四天的时间,在大体摸清了"新浦帮"的活动规律之后,我们又开了一个战前碰头会,制订了具体行动的计划和时间。散会后,娜美叫住了我,让我自己去唐妈那里一趟。我说去干嘛,娜美没回答我,只是说去了你就知道了。

唐妈在距离九龙春不远的地方开了一个日用商品小百货,买卖倒还行,但我知道,她也根本不指着这个东西赚钱,这些都是掩人耳目的东西。我到了她的小百货店后,看到上午时分冷冷清清的,也没几个顾客,唐妈正坐在那里刺绣一朵牡丹花。我赞道:"唐妈,好手艺。"

"哎呦,阿乾来了。"唐妈招呼我道,"坐。"

我坐了下来,看着唐妈手里的刺绣,说:"栩栩如生啊,我在老家的时候接触过这玩意,很耗精力的,没个七八年的工夫拿不下来。"

"何止七八年啊，"唐妈放下刺绣，笑起来的表情有些悲凉，"我15岁，就跟着人从福建老家下南洋，在菲律宾待了10年，后来去日本，待了6年，最后来了仁川，一直就到了现在。老家的那些事，那些人，我都快忘光了，就刺绣这点手艺，是小时候学的，一直不敢放下，害怕要是放下了，真就全忘了。"

听她这么说，我心里一阵堵得慌。人活在这个世界上，真就像是无根的蒲公英，风吹到哪儿，就落在哪儿，就算是飘洋过海，也只是为了让自己活下去而已。我不想继续这么沉重的话题，急忙改口道："唐妈，听娜美姐说，你找我有事？"

"对，你看看这个。"唐妈从桌上推给我一个信封。

我接过来，感觉里面硬硬的，不知道装了什么东西，倒出来一看，竟然是两张身份证，韩国的身份证！一张我的，一张老棒子的。我惊呆了，说："唐妈，这是……真的？"

"当然是真的了，"唐妈嗔怒道，"你以为我办假证糊弄着你们玩呐，这就是正儿八经的证件，在全韩国的警局网络上都可以查到的。"

从上次在DL夜店的时候小马提过一次，到现在，这才几天的时间啊，她就把这事搞定了。我由衷地敬佩道："唐妈，你太厉害了，简直是手眼通天。"

"哎呀，可别这么说，我就守着一杂货铺，通哪里的天啊。孟老大他才是真正的通天呢，咱们这些，就是大树底下好乘凉。"

"是，是。"我连连点着头，小心翼翼地把两张身份证揣了起来。有了这玩意，再也不害怕在街上遇到警察盘问了，去哪里也都方便了，最起码可以随意出入夜店了。更重要的是，我跟老棒子，这两个异国他乡的人，在这里再也不是"黑户"了。

在我要走的时候，唐妈叫住了我，又给我一张卡，我问："这是什么？"

"我帮你报了一个韩语学习班，这是会员卡，离中华街不远，是仁川市政府主办的一个学习班，专门针对来韩务工的华人的。阿乾，你现在既然身在韩国，还是要好好学习一下语言，以后很有必要的。"

"嗯，谢了，唐妈。"我想着晚上即将发生的恶战，嘴上说了一句，"如果还有机会，我会去学的。"

2

下午的时候，我去安医生的诊所看了老棒子。小马伤势比较轻，已经出院了，正在家休养。

老棒子的半边脸还是被纱布层层包裹着，但已经不疼了，他说再过几天就能拆线了。

我说："真该感谢安医生啊，三番五次麻烦人家。"

老棒子说："是，等我伤好了，咱请他上夜总会，多叫几个小姐陪他。"

我笑道："你以为谁都跟你一样啊，看见女人走不动路。人家安医生不好这口。"

"你咋知道，你试了？"

"我没试，小马说的，他试过，他说安医生是个性冷淡。"

"还有这种奇葩……"老棒子忽然坏笑起来，"说不定，他喜欢男的呢？"

我说："那不正好，你直接献身行了，就当报恩了。"

"去，"老棒子踢了我一脚，"要献身也是你献，人家可是正儿八经救了你的命。"

我俩嘻嘻哈哈打闹了一阵后，老棒子问："新浦帮那边的情况，都摸清了？"

"摸清了，今天晚上就动手。"

"这么快？"老棒子愣了一下，然后又道，"晚上办事的时候，你眼神机灵点，别冲在前头，别跟人硬扛，实在不行要跑的话就拣人多的地方……"

我打断他的话，"放心啦，棒子哥，小小新浦帮，'犰'吃掉他们还不是轻而易举的事？"

"再轻而易举也会有人受伤，总之你万事小心点好。"

"明白了，我心里有数。"

看完老棒子出去的时候，正看到允儿在那里忙活。我有些尴尬，低下头，想急忙忙从她身边走过去，越是这样，却越是慌乱，不小心跟她撞了个满怀。

"那个……"我有些语无伦次，"对不起，我不是故意的。"

"没事。"她整了整自己的白大褂。

我礼貌性地笑了笑，错身走了过去。刚要出门，忽然听到了她喊我的声音。

"阿乾。"

"嗯？"我回过头，看着她。

"晚上小心点。"

我走在路上的时候，胸膛里还流淌着一股挥之不去的暖流。在那一刻间，我做了一个决定，这次事情之后，如果我能全身而退，我一定要再邀请允儿去一次DL，不管她拒绝也好，接受也好，都没关系，我要把我的心意表现给她看。

夜里十点零五分，新浦市场南段大门口，我坐在面包车里，摇下窗户，点上了一根烟，看着街面上寥寥经过的行人。

这里并不是繁华街区，而更像是一个农产品运输集散地。从本地农村运来的蔬菜和瓜果都会在这个区域卸货，然后进行批发或者零售，也有超市过来大规模采购的。在韩国，由于国土面积狭小，物资贫瘠，蔬菜瓜果的价钱是很高的，所以在这里收保护费绝对是一个赚钱的差事。

新浦帮的全体成员今天晚上在这里的一家料理店里集合，庆祝他们老大赵俊河的生日。这个点，正是酒兴正浓的时候，喝得都应该醉醺醺的了。社团里另一个堂口的白道已经带着人摸了过去。

这次行动计划是由孟老大亲自制订实施的，他再次发挥了自己熟读《三国演义》学来的军事经验，将此次围剿定为"突袭""围抄""斩尾"三个战略阶段，第一阶段由白道带队实施，率人奇袭料理店，砍他们一个措手不及。待他们从惊慌失措中回过神来的时候，白道等人立马撤退，退到料理店外面，对方势必会穷凶极恶地紧追不舍，这时，埋伏在新浦市场里的主力就一拥而上，把他们包了饺子，这就是第二战略阶段"围抄"。俗话说，穷寇莫追，这帮人被逼得急了，肯定会以死相搏，这时故意放出一条通向新浦市场南段大门口的生路，以免他们作困兽之斗。待他们惊慌失措地逃到南大门的时候，就是我们的出场时间了，这就是第三战略阶段"斩尾"。

不得不承认，孟老大的谋略太深了，一开始的时候，我根据和他比较粗浅的接触，判断如果他不是混黑帮，而是进入行政系统的话，就算从最基层干起，日后最起码也是个厅级干部。现在，我要修正一下这句话，如果孟老大混行政系统的话，以他的谋略和城府，混到副部级不成问题。

我们负责第三阶段"斩尾"的有5个人，都在一辆白色面包车里坐着。除了我、娜美之外，还有另外3个兄弟，皆是社团里身手比较不错的。娜美还是拿着她那把标志性的木刀，另外3个兄弟则是清一色的棒球棒，我挑了一把趁手的钢管。我们都没有选择利器，毕竟这只是械斗，不是杀人，如果闹出人命来，仁川市政府一介入调查，谁的日子都不好过。

白道带着人已经摸进去了，我抽了半根烟，里面还没传出来什么动静。我心里有些焦躁，问："娜美姐，白道他们没问题吧？"

"别急。"娜美面无表情地说。

在这种关键时刻，我从她脸上居然找不到一丝紧张的表情，不知道她是神经大条还是天生面瘫。或许也是她这种情形经历得太多了吧，所以能做到波澜不惊。

我手里的一根烟还没抽完，就从市场里传来了嘈杂的打杀声。我暗道一声，开始了！我急忙扔了烟屁股，握紧了手里的钢管，随时准备着进入临战状态。从市场里传出来纷杂的叫骂声和手里家伙的碰撞声，貌似十分激烈。这种情况持续了有五六分钟后，一伙人突围了出来，向着南大门的方向跑来。

娜美低喝了一声："抓紧！"

我们几个紧紧抓住了座位上的把手，她则利落地挂挡、加油门，猛打了一把方向盘，面包车一个甩尾，朝着刚跑出来的那些人撞了过去，当场就崩飞了三四个。我们纷纷从车里跳下来，抢起手里的家伙，跟这帮漏网之鱼展开了械斗。

对方很显然没有意识到还有这最后一重埋伏，心理防线已然全盘崩溃。我们虽是以少敌多，但没费多大力气就控制住了场面，把跑出来的来挨个儿放倒在了地上。在晃动的人影中，我注意到其中一人就是那天从大吉医院三楼跳下去的哥儿们，心想真是冤家路窄。这哥儿们很明显也看到了我，竟然急中生智，一个骨碌钻到了面包车底下，我想下去捞他，他却从另一侧爬了出去，跳出了我们的包围圈，然后撒丫子就跑。

我有些气恼，竟然眼看着这样的家伙成了漏网之鱼，两次在我眼皮子底下溜走。我对娜美说了一声："娜美姐，我去追那家伙！"然后拎着钢管就追了上去。

人在情急之下的爆发力是超乎寻常的，尤其是逃命的时候，那家伙撒丫子跑起来的速度几乎都能赶上刘翔了，估计他一辈子也没跑这么快过。我之前曾经听过一个故事，说一只猎狗追一只野兔，结果没追上，被人耻笑，猎狗却说：逃命奔跑的速度，和为了一顿饭奔跑的速度能一样吗？当然，猎狗是绝对不会说出这么有哲理的话来的，但这个故事却无比正确，它剖析的不仅是动物性，更是人性。

我一连追了他五六百米，并且一直保持着百米冲刺的速度，都快把我的肺给跑炸了。这家伙的腿部力量太惊人了，那天从医院三楼跳下去竟然能安然无恙就已经够牛的了，今天晚上又给我展示了他那过人的田径天赋。要说这哥们不混黑帮的话，去报个体校，参加个专业队，说不定还能入奥运拿奖牌呢，但命运就是这么吊诡，很偶然不是吗？如果当初泰森没被人偶然发现的话，他一直到现在还是在街头上打架的那个混小子呢。

可惜追在这人后面的是来自另一个帮派的成员，而不是一个体育星探或者田径教练什么的。我在他后面一路狂奔，眼看就要追不上了，就抢起手里的钢管狠狠地向前砸了过去。钢管在空中"呼呼"旋转着，一下就砸在了他的后脑上。他"哎哟"一声趴在了地上，摔了挺厉害的一跤。等他再爬起来的时候，我已经到眼前了。

我捡起地上的钢管，指着他，一只手扶着膝盖，大口大口地喘着气。

他明显是吓怕了，从兜里掏出一把比水果刀大不了多少的卡簧刀，手不停地哆嗦着。在昏黄的路灯下，我看清楚了他的容貌，不过十八九岁的年纪，表情因为紧张而略显狰狞。他恐吓似的挥舞着手里的卡簧刀，一边叫嚷着我根本听不懂的韩语。语言的交流已经没有什么意义了，我站直了身体，马上就要用手里的这根钢管让他躺在冰冷的大街上。

他忽然眼巴巴地看着我，有些生硬地说道："我妈妈……也是中国人。"

我愣了一下。

他眼里的泪水忽然就涌了出来，毫无预兆地，像个孩子似的咧开了嘴，"我妈妈两年前……死了……我没有骗你……她是中国人……"

我感觉到有什么扼住了胸口。我不知道他说的是真的还是假的，于是我问道："你妈妈是中国哪里人？"

"福建……闽清……"

我沉默了有七八秒的时间，说："你走吧。"

他流着泪，收起了手里的卡簧刀，朝着我鞠了一躬，转身就走了。他刚走出两步去，我又叫住了他，说："以后别混黑社会了，去练体育吧。"

3

对新浦帮的战斗以我方大胜而告终，盘点了一下，我方只有几个兄弟受了轻伤，几乎可以说是完胜。唯一的缺憾是，新浦帮的老大赵俊河在挨了两刀之后，负伤逃跑了。娜美和白道各带了一队人马，挨个儿医院去找，想再执行"补刀"计划，但可惜的是，几乎翻遍了整个仁川大大小小的医院，也没有找到赵俊河本人。

不过这已经无关紧要了，无论是对于赵俊河还是对于新浦帮来说，都已经是大势已去。

直到后来，很久以后，我才听说了赵俊河的事情。据说，那天晚上他挨了两刀之后，拼死跑了出去，没有在仁川逗留，直接就回了位于光州的老家，连夜跑回去的。那一场突袭战，真的是把他打怕了，也打怵了，赵俊河在新浦街混了那么久，从来没有受到过这样的打击：夜里被突袭，刚出来反攻又被包了饺子，眼看着能逃出去的地方却是一个陷阱，还有等着收尾的。他明白，自己这次是遇上狠角色了，那两刀都砍在了他背上，却疼在了心里，他疼的不是自己一手建立起来的新浦帮就此灰飞烟灭，而是疼他发现自己根本就不是一个混江湖的料。

他手下笼络的那些人，20来个，社会青年，有组织无纪律，以收保护费为生，根本称不上黑帮，顶多算是小流氓团体，而一旦遭遇到了"犰"这样正规社团的打击，立刻全盘瓦解。赵俊河就此回了光州老家，再也不提帮派的事，老老实实地开了一个鲜鱼店，后来竟然经营得有声有色，还开了几家分店，连续两年入选了光州市"优秀渔产商家"。这对于他来说，也算是因祸得福吧。

有些人，真是天生不适合混黑社会。这要换了老棒子，背上挨了两刀，岂能咽下这口气，肯定会想办法东山再起，报仇雪恨。当然，我并不是说鼓励这样，越是这样的人，往往都不得善终，我觉得就像赵俊河那样的，挺好。

围剿新浦帮那天晚上，我就去了安医生的诊所，给老棒子报了这个喜讯。他听完之后，一个劲地摩拳擦掌，为自己没能亲身参加这场突袭战而后悔不已。我安慰他说："棒子哥，别急，后面干仗的时候多得是。"

"是，是。"他一边这样说着，一边还摩挲着大腿，看样子还是挺后悔，末了，他忽然又问我，"你说新浦帮被灭了，新浦市场打下来了，孟老大会不会让咱俩去管这个地方？"

我笑着说："不太可能吧，怎么说咱俩都还是新人。"

"新人不一定不受重用啊，再说，现在'犰'也是用人之际。"

"就算让我去管理，我也不行，我连韩语都不会说呢。"

"对啊，这是个事，你得抓紧时间学学。"

"嗯，唐妈帮我报了一个韩语班，我准备过两天就去学。"说到这里，我忽然想起来了，急忙把老棒子的身份证拿给了他。他一看到自己的身份证，高兴地眉开眼笑（当然只是左眼），"哎呀，从今以后，咱也是有身份证的人啦。"

那天晚上，安医生不在，诊所里就只有允儿自己在值班。看完老棒子以后，我深吸了一口气，拉住允儿的手就往外走。

"你……你干什么？"允儿奋力挣开了我的手，不知道为什么，穿着护士服的她总是格外的清纯。

我又抓住了她的手，说："走，跟我出去。"

"去哪儿啊？这深更半夜的……"

"去DL。"

"不去，我还要值班呢……"

"不值了，有老棒子在。"

"他在？他也不是医生啊……"

我不由分说地攥着她的手，在路边拦了一辆车，直奔DL而去。就这样，穿着护士服的允儿被我强行拉到了夜店里，站在一片喧嚣和炫目的灯光下，我大声喊道："允儿，我今天很高兴，我要请你喝酒。"

她冷冷地看着我，停了半晌，才大声道："喝酒是吧？好，今天看谁先喝趴下！"

那天晚上，我俩一共喝了两瓶芝华士，一瓶伏特加，都喝多了。喝多之后就是跳舞，在舞池里纵情狂欢。允儿脱了护士服，扔到了一边去，跟我在舞池里热辣狂舞。她又恢复成了那个狂野的允儿，那个头发甩起来如不动的风一般的允儿，那个身上仿佛带有无穷的魔力能把人引向深渊的允儿。我把手放在她的肩上、她的腰上，她的臀上，感受着她的津津汗液和无穷活力，跟着她一起在震慑人心的音乐里舞到癫狂。

也不知道跳了多久，我们俩已经紧紧地抱在了一起，在一明一暗的炫目灯光里，我亲吻着她的嘴唇，双手滑过她挺立的双峰、平坦的小腹，听着她急促而又热烈的喘息，我感觉到体内有一只野兽正在横冲直撞，想要冲破这世间的樊笼。

那天晚上，我们都没有回家，就去了DL旁边的一家快捷酒店。进了房间之后，允儿一下就扑在了我身上，湿湿的唇深深地吻了过来。我一边回应着她的热吻，一边把两个人的衣服脱了个精光，就那么赤裸裸地抱着，躺倒在松软的床上。

那一晚上，是我来到韩国以后过得最舒心的一夜，也是最痛快的一夜。所有的不安和烦闷，所有的疑惑和陌生，都在允儿的娇喘声中和温柔怀里，化作了一缕浮云。

转天醒过来的时候，已经是早上八点多了，天色早已大亮。我还有些宿醉上头，脑袋昏昏沉沉的。允儿睁开眼睛，有些不好意思，光不溜丢地钻进了我的怀里，说："哎呀，今天去诊所肯定要挨安医生骂了。"

"骂你什么啊？"我玩着她顺滑的头发说。

"坏蛋！肯定是骂我晚上不值班，跟着你出来鬼混啊！"说完，她还掐了我一把。

"哎，你这话说的，什么叫鬼混啊？"

"这就叫鬼混啊。"

我一个翻身就把她压在了下面，"好，今天就让你看看什么叫鬼混！"

……

允儿出门的时候，我抱着她，还想再亲一下，她却一把推开了我，说："如果你知道我的过去的话，就不会那么喜欢我了。"

我一把搂过了她的小蛮腰，"我喜欢的是你的现在，又不是你的过去。你不要把过去的事情讲给我听。"

她把头埋在我的肩膀里，沉默了好一会儿，才抬起头亲了我脸颊一下，说："我要回去了，安医生自己忙不过来。"

我说："好，你回吧，晚上下班的时候我去接你。"

她对我笑了一下，未置可否，便转身出了门。

允儿走了以后，我又在房间里休息了一会儿，感到百无聊赖，忽然想到了唐妈帮我报的那个韩语学习班，便想着闲着也是闲着，不如过去听听。

学习班在距离中华街不远的地方，一天开设两节课，上午9点半一节，下午4点一节，我去的时候正赶上第一节课。果然如唐妈所说，这种学习班是专门给来韩务工的华人准备的，一间教室里，坐了有30多个人，其中有一大部分的穿着都不太讲究，廉价的西服、脏兮兮的白色运动鞋，毫无版型满是褶皱的裤子，一看就是在工厂里流水线上做工的。坐在我身边的几个人也不知道几天没有洗澡了，还有一股若有若无的汗臭味。我觉得心酸，又觉得可怜，跟外面走在大街上那些打扮的新潮时尚的人相比，他们就像是被这世界遗弃的一群人。

上课开始了，授课的是个女教师，三四十岁的样子，看上去蛮像个知识分子，戴着眼镜。课前看过她的资料，说是毕业于首尔大学中文系，所以汉语讲得不错，没有一般韩国人讲汉语的那种生硬。她站在讲台上，咳了一声，示意授课正式开始了，她的第一句话就是："今天，我来教你们韩语。你们要记住，大韩民国是一个很大的国家，韩语是这个世界上最伟大的语言。"

我不由得发出了一声嗤笑。

这老师韩语教的还算专业，能让人听进去，可教着教着，我就觉得不对劲了。在课程中间，她穿插着讲了一些韩语的源起，无非是世宗大王如何如何牛×，韩国历史如何如何璀璨，韩语如何如何优秀，还顺带着比较了一下韩语与汉语的优劣，把汉语批得一文不值，韩语完美得简直就是天上的梵音，甚至说到"没有韩语，就没有东亚的历史文明"。

我听得越来越上火，再看看旁边的华人同胞，竟然还是一脸冷漠地在那里坐着听讲，有的还拿出来小本子记笔记，认真得跟什么似的。我实在忍受不了了，猛地站了起来，说："没有汉语，哪来的韩语?!"

教室里一片哗然，大家都莫名其妙地看着我。女老师有些惊愕，她扶了扶鼻子上的眼镜，说："韩语有自己的源头，跟汉语有什么关系?"

"放屁!"我骂道，"连古朝鲜都是中国人建立的，你们韩语有资格说有自己的源头? 别以为别人都不懂历史，你们的世宗大王不过就是在汉字的基础上多加个几个点几个圈，就变成了所谓的韩文，你们自己的文字! 剽窃别人的东西还这么理直气壮，冠冕堂皇，你就是这么做老师的?"

这女教师被我一番话骂的直打战，身边有好几个中国人站起来劝我，"算了，算了，咱们是来学习的，不是过来吵架。人在屋檐下，不得不低头……"

我一把甩开他们，恶狠狠地瞪了他们一眼。哀其不幸，怒其不争，我都懒得跟他们说话。

"你们中国人就是这样!"女教师指着我，尖着嗓子叫道，"愚昧，落后，不懂得学习，只知道反驳! 看看你们的国家建设，民族素质，生活水平，为什么上不去? 就是因为你们的盲目自大，闭关锁国，不知进取!"

我冷笑一声，"敢情你说的是清朝吧? 就是我大清朝，灭了你们这群高丽棒子那也是不费吹灰之力。我们国家建设生活水平上不去? 我想问问你，你去过中国没? 你去上海北京广州瞧瞧，亮瞎你的狗眼! 就你们韩国这屁大点的地方，养头牛都跟宝贝似的，恨不得把泡菜都吃出来牛肉味。你知道你们的韩国留学生看到我们在国内吃大餐的时候都傻眼了，他们一辈子也没见过那么多肉! 至于民族素质，你别以为在这里看见几个麻木不仁的怂包，就觉得中国人都是怂包了，我告诉你，你要敢去中华街说这样的话，敢当你爷爷的有的是!"

这女老师气得浑身发抖，指着我不停地说："你……你……"

旁边几个人还在不停地劝着我，让我别发这么大火。我对着他们怒吼了一声"滚"，吓得他们都不敢吭声了。我一脚踢翻了桌子，走了出去，在门口的时候回过头，想骂他们几句，却终究没有说出口。

我能骂他们什么呢? 他们每个人背井离乡，来到这里，苟且求安，家里还有老婆孩子在翘首以盼。看着他们怯懦而待滞的眼神，我把要骂人的话生生咽了回去。

我在韩国的第一次"学生"生涯就这么结束了，从那以后，我再也没有踏足过那个学习班半步。不过，不久后我还是学会了韩语，融入那个生活环境中，其实学会一门语言是很快的，完全不需要出卖自己的良知与尊严。

4

灭掉新浦帮一个星期后，老棒子出院了。安医生果然是妙手回春，他右边被划伤的脸一点也看不出什么痕迹来，相反捂了一个多星期的时间，比左边的脸更白了。我开玩笑道："棒子哥，你没事要多挨几刀，还能变年轻呢。"

老棒子也很感慨，摸着自己的右半边脸道："是啊，真要感谢人家安医生啊，要不然我这眼睛估计都保不住了呢。啥也别说了，晚上夜总会伺候，我说到做到，给安医生叫6个姑娘！"

"跟你说了，安医生不好这口。"

"他不好这口归他不好这口，起码我的心意到了。如果他真不好，那就便宜咱兄弟俩了，咱俩一人仨。"

我说："我不跟你乱搞，我有允儿了。"

老棒子的眼睛一下瞪得老大，"允儿？郑允儿？你把她给上了？"

"什么叫上啊？你别说话那么难听行吗？"

"行啊你小子！"老棒子猛地拍了一下我肩膀，"出来混的本事没见长，泡妞的本事见长了！"

我催促他道："别废话了，你赶紧收拾一下东西，一会儿准备回去，我先去替你谢谢安医生，顺便帮你问问人家愿意赴你的夜总会之约不。"

安医生的办公室没关门，他就背对着我坐着，所以我没敲门，径直走了进去，看到他正在一张速写本上聚精会神地画着什么东西，对我的到来浑然不觉。我伸长脖子看了看，他画的东西很奇怪，是一个"凶兽"的图案，好像是麒麟，又好像是虎豹，又感觉什么都不像。我就轻轻叫了一声："安医生？"

他猛地反应了过来，手忙脚乱地把速写本合上了，然后抬头看了我一眼，脸色有些难看。

我从来没见过他这个样子，不禁有些意外，"安医生，你没事吧？"

"没……没事。"他把速写本放进了抽屉里，"找我什么事?"

"哦，是这样，棒子哥的伤好了，要出院了，我特地来感谢一下您这段时间对他的照顾。另外，棒子哥想请你今天晚上去夜总会喝杯酒，不知您能赏脸吗?"

"心意我领了，不过我不太喜欢夜总会那种场所。"他又恢复了那种冷冷的拽拽的样子。

"三番五次蒙您照顾，真不知道怎么感谢才好。"

"不用感谢我，还是那句话，我只是拿钱治病，就这么简单。应该付的医药费，社团那边一分钱也没少给我。只要付得起钱，不管是谁，我都会治疗的。"

这番话颇有些拿人钱财，替人消灾的意思，堵得我不知道该如何接口了。最后我只能悻悻地说了一句："好的，我明白了，您忙吧。"然后走出了办公室。真不知道，允儿天天在这种人手底下干活，怎么能受得了。

忽然间，我又想起了他在速写本上画的那个凶兽图案，好像在哪里见过，好像又没有见过。我不明白他为什么会画这么一个东西，总之，感觉这个人有时候神经兮兮的。

老棒子出院以后，我俩立刻被分配了新的任务：和社团专门负责财务的张勇真一起，前往"犰"控制下的赌场收赌债。

韩国虽然开设赌场合法，但不得不说，人家很讲良心，大部分赌场都不允许韩国本地人进入，只对外籍人士开放，所以在韩国的赌场里，你见不到韩国人的身影，充斥其中的是中国人、日本人、马来人、菲律宾人，以及从欧美来的赌客。但在那些大赌场的VIP包厢里，却被从中国大陆来的赌客占领了，他们大腹便便，挥金如土，一晚上输个上百万连眉头都不会皱一下。

韩国本地赌场不允许韩国人进入，但韩国人也有赌博的需求啊，所以，秉承着"一视同仁"原则的犰社团急韩国人之所急，想韩国人之所想，在位于春川街的一间地下二层开了一间"高丽赌场"，不仅欢迎中国人、日本人、马来人，更欢迎韩国本地人。但却有一条规矩：绝不允许社团内部成员涉足赌场。

老棒子开着车，停在了春川街附近。张勇真打了个电话，就带着我下了车，三拐两拐之后，进了春川赌场。

赌场里面真是热闹，扑克牌、麻将桌、轮盘、老虎机应有尽有，男人们都抽着烟，在里面大声吆喝着，整个大厅里简直是乌烟瘴气，但那些人赌博的人浑然不觉，他们的眼前只有在滚动的骰子和扑克。一个看场子的小弟看到张勇真进来，点头哈腰的递上来一根烟，指着牌桌上一个正在聚精会神看扑克的有些肥硕的男子说："勇哥，就是他。"

这个人就是我们的目标，崔在敏，韩国本地人，36岁，在高丽赌场已经欠下了两百万韩元的高利贷，并且逾期没有偿还。但凡是赌场，里面都有配套的高利贷发放，有些人输得急眼了，一时间找不到钱，就得在赌场里借高利贷。赌场那是什么地方，销金窟啊，你有多少钱输不进去？所以这高利贷就是越借越多，越多越难还上，有借了高利贷的人辛苦一辈子，也不过就是还了个利息钱。

崔在敏就趴在牌桌上，双眼像被什么吸住了一样，紧紧地盯着手里的牌，嘴唇还在不停地颤抖着，一点一点地掀起了扑克的边角。可能是牌的点数不遂人愿，他的脸色立刻变得难看之极，大叫了一声"阿西吧"，然后把牌狠狠地摔在了桌子上。他摸了摸口袋，除了翻出半包烟来，还有几个零散的硬币，半晌，他只能摇了摇头，悻悻地离开了赌场。

"走，跟着他。"张勇真对我说。

我们尾随他走出了赌场，看到他推起了停在路边的一辆电动自行车，我俩急忙上了老棒子的车，远远地跟在他后面开着。就这样，汽车一直跟在电动自行车的后面，经过了两条街区，直到驶入了一片居民小区里才停了下来。

崔在敏放好电动自行车，从楼下的小商店里买了点东西，拎着一个塑料袋上了楼。张勇真摇开窗户，点上一根烟说："我不上去了，你俩上去办事吧。"

"得嘞。"老棒子打开车门，跟我下了车，远远地尾随在崔在敏的后面。这是一幢比较老旧的居民小区楼，连电梯都没有，崔在敏爬到了四楼，我跟老棒子就在楼梯下面的拐角处等着，听着他气喘吁吁地掏出钥匙，打开了房门。

"动手。"老棒子说。

我俩戴上帽子，伪装成管道修理人员，然后上去敲了敲崔在敏的房门。里面说了一句什么，应该是问："谁啊？"老棒子回答了一句，他好像通过猫眼看了我们一下，然后打开了门。

我俩刚进去，就凶相毕露，先是我一脚把门给关上了，老棒子则从腰里掏出一把刀子，直接就顶在了他的脖子上。崔在敏吓得一下子就跪在了地上，老棒子朝他说了一句话，大意是让他还钱，崔在敏则抱着老棒子的大腿，吓得浑身哆嗦，一个劲地磕头，表示自己是真的没钱。就在这僵持不下的时候，一个六七岁的小女孩从屋里跑了出来，看到这一幕，吓得"啊"一声尖叫。

老棒子急道："阿乾，别让这小姑娘叫唤！"

我明白，她如果声音太大的话，不把警察招来也能把邻居招来，那时候就有点麻烦了。我三两步跑上前去，将小姑娘抱起来，用手捂在她的嘴巴上，任凭她在我怀里拼命挣扎。崔在敏更慌张了，跪在地上朝着我直说话，意思是求我不要伤害他女儿。我对老棒子说："快给他翻译，说我不伤害他女儿，让他赶紧还钱！"

老棒子又和他叽哩哇啦说了一番，然后朝我无奈地摇了摇头，"他说了，不是不还，是真没钱。"

"×，那咋办？"

"咋办？按规矩办呗！"老棒子说着，一下就把崔在敏踢翻在了地上，接着一只脚踏在他胳膊上，举起刀子就要砍下去。我怀里的小姑娘见状，一阵拼命挣扎，我也急着大喊道："老棒子，你干吗！"

"干吗？办事啊。"老棒子抬头看着我，"社团收赌债的规矩，两百万，一只手，你忘了？"

"可，可是……"我拼命抱着在我怀里挣扎的小姑娘，"你也不能在这儿办事啊！"

"不在这办在哪办？在大街上？"

"她闺女还在这看着呢！你想吓死孩子？"

"×，你把她眼蒙上。"

"棒子哥，算我求你了，咱再给他宽限两天，不成吗？"

"阿乾，你怎么回事？你说宽限就宽限，这赌场是咱俩开的吗？要咱俩说了算，别说宽限了，就是这钱不要了我都行。"

我明白，社团有社团的规矩，并且相当严格，谁坏了规矩，就得被执行"家法"。小马在社团里混的算是不错的，上次他因为没做好社团里给的一个活，还把自己的小拇指给剁了。我跟老棒子要是在这儿坏了规矩，肯定更是吃不了兜着走。

老棒子见我不说话了，再度举起刀就要动手，被他踩着的崔在敏已经吓得话都快说不出来了。我放下小姑娘，跑过去一脚踢飞了他手里的刀。

老棒子猛地推了我一把，叫道："你干什么！"

崔在敏坐了起来，一把抱住跑过来的女儿，两个人搂在一起失声痛哭。

我说："棒子哥……"

他一把揪住了我的衣服领子，"阿乾，你什么意思？你想让咱哥俩今天都栽在这儿，是不是？"

"我不是这个意思，我只是……"

我俩正僵持着，忽然有人敲门，吓了我们一跳。老棒子凑着猫眼看了看，打开了门，张勇真闪身走了进来，有些嗔怪道："怎么回事，耽误了这么长时间还办不完事？"

老棒子捡起地上的刀，瞅了我一眼说："你问他吧。"

张勇真看了我一眼，又看了看跪在地上抱头痛哭的父女俩，瞬间就明白了一切。沉默了几秒后，他说："走吧。"

"走？"老棒子不敢置信地看着他。

"这件事，你们别管了，回去也别给任何人说。"张勇真叹了一口气，"走，走。"

老棒子还是不放心，"那账面上……"

"账面上的钱数，我来平，你们就别管了。"既然他都这么说了，老棒子也不好再坚持什么。刚走到门口，张勇真忽然又转身走了回去，揪起跪在地上的崔在敏，狠狠地扇了他一个大嘴巴子，然后指着他说了一句。

我问老棒子："他说什么？"

"他说，你要再赌博的话，真是猪狗不如。"

5

去春川赌场的当天晚上，张勇真开着他的小汽车来找我，叫我去喝酒。

我有些意外，因为进了社团之后，跟我关系比较好的就是老棒子、小马两个人，因为我们都是跟着娜美混的。而从派别上来说，张勇真属于另外一个系统，跟我交集不多，除了出任务的时候，我俩并没有什么私交。

所以我不知道他为什么会找我去喝酒。

我坐在张勇真的车上，看他一副愁眉不展的样子，问："是不是今天没把放出去的高利贷收回来，孟老大那里不好交代？"

他摇了摇头，"不是，账上的事，我可以做得天衣无缝，这很容易。孟老大不是学经济的，他根本就看不出来。"

"那你为什么闷闷不乐的？"

"也没什么，"他苦笑了一声说，"就是想找个人聊聊，喝点酒，解解闷。"

他又开着车去了春川街，把车随便在路边一停，我俩找了一家在街边支着帐篷的"居酒屋"，掀开门帘走了进去。在韩国，这种简陋的搭着帐篷的居酒屋随处可见，很像我小时候在老家经常逛的"夜市"：前面支一个火灶，有水饺、羊汤、烩面啥的，还有装在玻璃柜里的各种凉菜，帐篷里则是简单的长条板凳和木头桌子。要上一箱啤酒，若干烤串，几个凉菜，就可以跟三五好友从傍晚喝到下半夜。

韩国的帐篷居酒屋跟国内的"夜市"差不多，只不过要干净上许多，布置得也比较温馨，让人有一种说不上来的暖暖的感觉。当时已经是深秋初冬的时节了，帐篷里面也挺冷的，但看到韩族大妈亲切的笑容和料理时氤氲的蒸汽，却让整个人都感觉暖和了起来。

我俩点了几个菜，就喝了起来，杂七杂八地聊着天，也没什么重心。聊着聊着，又说起来了白天收赌债的事情，我说："勇真，我真没想到你竟然没让老棒子下手，说实话，挺出乎我意料的。"

勇真怆然一笑，干了一杯"真露"，问我："阿乾，你知道我今天为什么约你出来喝酒吗？"

"为什么？"

"因为你今天先拦住了老棒子。"

"……"我越发有点摸不着头脑了。

"你有没有想过，我是从庆熙大学经济系毕业的，为什么不找一家公司或者企业，却要留在社团里做事？"

"确实想过，"我老老实实地回答，"但一直没想出来。"

"呵……"他给自己倒了一满杯，一仰脖，又喝了进去。

那天晚上，他喝多了，断断续续地给我讲了一些他过去的事。也就是从这些过去的事里，我才知道了他为什么会混入黑帮。

张勇真算是二代华侨，他父亲叫张子和，是第一代来韩国打拼的中国人，踏实肯干，攒了些钱，小有富裕，还供他儿子读了大学。就在张勇真读大二的那一年，张子和迷上了赌博，就在春川街一家韩国本地人开的赌场里，短短一个星期的时间，把几十年积攒下来的积蓄全都输了进去，连房子都抵押给了人家。

张勇真知道自己父亲赌博的事情后，痛心疾首，屡次劝他爸不要再涉足赌场，可他爸像入了魔怔一样，就是不听。在当时，他父子俩曾有过如下对话：

"爸，我劝你别再赌了。"

"大人的事，你少管。"

"十赌九输，在那种地方，你是不可能赢到钱的！"

"胡说，我有一次玩轮盘，一把就赚了五番，只要技术好，肯定能赚回钱来。"

"爸，我是学经济的，你相信我，那些东西都是骗人的。在赌博里面，有个概率问题，你赢的时候肯定是小概率，输的时候才是大概率。这些东西从一开始就是他们精心设计好的。"

"唉……"张子和长叹了一声，儿子说的这些东西，他不一定不明白，只是不愿意去面对而已。他说，"我现在，骑虎难下，不赌也得赌了。"

"现在收手还来得及啊。"

"来不及了，房子都已经抵给人家了。要是不想办法回本的话，咱爷俩就得睡大街了。"

"爸，我不怕睡大街，只要咱们能平平安安的。"

张子和看了他一眼，没再说话，转身出去了。在韩国奋斗了这么多年，他绝不甘心自己就此倾家荡产，他绝不能让儿子跟着自己去睡在大街上。他已经赌红了眼，在他疯狂的信念中，只要有一次翻本的机会，一次，他就能把以前输的全部捞回来。

于是，张子和借了高利贷，他的意识已经趋近疯狂了，他不信自己就这么点儿背，一次翻本的机会都等不来。但事实证明了张勇真的概率学说的正确性，在春川街的赌场里，张子和一晚上的时间把借来的高利贷输了个干干净净。

天亮的时候，他脑袋一片空白地走回了家。

积蓄荡然一空，房子也抵押出去了，高利贷自然还不上，光那些利滚利的利息就能压他一辈子。还不上钱，赌场就派人要账来了，可张子和是真没钱，赌场就按照规矩，剁了张子和的右手。

没了右手的张子和彻底崩溃了，他感觉人生已经没有希望了，几十年的努力前功尽弃，无法面对这一切的他从楼上纵身一跃，以这种洒脱的方式结束了自己的生命。

在庆熙大学住校的张勇真听到这个消息后，当场晕倒在了宿舍里。

苏醒过来后的张勇真只有一个信念，那就是为父亲报仇。毫无社会经验的他搞了一把折叠刺刀，每日都在春川街上徘徊，就是为了摸清赌场里面的人的活动规律。没几天，还真让他给摸出了点东西：开赌场的人叫崔亨九，每天下午三点和晚上十一点的时候，他都会去一家固定的酒吧喝酒，但这家伙防范心理极强，每次出门都跟着六七个手下，张勇真根本找不到机会下手。就这样观察了一段时间，他心里越来越急，但就是找不到合适的机会。

就在他以为报仇无望的时候，事情却发生了急遽的转折。"狐"当时正在扩张自己的势力范围，想把春川街的地盘吞为己有，就跟催亨九展开了火并。火并的地方，就在崔亨九开设赌场的春川街上。

很明显，摸清了崔亨九活动规律的不止张勇真一个，还有"狐"的人。那天晚上十一点多的时候，天空中下着迷蒙的细雨，街上几乎看不到一个行人。崔亨久带着他的小弟刚出了赌场，就被一伙人给围攻了，双方就在街边展开了激战，拿着匕首一顿互捅，殷红的血水像从地下冒出来的一样，流得到处都是。待"狐"的人撤退后，街上只剩下了几具横七竖八的尸体倒卧在血水里。

一直躲在暗处的张勇真借着街边的路灯，亲眼目睹了这一幕的发生，他一直想着杀人，却没想到光看见杀人就已经让他心惊肉跳。他捂着胸口，大口地喘息了好长时间，才鼓起勇气，战战兢兢地走向那几具横七竖八的尸体。他把一张撑开的黑伞拿开，看到了伞下面盖着的人脸，正是崔亨九。

崔亨九还没死透，肚子上扎着一把刀，嘴里面往外汩汩冒着血沫子，朝着张勇真伸出了手，含混不清地说："救……救我……"

张勇真逃也似的跑了。

那场活儿"狐"干得十分漂亮，从出现到撤退，前后不过四五分钟的时间，甚至都没有一个目击证人。五人当场毙命，帮派头子崔亨九横尸街头，这是轰动了整个仁川的一件大事，警方立刻介入了调查，却因为缺乏相关证据，最后不了了之。

这之后，春川街便成了无主之地，后来"狐"将其收归己有，继续从事赌博行业，也就成了顺理成章的事情，那都是后话。而对于张勇真来说，不管"狐"的目的是什么，都客观上为他报了父亲的仇。于是，张勇真大学毕业之后就加入了"狐"，至于是为了报恩还是为了别的什么，恐怕连他自己都说不清了。

张勇真那天晚上喝得大醉，是我开车把他送回去的。他叫我出来喝酒，无非是因为我拦住了老棒子的那一刀，避免了一个他父亲那样的悲剧。他心里的这个结，不管过多长时间，都无法消泯，或许只有酒精的浇灌，才能暂时性地麻痹一些。我开着车，转头看了看闭着眼睛的张勇真那张瘦削而苍白的脸，心想，不管怎么样，他的双手始终是干净的，没有沾过别人的鲜血，而像我和老棒子这样的，才是万劫不复的人。

我开着车，摇下一点玻璃，吹进来了丝丝凉风。正在熟睡中的张勇真忽然一把拽住了我的胳膊，让我差点都把方向盘给打偏了。我浑身一个激灵，就听见他含混不清地嘟囔道："阿乾，是你是个……是个好人……"

我看了他一眼，他眯缝着眼睛，似睡不睡的，显然是醉得不轻了。我应和着他的话说："是，我是好人，你也是好人。"

他又重复了一遍："阿乾，你是好人……好人……"说着说着他忽然又说了另一句话，"别跟……安走太近……"

"谁？安？安医生？"

"安，别跟……安走太近……"

"为什么啊？勇真，安医生怎么了？"

"安……很危险……"

"很危险？"我一边开着车一边摇晃了他一下，"你给我说说，安到底怎么危险了？"

可惜他已经醉得不成样子，嘴里含混不清地说着胡话，我一句也听不清楚。在他毫无逻辑毫无组织的胡言乱语中，我隐隐听到了两个字："阎王。"

第五章　清洞派的覆灭

1

在张勇真跟我倾吐心声后的第二天晚上，在老地方，我又约了他出来喝酒。

这一天晚上，比前一天晚上还冷，深秋一过，就是初冬，天气寒的一天比一天紧了。

张勇真坐下来，竖起了衣服领子，搓着手说："这天真可以啊，越来越冷了。今天咱们就喝点啤的吧，我昨晚上喝得太多了，头疼。"

我说："行啊，我没意见，喝什么都是次要的，主要就是聊聊。"

我们点了一个炭锅，几瓶啤酒，边吃边聊起来，聊的大都是一些社团里的事情，他给我讲了一些社团里老油条才知道的逸事。比如社团是怎么发家的，孟老大是怎么爬到这个位置上来的，还有社团里也是拉帮结派勾心斗角的，谁跟谁不对付，比如白道跟娜美两个人就互相看不上眼。我心道娜美不仅跟白道看不上眼，她跟谁都看不上眼。

他问我在国内的时候是干什么的，我就给他讲了一下我来韩国的辛酸历程，以及第一次参加黑帮火并时的场景。我指着自己的肚子，比划着说："当时一刀捅在这儿，就给我豁开了，那口子往外翻着，跟小孩子的嘴似的。我寻思着这回可完了，我连泡菜都没吃上一口呢就要交代在这儿了，所幸后来安医生妙手回春，救了我一命。"

"哦。"他点点头，脸上并无其他神色。

"勇真兄，你觉得安医生这个人怎么样？"

"挺好的，医术精湛，因为都是华人，社团里的一些小兄弟打个架受个伤什么的，没少受他照顾。就是性子冷了点。"

"那你说——"我忽然间话锋一转，"你觉得安医生跟'阎王'有什么关系？"

"啪嗒"一声，张勇真的筷子掉在了地上，他愣了一下，才意识到了自己的失态，急忙捡起了筷子，转头看了看周围有没有人，才压低声音对我说："阿乾！你从哪里听来的这个?!"

我说："从你嘴里啊。"

"啊?"他目瞪口呆地看着我。

我说："昨天晚上，你喝多了，这些都是你给我说的。"

"真的?"

"真的。"

"当时旁边还有没有别人?"

"没了，就我自个儿。"

"哦，这样啊。"他长舒了一口气，表情稍微放松了些。

我说："这到底是怎么回事? 你跟我讲讲清楚呗。"

"别问，"他摇了摇头，"这种事情，知道了对你没好处，你就老老实实地做好自己的事情就行。"

"别，勇真兄，我这人好奇心最重，你不给我说说是怎么回事，我心里一直想得慌。"

"知道太多，会害了你的。"

"反正我都已经知道了，还是从你嘴里说出来的。"说出这句话来，我感觉自己有些无耻了，这相当于一种变相的威胁。但为了迫使他说出我感兴趣的东西，我别无选择。

他定定地看着我，过了好一会儿才道："真是我昨天晚上喝多了才说出去的?"

我说："那还能有假，要不然我怎么知道的。"

"看来以后真不能多喝了。"他摇了摇头。

我知道他要开始讲什么了，便静耳聆听。

"阿乾，关于安医生的事情，我知道的也不是很多，并且，这些都是社团里的机密……"

"你放心，言不传六耳，今天在这里说的话，绝对没有第三个人知道。"

他咂巴着啤酒，好像下了很大决心似的，放下杯子问我："你在社团里也有一段时间了，有没有听说过赵恩硕这个人?"

我搜索了一下脑海里的相关信息，摇了摇头，"没有听说过这个人。"

张勇真说："这个人，是个韩国警察。"

我说："干黑帮的，少不了要跟警察打交道，没什么稀奇的。"

张勇真说:"是没什么可稀奇的,但仁川有那么多黑帮,越南人、菲律宾人、日本人、泰国人……可他就偏偏盯上了'犰'。"

我愕然道:"为什么?"

张勇真沉吟良久才道:"事情,要从'春川保卫战'开始说起。"

"春川保卫战"发生在张勇真加入社团的第三个年头。当时,"犰"社团已经完全控制了从本地帮派头子崔亨九手里夺来的春川街,并且继续做赌场生意,很快就把春川街的名声打了出去,成了仁川市里著名的"豪赌一条街",不仅是外地人,就连韩国本地人也趋之若鹜。

靠着春川街的赌场生意,社团账面上每天的流水都是一个天文数字,这引起了越南帮的眼馋。在仁川市里,大大小小的帮派有十几个,除了本地帮派以外,其他的帮派基本上都以国家民族为单位,因为共同的信仰和语言便是天然的凝聚力。在这些帮派里,最大的势力便是越南帮——跟"犰"社团里大部分都是二代华侨不一样,越南帮的成员基本上都来自越南本地,都是在本国饿得待不下去了才跑来的仁川。这帮人为了生存,什么都肯干:贩毒、抢劫、绑架、勒索……天生就带着一股狠劲,做起事情来毫无道德底线可言。其他帮派一般都不敢跟越南帮较劲,都离这帮亡命之徒远远的。

当"犰"社团跟崔亨九火并的时候,越南帮还在一旁看热闹,坐山观虎斗。直到"犰"把春川街的赌博生意搞得有声有色之后,越南帮这些人才回过神来,懊恼为什么当初自己不把这块地盘吃下来。不过亡羊补牢,犹未晚也,于是,他们就对"犰"提出了谈判,条件是要分春川街赌场一半的利润,否则就将荡平"犰"社团在春川街上所有的生意。

这一下,真是给"犰"出了一个极大的难题。

刚才说过,"犰"社团中的人大部分是二代华侨,他们的父母绝大部分是来自台湾、香港及澳门的移民。平心而论,这些地区的移民性格深受殖民统治的影响,比较逆来顺受、游移善变且趋利避害,很少有团队合作和自我牺牲精神。纵观历史便可看出,当国破家亡,面临灭顶之灾的时候,他们大多数人想的不是挺身而出、誓死战斗,而是幻想如何假借别人的势力或施舍维持自己的利益。而这些性格,也毫无疑问地遗传给了他们的后代。

所以,当越南帮提出谈判条件后,孟老大就犯了难。他太清楚自己手下这群人的战斗力了。诚然,"犰"社团也算是心狠手辣,但那要看对谁。越南帮是一伙什么样的人？真正的亡命之徒，把自己的命都看得极贱。最经典的一次事例是，越南帮有一次跟菲律宾人抢地盘，就在闹市区，光天化日之下，他们雇了一辆中巴车，十几个越南人拿着AK-47挨个从车上跳下来，跟敢死队似的，就在大街上跟菲律宾人展开了火并。那些菲律宾人哪里是这些亡命徒的对手，几乎当场就被团灭了。这么大的事件，当然惊动了警方，他们出动了防暴警察，在街上包围了这伙越南人。可这帮亡命徒丝毫不惧，操着AK愣是跟防暴警察又展开了火并，最后硬是杀出了一条血路，留下了五六具越南人的尸体后扬长而去。

这件事情让越南帮在韩国帮派江湖里一举成名，谁都知道没有这帮穷鬼不敢干的事情。孟老大深知，指望着"狐"社团里的那些二代华侨与越南鬼子去碰，那就是送他们去当炮灰，搞不好，整个社团都会被越南帮给搞垮。但真要把春川街赌场的利润分出去一半给这些越南人的话，那也绝对不行，要是这事传出去，他们以后也别混了，每个帮派都来分一杯羹，他们还吃什么？这种事情，绝对不能开先例。

就在孟老大两难的时候，唐妈给他出了一个建议：花钱从中国大陆招募雇佣杀手，尤以退伍军人优先，来克制越南帮，这就是后来"狐"社团一直沿用的"空降兵模式"。

孟老大开会商议以后，决定试一试这个办法。他们一边假装以"和谈"的姿态拖着越南帮，一边暗中从国内大陆招募成员。半个多月后，陆续有很多没有身份或虚假身份的人从大陆进入韩国，开始在仁川聚集。这些人大都是三四十岁左右的中年男性，他们操着大陆各地不同的方言，却都体格健壮，肤色黑红，表情冷漠不苟言笑，还隐隐透着一股杀气。

当时，这些特殊的人开始在仁川聚集的时候，韩国警方就接到了线报，说有大量不明身份的亚洲人出现在中华街附近，可能会有重大行动。韩国警方经过深入调查后，了解到这是华人帮派在招募人马准备反击越南帮的进攻。警方权衡利弊之后决定放手这些人去做，他们的想法很简单：与其让更具有破坏力的越南帮获胜，还不如继续维持相对温和的华人帮的存在。就在这种思维指导下，韩国警方对这次华人雇佣军团采取了姑息的政策。

于是，在警方的默许下，"春川街保卫战"在那一年的秋天爆发了。越南帮意识到了"狐"社团根本就没有和谈的诚意，不由得大怒，在凌晨三点——也就是人体最需要睡眠的时刻展开了对春川街的攻击，他们要像当初"狐"社团吃掉崔亨九一样，再把春川街给夺回来。30多个人，有一半手持AK-47，另一半则拿着砍刀、匕首，三棱军刺等凶器，准备要血洗春川街。可是，让他们没想到的是，当他们攻入春川街之后，迎接他们的却是顽强的阻击。

那个深秋到底有多寒冷，我不知道，但对于目睹了第二天早上春川街惨状的韩国市民来说，任谁都会忍不住瑟瑟发抖。经过一晚上的激战，越南黑帮的成员几乎被尽数绞杀，虽然尸体在晚上就已经被运到海边装到水泥桶里扔掉了，但那呈喷溅状的血迹和硝烟的味道却深深地镌刻在了春川街上的一砖一瓦里。即使离着半公里的距离，都能闻到那股淡淡的血腥味。

"犼"社团雇佣成员的冷酷和强大超乎了所有人的想象，据说那天晚上，他们面对越南人的进攻采用了经典的"包抄堵截"步兵战术，将越南帮围困在春川街以后，又采用了"火力突进战术"，以三三制为原则进行纵向的火力压制，分割开了越南帮的进攻线路，使他们陷入各自为战的局面，然后再进行反围剿各个击破，最终将越南帮全歼。其战术战略不愧为打游击战争十几年总结出来的先进经验，就连熟读《三国演义》的孟老大都叹为观止。

在韩国街头，第一次出现这样冷静、快速、毫不拖泥带水的帮派战。经此一役，华人帮声势大振，稳固了自己的绝对地位。而越南帮虽然不至于分崩离析，但大势已去，从此一蹶不振。

当这种前所未有的杀戮调查报告放在韩国警方高层的桌面上后，他们才明白这些家伙并不是他们以前所接触过的那些中国人，这也迫使他们开始用新的眼光来看待华人。他们发现，原来中国人的民族性是有地域和时代划分的，用以往看待台湾人和香港人的眼光来看待全体中国人看来是行不通了。也就是在这种思想的指导下，韩国警方开始搜寻"犼"社团的犯罪证据，想一劳永逸地解决掉华人帮的潜在威胁。为此，他们专门组建了一个"华人黑帮犯罪调查科"，任科长的韩国警察就叫赵恩硕。

2

听了张勇真的描述后，我真是目瞪口呆，这哪里还是什么黑帮火并啊，这简直就是一场小规模的战役啊。

张勇真也咂了咂嘴道："当时就是这么狠，不过也是没办法的事情。黑帮的江湖就像是一个丛林，是丛林，就得讲丛林法则，谁狠谁才能生存下来。"

我说："但这样也引起了韩国警方的关注啊。"

"哼，"他喝了一口啤酒，不屑地道，"现在仁川的哪个帮派没引起过韩国警方的关注？他们国家就这样，只要你没有把柄落在他们手里，他们就拿你没办法。"

我问："你说的那个'华人黑帮犯罪调查科'的科长赵恩硕，就是一开始你问我认不认识的那个？"

"是，"他点了点头，"这家伙是个硬茬，韩国警队里像他这样的还真是不多。据说，这家伙花费了大量的精力和时间，还真是让他掌握到了不少'狐'社团的犯罪证据，最后连孟老大都急了。"

"那咋办？"

"咋办，混黑帮的还能咋办？孟老大下了'暗花'，只要谁能干掉赵恩硕，就能获得一大笔赏金。出来混的，无非就是求财嘛，各个帮派里都有要钱不要命的亡命徒，为了能拿到孟老大那笔赏金，他们都拼了命的要把赵恩硕给干掉。"

他这么一说，我都替赵恩硕感到头疼。我问道："那最后谁把赵恩硕给干掉了？"

"谁都没干掉，孟老大的'暗花'到最后也没发出去。"

"为什么？"我惊愕了。

张勇真忽然压低了声音道："这就是我不让你跟安医生走得太近的原因。"

我更糊涂了，"这跟安医生又有什么关系？"

"因为赵恩硕跟安医生是朋友，他俩认识，并且经常在一块喝酒。"

我说："勇哥，你就明说了吧，你现在越说我越糊涂，都快被你给绕晕了。"

张勇真的声音压得更低，用只有我才能勉强听到的分贝说："你知道吗，因为孟老大的'暗花'，好多人都想要取赵恩硕的性命，可是到最后，这家伙竟然离奇地人间蒸发了，生不见人，死不见尸，就好像从来没在这个世界上存在过一样，就连韩国警方也找不到他！"

"为什么会这样？"一阵冷风从帐篷缝隙处灌了进来，我浑身打了个寒颤。张勇真这家伙压低声音说话的样子，还真是带着一股诡异的感觉。

"阿乾，你知道吗，在韩国地下帮派的世界里，传闻有这么一个神秘的组织，专门替人进行'重生'，他们不仅能把你的脸给换了，而且还能把你的身份和所有资料都换掉，让你完全成为另外一个人。道上的人都是只闻其名，不见其人，他们就把这个重生组织的头目叫作'阎王'。"

我悚然一惊，脱口而出："你怀疑安医生就是……"

我话没说完他就一把捂住了我的嘴，"嘘……你疯了！小声点。"

我压低了声音，又问了一遍："难道，你怀疑安医生就是那个什么'阎王'？"

"不是我怀疑，是孟老大怀疑。你想想，哪有那么巧的事情啊，正巧孟老大下了'暗花'要杀赵恩硕，然后赵恩硕就离奇地人间蒸发了，而就在失踪前，他还去过安医生的诊所！"

我深深蹙起眉头，"就凭这个，就能断定安医生就是'阎王'？"

"没说断定，现在不就是怀疑嘛。"

我立刻明白了，"我说呢，那一天我听小马说，娜美有一个特别任务，是孟老大指派给她的，就是让她负责监视安。原来是因为这个啊。"

"娜美是孟老大一手带大的，对孟老大言听计从，忠心耿耿，让她监视安，绝对是不二人选。"张勇真说完这些话后，死死地盯着我，极其严肃地说，"今天我跟你说的这些事情，就是在社团内部，也是仅有的几个人知道，这属于社团的机密。听好了阿乾，今天这些话，你听过就忘了，绝不能让第三个人知道，否则事情传出去，你我会有什么后果，你是明白的。"

"我明白，勇真哥，你就放心吧。"为了让他彻底安心，我还起了个誓，"今天这事，我要是泄露出去一个字，就让我天打五雷轰。"

其实，关于安医生到底是谁，他背后有什么隐秘，我并不在意，之所以拉着张勇真问了那么多，只是纯粹出于自己的好奇心，对于安医生这件事，我也不想深究那么多，因为张勇真的话说的已经是十分透彻了：好奇害死猫。

我只是没想到，华人帮和越南帮之间还有这么一档子恩怨，爆发过如此激烈的火并。不过可以肯定的是，相比前两年来说，这一段时间仁川的治安水平是好了不少，绝无可能再出现像"春川保卫战"那样的大规模火并事件了。

据我所知，韩国警方也对各大城市的帮派非常头疼。首尔和釜山这样的超级大城市，可能黑帮的嚣张程度更甚于仁川，所以他们也加大了管控力度，一旦发生街头枪战这样的恶劣性治安事件，会在第一时间集合警力扑灭，绝不姑息纵容。毕竟，韩国正在成为东亚地区越来越受瞩目的国家，如果每天都有黑帮拿着AK-47在街头打来打去的话，实在太不像样。"春川保卫战"是韩国警方行事风格的一个转折点，各个帮派不仅受到了严重的打压，而且像AK，"八一杠"这样的武器在市面上已经买不到了，几乎韩国所有能够进行枪支交易的黑市都被取缔了。并且忌惮于韩国警方的威慑，现在的黑帮火并也不敢用枪，取而代之的是匕首、钢管、棒球棒、高尔夫球棍，这些东西现在几乎成了韩国黑帮斗殴的标配。

"春川保卫战"虽然取得了胜利，但也带来了另一个负面作用，那就是由于韩国警方的严格监控，从中国内地招募"大圈仔"变得越来越难，"空降兵模式"已经慢慢行不通了。

随着新浦帮的覆灭，"犼"社团的势力如日中天，附近的几个小帮派望风归顺，中华街俨然已经成了仁川帮派活动的中心。我跟老棒子住的地方就在中华街附近，一时间鱼龙混杂，什么样的人都有，还有打着"犼"的名义向中华街里的商铺收保护费的。为了维持治安，我跟老棒子每天都要在中华街上巡逻，以保证中华街商业贸易的正常秩序。

话说我跟老棒子每天在中华街上巡逻，俨然这条街道上的治安官，自己也觉得牛气起来。在社团里待了那么长时间，中华街上的一些商户和街坊也都渐渐认识我俩了，走在路上不停地有人点头打招呼道："棒子哥，乾哥。"我俩也会道貌岸然地点头致意，愣装出帮派大哥的气势来。可能对于他们来说，并不熟悉孟老大，却更熟悉直接跟他们打交道的帮派小弟。

我们巡逻到唐妈的小百货店门口的时候，看到小马正领着两个小弟，站在路边的一个象棋摊上看棋，手里还拿着一个不知道从谁家顺来的大梨，"嘎吱"咬上一口，那汁水顺着手脖子就淌了下去，正滴在一个看棋的人的鞋上。那人正要发火，回头一看是小马，只能讪讪地闭上了嘴巴。

小马身为看棋的，比下棋的还紧张，他指着棋盘说："哎哎，错了错了，你怎么走那儿啊，快，出车啊！"

下棋的俩老头抬头看了他一眼，没说话，继续低着头走棋。

小马又急道："你赶紧跳马啊，吃他炮！"

老头没听他的，走了另一步棋，这一下可把小马给急坏了，他一拍大腿道："臭棋篓子！看臭棋篓子下棋，越下越臭！"说着伸手就把老头下出去的棋拿了回来，然后把马放在了对方的炮上，得意地道，"看到没，就这么走，一箭双雕，吃了他马，还将着他军！"

老头抬起头，张口结舌地看着小马。

"这……这马可还别着腿呢，不能跳。"

"呃……"小马忽然语塞，又道："废话，我当然知道这是别着腿呢，马别腿我不知道吗？我这是在测验你们呢知不知道？"

俩老头无奈地把棋摆回去，重新开始下。

小马自觉拂了面子，又道，"别整天在这下棋下棋的，多提高点警惕性！最近外面乱的很，你们有没有注意过街里来过不三不四的人？"

一个下棋的老头小声嘟囔道："不三不四的人貌似就是你们吧……"

"你说啥？"小马一瞪眼，作势就要打老头，幸好被旁边的人给拉住了，他却不依不饶，非要让老头说出个一二三来。我跟老棒子见状，急忙上前去解围道："马哥，干嘛啊，跟街坊邻居置气呢。"

小马看到我俩，火气稍微小了一点，还不忘嘟囔着："这俩老头，真不懂事……"

我说："马哥，别跟他们一般见识，走，前面新开了个中华料理，咱们喝一杯去。"

小马抖擞抖擞领子，临走之前还不忘朝着看棋的那些人耍威风道："都给我机灵点，随时注意着中华街里有没有外人进来！要有的话及时找我打报告，都明白吧？"

我们刚走两步，就看见唐妈站在她的百货店门口喊我们："小马，你们过来一下。"

我一看到唐妈就头疼，倒不是有意避着她，关键是上次她好心给我报了一个韩语学习班，但我在上第一节课的时候就砸了场子，辜负了她一片好心。虽然这一段时间以来，通过跟身边的人不断的交流，我已经学会了不少的韩语，但还是觉得挺对不住唐妈的。

如今唐妈看到了我们，我也只能跟着他俩硬着头皮走了进去。

小马走进店里，笑嘻嘻地问道："唐妈，最近生意还行？"

"就那回事吧。"唐妈笑了笑，又看着我，和蔼地问，"阿乾，有一段时间没见你了，怎么好像在躲着唐妈啊？"

"哪有啊，"我尴尬地笑道，"我最近不是一直在学韩语吗？"

"呵呵，你在韩语补习班的事情，我都听说了。"

"呃，唐妈，对不起……"

"没事，我理解。年轻小伙子，就得有股血气方刚的劲儿。其实，不上那学习班，就在这个语言环境下，也很快就能学会，不是什么难事。"

听她这么一说，我心里亮堂多了。

跟唐妈聊完闲天，她看看店里没其他客人了，忽然对我说："阿乾，去，把门关上。"

我关上了门，觉得气氛有些不对劲了，唐妈好像有很秘密的话要对我们说。

"小马，你是唐妈看着长大的，现在阿乾和老棒子跟着你，也算你的兄弟了。所以，唐妈今天要在这里给你们提一个醒，你们听也好，不听也好，走出这个门，就当我什么都没说过。"

小马说："唐妈，你说。"

"'犰'除了在仁川有生意外，在釜山港码头也有生意，并且现在很缺人手，你们可以向孟老大提出，暂时离开仁川，去釜山港照看一下社团的生意。"

"为什么啊？"

"总之，你们听我的就是了，对你们只有好处，没有坏处。"

"唐妈，你这话得说明白，要不然我心里有疙瘩。"关键时刻，小马还挺固执。

唐妈叹了一口气，道："现在'犰'的势力越做越大，'白原虎'金大奉已经坐不住了。他领导的清洞派联络了庆州和大邱的几个帮派，要联合起来，跟'犰'干一场。这是一场恶战呐，不知道要打成什么样子，整个仁川都得是腥风血雨，你们几个要是去了釜山，还能暂时脱身……"

"唐妈，你把我小马想成什么了！"小马有些生气了，"社团面临这样的局面，我要是这时候一拍屁股走了，那以后还怎么在中华街混？"

唐妈看小马这样的口气，也不再相劝了，只是说："唐妈只是好心给你们提个醒，至于如何选择，还在你们自己。只不过，出了这门，咱们就当什么都没说过。"

回去的路上，我问老棒子："棒子哥，你说社团真的要跟金大奉开战吗？"

"早晚的事，一山不能容二虎，"老棒子说，"况且唐妈都跟咱打招呼了，她在社团里消息多灵通啊，是吧。"

我说："我看唐妈说得挺吓人的，你说咱俩打不打啊？"

"废话，当然打了！"老棒子忽然兴奋起来，眼中闪烁着熠熠光彩，"站稳脚跟，扬名立万，全靠这一仗了！"

3

虽然孟老大什么都没说，组织上也没发出具体的通知，但社团上下的气氛都慢慢地紧张了起来，一股山雨欲来风满楼的感觉。是个人都知道，跟清洞派金大奉的恶战已经摆在眼前了，两个帮派的矛盾到了不可调和的地步，一触即发。

不得不说，金大奉是一个特别牛×的人物，前面说过，他有着纯正的朝鲜血统，性格阴狠毒辣，而且特别坚忍。在我刚来到韩国的时候，就参加了一场对清洞派的恶战，在那场殴斗中，金大奉落败，"犰"乘机吞下了许多原来清洞派控制下的地盘，大大扩张了自己的势力。要换了一般人，可能就此一蹶不振了，比如新浦帮的赵俊河，被打了一顿之后直接就跑回光州老家卖鱼去了。但金大奉不一样，这家伙是愈挫愈勇，他纠结了相邻的几个城市的本地黑帮，组建了一个"清洞派联盟"，并且提出了一个十分具有煽动性的宣传口号，叫"驱除华人，光复大韩"，一副苦大仇深的样子。

别管这口号客观不客观，总之这些韩国本土小黑帮都已经热血沸腾起来了。他们本来就对华人黑帮势力的做大看不惯，多多少少都吃过一些"犰"的亏，如今金大奉提出这个口号，他们就像饿狗看见了屎一样兴奋，纷纷加入其中，期待着能够亲手荡平中华街，还他们大韩民国一个朗朗乾坤。

见到唐妈的第二天晚上，我就去了安医生的诊所。当然，我不是去打听安医生跟"阎王"有什么关系的，我是去找允儿的。

允儿见到我很意外，她上下打量了我一遍，问："你哪里受伤了吗？"

我说："没有。"

"没有那你来做什么？"

"就是想来看看你。"

"看看我？"

"对，看看你。"我忽然觉得很心酸，"我害怕以后就看不到你了。"

"为什么？"

"没什么。"我吸了一口气，揉了揉有些发酸的鼻子，说，"没事了，你忙吧允儿，我走了。"

"你等等。"我刚要走出门，她就叫住了我，脱下了白色的护士服，换上了自己的衣服说，"我也累了，你陪我在街边溜达溜达吧。"

深秋的风一阵一阵地吹着，卷着地上的落叶，让这安静的夜显得更加萧瑟。我跟她并排走着，走过一个又一个的路灯，从那些昏黄色的光线下经过。

我一直没说话，因为我不知道从何开口。保持了一阵子沉默后，允儿先说话了："你怎么了？我感觉你今天有点奇怪啊。"

"没什么。"我抽了抽鼻子说，"我就是想过来看看你。"

"你不是有什么事吧？"

"没什么事，真的。"

"真没事？让我猜猜，不是你们又要出去打架了吧？"

我沉默了一会儿，说："嗯。"

"跟谁打？"

"白原虎，金大奉。"

这下轮到允儿沉默了，很明显，她也听说过金大奉的名号，知道这一次不是寻常的打架斗殴，而是一次真真正正的黑帮火并。

"允儿，我不知道两帮什么时候开始打，不过应该就是这几天吧。两边的人马现在都按捺不住了。"

"如果我没记错的话，你肚子上那一刀，就是在跟金大奉的人打架时被捅的吧？"

"是。"我摸摸自己的小腹处，如今那里的伤痕早已痊愈，连疤都几乎看不到了。我说，"其实，我挺感谢那一刀的，要不是它，我也不会认识你。"

允儿沉默了一下，往前走了一步，把头轻轻地靠在了我的肩膀上，说："阿乾，这一次不去打，行吗？"

路灯昏黄的光线照下来，映在允儿的头发上，发出金黄色的光彩。我闻着她头发的香气，笑了笑说："允儿，我的身份你不是不知道。人在江湖，身不由己。"

允儿没有再说话，而是抱住了我，我也紧紧地抱住了她。我贪婪地感受着她在我怀里的体温，说："允儿，我要是这一次没有死，还能活下去的话，我想……跟你永远在一起。"

允儿抬起头，看着我说："你是要跟我结婚吗？"

"你愿意吗？"

她抬着头看了我好一会儿，瞳孔里散发着迷离的光芒，接着又低下了头去，"阿乾，你根本就不了解我……"

"是，不了解你，可是这并不妨碍我喜欢你。"

"如果……你知道我在大陆还有一个孩子，还会喜欢我吗？"

"孩子？"我有些意外，"你在国内还有一个孩子？"

"嗯，已经四岁了，叫吉心，是个女孩。"允儿伏在我肩膀上，重重地叹了一口气，"吉心有先天性哮喘病，需要一直做药物维持，这是一笔很大的花费。"

"那你一直留在韩国，就是为了挣钱给孩子看病？"

"嗯。"

"孩子他爸呢?"

"男人靠得住吗?"允儿苦笑一声,"在吉心一岁半那年,他就跟着小三跑了,再也没有回来过。吉心现在是跟着我妈住。"

"真是瞎了眼的男人,你这么漂亮,吉心也一定很可爱。他竟然舍得把你们给丢弃了。"

允儿再次抬起头,看着我说:"阿乾,你觉得我好看吗?"

"好看,是我见过的最好看的女人。"

"你的嘴真甜,让我尝尝……"说着,她就把湿唇递了上来,深深地覆在了我的唇上。在金黄色的路灯的照耀下,在秋风瑟瑟的寒夜中,我紧紧地抱着她,和她缠绵地吻在一起。

在这一刻,我感觉到无比的幸福,或者说,我从来没有如此幸福过。寂寥的深夜里,寒风掠过,我却抱着怀里的一团火。我真想让这个夜变得无比漫长,漫长的永远没有尽头,那样我就可以一直站在温暖昏黄的灯光下,享受着这温馨的一刻。

那天夜里,我和允儿手拉着手,在那条凄冷却又温暖的街上来回走了好几遍,聊了好多东西。聊我们在国内的时候是什么样的,聊大家都是在什么情况下来的韩国,聊最喜欢看的电影,最喜欢读的小说,最喜欢听的音乐……一直聊到很晚很晚。我看到流光溢彩的街市都逐渐熄灭了,整个城市如同一只慢慢闭上眼睛的巨兽,正在进入睡眠。

我说:"允儿,太晚了,得回去了。"

"回哪儿啊?"她清澈的眼睛看着我,里面却全都是挑逗的光芒。

我说:"我回……"

"走吧!"她一把拉起我的手说,"打车送我回家!"

于是,那天我打车送了允儿回家,然后就没回来。

跟允儿的告白,算是我交代后事的一种方式,把心里的话说出来,就算真出了什么事,心里也没有遗憾了。在那几天里,我厉兵秣马,每天早起跑步,坚持锻炼身体,一遍遍地操练着我在国内拳馆时学到的那些本领和技能。虽然说,个人的战斗素质对于大规模的黑帮火并根本起不到什么作用,但最起码,对于保全自己的性命,做到全身而退还是有点用处的。

总之,无论是从生理上,还是心理上,我都已经做好了大战一场的准备。不光是我,社团里的每个人都预感到了大战的即将发生,每个人都在惴惴不安中准备迎接最后时刻的到来。这一场大战过后，将决定到底谁才是仁川的老大。

但，命运最吊诡的是，它从来不按套路出牌。当我们都做好了准备大干一场的时候，它会像恶作剧似的，突然晃你一下。

那天夜里，已经很晚了，我都要准备睡觉了，老棒子却才从外面回来，还拎着几个小菜和两瓶真露。我跟老棒子就住在距离中华街不远的一栋居民楼里，一套一室一厅的小公寓，是社团里给安排的。

我说："怎么回来这么晚?"

他把酒和菜放在客厅里的桌子上，说："阿乾，过来陪我喝点。"

"怎么了? 这么晚还没吃饭啊。"

"夜宵。来，坐下来，陪我喝点。"

我坐过去，陪他喝了几杯。老棒子今天很反常，话不多，一直喝着闷酒，但还不是那种完全消沉的脸色，隐隐地还有一些亢奋。总之，很复杂。

我说："哥，没事吧?"

"没事，我能有什么事。"

喝了两杯酒，我忽然有些感慨了，都说狐死必首丘，我在异国他乡这么长时间，才真是有了些感触。我说："棒子哥，我想家了。"

"呵呵，我看你不是想家，你是害怕了吧。"

"我害怕什么?"

"害怕跟白原虎干仗。"

"哼，不怕，又不是没跟他们干过。"话虽这么说，但我还是有些心有余悸。第一次跟清洞派干仗，就被他们给豁开了肚子，当时那种濒临死亡的绝望感我到现在还记忆犹新。

"没事，阿乾，你可以不用害怕跟白原虎干仗了，自有人会收拾他们。"老棒子说着，给自己倒了一大杯酒，一口喝掉了。

我感觉到他话里有话，就问道："棒子哥，你什么意思?"

"没什么意思。"

"没什么意思是什么意思?"

"……"

沉默了半晌，老棒子几乎一个人喝光了两瓶真露，才指着桌子上的那几个凉菜说："阿乾，知道不，这几个小菜，是从九龙春提过来的。"

我皱起眉头，"你去九龙春了？"

"去了，"老棒子喝得双颊绯红，眼神略有些迷离，"孟老大今天亲自找的我，跟我喝了几杯。就俺俩，没别人。"

"孟老大亲自找你喝酒？"

"没错。你哥混得怎么样，有面子吧？"

"棒子哥，你实话告诉我，孟老大到底找你有啥事？"

"你小子，骗不过你。"老棒子笑着点了点我，然后把头凑过来，小声地说，"孟老大今天问我，愿不愿意一个人过去，神不知鬼不觉地……做掉金大奉。"

"棒子哥，你这……"我刚张开嘴叫喊，就被老棒子一下给捂住了，"嘘……阿乾，这事绝对保密，除了咱俩，不能再有第三个人知道。"

我看着他点了点头，老棒子这才谨慎地松开了手。我压低声音说："棒子哥，你答应了？"

"答应了，凭啥不答应？孟老大说了，等这事办成以后，就把原来新浦帮的地盘全部交给我管，给我另开一个堂口。到时候，你哥我就跟娜美、白道他们是一个级别的了，除了孟老大，再也不用看着别人的脸色行事了。阿乾，你是我的好兄弟，我肯定会把你带过去的，到时候咱哥俩就天天吃香的喝辣的，要票子有票子，要女人有女人……"

我打断了他的幻想，"棒子哥，这是大事，你别凭着一时冲动就做决定了，要考虑清楚啊！"

"我怎么没考虑清楚？当然考虑清楚了！阿乾，我问你，咱俩背井离乡来到这里，图的啥？还不是图的出人头地！现在摆在眼前的就是这个机会，抓不住就溜了！你想过没有，如果就像现在这么一直混下去，混到什么时候是个头？混到什么时候能当老大？我告诉你，就这个样的话，咱们就是混到死也只是一个烂仔！"

我看着老棒子瞳孔深处那颤抖而又炽热的光芒，知道他已经下定了决心。是啊，老棒子跟我不一样，他天生就是一个混黑社会的料，天生就梦想着有一天自己能成为老大，他有这个素质，有这个实力，有这个雄心，他所缺的，只是一个机会而已！但现在，这个机会摆在眼前了，他如何能放弃！

对老棒子来说，这就是命运对他的垂青，我怎么劝他都是没用的了。但我还是不甘心，说："棒子哥，我不知道你们的计划是怎样的，但你想过没有，如果你万一失手了，白原虎能放过你吗？跟着大家去火并，我们活下去的机会还很大，如果你一旦失手，那可真是万劫不复啊！"

"火并？"棒子哥看着我哈哈笑道，"你还想着能跟金大奉火并？"

"怎么了？你笑什么？"我疑惑了，"最近社团不都是一直在准备跟清洞派开仗吗？"

"阿乾啊，所以说，你还是太幼稚了。玩帮派，其实跟玩政治是一样的，不管心里怎么想的，首先得把势头做足了。你觉得以现在社团的形式，能跟清洞派全面开战吗？先别说打不赢，就算打赢了，也是惨胜，社团里的人手和资金至少得折进去80%！到时候，清洞派是灭了，可其他的那些本地小帮派呢？他们'嗖嗖'地又起来了，社团还有实力对付他们吗？没有，只能被他们慢慢吃掉。"

我心里一惊，老棒子的这一番分析，我却从来没有想到过，在混黑帮这个领域里，他果然领先了我不止一个层级。不过，我又想到了另一点，"这样的大战，社团不是会从大陆请人过来吗？"

"你说'空降兵模式'啊，哼，不管用了。"老棒子不屑地冷哼一声，"现在不比以往那几年了，一有事就从大陆请人，还请的都是退伍军人、保安、武校里毕业的学生什么的，那些人战斗力自然杠杠的。但现在韩国特别注意这一点，海监船每天24小时巡逻，偷渡客根本就进不来！说实话，咱俩能来到这里都是个奇迹，我当时带着你过来的时候，就已经打好了半道上被发现的谱儿。所以啊……"老棒子长叹了一声，拍了拍我肩膀，"跟清洞派火并，那是不可能的事情了，你想都不要想，孟老大没有那么蠢。他们那个什么什么'清洞派联盟'，说白了，主事的人就是金大奉一个。干掉了金大奉，那个联盟也就不攻自破了，说不定还会内讧呢，到时候社团正好是坐收渔利。所以，这个事，我不去做，孟老大也会找别人去做。"

我着急道："可是你想过没有，万一你失手……"

"人生本来就是一场赌博啊阿乾！"老棒子笑了笑，拿起真露酒瓶子，把最后的一点酒根一饮而尽，"要是我真折进去了，那算是我倒霉，谁也不怨。要是我没折进去，呵呵，那咱哥俩的好日子可要来了。以后不说是能成为这仁川市的一方诸侯，最起码也能呼风唤雨啊！"

老棒子醉眼朦胧地看着我，眼神里却闪烁着热切的光。我忽然想到了刚到仁川的时候，他对我说过的那句话："你说咱们这腔热血，不就是要留着给赏识咱们的人吗？"

现在，老棒子要把这腔热血给泼出去了。

4

老棒子开始了行刺金大奉的准备。

他们的计划是这样的：金大奉不仅是清洞派的头目，而是还是"清洞株式会社"的会长，他们的总部位于仁川市广角街，从表面上来看，是经营房地产和建材生意的合法公司，这也是大多数已成气候的帮派的生存模式。他们倒不是有意把自己洗白，而是通过这种方式能够更有效地周转资金，聚敛财富，整个帮派的运作也更加正规化一些。

每个月的15号，他们都要开一次董事会，就在广角街的总部。既然是开董事会，作为会长的金大奉必须出席，他们开完会后一般会在广角街总部的二楼西餐厅用餐，这是一个相对松懈的时机。金大奉这人虽然坚忍狠辣，处事却十分小心谨慎，无论是外出吃饭、消费、娱乐，身边总有好几个职业保镖跟着，听说都是他花大价钱雇来的，其中还有保护过韩国高层政要的专业保镖。而每个月中的董事会聚餐，由于公司的股东都聚在一起，并且还是在公司内部，所以那些职业保镖不会亦步亦趋地跟着金大奉，这对于老棒子来说是一个天赐良机，如果要行刺的话，这个时候的成功率是最高的。

孟老大的计划是，买通西餐厅的领班，将老棒子安插进去，装作服务生。待金大奉上厕所或者单独行动落单的时候，尾随过去，以迅雷不及掩耳之势给予其致命一击。对于老棒子来说，机会只有一次，因为金大奉也是从小出来混的，身经恶战无数，如果老棒子不能一击必杀，那他根本就不可能有第二次机会。

所以，这个计划的危险性极大。

但对于老棒子来说，风险越大，回报就越大，一个天生的混黑社会的料，肯定也是一个天生的赌徒。为了那一刻决定性的成功，老棒子每天就躲在屋里面练习刺杀动作。他把匕首放在自己的裤兜里，刀尖朝上，刀柄朝下，然后在静止的状态下突然启动，右手伸进裤兜里反手出刀，狠狠地扎向对方的心脏位置。整套动作并不复杂，却要求精度极高，任何一个小小的失误甚至延迟都会导致功亏一篑。

老棒子就整天窝在房间里练习这个动作，直到他一摸到自己的裤兜就忍不住要反手出刀，哪怕那兜里什么都没有。我在国内差点走上职业拳手的道路时，教练曾经这么说过，一个动作，你重复练习一万次，就会形成大脑记忆，而当你重复练习十万次，就会形成肌肉记忆，也就是你的本能，当你自然而然地打出这个动作的时候，已经无须经过大脑的思考了。老棒子那几天的重复练习何止十万次，几乎都快要一百万次了，他身体的每一块肌肉，甚至每一个细胞都深深地记住了这个动作。

壮士拔刀将欲行，不忍亲友送别声。风萧萧兮易水寒，问君此去何时还。

距离老棒子动手的日子越来越近，我的心也越来越紧张。临行动前的那个晚上，老棒洗了个澡，喝了顿大酒，还打电话叫了两个小姐过来。夜里我就睡到了客厅里的沙发上，听卧室里那两个小姐叫唤了一晚上，我真怕老棒子第二天别说动手了，恐怕连走路腿肚子都转筋。

第二天早晨我醒来的时候，老棒子已经走了，还剩那两个小姐躺在床上呼呼地睡着，看来是被折腾得不轻。桌子上留着一张他写给我的字条：阿乾，我走了，如果我出事了，你好好活下去，勿以我为念。

看着这一行歪歪扭扭的字，我的眼泪一下子就流了出来。

如果每个人的生命都是一部电影的话，老棒子在我的生命里，扮演了一个什么样的角色呢？是他教会了我如何跟别人争勇斗狠，是他以打工赚钱的名义蛊惑着我偷渡他乡，是他用出人头地的前景拉拢着我留在了异国的黑帮……如果没有他，我在国内可能有着一个稳定的工作，温饱的收入，可能已经结了婚，生了孩子，每天平平安安地过着自己的小生活，不用担惊受怕每一天。但也正是老棒子，他带着我领略了异国的风情，在我中了刀子的时候痛哭流涕，出来混时念念不忘的就是带我回去，把我当亲兄弟一样看……我不知道应该是恨他，还是应该感激他，恐怕再也没有人能像他这样，在我的生命力扮演如此复杂的角色。

而现在，看着这张纸条，我感觉他的角色一下子从我的生命中抽离了，空空荡荡的。

之后我一直是恍恍惚惚的状态，直到两天后，传来了金大奉的死讯。

除了仅有的几个了解内幕的人外，整个社团都愕然了。不光是社团，整个仁川都愕然了。

任谁都想不到，金大奉会死在自己公司的西餐厅里。

这一次事件，成了仁川市帮派格局发展的转折点，也是一个具有标志性的里程碑。以此事件为划分点，形成了一个明显的分水岭，分水岭之前应该叫作"群雄割据时代"，当时仁川大大小小的帮派有十几个，华人、越南人、马来人、泰国人、日本人……还有金大奉组建的"清洞派联盟"，都在鼎立着仁川市的黑帮格局；分水岭之后，应该叫作"威慑时代"，金大奉一死，势力庞大的"清洞派联盟"轰然崩塌，就连清洞派也变得名存实亡，本地帮派彻底失去了在仁川市立足脚跟的机会，把大好河山拱手让给了一群异乡人。而在这群异乡人中，最有势力的便是华人帮派"犼"，它没有趁机去四下争伐，而是俨然以仁川老大的地位自居，威慑着其他那些大大小小的帮派。而其他那些帮派也不敢与风头正盛的"犼"作对，纷纷表示了臣服之意。仁川市的帮派格局，貌似进入了一个暂时和谐的大一统局面。

　　而作为缔造这一经典局面的关键人物老棒子，是如何刺杀金大奉，早已经在众多江湖中人的口中传得面目全非，而最知道其中真相和细节的，无疑是听过当事人亲口讲述事件经过的我。

　　事件经过是这样的。

　　按照孟老大的布局，老棒子早在前两天的时间就去了西餐厅做服务生工作，为的是熟悉场地。其实让他这个年龄和尊容去做服务生，真是有点难为他了，以至金大奉一伙公司的股东下楼用餐的时候，其中有好几人都多看了他几眼。这帮股东每个月才来这里吃一次饭，根本就不认得这里服务生的模样，他们多看老棒子几眼，并不是觉得他长相陌生，而是觉得西餐厅里会有这个年龄这副尊容的服务生，感到特别奇怪。

　　但也没有人特别在意，前面说过，其实韩国本土人种长得本来就不好看，小眼睛，扁平脸，塌鼻梁，模样比老棒子好不了多少。不过就是他们整容的比较多，而中国男人都懒得修饰自己。但是现在也不是这样了，越来越多的中国男人注重打扮和化妆了，我身边就有许多男性朋友每天网购什么面膜紧肤水的，每天都把自己弄得香喷喷的，弄得跟女人一样。每当这时候，我就会感慨，人跟人真是太不相同了，几乎都要发展出来另外一个独特的人种，就像我一个混时尚圈的朋友对我说的，你要不是gay，都不好意思跟别人打招呼。

　　话说远了，扯回老棒子。他那天做服务生，也是提心吊胆的，好在一切如常，中间并没有什么意外的事情发生。一直到了中午12点左右的时候，金大奉在十几个人的簇拥下来到了西餐厅用餐，这里面大部分都是公司的股东，还有几个保镖。这时老棒子第一次在现实生活中见到金大奉，跟他之前在照片上看到的差不多，只不过要比照片上的人看起来还要强壮一些。他跟餐厅里几个熟悉的人点点头打着招呼，看似敦厚的脸庞上却长着一双鹰隼般的眼睛，看起来就带着极强的权势欲望。

　　当他们落座以后，金大奉坐在中间，其余人在两边分座，有两个职业保镖一直就在金大奉后面站着，形影不离。他们的午餐很简单，就是牛排、红酒，还有一些蔬菜沙拉。老棒子当时就站在距离他们不足10米处的地方忙活着，能清楚地听到他们之间的对话内容。

金大奉说："各位，请尽情享用，这可是正宗的韩牛啊。"

大家品尝了一下后，都赞不绝口。一个人说："现在国家下了养殖缩减令，想要吃一口正宗的韩牛，不容易啊。"

"对啊，是不容易，没办法，我现在每天吃的都是美国牛肉。那个味道，想想就够了。"

"没错，市场上也很难买到真正的韩牛了。"

"咱们韩牛的牛肉，最是鲜嫩可口，比日本的和牛还要好吃。"

看着大家的交口赞赏，金大奉面露微笑，道："今天大家在这里尽情享用就好。"

他们吃着牛肉，喝着红酒，相互之间交谈着，老棒子虽然近在咫尺，却一直寻找不到下手的机会，急得他心里猫抓猫挠一般。站在金大奉身后的那两个保镖简直是目光如炬，一刻不停地打量着来往经过的任何人员，有一点风吹草动，他们就会即刻出手。

午餐进行了约莫有十来分钟的时间，金大奉起身上卫生间了，跟他同去的还有另外一个股东。两个保镖没有进去，就守在了卫生间的门口。老棒子暗道一声机会来了，便跟着上了卫生间。

没想到刚走到卫生间门口，他就被两个保镖给拦下了。

"干什么？"

"小解。"

"请等一会儿。"两个保镖还挺有礼貌。

"不行了，真等不及了。"老棒子捂着小腹说。

两个保镖对视了一眼，其中一个搜他身，搜得很仔细，连裆部都没有放过，确认没有问题了，点点头说："进去吧。"

老棒子快步走进卫生间，然后放慢了脚步，他看到金大奉跟另一个股东就站在便池前面，一边小解一边交谈着什么。老棒子转身走向了单人隔断卫生间，关上门，从马桶的水箱里掏出了一把餐刀。

这是他早就准备在这里的工具，没想到真的能派上用场。每天员工进入餐厅工作，也是需要进行搜身的，想携带刀具进来根本不可能，唯一能够利用的就是餐厅里切牛排用的餐刀。但餐刀太钝，只适合像锯子那样切割，而不适合砍削，老棒子就偷偷地带了一小块磨刀石进来，把餐刀磨得飞快，然后一把放在了餐厅内，一把放在了卫生间里。

他就把这柄湿漉漉的餐刀放进了裤兜里，然后空着手向金大奉走了过去。他走得很自然，步伐不快也不慢，如果他有一点不正常的举动，作为资深老混子的金大奉都能够觉察出来。所以，等老棒子一直走到了金大奉的身边，做出要解开腰带小解的样子，金大奉也没发现什么端倪，他已经解完了手，提上了裤子，转身就要离开，就在这一瞬间，老棒子出手了。

像他无数次练习的那样，当他的手伸向裤兜里的时候，条件反射似的握住了刀柄，然后反手出刀，在空中划过了一道凛冽的弧线，精准地扎进了金大奉的心脏位置。整套动作一气呵成，干净利落，就像提前彩排过一样。

没有溅血，没有惊叫，甚至连一声呻吟都没有，金大奉就捂着扎在心口上的餐刀，靠着卫生间的墙壁痛苦地滑了下去。但他的眼睛一直看着老棒子，一直看着这个结束了他黑帮梦想的男人，至于在临死前的几秒里他想了些什么，没人知道。

通过这件事情，起码让我明白了一点，再厉害的混子，再传奇的帮派头目，也只不过是血肉之躯，挨上一刀，一样会挂，甚至比普通人挂得更快。这个世界上，没有超人。

金大奉倒下去以后，跟他一块进卫生间的那个股东就傻了，愣愣地站在那里，也没有喊叫，刚刚尿完的他竟然又尿了出来，一下子就把裤子给洇湿了。也难怪，这些股东本不是帮派中人，他们大都是正儿八经的生意人，只是靠着金大奉赚点钱而已。老棒子没有理他，转身就从卫生间的通气窗跳了出去。通气窗外面是一条走廊，走廊直通的是餐厅的后厨，老棒子强压着自己狂乱的心跳，一路从后厨向外走去。当时领班还看到了他，问道："干什么去？"

虽然是领班把他安排进来的，但并不知道他就是过来刺杀金大奉的，领班还以为只是托关系找个工作而已。

老棒子说："今天有点不舒服，先回去了。"

"好，"领班还关切地拍了拍他的肩膀，"那就回去好好休息一下。"

老棒子一边走，一边脱掉身上白色的侍应服。等他走出整栋大楼的时候，回头看去，二楼的西餐厅里已是大乱。

5

老棒子成功了，但他却没有回到社团来。

当时至少有十几个人记住了他那张怎么看怎么不像服务生的脸，然后，他遭到了金大奉余部的全城追杀。

"清洞派联盟"虽然随着金大奉的死而瓦解了，但那些势力并没有消亡。韩国跟日本一样，特别讲究中国儒家的"忠孝仁勇"，他们的老大竟然不明不白地被人在卫生间里给干掉了，这简直就是奇耻大辱。所以，一张地下通缉令几乎传遍了仁川所有的本地帮派，那些马仔都疯了一样要找老棒子为他们的老大报仇。

这是我们所有人都始料未及的，老棒子虽然顺利地完成了任务，却成了搅动整个仁川黑帮的台风眼。不管黑道白道，仿佛整个仁川的人都在找他，这些人里有混子，有杀手，甚至还有警察，他们怀里都揣着一张悬赏老棒子的"暗花"。

所以，老棒子消失了。如果在这样的情况下他现身街头的话，肯定会像秦汉之交的项羽一样，被人给分尸的。据说，因为刘邦重金悬赏项羽，项羽自刎之后有无数人要拿他的尸体分一杯羹，由此引发了刘邦大军的内斗，最后有5个将领抢到了项羽身体的一部分，分别被封了侯位，就连抢得了项羽一些零碎残骨的吕马童，都被封了个中水侯。

老棒子如果出现的话，他的下场一定会比项羽更惨。谁也不知道他去了哪里，在哪个地方隐藏着自己的行踪，但这里是韩国，不是中国，没有天南地北的大把地方供你跑路，只要他身在韩国，早晚有一天会被人给找出来。

这个时候，唯一能够给老棒子庇护的，也就是"狐"了，但出乎我意料的是，面对全仁川的黑帮都在追杀老棒子这件事情，社团的反应竟然出奇的平淡，没有一丝一毫的应对措施。

我想不通，社团为什么会有这样的态度。我本来想找娜美来说说这个事情的，因为在帮派里，等级划分还是很森严的，就好比这是在公司，娜美就是我的分管领导，我有什么事不能直接找老总，而是要先向分管领导反映，这是一个最基本的制度。但我想了想，娜美在这件事情上也说不上话，于是我就直接找了孟老大。

孟老大在电话里听到是我，也并不意外，而是道："你到九龙春来吧。"

跟我第一次在九龙春见到孟老大时一样，他正在吃炸酱面，空气中除了炸酱的香味，还混着一股淡淡的焦糖味。他见到我后十分客气，说："阿乾，来坐坐，吃过饭了吗，要不要来份炸酱面？"

我没搭这茬，直接就道："老大，我今天是特地为老棒子的事来找你的。"

"老棒子啊……"孟老大忽然就换了一副表情，仰头叹息道，"他这个活儿，干得漂亮，干得利落，一举就除掉了社团的心腹大患！阿乾，你知道这意味着什么吗？从此以后在仁川，就再也没人能撼动社团的地位了，说他是仁川华人的英雄也不为过啊。"

我说："是，老棒子为了社团出了大力，卖了命，但现在他被全仁川的帮派追杀，连面都不敢露。"

"是，这一点我确实没想到，这是我一开始决策上的失误。"

他说这句话我一点也不信，什么叫决策上的失误？从他策划这件事情开始，他就应该预料到了事情发展的后果。或许，我是这样揣测的：孟老大以为老棒子定然逃不出来，会跟着金大奉在西餐厅里一起丧命，但他万万没想到，老棒子竟然全身而退了。

我沉默了一下，鼓足了勇气说："老大，听老棒子讲，您答应过他事成之后会把新浦市场交给他打理，给他新开一个堂口。现在老棒子的事情闹成了这样，我代他向您求件事，您不需要给他新开一个堂口，您就说句话，让老棒子回来，回到中华街，以社团的力量出面来保护他，行吗？"

"阿乾，我知道你跟老棒子兄弟情深，但在这种大事件面前，你一定得保持理智。我说句话，这倒是简单，但这样一来，社团就会成为全仁川的众矢之的啊。现在就连警察也在寻找老棒子，已经把他列为通缉犯，现在让他回到社团来，这不是引火烧身吗？现在社团刚刚有些起色，我要对跟着我混的这些人负责啊。你想过没有，万一社团现在出点什么麻烦，这些人怎么办？他们都是华人同胞，血浓于水，我不能眼看着社团倒了，他们再被那些韩国人、越南人欺负啊。"

"可是……"我竟然都有些理屈词穷了，"那老棒子怎么办？他的事，社团就不管了？"

"做大事，总要有些小牺牲。一将功成万骨枯，这话听着残酷，却是个真理。阿乾，你以后也得学着点，有时候干大事真不能拘小节，慢慢你就会明白了。你是个人才，我从一开始就很看好你。这样，我知道你跟老棒子情同手足，我答应过他的事情，就兑现在你身上了。从今天开始，新浦市场我交给你管理，我给你新开一个堂口。"

我都不知道自己是怎么从九龙春里走出来的，只觉得那天的阳光特别刺眼，明晃晃的，仿佛都能把眼睛给照瞎。我自己都不明白，为什么忽然一下子就变成大哥了，有自己的堂口了？我只觉得很讽刺，老棒子费尽心血，甚至不惜拿命去拼搏的目标，就这么轻而易举地落在了我的头上，就像放了一个屁那么容易。

回到住的地方，我在床上躺了半天，才回过神来。这一下可以确定的是，老棒子真成了孟老大的弃子，刺杀完金大奉，他已经彻底失去了作用，孟老大已经不想再跟他产生一丝一毫的瓜葛了。而他知道，我跟老棒子又是过命的交情，对此事一定会不依不饶，于是又把新浦市场给了我，来堵我的嘴。

孟焦俊，这人真是把厚黑学研究到了极致。我光是想想他那双阴鸷的眼睛，就忍不住打了个冷战。

就这样，在老棒子刺杀完金大奉后，我成了大哥，开始有了自己的堂口。这个堂口，本来应该是老棒子的，但如果我不接手的话，也会被别人接手。娜美和小马都劝我，既然机会来了，就别撒手，也算是不辜负老棒子的一片心血。

社团常例，开了新的堂口，就要大肆庆祝一番。那天的酒会很热闹，社团里有头有脸的人都来了，小马还特地把安医生和允儿都拉来了，为我助兴。在酒桌上，我成了主角，被人连番敬酒，最后喝得我是头晕转向，东西南北都分不清了。我倒上满满的一杯红酒，举起来说："娜美姐，我敬你一杯。"

娜美端起酒杯，说："阿乾，你现在有了自己的堂口了，当大哥了，不用再叫姐了。"

"那不行！"我叫道，"娜美姐，以后不管到什么时候，你都是我姐！还有小马哥，不管到什么时候，你都是我哥！"

我这么一说，大家都鼓起掌来，小马也是倍有面子，端起酒杯来跟我干了满满一大杯。我喝的肚子胀，起身去了趟厕所，在回包间的路上脚步跟跄了一下，浑身突然就没了力气，只能顺着墙慢慢地坐下来。正好允儿出来看见了我，赶紧上来扶我："阿乾，你没事吧？"

"我没事，没事……"说着说着，我一下子就哭了起来，号啕大哭，像做了错事一样躲进了允儿的怀里。

"棒子哥……生死未卜，我还在这开……什么……酒会……"我哽咽着说不出话来。

允儿不停地拍着我的背，安慰着我，一句话也没有说。

第六章 安医生的身份

1

就这样，我成了新浦市场的老大，有了自己的堂口和小弟，再也不用穿着从商场里打折买回来的秋衣和外套，而是每天西装笔挺的，打着领带，穿着皮鞋，把自己装扮得像个商务人士一样。也不用再像以前当马仔的时候出去打打杀杀，反而有了自己的办公室。这一切都让我很不习惯，我感觉自己不是在混黑帮，而是成了公务员。

在我"上任"的第二天，张勇真就过来找了我，他坐在我的办公室里，上下打量了一番，说："不错，蛮亮堂的。"

我笑笑，扔给了他一根烟，说："勇真兄，有何指教?"

张勇真接过烟点上，说："阿乾，哦不，现在应该叫乾哥……"

我摆摆手道，"可别，你还是叫我阿乾吧，千万别叫乾哥，听着别扭。"

"好吧，阿乾。"张勇真笑了起来，从嘴里吐出两个烟圈，又吹出一道烟柱，把两个烟圈刺破了，好像捅破一张窗户纸似的，"阿乾，新浦市场是个好地方，仁川市三分之一的农贸产品都在这里交易，你可得看好喽。"

我感觉到他话里有话，就道："勇真兄，有什么话你就直说吧，咱俩的关系也不一般，你说什么，我信得过你，并且绝对不会让第三个人知道。"

张勇真笑了起来，拍了拍我的肩膀，"阿乾果然是心直口快，好，那我也就不兜圈子了。新浦市场这块是块肥肉，要是弄好了，每天账面上的流水都够惊人的。当然，这些钱你都要上交社团，自己只能留下非常小的一部分，如果你愿意——"张勇真笑了笑，压低了声音说，"这些事情都是可以操作的，账面上的钱数，我来平，保证任何人也看不出来，滴水不漏。"

我明白了他的意思，他是想跟我联手，把新浦市场大部分的收益都归入囊中。

我摇了摇头说："勇真兄，等过段时间再讨论这个事情吧，我现在实在没兴趣。"

张勇真有点急了，"你放心，只要你不说，我不说，孟老大那边绝对看不出来。"

"不是担心孟老大，而是……"我顿了一下说，"你也知道我这大哥是怎么来的吧？"

"你是因为……老棒子？"

"是。"我点了点头，"这一切，包括这财富，这权力，这地位，都应该是他的，而现在，却都落在了我的头上，你应该知道我跟老棒子之间的交情……所以，我现在心里特别乱，真的不想再去操心什么别的事情。"

"行，兄弟我理解你。"张勇真叹了一口气，又拍了拍我肩膀，"那行，这个事就先放下不提，等过段时间再说。"

当了大哥之后，我也不在中华街旁边的那个一室一厅的小公寓住了，而是换到了一所大房子去，独门独院的，有点别墅的感觉。我自己一个人住空荡荡的，就像躯壳缺少了灵魂。

差不多一个星期之后，那天晚上我喝得醉醺醺的，坐在车里直想吐，便对开车的小兄弟说："你就在这儿停行了，我下去走走，醒醒酒。"

车子缓缓地在路边停下了，我打开车门，跟踉跄跄地走了出去。坐在副驾驶座上的一个兄弟见状急忙下了车，说："乾哥，你喝多了，要不然我扶你回去吧？"

"不用，我走一走，吹吹风就好了，你们去玩吧。"我朝他们挥了挥手。

我住的地方还算比较幽静，晚上路边也基本没什么车了，当时的天气已经非常冷了，想要下雪的感觉，我一边走着路，一边吸着大口大口的冷气，努力让自己的脑袋清醒一点。将要拐过一个街角，快到家门口的时候，我忽然有了一种奇怪的感觉。

我感觉有人在后面一直跟着我。

在黑帮里混了这么长时间，也经历了几场恶战，倒是真的培养出来了我对于危险的第六感。我站在街角，装作看路牌的样子，用余光瞥了一眼，果然发现后面有一个黑影，正在不远不近地尾随着我。

我没有出门带家伙的习惯，韩国的大街上又特别的干净，连个砖头都找不见，没办法，只能靠自己的拳脚了。

我走过街头的拐角，迅速地贴着墙根藏了起来，一直听着脚步的声音。待跟踪我的那家伙拐了个弯走过来的时候，我猛地挥出一拳，直朝着他的面门打去。

这一拳生猛冷僻，换了谁挨这一下子都得当场躺倒。可这人就像有预兆似的，猛地伸出手握住了我的拳头，同时低声道："阿乾，是我！"

我整个人都懵了，仿佛有一股电流从尾闾骨顺着脊椎一直钻到了脑仁里！刹那间，我的眼泪一下子就涌了出来！虽然这人穿着一身破旧的风衣还戴着个帽子，根本就看不清脸，但这个声音我却是再熟悉不过了。

"棒子哥，是你……"

他一下捂住了我的嘴，同时警惕地朝四周看了看，"别说话，这里不是说话的地方。"

我抹了抹脸上的泪，说："跟我走。"

我带着他去了自己住的房子里，那个单门独院的小别墅。进了屋里，老棒子第一时间拉下了窗帘，还往窗户外边看了看，问："你这里安全吧？"

"安全。"我说，我能感觉到自己鼻子还是酸酸的。

老棒子这才松了口气，脱下了那件破旧的风衣，摘了帽子，疲累地坐在沙发上。一个多星期的时间没见，他的头发乱糟糟的，胡子也像野草般丛生起来，两只疲倦的眼睛里泛着浑浊的光，仿佛苍老了十岁。

我赶紧拿出来吃的喝的放在桌子上，问："棒子哥，你这段时间躲到哪里去了？"

他并未回答我的问题，而是大口地吃着面包，喝着啤酒，打量着房间里的布置，说："阿乾，听说你在新浦街开了堂口，当了大哥，看样子果然混得不错啊。"

我霍地站了起来，浑身激动得发抖，却不知道该说什么。末了，我只能翻出一把匕首来扔在老棒子的面前，说："棒子哥，你要是不相信我，觉得是我贪了你的功，你现在就一刀捅死我，你看我动一下吗！"

老棒子拿着那把匕首站了起来，在手上把玩着，一句话也不说，忽然眼泪就流了下来，打在刀子上"啪啦"作响。我一下子就愣了，在我的印象里，老棒子好像是一个不会哭的人，他仿佛从出生的时候就把泪腺挑了去，在社会上这个丛林里拼搏厮杀，打掉了牙往肚里吞。但我没想到，他竟然也会哭，也会流泪，我说："棒子哥，你……"

他丢了匕首，别过头，哽咽着，"阿乾，你不用解释……我知道你是什么样的人，我相信你。可我就是不甘心啊，真不甘心，事情怎么就成了这个样子……"

"棒子哥！"我过去抱着他，两个大男人就这样头抵着头，失声痛哭。

不知道哭了多久，我们的情绪也渐渐平复了下来，相诉这几日离别的境况。原来老棒子这一段时间一直躲在仁川西部的棚户区，那里多是一些进城务工人员和流浪汉的居所，又脏又破，人口构成也颇为复杂，一般没有去那里找人的。他就算在棚户区也不敢抛头露面，每天连填饱肚子都是问题，觉得撑不下去了，才冒险过来找我。

老棒子点上了一根烟，长叹一声："没想到年年打雁，今日被雁啄了眼！被人当成了弃子，真是可笑。"

我说："棒子哥，你不用自责，是孟焦俊心机太深了。"

老棒子狠狠抽了自己一耳光，"就怪我自个儿！这个后果，我一开始就应该能想到的，利欲熏心，利欲熏心啊！"

"棒子哥，事情已经到了这一步，你就别自责了，关键是想想下一步应该怎么办。"

"怎么办？只能跑路了，别说仁川，整个韩国我都待不下去了。我听说，现在就连釜山和首尔的帮派都在找我的麻烦，有的还直接雇了职业杀手，我×他奶奶的。我现在需要一笔钱，然后再想办法出境。"

"钱不是问题。"我想到了张勇真。稍微思索了一下，我又道，"棒子哥，就算你现在有钱，想脱身恐怕也不是那么容易的。首先，飞机和轮渡你都不能坐，官方那一条道堵死了。其次，如果你想偷渡的话，现在韩国的蛇头也全是帮派里面的人，你过去就是自投罗网。照这样下去，你可能只有一条路能走了。"

"什么路？"

"去朝鲜。"

"操！"老棒子骂道，"那我宁可在这里被人砍死！"

我又思索良久，忽然眼前一亮，说："或许，还有另外一条路！"

"什么路？"

"我也不敢确定……"我犹豫了一下。

"哎呀阿乾，你有话就说，有屁就放！你哥我要是被人家逮住非砍成肉泥不可，你还在这儿不敢确定？现在就是火焰山，也得往里跳了！"

"好吧，"我下定了决心，道，"你知道安吗？"

"安？哪个安？你说的是……安医生？"

"对，就是安医生。或许现在只有他，才能给你带来一线生机。"

2

当天晚上，我就带着老棒子去了安医生的诊所。当然，老棒子是全副武装的，穿着那件大风衣，戴着帽子和口罩，大晚上的还戴了副墨镜。

在车上，我对老棒子说了我的想法，听完以后，老棒子瞠目结舌，"阿乾，你说的这些……是真的？"

"应该是吧。"我心里也没底。

"靠谱吗？"

"别管靠不靠谱，也只有试了一试了。"我看着他说，"你现在还有别的路能走吗？要不你就去朝鲜。"

老棒子咬了咬牙，"算了，事到如今，鬼门关我也得闯一闯了！就听你的，去找安医生！"

我把车停在了安医生诊所的门口，让老棒子在车里等着，我一个人走了进去。当时已经是夜里十一点多，安医生还没有休息，正好有个人在做垫下巴的小手术，他跟允儿一直在手术室里忙着。诊所里一个叫刘思聪的小伙子接待了我，思聪我也见过两次，算是跟他略熟，知道他是一个中国的留学生，在仁川大学读医学专业，平时没事的时候会来安医生的诊所帮忙，挣点外快。

我说："思聪，安医生正忙着呢？"

"忙着呢，不过马上就快完事了。"思聪给我倒了杯热水，笑道，"乾哥，怎么今天这么晚过来啊？又找允儿姐？"

"呃……"我揉了揉头发说，"不是，我今天找安医生有点事情。"

"安医生？"思聪有些惊愕地看着我，"你俩难道……"

他肯定误会我的性取向有问题了，我急忙道："不是不是，不是你想的那样，我就是找安随便聊点事情。"

"呵呵，"思聪挤眉弄眼地笑了起来，"看把你紧张的，我也没说啥啊。"

"你这孩子！"我差点被他绕进去，可现在这个时候，我实在没有心情跟他开玩笑。

我坐了没一会儿，安医生就忙完了，一边往外走一边拿掉头上戴的手术帽子。他出来看到我时明显愣了一下，然后朝我点了点头，算是致意。好歹我现在也是拥有一方堂口的大哥，他既然在"犰"的地盘混饭吃，这点面子还是要给的。

我说："安医生，这么晚还不休息，辛苦了。"

安点了点头，冷冷清清地说："谢谢。允儿在里面收拾东西，一会儿就出来了，你等一下吧。"

我说："安医生，今天我不是来找允儿的，我是找你有点事情。"

"找我?"安愣了一下。

我又靠前了一步,说:"能不能借一步说话?"

安看着我的眼睛,停顿了两三秒后,说:"来我办公室谈吧。"

我跟着安进了他的办公室,安关上了门,拉上了百叶窗帘,说:"有什么事你就说吧。"

我迟疑道:"在这里……"

"放心,这里隔音好得很,我经过处理的,除非你在里面开枪,否则外面的人什么动静也听不到。"

"好,"我在他对面坐了下来,看着他,喉头滚动了一下,一时间竟然不知道该怎么开口。他也不急,就那么淡淡地看着我。

我胡乱地塞进嘴里一支烟,点上,猛吸了两口,定了定心神,说:"安医生,你有没有听说过,在仁川地下有这么一个组织,专门替人进行'重生',能给人换一个身份。据说,这个重生组织的头目叫作'阎王'。"

"哦……好像听说过一些,捕风捉影的。怎么了?"

"你知不知道这个'阎王'是谁?"

"不知道。"

他这个聊天方式,让我根本进行不下去。我一狠心,把烟头直接摁灭了,说:"我知道,安医生,这个传说中的'阎王'就是你!"

"呵呵,乾哥……"我现在当大哥了,他也不好意思直接叫我"阿乾"了,"你开这种玩笑,确实没什么意思。"

"安医生,我不是在跟你开玩笑,我是认真的。实话给你说吧,你是'阎王'的身份,社团早就怀疑了,孟老大也派人一直在盯着你。"

"呵呵,所以,你就大晚上的过来摸我的底了?"

"不是,你误会了,我不是过来摸你底的,我是……安医生,我有求于你。我也不给你兜圈子了,你知道老棒子出事了吧?现在满仁川都是想干掉他的人。实不相瞒,老棒子过来找我了,我求你救救他……"

"乾哥,你说的这个事情,我爱莫能助。不过你放心,我会帮你保守秘密的。"

"我不是让你帮我保守秘密!我是让你救救老棒子!"我激动起来,一下子把桌子上的东西全都扫到了地下,"你说,你要怎么样才肯救人!"

他依旧波澜不惊地看着我的歇斯底里,说:"我说了,我不是'阎王',我没法帮你。"

他的淡然应对让我感觉自己正在走入一个绝境，这让我产生了一种困兽犹斗的暴躁感，我一下扑了过去，狠狠地拽着他的衣服领子叫道："你说你到底要怎么样才肯救人？你是不是想要钱？好，你说个数，要多少钱老子都给你弄来！"

"不是钱的事，"他还是那副冷淡的面孔，"我说了，我不是什么'阎王'。"

"我×！"我狂骂了一声，顿时一股深深的无力感袭来，我仿佛什么都抓不住了，顺着安的身体慢慢地跪倒了下去，顷刻之间，我就泣不成声，"老棒子……他是我最好的兄弟……我在韩国唯一的兄弟，现在，他要死了，我却无能为力……只能看着他去死……我真没用，我真是没用啊，当初我就不该来韩国……"

我趴在他的腿上哭得稀里哗啦，憋闷了几天的情绪在这一刻全都释放了出来，眼泪鼻涕流的到处都是，全都抹在了安的裤子上。他就根棍子似的矗在那儿，一句话也不说。

哭了半天，情绪发泄得差不多了，我也冷静了下来，脑子里想了想，说："安医生，我明白你的顾虑，不管怎么说，我也是社团的人，你不想让社团知道这些秘密，我理解。从你的角度上来看，你确实无法判断我是不是故意来摸你底的，如果我是你，也不会冒这个险。这样，为了让你放心，我一命抵一命，用我的命，来换老棒子的命，行吗？"

他还是看着我，不说话。

我从地上捡起一把剪刀，说："安医生，我死了，求你一定救救老棒子，他就在诊所外面的车里等着。一切都拜托你了，还有，告诉允儿，我爱她。"

我闭上眼睛，握紧剪刀，猛地朝自己的胸口扎去！在那一瞬间，我感觉到了死神的披风从我眼前掠过，充塞了整个天空，冰冷骇人，带着一股地狱深处的气息。猛然间，我的胸口一阵疼痛，剪刀却没有扎进去，只是刺破了一层表皮。

安医生握住了我的手腕。

我睁开眼睛，愕然地看着他。

"你死在我这儿，我更麻烦，"他叹了一口气，"算了，我帮你，叫老棒子进来吧。"

我还没有缓过劲来，"你不是说，你不是'阎王'吗？"

"是啊，我不是'阎王'，这是谁给瞎起的外号，难听死了。"

3

安医生打开办公室的门，对着外边的允儿和思聪说："准备'重生'手术。"

允儿和思聪都未答话，而是一下子站了起来，惊愕地看着安医生，又看看我。

安医生点点头，"都已经知道了。"

思聪惊叫道："安医生，你怎么……"

"废话少说！准备手术！"安陡然严厉了起来，我从来没见过他这个样子，在我的印象中，安是消沉的、颓废的，嗜酒如命，甚至还有些神经质，因为我见过他好几次拿着本子，在上面画啊画的一些类似于麒麟样的乱七八糟的东西，像小儿涂鸦似的。此时的安医生却一扫身上的颓废之气，眼中射出两道刀子一般的冷冽光芒，"唰"的一下就从允儿和思聪的身上刮了过去。

"允儿，准备无菌手术台、7号麻醉剂、无影灯、中心供氧装置！思聪，准备微量输液泵、零号中药泥膏、全副手术器械！5分钟后，开始'重生'手术！"

没有任何犹豫，允儿和思聪立刻动了起来，像是终于得到了开战命令的士兵，而安就冷冷地站在那里，不动如山岳，像是一个发号施令的将军。我从来没想过，一个人的性格转变竟然会如此突兀，前一秒他还是个消沉颓废、唯利是图的家伙，后一秒忽然就变得冷峻清明，锋利如刀。这让我一时还无法接受。

安穿上白大褂，轻轻一振，一股消毒液的味道便弥散开来。他回头看了我一眼，到："还愣着干什么，快叫老棒子进来啊！"

"啊……哦。"我这才反应过来，急忙去车里叫老棒子。我使劲敲了两下车窗，老棒子一开车门，看到我愣然的表情，他一下也愣住了，"阿乾，什么情况？"

"棒子哥，没想到，真是啊……"

"是什么？"

"阎王。"

我跟老棒子走进来的时候，看到已经基本准备就绪，思聪推着一个手术推车，正在进入手术室，上面摆着一排寒光锃亮的手术器械，有手术刀、手术剪、持针钳、无齿镊子、止血钳、三棱针……光看着就让人心颤胆寒。我感觉到老棒子忽然浑身打了一个哆嗦。

安医生看了一眼老棒子，问："你想变成什么模样？"

老棒子吭哧了半天，最后说："古天乐，成吗？"

卧槽我真想给他一记飞脚。安医生摇了摇头说："不行，那样目标太明显，对你对我们都不利。我这里有一些备选照片，你挑一下，时间紧迫，我给你三分钟。"

安医生拿出来一个塑料夹子，打开之后，里面全是一些中年男性的头像照片。说实话，这些照片都不丑，反正不管哪个都比老棒子强。最后磨叽了三分钟，老棒子才好不容易选定了一个浓眉大眼的。我还真没想到，他竟然这么注意自己的形象。

真不知道他这几十年都是怎么过来的。

老棒子跟着安进了手术室，我也要跟着进去看看，这时候思聪从里面出来了，拦住我说："哎，乾哥，你不能进去。"

我说："我就进去看一眼，我不放心……"

"你放心好了，有安医生和允儿在，一切都没有差池。倒是你，乾哥，别怪我没大没小了，现在我要给你安排一个任务，特别紧急的。"

"任务？"

"对，你现在马上去搞一辆二手车……让我想想啊，德系车钢板重，底盘重量足，质量越大，加速度越大，不错；日系车轻，倒是容易操作，并且本田的动力转向管泄露是近些年最大的工业缺陷，很容易发生车体燃烧。对，就弄一辆本田吧！二手本田！"

"好，这个容易，不过……"我迟疑道，"弄一辆二手本田车过来干吗？"

"到时候你就知道啦，尽快哈！对了，这辆车来的途径要千万保密，不能让别人知道过了你的手，否则后续的麻烦可就大了。"

怎么说我现在也是一个堂口的老大，弄辆破本田还是没有问题的，关键是思聪说的，不能让别人知道这车过了我的手，这一点还是有点难度的。虽然我不知道他要具体干什么，但我明白这个事情一定很重要。

我给手下的小弟打了个电话，让他托社团外的人连夜弄了一辆二手本田，停在距离诊所不远的一个停车场，并且叮嘱他千万不要对任何人说起这件事情。那辆二手车是从二手市场里刚捞出来的，手续还都齐全，不管要做什么用倒都挺方便。把车的事情搞定之后，我回到诊所去找思聪，却看到他在办公室里对着一堆乱七八糟的东西，在做什么实验。

这个实验，我把他勉强叫作"小车运动"物理实验，就是一个肥皂盒大小的小车模型在工作台上前行，撞向了一辆比它更大一些的模型货车，货车后厢上转载的火柴棍由于受到撞击的惯性，冲出了大车，噼里啪啦地掉在了小车的上面。

思聪说了一声："欧了！"然后又在电脑上敲了几下键盘，调出来一个网页，我用所学不多的韩文勉强看得懂，那上面都是一些大型货车出入仁川临时运输停靠点的信息。

思聪关了电脑，收了模型，拉起我就走，直接上了那辆刚开回来的二手本田，说："乾哥，走。"

我问他："去哪儿？"

"仁川大学医学院。"

"那不是你就读的学校吗？"

"是，咱们就去那儿。"

"去那儿干嘛？"

"别管了，你去就行了，快，抓紧。"

我无奈，只能发动车子，朝着仁川大学开去。外面夜色浓重，像一只巨兽的深渊大口，我忍不住打了个哈欠，这是一个不眠夜。

4

到了仁川大学医学院的后门，我们熄了火，下了车，鬼鬼祟祟地来到了医学院的教学大楼。整栋大楼漆黑一片，我们摸着黑上了三楼，顺着走廊向前走去。里面实在太黑，我一点路都看不见，只能拿出手机打开，靠着屏幕的微弱灯光前行，不至于撞到墙上。思聪虽然什么也看不到，却能信步疾走，对地形熟得很。

不知道是天气太冷还是什么原因，走在这里总让我感觉浑身发冷，一层一层地起鸡皮疙瘩。走了一段路后，还闻到了一股刺鼻的福尔马林的味道。我把手机举起来，借着微弱的光亮，看到教室门上分别用韩文写着"解剖一室""解剖二室""解剖三室"……我感到心中一阵恶寒，不由得加快了脚步，紧紧地跟在思聪的身后。

思聪在走廊尽头的一间教室门前停了下来，我看到门上写着"尸体冷冻室"。

我浑身打了一个寒战，问："思聪，咱来这里干啥啊？"

"这是尸体冷冻室，医学院实验和解剖用的所有尸体都在这里了，咱过来当然是找尸体了。"

这间教室门不是普通的那种木门，而是看起来比较厚重的金属门，锈迹斑斑，应该有些年头了。并且这扇门是上锁的，一道门锁，一道暗锁。思聪从兜里掏出一串钥匙来，轻车熟路地就把锁全都打开了。

我跟着思聪走了进去，顿时觉得温度一下子又下降了许多，冻得我牙关直打战。我把手机屏幕的光亮调到最大，隐约看到这个房间十分巨大，里面的结构设施很像医院里的太平间，尸体都是在一层一层的冷冻柜里放着的。每个冷冻柜上都有编号，思聪就挨个儿看上面的编号，一边嘴里念念有词，好像在寻找着什么。

他走了两步，停了下来，看了看上面的编号，拉开了这一层的冷冻柜，说："乾哥，看看，这个人的身形应该跟棒子哥挺像吧。"

我硬着头皮看了一眼，的确不错，这人也是五短身材，个子不高，却十分敦实。他双眼紧闭，嘴唇紧绷，要不是脸色煞白和眉毛上带着霜花，就跟睡着了一样。

我打着冷战说："是挺像的，然后呢？"

"然后？然后搬走啊。"

"搬走？你疯啦？这每具尸体都有编号呢，说搬走就搬走？"

思聪看着我瑟瑟发抖的模样，忽然笑了，"安心啦，没问题的，这里每一具尸体的编号都是我给写的。可以这么说，仁川大学医学院，哦不，几乎整个仁川高校解剖用的尸体，都经过我的手，所以这里面到底有多少具尸体，只有我自己才最清楚，别人都是一头雾水。少十具八具的，只有我才知道，别人都看不出来。"

我看着他略带得意的模样，忽然跟张勇真的样子有些重合起来。张勇真在劝我做新浦市场假账的时候，也是这种信心十足的神情，他相信自己做过的账面，除了他自己，别人谁都看不出来问题。之前在国内上学的时候，听老师这么说过：一个行业，你只要锲而不舍地浸淫在其中，不超过十年的时间，你肯定会成为专家，不说做到业内顶峰，但最起码能有所小成。

所以，思聪跟张勇真应该是一类人，他们都在自己的行业内混得如鱼得水，有着独特的资源和渠道，也算是"小有所成"了吧。但我又想到了老棒子，他应该算是个例外，从初中毕业就开始在外面混，在延边的时候就已经是小有名气的"老炮儿"，到如今，掐指算算，二三十年的时间了，结果最后却混得连丧家之犬都不如。

我跟思聪把尸体装进袋子里，一个抬头，一个抬脚，搬出了教学大楼，放在了那辆二手本田的后排座椅上。

我发动车子，问道："接下来去哪儿？"

思聪说："新港大道。"

新港大道是仁川市内的一条交通主动脉，虽然地处市郊，并不是很繁华，但由于地理位置的特殊性，很多出入仁川市内的运输货车都要从那里经过，所以在新港大道上设有许多供货车司机休息的临时停靠点。

我开着车，向新港大道驶去，一想到后排就躺着一个冰冷的死人，我就感觉到脊椎骨一阵发凉。思聪也许是看出来了我的窘境，说："乾哥，别担心，只是个死人。"

我说："就是害怕死人啊，活人我还害怕什么？"

"哼，"思聪冷笑一声，"活人有时候更可怕。"

他这句话又让我起了一身鸡皮疙瘩。

车子开到了新港大道，我们找了一个合适的临时停靠点，把车停放在了黑暗的偏僻处。我看到外面正好停着一辆货车，厢斗上拉着满满一车钢管。这就让我有些惊讶了，"思聪，你怎么知道会有拉钢管的车？"

"货车出入都是要登记信息的，这个在网上一查就能查到。先别说这个了，来，搭把手。"我俩把那具没有名字，只有编号的尸体套上衣服，挪到了驾驶位上。思聪又拿出一个卡片状的东西，放进了尸体衣服的兜里。

我说："你放的什么？"

"棒子哥的身份证，做戏当然要做足了。"

我们关上车门，躲在黑暗处。思聪胳膊下面夹着笔记本电脑，手里拿着遥控器，远程就把汽车启动了——在从仁川大学出来的路上，他就已经对行车电脑动了手脚。我看着那辆二手本田摇摇晃晃地朝着那辆大货车的尾巴开了过去，并且在逐渐加速，经过七八十米的距离后，"砰"的一声，撞到了大货车的屁股上。

想也不用想，二手本田的车头已经插进了大货车的尾部，整个前半部分已经面目全非。

听到声音，有两个司机从休息站里出来了，看看是怎么回事。他们刚走到跟前，就眼看着几根钢管从大货车上滑落了下来，其中一根穿过挡风玻璃直接插进了二手本田车的驾驶位置里，这一下基本上能把脑袋扎个对穿。

那两个货车司机惊恐大叫，急忙拿出手机打电话报警，这时，二手本田车的底盘下面不断有油滴下来，很快就汇聚成了不小的一滩。思聪回头看了看我，说："见证奇迹的时刻。"

他按下了手里遥控器的按钮，"轰"的一声，本田车爆了，随后便熊熊燃烧起来。

那两个货车司机吓得后退了好几步，大喊大叫，很快地，休息站里就有其他人冲出来，手持便携式灭火器帮着灭火。不过即使马上把火扑灭，那"司机"脸部也应该被烧得面目全非了。

我跟思聪做完这一切，天色已经接近蒙蒙亮了。当我俩重新回到诊所的时候，老棒子的手术已经结束了，不过他还处于昏迷状态，在床上躺着。出乎我意料的是，他的脸上并没有缠满纱布，取而代之的是一个用泥巴糊起来的"面具"。老棒子的整张脸，除了嘴巴和鼻孔外，剩下的都被这个"泥巴面具"给盖着。

我有些惊奇，问安医生道："这是什么？"

"这是用中药制成的药膏，我叫它为'零号中药泥膏'。你可以理解为厚一点的面膜，药效很独特，可以加速伤口的愈合和消肿，它的主要成分是……"

"停，"经过一晚上的折腾，我实在是不愿意再听什么专业术语大道理了，我说："安医生，你就直接告诉我吧，老棒子的脸什么时候能好？"

"一般的换脸手术，至少需要一个月的恢复期，但'重生'手术不一样，"他伸出了两根指头说："在我这里，只需要两天。"

"两天？"我惊得眼睛都快掉下来了。

"没错，两天。"他又重复了一遍，目光炯炯地看着我，经过了一个晚上的手术，他竟然丝毫没有疲态。我忽然觉得他变了，自从他答应我帮助老棒子之后，就好像变成了另外一个人。他的眼神，他的语气，他对人生死的这种掌控，都像极了我想象中的"阎王"。

"怎么了？"安医生看着我又发愣了。

"哦，没事。"我反应了过来，经过一个晚上的折腾，脑袋都有些迟钝了。我揉了揉脸，转身就走。

"你干嘛去？"安在背后问我。

"你们的事情做完了，"我说，"可我还有最后一件事没做。"

5

我去找了张勇真。

我开着车，到了张勇真家里的时候，他还没睡醒，迷迷糊糊地给我打开了门，让我进去坐。一个穿着睡衣，但却敞着怀的金发碧眼的女郎从卧室里扭着屁股走了出来，进了洗手间，经过我身边的时候还对我抛了一个媚眼，"嗨。"

张勇真打了个哈欠，嘴里叼上一根烟，说："坐。"

我坐了下来，瞅了一眼卫生间的方向，"挺正点啊。"

"那是，一晚上不少钱呢。不过这妞真他妈猛，昨天晚上弄了四次，差点把我给吃了。"

"俄罗斯人？"

张勇真挺意外，"哎哟，乾哥，眼光不错，你咋看出来的？"

"你看那胸，浑圆滚挺，脂肪长得特结实，只有在俄罗斯那种极端的寒冷天气里才能长成这样。不过这也有个坏处，俄罗斯女人一过四十，脂肪就松了，胸下垂得特别厉害。"

"哎哟，卧槽，刮目相看呐，我没想到你对这个还有研究。"

"谈不上研究，只是粗略了解，看过一些闲书，讲世界人口分布的，尤其是讲到俄罗斯女人的时候，写得特别精彩……"我猛然停住了话头，差点扇自己一个大嘴巴子，"×，跑偏了，勇真兄，今天我来找你是有正事的。"

"哈哈哈，不要紧，女人也是正事……"他笑着，忽然呛了口烟，猛地咳嗽起来，浑身都抖动着，看来他那小身板晚上真没少挨折腾。

"勇真兄，我……"我的话头刚说出来，又猛然停下了，不放心地看了看卫生间的方向，此刻，里面已经传出来了抽水马桶的声音。

张勇真看出了我的忧虑，摆摆手说："没事的，顶多只能听懂一些韩语，根本听不明白中国话，你放心说就行了。"

这时卫生间的门打开了，那个俄罗斯妞又晃着屁股，从我们两个人中间走了过去，到了卧室门口，还不忘回头看我一眼，极其魅惑地咬了咬嘴唇。

我咽了一口唾沫，说："勇真兄，是这样，你那天给我说的关于新浦市场做账的事，我想明白了，我跟你合作。"

"哎呀乾哥，你终于想通了！"张勇真站了起来，重重地拍了一下我的肩膀，"其实你早就该想明白了，咱们干这营生，天天拼死拼活的，那真是把脑袋别在裤腰带上，远的不说，你就说老棒子，是吧……所以咱们出来混，求什么？还不是为了求财？等钱赚得够多了，咱就不用干这刀尖舔血的营生了，出去做个正经生意，或者移个民，要不干脆就回大陆做土豪，多滋润呐。乾哥，这世道就是这样，别管你干过什么，只要有了钱，洗白那是分分钟的事。"

"嗯，我明白。"我点着头说。

"行了，有你今天这番表态，我心里就有底了。乾哥，给你透句实在话，跟我联手，不出三年，我不说让你腰缠万贯吧，起码搬到江南区去住是一点问题没有。"

"嗯嗯，这些我都明白，我相信你的能力，"顿了一顿后，我又说，"不过我有一个要求。"

"什么要求？"

"现在我就需要一笔钱，你能不能预支给我点，以后再从我应得的那份里扣？"

"这没问题，只要你同意跟我合作，这都不是事。说吧，你想预支多少？"

"两千万韩元。"

"要这么多？"张勇真吓了一跳，"你要这么多钱干嘛？"

"这你就别管了，反正我有用。你就给个痛快话吧，到底行不行？"

张勇真思忖半天，一拍大腿说："行！只要你同意答应跟我合作，两千万就两千万，这都不是事！"

我从张勇真那里拿到的两千万韩元全部交给了安医生，这算是他给老棒子做"重生"的手术费。安医生也没客气，直接就收下了。我以为他会嘱咐我几句，千万不要对社团透露出去他是"阎王"的消息，可出乎意料的，他却什么都没有说。寻思了半天我才明白，经过老棒子这个事，我跟他已经成了拴在一根绳上的蚂蚱，只要他出事，我绝对跑不了。

这算是一个值得记住的日子，因为从这天开始，我的生命轨迹开始跟安医生产生强烈的交集。一开始的时候，我以为跟他的交集只有允儿——我喜欢允儿，允儿又是他的员工，也就如此了，顶多我哪天出去打架又被砍了几刀，还得麻烦他给我做手术。但没想到，老棒子又掺和了进来，于是我的命运一下子就跟安医生的搅和在一起，像一碗南方黑芝麻糊一样。

为什么要用这个比喻，我想想，也许是因为这是我小时候最爱喝的东西吧。

那天折腾了一夜，大家都有倦色，还来不及休息就要开始第二天的活计了，人生真是苦短。我留在诊所里吃了早餐，允儿出去买的。我接过早餐说："允儿，辛苦你了。"

允儿只是对我笑笑，没说话。早晨的阳光打在她的头发上，发出金黄色的光彩，我忽然间有种想把她搂过来，闻闻她头发味道的冲动。但我知道，在这个场合，实在不适合做这种事情。

我问安医生："老棒子现在怎么样？"

"还在睡着，7号麻醉剂的药效很强烈，他没那么容易醒过来。"

我有些担心，"用这么大剂量的麻醉剂，会不会把他的脑子弄坏？"

"不会的，放心吧，只是单纯的麻痹神经而已。在他的脸部完全恢复之前，我要确保他一直处于睡眠状态，否则他一旦醒来，定然会有情绪波动，再微小的情绪波动也会牵扯到脸上的肌肉运动，这就容易把刚刚缝合的创口撕开。"

"哦，我明白了。"我恍然大悟道。

我们4个人坐下来，在诊所里开吃早餐，一时间都没人说话，只有思聪在一边吃东西一边玩着手机，不停在刷屏，不知道干什么。

过了几分钟后，他忽然叫道："有了！"

"有了？有什么了？"我十分好奇，但看看安医生跟允儿都没什么反应，似乎对这种事情已经司空见惯。

思聪把手机推给我，"乾哥，自己看看吧。"

我看到手机屏幕上是某网站推送的一条最新的新闻动态，写着"男子驾车追尾运输钢管车，被钢管击穿后车子爆炸身亡。经警方调查，死者是在韩华裔人员，名叫李存山，现年46岁，系杀害韩国公民金大奉的犯罪嫌疑人"。

李存山就是老棒子的真名，也就是他那张韩国身份证上写的名字。看到这一条新闻，我才和思聪昨天夜里的所作所为联系起来，不由得瞠目结舌。

"这样，谁都会以为老棒子已经死了，再也没有人去追究这个事了，从此以后，老棒子这个人就从世界上彻底消失。"思聪拿回手机，又自言自语了一句，"现在记者的发稿速度真是快啊，午夜发生的事情，早晨就见报了。"

我愕然道："警方怎么就确定死的人是老棒子？"

思聪说："我在尸体的头发上淋了点汽油，反正脸都烧焦了，根本看不出来，根据尸体衣服里身份证的残骸，他们就认定死者是老棒子了。"

这一招瞒天过海果然天衣无缝，让我吃惊的不是他们的这个创意，而是当决定给老棒子重生的时候，他们执行这套方案的速度和默契。看得出来，他们肯定不是第一次做这种事情了。

安医生对我说："现在，你要时刻记着，老棒子已经死了。在社团的人面前，你要表现出相应的态度来。

我点点头道："这个我明白。"

这条新闻迅速传播开来，一个上午没过完，几乎所有仁川出来混的都知道老棒子挂了，他们都为没能亲手做掉这票"暗花"而后悔不已，白白丧失掉了一个扬名立万的机会。小马和娜美在第一时间找到了我，小马已经哭的是眼泪鼻涕一塌糊涂，抱着我说："阿乾，老棒子死了……再也没有棒子哥了……我真后悔，后悔啊……当时没有劝住他……"

他这个哭法，反倒是让我无所适从，还得反过来安慰他，"马哥，老棒子已经去了，你也别太伤心了，怎么说他也是为社团做了贡献，也不算死得不明不白，唉。"

娜美的表情依旧那么冷酷，只不过眼圈也有些红，"阿乾，人死不能复生，你要节哀顺变。"

"嗯。"我咬着嘴唇点点头，挤出几行眼泪来。

"孟老大也知道这件事情了，他心里也不好受。"

我脸上没表现出来什么，心里却暗道，这只老狐狸。

"孟老大让我问你，老棒子在国内还有什么亲人没有，怎么说他也是为社团出的事，社团会拿出一部分抚恤金来寄给他的亲人。"

我说："老棒子在国内没什么亲人了，他之前结过一次婚，还有个孩子，不过后来离婚了，他前妻带着孩子走了，不知道怎么联系。"

小马一听这话，哭得更是悲恸，"棒子哥真是命苦……命苦啊……"

小马的情绪也感染了我，我跟着他抱头大哭起来。

晚上，我偷偷去了安医生的诊所，老棒子的手术已经成功了。安医生用一种特殊的药水把他脸上厚厚的中药泥膏的面具洗去，然后一张陌生的脸就呈现在了我们的面前。

老棒子起来的第一时间就是去照镜子，他看看镜子里的自己，又看看我，再看看镜子里的自己，再看看我……他的惊愕的表情已经跟我印象中的那个老棒子完全对不上号了，只是那眼神还有点似曾相识。

"阿乾，这张脸，你还能看出来是我吗……"

我摇摇头，"完全看不出来。"

"这太神了，卧槽！"老棒子站在镜子前面愣了半天，终于又憋出了一句，"这比我以前帅多了！"

我说："棒子哥，你只要改改自己说话的语气，就完全没有人知道你是谁了。"

"别说了，走吧。"思聪拍了拍我和老棒子的肩膀。

老棒子一愣，"去哪儿？"

"我已经给你联系好了船，去济州岛。虽然你已经换了身份，但仁川还是不能待了，要不然早晚有一天会露出马脚，到时候我们都有麻烦。时间差不多了，走吧，我跟乾哥最后送你一程。"

6

黑漆漆的码头没有路灯，一片寂静，能听到的只有水流的声音。

"突突突突"，忽然从水面上由远及近地开来一艘破破烂烂的渔船，马达的声音在寂静的夜里格外清楚。待快到岸边的时候，渔船上打起了一盏手电筒，朝上闪了三下，朝下闪了五下。

思聪也拿起手电，朝上闪了四下，朝下闪了一下，算是对上了暗号。

我知道，老棒子这就要上船了。

老棒子回过头来，陌生的面孔上尽是不舍的表情，他看着我，嘴唇嗫嚅着，说："阿乾……"

我鼻子一酸，眼泪差点就流了下来，急忙把心一横说："棒子哥，走吧，越远越好，有缘自会再见的。"

"阿乾，我们还能再见吗？"

"一叶浮萍归大海，人生何处不相逢。会的，咱们还会再见的。"

思聪拿出一个档案袋递给老棒子，说："这是你的新身份，从小学至今为止所有的资料都在里面。记住，无论是老棒子还是李存山，都已经死了，不复在这个世界上存在了，你现在是这个叫金昌硕的人。想要重生，就必须做好与过去一切了断的觉悟。"

老棒子点点头，接过了档案袋。

"还有，"思聪又拿出来一个纸包递给老棒子，"临别赠礼。"

"这是？"

"乾哥的手术费给多了，多余的那一部分就作为新人生的基金吧。拿着，去济州岛那边好用。"

老棒子接过纸包，终于控制不住，眼泪扑簌扑簌流了下来。他一下抱住了我，拍了拍我的背说："走了，阿乾。"然后猛地转身，头也不回地上了船。

破旧的渔船离去了，发动机"突突突"的声音渐行渐远，我站在码头上，迎着冰凉的海风，禁不住泪流满面。我不知道此生还能否与他再见，还能否一起喝酒谈笑聊天。我忽然无比怀念那些我们一路走来的岁月，从收账到偷渡，从加入帮派到街头拼杀，从踏入异乡的每一步，都是我俩一起携手走过来的，他那句"哥怎么把你带出来的，还怎么把你带回去"言犹在耳，在这凄冷的海风里暖得我心口发烫。这一辈子，可能再也碰不到这样一个兄弟了。我站在码头上，一直怔怔地看着漆黑的大海，直到再也听不到那艘破旧渔船的声音。

"哎，乾哥，走吧。"思聪拍了拍我。

我最后看了一眼渔船消失的方向，跟着思聪离开了码头。

坐在车里，我长叹一声，悲伤的情绪还萦绕在胸口，未曾散去。思聪也看着车窗外，眼神失焦，不知道在想着什么。

"乾哥，说实话，你对棒子哥真是仁至义尽了。"

"呵呵，"我苦笑一声，"那你是不知道棒子哥怎么对待我的。"

"真羡慕你们这兄弟情。"

"别说我了，换个话题吧。"我想尽快把这愁绪排解出去，"思聪，说说你吧，你为什么来韩国？"

"自然是为了求学。"

"国内没有学上吗？非要来韩国？"

"国内的教育竞争太大，我受不了。当时我爸在这里有点关系，所以就来韩国了。"

"照这样说，你应该是个三好学生啊，怎么会干这样的事……你别介意，我是说，你怎么会和安医生在一起？"

"呵呵，都是生活逼的呗。"他苦笑一声，点上一根烟，在浓重的夜色里吐出一道笔直的烟柱，"我爸在国内做生意，说实话，有点小钱，当时把我送韩国来也是不费吹灰之力。可是后来我爸破产了，真的是破产，倾家荡产，还负债几百万，他就只能去南方跑路了，现在连是死是活都不知道。我一下子就没了经济来源，生活费怎么办？高昂的学费怎么办？那一段时间我特别消沉，甚至差点跳楼自杀。后来，我也就豁出去了，利用自己的专业关系来倒腾尸体，我从黑市上收，再倒手卖给有解剖需要的医院和医科大学，赚个差价，勉强渡过了难关。后来在机缘巧合之下，跟安医生合作了一次，帮他弄了一具尸体，他对我挺满意的，而我不仅需要钱，也需要一个固定的合作对象，要不然再像以前那样干，风险太大了。所以，就这样，我就跟安医生一块干了。"

"哦，"我恍然大悟道，"这么说，在你之前，'重生'组织就一直存在喽？"

"对，原来是安医生跟允儿两个人，现在我加入了，算是三人小组。人多力量大，好办事嘛。"

我有些黯然，原来允儿早就知道这里面的一切内情，她的身份比我想象的更复杂，而我却一点都未曾察觉出来。我跟她，中间好像隔着无数层纱，永远也摸不着，穿不透。

思聪看出了我的心思，问："想允儿姐呢？"

我看着窗外的夜色，没说话，算是默认了。

"我知道你在想什么。其实，允儿姐也不是故意要瞒着你什么，都是没办法的事情。我给你说，她也是被人骗到韩国来的，你知道是怎么骗来的吗？"

"怎么骗来的？"

"以前不是韩国明星在国内特别火吗，就有人对允儿说，你这么漂亮，去韩国一定能当艺人，就这么着，给忽悠到韩国来了。结果到了韩国，艺人没当上，转手就给卖到夜总会里接客了。允儿姐那脾气哪能干得了这个啊，就被老板打得遍体鳞伤，她一气之下喝了安眠药，差点死过去，最后还是安医生把她给救了。从那以后，允儿姐就跟着安医生干了。你说，安医生是她的救命恩人，她要是对你说了什么，那不等于是把安医生给卖了吗？"

"嗯，是啊，"我叹了一口气，"没想到允儿还干过这么荒唐的事情。"

"年轻的时候，谁没干过几件荒唐事啊。尤其是允儿姐，长得又那么漂亮，是吧？不过话说回来，那些什么艺人，什么明星，那都是假的，一将功成万骨枯，出来的能有几个？就算出来了，后面还有大老板操控着，让你陪喝酒就得陪喝酒，让你陪睡觉就得陪睡觉，不听话就封杀你，里面黑着呢。"

"是。"我点头同意，韩国演艺圈之黑，举世闻名，因为这个每年自杀的女星都不在少数。其实大家心里都明白，哪个国家也都差不多，就像爱照相的那位明星不出事，天上飞的全是清纯玉女，冰清玉洁，神圣不可侵犯。一出事，大家"啪叽"一下全都栽到了地上，还是脸着地。

我说："思聪，给我讲讲安医生的事情吧，他到底是什么来头？为什么社团的孟老大一直在派人暗中盯着他，好像很忌惮他的样子。"

"呵呵，想听听安医生的故事？"

"想。"

"想我也没办法跟你说，因为我也不知道，"思聪说着，弹飞了烟头，在黑夜里划过了一道微弱的轨迹，"安医生的身份一直是个谜，就连我和允儿都不知道他以前是干什么的。不过你要是有兴趣探究的话，我倒是可以给你提供两个线索。"

"嗯，你说。"

"他经常会在一个小本子上画一种类似麒麟形状的图案，这一点很奇怪，因为我可以肯定的是，安医生这个人对美术没有任何的爱好。"

"嗯，这个问题我也发现了，我曾经见过两次。"我回忆着他在小本子上的涂鸦。

"还有一点，安随着带着一张女孩子的照片，没事的时候会经常拿出来看，时不时地还自言自语什么东西，反正我是听不明白。"

"哦，这一点倒挺有意思。"我思索着，"会不会是他已经分手的女朋友，所以留下照片以作纪念，睹物思人？"

"不像，我见过那照片，上面的女孩只有十二三岁的模样。"

"万一是她女朋友小时候的照片呢？"

思聪白了我一眼，"你会留着女朋友小时候的照片作纪念啊？"

"这个倒也是，"我又想了一下，"会不会是他闺女？"

"这个从年龄上倒能说得过去，不过……"思聪挠了挠脑袋，"我瞅着他对照片自言自语的那种神态和表情，又不是思念女儿的样子。再说，也从来没听说过安医生结过婚，有过闺女啊。"

"那到底是什么？"

"所以，这才是一个谜啊，能知道答案，我就不在这跟你瞎寻思了。"思聪说着，发动了车子，"走吧，不管怎么样，明天的太阳还是会照常升起。"

第七章　阎王

1

这天晚上，我把允儿接到了自己住的地方。

也许，是为了发泄；也许，是为了填补送走老棒子以后心里的空虚和失落，我抱着允儿滚倒在床上，拼了命地吻着她，仿佛要把她所有的体香都吸入肺里。我一边吻着她，一边一件件地脱去她身上的衣服，外套，文胸，内衣……随着我双手的上下游走抚摸，允儿发出了一阵阵销魂蚀骨的呻吟。

我跟允儿温存之后，又把她送回了安医生的诊所，因为那天晚上她要值班。在车里，我又想到了安医生的事情，不由得心里痒痒的，便说："允儿，问你一个问题呗。"

"你说。"

"跟我说说安医生以前的事呗，他有那么高超精湛的技术，去哪儿都是板上钉钉的牛×人才啊，为什么会甘心在这里安家落户，每天小心翼翼地过日子呢？"

"这是他的秘密，他从来就没有跟我们说过，不管我还是思聪，都不知道他以前是干什么的。自从我认识他的那一天起，他就已经是地下世界的'阎王'了。"

我慨叹一声："连你们也不知道？安医生这嘴可够严的。"

允儿笑笑，"君不密则失臣，臣不密则失身，安医生心里一定装着天大的秘密，才能这样守口如瓶，要不然怎么也会泄露点情报出来。不过话说回来，阿乾，有些不该我们知道的事情，就不去知道就好了。真要知道了，反而不是什么好事。"

"我明白。"

允儿笑笑，也不再说什么了，搂着我的脖子，给了我一个香吻，弄得我心里一兴奋，差点把车撞电线杆子上去。

到了安医生的诊所，思聪正在打游戏，允儿去换工作服了。我随口问了一句："安医生不在啊？"

思聪瞄了瞄楼上，说："一个人在上面喝酒呢。没事弄两盅，他就好这口。"

诊所的二楼是安医生的个人住所，楼下才是工作的地方，所以除了他自己，一般人平时根本不会上二楼去。但一听到安医生在喝闷酒，我就来了兴致，要上去陪他喝两杯。

我上了楼，看到安医生正在一边喝酒，一边拿着张照片摩挲着，眼神里充满了怜惜之情。我心里一惊，难道这就是思聪说的那张女孩子的照片？可惜安医生看到我上来，立刻把照片装进了口袋里，我不由得一阵沮丧。

"乾哥，来了。"安医生拿出一个酒杯，帮我满上。

"哎呀安医生，你别老是乾哥乾哥的叫我，你比我还大呢，你这样叫，不是折煞我了？"

"呵呵，你是堂口的大哥，社团里的红人，以后我们这些做小买卖的，还要靠你给罩着呢。按照规矩，该叫你一声乾哥。"

"别……"我有些急了，"别人不知道我是怎么回事，你安医生还不清楚吗？再说了，你救了老棒子，简直就等于我的救命恩人，你再这样乾哥乾哥的叫，我可受用不起。"

"行，那就这样，没人的时候，我叫你阿乾，当着外人的面，我还叫你乾哥，这样行吧？"

我搓着手笑道："这样蛮好。"

安医生端起酒杯，跟我走了一个。桌上也没什么菜，就是一些凉菜加鸡爪子什么的。我早就知道安医生有这个嗜好，没事的时候喜欢自己喝点，不知道他酒量如何，但从来没有见他喝多过，就冲人家这份自控力，我就自叹弗如。我虽然平时也不喝多，但一喝多了就彻底不知道东西南北了。套用一句经典的话来说就是，我不是随便的人，我随便起来不是人。

这绝对不是空穴来风，而是有过惨痛教训的，这也是我一直不敢喝多的原因。在还没有来韩国的时候，我有一次过年的时候去三舅家走亲戚，喝多了，直接断片那种，当第二天酒醒之后，我是浑身上下关节肌肉都酸痛啊，胳膊上跟脸上还有一道道的血印子，一摸生疼，也不知道是被谁给抓的。

据恨铁不成钢的三舅说，事情是这样的：我那天喝多了，不知道脑袋搭错了哪根筋，拿着一根鸡骨头就逗弄三舅家里养的那条大狗。我是怎么逗弄的呢，就是拿着鸡骨头去喂它，等它张嘴去叼的时候忽然缩回了手，让它咬个空，然后我就嘿嘿笑。然后再拿着鸡骨头去喂它，等它要叼的时候再突然缩回手，真是乐此不疲啊。那条大狗的品种是狼青，平时虽然温顺，但发起火来也是很可怕的，没几下就被我给弄火了，照着我的胳膊就是一口。当时是冬天，衣服穿得厚，这一嘴下去只是咬透了羽绒服，根本就没伤着我的手臂。可这一下我火了，立刻就扑上去，跟那狼青厮打在了一块。

那狼青通人性，知道要是把我给咬惨了，我三舅非扒了它的皮不可，于是也不敢恋战，拔腿就跑，而我就在后边追。按说人哪能追上狗啊，可喝多了的我是锲而不舍，硬生生地撵着那条狼青从这个村跑到了10里地之外的另一个村去。当三舅带着人找到我的时候，我正趴在一个麦秸垛上呼呼大睡呢，鞋也跑丢了，羽绒服也跑掉了，身上跟脸上全是不知道被哪儿的树杈划的血道子。那狼狈样，真是罄竹难书。

得亏那条狗是三舅家里养的，要是换了别的狗，还不把我给咬惨啊，这事我想起来就后怕。所以，我喝酒就从来不敢喝多，不管在什么场合下，只要感觉自己多了，立马打住，多一口都不敢再喝。其实喝多了不可怕，就害怕喝断片，每次酒醒之后都有一种劫后余生的恐怖感。

我就跟安医生随便喝了几杯，聊了些闲话，正说到兴头处，忽然听到"噗"的一声轻响，就跟谁放了个屁一样。我跟安医生立刻条件反射似的站了起来，全身的肌肉都在一瞬间紧张了起来，因为在黑帮里混了那么多，我知道那绝对不是谁放屁的声音，而是装了消音器的手枪的声音！

果然，几乎是与枪响同时，楼下传来了思聪撕心裂肺的惨叫声。

2

我跟安立刻变了脸色，快步下楼，看到允儿正一脸惊恐地举着双手，一个戴着帽子、脸上留着络腮胡子的彪形大汉正拿着一把安装了消音器的手枪指着她。而思聪则抱着自己的右臂，蜷缩在墙角的角落里，一脸惊慌的神情。殷虹的鲜血，正从他的指间慢慢渗透出来。

我立刻一个箭步过去，挡在了允儿的前面。那大汉把枪管一下顶在了我的太阳穴上，操着并不熟练的汉语问道："你是安医生？"

"他不是，我才是安医生。"安往前走了一步，用了一个尽量不激怒对方的手势，说，"这位兄弟，我想这之间肯定有什么误会，你把枪放下来，有话我们慢慢说。"

那大汉丝毫没有放下枪的意思，依旧紧紧地顶在我的脑袋上，视线却落在了安的身上。

"你就是这里的整形医生，安？"

安点了点头，"就是我。不过咱们互不相识，你这样……"

"废话少说，我问你，你认不认识一个可以给人更换身份的人，私下里，别人都叫他'阎王'？"

"我不认识，我也不知道你在说什么。"

"是吗？"那大汉又用枪管顶了顶我的脑袋，威胁道，"你真不认识？"

其实在他的视线转过去，落在安医生身上的时候，我就想过要动手下了他的枪。但我之所以最后没这么做，是因为三个原因：

一，这人从一进门就开枪伤了思聪，没有任何的犹豫，可见这人杀过人，最起码有杀人的胆子。

二，这人目光沉静，一点都不慌乱，显然是训练有素，我找不到下手的机会。

三，虽然穿的衣服很厚，但我依旧能观察到他的背阔肌十分发达。我在职业俱乐部里待过，知道这样的人一般膂力都极为强壮，甚至精通格斗技。万一我一个失手，没有下了他的枪，反而会给我们这一屋子人带来灭顶之灾。

那壮汉说道："你们中国人有句老话，叫明人不说暗话，我就跟你们开门见山了。一年前，我追杀一个人，我看着他跑进了你的诊所以后，就再也没有出现过。可是后来，我在首尔又碰到了这个人，而他已经变成了另外一个样子，哦不，准备地说，他已经变成了另外一个人。不知道这和你有没有关系？"

安的眼神依旧沉静如水，"我不知道你在说什么。"

壮汉不屑地一声冷笑，"好，那我就说个最近的事情。我接了一笔暗花，在追杀一个叫作老棒子的华人，想必你们也知道这个人吧？他犯下的事情几乎整个仁川都知道了。可是，根据我掌握的线索，他最后一次也是来到了你这里以后，就再也没有出现过。安医生，你能不能告诉我，这究竟是怎么回事？"

"我……不知道你在说什么。"安医生还是那句说辞，但听得出来，口气已经不太冷静。

"真的不知道？"他扳开了手枪后面的击锤，又狠狠地顶了顶我的脑袋，"那么，你想不想看看他脑浆迸裂的样子？"

我的心一下提到了嗓子眼。这家伙的眼神里只有凶狠，却没有暴戾，这说明他是货真价实地杀过人，如果安医生再不回答他的问题，我敢相信他绝对会立刻一枪崩了我。我真的不知道在这种情况下安会如何选择，是我的命重要，还是继续保守他的秘密重要。

允儿已经吓得花容失色，靠在我背后，紧紧地握着我的手。我的手也跟她紧紧地攥在一起，两个人的手心里全都是汗。

"好吧……"安医生的语气软了下来，"我承认，我就是你要找的人，你想干什么？"

一听这话，我提到嗓子眼的心脏仿佛"咕咚"一下落在了地上，不由得长喘了一口粗气，看来这条小命是暂时保住了。

"哼，嘴可是够硬的。"那大汉即使得到了想要的回答，手上的枪却依然顶着我的脑袋，"我来找你，自然是要做整形手术！"

"哪方面的整形？"

"就跟你给那两个人做的一样的整形手术！我来这里的目的，就是为了变成另外一个人！我要'重生'！"

"我给别人做重生手术，都需要一个合理的理由。"

"理由？"他晃了晃我脑袋上的枪，"这算不算理由？这里面还有九发子弹，你们可以算算，平均一个人能吃几颗。"

"好，我给你做，"安说，"不过我要先做另外一件事情。"

"什么事情？"

安指着躺在地上，胳膊上的血越流越多的思聪说："我要先给他包扎一下，否则过会儿他会因为失血过多而死的。"

"可以，"大汉斜睨着地上的思聪说，"给你10分钟的时间。"

在大汉的威胁下，安静静地给思聪包扎完毕，然后对那大汉说："可以了，你想什么时候进行重生手术？"

"现在！"

"现在不行，我助手思聪受伤了，被你刚才开枪打的，他无法协助我完成手术。"

"不是还有这小子的吗？"大汉拿枪指了指我。

"他不是我们诊所的人，他只是我的一个朋友。"

"我不管他是你的朋友还是其他什么人，现在就让他协助你给我完成'重生'手术！否则我会挨个儿叫你们去见上帝！"

安看了看我，叹了一口气，只能默认了这个方案。于是，在思聪受伤的情况下，我被赶鸭子上架，跟着允儿一起，来协助安医生完成这场重生手术。

我跟允儿手忙脚乱地准备着手术所需要的器械，在手术推车上摆放着手术刀、手术剪、持针钳、无齿镊子、止血钳、三棱针什么的工具。我是第一次亲手触摸这些医疗器械，感觉这些玩意沉甸甸的，拿着它们在人身上划来划去的，应该跟拿着枪在人身上打出几个窟窿眼来的感觉差不多。在准备麻醉剂的时候，我低声道："允儿，要不要在这里面做点什么手脚……"

允儿急忙看了坐在那里举着枪的大汉一眼，嘘声道："别说话。"

我们准备好了手术器械，推向手术室。那大汉也知道到了紧要关头，一脸戒备地看着我们。安说："让我猜猜，你是个杀手对吗？"

"哼，我的身份并不难猜。"

"既然我们要给你做重生手术了，我需要明白你之前的身份。"

"没错，我是个杀手。我的名字叫朴泰州，你叫我州就行。"

"州，你的雇主是谁？"

州扬了扬手里的枪，"安医生，你问的未免也太多了吧？"

"这是我的职责，如果要做重生手术的话，我必须要了解你的全部信息。"

州沉默了一下，说："好吧，我是替'犰'办事的。该死的华人黑帮！"

我敢肯定安跟我一样，心里冷不丁地惊了一下，但我们都没有表现出来。安说："这么说，你的雇主是孟老大？"

"没错，孟老大那只老狐狸。我从他手里接了暗花，要杀了老棒子。可现在，任务失败了，孟老大要拿我开刀了，所以我必须摆脱掉现在的这个身份！"

我忍不住惊叫起来："你说孟老大让你杀了老棒子？"

州斜斜地看了我一眼，眼神里的目光很是耐人寻味，"怎么？让你很意外吗？你是跟孟老大很熟还是跟老棒子很熟？"

安急忙在旁边为我开脱，"他都不熟，他也都不认识。他只是奇怪，我们都知道老棒子是华人黑帮的人，孟老大怎么还会找人干掉他呢？"

州冷哼一声："哼，擦屁股还要这么多理由吗？"

我心里顿时拔凉拔凉的。原本以来，老棒子做了金大奉之后，只有韩国的本地帮派在疯了一般地找他，没想到孟老大也派了人要干掉他。看来，孟老大从一开始就计划好了让老棒子来背这个黑锅，只有让他死了，这个黑锅才背得彻底，他才能安心无忧地坐他的头把交椅。这件事情从计划之初，孟老大就已经把老棒子推进了火坑里，并且是一个万劫不复、无法回头的火坑。

在我一瞬间，我想到了一个特别贴切的词：炮灰。

没错，老棒子就是替孟老大去当炮灰的，而且还是在冠冕堂皇的欺骗下。那些我们入会的时候念的誓词，什么入我帮门从此以后皆是兄弟，什么尔父母即我之父母，什么尔姊妹即我之姊妹，什么五雷轰顶，什么三刀六洞，全都是他妈的狗屁！一切都是权势、阴谋和赤裸裸的欺骗！我的心脏骤然一疼，像被一只大手给狠狠地捏着。

安医生不动声色地问道："我不太明白，老棒子已经出车祸死了，这件事情都上新闻了，中华街上的都知道。这不算你的失职，既然这样，孟老大为什么还要追杀你？"

"呵呵，你们中国人有句老话，叫'飞鸟尽，良弓藏；敌国破，谋臣亡'，正是因为老棒子死了，我已经彻底没用了，况且我还是知道其中秘密的人，留着我，他能放心吗？要论玩心眼，谁能玩得过你们中国人啊。"

安说："如果我们救了你，被孟老大知道了，我们也会被干掉的。"

州冷笑一声，晃了晃自始至终都没有放下的枪，"如果你们不救我，现在就会被干掉。"

安叹了口气，说："准备手术。"

"等会儿，"州突然叫停，从兜里掏出四粒蓝色的胶囊，说，"你们每个人一粒，把这个吃了，包括刚才被我打了一枪的那个小伙子。"

安的眼神猛地一紧，"你什么意思？"

"你当我傻啊？一会儿你们把我麻醉了，不是想干嘛干嘛，把我装麻袋扔海里我都不知道。这个胶囊学名叫N7F，是一种特殊的延时毒药，我费了好大劲儿才弄到的。放心，吃完之后不会有任何反应，它的毒性会在40个小时以后才发作，如果没有解药的话，毒性会直接侵入你们的骨髓神经，导致呼吸系统衰竭而死。当然了，只有我才知道解药在哪里，等我从麻醉里清醒过来就会给你们解药。"

"哦，还有——"他又补充道，"别寄希望于分离血清找到这种毒药的组成成分，你们办不到的。就是世界上最先进的实验室也无法解析出它的成分来，相信我，这可是我从美国弄来的高级货。"

我看着那天蓝色的小胶囊，心里面泛起一股恶寒。我说："我不吃。万一你根本就没有解药，我们不就死定了？"

州有些暴躁起来，再次扳开了手枪的击锤，"阿西吧！老子让你们吃就赶紧吃！我给你们10秒的时间，谁不吃胶囊就来吃子弹！"

3

在州的胁迫下，我们迫不得已，挨个儿吞下了那枚蓝色的胶囊。在入喉的一瞬间，我感觉到被死神扼住了脖子。

安照例询问道："你想整容成什么模样？"

州从口袋里掏出一张照片，说："照着这个整。"

"这是……"

"这是另一个杀手的照片。"

"你要把自己整成另一个杀手？"

"在我们这个行业里，也是分三六九等的，我在这行干了七年，接过十几个棘手的单子，才混到了今天一级杀手的地位。当然，地位越高，相应的报酬也就越高。除了杀人，我也没有其他的技能，所以我希望我的身份还是一个杀手，一个在我们行业内比较知名的杀手。"

"可是，你这……"

"放心。"州说道，"这个杀手已经死了，不会跟我撞脸的。我们是在杀手公会认识的，一见如故。那天晚上我俩一起喝酒，他喝多了，酒精中毒死掉了，我就把他丢到海里喂鱼了。这事除了我，没人知道。"

"呃……"我们三个都不知道该说什么好。

"你们不是朋友吗？"我问道，"他死了，你就把他丢到海里喂鱼了？"

"听说在你们中国的西藏，人死了之后有一种风俗叫作天葬，就是把身体喂秃鹫，认为这样灵魂就可以长生，我这种做法，跟天葬有什么区别吗？人死了，身体自然就没什么意义了，选择喂鱼，也是回归自然的一种方式吧。"

这杀手虽然讨厌，但他对待死亡的这种洒脱的方式却颇得我心，我又想起刚到韩国的时候允儿给我讲的电影《风斗士》里的对话：

"如果你死了，怎么处置你的尸体？"

"随便扔在蓝天下的什么地方。"

手术开始，州被麻醉了之后，很快进入了昏睡状态，一动不动，但令人惊奇的是，他手里还紧紧地攥着那把装了消音器的手枪。虽然他已经无法开枪，但这杀手的素质不得不让人敬佩。

安医生戴上口罩和手术帽，眼神蓦地犀利起来。每次他进入手术状态的时候，都一扫之前的颓气，仿佛脱胎换骨了一般。州提供的那张照片就贴在墙上，安手里拿着一支笔，在州的脸上画下了所有需要动刀的地方。

在做完脸部皮肤消毒工作后，安朝我伸出了手，"手术刀。"

我现在接替的是思聪的位置，一个主刀医生的助手。允儿在电子仪表器旁随时监控着被手术人的心跳频率和血压，这个工作更专业，我做不了，所以我只能递递手术刀、小镊子什么的。

但我站着没动。

安扭头看了我一眼，又重复道："手术刀。"

我说："你真要给他做手术啊？"

"要不然呢？"

"你能确保他醒了之后就会给我们解药吗？万一他翻脸不认账了怎么办？"

安摇了摇头，"无法确保。"

"那我们还……"

"你有什么更好的解决方案吗？"

面对安的质问，我丧了气。的确，我没有更好的解决方案，也不知道这家伙醒来之后会不会履行诺言给我们解药，或者，我还有一个大胆的猜想，这家伙给我们吃下的蓝色胶囊根本就是假的，只不过是糊弄人的障眼法。但是，这个险真的没法冒，万一那胶囊是真的话，我们4个都会像他说的那样，因为呼吸系统衰竭而死，那死状一定很难看，就像犯了狂犬病一样。我在大陆老家的时候，曾亲眼见过一个农村人被疯狗咬了，送到城里来救治，可刚送到医院就发病了，双目癫狂，见人就上去抓咬，根本无法控制。119的人随后赶到，拿着高压水枪开喷才压制住他。这人最后面目狰狞浑身痉挛大张着嘴巴死去了，在现场的医生说，那就是死于呼吸系统衰竭的症状。

想想我就后怕，如果能选择死亡方式的话，我绝对不会选这一种。

我给安递去了手术刀。

安接过手术刀，意味深长地看了我一眼，点点头，开始了手术。

这是我第一次亲眼看到整容手术的现场，并且第一次就看到了这么高级的"重生"手术。安手里的刀在划开人脸皮肤的时候，没有丝毫的抖动，仿佛在他刀下的根本不是一张人脸，而是一件等待雕琢的艺术品。我觉得让世界上最凶狠的杀手来干这个活，他都做不到如此沉稳，那些天天对着人开膛破肚的主刀医生们，心理素

123

质不可估量。

　　安的刀子沿着提前画好的切合线进入，轻松划开皮肤，如同滚烫的烙铁犁开奶油，没有一丝的阻碍。空气中极静，我能听到刀锋划开皮肤发出的"呲呲"声，好像是蛇在不停地吐信子的那种声音。没多长时间，一张好好的人脸就被划得七零八落，要多恐怖有多恐怖。我心里一紧，干呕了一声，差点吐了出来。

　　安扭头看了我一眼，我忙道："没事，没事。"

　　安低下头继续手术，开始进入深层次的工作，我同时也看到了更为血腥、更加难以忍受的一幕。他切开了州鼻子周围的皮肤，几刀子下去之后，竟然将鼻骨的骨膜给剥离了出来，然后植入假体，把形状做到跟照片上的那人一样。构造那么精密的人脸，在他的手里竟然如同玩具一般，该抽的抽出来，该放的放进去。

　　整场手术是精密而有序的，容不得一丝差池和掉以轻心，但在我看来，却是血腥和恐怖的，那张人脸被安翻来倒去，几乎整张脸皮都割了下来，我发誓这比我看过的任何的恐怖电影都要恐怖，什么午夜凶铃鬼娃花子的全都弱爆了。当手术进行到一半的时候，州的那张脸已经看不出来是一张人脸了，皮肤揭开，骨骼裸露，我能看到在那红色肌肉之下的血管在微微跳动。如果有学美术的同学，为了深刻理解人的头部肌肉的构造，一定画过一个叫"扒皮"的石膏像。就是那种样子的，你们感受下。

　　当安做到下颌角截骨手术的时候，我已经完全忍受不了了。安整个儿地切开了他的下巴，去除皮肤，翻开肌肉，露出了白森森的粘着血丝的下颌骨。我胃里一阵翻腾，再也控制不住，急忙冲出了手术室，大口呼吸了好长时间才平定下来。你让我杀个人都没有问题，但你让我亲眼看着一张人脸被这么解剖，真心受不了。那张脸在安医生的眼睛里已经不是一张脸，而是一件可以随意拆卸的仪器，一套可以随心组装的积木，一张可以信手涂抹的画纸。我忽然想起来曾经看过的一本讲巴西柔术地面绞杀的小说，叫作《至柔》，书里的那个人是这样教育他徒弟的，"一个优秀的柔术家在面对对手的时候，看到的不应该是一个人，而是一个由肌肉，骨骼和关节组成的躯体，你应该像木匠拆解板凳一样去破坏它们。"

4

　　在我中途退场的情况下，州的重生手术还是顺利完成了。像老棒子一样，他躺在病床上，脸上糊着一个中药泥膏做成的"面具"，除了嘴巴和鼻孔外，剩下的部分都被这个面具盖着。

当时老棒子整整昏睡了两天才醒来，但州不愧是训练有素的杀手，在手术完之后没多久就醒过来了，他睁开了眼睛，第一时间便是举起了他手里那把一直攥着未曾松开的手枪，同时试图坐起身子。也许对一个杀手来说，短暂的记忆空白才是最可怕的事情，就像我喝酒断片一样。

"别动，"安冷声说道，"手术已经完成了，你的脸部正在恢复，一旦乱动牵扯到伤口愈合的话，就前功尽弃了。"

听到这句话，州才重新躺了回去，有些如释重负的感觉，但一直未曾放下手里的枪。他说道："你在我脸上糊了什么东西？好难闻！"

"这是用中药制成的药膏，叫作'零号中药泥膏'，药效很独特，可以加速伤口的愈合和消肿。普通的整容手术需要一个多月的恢复期，但在我这里，你只需要两三天。"

"两三天？"州的语气里有些不相信，"区区中药能有这么神奇的效果？我还以为你有什么特殊的治疗仪器呢。"

"中医博大精深，中药的奥秘是你无法理解的。你觉得让你两三天恢复脸部就已经算很神奇的事情了吗？那我告诉你，这根本不算什么。在中医里有一种接骨手法，叫'驳骨立站'，能把你断了的骨头快速接好，让你马上就能站起来走路，这在你看来，是不是像天方夜谭一样的事情？"

州冷哼一声，还是有些不屑道："如果中医真这么厉害的话，你们中国伟大的文学家鲁迅也不会说中医就是骗子了，民国时期的那些大文豪们也不会集体要求取缔中医了。"

"你对中国历史研究得还挺深的嘛。"安说道，"那你就应该明白这件事情的时代背景。当时中国积贫积弱，制度腐败，虽然已经开始放眼看世界，但无论朝堂还是民间都还深受封建伦理的束缚，根本不能解放思想。清末民初的文人们痛心于这一现象，提出了要废除中医，其实矛头根本不是中医，而是指向封建传统束缚和腐朽的国家制度！新文化运动的时候胡适还提出过要废除汉字呢，你觉得可能吗？他并不是真的要废除汉字，他要废除的，只是压在人民胸口上长达三千年的心魔而已！"

看到一个韩国人跟一个从小在美国长大的华人在探讨中国历史，留学生思聪忍不住了，他虽然胳膊上被州打了一枪，但并不影响他优秀的独立思考精神，这时他跳了出来："我说句公道话……"

我一看方向已经跑偏了，再这样下去就变成学术研讨会了，急忙叫停："州先生，你说手术完后就会给我们解药的，现在可以履行诺言了吧。"

"急什么，我还没有验货呢。等把这该死的泥巴面具去掉，我照照镜子，如果满意了，就给你们解药。"

我一听这话立马就急了，"刚才安医生说了，这泥巴面具至少也得两三天后才能去掉，可我们肚子里的毒药只能坚持不到40个小时了！你这么说，不是明摆着出尔反尔吗？"

"哼，就算我出尔反尔，你又能怎样？"

我脑袋里"嗡"的一下，这家伙摆明了要我们的。我立刻热血上涌，就要冲上去跟他拼个鱼死网破，安医院却一把拉住了我，说："别冲动。"

"可是这家伙要眼睁睁地看着我们死啊！"

"他不会眼睁睁地看着我们死的，"安医生目光沉静如水，看着躺在床上的州说，"你比谁都清楚，重生手术已经做完了，等你从这里走出去之后，就再也没有人知道你以前的身份。所以，如果你想让我们死的话，从睁开眼睛的那一刻就会开枪把我们挨个儿点倒了。"

"呵呵呵呵……"州发出了一长串压抑的笑声，如果不是脸上盖着泥巴面膜的话，他一定会张口大笑的，"安医生，阎王，果然是名不虚传啊，洞察力惊人。好，你今天救了我一命，我算是交了你这个朋友。解药，拿去吧！"他说着，从裤子的口袋里掏出一个钥匙扔了过来，被我一把接住。

"仁川车站储物柜，号码1729，里面有你们要的东西！"

我拿到钥匙，没有任何犹豫，直奔仁川车站而去。

在熙熙攘攘的仁川车站里，我费了好大劲儿才找到号码1729的储物柜，拿钥匙往里一捅，果然，门开了。我把手伸进去，拿出了一个透明的小药瓶，里面有十几粒跟我们吃下去的那种一模一样的蓝色胶囊。我暗道，这就是解药了。

我将药瓶揣进兜里，急忙忙走出了车站，却不料跟一个人碰了个满怀。我一抬头，正要发火，却看到了小马那张惊喜的脸，"阿乾，你怎么在这儿？"

"我……"我立刻注意到不光是小马在这儿，离他不远处还站着娜美，正在左右扫视着，好像在寻找什么人。在她身后还跟着四五个人，全都是社团成员。

我强自镇定了下来，说："我来车站这边办点事，这么巧。"

"巧啊，真是太巧了。"小马捶了我肩膀一下，"你都是当大哥的人了，有什么事

126

让手下小弟去办就行了，怎么还亲自跑啊？"

我讪讪笑道："习惯了，不愿意支使别人。"

这时娜美也走了过来，跟我打了声招呼，说："阿乾，正好，我正要找你呢。"

我心里一紧，道："娜美姐，有什么事？"

"你这两天先别管堂口的事了，抽调几个比较能干的小兄弟跟我们一起行动。有一个韩国本地的杀手，叫朴泰州，窃取了社团里的一些机密信息，孟老大下了令，让我们无论如何都要找到他。这是他的照片。"娜美说着，递过来一张照片。

我接过照片一看，头皮顿时一紧，这不就是刚在安医生诊所做了重生手术的州吗？

"娜美姐，这个人窃取了社团里的什么机密信息啊？"我明知故问。

"我也不清楚，不过听孟老大的语气，是非抓到这个人不可。具体的，你就别问了。"娜美摆了摆手，说，"走吧，跟我们一起去趟中华街。我刚才接到派出去的探子打来的电话，说昨天好像有人在中华街附近见到这个州了。"

我无法推辞，只能怀揣着N7F胶囊的解药，跟着他们上了车。

车直接开到了中华街附近的一家安保公司，娜美他们几个人不由分说就冲了进去。两个正在值班的保安一下子站了起来，"你们干什么？"

娜美"刷"的一下亮出木刀，搁在了其中一个保安的脖子上，说："对不起，我想看一下这几个路口的监控录像。"

"你想看就能看吗，你以为你是什么人？有市政部门的允许吗？"要我说，韩国人有时候性格还真是直，直得都有些犯浑。都这时候了，明显是人为刀俎，我为鱼肉，可他们还是声色俱厉毫无惧色对着娜美一顿训斥。面对保安的训斥，娜美面无表情，手中的木刀一抖，"啪"的一下就打在了他的喉结上，那保安"呃"的一声，双眼一翻就晕倒了过去。剩下的那个保安刚要有所动作，就被小弟冲过去给摁在了那里。

小马走过去，二话不说就抽了他一个大嘴巴子，"中华街的娜美姐，你不认识？"

"小马，别多事了。"娜美劝住了他，道，"快干正事要紧。"

监控被调了出来，快速地播放着昨天拍摄下来的视频，好几个监视器在播放着不同路段的画面。娜美脸色阴沉如水，逐一打量着监控画面。我胸膛里扑通乱跳，手心里面全是汗，不由握紧了裤兜里的N7F胶囊解药的小玻璃瓶。

"停！"娜美指着一个监控画面，对手下的小弟道，"往回倒一下。"

画面倒了回去，定格了，一个并不太清晰的脸庞出现在了监视器里。我心里立刻"咯噔"一下，一团气堵在了嗓子眼里，差点叫出声来。

娜美拿出照片，看了看，又对了对监视器里面的那张脸，点了点头说："没错，是朴泰州。"

朴泰州，外号叫作"州"的那个杀手，终于还是在"犰"的眼线底下暴露了行踪。

视频继续播放，州具有标志性的魁梧身影向前走去，慢慢消失在了监控范围之内。我想引开她的注意力，便道："娜美姐，这个家伙应该知道社团的人在找他，我看他是已经逃出仁川了。"

"不，不对，"娜美眉头紧锁，盯着监视器上的画面道，"如果要离开仁川的话，他早就离开了，不会冒着这么大的风险还在中华街现身。他的行动路线——"娜美举起了手中的木刀，顺着监视器里的那条路延伸地划了过去，"往前继续走，到尽头只有向右拐的一条路……"

"娜美姐，"小马也有些不敢置信道，"你的意思是，安医生的诊所?"

"对，就是那儿!"娜美猛地转身，声音冷酷，"现在马上去安医生诊所!"

我一听这话，几乎都要晕过去! 现在去安医生的诊所，不正好抓个现行吗? 可我坐在车上，一直跟他们在一起，连打个电话通风报信的机会都没有。

不，绝不能让他们发现安医生的秘密，否则不仅安医生会遭到无妄之灾，连允儿也会受到牵连，更重要的是，已经脱胎换骨的老棒子也有可能被孟老大重新追杀! 对于掌握他秘密的人，孟老大从来都是不吝狠手。我一定要想办法阻止这一切的发生，哪怕鱼死网破。

我坐在车子的后排座位上，尽量缩小身体的幅度，不让人察觉到我有任何移动。同时手慢慢滑向了裤兜，解开了手机键盘上的锁。如果我没有记错的话，我昨天刚跟允儿通过话，点开拨号键，系统默认的第一个就是允儿的号码。我的手心里全都是汗，凭借着记忆摸索着手机键盘，给允儿发出了一条信息：危险。

当然，这些都是在暗中完成的，我不知道自己是否真的找到了允儿的号码，是否真的给她发出了信息，是否真的发出的是"危险"两个字。就算我发出了信息，允儿是否能看得到，就算她看得到，她是否明白是什么意思……这一切，都是一个未知数。但我只能做到这个份上了，现在才深刻地体会到了一句话的含义：把一切都交给命运。

我闭上眼睛，暗暗使劲，期待着允儿能够明白我的意思。时间已经不多了。

"阿乾。"小马叫了我一声，忽然吓了我一大跳。我神经反射般的"啊"了一声，同时我看到正在开车的娜美从后视镜里狐疑地看了我一眼。

"你怎么了？阿乾，没事吧，我怎么看你那么难受呢？"坐在副驾驶座位上的小马转过身子来看着我。

"我，我……没事。"为了不引起娜美的怀疑，我强迫自己镇定了下来，"可能是最近休息不好吧，堂口的事情有点多。"

"嗯，需要我们这边帮忙的话，你吱一声就行。"

"晓得了，马哥。"

两辆车直接停在了安医生诊所的门口，娜美开了车门，领着人就冲了进去，当然我也硬着头皮跟着冲了进去。

5

我们直冲入安医生的诊所，看到下面只有允儿在照顾着一个正准备做整形手术的妇女。她看到我们一下子涌进来这么多人，明显有些吃惊。我看到她惊讶的表情，心里禁不住暗道一声，糟了。

"娜美姐，有事？"允儿上前问道。

"没事，你忙你的，我们找点东西。"娜美的口气相当强横，不给允儿任何解释，便转身对着身后的小弟们一声低喝，"搜！"

小马毕竟跟安关系不错，忙着道："搜的时候都小心点，别打坏了什么东西。"

手下的人叮叮咣咣地搜了起来，把办公室、器械室、手术室和两间小病房全搜了一遍。我站在原地没动，跟允儿的视线四目相交，看得出来，她的眼神里充满了焦虑。我暗中长叹一声，无奈地等候着最后的结局。

几个小弟搜了一圈，未有任何发现。娜美抬头看了看楼上，那是安的卧房，平时除了他自己，其他人很少上去。娜美扬了扬下巴，对其他小弟说："跟我上二楼。"

我拉住了娜美，"娜美姐，上面是安医生的卧室，人不可能藏在那里面吧？我看那个人应该是逃到了别处了。"

"小心驶得万年船，阿乾，看仔细点。"娜美并未听我劝阻，领着人上了二楼。我们推开门一看，愣了，屋里坐着安和唐妈两个人，正在喝茶聊天。

"唐妈。"我们立刻恭恭敬敬地鞠了一躬。

唐妈笑吟吟地看着我们，问："什么风把你们这么多人都给吹过来了，哈哈，来捧安的生意吗？"

娜美并未回答这个问题，而是问道："唐妈，您怎么在这里？"

"我过来跟安喝喝茶，聊聊天。在中华街上，能说上话的越来越少了，大家都嫌我是个老古董，跟不上形势潮流，也不愿意跟我多聊，我只有找意气相投的人多聊聊喽。"唐妈说完，意味深长地看了娜美一眼，"这个理由，可以吧？"

"可以。"娜美答道，神情颇不自然，额头上甚至渗出一层细密的汗珠。我们一帮人站在门口，进也不是，退也不是，一时间十分尴尬。

"那么——"唐妈给自己倒上一杯茶，问道，"你们来这里，又是干什么？"

"我们在找一个人，他窃取了社团里的一些机密信息，孟老大吩咐，无论如何都要找到他。"娜美抬出了孟老大来压唐妈。

"呵呵，"唐妈笑了笑，"你是说，你们要找的这个人跑到安的卧房里来了？"

娜美有些尴尬，"这个，还不确定。"

"有人亲眼看到他进来了没有？"

"……没有。"

"我从早上的时候就来了，一直坐到现在，也没有看见任何陌生人。"唐妈看向娜美，微笑着说，"要是信不过唐妈的眼睛，你们就进来再搜一遍好了。"

"不，不用了，唐妈，打扰您喝茶了，抱歉。"娜美又对着唐妈鞠了一躬，带着人走了下去。我总算是长舒了一口气，下楼的时候跟唐妈对视了一眼，她笑意盈盈地看着我，眼神里觉不出任何异样来。

走到门口，娜美还有些不甘心，回头望了一眼诊所里面。小马道："娜美姐，咱回去吧？"

"嗯，回去。"娜美刚要去开车，忽然又想起了什么，转头把手伸向了我，"阿乾，拿你手机我看一下。"

我心里"咯噔"一下，但还得装着笑说："娜美姐，我手机有什么好看的？破三星。"

"我的手机没电了，借你的发个短信。"

她既然都这样说了，我没办法再拒绝，如果再拒绝的话就说明有问题了。我只能从兜里掏出手机递给她，感觉每一秒都那么难熬，小小的手机，在我的手里却感觉有千斤之重。

"娜美姐，给……"我几乎是从嗓子眼里挤出来这几个字。

娜美看了我一眼，接过手机。她解开键盘锁，拿着手机翻看着，眉头紧皱起来。

我的一颗心提到了嗓子眼。顷刻间，我脑海中掠过了一万种解释，但每种解释都是那么牵强，每一种解释都站不住脚。我后悔极了，后悔刚才为什么不趁乱把短信给删掉，现在被娜美看到了，她会怎么办？大开杀戒？执行家法？

我的一颗心怦怦狂跳起来，短短几秒的时间里，后背上全都被汗湿透了，我的两条腿甚至开始发抖，像过电一样。我把手放在自己的后腰上，使劲地掐着自己的肌肉，努力地保持着神智的清醒。这种感觉，像是要上刑场一般恐怖。

"好了，没事了，给。"娜美把手机递了回来。

"啊？"我愣着没动，脑子因为承受的压力太大，一时间有些蒙圈。

"手机，拿着，你不要了？"娜美看看我的脸，说，"阿乾，你今天怎么了，脸色一直这么苍白？"

"我，呃……"我接过手机，急忙连着手都揣进了兜里，因为我的两只手都在颤抖。我随便编了个谎话圆了过去，"嗯……可能是最近堂口事情有点多，最近一直休息的不是太好，还感冒了。"

"感冒就吃药，别硬撑着。好了，我们要回去了，你跟我们走吗？"

"呃，我，我先不跟你们走了吧。我约了允儿去看电影。"

"好，那明天见吧。"娜美没再废话，领着人开车走了。

等他们全都走了以后，我才拿出手机翻看，两只手竟然抖得不行，像筛糠一样。我颤抖着翻开短信记录，看到给允儿的那一条里赫然写着两个字：爱你。

我仿佛听到了咣当一声，心里的一块大石头落了地。在那一瞬间，我把平生知道名字的满天神佛全都感谢了一遍。

我是给允儿盲打发出的短信，本来是想发"危险"两个字的，却阴差阳错地打成了"爱你"，就是这两个字，让我，哦不，让我们逃过了一劫。

我长长地吐出了一口气，浑身紧绷的肌肉这时才慢慢地放松了下来。我想到了小时候看过的电影《鹿鼎记》，有人向康熙告密韦小宝是天地会的人，证据就是他左脚下刻字"清明"，右脚下刻字"反复"，连起来就是反清复明。康熙让他脱了左脚鞋子，果然看到"清明"二字，正要发怒，韦小宝又急忙脱去右脚鞋子，上面写的是竟然是"重阳"。韦小宝说自己平生最为孝顺，所以把这两个节日刻在脚底板上，以免忘祖，这才逃过一劫。我感觉那一幕在自己身上重演了。

允儿紧张地迎了上来，低声问道："我看到刚才娜美检查你手机了，难道……"

"没事，没事了。"我擦擦头上的汗，问她，"允儿，你怎么知道会有危险？"

"我也是猜的，要不然你怎么会平白无故的给人家发那两个字？我想一定是有情况了。"

我没再说话，一把搂住了她，就在光天化日的大街上狠狠地吻着她。在那一刻，我真是感受到了一种劫后余生般的快感。允儿猝不及防之下使劲挣脱，却怎么也逃不出我的臂膀，没几下也就抱紧了我，跟着我深吻起来。

"咳咳，差不多得了哈，大白天的。"胳膊上打着纱布的思聪不知道什么时候站在了门口，翻着白眼看着我俩。我跟允儿这才分开，允儿面色绯红，低垂着头，快速地整理了一下凌乱的头发。

"我说你俩，也不是第一天认识了，咋还这么激情四溢的？"思聪阴阳怪气地说。

我跟允儿没搭理他，拉着手走进了诊所里。在那一瞬间，我忽然无比珍惜旁边的这个姑娘，我觉得她简直就是天使，是上帝赐给我的福音。在那一刻，我做了一个决定，我要用自己的生命去保护她。

"阿乾，没问题了吧？"允儿低声地问道，脸上的红晕还没有褪去。

我明白她指的什么，摇了摇头说："娜美或许开始怀疑我了，这是个麻烦，我找机会还得探探她的口风。"

我俩正说着话，唐妈跟安从楼上下来了。我迎上去道："唐妈。"

唐妈笑吟吟地看着我说："阿乾，有一段日子没见了，现在堂口做大哥了，忙得很呢。"

我忙道："唐妈，您就别讽刺我了，我就是混口饭吃。"

"哈哈，混饭吃不要紧，别太拼命就行。有空多去看看你唐妈哈。"

我说："那是，那是，必须的。"

"好了，你们聊吧，我先走了，有事回头再说。"唐妈跟我们打了一个招呼，就先走了。安一直把她送到路口才回来。

看得出来，安也是心有余悸，他回来后说："阿乾，今天真是险，幸亏你提前通知了允儿一声。"

我问道："州呢？"

"在楼上。"

"唐妈都知道？"

"知道。"

这我就纳闷了，我好奇地看着安，浑身上下打量着他，"难道，你是唐妈的人？"

"不是。"

"不是？咋着……难道唐妈还能是你的人？"

"也不是。"

"那是为什么？"

"没有永远的朋友，只有永远的利益，是因为一些事情，把我们拴在了一起。具体的，你就别问了。"

我还想再刨根问底，允儿忽然问道："解药呢？"

我猛然一惊，差点把这最重要的事情都给忘了，急忙掏出 N7F 胶囊的解药，挨个儿让他们服下，这才松了一口大气。

这件事算是有惊无险地过去了，州当时就藏身在安医生卧房里面的房间里，要不是他们及时拉来唐妈坐镇，后果糟糕的程度不可预料。我隐隐感到，整个仁川的帮派就像一张网，一张巨大的、隐形的、牵涉每个人利益的网，我们都是深陷在这网里的蜘蛛，如入泥潭，如履薄冰。

州的手术进行得很顺利，愈合得也很快，到了第二天晚上的时候，他就去掉了那张厚厚的泥巴面具，变成了另外一个人，或者说，另外一个崭新的杀手。但不管如何，为了安全起见，仁川他是不能待了。安问他："你准备去哪里？"

州拿出一根烟点上，抽了两口说："去济州岛。"

"济州岛？"我跟安都皱起了眉头。

"济州岛怎么了？"州立刻用狐疑的眼神盯着我俩，想看出什么端倪来。

我立刻表现得神色如常，唯恐他有所察觉。老棒子现在就在济州岛，州是因为追杀老棒子不成才被迫进行的重生手术，而如今他也要去济州岛，万一他再遇到老棒子怎么办？虽说这两个人都已经换了身份，但这种事想想还是挺可怕的。

"济州岛到底怎么了？"州警惕地问道。

"没，没怎么，"我说，"济州岛不是旅游名胜吗？全是些外国游客，你去那里，对于职业发展有帮助吗？"

"济州岛可不是旅游名胜那么简单，那些黑帮组织的大佬们，包括日本和泰国的，以及其他东南亚国家的黑帮头目都喜欢选择这个季节去济州岛旅游，这对我来说是一个不可多得的机会。"州指了指自己新换的那张脸，道，"这个家伙在临死之前，就接了一个活，干掉雅库扎的一个老大。后来他喝酒挂掉了，这个活也就没人干了。既然我已经换了新的身份，就应该干这个身份应该干的事情。我决定去济州岛，干掉那个雅库扎的老大。"

州在说这句话的时候，一脸如常的表情，就好像在说"我过会儿去杀只鸡"那么轻松。这帮干杀手的，果然都是一群冷血动物。他摁灭烟头，对安医生说："把你的银行账号给我，干了雅库扎的那个老大，赏金我全都打进你的账户里，就当是手术费了。"

安也不客气，拿起一张纸，"刷刷"的就写下了自己的银行账号，临给他的时候又嘱咐了一句："我不管你这钱是从哪里来的，杀人也好，做生意也罢，千万别让人发现我跟你的关系。"

"放心了，连这点觉悟都没有，我还能混到现在?"州拿过银行账号，朝我俩晃了晃，正要走的时候忽然又回头，好像想起来了什么一样对着安医生说，"哎，我昨天晚上好像无意间看到你在一个本子上画着什么麒麟模样的图案?"

"哦，"安轻描淡写地问，"画着玩的，怎么了?"

"你为什么会画那种图案? 挺奇怪的。"

"也没什么，就是一时间心血来潮，画着玩的。"

"没那么简单吧，我好像在哪里见过这个图案。"

安一下子激动了起来，两步迈到州的面前，整个脸仿佛都要扭曲了，"你见过这个图案? 在哪儿?"

他猛然激动起来的表情把我跟州都吓了一跳，不明白这是怎么了。州眨巴着眼睛想了一会儿，说："我确实是见过，特别眼熟，但真的记不起来了……"

"你，你好好想想!"安拽着他的衣服领子，情绪激动。

"哎呀，我一时半会儿真想不起来啊……不过肯定是在韩国就是了，至于是在釜山还是在首尔或者是在仁川，我真的记不起来了。"

"你是在什么上面见到的这个图案?"安穷追不舍。

"什么地方? 我想想……呃，好像是在一具尸体的上面，对，一个姑娘的尸体。"

安的表情猛然一怔，紧拽着州领子的双手松开了，无力地垂了下来。双眼空洞地望着窗户，不知道在想着什么。

"安医生，你没事吧?"州赶紧伸出手，在他眼前晃了晃。

"没事，我没事。"安提起笔，"刷刷"又写下了一个电话号码递给他，"无论什么时候，只要你想起来在哪里看过那个麒麟图案，立刻给我打电话。不管是在白天，还是在深夜，这个电话24小时都能接通。"

"好的，知道了。"州把电话号码揣进兜里，意味深长地看了安一眼，"我虽然不知道这个麒麟图案到底意味着什么，但我想对你来说，一定很重要吧。"

肯定很重要，我看着安怅然若失的眼神，又想起他刚才激动不已的表情，以及他时常在本子上涂画的麒麟图案……这一切，忽然让我想到他身上一直揣着的那个女孩子的照片。难道，这一切都跟照片上的女孩子有关？绰号"阎王"的他，到底是为了什么，才一直逗留在屁大点的韩国？

我感觉自己快要摸到了那个缠绕在一起的谜团的线头，只要能够抓住，再使劲一拉，那些笼罩在迷雾里的谜团就会抖落一地，真相大白。

第八章　高丽猛虎

1

混帮派不是请客吃饭，不是做文章，不是绘画绣花，不能那样雅致，那样从容不迫，文质彬彬，那样温良恭俭让。帮派就是暴力，是一个人摧毁另一个人、一个团伙摧毁另一个团伙的暴烈行动。

自从我掌管新浦市场的堂口以后，一切都很顺利，但大约在入冬以后，生意忽然就不好做了，每天账面上的流水比之前少了将近30%。我对数字并不敏感，钱多钱少我也没有概念，这是张勇真告诉我的，我堂口的账目，他也要负责过目。张勇真说，新浦市场的入账流水下滑的厉害，让我赶紧查一查是怎么回事，这太反常了。

我听了这个消息，急忙让手下的小弟去查查到底是怎么回事。我倒不是说在乎钱，而是害怕有人在后面黑我。直到坐上了这个位置，我才知道领导也不是好当的。看似铁板一块的华人社团里面也是拉帮结派，各种山头，分为了好几个派系。白逍是年轻的时候从大陆偷渡过来的，以他为首，是社团内势力最大的"大陆派"，这帮人年龄偏大，普遍老谋深算，做事心狠手辣。以娜美和小马为首的算是"华裔派"，他们都是二代华侨，虽然也算是中国人，但从来没有踏足过中国的土地，生活习惯和思想观念上与白逍那帮"大陆派"有不小的差异，彼此间也有一些间隙。以唐妈为首的算是"退隐派"，他们之前都曾是社团里的高级干部，后来因为年龄原因或者其他原因都退居二线了，但瘦死的骆驼比马大，依然掌握着不可小视的话语权。从唐妈在安医生诊所震慑娜美退兵一事便可看出，退隐派在社团内还掌握着相当大的实力。

我也是从大陆偷渡过来的一员，按说应该属于白逍的"大陆派"，但从一开始我就跟着娜美和小马混，所以大家一直都把我当作"华裔派"来看，结果弄得两边都不对付，都对我有戒心。我夹在几大派系的中间，左右为难，没个自己的立场。按说我跟娜美和小马之间毫无间隙，经历了那么多事情，我们之间早已经培养出来了纯洁的"革命"友谊，但我们下面的人却并不这么看，他们跟着不同的大哥，自然都有着属于自己的立场。为了追寻州的下落，我领着几个小弟跟娜美一块活动了几天，就发现了这个问题所在：每当我的小弟跟娜美的小弟照面的时候，双方总是不太对付，免不了要呛几句。

就像那天，小马过生日，我带着几个小弟去酒店里给小马庆祝。我们坐在包厢里喝酒，手下的小弟们都坐在大厅里。喝了没一会儿，就听到外面乱哄哄地吵了起来，还有摔酒瓶子的声音。我们赶紧出去看看是怎么回事，发现我带来的那几个人跟小马的那些小弟已经吵吵上了。我手下有一个小弟叫封城，河南少林寺武校出来的，家里特别穷，为了混口饭吃就跑韩国来了。他手上有功夫，特别能打，已经拎着酒瓶子给小马手下的一个小弟开了瓢。他那个小弟捂着脑袋，淌的一脸都是血，就这还腾出一只手来抓着椅子要冲上去。

"都住手！"我大喊了一声。

场上猛然静了下来，他们都转过头看着我。我脸色阴沉如水，走到封城面前，问："谁让你动手的？"

封城嘴一撇，说："乾哥，这帮小子不服咱，他说要不是小马和娜美姐，你今天还在……"

"啪！"没等他说完，我一个耳光就扇了过去，"我问谁让你动手的！"

"乾哥……"封城捂着火辣辣的脸颊看着我，嗫嚅着说不出话来。

我看着封城的眼神，心里也有些后悔，刚才这一巴掌扇的太重了。看到封城，我就感觉看到了年轻时候的自己，所以每当遇到事的时候就格外的沉不住气，恨铁不成钢。

我也明白封城的苦衷，这种事两方面都有责任，一个巴掌拍不响。不管怎么说，我现在做一个堂口的大哥，下面的小弟跟着我，他们只服我一个人，不能再被别人骑在头上拉屎。他们打架，说白了也是为了维护我，是为了我的名声才跟别人动手的。但我真的不想因为这些事情跟社团里的人闹得鸡飞狗跳，那样毫无意义。

我转过头，看了看站在一旁的娜美和小马，对着两边的小弟说道："我刚来社团的时候，承蒙娜美姐和马哥照顾，一步步打拼，才走到了今天的地步。可以这么说，没有娜美姐和马哥，就没有我的现在。在我升任新浦堂口的酒会上，我就说过了，娜美姐不管到什么时候都是我姐，小马哥不管到什么时候都是我哥！以后你们谁再拿这个事嚼舌头根，那就是挑拨离间，别管是谁，休怪我不讲情面！"

我这一番话讲得掷地有声，双方都不说话了。虽然这番话是我临时脱口而出，但还有挺有深意的，一方面表明了我和娜美小马之间牢固的兄弟关系，另一方面又安抚了我手下的小弟们，尤其是封城。我的潜台词表达得很明白了，今天这个事肯定是娜美的手下挑起来的，今天就算了，再有下一次，娜美的面子我也不会给，该收拾谁就收拾谁。

小马出来打圆场道："好了好了，没事了没事了，都是自家兄弟，喝酒喝酒。"

在我们的斡旋下，酒席总算是继续进行了。那个被砸的满头是血的哥们被两个人搀扶着送医院了，我走向包厢经过封城旁边的时候，拍了拍他的肩膀，希望他能了解我的良苦用心。

进了包厢，娜美难得笑了笑，说："阿乾，有意思。"

"咋了娜美姐？"

"你这大哥现在当得越来越有派儿啊，刚才讲的那几句话，水平挺高。"

"哈哈哈，"我大笑道，"那必须的，也不看看我是跟着谁混出来的。"

我不是非要拍娜美的马屁，而是在错综复杂的社团派系里，我不能把自己孤立起来，我必须至少要和某一派搞好关系。再说娜美这人虽然冷酷，但绝对的讲义气，比哥们还哥们；小马虽然有时候智商有些着急，但对于朋友两肋插刀，那也是没得说的。我在他们身上，仿佛还能找到一些老棒子的影子。

除了这一层原因外，我还有其他考虑。娜美现在奉孟老大之命，监视安医生，上次因为杀手州的事情，差点就把安医生的身份给抖搂出来了。我跟娜美和小马搞好关系，对于以后掩护安医生身份也有帮助，帮了安医生，就等于帮了允儿，帮了老棒子，帮了我自己。

人心是最难捉摸的，所以当听说新浦市场每天账面上的流水比之前少了将近30%的时候，我担心的并不是数字，而是担心是不是有别的派系的人在暗中搞我，这可是个大事。我立刻派手下人去调查，很快，结果反馈回来了，在距离新浦街不远的水头街又新开了一个农贸市场，优惠条件相当大，并且正在从我们这里吸引商户过去入驻。就在之前的一个星期的时间里，新浦市场的入驻商户就减少了20%，交管理费的少了，自然账面上的流水就少了。

新浦街和水头街相距不过1000多米的距离，两里地，走10分钟就溜达过去了，他们在那里开农贸市场，明摆着是为了抢我的生意。我吩咐手下的人去查，水头街市场管事的人到底是谁。

事情很快就查清楚了，水头街市场管事的人叫朴海信。

听到这个名字，我心里"咯噔"一下。

我跟朴海信并不认识，我连见也没有见过他，但是这个名字我却十分熟悉。在社团策划对付金大奉的"清洞派"的时候，这个名字被屡屡提起。朴海信也是朝鲜人，很小的时候随着父亲从"三八线"上越境到韩国，母亲在边境线不幸身亡，父亲抱着他越境的时候虽然躲过了岗哨，却遭到了狼狗的追踪。朴海信的父亲是朝鲜古流武术"托肩"的传人，身手十分了得，一个人徒手干死了两条狼狗，但年龄尚幼的朴海信却在厮斗中被狼狗咬去了一只耳朵。

从朝鲜叛逃到韩国的人，除非是政府高官或者是具有特别重要政治意义的，能够受到韩国政府的特别照顾，除此之外的一般人都要自谋生路。朴海信的父亲也不例外，他来到韩国之后，就靠教授"托肩"谋生，寄身在一家武馆之内，在教课之余，也把这一身功夫传给了自己的儿子。也许是朴海信从小残缺了一只耳朵的缘故，为人特别阴狠暴戾，在武馆跟同伴切磋的时候，经常下手把人打伤。后来武馆待不下去了，他就跑去釜山闯天下，在釜山认识了金大奉。由于都是朝鲜人的缘故，并且性格相近，所以两个人一见如故，成了患难兄弟，按中国话来说就是"拜把子的"。在金大奉组建"清洞派联盟"的时候，朴海信是二把手的地位。

随着金大奉的死，清洞派群龙无首，早已经解散，没想到朴海信在这个时候又冒了出来，并且还开始在我的地盘上抢生意，这让我有些忐忑。我不知道这是一个偶然事件，还是一个信号。如果只是一个偶然事件，那还好说，大不了打一场，谁把谁打服谁说了算。如果说这是一个信号，那就麻烦了，这预示着另一股我尚未看到的势力正在悄然兴起。

这个事情我犹豫着要不要给孟老大说一声。按说每个堂口其实就像社团的子公司一样，自己经营，自负盈亏，混得好的大哥跟下面的小弟都有钱赚，混得不好的那无论大哥还是小弟囊中就要羞涩一些。有点类似于春秋战国时期的社会组织，被分封到各处的诸侯国自己负责自己的经营，但要听从中央的统一号令，让你出钱出兵打仗的时候要听话，否则就会遭到其他诸侯国的讨伐。现在我的地盘上出了这事，按说这个事情应该由我自己来解决。

就在我还犹豫不决，摸不清状况的时候，朴海信忽然托人递过了话来，说想约我"谈谈"。

2

朴海信主动想约我谈判,这让我有些意外。按说他是后来的,应该闷声发大财,等着我主动出击才对,没想到却反客为主了。

他约我谈判的地方是在新浦街与水头街中间的一个叫作"三元里"的赌场。三元里赌场我熟悉,老板是正儿八经的生意人,跟当地的帮派也都很熟,但没有什么瓜葛来往,算是一个比较中立的第三方。朴海信把谈判地点选在这里,看来也是用心良苦。在他的地盘,我肯定不会去;来我的地盘,他又不放心。

手下的人问我:"乾哥,去不去?"

"去,当然要去了。"我说,"在国内的时候你们没看过新闻联播吗?里面有一句话说得好,和谈是解决争端的唯一途径。"

这场谈判无论如何我都是要去的,最起码,我要探探对方的口风,看他们到底是想干什么。即使对方原来是清洞派的人,如果现在他想联手合作一块发财,我也是欢迎的,打打杀杀我不愿意看见,稳定压倒一切。

我叫上了封城,还有另外两个身手比较不错的小兄弟,一共4个人,按照跟对方约定的时间到了三元里赌场。我带的人并不是很多,如果带的多了,反而显得自己心虚。说实话,我最佩服的就是三国时关羽的单刀赴会了,可惜我没那本事跟气魄,这个×装不起。

朴海信在三元里赌场定了一个VIP包厢,我过去的时候他已经到了,他也带了四五个手下,在那里玩花涂。看到我进来,他倒是很客气,满脸笑容地上来跟我握手,用特别生硬的汉语说:"乾哥,久仰大名。"

我摆了摆手,"你还是说韩语吧,我能听得懂。"

他笑了笑,坐了下来,叼上一根烟。这家伙的身材略瘦削,但挺高大,比我还猛半头。刀条脸,尖下巴,留着很长的偏分,正好盖住了左边没有耳朵的部分。总之,给人一种阴恻恻的感觉。

我也坐了下来,说:"海信兄找我过来,不知道想谈些什么?"

他笑了笑,说:"既然来到了这里,咱们就别谈公事,先来玩两把,如何?"

我说:"好啊,我虽然赌技不佳,玩两把还是可以的。不过,花涂这个东西我一直没学会,看着就眼晕,上面的图案太复杂了,玩不了。"

"听说你们中国有一种老人牌,跟这个很像。"

"呵呵，老人牌我也不会玩，可能等我老了就会了。"

"哈哈哈，"朴海信笑了起来，他幽默感倒是挺强的，"好，你说，玩什么？"

"国际通用，扑克吧。"

"21点？"

"哦不是，诈金花。"

我平生会玩的扑克就那几种，诈金花、争上游、七鬼五三二、挤老鳖，没了。像什么保皇啊，够级啊，太复杂，看着就眼晕，至于那什么21点，我连规则都闹不明白。

我让封城去帮我换了些筹码，堆在手边。朴海信拆了一封新的扑克，在洗牌。看得出来，他洗牌的手法很娴熟，也是一个老赌棍了。朴海信一边洗牌一边说："你现在的韩语说得很标准嘛。"

"呵呵，你的韩语说得也很标准，听不出来有朝鲜味了。"

朴海信抬头看了我一眼，眼神有些奇怪，"我想问问，你怎么看朝鲜人？"

"朝鲜人，我接触的不多。但在我印象里，朝中友谊源远流长，很多朝鲜人是很感激中国人的。"我想跟他套套近乎，毕竟冤家宜解不宜结。

"呵呵。"他笑了起来，"你知道吗，每当我吃不饱穿不暖的时候，父亲就会教育我，这些都是暂时的，共产主义的光辉终将照耀全世界。之所以会出现这些暂时性的困难，是因为国家在下一盘很大的棋。呵呵，不过下棋我一直没有学会，但扑克还行。"他一边说着，一边娴熟地给自己和我分发着扑克，一张，两张，三张。

我和他就此赌了起来，输赢都是小钱，总共兑换的筹码也没多少，两三百万韩币。我心不在焉的和他赌着，一会儿输一些，一会儿赢一点，手边的筹码也没多少增减。

"韩国也不欢迎我，因为像我和我父亲这样的人，对韩国来说没什么政治意义，顶多算是难民。我在这里也找不到什么归宿感，于是我就把清洞派当成了自己的家。但现在，家没了，我很伤心。"他开出的这一把牌是一对Q，赢了些筹码过去。

我说："这些事情，有时候都是大势所迫，并不是我们个人所能左右的。"

"说的也是，我们个人的命运，有时候真不是捏在自己的手里，就像海面上的浪花一样，风向哪里吹，我们就往哪里飘。这赌局也是一样的，有时候全凭运气，是一夜暴富还是卖身跳楼，都寄托在这几张小小的扑克牌上。"

他开出的牌是一对K，又赢了些筹码过去。

我说："虽说赌局全凭运气，但你貌似运气不错。"

"呵呵，如果运气真的好的话，我也不会落到今天这步田地，用你们中国的话来说，叫丧家之犬？"

我不想跟他阴森森的眼神接触，低下头看着自己的牌面说："良禽择木而栖，人生也不仅仅只有一种选择。"

"哦，这个说法有意思，那你觉得我现在的选择怎么样？"

我翻开自己的牌面，是一个小拖拉机，七八九，赢他。

"我觉得，你这次的选择有点问题，因为碰上了我的牌。"

"哈哈哈。"他笑着，再一次发牌，看了看自己的牌面，推了一大半自己的筹码到桌子中间，说，"有时候机会来了，就得好好把握，因为好的运气可是转瞬即逝的。怎么样，敢不敢跟？"

我掀开牌面的一角，看了一遍自己的牌，红桃5、红桃6、红桃7，牌面虽然小了点，却是清一色的同花顺。除非他有"豹子"，否则我赢定了。

我没有犹豫，也推出一半的筹码过去，"那咱们就拼拼运气吧，我跟你。"

他笑道："乾哥果然是爽快人，既然这样，咱们不如直接拼到底！"他说完，把手边剩下的全部筹码都推了过去。

小小筹码，全部赢过来也不过是五六百万韩币，我笑道："海信兄既然这么有雅兴，我奉陪。"说完我也把手里的全部筹码推了过去。

我说："开牌？"

他道："别急。这些筹码加在一起，其实也没多少。不如就趁着这把牌，我们再下些别的赌注，如何？"

我眉头一皱，"什么赌注？"

"如果你赢了，水头街市场归你，我就此离开仁川，永不出现。如果你输了，我要你新浦市场百分之五十的份额。"

我的心头一跳，这个赌注太大了，百分之五十的份额，那可是一下子砍了一半去。这个赌注超乎了我的意料，一时间有些犹豫不决。

"怎么，害怕了？"他嘴角微微扬起，似笑非笑地看着我，眼神里面有些挑衅的意味。

我说："海信兄，我觉得还应该一码归一码，就用一把牌把这么大的事给定了，是不是有点太草率了？"

"人的命本来就挺草率的，不管你我，其实都像是无根的野草，被时代的浪潮裹挟着，身不由己。既然这样，还不如干脆用一把牌来决定，毕其功于一役。不过如果你怕了，那就说一声，我可以收回刚才的赌注。"

这就是赤裸裸的挑衅了，我身后还站着小弟，如果我说自己怕了，当着手下的面认怂了，以后我也不用在仁川混了。人出来混，有的时候就是为了混个面子，混一口气，这口气比你干过多少仗，砍过多少人，抢过多少地盘都重要。他看似给了我一个选择，其实是让我骑虎难下。

我深吸了一口气，再次看了一遍自己的牌面，同花顺，在诈金花里面算是大牌了，难道他手里还能有"豹子"不成？不可能，"豹子"出现的概率太小了，我不相信他有这么走运。顶多，他手里就是一把点数比较大的拖拉机，但还是会输给我。

我又抬头看了看他，他还是那种闲庭信步的眼神，笑吟吟地看着我，一副波澜不惊的赌棍模样。我身后还有3个小弟在看着，他应该没有机会出老千。我咬了咬牙，说："好，我跟你的赌注！开牌！"

"啪。"他把牌甩了过来，我一看，有些发懵。梅花5、梅花6、梅花7，也是同花顺，跟我牌面的点数一样，只是花色不同。

出现两把一样点数的同花顺，这个概率恐怕比两个人同时都摸到"豹子"的概率还要低。场面上的人看着这两副牌，一时间都有些发愣。我顿了一顿说："海信兄，你输了。"

"我输了？怎么讲?"

"按照中国的规矩，大小顺序，黑红梅方，虽然点数一样，但我的是红桃，你的是梅花，我比你大。"

"你那是中国规矩，可我们现在是在韩国，你那套规矩不好用了。我们要按照韩国规矩来。"

"韩国什么规矩?"

"我们各自再摸一张牌，谁的点数大，就算谁赢。"

出现这种尴尬场面，好像也没有别的选择，我只能同意，"好吧。"

"你先来。"他很客气地挥了挥手。

我摸了一张牌，反面朝上，放在桌子上面。这种时候，看不看牌面都已经没什么意义了。

朴海信接着伸出手，从牌堆上摸了一张牌，他刚要把手抽回去，忽然封城一个箭步冲了过去，趴在桌子上，猛地按住了他的手，大喝道："×你妈的，你出老千！"

3

封城这一声暴喝犹如炸雷，把我们都吓了一跳，朴海信却颇有大将之风，不慌不忙地抬起头，看着封城，"我出老千？"

我们都有些发懵，因为刚才朴海信的摸牌很正常，完全没有出老千的动作，反正我是一点都没看出来，不知道封城为什么会突然来这一出。

封城紧紧地按着朴海信抓牌的那只手，回过头来对我喊道："乾哥，我在河南的时候见过这么玩牌耍诈的，叫'叶底藏花'，他的这张牌根本就不是从牌堆里摸出来的，而是早就藏在袖子里面的！"

"呵呵，"朴海信能听懂一些汉语，他笑着说，"说我出老千，有什么证据？"

封城眯起眼睛，"你敢不敢查查这副牌？"

"查牌？"

"如果你没出老千的话，那么这幅扑克就是54张牌，一张不多，一张不少。但我敢肯定，这幅扑克现在是55张牌，多出来的那一张，就是你手里的这张！"

"呵呵，你是说多了一张牌？"

"敢不敢查牌？"

"就算多了一张，你怎么就能确定是我在出老千，而不是你们？"

一听这话，我就明白了，朴海信这家伙果然是出了老千的，当下我就气不打一处来。刚才对赌这一局，我可是付出了莫大勇气，赌上了全部身家，几乎是抱着必死的觉悟的。我本来以为这是一局公平的对赌，愿赌服输，把一切都交给了命运，没想到他竟然出老千。这让我感觉自己刚才鼓起的那些视死如归的勇气都像放了个屁一样，没有了任何意义。

"×你妈！"我用汉语大骂了一声，一巴掌把桌面上的筹码全都扇飞了，还有几个打在了朴海信的脸上。他手下的几个弟兄一下子全都围了上来，看样子就要动手，有几个人还向后腰摸去，我不知道那里别着的是枪还是短刀。

封城出手极快，右手按着朴海信的胳膊，左手寒光一闪，已经从后腰上摸出了一把匕首，就顶在朴海信的下颚上。他盯着那几个围上来的小弟说："你们敢再上前来走一步试试？"

那些小弟们看见老大被控制，一时间不敢再向前。朴海信不愧是清洞派的二把手，果然有大将之风，匕首已经顶在了喉咙上，他还临危不惧，看着我呵呵笑道：

"乾哥，你这谈生意的方式不对吧？"

"我谈你妈了个×！"我又用汉语骂了他一句，才道，"你敢给我出老千，你知不知道我最烦别人给我耍诈！"

朴海信还是笑吟吟地看着我，"那就没得谈了？"

"没得谈！朴海信，我警告你，限你在三天之内，撤出水头街市场，否则我就扫了你的场子。"

"呵呵。"他没说话，还是笑吟吟地看着我，仿佛封城手里那把刀顶着的是别人的喉咙。

我不想在这里犯下案子，毕竟这个赌场属于中立区，不在任何帮派的管辖范围之内，出了事非常麻烦。我对封城还有另外两个小弟说："走。"

封城往后退了一步，手里的匕首还举着，直对着朴海信的脸颊，只要对方有所动作，他立刻就能扑上去扎朴海信一个对穿。

朴海信并未有所动作，只是坐在那里，冷笑着看着我们，眼神里有说不出来的阴恻。

我们4个也一直戒备着，慢慢退出了包厢，离开了赌场。在路上，想起了刚才的事情，我还忍不住倒吸了一口冷气，要不是封城眼疾手快，差点就被那家伙给黑了。

我说："封城，刚才多亏了你。"

封城说："乾哥，这家伙从一开始就没想着好好跟你谈，他就是明摆着要黑你的。"

"没错，这朴海信太他妈奸诈了。哎，你是怎么一下看出来他出老千的？"

封城有些不好意思，"我在少林寺三皇寨练武的时候，吃住都在山里，挺无聊的，没事的时候就跟着同门一块打扑克。有个兄弟上山之前跟人学过耍老千，赢了我们不少钱。他最拿手的就是这招'叶底藏花'，动作虽然特别隐蔽，但在用的时候要先往后缩一下肩膀，把藏在袖口里的牌弹出来。见过好几次，所以我对这个动作印象特别深刻。"

"怪不得呢。"我点点头，又问道，"封城，你在三皇寨的时候，主要是练的什么功夫？"

"心意把。"

"哎哟，厉害，都说太极奸、八卦滑，最狠最毒心意把，我听说那可是少林寺的不传之秘啊。"

"哈哈，啥是不传之秘啊，现在啥都公开了，易筋经洗髓经啥的直接从网上就能下载下来。”

“下载是能下载了，可没人练也是白搭啊。我说你小子身手这么利落呢，改天咱哥俩切磋切磋。”

“不敢啊乾哥。”封城笑道。我转头看看他，他两个眼睛一笑就眯成了一道缝，脸上的肉敦敦实实的，一副憨厚的模样。我拍了拍他肩膀，说：“那天小马生日会上，我打了你一巴掌，不记恨我吧？”

“乾哥，你这说的什么话。你现在是我大哥，别说打我一巴掌，就是要我这条命，你也拿去。”

“别动不动就命啊命啊，你的命就这么不值钱啊。我告诉你小封，咱们都得好好活着，好好赚钱，等赚够了钱，咱们就衣锦还乡，要票子有票子，要女人有女人！”

“嘿嘿，听乾哥的。”

我看着他憨厚的笑容，却忍不住别过了头去，看着车窗外掠过的风景，心里忍不住一阵酸楚。我刚才说的话，就是刚来韩国的时候，老棒子经常对我说的话，我感觉自己正在慢慢变成另一个老棒子，而封城，又像极了刚来韩国时候的我。

我心里忽然间一阵空落落的。

第二天下午，社团在中华街的九龙春例行开会，各个堂口的管事人都要过去。会开完的时候，天色都已经落黑了，我听得也是昏昏欲睡。有时候社团正经起来真受不了，跟做政府报告似的。

散会后，小马好奇地打量着我的脸，看来看去。

我有些不耐烦，道：“马哥，干嘛呢，相面呢？”

“我注意你一下午了，看你表情不太对，是不是有心事？”

“没，我能有什么心事。”

“肯定有心事，说来听听。”

我被小马逼得没办法，就说：“你知道朴海信吧？”

“知道啊，金大奉原来的左右手，清洞派的二当家。金大奉死了之后，这家伙也消停了。”

“没消停，就在离新浦街不远的水头街又开了一个农贸市场。”

“×!”小马瞪起眼来，“这不是抢你生意吗？”

“嗯，本想着和平解决呢，昨天还找他谈了一次，可他根本没有解决问题的诚意。”

“阿乾，你一句话，要不要我带人替你过去灭了他？”

146

"算了，我自己的事，自己解决。好歹我现在也管着一个堂口，不能处处都依赖你们。"

"哎呦，翅膀硬了啊。"小马打趣着说。

"哈哈。"我笑了笑。这个事，是在我地盘上出现的，就应该由我自己想办法来解决，如果再依靠小马和娜美他们出面的话，那我这个堂口的大哥也当得太窝囊了，背后还不知道要被人说多少闲话。

自从老棒子走了以后，我就像一个扔掉了拐杖的瘸子，就算踉跄，也想自己往前迈步。只要还混迹在这个圈子里，就不能避免这一切。

我出了九龙春，给封城打了一个电话，让他叫上几个兄弟去春川街那边一家新开的烤肉店，一起喝两杯，解解乏。

在韩国吃烤肉，顶级的食材便是韩牛。因为韩国下了养殖缩减令，正宗的韩牛价格十分昂贵，完全不亚于日本的和牛，所以一般老百姓也根本吃不起韩牛，顶多也就是吃一些五花什么的。但这家新开的烤肉店为了招徕顾客，弄了两头韩牛来，算是打响了开门第一炮。虽然价格不便宜，但确实物有所值，吃到嘴里的那个肉感和质感简直不能跟一般的肉同日而语。

"×他娘，乾哥你说他这烤肉咋恁好吃嘞？"封城吃得很感动，连河南话都出来了。

"呵呵，"我笑道，"不知道了吧，这叫慢工出细活。这韩牛在养殖的过程中，不能打，不能骂，不能吓着，没事还要给它听听音乐，按摩放松，跟伺候祖宗似的。你说这样养出来的牛，肉能不好吃吗？"

"真是讲究，我发现韩国人真是讲究。乾哥你不知道，我刚来韩国的时候，跟着他们一块吃饭可不适应了，一上桌，连一个硬菜都没有，全都是一些海带条、萝卜丝、泡菜啥的，还都装在一个一个的小碟子里，整的怪漂亮的，跟玩花似的，都让人不好意思动筷子。"

"呵呵，能吃饱不？"

"当然吃不饱了，那小菜看着挺精致，根本就不顶用啊。我饿了好几天，跟着朋友下了馆子点了个什么部队火锅，总算是吃饱了肚子，过了过瘾。"

"哈哈，部队火锅，哈哈……"

"乾哥你笑啥？"

"知道部队火锅啥来历不？"

"不知道。"

"给你讲讲?"

"乾哥你说。"

"这个部队火锅,源于朝鲜战争时期……你们知道啥是朝鲜战争吗?"

我的几个小兄弟有的摇头,有的茫然,这让我感到十分悲哀。这帮家伙都没有什么文化,早早的就辍学在家了,最高学历是初二水平。辍学后要么打工,要么瞎混,后来通过不同途径进入了韩国,没有文化,也不懂技术,只能在社团的庇护下混口饭吃。平心而论,韩国人总是觉得中国人素质不高,很大程度人是因为这个群体给他们造成的错觉。但这个事说得深了又不能怪罪于某一个人,它还有着深刻的社会根源。

当时我看着面前的几个小兄弟,心里不由得一阵凄凉。他们都没有什么文化,家庭出身也不好,父母不是下岗工人就是农民,得不到什么资源的眷顾,为了混口饭吃,只能背井离乡,离开故土。帮派是暴力的,当老棒子被迫出走济州岛以后,我曾经一度非常讨厌这个暴力团体,觉得这里充满了罪恶,简直就是社会的毒瘤。但当我混的时间越来越长,才明白"存在即合理"这句话。如果没有社团,像封城这样的人在韩国将会如何生存?拿着仅够糊口的工资,睡在脏乱不堪的出租屋里,受尽韩国人的白眼,连最基本的做人尊严都没有。不管社团是什么性质的,罪恶也好,肮脏也罢,最起码他给了这些来韩国打拼的人一个遮风挡雨的地方,一个精神上的安慰,一个形式上的家园。

看到我失神,几个小兄弟催促道:"乾哥,你不是要讲朝鲜战争吗?"

"哦……"我缓过神来,思绪回到了现实里,喝了一口酒说,"朝鲜战争就是第二次世界大战以后朝鲜跟韩国之间的战争,差点把韩国给灭了,后来美国出兵援助韩国,又差点把朝鲜给干挺;再后来中国就出兵援助朝鲜,跟美国人打了一大仗,这就是抗美援朝。"

"哦……"他们几个恍然大悟,"你说抗美援朝我们就知道了。可这个跟部队火锅又有啥关系?"

"当时美国不是出兵援助韩国吗,美国多有钱啊,美军那些士兵的作战口粮也很好,全是牛肉、香肠啥的,他们有的吃不完,就扔给同盟作战的韩国士兵。韩国一直物资匮乏,哪见过这样的单兵口粮啊,根本就不舍得吃,把美军吃剩的那些牛肉香肠啥的跟年糕、大白菜、豆腐啥的放一块炖一锅,这才舍得吃了。这就是流传到现在的部队火锅。"

"卧槽……"他们几个恍然大悟，"敢情是这么回事啊。"

我说："那可不是嘛，所以你们几个往后也少吃什么部队火锅啊，丢人。"

那一顿饭我们边吃边喝边聊，一直喝到了晚上十一点多，烤肉店里的顾客都走得差不多了，零零星星的，我们几个也喝得醉醺醺的了。这时店里又进来了几个客人，带着特大的兜头帽，几乎都快要把整张脸都盖住了。他们经过我身边的时候，莫名其妙的，我后背上的汗毛忽然在一瞬间全都竖了起来。

用通俗一点的话说，我感觉到了一股"杀气"，有人会说这很扯，但我告诉你，这绝对不是扯，在经过系统化的职业训练及经历过帮派里的生死搏杀，身体自己会开发出来一种感知危险的本能，就是人们常说的"第六感"。这种感觉就像美国登月宇航员奥尔德林走出登月舱，踏上月球表面的时候，他忽然感觉到了一种全身的战栗，事后他说："我能感觉到有什么东西在注视着我。"

在月球上，有没有更高级的文明在注视着奥尔德林，我不知道，但在那天晚上的烤肉店，我确实感觉到了一股带有"杀气"的注视。在那一瞬间，我全身的肌肉都绷紧了，下意识进入了戒备状态。几乎就在与此同时的，封城大喊了一声："乾哥小心！"

这小子对于危险的直觉丝毫不亚于我。就在他喊那一嗓子的时候，我已经抄起手边的不锈钢餐盘，一个回身就抢了过去，"铿"的一声，就磕飞了刚要扎下来的一把刀子。

那几个带兜帽的家伙一看没得手，纷纷掏出刀子就扑了上来，我二话没说，对着封城他们就大喊了一声："跑！"

除了跑，没有别的办法。短兵相接太过突然，我们几个已经喝得醉醺醺的了，他们又是有备而来，在这种情况下根本就没有硬拼的可能性。一个小弟把桌子上的烧烤架和火炭掀了过去，对方唯恐避之不及，纷纷闪开，就是这一举动给我们争取了宝贵的逃跑时间。在这生死关头，我们也都酒醒了大半，全都一只鸭子加两只鸭子——撒（仨）丫（鸭）子起来。

刚跑出了烤肉店，对面街道上忽然又冲出一拨人来，大约有十来个，手里全都拎着家伙，直冲我们而来。我心里"咯噔"一下，这是被人给包了饺子啊，从来都是我们包人饺子，没想到也会有被人包的这一天。

前后左右都跑不出去了，烤肉店旁边还有一个小巷子，黑漆漆的，不知道通向哪里，也不知道是不是一个死胡同，当时也顾不了那么多了，我带着头，领着他们就向那条巷子跑去。围过来的人一看我们进了巷子，全都大呼小叫地追了过来，看那样子要是被他们给逮住，非被砍成肉酱不可。

那条巷子乌七八黑的，一盏路灯都没有，真是伸手不见五指。我们在前面跑，他们就在后面追，什么都看不到，只能听到杂乱的脚步声和亢奋的叫喊声，时不时还夹杂着几声惨叫声。我明白，那肯定是我的哪个小兄弟跑得慢了，被他们撵着在后边补了几刀。我一边跑一边喊道："兄弟们都跟上，千万别落单啊，被砍死也不能停下来！"

只要跑下去，还有一线生机，只要停下来，肯定会被他们砍死。

巷子越跑越窄，我心里也越来越凉，万一这是个死胡同，那我们几个可真就要交代在这里了。正这么想着，巷子终于跑到了头，前面果然没路了，出现了一道门，一道被锁死的铁栅栏门。

4

巷子尽头是一道铁栅门，全是用拇指粗的钢筋焊起来的。我摇晃了两下，哗啦啦响，门上缠了好几道铁链子锁，与此同时，里面传来了一阵接一阵的狗叫声。

我在黑暗中大声叫道："封城！"

封城明白我的意思，从黑暗中跑了过来，跟我一块用力踹那铁栅门，"咣咣"踹了几脚之后，竟然硬生生地把那铁链子锁给踹断了。我们几个跑进去后，急忙关上铁栅门，从旁边拉来两张破桌子顶着。那帮人这时也冲到了眼前，刀子钢管砸在铁栅门上"乒乓"作响，砸得整个门几乎都要倒下来，眼看着我们就要坚持不住了。

我听着身后此起彼伏的狗叫声，心里灵光一闪，急忙大叫道："放狗，快去放狗！"

韩国人有吃狗肉的习惯，我凭耳测，估计这里至少关着三四十条狗，算是一个比较大的肉狗养殖场了。封城带着两个小弟把狗舍挨个儿打开，那些狗像出笼野兽一般嚎叫着就涌了上来，我都能听到它们的爪子踩踏在地上发出的强健有力的沙沙声。直到一条大狗像箭一般冲着我扑了上来，并且一下把我撂倒的时候，我才猛然发现自己犯了一个致命的错误：这个地方根本不是什么肉狗养殖场，而是一个斗狗训练场！

韩国人不仅有吃狗肉的习惯，而且还有斗狗的习俗，这个习俗在仁川地区最盛，整个京畿道都有这个传统。我也不知道扑在我身上的那条大狗是什么品种，只觉得它力大无穷，一下子将我扑倒之后就压在了我的身上，舌头掠过我的脸庞，我都能闻到从它嘴里散发出来的那股腥臭之气！幸亏这狗没奔着我的喉咙来，而是一口咬在了我的肩膀上，否则估计我就得变成狗粪了。这时外边的那帮人已经冲开了铁栅栏门，大呼小叫着冲了进来，正好跟这群刚放出来的斗狗撞在了一处。

一时间，整个斗狗训练场里简直就变成了人间地狱，狗的吠叫声，人的哭喊声，刀子和钢管砍在狗身上的"砰砰"声……十几个人和二三十条狗混斗在了一起，完全乱成了一锅粥。这斗狗跟别的狗不同，见血眼红，只要咬住一个地方就不撒嘴，非把这块肉扯下来不可。我的肩窝都快被那条压在身上的大狗给咬穿了，要命的是它一边咬着，一边还发出低低的"呜呜"声拼命甩头，想把我肩膀上这块肉给撕下来！我的手在地上乱抓一气，摸到了一个类似于铁疙瘩的东西，紧紧抓住就朝那狗头砸了过去！一连砸了三下，那大狗才"嗷"的一声惨叫，松开了嘴。

我从地上爬起来刚喊了一声"跑"，又被一条不知道从哪里窜出来的狗咬在了大腿上。这条狗比刚才那条个头小了很多，可嘴上的劲却一点不小，我感觉大腿疼得像是被射钉枪连打了好几枪一样。这狗一边咬在我的腿上，嘴里还一边"呜呜"的嘶吼着，别看个头小，可比我三舅家养的那条狼青凶猛多了。我正疼得手足无措的时候，封城跑了过来，手里拿着一把铁锹，没头没脸地就朝着那条狗拍了下去。

"嗷"，一声惨叫，那条狗被拍出去好几米远，在地上打了一个滚，居然又朝着我冲了过来。我算是服了，长这么大也没见过这么亡命的动物，我怀疑这个品种的狗是不是智商有问题。我抢过封城手里的铁锹，朝着再度扑上来的那畜生又是狠狠一家伙，"咣"的一下给它拍飞了，同时一股温热的液体溅到了我的脸上，不知道是狗血还是脑浆。

"乾哥，快撤吧，这些狗太凶了！"封城指着东北角叫道，"这院子前面还有个门，直通大路，咱们从那可以出去！"

"撤！"我大声招呼着手下跟我一块从斗狗场的另一个门出去，与此同时我也听到追砍我们的那帮人也在原路返回，他们也斗不过这群狗。

我们几个狼狈不堪地从院子里冲出来，又在胡同里狂奔了几步，终于跑到了大路上，最起码有路灯了。我扫视了一下，看到我们几个人身上穿的衣服没有一件是完整的，全部被狗撕得衣衫褴褛，浑身上下全是血道子和被狗咬开的伤口，真是惨不忍睹。我的伤势算是比较严重的，肩窝处被咬得血肉模糊，也不知道掉肉没有，大腿后侧几乎被咬了个对穿，那血把整条裤子都给淌透了，像刚从水里捞出来的一样。

"乾哥！"忽然一个小弟指着后面，惊恐地叫我。

我们一回头，看到了一条尾随过来的狗，借着路灯的光线能隐约分辨出它的模样，应该是一只杜高。这只狗个头不小，站在七八米外的地方，一动不动地看着我们，那眼神就像是非洲草原上盯着羚羊的狮子。我们几个真是被咬怕了，看到这样的眼神，竟然没一个敢说话的，都愣愣地站在了那里，跟它对视着。

"乾哥，要不……咱跑吧？"一个家伙小声地道，声音颤抖。

"跑？你跑得再快能跑过狗？"我说，"别怕，咱们好几个大男人呢，它不敢扑上来。"

"乾哥，我瞅着它那眼神，怎么这么瘆的慌呢。"

"别怕，不就是一条狗吗。你小时候是不是没见过狗？"

"狗我见过，可没见过这么恐怖的……这狗是跟老虎杂交出来的吧？"

"傻逼啊，老虎只能跟狮子杂交，出来的玩意儿叫狮虎兽！狗跟老虎能杂交吗？所属科都不同，一个犬科，一个猫科。"

"乾哥你懂得太多了，连这都知道。"

"滚蛋，都什么时候了还拍马屁。想办法先摆脱了这畜生再说吧。"

"乾哥，我小时候在农村看见狗，都是一弯腰就把它给吓跑了，要不然咱试试？"

"试个屁！这狗跟农村那土狗能一样吗？你还弯腰吓唬它，它不把头皮给你揪下来就是好的！"

"那咋办啊？我瞅它这样子，咱们只要一转身跑它肯定就得追过来……"

就在这时，一辆警察的巡逻车正好从不远处经过，看到我们好几个人站在这里一动不动，以为出了什么状况，打着大灯就开了过来。平时看到警察的车，我们都是唯恐避之而不及，可这一次却像看到了救星一样。那警察的巡逻车开了过来，大灯一打，我就看到那条杜高伸出舌头在嘴边卷了一下，然后慢慢地向后退去了，隐没在了黑暗中。

"你们干什么的？"两个警察从车上下来了，表情戒备地看着我们。

我说："我们几个出来喝酒，喝得有点多，就走错了路，不小心进了斗狗训练场，被一群狗追着咬。"

"被狗咬？"那两个警察一脸好奇地又仔细观察了我们一下，这一仔细瞧可不打紧，活活把他俩给吓了一跳。我们几个全变成了血葫芦，衣衫褴褛，身上不见一块好的地方，被狗咬穿的伤口还都在汩汩地冒着鲜血，那样子就像刚从地狱里爬出来的一样。一个警察估计从来没有见过被狗咬的这么惨的，说话的声调都变了，"快，快，快送医院。"

我急忙道："我们还有活动能力，医院我们自己去就行了，你们不用担心。倒是这些狗你们得想办法处理一下了，别让它们伤了附近的居民。"

我说这话是正儿八经的，他们现在最要紧的事情就是赶紧出警，把这些狗都抓起来，免得它们伤了附近的居民。现在还是晚上，街上没什么人，要是到了白天，老人妇女都出来了，孩子们也出来上学了，碰到这群恶狗可麻烦了。饶是我们这群职业混子都被咬成了这个样子，要是换成了那群手无寸铁的老百姓，后果简直不堪设想。

那二三十条被放出来的斗犬，此刻就像二三十个不受控制的暴徒，正在幽暗的夜里游弋着。不，它们的危害性要远远大于暴徒，暴徒还会择人动手，而这群斗犬却是无差别攻击，一切移动的、带有体温的哺乳动物都是它们攻击的对象。那两个警察也意识到了事情的严重性，立刻打电话向总台寻求出警，也顾不得我们的事情了。

我们打了一辆出租车，5个人全都硬塞了进去。出租车司机看到我们这个模样都吓傻眼了，不敢说拉，也不敢说不拉，就那么愣愣地看着我们，像看外星怪物似的。一个小弟冲他喊道："看什么啊，快开车!"

司机这才如梦初醒，心惊胆战地问："去哪儿?"

我脱下上衣，堵着不停冒血的大腿，咬着牙说："中华街! 快点!"

"乾哥，咱不去医院?"一个小弟也按着自己的肚子问我。他的肚子被狗牙给豁开了，不知道肠子有没有流出来，一边说话一边倒吸着冷气。

"不去医院，去安医生诊所，"我说，"你们都知道我刚来韩国的时候吧，跟金大奉的人打架，肚子都被捅穿了，就是安医生把我救过来的。在仁川，我只相信他。"

除了相信安医生以外，我还有另外一层考虑，今天追砍我们的那帮人肯定也被咬得挺惨，他们在脱身之后也会在第一时间赶往医院。虽然仁川那么大，好几家医院，但万一不凑巧碰到了一起，肯定还是免不了一场恶战。

还在路上的时候，我就提前往安医生诊所去了个电话，毕竟已经是晚上了，要是他不在的话可真是晃我一家伙。所幸的是，那天晚上他正好在诊所。

我说:"安医生,我们5个人,马上就要到你诊所了!特别急,你快准备一下。"

"别急,慢慢说,"安的声音听起来有些晕乎乎的,好像刚小酌了几杯,"怎么回事,跟人打架了?"

"没!被狗咬了!"

"被狗咬了?呵呵,被狗咬能有多严重啊,过来吧,我等你们。"

10分钟后,当我们出现在安医生的诊所时,当晚正在值班的安和思聪都一起目瞪口呆,这时他们才明白被狗咬到底能"严重"到什么地步。

安二话没说,转头就向电话摸去。我立刻警觉起来,一把拽住了他,问:"你干啥?要打电话给谁?"

"给谁?当然给允儿了!你们这么多人被咬成这个样子,就靠我跟思聪能顾得过来吗?"

伤者优先,我让安和思聪先处理那个肚子被豁开的兄弟,还有另外一个三根手指头快被咬断、左耳朵都被撕下来一半的哥们,这俩家伙比我伤得还惨,几乎都快挂掉了。封城的伤势最轻,只是背上和脸上被挠了几下,他拿了一大包纱布按在我的腿上,帮着我腿上的伤口止血。

我看着血不怎么流了,就开玩笑地对封城说:"小封,不用那么使劲了,你看血都快流干了。"

我本来是开玩笑的一说,封城的脸色"刷"的就白了,他咧着嘴带着哭腔,"乾哥你别吓我……"

我一看他当真了,急忙安慰他道:"没事没事,我说着玩的,你看你看,血还流着呢。"我把纱布拿开,刚刚被挤压下去的伤口又翻了出来,跟小孩子的嘴似的,殷红的血液又流了出来,我说,"你看,还在流血吧。"

封城点了点头,这才松了一口气,"嗯,乾哥,你放心,没事的,你死不了。"

我苦笑一声,今天好险,差点就挂在那小胡同里了。堂堂华人社团的大哥,要是被狗给咬死了,肯定也是仁川的一大新闻吧。

接到了电话的允儿这时风风火火地赶到了,她一看到我们这些人的样子就有些抓狂,二话不说就给我处理伤势,我看着她低垂着头,被头发帘遮挡住了一半的脸庞说:"允儿,对不起,让你担心了。"

"我不担心,你被狗咬死才好呢。"允儿看到我身上这么重的伤势,红着眼圈骂了一句。

我说："允儿，你要是不嫌我……那就……我也想了好长时间……我们结婚吧。"

"啊？"允儿惊愕地一抬头，手上正在清理伤口的镊子一下子扎进了我大腿伤口的肉里，疼得我立刻杀猪般的嚎叫起来。

"对，对不起……"允儿急忙收起镊子，拿胳膊抹了抹凌乱的刘海，愣在了那里。

"哎，我只是说想跟你结婚而已，你也不用发呆啊。"我急道，"你看我的腿，这血流得跟水管子似的，你也不管管？"

"啊？啊！"允儿再度反应过来，又手忙脚乱地给我止血。我叹了一口气，感觉今天晚上流的血真是不少，估计已经逼近我的生理极限了。大学的时候，我曾在一个月内连续献了两次400cc的血，几乎没什么反应，而这一次，却感到了一阵头晕目眩，呼吸短促无力，这是明显失血过多的征兆。

一直忙活到天色蒙蒙亮，我们几个身上的伤势才处理得差不多了。止血、清理伤口、缝合、打狂犬疫苗和破伤风，这一套程序做下来，大家都折腾得不轻。安医生、思聪和允儿都累极了，忙完了手术就直接在诊所里找了个地方睡去了。我们5个横七竖八地或躺或坐在不大的病房里，胳膊上、腿上、肚子上、头上都缠着绷带，最严重的两个直接裹得跟个木乃伊似的，就这样还在一边抽烟一边陪我们吹牛逼。

"乾哥，你不知道，当时那狗'忽'的一下就扑了上来，直扑我的面门啊！我小时候不是练过二指禅吗，心道养兵千日用兵一时，吞下一口真气，伸出两根指头就掏进那狗嘴里了，这叫啥？二龙戏珠！"伤得最重的小魏只能用一只手掐着烟卷，头上还裹着纱布，就这还忍不住面露得意地吹牛。

"得了吧，还二指禅，我瞅你长得跟个二指禅似的。"封城骂道，"你说你两根手指头掏狗嘴里了，怎么差点三根都被咬断啊？"

"两根吃不住劲，后来我又多加了一根。"小魏撇撇嘴，"你别以为自己在少林寺练过就瞧不起我这二指禅，今天要不是我有这功夫傍身，估计整条胳膊都保不住。"

"操，我看你那不是二指禅，是肉指禅。"

"行了，都别贫嘴了，"我制止了他们的吵闹，说，"趁现在没事，总结一下今天的战斗成果，为下一步行动制定策略。"

混社团的时间长了，每次发生意外事件后，我都要召集当事人总结一下经验，分析我方在突发事件中的表现和不足，以备下一次突发事件的发生。这样做绝对不是马后炮，而是对先前事件的一次回观，对失败教训的一次经验总结。伟人说过，忘记历史就意味着背叛，我们也是在一次次经验总结的教训中成长起来的。

经过大家分析，一致认为这次烤肉店突袭事件是朴海信一手策划的，起因应该就是那天在赌场里我的那句"限你在三天之内，撤出水头街市场，否则我就扫了你的场子"，就是这句话逼得朴海信狗急跳墙，先下手为强了。经过讨论，我们又一致认为在被四面围堵的情况下，往小黑胡同里钻是正确的，虽然不小心捣了斗狗训练场，但也正因为如此，才能让我们从对方的围追堵截下脱身。虽说被狗咬得也挺惨，但怎么说也要比被对方围起来拿刀子砍上一顿好得多。再说了，把斗狗放出来受伤的不光是我们自己，对方也是大受损失，估计其受伤程度跟我们比起来有过之而无不及。

总体来说，此次冲突虽然仓促，但还是十分圆满的，我们不仅完美地化解了危机，还连消带打，顺便给对方也摆了一道。对于此次事件，我们最后一致给自己的表现打了90分的高分。

可还有一件事萦绕在我脑海里，挥之不去，"我们几个在烤肉店吃饭，你们都对谁说了？"

封城说："没有啊，接到你的电话，我叫上他们就过去了，按说谁也不知道啊。"

"那就奇怪了，"我思索着，"朴海信怎么知道咱们在哪家烤肉店吃饭呢？还专门挑咱们喝得差不多的时候动手，明显就是有备而来，肯定收到消息了。"

"乾哥，你今天给我们打电话通知去烤肉店的时候，在哪里？"

"九龙春。"

"会不会是……"封城试探着问。

他话还没说完，我就明白了他的意思，心里咯噔一下子。知道我去哪家烤肉店吃饭的人，除了我们，就是下午去九龙春开会的那些人了，可他们全都是各个堂口的大哥，跟朴海信又有什么关系？

我正在思索着，小魏忽然叫了起来："乾哥乾哥，我想起来了！"

我说："你别瞎咋呼行不，你想来啥了？"

"我想来了，晚上在烤肉店里砍我们的人中，有一个是跟着白逍混的！"

"白逍？"我瞪着他说，"小魏，你可别乱说话，这可不是闹着玩的！"

"没闹着玩，乾哥，火锅店里那么亮，我瞧得真真的。那小子我曾经见过两次，当时他把兜头帽拉得太低，我一时间没认出来，总是觉得有点眼熟，刚才在路上我还一直想这事呢。现在被你们一说，我想起来了，肯定没跑，那小子就是白逍的手下！"

5

白逍的手下帮着朴海信的人来砍我们，这不科学。

按说，金大奉是社团的头号敌人，现在虽然金大奉已经挂了，但他的拜把子兄弟朴海信也应该算是社团的二号敌人吧？虽然朴海信侵占的是我的生意，但他威胁的却是整个帮派的利益，在这种大背景下，我无论如何也想不出来白逍会跟朴海信有什么交集。

难道……我脑中灵光一动，白逍一直是"大陆派"的代表，跟娜美为首的"华裔派"向来不对付，现在我又明显地偏倒在了华裔派一方，莫不是他想趁着这个机会，借朴海信之手，除掉我这个心头之患？

我摇了摇头，这个推测太大胆了，况且也没有任何证据，不能仅凭着小魏的一面之词就做出这么武断的结论。

我被狗咬的事情很快传遍了整个社团，大家都知道我差点就栽在斗狗场了。我断定朴海信那边肯定还会有所动作，便不敢在安医生诊所里待着，也不敢自己在家住，干脆就搬到了新浦街的堂口去。那里兄弟多，以朴海信的实力，还不敢贸然在新浦街对我下手。

我本来准备就这几天扫平朴海信在水头街的场子的，结果这一受伤，事情只能耽搁了下来，但这梁子肯定是结下了，我暗自下定了决心，等伤好之后一定要搞他个鸡犬不留。

娜美跟小马来新浦市场看我那天，我正在跟几个兄弟吃饭。就在屋里支了一个火锅涮肉吃，热气腾腾，大快朵颐。有封城，有小魏，还有另外两个兄弟，全都是那天在斗狗场被咬伤的。虽然我是他们的大哥，但通过那一役，我们已经结下了深厚的"革命"友谊。

娜美跟小马推门进来，看到我们几个身上缠裹的纱布时，眼睛都直了。小马说："哎妈呀，光听说你们被狗咬了，没想到咬这么惨啊？"

"娜美姐跟马哥来了？坐坐。"我站起来就招呼着两人坐下，小马急忙扶住了我，"你别操心我们了，还是管好自己吧，我看看你这腿，啧啧，骨头没事吧？"

"没事，就是大筋咬穿了，等长好了就没事了。"我一瘸一拐地走回原位坐下，说，"这都得感谢安医生妙手回春啊，要不是他，我们几个身上非少点什么零件不可。"

"哎呀卧槽，太狠了。"小马看看我们几个，再次感慨了一遍。

我急忙招呼道："娜美姐，马哥，你俩还没吃饭吧，正好凑着一块吃点吧。封城，再去调两份小料过来。"

"好嘞。"封城二话不说，忙活起来。他虽然是少林寺出身，却是个吃肉高手，尤其调涮肉小料，那可真是一绝。就他调这小料，别说涮肉了，就是涮馒头我都能吃上一斤。

小马抽了抽鼻子，说："嗯，是挺香，你们涮的什么啊？"

"狗肉。"

"啥？狗肉？"

"啊，我们被狗咬这么惨，不得吃点狗肉补补吗？"

"呃……"小马背过身去，有些干呕，看样子是接受不太了。有人爱狗，有人吃狗，这玩意也勉强不得。我把小料递给娜美，说："娜美姐，来涮点狗肉吃。"

娜美也是一脸黑线，连连摆手道："不，不了，我对狗肉过敏。"

这明显是个托词，长这么大，我还没听过谁对狗肉过敏的。不过既然人家不愿意吃，我也不好再勉强。

娜美说："阿乾，我们这次来，主要是替孟老大转达一下慰问的。他听说你被狗咬了，很是担心，本来要专程过来看看你的，可临时又有别的事情，就让我们代为转达慰问了。"

"真是谢谢孟老大了，这么忙，心里还惦记着我。"我嘴上虽然这么说，心里却一阵冷笑。这只老狐狸，巴不得我被狗咬死呢，这样老棒子的事情他就可以高枕无忧了。

娜美问："阿乾，下一步你准备怎么办？"

"怎么办？"我夹了一大筷子狗肉放进嘴里，狠狠嚼着，"等养好了伤，平了朴海信的场子，让他在仁川彻底消失！"

看到我发狠的模样，小马忽然有些犹豫起来，支支吾吾地想说什么的样子，欲言又止。

我说："马哥，我看你好像有话啊，没事，你说。"

"阿乾，是这样，出了这个事情以后，朴海信也很忐忑，就在昨天晚上，他托人给说情来了。那个说情的人知道你正在火头上，就没找你，先找的我跟娜美姐。"

"说情？呵呵，我以为他朴海信会冷酷到底呢，原来也是个怂货。他托谁说的情？"

"那个……是唐妈。"

158

"唐妈?!" 我一下站了起来,又剧烈地牵扯到了腿上的伤口,疼得我一阵呲牙咧嘴。

"阿乾,你先别激动,坐下坐下。"

"我坐不下!我就不明白了,唐妈是我们社团的人,应该是站在我们这边的,怎么会替朴海信来说情呢?她这不是胳膊肘往外拐吗?"

"哎呀,唐妈是老仁川了,这地界上,三教九流的人她都有交情,毕竟混了那么多年了,你要理解,有时候事情赶上了,她也是身不由己。另外,严格来说,唐妈也不算是替朴海信说情,她只是替朴海信传个话而已。"

"传什么话?" 我又塞了一筷子狗肉进嘴里,狠狠地嚼着。

"朴海信说,两军相争,必有一伤,就算勉强胜了,也是杀敌一万,自损八千,到头来,受罪的还是手下的兄弟们。"

我冷笑一声,朴海信这厮,偷袭别人的时候没见他犹豫过,事后的话倒说得冠冕堂皇。

小马继续说:"朴海信的意思是这样的,事情反正也已经出了,梁子也已经结下了,倒不如想个办法,大家把这件事情解决掉。如果两帮火并的话,或者他赢,或者你赢,不管哪方都是损伤严重,到头来受罪的还是手下的兄弟们。万一再惊动了警方,来一场扫黑大风暴,那可就得不偿失了。"

我嚼着狗肉,"听他这意思,有解决方案了?"

"对。朴海信说不如这样,两方各出一个人,上台打擂,三回合,公平公正公开,到时候会请第三方的人现场作证,谁也不能作弊。赌注还是按照之前跟你约定的,如果他的人输了,就此离开仁川,永不出现。如果你的人输了,他要你新浦市场百分之五十的份额。"

"呵呵呵……" 我忍不住一阵冷笑,"朴海信这家伙,是想大事化小,小事化了啊,摆台打擂,这种事情亏他想得出来。"

"乾哥,你让我来……" 封城闻言,跳起来叫道。

我摆了摆手,制止了封城的发言,转头看了看小马,又看了看娜美,"娜美姐,这件事你怎么看?"

娜美斟酌了一下说:"唐妈只是个传话人,她并不是站在朴海信那边,还是跟我们站在一条战线上的,所以她的面子,你不用顾忌。单就说朴海信的这个提议,我知道他是朝鲜人,从小就练习'托肩',身上功夫不弱,手下肯定也有强兵。他既然敢这么提议，就证明他有十足的把握，所以我觉得不要答应他的要求，那样正好就中了他的圈套。"

"娜美姐的意思是……"

"直接火并，扫了他的场子！我和小马带人来帮你。"

娜美这话说得干脆利落，我相信如果不是为了照顾我的自尊，估计她自己就能带着人平了朴海信。在兄弟情义面前，娜美绝对没的说。

我说："娜美姐，你的好意我心领了，可我觉得，朴海信的这个提议，未必不能考虑一下。"

"阿乾，你真的要挑人跟他打擂台啊？"小马忍不住叫道，"这很有可能是一个陷阱！"

"不管怎么样，我决定了，"我斩钉截铁地说，"就算是个陷阱，我也要跳下去！"

6

我答应了朴海信上台打擂的要求，时间定的是三天以后。

毫无疑问的，封城是这次打擂的不二人选。在我堂口的小弟里，他接受的武术训练是最系统的，也是时间最长的。说实话，封城虽然身手不错，跟人实战却不多，也没接受过什么正规比赛的检验，我对他还是稍有点不放心。要不是我被狗咬成这个样子，我就自己上了。

当天晚上，我就特地找封城谈了谈话。

我问："封城，怕不怕？"

"不怕，我打小就不知道怕字是怎么写的。"

"呵呵。"

"乾哥你笑什么，你是对我功夫没信心？"

"我知道你身上有功夫，本事不小，可我担心你经验不足。"

"没事，你放心吧，我在三皇寨的时候，经常跟师兄师弟们打，可都是下狠手的。我把一个师弟的肋骨都打断过。"

"上台比赛要戴拳套的，不能徒手，可能会影响你发挥。"

"放心吧乾哥，少林寺武院也有散打队，我经常跟他们一块切磋的，没问题。"

"真没问题？"

"真没问题！"

"好！"我拍了拍他肩膀，"小封啊，咱们这帮兄弟还能不能在新浦街混下去，可就全靠你了。"

"乾哥……"封城看着我，激动得满眼泪花，"你这么信任我，啥也不说了，为了乾哥，为了咱们社团，我封城就把这条命豁出去了，肝倒涂地……"

"是肝脑涂地。"我纠正他说。封城这孩子真不错，就是书读得太少了，要是知识再多一点就完美了。

跟上次约赌一样，这次约架的地方也是朴海信选的，定在了仁川市郊区一个废弃的造船厂里面。这样的地方算是穷乡僻壤，没有什么油水，任何帮派的实力都未曾染指这里，算是一个中立的区域。

在三天后，我带着堂口的几个兄弟，还有封城，如约赶到了比赛地点。当时是晚上10点多钟，郊区早已是漆黑一片，唯有那间废弃的造船厂里灯火通明的，院落门前停着十几台黑色轿车，大阵仗已经拉了起来。

为了确保比赛的公正性，朴海信邀请了很多社会及仁川帮派的大佬前来观战，都是在仁川有头有脸的人物，有些人我也打过交道。比如越南帮的刘志和，七星派的李奉津，这些都是仁川地方江湖中人，可最让我意外的是，一个穿着西装，戴着黑框眼镜的斯斯文文的男人也在场，我见过这个人，知道他是仁川的高级检察官郑善龙。

韩国实行三权分立，政权主要由行政院、立法院和法院三部分组成。而检察官隶属于行政院中的法务部，在韩国检察官享有很高的独立性，司法部长名义上虽然享有最高的权力，而在具体的侦察、办理案件方面无权干涉检察官。

韩国检察机关实行的是检察官独任制原则，也就是检察官一个人构成一个独立的行政官厅，检察官对于自己负责的案子独立侦察、独立判断并做出决定，也要自行承担责任。整个案子的过程包括起诉都是以检察官个人的名义完成的，而不是检查院的名义。在韩国警察并不能独立办理案件，所有案件必须通过检察官，比如官员腐败、环境污染、经济犯罪等问题，基本都由检察官亲自侦查办理。检察官的权力涉及社会生活的方方面面，所以在韩国检察官被戏称为"刑事犯罪侦察的沙皇"。

检察官拥有如此之大的权力，并且基本上都是刚正不阿，类似包青天一类的人物，制度使然，所以我看到检察官郑善龙在这里出现，十分震惊，朴海信的交游手段果然有一套，连这样的人都能结为朋友。朴海信也借此向我传递了一个信息：虽然华人社团"犰"的实力在仁川是数一数二的，但如果想通过白道办了他，那是不可能的事情。

其实他大可不必如此费周章，因为我从来没想过通过白道手段办他，既然出来混，当然要黑吃黑。

娜美和小马也来了，看到我过来，他俩迎上来，问："怎么样，都准备好了?"

我说："嗯，没问题。"

娜美看了看我身后的封城。封城一身劲装打扮，天气并不怎么暖和，他却赤裸着上身穿着一个黄色的坎肩，后背还印着四个大字"少林武术"。我是觉得太土了，有点不忍直视，可封城却坚持要穿，说这是他的力量之源。我拗不过他，只能随他去了。

娜美拍了拍他的肩膀，"状态怎么样?"

"放心吧，娜美姐，我今天状态杠杠的。"封城原地小跳着说。

这间废弃的造船厂车间不小，空出来的地方足有两个篮球场那么大。在中间临时摆了一个简陋的擂台，尺寸倒是挺合乎国际标准的，七米乘七米。朴海信不愧是练格斗出身，搞得还挺像那么回事的，拳台周边还安排了三个边裁，真的做到了公平公正公开，看来他对自己这一次安排的选手很有信心。

我领着封城向前走去，不停地跟相熟的人打着招呼，频频点头。没办法，出来混，就要认识这么多人，在什么山上唱什么歌。正打着招呼，忽然一个人让我眼前一亮，我急忙走过去说："安医生，你怎么也来了?"

的确没错，安竟然也来了，他换了一身干净利落的简装，大方得体，脸也洗过了头发也梳过了，整个人竟然散发着一种儒雅恬淡的气质，不知道的还以为他是过来相亲的。他笑了笑，说："过来给你捧捧场，怎么，不欢迎吗?"

小马凑过来道："今天我去找安喝酒，说起晚上的比赛，我就强拉着安医生过来了。万一出了什么临时状况，也能给及时处理一下不是?"

我看了看小马，这个多事的家伙，我真不知道说他什么好。我向安身后望了望，他说："别找了，允儿今天在诊所替我值班。"

我害怕今天这事再把安卷进来，再说我也不想让他跟娜美走得太近，娜美这眼力毒得跟孙悟空一样，万一被她发现了安医生的端倪，那可就麻烦了。我说："安医生，这种打打杀杀的地方不适合你，我觉得你应该是那种没事去听听音乐会，看看舞台剧一类的人。"

"哈哈，"安笑了起来，"你觉得我见过的打打杀杀还少吗?"

这一句话倒把我给噎住了。把诊所开在了中华街旁边，紧靠着"犰"的势力范围，每天处理的最多的手术就是社团成员们的伤势，光是我就被他从死亡线上拉回来了两次。的确，要说起见过的打打杀杀来，他趟过的桥比我走过的路还多。

待小马走了，我看了看四周没人注意我们，便压低声音道："你怎么来这里了？对你的身份太不利了！"

他明白我说的是什么意思。身为地下世界的"阎王"，他的身份一直是保密的，但也一直是被黑道中人趋之若鹜的。如今，这里聚集了仁川大大小小的帮派头子，他们每个人都听过"阎王"的传说，每个人都在觊觎着这个秘密，就像《笑傲江湖》里每个武林中人都渴望得到辟邪剑谱一样。安医生竟然会在这里出现，实在是对自己太不负责任了。

他笑了笑，也压低声音说了一句流传甚广的名言："最危险的地方，也就是最安全的地方。"

我一下子就明白了过来，他这是在玩"灯下黑"！

"阎王"的存在是整个仁川黑道都知道的事情，可他们都听过，没见过。安医生就选择在这种黑道中人云集的场合出现，这样一来，别人就只认为他是一个普通的整形医生，根本不会将他和"阎王"对等起来，因为在他们的印象中，阎王应该是隐秘的，藏身于暗处而不露面的神秘人物。安医生玩的这手，用现在的话来说，就是"心机婊"。

安对我露出了一个看似人畜无害，实则大有深意的笑容，转身与别人搭讪去了。我看着他的背影，越发觉得这个男人神秘莫测。

朴海信也带着他的选手出现了，这人个头比封城略高，身形魁梧结实，穿着传统的白色对襟衣服和宽大的裤子，小腿处拿绷束绑了起来，一看就是练习"托肩"的典型打扮。他面色冷酷，不苟言笑，站在拳台的另一端，冷冷地打量着封城。

我捅捅封城，示意他看对面，"看到了吗？一看就挺棘手。"

封城却只是笑笑，"是骡子是马，牵出来遛遛。"

这时现场的主持人上了拳台，招呼现场安静下来。他清了清嗓子，开始讲话了："欢迎社会各界大佬光临此次比赛，这次比赛秉着公开公正的原则，邀请各位前来观看，实则是让各位做个见证，以示公平。双方选手均已到齐，一方是来自清洞派的选手崔仁表，一方是来自'犰'社团的选手封城，此次比赛将采用国际自由搏击惯用规则，三分钟一局，共三局，每局中场休息1分钟。此次比赛全程公平公开，受大家监督。比赛将在15分钟后开始，在现场还开设了盘口，大家可以选择自己看好的拳手下注。友情提示：小赌怡情，大赌伤身，请大家量力而行。"

这一番话说完，下面的众人都哈哈大笑起来。今天能来到这里的人都是在仁川有头有脸的人物，根本不会在乎下注输赢的那几个钱。他们只是没有想到，朴海信还在现场开出了盘口，真是挺有娱乐精神的一人。

看到大家纷纷下注，小马也心痒起来，跑过来问我："阿乾，我也押一把，你说我赌谁赢？"

我很为难地道："这怎么好说呢，拳脚无言啊。"

小马急得转了两个圈，又问封城道："封城，我押你赢，行吗？"

封城说："马哥，你押我可以，不过万一，我是说万一我输了，你可别怪我。"

"你没有信心打赢他？"

"我有信心，可这玩意拼的是实力，信心只是一方面。万一人家技高一筹呢？这都说不准。"

"哎呀，你这……"小马又转了两个圈，问道，"你在少林寺练了多少年？"

"七八年吧。"

"七八年？够了！好，我决定，就押你赢！"小马说完就跑过去下注了。我在后面喊道："马哥，你可悠着点。"

朴海信带着他的拳手崔仁表走了过来，很熟稔地招呼道："乾哥，伤势没事吧？"

我冷笑一声："托你的福，还没被狗咬死。"

"呵呵呵，"他一脸招牌式的皮笑肉不笑，"人在江湖，身不由己，乾哥，之前的事情，还请你见谅。"

我真是见过不要脸的，没见过这么不要脸的。他派人偷袭我，害我差点被咬残废，如今跟个没事人似的站在我面前，说请我见谅。要不是今天那么多人在场，我当场就啐他一脸唾沫星子。可咱也是个场面人不是，当着这么多人，我也不能太失态了，于是呵呵笑道："理解，理解万岁。人在江湖漂，哪能不挨刀，过去的就过去了，出来混，就应该有这个觉悟。"

"乾哥真是我辈中人之楷模。"

"谈不上，谈不上，千万别给我戴高帽子，我这人一得意就容易忘形。倒是你今天搞的这个擂台比赛，有声有色啊，还请了那么多大佬过来。我看检察官郑善龙你都请来了，好大的面子啊。"

"哪里，朋友而已。前两年，郑检察官在老家有点麻烦事情，是小弟我出面帮他摆平的，所以日后走动往来就多了一些。今天也是请他过来看看热闹，乾哥不要多想。"

这番话说得绵里藏针，同时向我传达了好几个信息：一，他曾经帮郑善龙平过事儿，证明自己相当有实力。二，他有恩于郑善龙，郑善龙欠着他的人情。三，他和郑善龙一直以来都有走动，以朋友相称，关系很铁。跟郑善龙关系铁，就相当于跟检察厅关系铁，动用白道的力量，是无法对付得了他的。

对这番话，我也是哈哈一笑，转移了话题，看向站在他身后的崔仁表，"这小伙子看起来不错，挺精壮啊。"

崔仁表看到我夸他，躬身向我鞠了一躬。虽然身为对头，但怎么说我也是跟他大哥平级的人物，他应该对我表示尊重。韩国出来混帮派的尤其注重这一点，长幼有序，尊卑分明。

朴海信看看崔仁表，面有得意之色，"他很小的时候就跟着我了，我也一直在训练他。乾哥不是我吓唬你，他的'托肩'技术在整个京畿道都很有名气哦。"

"哎呀海信哥你真吓着我了，找了这么一个高手来，看样子你今天吃定我了。"

说完我俩都哈哈大笑起来，就是那种貌合神离、心怀鬼胎的笑。笑了几声，我看了看手表，说："时间差不多了，咱们擂台上见吧。"

"好。"朴海信拍了拍崔仁表的肩膀，说，"上擂台。"

7

时间到了，封城和崔仁表都上了擂台。按照国际惯例，双方都戴上了薄薄的分指拳套，就是美国UFC铁笼格斗赛里戴的那种。虽说这种拳套戴上以后依然可以拿捏打摔，但真正的手感还是与徒手有些区别的。

封城戴上分指拳套后，使劲握了握，看得出来，他还是不太适应这个东西。细节虽小，但有时候确实挺影响发挥。

比赛铃响，场裁摆了摆手，让两人走到了中间互相致意。崔仁表浅浅地鞠了一躬，封城则抱拳施礼。场裁又猛地一挥手，比赛开始。

从这一刻起，我的心就悬在了嗓子眼。

首先发动攻击的是崔仁表，他几乎没有任何试探，一腿就踢了过来，妄图先发制人。习练托肩者多擅长腿法，这一腿拧腰翻胯，将大腿抬到了至高点才斜着向下砍了过来，目标是封城的颈部，攻击轨迹却走了一个弧线，绕过了他双臂的防御！我有些吃惊，这是极真空手道里常用的变线腿法，学名叫作"纵蹴"，因为其攻击路线呈漂亮的弧形，又被好事者称之为"圆月弯刀"。没想到在托肩技术里，竟然也有这种腿法的习练。

这一腿来得生猛诡异，封城果然没有反应过来，结结实实地被踢中了左侧的颈部。所幸他的本能肌肉反应还是有的，在中腿的刹那间略向攻击方向偏了偏脑袋，同时一咬牙，绷紧了颈部的肌肉，硬生生地接下了这一腿，除了趔趄退后一步外，倒也无甚大碍。

崔仁表甫一出招就先声夺人，博得了满堂彩，下面的人都鼓起掌来。就连站在我旁边的娜美都忍不住道："好腿法。"

我看向站在擂台下另一侧的朴海信，他也面露得意之色，朝我轻轻点了点头。

我在心中忍不住狂骂道：现在让你得意，过会儿就看你哭！

封城不愧是在少林寺三皇寨练了七八年的，心理素质还是有的，虽说吃了一腿，却没有着急上去反攻，而是摆好架势，一点点移动寻找着对方的漏洞。可这漏洞太不好找了，这个托肩技术十分独特，它虽说也起源于朝鲜，但完全不同于跆拳道的刚猛，也没有类似空手道的那种沉稳，而是像跳舞一样，身体有节奏地不停晃动着，脚下一直在前后移动，双手则在胸前摆来摆去，既能起到迷惑对手的作用，还能在第一时间化解对手攻击。看练习托肩的人打架，整个人就像一直沉浸在舞蹈状态中，跳着跳着给你来一下子。因为他时刻在移动着，所以你还轻易反击不到他。

我暗自为封城捏了一把汗。

封城习练的"心意把"为少林拳术，讲究生硬刚猛。实打实地来对攻的话，封城他还真不怕，就怕碰到这样式的对手，有力气都没地方使去。况且对方身高还要比他多出半头，臂展腿长都要胜过他，是以在硬件上就已经占据了上风。

两个人互相对峙着，崔仁表晃来晃去，封城缓缓移动，大家都在静观事态发展，一时间偌大的厂房内寂静无声。小马在封城身上下了注，有些沉不住气了，大喊一声："封城上啊！"

就在他话音还未落地的时候，封城瞬间抢攻！少林拳术真不是盖的，果真是静若处子，动如脱兔，他一个跳跃步迎面奔袭，一记直拳就朝着对方胸口砸去。对于心意把，我略有了解，它势法单调，并无套路，讲求实用而不尚花架，拳谱有云："心意把，势法单，它系少林内功拳；起如举鼎提口气，落下好似锲把般。"是以这一拳生猛干脆，毫无拖泥带水之感。但由于封城在身高臂展上有所亏欠，所以这一拳被一直晃来晃去的崔仁表后撤躲过，同时前锋手一拨拉，把封城的拳头按了下来，接着又是一腿上头！

崔仁表的技术也不是盖的，腿腿都朝着爆头而去！

封城刚才就吃了一亏，这次便有了防备，胳膊肘抬起，朝着崔仁表踢过来的小腿就狠狠地砸了下去。这一肘砸得分明，我看到崔仁表把腿收了回来，赶紧又后撤一步，嘴角咧了咧，似有疼痛之感。封城紧接着跟步过去，双拳抢进去，左右开弓连续轰出了五六拳，可崔仁表一边双手拨拉，一边迅速后撤，竟然都被他悉数躲了过去。

不管哪一个武术流派，评价其格斗姿势的优劣都有3个基本条件：一是便于进攻，二是便于防守，三是便于步法移动。很明显，崔仁表就具备了这三种条件，是以他在场面上略略压过了封城。

两个人又对攻了几招，互有胜负，不过没什么实质性的进展，第一回合就草草结束了。

双方选手回到角落休息，朴海信拍拍崔仁表的肩膀，意思是说他打得不错。我则一边给封城喂水一面授机宜："这家伙步法灵活，移动很快，想办法把他往角落里逼。"

封城点点头，"只要被我堵住，他就别想出来。"

第二回合开始，封城就开始贯彻我的战术意图，猛攻猛打，一顿迅猛的拳腿组合就把对手逼进了围绳的角落里。朴海信在旁边大喊道："出来，出来！"

可既然已经被逼到了角落里，他哪里还出得来？就在封城得手，准备暴风雨般攻击的时候，场裁突然硬生生地插了进去，制止了封城的动作，把双方拉到了场地中央重新开始。

小马在下面激动地唾沫星子乱飞，"黑哨，你这是黑哨！有你这样当裁判的吗！"

黑哨，的确是黑哨。执法场裁很明显在偏袒崔仁表，看来为了这一场比赛朴海信是煞费苦心，铁了心要拿下最后的胜利果实了。

由于执法场裁的偏袒，封城有些心浮气躁，进攻得鲁莽了一些，在接下来的对攻中吃了不少亏，被踢了好几腿。第二回合结束后，我一边帮封城揉着肩膀，一边道："最后一回合了，用点心。"

封城看了看我的眼睛，点头道："乾哥，我明白。"

比赛铃响，第三回合开始，小马在下面拍着拳台喊道："封城，上啊，弄死他！"

第三回合了，双方都不再有保留，一上场就鏖战在了一处。封城动作大开大合，虎虎生威，心意把的招式使出来是相当的毒辣，却无奈对方身法的确灵活，腿法犀利，一时间打了个半斤八两，平分秋色。就在这当口，关键性的一幕出现了，封城一拳打空，腿上前迈了一步，这给了崔仁表绝佳的反攻机会，他一个低扫腿就狠狠地踢在了封城的膝窝处，封城被踢得一个趔趄，重心不稳，下巴上又挨了对方一拳，踉跄倒地。崔仁表此刻变成了下山猛虎，扑过去就骑在封城身上猛打起来，双拳如雨点一般落下。这场比赛并非单纯的站立格斗，而是采用的MMA规则，就是对方倒地之后仍可以乘势追击。封城被打得双手护头，一时间毫无招架之力。我也顾不得许多，当下就抛出了白毛巾叫道："弃权！弃权！"

　　小马一把拉住了我，"怎么就弃权啦？还没打完呢！"

　　我说："再打下去封城就得送医院啦！"

　　看到我抛出白毛巾，场裁立刻上去拉开了双方，举起了崔仁表的右手，宣告他此战的胜利。崔仁表赢了比赛，相当得意，看着封城的眼神里尽是藐视之色，还朝下伸出自己的小拇指，对着封城比了比。

　　有几个小弟气愤地要冲上擂台去，我急忙拉住了他们。

　　"乾哥，他欺人太甚。"

　　我摇了摇头，"输了就是输了，没话说，不用找借口。"

　　下面的观众们看似对结果很满意，都报以热烈的掌声。朴海信走过来拍了拍我肩膀，哈哈笑道："对不住了。"

　　"没什么，愿赌服输。"我淡淡道，"新浦市场百分之五十的份额，归你了，明天派人去找我，办交接手续。"

　　"哈哈哈，乾哥果然快人快语，不愧是我辈楷模，我喜欢。等手续办妥了，我请乾哥出来好好喝几杯。"

　　"喝酒就算了，你别派人偷袭我就已经是万幸了。"我呛了他一句，没再搭理他，走过去查看封城的伤势。封城坐在地上，眼角和嘴角处都被打肿了，他懊丧地垂着头，看了我一眼，有气无力地说："乾哥，对不起。"

　　我拍了拍他肩膀，"没事，胜败乃兵家常事。有时候，很多事情不是我们想办好就能办好的，这就是人生。"

　　"人生个毛啊！"小马扑上来，摇晃着封城的肩膀，恨铁不成钢地叫道，"封城啊，你是怎么回事啊，怎么能输给那家伙呢？你没听见我在下面喊让你进攻，进攻嘛！你先用直拳开路，再用扫堂腿扫他啊！扫堂腿你知不知道？你们少林寺没有练过吗？你看他跳来跳去的，步法轻浮，一个扫堂腿就干倒了，然后你再扑上去给他一顿乱拳，一回合就结果掉他……"

小马一边叫喊一边比划着，感觉都快丧失理智了。我无奈地叹了口气，娜美过来朝他屁股上踢了一脚，"小马，你理智点！"

小马站起来，一脸的委屈，"娜美姐，你不知道，我在封城身上押了两千多万……"

"谁让你押的？"

"我不是觉得他能赢吗？"

"输赢本来都是很正常的事情，现在你钱没了，又能怪谁？"

小马颓丧个脸，不说话了。我说："马哥，你别懊丧，今天输的钱算我的，等我从堂口支出来给你。"

"阿乾，你别理他。"娜美有些生气了。

比赛结束，大家都相继离去了，偌大的厂房里，一会儿剩下了没几个人。封城坐在擂台上，愣愣地不知道想着什么，小马则哭丧着脸，还对刚才输的钱耿耿于怀。娜美拿着手机在不停地发着信息，好像在联系什么事情，我也坐在那里沉默寡言，一根接一根地抽烟。

安医生走过来，拍了拍我，安慰道："乾哥，胜败乃兵家常事，封城他尽力了，你别怪他。"

"放心吧，封城是我兄弟，我知道他尽力了，我不会怪他的。"

"那这样，没什么事，我就先走了。"

"等会儿呗，"我抬起头来，冲他笑笑，"一会儿还有好戏看呢。"

"好戏？"

"嗯，比这场比赛可有意思多了。"

安医生是聪明人，他看到我狡黠的笑脸，心里立刻就明白了几分，"难道你……这一切都是计划好的？"

"哈哈，安医生，"我推了他一下，"什么都瞒不住你。"

20分钟后，娜美的手机响了，她看了一眼，对我说："果然跟我们想的一样，目标出现了，在世宗酒楼。"

我站了起来，一把捺灭了手里的烟头叫道："兄弟们，抄家伙！出发！"

169

8

这突如其来的变故把小马吓了一跳，他一头雾水地看着我们，"怎么……怎么回事？"

这时七八辆车已经停在了工厂门口，里面坐着的全是娜美的手下和我堂口的兄弟，家伙在后备箱里都已备齐。我叫上封城道："封城，走！"

封城站起来，舔了舔淤青的嘴角，意气风发地跟在我后面出了工厂大门。娜美则招呼小马赶紧上车，"小马，快点，等到了地方你就明白了！"

七八辆车呼啸而去，划破漆黑的夜色，直奔世宗酒楼。世宗酒楼是仁川南洞区最好的酒店，看来朴海信今天晚上真是高兴极了，在这里大摆筵席。

在车上，小马还不停地问我："阿乾，到底是怎么回事，到底是怎么回事呀？"

我说："到了地方一看，你就明白了。"

小马见我老卖关子，他又转过头去问安："安医生，你知道？"

"我知道，我又不知道。"

"卧槽，什么叫知道又不知道？"小马快疯了。

"我只是大约猜出了怎么个情况，却不知道具体的细节。"

小马更崩溃了，"我怎么感觉只有我一个人被蒙在了鼓里？"

"鼓马上就要破了，马哥，"我说，"你很快就会明白到底是怎么回事。"

深夜的路上没什么车，开了大约10分钟，我们就到了世宗酒楼。车门打开，我们鱼贯进入，手里拎着家伙，一看就知道不是什么好人。服务小姐早已吓得花容失色，值班经理硬着头皮上来问道："请问几位是……"

"闪开！"光着膀子穿着"少林武术"坎肩的封城指着他大吼了一声，吓得值班经理立刻噤声，急忙往后退了两步。

我们直奔二楼最大的包间"东海厅"，一脚就踹开了房门。正在房间里觥筹交错的众人戛然而止，一脸愕然地看着我们。坐在主陪席位上的，自然就是这次宴会的东家——朴海信，周围坐着的全是他的小弟，还有刚才和封城交手的崔仁表及那个检察官郑善龙。而坐在主宾席位上的，却是一个我们共同的"朋友"：白逍。

小马看到白逍，很是惊讶，叫道："白哥，你怎么在这儿？"

白逍看到我们一帮子人杀气腾腾地闯进来，竟然面不改色心不跳，就冲这一点，我就佩服他，果然是社团堂口的老大哥。他不慌不忙地站起来，说道："娜美，阿乾，你们来了。来，坐下一块喝一杯吧，冤家宜解不宜结。"

"我喝你妈！"我直接骂道，"白逍，你说清楚，你在这干什么？朴海信这王八蛋来抢我的场子，是不是你在后面撺掇的？"

"阿乾，你说这话就是血口喷人了。生意归生意，交情归交情，我跟朴海信是多年的老朋友，没事的时候常在一起喝喝茶叙叙旧，至于你们之间的恩怨，我是绝没有插手过的。况且，你我都是社团的人，我怎么会胳膊肘往外拐呢？"

"哼，说的比唱的都好听。"娜美冷哼一声。

随着这声冷哼，白逍手下的一个小弟立刻离席站了起来，走到了我们这边，同时从口袋里掏出了一个录音笔，打开之后，里面传来了刚才酒桌上白逍和朴海信交谈的内容。

"白哥，这次多亏有你在后面出谋划策啊，让我白拿了新浦市场百分之五十的份额。"

"哈哈，你以后发达了，可别忘了你哥我。"

"岂敢岂敢，我就是当了仁川老大，也不能忘了白哥你对我的恩情啊。按照你们中国的规矩，来，白哥，我敬你一杯。"

……

接下来两人交谈的内容都是一些关于怎么设计圈套引我上钩的计谋，以及白逍抱怨在社团里任劳任怨却得不到重用的牢骚话，还顺道评点了一下娜美、小马和我。娜美在他口中成了"性冷淡"，小马就是个"痴孩子"，而我更是一个凭借着老棒子上位的"撞了大运的毛头小子"，总之是被他给批的一文不值。白逍的面皮慊然变色，他指着偷偷录音的那个小弟说："你，你竟然敢背叛我！"

"这谈不上背叛！"娜美冷笑说，"他本来就是我的人。跟着你混口饭吃，并不证明就要卖命与你。"

眼看事情败露，白逍反而冷静了下来，他笑了笑，说："难道说今天这一切，都是你们设的一个局，就为了引我出来？"

我说："没错，我今天故意让封城输掉比赛，就是为了引你出来，我断定朴海信第一时间就会找到你庆功的！"

"呵呵，有计谋，看来后生可畏啊。我就想知道一点，你们怎么会怀疑到我头上来的？"

"我在烤肉店被偷袭，差点又被狗咬死，那天晚上知道我行踪的人，不过就是在九龙春开会的几个堂口的大哥，而其中，你的嫌疑最大。你唯恐朴海信人手不够，还把小弟借给他帮着砍我。可你百密一疏，没料到事情就被那些斗犬给搅黄了，我没被砍死，但我的手下却在那天晚上认出了你的小弟！白哥，只能说你太自信了，自信得都有些盲目了，竟然会犯下这样的低级错误。"

"哈哈哈，阿乾啊阿乾，"白逍笑道，"我一直以为你是踩在老棒子的头上才爬到这个位置上来的，没想到你的心思竟然是如此的缜密。好，我白逍今天认栽了。说吧，你想怎么样？"

我还没来得及说话，小马就叫了起来："哎呀，原来你们早就策划好了这一切，只把我蒙在鼓里。害得我担惊受怕好几天，还白白输了两千多万……你们为什么不早点告诉我？"

娜美白了他一眼，"就你那嘴，告诉你，不出一下午，全仁川的人都得知道。"

朴海信缓缓站了起来，阴鸷的眼睛死死盯着我，"原来你们早就计划好了算计我，看你们今天这番阵仗，是要鱼死网破了？"

我笑笑，"用不着鱼死网破，这一次，我给你一个选择的机会。"

"哦？"朴海信眉毛一挑，"怎么选择？"

"让崔仁表跟封城在这里再比一场，如果你赢了，我们掉头就走，就当今天什么事都没发生过，我们什么都不知道，新浦市场百分之五十的份额还是你的。如果你输了，交出白逍，然后滚出仁川，永世不得踏入这里一步。"

"哼，还不死心呐？就凭你们那花拳绣腿，三脚猫的把式，"朴海信信心十足地道，"我就接受你这个提议。比就比，我要让你明白，实力之间的差距是不可逾越的！"

好在这包间够大，我们关上门，崔仁表与封城在里面再度动起手来。我拍了拍封城的肩膀，说："上吧，这回尽情打，不用憋着了。"

封城脸上的表情阴沉的可怕，直直地盯着面前的崔仁表，双手抱拳施了一礼，从嗓子眼里挤出来了一个字："请！"

崔仁表这回没鞠躬，也没客套，直接就抢攻了进来，一腿踢向封城的脑袋。

又是爆头！

封城瞬间动了，一把擒住了崔仁表尚在空中的脚踝，然后大喝一声，腰马发力转了一圈，生生地把崔仁表给抢了出去！崔仁表像个麻包似的被砸在了包房的大木门上，当下就被摔得七荤八素。封城紧跟着一个垫步过去，一记势大力沉的右拳就轰在了对方的胸口上。只听到"咔吧"一声脆响，也不知道是崔仁表的胸骨裂了还是大木门裂了。封城并未停手，他目光如刀，腰身又往前一寸，轰在崔仁表胸口处的拳头并未收回，更是又向前进了一分！

172

连环寸打！这心意把端得狠毒！

崔仁表已经完全丧失了抵抗能力，脸上表情痛苦，当场就张开嘴"噗"的一声，喷了封城一脸鲜血。而封城竟然还未停手，他沉声一喝，腰马又是一拧，右拳再度进了一寸！

一招三式！这力量完全穿透了崔仁表的身体，又作用在了他身后的红漆大木门上。那两扇木门再也承受不住这连环劲道，"嘎嘣"一声裂帛般的脆响，门轴处整个断裂开来，连带着崔仁表的身体一块倒塌了下去。

守在门外探测情况的服务员和值班经理尖叫着跳开。烟尘弥漫处，封城缓缓回头，满是鲜血的脸上唯有一双眸子沉静如铁，恰似修罗一般。他一字一句地道："这就是少林武术！"

的确，就如朴海信说的那样，实力之间的差距是不可逾越的，火力全开的封城只用了一个照面，就彻底击溃了崔仁表，死没死还得两说。在少室山三皇寨七年的光阴，隔绝人世，不近烟火，寒暑无当，换来的便是这样一副铜筋铁骨。

整屋子的人都被震悍了，尤其是小马，他大张着嘴巴，不敢置信地看着眼前的一切。朴海信则颓然地一屁股坐在了椅子上，面皮青紫，说不出话来。他亲眼看着自己引以为傲的"托肩"在封城的面前就像纸糊的一般脆弱，这一拳击溃的不止是崔仁表的身体，更是朴海信的灵魂。

我说："海信兄，愿赌服输，该是你表态的时候了。"

朴海信看看我，又把目光转向了郑善龙，他把希望寄托在了这个检察官身上，期望在这个时候他能站出来说句话。郑善龙果然站了出来，说："我今天来这里，只是单纯地参加朋友间的聚会，无意卷入任何帮派纷争。现在的事态发展不是我想看到的结果，所以，我能否先行告退？"

"OK。"我点了点头，身边的人给他让出了一条路。毕竟这种事情，我不想把检察官给牵涉进来，万一有个什么闪失，那麻烦可就大了。

郑善龙对着我友好地点了点头，转身走了。朴海信眼看白道上的朋友也抛弃了他，一时间万念俱灰，坐在椅子上说不出话来。

我斜睨着他，说："怎么样，海信兄，是你自己主动离开仁川，还是我们把你打出去？"

朴海信狠狠地瞪着我，眼神就像一头受了伤的饿狼。不过已经到了这个时候，他就算是狼，也只是一只孤狼。对于他来说，在他开始给我布局的时候，这个由他

173

自食恶果的局面就已经注定了。

这是老棒子曾经教给我的，也是我从阴毒的孟老大那里学来的：出来混，不能光凭狠，还要靠脑子。任何斗争，到最后都是智力的斗争。人类以柔弱之躯体，迅捷不及猛兽，视听不及飞禽，生命力连低等的爬行动物都比不上，却能凌驾于食物链的顶端，就是因为智力上的碾压。

"我认栽了。"朴海信一字一句地说完这四个字，站了起来，领着他的人从包房里走了出去，没有再看我们一眼。但我知道，从此以后，仁川黑道上再也没有朴海信这一号人物。曾经风光一时的清洞派，也随着金大奉的死和朴海信的离去，从此在韩国帮派史上烟消云散。

偌大的包房里，只剩下了我和娜美的人，还有白逍和他手下的五六个小弟。

"白逍，该说说你的问题了吧。"我往前进了一步，看着他的眼睛说。

"呵呵。"白逍什么话都没有说，只是轻轻笑了笑。随着这个笑声，他手下的小弟"呼啦"一下全都站了起来，狰狞着叫道："白哥，跟他们拼了！"

"谁敢上来！"娜美一声怒吼，手中的木刀就亮了出来，斜斜地指向众人，杀气弥漫。

"坐下！你们拼不过他们的。"白逍让他的手下坐回到椅子上，优雅地跷起了二郎腿，淡淡地问了我一句，"阿乾，能否容我先抽一支烟？"

白逍不愧为成名多年的大哥，到这时候了还保持着毫不凌乱的风度，脸上看不出一丝惊慌之色。我停了片刻说："你抽吧。"

他从烟盒里抽出一根烟，叼在嘴里，打火，点上，整套动作优雅至极，完全不像是一个被逼入困境的人。抽了一口，他微微抬头，吐出了一道修长笔直的烟柱。

"混到我这个份上，按说不管有什么样的结果，也不能再怨天尤人了。我从十五岁就出来混，二十一岁那年跟了孟老大，一直到现在，算一算，也二十多年了。我热血过，风光过，也迷茫过，但不管怎么样，这件事情我必须给个了断，要不然再弄到孟老大那里去，我丢不起这个人。我只求你们一件事，别为难我的这几个小兄弟，他们只是听我的话，奉命行事而已。混帮派就是这样，各为其主，没什么对错。"

"白哥……"他的几个手下悲怆地叫了一声，都望着他。

白逍笑了笑，对着他们摆了摆手，忽然从桌子上拿起了一根筷子，闪电般的从自己的右耳插进了脑袋，只听"噗嗤"一声，整个一根筷子几乎全没了进去！他双眼猛地大睁了一下，然后像失去了脊椎支撑似的，上半身重重地往前趴在了桌子上。

"白哥!"他的手下发出了一声惨叫。

我断然没想到白逍会以这种方式自裁,一时间愣在了原地,脑袋里空空如也,仿佛那根筷子扎进去的不是他的脑袋,而是我的。站在屋子里的人不光是我,娜美和小马也愣住了,一时间竟然没有任何动作。倒是安医生最先反应了过来,他立刻上前,抬起白逍的脑袋查看了一下,然后对着我们摇了摇头。

那意思很明显,人已经没救了。那根筷子,几乎贯穿了他的整个脑袋。

白逍的那几个小弟赤红着眼睛,上来就要跟我们拼命。娜美的木刀一横,指着他们低声说道:"想让你们的大哥白白送命吗?"

他们一时间进也不是,退也不是,最后抱在一起,号啕大哭起来。我看着趴在桌子上一动不动的白逍,心中突然升起一种兔死狐悲之感。难道出来混的,到最后都要落到这么一个下场吗?我本来并没有想整死他,今天在这里,我只是想跟他讨个说法,如果他能陪个不是,承认自己的错误,那么这事也就过去了。可没想到,他竟然用这种方式完成了自己帮派生涯的谢幕。

我脑袋里一阵空落落的,好久缓不过神来。直到酒楼里的人报了警,楼下响起警车刺耳的警报声,一队警员冲上来把我们挨个儿摁在了原地,我都还在恍惚之中。

第九章　黄雀

1

当我再次缓过神来的时候，已经在仁川警察局的审讯室了。

这是我第一次在韩国被抓进局子里。这审讯室跟中国的差不多，房间不是很大，利用空间给犯人造成压抑感，以最快速度击溃犯人的心理防线。在我对面坐着两个警员，一脸阴沉地盯着我。

不光是我，包括娜美、小马、封城，还有安医生，以及我们的那几个小弟统统都被抓了进来，并且被关押在了不同的审讯室里。虽然进了局子，但我一点也不惊慌，因为白道是自杀，按照韩国的法律程序，根本就定不了我们的罪。警察如此大张旗鼓的阵仗，也只是想吓唬吓唬我们而已。

一个负责审讯的警员看了看我的身份证，眼神在日光灯管下像钩子一样泛着冰冷的神色，面无表情地问："你是从中国大陆过来的?"

我说："是。"

"来干什么?"

"赚钱。"

"你跟华人社团'犼'有什么关系?"

"我不知道什么'犼'，我们只是中国老乡会。"

"老乡会?"

"没错，我们这些背井离乡，漂洋过海的人，不管去了哪个国家，都会加入本地的中国老乡会。警官，你应该知道，我们中国人是一个乡土观念很重的民族。"

两个警员对视了一眼，又道："我们怀疑你的行为牵涉到了华人黑帮社团'犼'，并与多宗暴力刑事案件有关。"

我微微一笑，不置可否。

"你跟死者白逍是什么关系？"

"算是朋友吧。他欠我钱，我来要债的。"

"你在'犰'社团中担任什么职务？"

"你们这是钓鱼执法。我拒绝回答，我要先见我的律师。"

……

就这样，两个警员审了我大半夜，除了光磨嘴皮子以外，没得到任何有用的信息。即使我被抓了进来，那也是一点也不担心，因为不到天亮他们就会把我放出去。他们不敢打我，不敢刑讯逼供，也不敢给我"熬鹰"，如果他们真这么做了，我转头就曝光给媒体，他们从上到下都得吃不了兜着走。

我在审讯室里还眯了一会儿，果然不到天亮，我们都被放出去了。那几个小弟我就安排他们各回各家各找各妈了，安医生面有倦色，看来也是经历了一番折腾。

我心怀歉意道："安医生，不好意思，本来是叫你过来看好戏的，没想到还连累你进局子。"

"没事，就当提前体验了。跟你们混在一起，早晚都会有这么一天。"

我愣了一下，拍了拍他的肩膀笑道："哈哈，真会开玩笑。"

安也笑了，他也拍了拍我的肩膀，转头对娜美和小马说："我先回去了，你们先忙。"

送走了安以后，我长叹一口气，抽上了一根烟，刚想思考思考后续事情的发展将会是一个什么样的走向，娜美就阴沉着脸告诉我说："孟老大发来信息了，让我现在去九龙春一趟。"

"现在？"我看着刚蒙蒙亮的天。

"对，就现在，"娜美说，"他已经等了一个晚上。"

我们赶到九龙春的时候，孟老大正站在窗户旁边，望着下面清晨寂寥的街道，一言不发，眼神里不知道盛了什么东西，显得格外的沉重，几乎都要砰然坠地。他双手插着兜，原本还算魁梧的身躯也有些佝偻了。那一刻，叱咤风云的华人黑帮龙头大哥落寞得就像一个没有接到小孙女放学的邻家大爷。

"老大。"我和娜美，还有小马恭恭敬敬地叫了一声。

"白逍，属虎的，今年也四十有六了吧。"孟老大眼睛没看我们，甚至没转过头来，一直盯着下面的街道。

我们三个沉默不语。

"我记得那一年，他二十一岁，我二十八岁，都是风华正茂的时候。他刚从大陆

177

过来，入了社团，跟了我，我那个时候已经是社团的金牌红棍打手。呵呵，你们能想到吗，我现在多走几步路都喘，却做过社团里最牛×的双花红棍。白逍刚开始跟着我的时候，话不多，人还有些腼腆，我们之间甚至都没有过太多的交流。"

孟老大喉结滚了一下，抽出一根烟叼在嘴里，点上，徐徐吐出了一道烟雾。

"有一次，社团给我们下了任务，去荡平一个菲律宾人的场子，我记得应该就是春川街那边。我自恃勇猛，根本没把菲律宾人放在眼里，就带着四个兄弟过去了。到了地方，我一脚踹开门，立马傻眼了，呵呵……人家早已经得到了消息，屋里有十几号人，全副武装，手里都拎着家伙，就等我们上门呢。我当时脑子一下就懵了，心道，赶紧撤吧，要不然非把小命交待在这里不可。我刚想叫兄弟们跑，白逍忽然怪叫一声，拎着砍刀就一个人冲了进去。我从来没见过那样的冲法，就跟不要命了似的。你们见过扑火的飞蛾吗？对，就是那样的。"

孟老大抖了抖烟灰，飘落下来，在空中打着旋儿，像一个个寂寞的伞兵。

"白逍一个人单枪匹马地冲进去，带起来的气势却好像领着数万大军一样。我当时一下子就懵了，愣了两三秒后才反应了过来，咬着牙吼了一句，'兄弟们，砍死这帮杂碎！'那是我干过的最惨烈的一仗，我们四个人，对方十几个人，在那间狭小的屋子里血腥搏杀，就像斗狗一样。这个世界永远是这样的，软的怕硬的，硬的怕不要命的，从白逍一个人怪叫着冲进去的那一刻开始，那帮菲律宾人其实已经怂了，最后他们夺门而逃，跑得干干净净，留下了四个像血葫芦一般的我们。"

也许是烟呛了嗓子，孟老大咳嗽了几声，把烟头在窗台上慢慢摁灭。

"那一仗，社团一战成名，仁川大大小小的帮派都知道社团里有一个姓孟的双花红棍，带着四个人砍跑了十几个菲律宾人。呵呵，其实只有当时参与的人才知道，那一仗根本不是我带着四个人，而是白逍带着四个人，没有他先不要命地冲进去，我们根本就不会打那一仗。后来我问过他，我说白逍，你他妈不要命了吗，我还没下令，你为什么就一个人冲了进去？白逍笑了笑，他说他觉得我以后一定能当上大哥，他既然跟了我，就要用命来把我捧上大哥的位子。"

孟老大缓缓地转过身子，看着我们，眼神犹如古潭深波，"后来，我当上了大哥，再后来，我坐上了老大的位子。而现在，白逍呢？他对我的那些承诺，就像被风吹走了一样。"

"老大，白逍他……"娜美上前一步，正要争辩，却被孟老大摆摆手制止了，"娜美，我知道白逍都干了什么，可你知道他对社团的发展都做出了什么样的牺牲？

可以说社团壮大到今天，每一个前进的步伐里都掺杂着白逍的血。没错，白逍是做错了事情，理应受到责罚，就算是执行家法，我也不会放过他。但是，他罪不至死。"

"我们谁也没想让他死。"娜美说，回头看了我一眼。

"是啊，老大，我们一开始就没有这个想法。"我急忙跟着道，"最后找到白逍，我们只是想让他把话说明白而已，根本就没有想把他怎么样。但谁也没有料到，他竟然……"

我生生地把"自裁"这两个字咽了下去。

孟老大摇了摇头，"你们不应该这么逼他。"

他对于死者的偏袒，让我们无话可说，一时间房间里陷入了沉默。

"白逍的丧事，一定要风风光光地办，也算是给他的身后一个交代。"孟老大摆了摆手，"没事了，就这些，你们先回去吧。"

我离开了九龙春，走在回去的路上，可能因为一晚上没有睡觉的原因，忽然感觉到脑仁疼。刹那间，我又想起了白逍拿起筷子捅进自己耳朵里的那一幕，感觉整个脑袋都疼了起来。

2

白逍的葬礼，场面摆得很大。

灵堂就安排在了中华街，因为社团在这里经营多年，几乎已经和当地的华人居民融为了一体，他们可能不认识我，却没有不认识白逍的。那天中华街上所有的人，不管是不是在社团里混的，全是一色的黑色衣服，神情严肃，不苟言笑，整个一条街上的气氛都十分压抑。

前来吊唁的都是在仁川地界上有头有脸的人物，黑白两道的都有。韩国就是这么一个奇怪的国家，黑道与白道之间水火不容，但二者之间却还有着千丝万缕的联系，每逢黑道中人的重要场合集会，总能见到冠冕堂皇的正派人士，就像给朴海信站台的高级检察官郑善龙一样。

虽然社团这些年一直在跟越南帮和菲律宾人干仗，但遇到大丧这样的事情，他们还是要给面子的，也派了帮派里的大哥前来吊唁。说起来江湖就是这么大，低头不见抬头见，大家都是混口饭吃，都是公事，没有私仇。越南帮的人来的时候，我前往灵堂外面去招呼，看到中华街外围停着好几辆黑色的商务车。虽然标识被刻意抹去了，但我还是认得出来，那是韩国警方的巡逻车。

"看啥呢？"跟我一道出来的张勇真捅了捅我。我出来的时候他也跟着出来了，好像是有什么话要对我说。

"你看，那些巡逻车，"我用下巴指了指那边，"怎么着，我们成了重点监控对象了？"

"不奇怪，韩国警方就这样，每逢帮派中人有重大集会，他们都会派巡逻车在外围监控，这是他们的惯例。也就是做个样子而已，什么忙也帮不上。"

"那他们还在这干嘛？"

"以防万一啊。假若我们这边打起来了，他们呼叫支援啊。"

"切，"我叼上一根烟，冷笑一声，"万一打起来？警察以为我们都是小孩子玩过家家呢，说打起来就打起来。"

"黑有黑道，白有白道，他们也是混口饭吃，都没办法。"张勇真忽然又靠近了我一步，俯在我耳朵旁边，低声道，"阿乾，你最近要小心点。孟老大开始怀疑我们之间的账目问题了，他派了人在我这里查账了。"

我心里一惊，刚点着的烟没吸，自己就灭了，"孟老大那边查出什么了吗？"

"还没有，我说过，做账的事情我搞得天衣无缝，一般人是不会看出什么端倪的，这点你放心。就算孟老大想查，短时间内也抓不到我们什么把柄。不过让我担心的是，孟老大为什么会有这个举动。要知道，各个堂口的交易流水都是我一手负责的，而孟老大却反过来查我的账，这在以前是从来没有过的事情。"

我深深皱起眉头，"是因为白道的事情吗？看来，他还是咽不下这口气啊。"

"不管是因为什么，我们之间的账目交易都要停一停了，小心驶得万年船。还有，你这边也不要露出什么端倪和破绽来，万一被孟老大发现了问题，咱们两个都得家法伺候。"

"明白了，放心吧。"我眯起眼睛，再次点着烟，徐徐吐出一道烟雾来。在逐渐消散的烟气里，我感觉自己的心冰硬如铁。

意识到这一点，我猛然间有些后怕。一年前，我还是一个混在山东的老实巴交的小伙子，而一年后，我却站在异国的土地上，成了黑帮社团的堂口大哥，短短的时间里经历了那么多的血腥厮杀、阴谋背叛、人情冷暖、世态炎凉。如今的我，西装笔挺，心里阴冷，就算明知道自己置身于阴谋之中也波澜不惊。是什么，让我变成了现在这个样子？难道环境真的就有这么大的力量，能让人发生这种变化吗？

我不知道，当时的我也不想知道。我就像一个没有目标却步伐坚定的旅人一样，义无反顾地行走在风雨中，哪怕满地泥泞。

社团里各路堂口的大哥，按道理说都是白逍的兄弟，是自家人，全都站在灵堂的一侧，等着答谢前来吊唁的宾客。各个帮派有头有脸的人物鱼贯而入，人数虽多却十分有序，也没有人喧哗吵闹，整个灵堂都弥漫着一股深沉肃穆的气氛。忽然，站在旁边的张勇真拿胳膊肘拐了拐我，"小心点，冯三来了。"

我一惊，远远地就看到一席黑装的冯三带着一票人已经出现在了灵堂外面，正向里走来。

我有些不好的预兆，眼皮子不由得一跳。冯三是白逍手下的得力干将，也是他的兄弟。他们一共三个人拜过把兄弟，冯三年龄最小，排行第三，后来大家就叫他冯三。老二在一次跟别的帮派的火并中被砍死了，以后就剩下白逍和冯三这兄弟俩，两个人感情好得更加像亲兄弟似的，颇有点相依为命的感觉。冯三很能干，孟老大一直想进军首尔市场，把华人社团的力量渗透进大韩民国的心脏，于是就派了冯三去首尔开疆拓土，与首尔的本地帮派周旋谈判。冯三也不负众望，这两年搞得有声有色，几乎就要在首尔地界上扎下根来了。

没想到，远在首尔的他还是选在这个日子前来吊唁自己的大哥了。

冯三留着一头精神的毛寸，戴着墨镜，挺着胸脯走了进来，像是香港电影《古惑仔》里的山鸡。他身后跟着五六个小弟，也是一样的目不斜视，面无表情。进了门，冯三摘了墨镜，在白逍的遗像前上了香，恭恭敬敬地鞠了三个躬。然后站在那里停了片刻，慢慢回头，直直地盯着我。

我明白，来者不善，冯三这是来给他大哥讨公道来了。

冯三一步步地朝我走过来，我能感觉到他身上隐藏着的死神的气息。灵堂里的气氛一瞬间紧张了起来，所有人都在观察着事情的后续发展。我的几个手下，包括封城，都掐了烟头从外面走了进来，准备随时动手。

我朝着封城他们做了一个手势，示意他们稍安勿动。

冯三站的距离和我不过半米，他眯起眼睛，一动不动地看着我。

我说："三哥，有何指教？"

"指教？呵呵，谈不上。但我大哥的死，你得给我一个说法。"

"你大哥，他是自杀。"

"你别把自己撇得那么干净。"

"三哥，这里不是谈事的地方，你要真想聊，等这边忙完了，咱们去新浦街慢慢聊。"

"新浦街？你以为在你的地盘，我就不敢动你了？"

"三哥，我不是这意思……"

张勇真看形势比较紧张，站出来打圆场道："三哥，你刚从首尔来，消消气，别那么紧张，给我个面子。"

冯三直接白了他一眼，"我不懂什么叫面子。"

"三哥，你要这样说话就没意思了。"

"那怎么才算有意思？勇真，你少在这当和事佬，我知道你俩现在穿一条裤子。"

"三哥，你，你看你这是怎么说话呢？"

"就他妈这么说，你不服？"

冯三一梗脖子，抬起下巴，斜睨着我和张勇真。这是一个信号，一个释放武力的信号。他身后站着的五六个面无表情的小弟一下子就凑了上来，看样子想要动手。我的手下也立刻围了上来，站在了我的身后，双方剑拔弩张，一触即发。

我实在不愿意和他在这灵堂上大打出手，白逍的事情已经够麻烦了，我不想再把事情扩大化。

就在这关键时刻，娜美站了出来，挡在我们中间，对着冯三说："白逍的事情，我也有参与，你要报仇的话，算我一个。"

"娜美姐，你……"冯三咬着牙看着他，"你现在也站到了他那一边？"

"不是哪一边的事情，冯三，如今走到这个地步，我们也是被逼的。"

"我不管谁逼你们，我只知道现在我大哥死了，你们要给我一个说法！"

"没有什么说法。"

"你们不给我一个说法，我就给你们一个说法！"冯三低声咆哮着，有些歇斯底里。

"冯三，你要是今天在这里找事，我一定不会放过你！"娜美盯着他的眼睛，一字一句地说，"越南人、菲律宾人、泰国人，他们今天都在这里，你找事，就是打华人自己的脸！就算孟老大会放过你，我都不会放过你！"

我们都知道娜美虽然是二代华裔，从小在韩国长大，连大陆都没有去过，但她在心里无比认同自己是中国人的身份。如果有人挑衅她这个信念，她一定会还以颜色。

看到娜美认真起来，冯三也不再坚持了，而是点了点头，说："好，娜美姐，我今天给你这个面子，但我大哥的事情，不给一个说法，这事没完。”

看着冯三带人走了，我心里隐隐有种不安的感觉，仿佛这是一颗随时都会爆炸的定时炸弹。

晚上回到新浦街，带着几个小弟出来喝酒。封城看我神色之间有异样，便问道：“乾哥，你有心事？”

我叹了一口气，干了一杯酒，问：“读过三国演义吗？”

“看过电视。”

“知道孙策是怎么死的吗？”

“孙策是谁？”

我一口酒差点没喷到封城的脸上，“你他妈连孙策都不知道是谁，你还说自己看过三国？”

“我……我只是看过电视，好像没见着孙策这个人啊。”

我叹了一口气，“孙策是孙权的哥哥，绰号江东小霸王，几乎凭借一己之力就奠定了江东的基业。可惜的是英年早逝，二十六七岁就挂掉了。”

“哦，”封城恍然大悟道，“原来是他。那孙策到底是怎么死的？”

“他在平定江东的时候，杀了一个叫作许贡的太守。后来，许贡的门客为了报仇，趁孙策一个人外出打猎的时候，合伙就把他给干死了。”

听了我的话，封城沉默良久，忽然道：“乾哥，我明白你的意思了。你是在担心冯三那家伙，会像许贡的门客一样下手。”

“以史为鉴，不得不防啊。”我说，“人总有落单的时候。”

“那就斩草除根，根除后患！”封城压低声音，做了一个“砍”的手势，“要不，我带两个兄弟，把冯三也给……”

“不能造次！”我立刻打断他道，“逼死了一个白道，社团里已经有很多人对我不满了，如果这时候冯三出事，他们肯定会第一时间怀疑到我身上，到时候，我们在社团里树敌无数，可就举步维艰了。”

“那怎么办？乾哥，我看冯三那家伙不会善罢甘休的，他大老远从首尔跑过来，可不是吊唁一下就能完事的。”

“是很棘手，但目前我们还不能轻举妄动。”我给自己斟上一杯酒说，“走一步，算一步吧。”

3

从白逍的葬礼结束之后，我就发现，一直有人在跟踪我。

我相信这绝对不是我的过度敏感，而是出于对危险的直觉。经历了那么多的打打杀杀，有时候对于威胁到生命的东西会有一种自然反应，虽然我并没有证据可以证明这种猜测，但我可以毫无疑问地肯定，我被跟踪了。

是白逍的旧部，还是冯三的手下，抑或是敌对帮派安插的哨子？我不知道，因为我一直抓不到那个跟踪我的人的现行。这种感觉让人苦恼，如同附骨之蛆，如影随形，可当你去寻找的时候，却又茫然一片，没有目标。

在韩国，因为交际圈子的不断扩大，我甚至认识了军方的几位朋友，从他们口中得知，在军校训练的科目中，就有一门功课叫作"跟踪课"，是专门为日后的情报人员开设的课程。从跟踪课毕业之后，基本上就能掌握秘密跟踪的所有要领，成为专业的跟踪人员。这种人绝对不是我们在电视上看到的那样，一路在后面尾随着目标，每当差点被发现的时候就急忙装着看报纸或者买东西，那是脑残导演的跟踪世界。真正的秘密跟踪是极为强悍的，"不被目标人发觉"是秘密跟踪的第一要义。就拿跟踪方式来说，就有尾随跟踪、伴随跟踪、接送跟踪、交换跟踪、迂回跟踪等多种手段，如果你特别警惕，发觉自己被跟踪了，妄图想要找出跟踪者的话，那么你将看着大街上的所有人都像是跟踪者。

但我身边的人，包括封城他们，都不相信我被跟踪了，他们还都以为我只是因为白逍的死过度紧张而已。但我明白自己的心理状态，绝非他们认为的那样。白逍的死我是有一些内疚感，但绝对到不了紧张的层次。在我看来，白逍只是多行不义必自毙，我并没有太多的负罪感。

所以我被跟踪这件事情，也只有我自己心里明白。到最后，我甚至都懒得说自己被跟踪了，反正他们也不相信。还有从目前的状况来看，我确实也没什么生命危险。

那天我陪允儿去电影院看电影，一只手搂着她，另一只手就不安生地在她身上摸来摸去。允儿有些恼怒，"啪"地打了一下我的手，说："老实点，看电影。"

我忍不住笑，低下头，想要去亲她，可就在碰触允儿嘴唇的一瞬间，我的动作立刻停了下来，整个人都僵硬在了原地。

允儿也发觉了异样，她抬头问我："阿乾，你怎么了？"

我没法回答，也不知道该怎么回答。就在我刚才低头的一瞬间，无意间瞥到了从后方传过来的一束目光。没错，就是那种监视的目光，从黑漆漆的电影院的后面传来，洞若观火，分毫不差地监视着我的一举一动。我没想到，就连这么私人的约会，也处在对方的监视中。

我感觉自己像一个被脱了衣服，光着屁股的孩子，被扔在了车水马龙的大街上，一切隐私都暴露在光天化日之下，一切秘密都暴露在别人的眼中。这让我出离愤怒了，几乎失去了理智，我猛地回头，看向那束监视我的目光，想要找出那人的具体方位。可对方十分警惕，就在我回头的瞬间，那人就收回了视线，隐没在了黑暗中。

可是，就在那十分之一秒的时间里，我还是抓到了端倪，大体确定了那家伙的座位，就在我后面，距离相邻两排的位置！我脑子一热，立刻暴跳起来，像跨栏一样就跳了过去，把后面的观众踩得人仰马翻。我一把抓住那家伙的衣服领子，同时用手机上的手电筒照着他的脸，大声嘶吼道："是谁派你来的?!"

可随后，我就愣住了，手机照耀下的那张脸，是一张惊恐万状的脸，是一张被吓得说不出话来的脸。那个中年男人仿佛被这突发的一幕给吓呆了，眼神里全是恐惧，嘴唇嗫嚅着，说不出一个字来。

这样的家伙，不可能是跟踪者。

我茫然地抬起头，向四周看去，每一张脸都像是跟踪者，每一张脸又都不像是跟踪者。他们一脸意外或是厌恶地看着我，打量着我这个在电影院里不守规矩的不速之客。

我站了起来，迅速地向电影院外走去。

允儿跟了上来，追着我跑到了夜晚有些空旷的大街上，她拽着我的衣服问："阿乾，你究竟是怎么回事?"

我拉起她的手向前走去，"允儿，这里很危险，你快跟我走。"

允儿奋力挣脱我的手，"到底哪里危险了？你把话说清楚!"

我说："你不知道，有人在一直秘密跟踪我!"

"跟踪你?"允儿哑然失笑，"你刚才在电影院里忽然发飙，就是为了找那个跟踪你的人吗?"

"是的，可是那家伙藏得太深了，我没有找到……"

"根本就没有人跟踪你，这一切都是你的臆想!"允儿走上来，摸着我的脸颊说，"阿乾，我知道这一段时间里你承受了很大压力，别那么紧张，放轻松一点，事情没有你想得那么糟⋯⋯"

我打断了她，"允儿，不是你想的那样！我不是精神紧张，也不是神经病，而是真的有人在跟踪我啊！"

"你口口声声说有人在跟踪你，人呢？"

"他隐藏得太深，我找不到。"

允儿注视着我的眼睛，说："阿乾，你知道吗，你这个样子吓到我了。"

"允儿，连你也不相信我吗？"

允儿摇了摇头，说："我要回去了。"

我一把拉住她的手，"你别走，你听我说！"

"你放手！"允儿猛地甩开了我的手，边往后退边说，"我要回去了。"

她迅速地向前走去，我则愣在了原地，心中涌起一股莫名的情绪，眼睁睁地看着她的身影隐没在夜色的黑暗中。

回去之后，我连着好几个晚上夜不能寐，一闭上眼睛，就感觉有人藏在天花板上注视着我，鹰隼一般的目光仿佛要看穿我的心肝脾肺肾。我开始出现神经衰弱的症状，靠服用安眠药也无法安心入睡，就算勉强睡着了，有一点点动静也足以被惊醒，比如楼下刹车的声音，从街上过去的路人的咳嗽声。

我有些出离愤怒了。不找到那个跟踪者，我将一辈子都生活在他制造的阴影里。

于是，我把封城叫到了我的房间里。几天未见，封城看到我的样子，竟然也是猛然吓了一大跳，"乾哥，你这是咋了，怎么一下子憔悴成了这样？"

"憔悴吗？"我照了照镜子，果然很憔悴，胡子拉碴，两颊瘦削，眼窝都凹陷了下去。要不是封城提醒，我还没注意到自己都快脱相了。

"乾哥，你怎么把自己熬成了这样？"封城关心地问。

"呵呵，"我一声苦笑，"封城，最近一直有人在监视我，你信吗？"

"乾哥，我⋯⋯"

"连你也不相信我。"

"不，我信。你之前就说过有人在监视你，我还以为你只是在开玩笑。"

"那你现在还是觉得我在开玩笑吗？还是以为我只是神经病？"

"乾哥，你说哪里话，我怎么会以为你是神经病。大家都不相信你，是因为一直没有见着跟踪你的人。但我相信，你绝对不会无缘无故变成这个样子的。我相信你的直觉。"

"封城，好兄弟！"我拍了拍他的肩膀，让他坐过来说话。我压低声音，说，"实话告诉你，我快被这个事情给折磨疯了，要再这样下去，我非神经病了不可。"

"乾哥，那你的意思是……"

"我想把这个人给挖出来！"

"怎么挖？"

"我也没想好。"我痛苦地揪着头发说，"我在想，要不要联系一个私家侦探社。"

"那恐怕也够呛。"封城沉默半晌道，"乾哥，我倒是有个主意。"

"你？"我狐疑地看着他，"你有什么好想法？"

"我的想法是……"封城忽然压低了声音，神秘兮兮地说，"乾哥，你听说过螳螂捕蝉黄雀在后吗？"

4

封城提出了一个简单粗暴的想法：从第二天开始，他放下手头的一切工作，什么都不干，就专心致志地跟踪我。

我听了以后，差点一口老血喷在他的脸上。老子被跟踪的已经够惨的了，还要再加一个人？

并且还是自己人？

不过，随即，我明白了封城的意思。

这主意也的确只有练武一根筋的人才能想得出来：只有跟踪者，才能发现跟踪者。封城在跟踪我的过程中，才有可能发现另一个跟踪者的行迹。

我当下便跟他一拍即合，定下了行动计划，代号就叫作"黄雀"。

不可否认，这是一个剑走偏锋的行动方案，可能在人类跟踪史上还没有人用这种办法找出过跟踪者来。但没办法，对方隐藏得太深了，我们只能试一试。

于是，从第二天开始，"黄雀"计划开始执行了。

封城从我的眼前失踪了，他从阳光世界躲到了阴暗角落，在我发现不到的地方窥伺着我的一举一动。这多少让我有些意外，没想到封城还有如此天赋异禀的跟踪才能，看来少林寺出来的就是不一样。

就这样，在双重跟踪的情况下，我像往常一样吃饭、睡觉、娱乐、出行，暂时把被跟踪的事情抛在了脑后，就当作什么都没有发生过。要说起来，封城还真是敬业，完全融入了一个跟踪者的角色，大约连着有一个多星期的时间，他都没有在我面前出现过。

一些事情在起着微妙的变化，我能感觉到，却说不出来到底是什么。

那天早上，我约了允儿在新浦街上的一家咖啡馆里见面，喝点咖啡，聊聊人生。允儿看着我熟练地叫来服务生，点了两杯拿铁，她忽然笑了起来。

我说："允儿，你笑什么？"

她掩嘴道："我怎么觉得你现在跟个小资似的，没事还喜欢喝喝咖啡，看看电影。"

我有些不好意思，拽了拽胸口打得略微发紧的领带，说："跟允儿在一起的时间长了，感觉整个人越来越不流氓了。"

允儿笑颜如花，"哈哈，我看你不是跟我在一起时间长了，而是混得时间长了，越来越老油条了。"

我怅然一笑，想到了自己刚来韩国的那会儿，刀尖舔血，摸爬滚打，不懂江湖，不通语言，整个人就像是一条丧家之犬。而现在我坐在这里，衣冠楚楚，西装革履，看着跟个人似的，可有谁知道在这冠冕堂皇的下面，隐藏着多少过往和罪恶？

或许，世界就是这样的吧，每一个光鲜走上台前的人，都有着不可告人的台后。

说到底，人类文明进化了数万年，终究还是没能摆脱自然界最基本的丛林法则。

我跟允儿一边喝咖啡一边闲聊了一会儿，允儿便起身去上洗手间。我百无聊赖地看着玻璃窗外的街道，忽然一个阴沉的声音从我背后传来："乾哥。"

我猛地一惊，正要回头去看，那个声音又道："别转头！当作什么都没有发生！"

我立刻制止了自己马上要转头去看的动作，依旧保持着刚才的那个姿势，百无聊赖地看着窗外。因为我听出来了，背后的这个声音，是封城的。

我不能说话，只能听着封城在说。因为我知道，就在大街上的某处，我看不到的角落，一定有一双眼睛在密切地关注着我。

"乾哥，通过这几天的观察，我虽然还没有能彻底摸清那个跟踪人的行踪，但大体上他的活动范围我已经掌握得差不多了。过一会儿，你去新罗道那里，随便在广场上喂喂鸽子什么的。那里有个绝佳的监视点，我相信那个神秘的家伙一定会在那里出现……"

封城的话还没说完，就戛然而止，我抬头一看，允儿已经回来了。她去补了补妆，更显得娇媚可人，看得我心里一阵波澜迭起，真想立马把她抱在怀里狠狠地亲上一口。但是，我却道："允儿，我今天不能陪你了，我有重要的事情要办。"

允儿一脸意外地看着我，"你不是说，今天没事才约我出来的吗？不是一会儿还要一起去看电影吗？"

我有些为难地挠挠脑袋，"临时有事，我也是没办法。"

"是社团的事？"

"是，也不是……"

看我说话支支吾吾的样子，允儿更加着急，问道："到底是什么事情？"

"是这样……有个兄弟出了点麻烦，我得过去看看……"我随便编了一个理由。

允儿一把拽起自己的包走了，临走的时候还丢下了一句话，"那你以后就跟你的兄弟过去吧！"

虽然挨了允儿一顿抢白，但总算是能自由行动了，我长吁了一口气。我转过身，在招呼服务生结账的时候漫不经心地朝封城刚刚坐的位置瞟了一眼，只剩下了一个还没被服务生端走的咖啡杯子，人早已离去。

我结完账，离开了咖啡馆，向新罗道走去。

新罗道是仁川比较著名的商业步行街，类似于北京的王府井、天津的滨江道。不仅如此，新罗道之所以出名，还因为它是著名的电影一条街。

新罗道是出了名的电影取景地，韩国有很多都市类型的电影都会在这里取景，有的时候走在这里，还会在不经意间碰到明星。不仅如此，新罗道上还有大大小小的影视公司和电影工作室，加起来大约有十几家的样子，是整个韩国电影气氛最浓郁的地方。光就这一条街的电影工业发展来看，已经远远超过了首尔。

新罗道中间有个广场，叫新罗广场，是一个休闲观光的地方，广场上经常会有成群结队的白鸽飞来飞去，游人可以拿玉米粒或小零食来喂鸽子。那鸽子也被喂习惯了，根本不怕人，有的甚至还会主动飞到你的面前讨要食物。

"先生，买包玉米吧。"

我走到新罗广场，就遇到一个向我兜售玉米粒的小男孩。他顶多也就是十二三岁的样子，身上的衣服虽然还算整洁，却破破的，一看家境就不太好。我看着卖玉米粒的小男孩，想起了一些往事，慨叹着命运的不公。为什么有的人生下来就光鲜亮丽，含着金汤匙；为什么有的人生下来就贫穷卑贱，一眼看不到未来？这是造物主对人类的讽刺，还是自然界随手的安排？

我看着那个小男孩干净漂亮的脸庞，只觉得心里沉甸甸的，从口袋里掏出一张钞票，买了他一包玉米粒。

小男孩很高兴，说："先生，稍等，我找您钱。"

我拍了拍他脑袋，"算了，不用找了，就当小费吧。"

小男孩激动地一鞠躬，说："谢谢先生，祝您心想事成。"

呵呵，心想事成？我一步一步混成现在这个模样，有哪一步是我原来想过的？我拿出玉米粒，伸开手掌，立刻就有几只鸽子围着我盘旋了过来。看着这些洁白的大鸟，我倒真是有些羡慕了，它们是如此的不谙世事，以为这个世界上存在的都是善良，这又何尝不是一种幸福？

我一边漫步在新罗广场，一边喂着鸽子，心里却想着封城在咖啡馆里对我说过的话。他说这里有个绝佳的监视点，监视我的人一定会在那里出现……可新罗广场那么大，到底哪里才是那个监视点呢？

我站在广场中央，抬起头，环顾四周，突然间，一股强烈的即视感如同闪电一样划过了我的脑海！没错，这个场景我曾经见过，在一部韩国电影《追击恶魔》里，就是在这里取的景！目标人就站在这个广场上，被执行任务的狙击手一枪打穿了心脏！

就在那一瞬间，我浑身的汗毛都竖了起来，仿佛自己与电影里的场景融为了一体。电影里的镜头，我还历历在目，便猛地抬起头来，看向电影里狙击手的藏身之处！

那是位于新罗广场4点方向的一栋西式洋楼，距我直线距离不过二三百米！此刻我看到就在那座洋楼上，一个灰色的身影一闪而过，然后竟然一个翻身，从3层高的楼上跳了下来！那么高的楼层，远望过去没有什么，但我明白，只有当设身处地站在那里时，才会觉出它高度的恐怖来！没有经过特殊训练的人，断然不敢从这样的高度翻身跃下。

紧接着，仿佛是追逐着他似的，又有一个人从三楼上跳了下来，我不由得猛地眯起了眼睛。虽然看不清楚，但从身形和动作上来看，第二个跳下来的这个人，无疑就是封城！

5

我当即撒腿就追，朝着封城的方向狂奔了过去。不用问也知道，那个神秘的跟踪者肯定就是在这里露出了狐狸尾巴，然后被封城发现了，所以这才慌不择路，从三楼上跳了下来！

那个灰色的人影跳下来之后，在地上打了一个滚，作了一个受身，卸去了绝大部分的冲击力。这动作，一看就是经过专业培训的。他穿着一身灰色的风衣，戴着一顶灰色毡帽，打扮得极为普通，一闪身就混进了新罗道步行街上的人潮人海中，再也无处寻觅。等我跑过去的时候，只见大街上全都是来来往往的行人，哪里还有那个家伙的影子？

封城也气喘吁吁地追了过来，说："鞋，鞋！"

我明白封城想说的意思，那家伙身上辨识度最高的就是那一身灰色的风衣和帽子，可这完全是一个伪装，他混入人群之后，会马上脱掉帽子和风衣，然后随便塞进哪个垃圾桶里去，这样我们就彻底找不到他了。但是鞋不一样，鞋穿在脚上，不是说换就能换的。

我急忙问道："什么鞋？"

"零五军勾！"

零五军勾？我一个愣神，这款军勾可是韩国海军陆战队的制式装备，难道这家伙跟军方还有什么关系？

封城推了我一把，"乾哥，别愣着，快追人啊。"

被封城这么一推，我猛然反应了过来，一个猛子扎进人群里，低着头专看别人脚上的鞋。五颜六色的鞋，各式各样的鞋，仿佛世界就是由这些鞋子组成的。就在我眼花缭乱之际，封城猛地推了我一把，指着一个方向叫道："乾哥快看！"

我眯起眼睛看去，透过无数双各种各样的鞋子的缝隙，果然看到了一双黑色的军勾，正在不紧不慢地踱着步子。看得出来，他想竭力混入这些观光的人群中。

"好小子，眼睛够毒！"我赞了一句，低声说，"你从左边，我从右边，一起围过去。"

我俩随即猫下腰，一左一右地围了过去。穿过几重人潮后，我终于见到了那家伙的真身，他果然已经脱去了穿在外面的灰色风衣，拿掉了头顶的帽子，就穿着一件普通的针织外套，混迹在人堆里，像个普通人一样往前走着。

我不敢打草惊蛇，只能慢慢地向他靠近。就在距离他还有七八米的时候，他忽然警觉地回头看了我一眼，然后发足狂奔！

没想到还是被发现了，我有些懊丧地招呼不远处的封城道："追！"

封城从左，我从右，朝着前面的目标紧追不舍。我第一次知道原来在人群里追逐一个目标是那么困难，跑了没有几步，就连着撞翻了好几个人，速度根本提不起来。不过我们的情况是这样，对方也好不了哪去，他也是跑得磕磕绊绊。路上的行人不断地避让着，都用奇怪的眼光看着我们。

跑了没几步，对方忽然一个转身，拐进了步行街的一条岔口小巷子里。那里大都是一些工艺品店，游客寥落，便于奔袭，看来他是对自己的速度很有自信了。我和封城跟了上去，追进了那条小巷子。让我高兴的是，那条小巷是个死胡同，一眼可以看到尽头，最前面有一个四五米高的铁栅栏封着路。

对方回头看了我们一眼，飞也似的朝着那铁栅栏跑了过去，然后一跃而上，手脚并用，像是部队里跨越障碍训练似的，竟然几下子就从那铁栅栏上翻了过去。

这人身手果然了得！我心里一惊，正要说什么，却听封城一声怒吼，弯腰加速，炮弹一般冲了过去，然后也翻着铁栅栏越了过去，其身手之矫健敏捷丝毫不逊色。

这让我颇感意外，没想到这二人的身体素质竟然都这么强悍。相比之下，我的跨越障碍能力倒是弱了一点，刚跳过去，就看到封城已经跟那家伙厮打在了一起。让我有些惊讶的是，以封城的身手，在跟对手厮斗的时候，竟然丝毫没有占到上风！

两人争斗了一番，对方竟然还使了一个绊子，把封城放倒在了地上。他正要跑，而这时我已经扑到，用全身的力量一下子把他压了过去，死死地摁在地上，同时从后腰上摸出一把匕首，一下就顶在了他的喉结上，沉声吼道："你再敢动一动，我就扎穿你的喉咙！"

对方感受着冷冰冰的刀锋，看着我阴鸷的眼神，知道我没有在开玩笑，便当下老老实实的，不敢再动弹了。

诚然，我也绝对没有开玩笑。我知道以这人的实力，如果真的拼命挣扎，我断然按不住他。我虽然不会朝着他的咽喉下刀，但绝对会捅穿他的大腿。

封城也站了起来，气喘吁吁地走过来，然后从裤兜里掏出绳子，把这人的手脚都给绑了。我拿出手机，打了一个电话，让手下的人尽快开一辆车过来。

过了没两分钟，车开过来了，我让这个开车的小弟先回去，然后我跟封城就把这个家伙拖进了车里。这家伙没有被塞嘴巴，竟然也是一言不发，很显然，被我们抓到，他也认命了。

我关上车门，盯着他的眼睛。这家伙相貌极为普通，可以说是毫无特征，就是扔在人群里瞬间就会被淹没的那种。简直比大众脸还要大众脸。

看着如此没有自我特征的一张脸，我莫名地感到了一种悲哀。

"为什么跟踪我？"我冷冰冰地问道。

他沉默着，一言不发。

"是谁派你来的？"我又把匕首顶在了他的喉咙上，"你是白道的人？还是冯三的人？"

"我谁的人都不是，"他终于说话了，嗓音嘶哑，也像他的这张脸一样，没有任何特征，"我只是收钱办事。"

我说："别蒙我，从你的身手和技术风格来看，你有军方背景。"

他冷笑一声，"没错，我的身份隶属于海军陆战队特遣二队情报科。但别以为我们这些国之利刃就能赚多少钞票，现在整个国家经济不景气，发给我们的津贴也少得可怜，所以我才出来接些私活。今天被你们逮着，我认栽了。"

对方既然已经坦诚了自己的身份，说明他的意识防线已经松动了，选择了明哲保身，很快就能吐出实情。机敏如他，想必也知道如今落在了我的手上，不把实话说出来，我会把他丢到海里喂鱼的。

我问："你的雇主到底是谁？"

"一个你认识的人。"

"我认识？"

"对，他姓孟。"

我浑身一个激灵！姓孟，难道是？我脱口而出："孟焦俊？"

他看了我一眼，"对，是他。"

天哪，我一阵头晕目眩。没想到幕后的雇主竟然是孟老大！身为社团的最高权力人，他竟然雇佣了军方的人来跟踪我！我感到如同有一把匕首缓缓插入了后背，让我浑身冰凉。

"孟老大……孟老大他……为什么要派你跟踪我？"我说话有气无力，感觉整个人都委顿了下去。

他看了看我，咬了咬嘴唇，欲言又止。对于一个跟踪者来说，这是最核心的机密，如果他说出来，就等于出卖了雇主。

我没心情跟他废话，一甩手，刀子狠狠地扎在了他的大腿上。入肉两三厘米，皮外伤，却足以让他疼得咧开嘴，倒吸了一口冷气。

"再卖关子，下一刀子扎的就是你的喉咙。"我面无表情。

他倒吸着冷气说："孟老大让我监视你，找到你跟张勇真私底下交易的证据。"

果然是因为这个事，我一声苦笑。那天白道出殡的时候，张勇真就警告过我，说让我小心点，孟老大开始派人查我们之间的账目了，没想到除了明面上的查账以外，他私下里还安排了这一手。他为什么要如此针对我，难道就因为我间接地害死了白道，害死了他最得力的兄弟，而让他一直耿耿于怀？

我冷笑一声："那你查到我跟张勇真的私下交易了吗？"

"没有，是拍了一些照片，但都关系不大。"

"封城，"我招呼道，"搜他身。"

封城得令，在他身上搜起来，果然从贴身T恤的内层口袋里搜出了一沓照片，有十几张，拍的都是一些平时跟踪我的照片，像素还都不清晰。我看着看着，忽然发现了在这些片子里，竟然还夹杂着几张封城的照片。

因为距离比较远，这些片子的像素不是很高，场景却拍得十分奇怪，我仔细端详起来，有几张是在晚上的时候，封城和某些人在汽车里见面聊天的场景。看起来很普通，却有着一种说不出来的味道。

封城也看到了这几张照片，忽然间脸色大变，竟然伸手就过来抢夺！

我急忙把照片抓在手里，喝问道："封城，你要干吗？"

封城意识到自己失态，立刻讪讪地缩回了手，"乾哥，我只是……"

我看看那几张照片，又看看封城，问道："这是你跟谁的见面？为什么你这么紧张？"

封城沉默不言，我正待追问，那个跟踪者却忽然呵呵笑了起来。

"看来，你这做大哥的，还不知道自己的小弟是什么来历啊。"

"什么来历？"我猛地转过头，警惕地看着他。

"就算不知道，分析也能分析出来吧。能够在这么短的时间里，反追踪发现我的踪迹，并且能在追逐战中把我擒获，这等本事，可不是随便找个人就有的。"

"封城他……"我也开始觉出有些不对劲了，但还是顺嘴说了出来，"他是少林寺出来的。"

"少林寺？中国的和尚庙？"他冷笑一声，"少林寺里可不会教人反跟踪训练！"

我猛地一惊，问道："你到底想说什么！"

"你这兄弟，可不只是少林寺那么简单！"他目光如炬地盯着我，"他是一个警察！"

194

6

跟踪者一言既出，我和封城同时大惊！封城立刻伸出三指，扼住了他的喉咙，"你他妈别胡说！"

"封城，放开你的手！"我大喝一声，冷冰冰地看着他。

封城的眼神和我的相交，猛地震颤了一下，然后慢慢松开了自己的手。

"你就坐在这里，待着别动，别说话！"我给封城下了死令，然后转过头，看着跟踪者道，"你说。"

"我是之前跟踪你的时候，偶然发现你兄弟的情况的。他叫封城是吧？我发现他会在固定的时间和地点，会见一个固定的人，谈话的时间也很固定，大约就是三分钟左右。这个情况引起了我的兴趣，所以在跟踪你之余，我就多观察了一下他。当时我就开始怀疑他的身份了，却没有别的证据可以佐证。后来，封城开始对我进行反跟踪调查，并且很快就发现了我的行踪，这让我更加肯定了自己的想法，因为除非受过专门的培训，否则他是不可能对我展开反跟踪调查的。"

"你到底想说什么！"我有点控制不住自己的情绪，嘶吼起来。

"我是想说——"他顿了一顿，说道，"你这兄弟，还有另外的身份。"

封城沉默地坐在那里，不发一言。我看了看封城，又看了看那个跟踪者，咽了一口唾沫说："你，继续说。"

"很明显，他接受过正规的反侦察反跟踪训练，并且展现出了极为优秀的追踪才能。刚才在跨越铁栅栏的时候，我计算了一下，他所用的时间竟然比我还少了2秒，要知道，我在连队里的障碍跨越就属于顶尖水平了。像他这种素质的人员，我只有一个猜测，那就是大陆国安。"

大陆，国安。这四个字像重锤一样打在了我的心上，震得我脑袋发懵。什么意思，我身边竟然有国安的人？并且还是我朝夕相处的兄弟？

"不，这不是真的……"我摇着头，喃喃地说着，看向了封城。封城却低下了头，根本不看我的眼神，用沉默的态度说明了一切。

我一把揪住封城的领子，把他拽到了眼前，"他妈的封城，你倒是说话啊！"

"乾哥，我……"

我盯着封城的眼睛，脑子里乱七八糟，转念间有一万种想法如走马灯般掠过。忽然间，我想到了一个至关重要的事情，马上放开了封城，看着那个一直跟踪我的家伙说："关于封城的事情，孟老大知道吗？"

他抬头看了我一眼，沉默不语。

我急了，拿着那把刀子顶在了他的脸上，"我要是再问你什么你再不说话，我就把你的脸颊扎个对穿！"

那刀尖上还带着他大腿里温热的血液，我没有开玩笑，对硬汉就得下猛药，何况对付这种从部队里出来的人。我不会刑讯逼供那一套，只会来硬的。如果他再拒绝回答我的问题，我就先扎穿他的左脸。

也许是看出了我的心理状态，他也不再硬扛了，说道："关于封城的事情，孟老大，都知道了。"

"知道了?!"我浑身一颤，"你跟他说了？"

"我的主要任务是监视你，不是这位兄弟。得到这个线索，纯属意外收获。你搜出来的这些照片，都有拷贝，今天早上我就给孟老大发过去了。他看了照片以后，问起封城的事情，我就对他说了。"

"你给他说了？你竟然……"我真是不知道该说什么好，"你不是负责监视我的吗？你捅封城的事干吗？"

"我既然收了钱，就要对雇主负责，我们的职业就是这样。雇主既然问起，我们当然要知无不言。"

"操……"我颓然地放下了刀子，浑身无力地躺在了汽车的座椅上。事情已经捅出去了，现在就算是把这家伙扔到海里喂鱼，也已经是于事无补了。

"封城，我就问你一句话，"我抬起头看着他，问，"这家伙说的，到底是不是真的？"

封城却把头转了过去，看着车窗外面，"乾哥，是。"

我心里立马冰凉冰凉的，像有一盆端着的水，终于倾覆在了怀里。

那个跟踪者，我打发他走了，反正事情已经败露了，再扣着他，甚至是弄死他也已经没有任何的意义。而在被我扣押的这段时间里，这家伙也在一定程度上展示了自己的骨气，没有求饶，没有叫喊，一直都是在不卑不亢地回答着我的问题。

我开着车，不发一言，心里却乱成了一团麻，连闯了好几个红灯。封城坐在副驾驶座上，也一直一言不发，看着我连闯红灯，他动了动，想说什么，却终于没有说出口。

车子停到了新浦街口，我猛地一拉手刹，只听"嘎吱"一声，尖锐的轮胎与地面摩擦的声音，像是一根针刺入了耳膜。我点上一支烟，却没有开窗，吐出一口气，整个车里顿时烟雾缭绕。

我打破了沉默，"封城，我不管你是什么人，今天，你得给我一个交代。"

"乾哥，对不起。"

"你真是国安的人？"

"国安二处，隶属于侦查情报局。"

"操，"我转过头看着他，"你不是从少林寺里出来的吗？"

"是，我的确是从少林寺出来的，这个没骗你。从少林寺里出来以后，我拿了河南省的散手冠军，被招到了特警队。后来国安来特警队选拔的时候，又把我招了过去。"

"几年了？"

"四年多了。"

"呵呵，身份隐藏得够深的。从大陆跑到韩国，为了潜伏在我这里，你也是费了不少心思啊。"

封城叹了一口气，没有说话。

"说吧，掌握了我什么罪证，准备什么时候动手？"

"乾哥，你误会了，我隐藏自己的身份潜伏下来，不是为了调查你。"

"不是调查我？"我意外地看着他，"那你是为了调查谁？"

封城看着我，轻轻吐出了三个字："孟老大。"

孟老大？这倒出乎了我的意料，我忍不住浑身一震。

"为什么要调查孟老大？难道他在韩国的犯罪记录，你们也要掌握？"

"不，不只是韩国。"封城摇了摇头，看着我。忽然间，我发现他变了，他目光中的那些愚钝和莽直都消失不见了，取而代之的是一丝精明和睿智。这让我有些害怕，我忽然感觉到，其实在这个世界上，甚至在你身边的人，都是不可信的。

每个人，都有着属于自己的秘密。有的时候，这秘密甚至能隐藏一辈子。

"孟焦俊犯下的罪行，不止是在韩国，他在中国也有着犯罪记录。"封城不再称呼"孟老大"，而是直接叫他的名字"孟焦俊"，并且语气变得十分沉着冷静，一下子就变成了我印象中的那种公安干警的模样。这让我很不适应，于是我又抽了一根烟续上。

"乾哥，你应该知道，孟焦俊在没有来韩国之前，曾经在东北的延边混迹过一段时间。"

"对，我听老棒子说过。"

"嗯，棒子哥是个好人，我知道你们俩的关系。"

我不想提老棒子的事，便问道："据我所知，孟老大在东北延边混的时候，也只是一些暴力犯罪，砍砍杀杀，抢抢地盘什么的，就这也能惊动你们国安的人？"

"呵呵，可不止打打杀杀那么简单，"封城冷笑一声，"他犯下的罪行，可不是带有黑社会性质的团伙，而是真正的黑社会！"

真正的黑社会？孟老大到底做了什么，才能让一个国安称其为真正的黑社会？据我所知，被国家官方机构定义为黑社会而不是黑社会性质团伙的，目前为止，也只有东北乔四集团。难道说，孟老大在东北的时候，做了比乔四还要霸道的事情？

"乾哥，你有所不知，孟焦俊在没有来韩国之前，关系网就已经四通八达，跟韩国的七星帮，日本的山口组，东南亚的雅库扎都有联系。当时他干的最大的一笔买卖就是联合越南人和缅甸人，借道金三角地区向美国和墨西哥的黑帮集团贩卖人口。"

"贩卖……人口？"我惊呆了。

"对，后来根据我们掌握的线索来看，他所做的事情，还不止贩卖人口那么简单。为了获取最高利润，他还在被贩卖的人身体里藏毒，通过人体运输海洛因。当时他所开辟的那条运输路线，供应了墨西哥全境百分之十五的海洛因来源。你可以算一下，他那些年就靠这个生意赚了多少钱。后来他赚多了钱，发觉国内待不下了，于是便来到了韩国，依靠自己积攒下来的人脉和资本在'犼'社团里混得风生水起，一直到最后，坐上了龙头老大的位置。"

封城的话，如同给我开辟了一个新世界，让我一下子明白了世间的很多道理。原来这就是孟老大的发家史，一直以来，我还以为他是靠着冷血和敢拼敢杀才最终走到这个高度的，没想到，我错了，错得彻彻底底，这是一条用灵魂和金钱铺就的道路，只有踩着自己的良知，才能最终达到权力的巅峰。老棒子现在是不在这里了，在我眼中，他是天生的混黑社会的料，但我现在明白了，即使精明和勇敢如他，在这个江湖里混，最多也只能混到一个堂口大哥的位置，绝对混不成最高头目。到那个高度，需要把自己的灵魂献祭给恶魔。

"孟焦俊在国内犯下的罪行，我们是不会忘却的。自从他到了韩国以后，因为地域关系，我们一直没办法对他展开调查。但自从去年开始，国安高层领导克服了外交上的重重压力，重启了调查程序，我便是第一批被派进来的卧底。"

我已经不认识眼前的这个自称从少林寺里出来的小子了，他的身份转变得太快，几乎要让我瞠目结舌。这是我亲耳听到他这样对我说，要不然，打死我也不相信这一切。我的嘴唇有些颤抖，不经意间被香烟呛了一口，连连咳嗽起来。

封城想要拍拍我的背，却又不敢，手伸在空中，又尴尬地缩了回去。

"那么——"我止住咳嗽，看着他，"你一直潜伏在我这里，就是为了接近孟老大？"

"对，乾哥，我看好你，你心地善良，却在关键时刻从不手软，有义气，能担当，不该杀的人你下不了手，该杀的人你一个都不会放过。我相信你一定能够在社团里混出来，站在比白道更高的位置上，这样我就可以通过你，无限接近孟老大。可是——"封城的声音忽然颓丧了下来，"如今，事情已经暴露了，我已经是注定完成不了任务，而你在社团里的前程……也是凶多吉少。"

我忽然有些感动，封城能够这样对我开诚布公，说明他心里还是有我这个大哥的，起码，他现在还把我当大哥来看。我忽然想到一个最为致命的问题："你说，孟老大知道你要调查他的事情吗？"

"我的任务是属于绝对机密的，目前来看，他还不知道。他现在掌握的信息，也就是知道我是一个卧底而已，至于我确切的身份，他是无从得知的。"封城看着我，忽然怆然一笑，"当然，乾哥，你现在就可以拿着我去孟焦俊那里邀功，这样，你以后就会成为他的红人，在社团里可以平步青云了。"

"封城，你……"

"乾哥，你要这样做，我不会怪你。"

"你说的这是什么话！"我目眦欲裂，盯着他吼道，"你这个人，我保定了！"

第十章　帮派内斗

1

自从封城的秘密泄露出去之后，我一直在忐忑地等待着孟老大的传唤，当然，借口我也已经想好：封城必然是条子无疑，但他潜伏在我这里，为的是探查国际间谍组织活动，追查一个从国安内部反叛到韩国的间谍。这样的话，就能把他跟孟老大之间的事情撇清关系。

我不是没想过把封城送走，让他离开仁川。但如果这样做的话，无疑会给孟老大落下口实。"犰"社团的势力是极为庞大的，就连白道上也有他们的人，如果孟老大觉察到封城要离境，就算他在半道上安排人手干掉封城，我也是一点办法都没有。

所以，我们现在唯一能做的，就是等待。

而一直等待了两三天的时间，孟老大那边竟然丝毫动静都没有，平静得就像往常一样。越是这样，我越是担心，担心这暴风雨前的宁静。

不管这是一场什么样的暴风雨，封城这个人，我都保定了。我已经失去了老棒子，我不能再失去一个好兄弟。

我做了充分的心理准备，最坏的结果不过就是孟老大向我下达命令，让我清理门户。

但是我没想到，这结果，比我想象中的还要坏。

出事后的第四天，娜美带着十几个手下直接来到了新浦街。

我们在新浦市场的一家茶舍见了面。

看到娜美的表情，我就忍不住眼皮一阵狂跳。在社团里，我跟娜美和小马的关系属于最好的，不夸张地说，几乎就要到了穿一条裤子的程度，社团里的人也自动地把我们划分为一个派系的。尤其在白道事件之后，我们走得就更近了。平时的娜美表情一直是冷冰冰的，自从认识她之后，我就基本上没见她笑过，对此，我也已经习惯了。但是今天，娜美冷冰冰的表情却有些特别，像蒙了一层霜一样，看着就让人心里发寒。

我很客气地招呼服务生上茶，佯装无事地说道："娜美姐，你今天怎么兴师动众地来了？有事你打个电话就行，我过去找你。"

我本想说些近乎话，缓和一下冷冰冰的气氛，没想到娜美却直奔主题，开门见山了，"阿乾，我今天是奉孟老大之命而来的。无论如何，你今天得让我带走封城。"

我心里一个"咯噔"！孟老大没有直接给我下令让我清理门户，而是派了跟我关系最好的娜美过来，其用心之狠、城府之深让人咋舌！我心里明白得很，孟老大使的这是"帝王之术"，作为帝王，最不愿意看到的就是下面的人分帮成派，拉伙结党，架空自己的权威。只有下面的人互相内斗，一盘散沙，才可保自己位置无忧，稳坐钓鱼台。

所以白道死后，孟老大才会那么伤心。追根到底，他伤心的不是白道的死，而是伤心社团内部没有了可以互相制衡的力量，让他感受到了隐隐的威胁。

而如今，封城就成了一枚棋子，一枚绝好的棋子，他要好好用这一步棋，来分化我和娜美的关系。这些事情，娜美不可能不清楚，但她自小受孟老大的恩惠，可以说是孟老大一手栽培起来的，没有孟老大，便没有她的今天。不管孟老大做了什么，娜美都是拿他当作父亲一般看待的，对于孟老大的命令，娜美从来都是言听计从，贯彻到底。

我知道，这一关是无论如何也躲不过去了，那么，只有硬扛。

我装作什么都不知道的样子，笑道："娜美姐，你这是刮的什么风啊？好好的，你要带走封城做什么？"

"阿乾，明人不说暗话。封城的身份，孟老大已经知道了。难道你还蒙在鼓里吗？"

娜美这个人，就像一把冰冷的刺刀，直插进来，不给我一点回旋的余地。她这么直接把话说开，摆明了今天必须要带走封城无疑。

既然话都挑明了，我也不能继续装傻了，只能接着娜美的话头说道："没错，封城的真正身份，我已经清楚了。但他这个身份，对我们社团构不成任何威胁。他之所以潜伏在这里，是为了调查别的事情。"

"我不管他是为了调查什么事情，阿乾，有一个事情，你必须明白——"娜美冷冰冰地说，"在我们社团里，绝不允许有这样的人存在。"

"为什么？"

201

"这个没有商量的余地。"

"凭什么就没有商量的余地？难道我们社团里就跟白道上的人没有任何瓜葛吗？"

"这个不一样。"

娜美的语气冰冷而决绝，我知道，仅凭语言上的交锋是难以撼动她了。我问道："娜美姐，你如果带走封城，会对他怎么样？"

"封城在社团里待了这么久，他有什么目的，掌握了我们多少情况，这些都不清楚。至于处理结果，这个要等我把他带回去，审问完之后再说。"

听到娜美这么一说，我心里猛地一沉。审问完之后再说？黑帮的处理手段我是知道的，要么就伪装成帮派仇杀，抛尸街头，要么就扔到海里喂鱼，毁尸灭迹。

我说："娜美姐，封城这个人，你不能带走。我自己堂口的事情，自己会处理。"

娜美依旧面无表情，"阿乾，你不要搞错了，今天不是我要来带走封城，这是孟老大的命令。"

"娜美姐，你不用拿孟老大来压我，今天就是天王老子的命令也不行。封城这个兄弟，我保定了。"

"阿乾，"娜美直直地盯着我，"你知道你说这句话，代表着什么意思吗？"

"我不知道。"

"那我告诉你，你说这句话，就代表着与整个社团为敌！"

娜美话音刚落，她身后的那十几个手下全都"呼啦"一下子站了起来，虎视眈眈地瞪着我。但新浦街毕竟是我的堂口，我的地盘，我身后的那些小弟们也一下子都站了起来，毫不示弱地瞪了回去。

双方立刻进入到剑拔弩张的地步，只有我跟娜美还坐在那里，中间隔着一张茶桌，桌上茶杯里的碧绿色的茶水在轻轻地晃动着，泛起了微微的波澜。

"阿乾，我劝你，不要把事情搞大。"娜美说着，把手里的木刀横在了茶桌上，"否则到时候，我们都无法收场。"

"娜美姐，既然无法收场，那就不收了吧。"

我直视着她的目光，毫不退缩。这是我第一次用这种口气跟她说话，但除了这样，我别无选择。我现在也是一个堂口的大哥，如果我在她面前退缩了，那么站在我身后的那帮小弟们就会退缩，我们就会在气势上被完全压制住。

这个时候，我毫无退路，绝不能手软，只要软一下，封城就保不住了。

听到我这么说话，娜美冷眉一挑，"这么说，没得谈了？"

"在封城这件事上，没得谈。"

"啪"的一下，娜美在桌面上一拍，整个木刀都跳了起来，她抓住刀柄，手臂向下一划，沉肩坠肘，那柄木刀划了一条优美的弧线，就落在了我的肩膀上。不轻不重，就像有人用手按在肩膀上一样。

"阿乾，别逼我。"

我看着她，不为所动，"娜美姐，这是你在逼我。"

"真的不交人？"

"不交。"

"那你就别怪我了。"

"嗯，我不怪你。"

娜美目光一沉，手腕猛地向下一挫，木刀变线，直直地朝着我的颈部削来。我猛起一脚，踢翻了茶桌，整张桌子都朝着娜美砸了过去。情急之下，娜美只能收刀防守，一下子将桌子劈在了地上。

我们俩的交锋无疑是一个信号，一个全面开战的信号。我身后的小弟们和她身后的小弟齐齐怒吼了一声，高声叫骂着，随即厮打在了一处。刚才还安安静静的茶舍一时间鸡飞狗跳，桌椅乱飞。

娜美身经百战，果然有大将之风，在这种状况下她还保持着绝对的冷静，一个跃步上前，从左上至右下一个"袈裟斩"，斜斜地劈了下来。这种招式避无可避，我手边又没有可以格挡的武器，只能就地往后一滚，堪堪避开了这一击。虽然动作比较尴尬，却十分有效。

娜美继续追击，下一刀紧随而来，仓促之中，我只能抄起手边的一个木板凳格挡。娜美猛然发力，口中轻喝一声，我只感觉一股精纯的力量突然而至，手中陡然卸了力道，那木板凳"咔嚓"一声，竟然被劈成了两半！

这是我第一次与娜美正面交手，没想到她的剑道技术竟然恐怖如斯，如果她手里拿的是真刀的话，恐怕这一击就让我交代在这里了。我不敢再让她出刀，只能不退反进，迅速向前近身，伸出手一把抓住她的木刀，想要给她夺过来。

纵然娜美剑道技术如何精湛，在力气上肯定是比不过我的，所以我有自信把木刀给她夺过来。但事实证明，我太小看专业剑道了，娜美将木刀往后一抽，我一下没抓住，反而双手的手掌被摩擦得火辣辣地疼。在我们二人极为近身的情况下，本以为她无法出刀，没想到她竟然手腕一转，将刀身朝后，然后用刀柄朝我的胸口猛击了一下。

这一击力道极为干脆，我登时就被震得说不出话来，呼吸都有些困难，跟跄后退两步，倒在了地上。娜美举起木刀，上前一步，眼看着就要劈下来。我当时心里只有一个念头：完了，今天无论如何都要交代在这里了。

就在木刀高高举起，要劈下来的时候，娜美的动作忽然停滞了一下。

她犹豫了。

我毕竟是跟她一起出生入死的兄弟，打过架，砍过人，经历过风雨，如今，她手中的兵器，对准的是曾经与她在一条战线上奋斗过的伙伴。在这一刻，她犹豫了。

就在这犹豫的一刹那，茶舍里忽然闯进来了另一帮人，为首的大叫道："住手！你们都住手！"

这一声喊得极为洪亮，在场的人都停下了手，看着突然闯进来的这伙人。我顿时心里松了一大口气，是小马带人过来了。有他在，这仗就不会再继续打下去了。

小马脸上的表情悲痛欲绝，他不敢置信地看着眼前的一切，"娜美姐，阿乾，你们这是在干什么啊！"

2

小马的到来，令混乱的场面有所收敛。

娜美收起刀，看着小马说："小马，我是在执行孟老大的命令。这里面有些事情你不知道，你也不要管。"

"对，我是不知道，也没人给我通知，但不管再怎么样，你们也不能自相残杀啊！"小马的表情痛心疾首。

娜美说："这些事情，我以后再给你解释，你先带着人离开。"

"你们这个样子，让我怎么离开？"

娜美的声音透出一丝冰冷，"怎么，小马，连你也要跟我作对吗？"

"娜美姐！"小马喊了起来，"阿乾是我们兄弟啊！你怎么能对他下得去手？"

我站了起来，看着一脸阴沉的娜美。今天我没有准备，要是硬拼，肯定是拼不过她了，我在思考下一步应该怎么走。

娜美不为任何人所动，手中的木刀斜斜地指向了我，没有任何感情色彩地对自己的小弟下令道："动手……"

"住手!"小马大喝一声,生生抢断了娜美的命令,"我今天不管了,我也不知道谁是谁非,谁对谁错,我只知道,今天谁动手,我就……我就……我就动谁!"

娜美转过头看着他,"小马,你知道自己在说什么吗?"

"我知道!娜美姐,求你了,别逼我!"

娜美的木刀并未放下,却是一直指着我,也不说话,不知道在想些什么。过了片刻,她竟然收起了木刀,叹了一口气道:"也罢,今天就先这样,在这里发生的所有情况,我都会呈报孟老大。阿乾,希望你好自为之。"

我不卑不亢地道:"娜美姐,谢谢,我知道自己在做什么。"

待娜美和小马的人都撤了以后,我让手下清理了一下战场。所幸弟兄们受的都是一些皮外伤,没有太严重的。这样看来,娜美还是给了我很大面子,留了一手的,因为她今天带过来的手下基本上都没有拿家伙,只是赤手空拳。如果今天双方进入械斗状态,绝对要血流成河,不死不重伤几个都不行。

打扫完地方,我叹了一口气,坐在那里抽烟,吩咐道:"去,把茶舍老板叫出来。"

刚才打架的时候,茶舍老板和几个服务生早就躲了起来,藏到后房去了。此时,他脸上的惊惧还未散去,我看到他过来,抬手招呼道:"崔老板。"

老板姓崔,50多岁的年纪,也是从东北延边过来的,是个老老实实的生意人,用自己大半辈子的积蓄开了这间茶舍,没想到一场架就被砸成了这个样子,对他来说,也算是无妄之灾了。

崔老板看到我,立刻关切地问道:"乾哥,你没事吧?"

"没事,崔老板,今天弄砸了你的地方,过意不去。你算算,一共多少损失,我过会儿让人送钱过来。"

"没事没事没事,"崔老板连连摆手道,"乾哥,只要你没事,能继续罩着这里,那就是啥事都没有。这点小损失,无非是桌椅板凳什么的,不值一提。"

他既然这样说了,我也没什么好表示的了,只能拱拱手道:"那今天真是对不住了。"

"乾哥这是说的哪里话,平时新浦街全靠你罩着,才有今天的发展,商户们才能齐心协力,把这里搞上去。只有我们对不住你,哪有你对不住我们的道理。"崔老板客套完,又小心翼翼地问道,"乾哥,那姑娘是谁啊?下手又快又狠,太凶了。"

我苦笑一声:"那是社团头一号杀神,性冷淡娜美小姐。"

"哎呀,"崔老板的表情一下子变得紧张了,"那对你岂不是麻烦大了?"

"没事,一点小误会而已,解释清楚就没事了。"我嘴上这样说着,心里却思忖着，不知道下一波发难会在什么时候来到。

回到堂口，封城在第一时间找了我。我看着他脸上的表情，就知道他想干什么了。我摆了摆手，让他先不要说话。

封城坐了下来，看着我，欲言又止。

我说："封城，你什么都不要说，这个事情，我自会处理。"

封城说："乾哥，纸里包不住火。现在连娜美都上门来要人了，你还能扛多久？算了，你把我交出去吧。"

我笑道："呵呵，我可不敢把你交出去，你可是国安的人。要是把你交出去了，那我就成国家罪人了，以后我还想不想回国了？"

"乾哥，都什么时候了，你还有心情开玩笑？"

"我这可不是开玩笑，我是说真的，为以后着想。做人，总得给自己留条后路吧。"

封城咬了咬牙，像下了很大决心似的，"那行，既然这样，你安排我跑路吧。我不能继续留在这里拖累你。"

"从哪儿跑路？走陆路还是水路？封城，你既然调查孟老大，就应该知道社团的实力，现在你已经挂了名，无论如何，你都别想着离开仁川。如果你硬要离开这里的话，最大的可能就是被孟老大中途干掉。所以，你现在最安全的地方，就是在这里。只要我还在，孟老大一时半会儿还动不了你。"

"可是，我这么做，岂不是连累了你……"

"兄弟一场，别说连累不连累的话。"

"乾哥，我知道你的心意，可是——"封城犹豫了一下说，"以你一己之力来对抗整个社团，又能坚持多长时间呢？单单是一个娜美，就已经无法应付了。"

"是啊。你说的这个，也确实应该考虑。"我点上一根烟，深深陷进沙发里面，眯起眼睛思索着，"封城，今天晚上，你陪我去一个地方，我要想办法让你金蝉脱壳。"

封城问道："去什么地方？"

我站起来，拍拍他的肩膀，"你先别急，到了晚上你就知道了。"

3

晚上的时候，我开车带着封城出去了。

开了大约二十几分钟的时间，我把车停下，说："到地方了，下车。"

封城并未马上下车，而是狐疑地向外看了一眼，大惊失色道，"这里……这里不就是安医生的诊所吗?"

我说："是啊，就是安医生的诊所。"

封城一脸警觉地看着我，"乾哥，你带我来这里干吗?"

我拍拍他的肩膀，"放松点，下车吧，我不会害你的。"

下了车，我领着封城，向诊所里面走去。允儿和思聪都在诊所里忙活着，看到我打了个招呼。允儿见我神色有异，便问道，"阿乾，你没什么事吧?"

"没什么事。安医生在吗?"

"安医生在楼上。"允儿又审视了一遍我的脸，"你别骗我，你脸上藏不住事，快告诉我，究竟发生什么事了?"

我叹了一口气，轻轻抚摸着她的头发，说："允儿，这些事情，你知道的越少越好，这对你是最安全的。你别掺和进来。"

"可是……"允儿还要再说什么，我就摸了摸她的脸，说："你放心，不会有什么事的。让我跟安医生谈谈。"

我让封城在楼下，一个人上了楼，去找了安医生。安正在屋子里读书，看到我进来，便起身给我泡了一杯茶，说："坐。"

当坐下来，正想着怎么开口，安便说道："你是为封城的事情来的吧?"

我悚然一惊，差点打翻了手里的杯子，"你怎么知道的?"

"今天上午，娜美的人和你的人在新浦街大打出手，这可是个爆炸性新闻，全中华街的人估计都知道了。"安端起茶杯，吹了吹，品了一口茶。

我有些意外，"即使我跟娜美大打出手，你也不应该知道是因为封城的事情啊，难道你……"我顿时警觉起来，狐疑地看着他。

"别那么紧张，我对刺探别人的情报没兴趣。"安放下杯子，说，"傍晚的时候，小马来了，带了些酒，过来找我一醉解千愁来了。"

"小马把啥都给你说了?"

"说了。"

"卧槽，这个马哥，嘴还真是不把门啊。"

"呵呵，小马就是这样的脾气，你也别怪他。其实，他要跟我说的还不是封城的事情，他主要是因为这个事情十分郁闷，必须找个人倾诉一下。小马说，你是他兄弟，封城也是他兄弟，娜美是他大姐，他夹在中间，不知道该怎么办。"

我沉默了一下，是啊，像小马这种性情中人，此刻的处境是十分难堪的吧。如果我是他，我可能也不知道应该如何是好。

"开门见山吧，安医生，"我说，"既然你都明白了，肯定也知道以封城的身份，他是不能在社团里继续待下去了，甚至，被灭口都有可能。"

安医生沉思着，"小马说的不是很明确，让我猜测一下，封城是国安的人？"

"对，他是国安启动追查程序之后，第一批次被派来的卧底。"

"既然这样，我觉得当务之急，你应该把封城交回到他们组织所在的联络处，我相信以他们办案的严谨和执行力，不可能不在这里设有联络处的。"

"没错，他们在仁川的确设有联络处，"我说道，"封城就是跟联络处的人接头的时候，被孟老大派的调查员拍了下来。"

"那就好办了，"安医生用手摩挲着茶杯，说道，"既然联络处设在仁川，就方便多了。他们具有国家背景，你把封城交回给他们，他们会想办法保护的。"

我叹了一口气，"安医生，你说的这个办法，我在第一时间就想到了，但封城坚决不同意。"

"为什么？"安有些意外。

"如果把封城送回去，就相当于把联络处暴露了出来，这是封城最不愿意看到的结果。要知道，他们重启追查程序，在韩国设立分部，这中间经历了好些年的波折。联络处在仁川的设立是一级保密信息，诚然，他们肯定会保护封城，但如果此刻他们暴露了，这个联络处也就形同虚设了。所以，现在封城的打算就是牺牲自己，也绝不能把联络处暴露出来。"

"原来是这样，我明白了。"安沉吟半晌，忽然又抬起头看着我，"那你今天来找我的意思是……"

"安医生，我就明人不说暗话了。我希望你能给封城做'重生'手术，就像老棒子那样，给他一个新的身份，让他活下去。"

"这对我来说，不是什么难事，但是，阿乾，我必须告诉你，时间来不及了。"

"来不及了？"我有些惊讶道，"什么意思？"

"小马今天在我这里喝酒的时候说，孟老大已经给娜美下了死令，让她两天之内必须将封城带到自己面前，生要见人，死要见尸。对这个事情，小马只能拦得了一时，按照孟老大的命令，我估计娜美明天就会不惜一切代价，强行把封城带走。孟老大和娜美早已怀疑我'阎王'的身份，如果你让封城在我这里做重生手术，正好被他们一网打尽。这是一步险棋，我劝你不要下。"

听安这么一说，我顿时惊出一身冷汗来。这么说来，娜美明天就会大开杀戒，后果简直不堪设想。我一下站了起来，今天晚上，无论如何，也要想办法把封城给送走了。

"你要干什么？"安看着我忽然一下站了起来。

我说："不行，我一定要想办法把封城送走。留他在这里，明天小命就不保了。"

"你准备怎么送他走？走陆路还是水路？"

安的一句话提醒了我。对啊，这些交通要道都布有孟老大的眼线，此刻送走封城，无异于羊入虎口，简直是乖乖地送到他们手上。可送也不行，留也不行，到底怎么办才好，我一时间心急如焚。

安说："你稍安勿躁，阿乾，其实并不是所有仁川的水路都布有孟老大的眼线的。"

我一惊，问道："你说的哪条线？"

安反问道："还记得老棒子是如何脱身的吗？"

我猛然一惊，"你说的是，济州岛？"

"对，就是济州岛。"安看着我，目光沉静如水，"从仁川到济州岛这条线，是我的秘密经营，不属于任何帮派，当然，连孟老大也不知道。我本以为，你能送封城去联络处寻求庇护，但没想到事情这么复杂，那么当务之急，就是想办法把封城送出仁川。"

"就走济州岛这条线？"

"没错，"安点了点头，"我来安排，连夜出发。"

4

既然知道了娜美明天就要动手的消息，我不再迟疑，立刻遵照安医生的意思，安排封城前往济州岛。

安医生打了两个电话，开始联系人。我下了楼，就和封城静静地等待着，仿佛在等待命运的裁决。过了没多长时间，安医生下楼告诉我们，说船已经联系好了。凌晨1点，仁川码头。

封城看了我一眼，那眼神包含的情绪很复杂，我看不懂是什么意思。有感伤、不舍，决绝……总之，那是一种我未曾见过的、复杂的眼神。在以前，封城从来没有表现过这种眼神，他永远是憨憨的、直率的，真的就像是我想象中的俗家弟子的模样。现在我知道了，那一切都是他的伪装。为了完成任务，他连自己的性格都抛弃了。

于是我感慨，这个世界上，永远不能只看表象，你不知道那内里的东西会多么让人吃惊。就像忽然间，你发现当初最痞的一个兄弟做了老师，平时老老实实的同学成了地痞混混，花心的女学姐做起了全职妈妈，善良的初恋竟然在酒吧坐台，抠门的穷小子当上了老板，另一个花花公子般的兄弟为了吃饱饭在建筑队干活，一脸尘土，再不复多年前的模样。封城给我的感觉就是这样，就像你好不容易要来了初中时暗恋的女班长的电话号码，鼓起勇气给她发了一条短信："如果再给我一次机会，我一定当面说爱你，我要让那些过往的时光都变得有意义。"然后几分钟后，她回了短信："你谁介绍的？一次四百，包夜七百。"

呵呵。

有的时候，我们只能对这世界报以无奈一笑，除此之外，别无他法。

我看了看表，距离凌晨1点还有些时间。思聪收拾东西，要送我过去，被安医生给拦住了，说："封城这件事情，孟老大查得很紧，不能有一点差池，还是我亲自去吧。"

思聪便有些不满了，"安医生，你这是瞧不起我啊。"

安摇了摇头，说了一句让我特别震惊的话："嘴上没毛，办事不牢。"

于是，我开着车，载着安和封城，来到了仁川码头。夜深人静的码头上黑漆漆的，没有路灯，一片寂静，能听到的只有"哗哗"的水流的声音，仿佛这就是天地初开之时的动静。上一次来这里，还是送别老棒子的时候，我一下子想起了温兆伦的那首歌："台北的机场，是一个分手的老地方。"

但我们做的事情，却没有歌词里写得那么浪漫。存在于歌曲里的都是美好的，存在于生活里的，都是沉重的。

船还没有来，码头上的海面依旧黑暗深邃，像一只猛兽张开的巨口。我们三个谁也没有说话，就坐在车里抽着烟，在黑暗中，三个烟头一明一灭，像是天上的三颗行星。

有的时候，除了等待，你无事可做，无话可说。

不知道抽了第几根烟，海面上忽然响起了微弱的马达声，"突突突突……"安医生低声道："来了。"

我们下了车，向前走去，站在码头的前方。安拿出一盏手电，朝着对面的船只闪了一下。

对面的船只也亮出了手电筒，朝着我们闪了一下。

暗号接上了。

不过并没有结束，安打着手电筒，连续明灭了三次，然后朝上晃了一下。两秒后，对方的手电筒也明灭了三次，朝下晃了一下。安这才沉声说道："嗯，封城，准备上船吧。"

封城猛地回过头，定定地看着我。我鼻子一酸，说："船到了，快走吧。"

"乾哥……"

"别废话，有缘自会相见。"

封城就站在黑暗里，定定地看了我几秒，然后说了两个字："保重。"

他往前跑了两步，纵身一跃，跳到了开到码头岸边的船上，转瞬间就在苍茫的夜色里隐没了身影，仿佛从来就没有出现过一样。

船只又开走了，马达的声音渐行渐远，直到逐渐消失，再也听不到。我还怔怔地站在码头上，望着无边漆黑的海平面。这一切，就像一场梦一样。

安拍了拍我的肩膀，"阿乾，走了，该回去了。"

我转过身，跟着安向车子的方向走去。走着走着，我眼眶猛地一热，心中的伤感铺天盖地般袭来，每走一步，都好像走在与兄弟离别的道路上。安觉察到了我的异样，安慰道："阿乾，世界就是这样，没有什么会在我们的预料之中，也没什么一直能遂我们的心意，但我们只能接受它。我记得法国作家罗曼·罗兰说过这样一句话，'生活中只有一种英雄主义，那就是认清生活的真相之后，依然热爱生活'。"

这话说得我心里百味陈杂，我说："安医生，我的两个好兄弟，都是你给救下来的，我不……不知道……该说些什么好……"

安哈哈一笑，"乾哥，别这么见外，你以后前途无量，我们都还得靠你罩着呢。"

我跟安回到了诊所，允儿还没有回去休息，一直在等着我们回来。我有些身心憔悴的感觉，坐在椅子上，感觉灵魂都被掏空了。允儿看到我脸上的神色，也不多问什么，而是给我倒了一杯水放在手里。

我一口气喝光了这杯水，允儿轻轻揉着我的头发和下巴。我的情绪再也控制不住，一下抱紧了她，把头埋在她的怀里，小声地啜泣起来。

"阿乾……"允儿轻轻地拍着我的后背，"你要是真这么不开心的话，那我们就离开这里，离开韩国，回大陆去，随便找个城市，不管怎么样，我都愿意跟你生活在一起。"

我心里猛然一震，第一次有了离开这里，抛弃这一切，回到大陆去的想法。

但我却隐隐地感觉到，这个桎梏泥潭，这个万丈深渊，不是我想脱身，就一定能脱身的。这里的一切都织成了一张网，一张巨大的网，把我紧紧地缠在其中。

我在安医生的诊所睡了一夜，第二天回到新浦街的时候，整个人都是晕晕的，格外没精神。手下的兄弟见了我，问道："乾哥，你昨晚溜了?"

溜了，就是指溜冰，吸毒。一般晚上吸毒的人会无比亢奋，但到了第二天早上就萎靡不振了。我推了他一把，说："去你的，老子从来不沾那玩意。还有你们，别说我没有警告过你们啊，谁要是敢碰那玩意，我第一时间打断他的腿!"

他们便有些讪讪，纷纷点头道："那是，那是，我们听乾哥的，出去玩从来不碰那玩意儿。"

我挥挥手，让他们都出去了，一个人坐在办公室里闭目养神。过了没一会儿，外面忽然嘈杂四起，喧闹大作，我正要出去看看，一个小弟就慌里慌张地跑了进来，说："乾哥，乾哥，娜美他们那伙人又过来了，这次手里全都掂着家伙!"

5

我知道娜美要动手，但没想到她来得这么快。

我急忙走出办公室，看到偌大的房间里面全都是人，娜美这次至少带了二十多个小弟，个个手里都拿着家伙，刀子、甩棍、棒球棒什么的，来势汹汹，犹如恶煞附体。我手下的人则排成了一道人墙，阻止他们进入，两方人马正在互相推搡着。这种状态最危险，随时都会擦枪走火，事态升级。

我大喝了一声："住手!"

场面上顿时安静了下来，大家都把目光投向了我。我朗声说道："请娜美姐出来说话。"

对方的小弟自动往两边站开，让出了一条道路来。娜美徐徐地踱着步子走了过来，她穿着一身的灰色风衣，木刀在手里斜斜握着，在那不经意之间，蕴藏着无穷的杀机。

我说："娜美姐，早啊。"

"阿乾，别客套了，你明白我来的意思。人，今天我必须带走，不管付出任何手段和代价。"她着重强调了一下"任何手段"四个字，摆明了已经在威慑我。

"哈哈，"我笑道，"看娜美姐今天这阵仗，我就知道你的决心了。但是，咱们一起风里来雨里去了那么长时间，你觉得我是那种能被人多吓倒的主儿吗？"

这一句话，我传递了两个意思：一，我们曾经一起并肩战斗过，你难道如此冷血而不念旧情？二，我并不会因为你带的人多，自己就害怕了。我出来混，也早已把生死置之度外。

果然，听到我这么说，娜美的脸上轻微抽动了一下。她看着我，忽然叹了一口气说："阿乾，这是社团的命令，你何必要这样呢？国有国法，帮有帮规，你身为社团的堂口大哥，连最基本的规矩都不遵守，以后怎么带着你的小弟混？"

我也直直地看着她，问道："娜美姐，我就问你一句话，你说帮规重要，还是兄弟重要？"

娜美看了我半天，然后才徐徐吐出四个字来："帮规，重要。"

我心里猛地一凉，像是被谁兜头泼了一盆凉水。听到娜美这么说，我连跟她对抗的念头都被打消了。我摇摇头，苦笑着说："真没想到，你能说出这种话来。好，既然你觉得帮规重要，我不拦你，那你就执行帮规吧。"

娜美一愣，问道："你什么意思？"

"我是说，你可以执行帮规了，无所谓——"我双手一摊，说，"反正封城也不在我这里。"

娜美立刻柳眉倒竖，"封城在哪儿？"

"不知道，昨天晚上就跑了，连个招呼也没跟我打。估计是想办法回大陆了吧。"

"不可能，在社团的监控下，他连离开仁川都别想！"娜美一把举起木刀，指向我的鼻尖，冷声喝问道，"封城，到底在哪儿？"

我手下的小弟们一看娜美动手，都要冲上前来，我急忙手一挥，制止了他们的动作，说："娜美姐，我不想跟你起争执。你既然不信，就自己搜好了。如果能搜到，人你随便带走，我不拦着。"

娜美打量了我两秒，对着她的手下说了一声："搜！"

她的小弟刚要行动，就被我的手下给拦住了，两帮人虎视眈眈地对上了眼。我冷喝一声说："让开，叫他们搜！"

他们开始挨个儿房间搜，不放过任何一个可以藏人的角落，"噼里啪啦"地翻了半晌，搞得满是混乱，一地狼藉，跟抄家差不多。他们翻遍了我堂口的每一个地方，恨不得掘地三尺，但始终没有找到封城的影子。

我呵呵一笑，"娜美姐，这回你该相信我了吧。封城真不在我这里。"

"那他到底在哪儿！"

"我真不知道，我不是说了嘛，他自己偷偷地跑了，连个招呼都没跟我打。"我说完，招招手，让小弟拿过来三炷香，点了，然后我拜了三拜，恭恭敬敬地插在了堂口供奉的关二爷的香炉前，说，"关二爷，不管封城流落到哪里，他始终是我兄弟，希望你能保佑他一帆风顺，逢凶化吉。"

我这番话是遥寄给封城的，同时也是给娜美听的。我想告诉她，本是同根生，相煎何太急。

果然，娜美听了这句话之后，脸上的表情很奇怪，说不上来是怎么个意思。想必她也很为难吧，一边是社团龙头老大的命令，一边是割舍不断的兄弟情义。至于如何选择，就只能看她自己了。

娜美收了刀，冷冷说道："阿乾，既然封城不在你这里，我不逼你。不过我要告诉你，只要他还在仁川，我迟早会把他找出来的。到时候，希望你不要再插手。"

"放心，只要你找到他，我是不会插手的。"我自信地笑道，"不过我也要提醒你，大海捞针这种活不好干，娜美姐，我希望你别把精力放在这种注定没什么结果的事情上。"

"那就不是你需要担心的了。"娜美再次冷冷地看了我一眼，对着她的手下说，"走！"

娜美走了，看着被他们翻腾的满地狼藉的堂口，我心里空落落的，说不上来什么滋味。

这件事情以后，我忐忑了两天，一直在等着孟老大找我谈话，或者要对我进行什么家法处置。因为我逼死了白逍，放走了封城，现在就是他的眼中钉，肉中刺。可是奇怪的是，孟老大始终没有找我谈话，在这件事情上，他放弃了跟我的沟通。不明白他葫芦里卖的什么药，这更加让我惴惴不安。

娜美跟我在新浦街茶舍火并的事情，很快就传遍了整个社团，以及整条中华街。听到的人无不瞠目结舌，因为在他们看来，我跟娜美的关系好得就像穿一条裤子似的，如今却反目成仇，大打出手，这也太戏剧化了。据我所知，白逍的死党兄弟冯三自从首尔来了之后，就一直待在仁川没走，继那次大闹灵堂之后，他一直在想办法找我的麻烦，可这时候突然杀出来一个娜美，冯三倒落得清闲，袖手旁观，隔空观虎斗了。

相对于娜美的发难来说，冯三才是最危险的因素。这家伙就是一个定时炸弹，指不定哪天就爆炸了。封城一开始说得没错，我应该在第一时间把他给剪除掉的，以绝后患。可是现在封城也不在了，我少了一个得力帮手，现在做这件事情，恐怕力不从心。

或许，封城也只是这么说说而已，如果我真要动手干掉冯三的话，他肯定会出面相拦的，让我三思而后行。毕竟他的真正身份是一个国安，而不是道上混的。封城走了以后，我仔细地梳理了一下他在我手下的所作所为，好像除了逼死白道他勉强算个帮凶之外，还真没做过什么杀人放火伤天害理的事情。有好几次，为了追几批债务，我派封城带人去动几个债主，都被他以肚子疼啦、吃错东西啦、忽然间感冒啦等借口推托了过去。

果然是人生如戏，全靠演技。我想起了《喜剧之王》里在片场发放盒饭的工人吴孟达，其实在片中，他真正的身份是一个警察，在片场做工，只是卧底的一种手段。当吴孟达把自己的真正身份告诉尹天仇时，他感慨道："其实我们才是演员，我们是拿生命在演戏！"

看来为了能好好混下去，有空得去买本《演员的自我修养》读读了。

6

我跟娜美的关系算是彻底掰了，孟老大也不召见我，很多派系的人都墙头草随风倒，在出事之后，恨不能立刻离我远远的，不想跟我沾上一毛钱的关系。那句话说得真好，每次我打下"呵呵"的时候，其实心里想的是去他妈的！

没人搭理我，我就自己玩。像韩国这种国家，最不缺的就是娱乐场所，经济的富足和繁荣要让生活在这里的每一个人娱乐至死。喝酒、跳舞、赌博、夜总会、桑拿店、赌场……只要你有钱，想玩什么就有什么。我这人也很有原则，除了白粉不碰以外，其他的照单全收。

那几天我玩得很疯狂，带着一小撮手下，每天都要玩到凌晨三四点，直到筋疲力尽了才罢休。仁川那么多夜店，按理说碰见熟人的概率不大，碰见仇人的概率就更低了，可没想到，就在那天，就让我在DL碰到了。

DL是家夜店。我刚到韩国的时候，第一次去的夜店就是这家，还顺便教训了两个练跆拳道的韩国棒子，给他们上了人生中的重要一课。那是我初出茅庐，人生地不熟的时候办过的事情。这里的灯红酒绿和靡烂摇摆的音乐中记载着我的汗水和青春，所以我对这个地方格外迷恋。

我坐在吧台上一边喝酒，一边打量着来往经过的红男绿女。DL夜店具有很强的开放性，人气也很高，运气好的话，有时候还能在里面撞见几个当红明星。反正我是一次也没撞见过，就算撞见了我也不认得。这种场合里不比屏幕上，明星没法自带光环，扔在人堆里根本跳不出来。其实明星也是普通人，我真搞不明白国内那些脑残粉们为什么见了韩国明星就像狗见了屎一样兴奋，连亲爹亲妈都不要了。

我喝了两支嘉士伯，正想进舞池里热热身子，衣服还没脱呢，就听到舞池里一阵喧闹，好像是打架的声音，紧接着就是啤酒瓶子摔在舞池地板上的动静。人群"哗"一下散开了，乱七八糟的，我看到一个人头上淌着血，被一脚踹翻在了舞池里，紧接着好几个人就冲上去，朝着他身上一顿乱踢。

我的眼皮忍不住一阵狂跳，如果我刚才没看错的话，被打的那个家伙就是跟着我晚上逛夜店的小弟之一。敢在"狐"的地盘上肆无忌惮地殴打我的小弟，简直是不想混了！还没等我站起来咋呼，跟着我来的其他小弟已经一窝蜂般冲了上去，跟对方殴打在了一起。

我虽然也很冲动，但马上就冷静了下来，急忙冲过去，大喊道："住手!"

我方人员虽然听我号令，但我的命令只对我的小弟有用，对方却丝毫不闻不问，依旧追着我的人狂打不止。我心里发急，两只手抄起两只啤酒瓶，二者相撞，"啪"的一下磕掉瓶底，露出了森森的利茬。我平举着两只啤酒瓶子对着他们，大声吼道："谁敢再往前一步，我当场就捅死丫的!"

我这一声怒吼把双方都给震慑住了，场面上一瞬间安静了下来。我看事态已经基本上控制住了，便朝对方吼道："你们谁是头儿？叫你们管事的出来说话!"

"呵呵呵，那就是叫我出来了呗。"一个阴冷的声音传了过来，对方的人纷纷往两边让去，一个嘴里叼着烟卷、留着毛寸的家伙踱着方步，二五八万地走了过来。我心里立马一个"咯噔"，真是冤家路窄，这人不是冯三又是哪个？

冯三走到我面前，歪着头，斜楞着眼看着我手里的啤酒瓶子，冷笑一声："挺牛x呗?"

我说："三儿……"

"×你大爷！三儿也是你叫的？"

我强忍着胸膛里猛然窜上来的怒气，说："三哥，这么巧。"

"哼，巧不巧的吧。没想到才来韩国两年多的土包子，如今也学会人模狗样地混夜店了。"

我手下的小弟一听这话，立刻群情激奋起来，"×你妈的你说什么？"

我摆摆手，让手下稍安勿躁，转头看着冯三说："三哥，都是一个社团里混的，低头不见抬头见，说话用不着这么刻薄吧？"

"刻薄，我刻薄吗？"冯三阴阳怪气地笑了起来，"我不是在阐述事实吗？"

看着他阴阳怪气的笑脸，我气得太阳穴上的血管一个劲地"突突"地跳，要在平时，我早就一啤酒瓶抡上去了。但现在不行，我心里明白得很，因为封城的事情，我跟娜美已经闹掰了，几乎落到了要与整个社团为敌的地步。这个节骨眼上，多一事不如少一事，万一我跟冯三火并起来，胜负暂且不说，还不知道给那些一直想找我事的人落下什么口实呢。

我说："三哥，不管怎么说，大家都是兄弟，我看今天这事，就大事化小，小事化了吧。你说，我这几个小兄弟哪里得罪你们了，我让他们赔礼道歉。"

冯三斜着眼睛，朝他的手下瞄了一眼，他的一个小弟立刻站出来，指着我们这边一开始被他们砸破头的那个兄弟说："这家伙泡我马子！"

我的那个小兄弟头上血流不止，他正脱了衣服，按在头上止血，听到这么说立马不服道："什么你的马子，哪个是你的马子！都是一块进舞池里跳舞的……"

我一听这话，心里就立刻明白了，冯三这伙人就是没事找事，故意挑衅来了。我走到冯三身边，低声道："三哥，今天这事别管谁对谁错，我先给你赔礼道歉了。给兄弟个面子，你看这里还有这么多人，咱们一个社团里的兄弟，莫要让外人看了热闹。"

"呵呵，"冯三瞅着我，还是那副阴阳怪气的笑脸，"你还怕让外人看了热闹？"

我知道他又在指桑骂槐地说白道的事。耿耿于怀的冯三，算是对这关再也过不去了。他针对我做的一切事情，都是由这件事情而起。

我不想再跟他纠缠这些东西，便招呼小弟们离开，说："三哥，今天是我的小弟不对，怪我管教无方，我回去之后肯定好好收拾他们一番。等我回头摆桌酒宴，专门请你，给您赔罪。"

"赔罪还得等回头？"冯三又是一声冷笑，"要赔，现在就赔。"

"行，我让他给您道个歉，可以吧？"

"要是道歉好使，这世界上还要警察干吗？"冯三看着我皮笑肉不笑，开始耍无赖。

这明显是小孩子扯皮才有的口吻，冯三这家伙摆明了就是不想好好沟通。我说："三哥，那照你这么说，该怎么道歉才行呢？"

"很简单。"冯三指着我那个头破血流的兄弟说，"让他跪在这里，给我磕三个响头，这事就算结了。你们想走走，想玩玩，我绝不阻拦。"

此话一出，我们所有人脸上都是一怔。要知道在东方国家，无论是中国、韩国，还是日本，让一个人磕头赔罪，便是对其最大的羞辱。男儿膝下有黄金，只跪天地和双亲，随便向一个外人磕头，简直就等于杀了他一样。虽然这人只是我的一个小弟，但就算卑微如蝼蚁，它也有着属于自己的生命和尊严，何况这还是一个活生生的人！

我的脸上也开始不悦了，"俗话说，士可杀不可辱。三哥，这么做，恐怕有些不妥当吧？"

"呵呵，不妥当？那你告诉我一个妥当的。"

我脸上一沉，并没有答话，双方就这么僵持着。DL夜店的老板趁着这个沉默的空档插了进来，挡在了我们二人中间，打起了圆场。他认得我，也认得冯三，知道今天在这里对峙的双方都是华人社团的人，哪一方他都惹不起。但不惹又不行，万一这两拨人在里面动起手来，一顿打砸抢，他这夜店损失可就大了。

"两位大哥，你看，你们这是生的什么气啊，大家都是低头不见抬头见的。小摩擦，小摩擦嘛，笑一笑就过去了。来，该玩玩，该喝喝，别因为这点小事影响了自己的心情。今天晚上不管喝多少，算我请客……"

老板的话还没说完，就被冯三摁着脑袋推开了，"你给我闪一边聒噪去！"

老板被推得一个趔趄，差点摔倒在地上，他唯恐冯三会耍起什么邪性来，当场就吓得讪讪不敢作声了。看这架势，冯三今天是铁了心要我难堪。

这个时候，我的选择就比较关键了，是进还是退？进的话，跟冯三火并一场，别管谁输谁赢，一般应该是两败俱伤，在这个节骨眼上，绝对不是一个好的选择。那么退的话，就让我的小弟向他磕头赔礼道歉？我虽然不是什么知识分子，但这种践踏别人尊严的行为，我也断然做不出来。

到底应该怎么办才好？冯三真正是给我出了一个相当棘手的难题。

我就这么和他僵持着，手心里面慢慢渗出了汗水。冯三则继续那副傲慢无礼的表情，歪着脑袋，斜着眼睛看着我，仿佛在等着看我的笑话。手下的小弟都能看出来我为难，那个头破血流的兄弟一下站了起来，走过来说："乾哥，你别求他了，我给他跪就是了！"

说着，这个兄弟双腿一弯，就要给冯三跪下去。我急忙一把抱住了他，说："今天我就是死在这儿，也不会让你磕这个头！"

那兄弟的泪花一下子就涌了出来，哽咽着说不出话来。冯三则不耐烦地道："你们就别在这儿假惺惺地演戏了，到底跪不跪，给个准话！老子在这站得腿都酸了。"

"跪！"我咬牙切齿地说，"我给你跪！行吧？"

"哎哟，乾哥，这我哪能受得起啊。"冯三佯装吃惊道，"你这一跪，还不把我跪掉半条命去？"

一看我要跪，手下的小弟们也都围了上来，纷纷拉着我的腿拽着我的胳膊，说："乾哥，不能跪啊，你这一跪下去，咱们以后还怎么混啊？"

正在僵持不下间，忽然一个人踱着步子走了出来，不冷不热地说道："三哥，好大的面子，现在连新浦堂口的大哥都要给你下跪了。"

这突然冒出来的人让我们都吃了一惊，我定睛看过去，真是巧了，今天晚上在夜店里总是碰到社团的人，此刻忽然冒出来的人正是张勇真。他上身穿着一件白色衬衫，最上面的两个扣开着，领带也被拉开了，一副放荡不羁的样子，看来应该是在舞池里跳了一段时间了。我刚才跟冯三起冲突的时候，他应该是一直站在人群里看热闹的，不知道这时候为什么又突然站了出来。

"哎哟，我道是谁呢，这不是咱们社团的财政大总管勇真兄吗？"冯三冷笑一声，"真是巧啊，没想到勇真兄没事也喜欢来这种场合消遣。"

"呵呵，也就是消遣消遣，没什么别的项目。不比三哥这么风光，叱咤风云的，连堂口大哥都要给你下跪磕头了。"

我知道张勇真此刻站出来，是实在看不过去，替我说话的，但我不想因为此事再把张勇真卷进来，说实话，社团里能够推心置腹的好哥们不多了。我说："勇真兄，其实我跟三哥之间有点小误会，你不用……"

张勇真朝我摆了摆手，示意我不用再说下去，"发生了什么，我明白得很，我刚才就在旁边一直看着。"

冯三走过去，用手指戳了戳张勇真的肩胛骨，"张勇真，你既然刚才都看得很明白，想必废话就不用我多说了。咱们出来混的，有错就要认，挨打要立正，他的小弟犯了错，当大哥的替小弟下跪，磕个头道个歉，有什么不对吗？"

张勇真被戳着肩胛骨，往后退了一步。对于这个掌管社团财政却丝毫没有战力的高级知识分子，冯三一点都没放在眼里。在他眼里，能打的，才是牛×的。

张勇真拍开了他的手，说："三哥，这就是你有点得势不饶人了。都是一块在舞池里跳舞的，同一时间大家共同看上的姑娘，你凭什么就说这是你马子，对吧？这个事情，一开始建立的逻辑基础就不对。"

"逻啥基础？"冯三夸张地把耳朵凑到了张勇真的前面，"卧槽我长这么大第一次听说这么个词儿。勇真啊，我是个粗人，没什么文化，不跟你似的，庆熙大学毕业的高材生。我这辈子就知道打打杀杀，你别拿书里的东西来吓我。"

这句话明显是用来讽刺张勇真的，冯三身后的那些小弟都一脸不怀好意地笑了起来。

张勇真却丝毫不以为忤，他道："别管什么词儿，理就是这个理。三哥，今天在众目睽睽之下，你让社团的堂口大哥给你下跪，这个事，说不过去。"

"说不过去，那就不要说了！"冯三猛然瞪圆了双眼，彻底撕破了脸皮，"告诉你，张勇真，今天别说是你站在这里，就是孟老大在这儿，我也得叫阿乾给我磕这个头，道这个歉！"

"呵呵，好大的口气！"看似瘦弱的张勇真丝毫没有被冯三的气势吓住，反而是一声冷笑，"三哥，你少拿孟老大来吓唬我。在社团里，有些孟老大不能做的事情，我却有法做！"

"哎哟喂，你可他妈吓了我一大跳，"冯三装着害怕的样子，贱贱地道，"你倒说说，你这么牛，你到底能做什么牛×事儿？"

"那我就给你说说。"张勇真直视着他的脸，道，"社团把你派去首尔地区发展，你从社团走的账，都是经我手过的流水。每一笔，每一分，我都记得清清楚楚。你支取了多少，返还了多少，中间有多少差额，这里面有多少是用于业务发展，还是干了别的用途，三哥，这其中的细节不用我说得太清楚吧？"

冯三的脸色立刻变了，他指着张勇真道："你……你敢拿这个事来要挟我？"

"谈不上要挟，我只是实话实说而已。咱们入社团的时候，都拜过关二爷，明先义，念帮规。你应该不会忘了第六条，'如有私自侵吞兄弟钱财杂物，或托带不交者，死在万刀之下'。当然，这世界上根本就没有万刀加身这种东西，但是国有国

220

法，帮有帮规，我把这个事情抖搂出去，谁都没法保你。"

冯三的脸上青一阵，白一阵，看样子想发作，但又不敢，最后只能狠狠地指了指张勇真说："你竟然给我说这个？你想怎么样？"

"不想怎么样。只是大家互相给个面子，该过去的事，就让它过去。"

"呵呵呵，好，算你狠！我今天就给你这个面子！"冯三狠狠地看了张勇真一看，又看了我一眼，领着手下的小弟离开了 DL。他想必也是憋了一团撒不出去的火，朝着围观的人用韩语大声说道，"都他妈看什么看，你们这些混蛋！赶紧滚进去跳舞吧！"

这场本来能让我大跌身份的尴尬事，就这么化解掉了。所以对于张勇真，我十分感激，在社团里的人全都避我唯恐不及的时候，他却挺身而出，帮我化解掉了这么大一个麻烦。

我说："勇真，真是谢谢你了。今天这事，要没有你，我还真没法收场。"

张勇真拍拍我的肩膀，"乾哥，我知道你的难处，你也是想多一事不如少一事。不过我总觉得，你这么让着冯三，是不是因为白逍的事，心里觉得对他有点愧疚？"

我苦笑一声，"你说的没错，这两方面兼而有之吧。毕竟白逍的事情，是我心里一个挺大的坎。"

张勇真也叹了一口气，"是啊，没想到他竟然会选择那样的……死法……"

"不说了，"我摇了摇头，"不说这事了，想起来就糟心。"

"嗯，不说了。阿乾，最近你跟娜美闹翻了，很多人等着看热闹呢，我也没其他什么能帮你的，你好自为之吧。"

我怅然一笑，说："放心吧，我相信娜美姐，她不会赶尽杀绝的。"

说完这句话，第二天就他妈的灵验了，不过却是反着的。

娜美要再次对封城动手了。

7

这个要人命的消息，是小马特地跑过来告诉我的。

自从送走封城之后，我便以为他能平安无事了。在济州岛待一段时间，销声匿迹一阵子，找个机会跑回大陆，继续他的国安生涯。至于社团这边的压力，我顶上一阵子，也就大事化小，小事化了了，最后弄一个不了了之的结局并不难，时间总会冲淡一切，顶多让我跟孟老大之间的关系再恶劣一些。不过事情到了这个份上，我也不在乎了，大不了领着允儿回大陆，混不起我不混了还不行吗？

不过生命就是一条看不到尽头的深广河流，到处都潜伏着看不见的漩涡。你一脚踏进去，往往是身不由己，随波逐流，有的时候，真不是想不混了就能抽身而出的。

就像小马跑来告诉我的这个消息，让我往挣扎的漩涡里陷得更深了一些。

天色还蒙蒙亮的时候，小马就跑到了我家，把睡眼惺忪的我从床上拽了起来。我一脸的不情愿，嘟囔道："马哥，这么早，你发什么神经啊？"

小马急道："你还睡！你再睡下去，封城就没命了！"

我一个激灵，睡意立刻去了大半，"这话怎么说的？"

"娜美姐领着人去济州岛了！"

"济州岛？去济州岛做什么？"

"说是要过去把封城给做掉！"

我立刻从床上跳了起来，拽着小马的衣服领子吼道："他妈的娜美怎么知道封城在济州岛的？哪个告诉她的？"

"你朝我急也没用啊，这都是孟老大的意思！我也是隐隐约约听他们说的，好像是说送封城过去的那条船暴露了，被孟老大的眼线给查到了，孟老大就通过这个事情，知道了封城的行踪。他把这个消息给了娜美姐，让她火速前往济州岛做掉封城，以免夜长梦多。"

我立刻急了，在屋里团团转，如同热锅上的蚂蚁。小马急道："哎呀，你别转了，转得我头晕，你倒是快想想办法啊。"

我强迫自己冷静下来，问："娜美什么时候动身的？"

"不久前。我知道消息，就第一时间跑过来告诉你了。"

"带了多少人？怎么去的济州岛？"

"不清楚，她这些消息，包括整个行动都是保密的，我也不知道。"

我迅速在脑子里思考了一下。娜美既然决定要干掉封城，为了保证万无一失，那么她一定会带手下去。虽然她是社团里的头号杀神，但封城的身手也绝对不容小觑，他出身少林，又在国安内部经过系统化的训练，娜美如果孤身一人前往的话，能不能搞得定他都是一个未知数。

而从仁川到济州岛，只有两种交通方式可以选择，一种是飞机，另一种就是坐船。如果是坐船的话，可以带更多的小弟，甚至可以直接带上家伙。但坐船去济州岛特别慢，路上需要五六个小时的时间。坐飞机倒是方便，一个小时就能到，航班也非常多，但缺点就是带不了太多的人，随身携带家伙更是别想。那么，娜美一方面要带手下，另一方面还要赶时间，她到底会选择哪种交通方式呢？

我没法再做进一步的思考了，现实情况很紧迫，不管怎么样，我都要坐飞机尽快赶过去。如果我选择了坐船的话，而娜美却选择了飞机，那等我赶过去的时候黄花菜都凉了。

我立刻给手下打了电话，让他火速预订能来得及赶往济州岛的最近一次航班，能订下多少位置，就订下多少位置。挂了电话，我站在窗户前抽起一根烟，焦急地等待着消息。

小马试图安慰我道："阿乾，你先别急……"

"怎么能不急！"我把刚抽了一口的烟卷狠狠地摔在了地上，吼道，"没想到娜美居然这样无情无义，对兄弟赶尽杀绝！"

小马道："你也不能怪娜美姐，兄弟义气，她绝对没的说，但这是社团老大下的命令，你让娜美姐怎么办？"

"不管怎么说，我绝不能让娜美坏了封城！"我咬着牙说，"我不管封城是什么身份，但我只知道，他是我兄弟！"

"我也是把封城当成兄弟的啊，所以我才一大早跑来告诉你这个消息。"小马叹息了一声，忽然幽幽地说，"阿乾，或许我们这样的人，根本就不适合出来混……"

我一愣，怔怔地看着他。这一句话像一把小小的锤子一样，敲击着我的胸膛，从里面掉落出许多的东西。那些血雨腥风的过去，那些泪和悲伤的过往，一瞬间涌上心头，像电影一样从眼前倏忽而过。在那一刹那，我有一种错觉，仿佛在看别人的故事。

人生真是难以预测啊，我又是如何一步步走到今天的呢？

忽然间，手机铃声响了，一下子把我从思绪里拉回了现实世界。手下给我打电话，说最近的一趟航班已经订好了，可是只订到了4个人的机票。

4个人，确实太少了点，不过总比没有强吧。接完电话，我就要赶往机场去，小马忽然叫住了我。

"阿乾，你……"小马欲说还休。

就算他不说，我也明白他想表达什么意思。其实，在这个事件里，小马才是最为难的那个人。娜美是他大姐，我和封城是他兄弟，他夹在中间，左右为难。他肯定想说，希望我能让封城没事，我也没事，娜美也没事。

但这怎么可能呢？我看了他一眼，苦笑一声，转身上了车。想起小马那欲言又止的样子，心里不由得一阵泛酸，或许，我们真的就不是适合出来混的人。

我带着3个小弟，一共4个人上了飞机，从仁川飞往济州岛。在济州岛降落的时间，大约在8点左右。下了飞机，我们就找了一辆车，前往药泉寺。

在离开仁川之前，封城给我透过底，因为他还有任务，还暂时不能离开韩国，既然要在济州岛避难一段时间，那他的第一选择就是药泉寺。国安系统派出去的每个人，在遇到特殊危险情况，需要更换自己的伪装身份时，都有一个备选。封城的备选身份是和尚，我不知道国安为什么会给他指派这么一个身份，或许是跟他少林寺的出身有关？

济州岛以旅游业为主，所以正值上班高峰期的时间在这里竟然一点都不堵车。我们在路上跑了好几家店铺，想买些趁手的家伙，却什么都没买到，最后只买了四把削苹果用的水果刀。

"乾哥，这玩意好使吗，捅不两下就弯了。我原来试过，就拿着这种小刀跟人打架，碰到壮一点的，肥肉稍微瓷实一点的，就这玩意儿都捅不进去。"一个小弟抱怨道。

我说："你以为济州岛是什么地方，能让你拿着大砍刀在街面上随便走吗？知足吧，有就不错了，总比空手强。"

一个小弟把玩着手里的水果刀，瞅着刀把上印刷的商标念道："春光牌水果刀……made in China？卧槽，乾哥，国货当自强啊。"

我仔细一看，可不是，明明白白的"中国制造"。敢情跑了那么远，还是用了老家的东西，这让我心里有了点莫名的安慰，同时也更加心忧，要是一捅就弯，还不如找块砖头好使呢。

没办法，能做的我们都做了，剩下的就交给命运吧。

就这样，我们4个人，怀揣着4把国产小刀，进入了药泉寺。药泉寺在济州岛颇负盛名，甚至在整个东亚都很有名气，被称作亚洲规模最大的寺庙。因为传说有能治疗百病的神水，所以被称作药泉寺。药泉寺是用朝鲜早期佛教建筑方式建成的寺庙，六角飞檐，颜色古朴，端的是法相庄严。就凭这一点，就高出大陆不少寺庙一个档次来。药泉寺当然也经过不少的修缮，却是"做旧如旧"，整体保持着古朴之风，而反观国内的一些寺庙建筑，包括有点历史韵味的名胜景点，统一的是"做旧如新"，本来挺有历史底蕴的地方给你修缮得金碧辉煌，颜色艳丽，青翠欲滴，生生把一个古典美女化妆成了坐台小姐。

8

这将是一场狙击娜美的战斗。

我带着3个人，心怀忐忑地进了药泉寺，不知道前路如何。因为我们4个人面对的，应该算是社团里有史以来的最高战力——娜美团队。其实我知道不光我自己忐忑，我手下的3个人心里也应该七上八下的，毕竟娜美的威名声震社团，她屡次单枪匹马血洗其他帮派的事迹早已传得神乎其神，在某种程度上，她早已经成了"犰"的一个精神象征。

那么，用我们4个人的命，在某种程度上去挽救封城的命，到底值不值？在那一瞬间，我忽然想起了电影《拯救大兵瑞恩》。即使牺牲了那么多战友和同伴，瑞恩还是活了下来，那么封城呢？我们的飞蛾扑火，能不能换来封城的全身而退？

我不知道，就像做很多事情的时候，我并不知道结果。我在山东的要债公司跑腿的时候，哪里能想到两三年后我就会混迹于海外的华人黑帮，并且坐上堂口大哥的位置？哪里想到我会经历这么多生离死别，目睹这么多尔虞我诈？

但求无愧，莫问前程。

药泉寺是济州岛的旅游名胜，上午已经有络绎不绝的游客。我们4个也伪装成游客的样子，进入了寺庙主殿。韩国寺庙跟中国的不一样，没有那么多香火，佛像面前就供着三根清香，袅袅青烟飘起，散淡于空中无形。进来的游客也多是拜一拜就行了，多是双手合十，闭目祈祷，不像在国内，进来之后就跪地磕头，发财升官之类的愿望求一圈，唯恐落下哪一个。上一炷头香要你一万多，还能走支付宝。

我们在主殿寻了一圈，没有见到封城的影子。我便向一个和尚打听，寺庙里有没有一个叫封城的人。

和尚说，寺庙里僧众较多，他根本认不全。再说，一般人出家之后都会抛弃俗名，有个法号，不知道他法号叫什么？

这可难为住了我。我哪知道封城的法号叫什么啊。

和尚也是爱莫能助，不过他给我们介绍了另一个专门管理寺院人员名册的和

225

尚。那个和尚住在主殿后面的偏殿，属于寺庙里的生活区，这里基本上就没有什么游客了。我们找到那个和尚的时候，他正对着电脑查询什么东西，好像是一堆表格。我心道科技的力量真是伟大啊，连寺庙都用上电脑了，不知道佛祖看到这一幕会作何感想。

我走过，恭恭敬敬地双手合十，鞠了一躬道："大师有礼。"

和尚从电脑前抬起头，也还礼道："请问有什么需要帮忙的吗?"

我说："我们在找一个叫作封城的朋友，他应该在这里出了家，做了僧人，但我们不知道他的法号叫什么。"

没想到这和尚却忽然笑了起来，"真是巧，我正在这儿找一个入寺前叫作封城的僧人呢。"

我有些奇怪，"你找他做什么?"

"在你们之前，就来了好几位客人，也是要找这位封城，我这是应客人要求，正在浏览前一段入寺前的僧人资料。"

我心里陡然一惊，失声叫道："谁，是谁要找封城?"

那和尚疑惑地看了我一眼，对我的失态多有不解，但还是回答了我："是一位女香客询问的。"

我立刻问道："是不是短头发，样貌冷酷?"

"对的，你们认识?"

我心里"咯噔"一下，这除了是娜美之外还能是谁? 没想到她消息这么灵通，竟然直接找到了药泉寺来，我真是低估了孟老大情报网的实力。我唯恐这和尚再起疑惑，便强迫自己镇定下来，装作毫不经意的样子说道："哦，大师说的这位女香客，正是我的朋友，我们约好了一起前来的，没想到她来早了。请问您知道她去哪了吗?"

"哪也没去，就在这儿等着呢。"和尚用手一指不远处的几间招待用的客房道，"我还没有找到封城的信息，所以先安排她和几个朋友休息一下。"

我眼皮一阵狂跳，娜美就在咫尺之间。幸好幸好，她还没有发现封城的踪迹，要是我们晚来10分钟，后果就将不堪设想了。

我领着3个兄弟向那间客房走去，在门口停了一会儿，猛地一把推开了门。屋里有6个人，一下子全都回过了头，有些意外地看着我们。

这6个人，我都十分眼熟，因为除了有一个是娜美本人以外，另外5个人都是她

226

手下的小弟，在以前的时候，我们常见，也曾经喝过几次酒，甚至能称得上是朋友。但今天在这里相见，气氛却变得格外别扭。

这是一间茶室，专门招待客人休息用的，桌上摆着围棋，旁边放着古琴，墙上还挂着有俞伯牙和钟子期的水墨画"高山流水"，本来安详沉静的摆设，此刻却都蒙上了一层剑拔弩张的气氛。我们4个人站在门口，娜美他们6个人坐在屋里，就这么互相对望着，一时间，双方谁都没有说话。

终于，娜美还是打破了沉默，"阿乾，没想到你会跟到这里来。"

我只是看着她。

"你怎么知道我们会来？是谁给你通风报信的？"

我没有回答她这个问题，却问道："娜美姐，非要赶尽杀绝吗？"

"阿乾，你应该明白，社团的命令是绝对的，无论你我，都应该无条件执行。"

"不，我没法执行。"我摇摇头说，"封城是我兄弟。"

"兄弟情谊，不能凌驾于帮规之上。"

"那我问你，如果社团下令，让你干掉小马，你会动手吗？"

娜美沉默了片刻，眼帘也低垂了下去，过了几秒后，她才抬起眼帘，正视着我，说："如果这是社团下的命令，是的，我会动手。"

我心里有什么东西彻底崩溃了，嘶哑着嗓子说："那我问你，娜美，你觉得如果社团给我下令，或者给小马下令，让我们干掉你，你觉得我们会动手吗？"

"你们不会，"娜美接着又补了一句，"但你们这样做，是错的。"

我哑然失笑，"那你觉得我们应该干掉你，才是正确的了？"

娜美面无表情，"社团的命令高于一切。"

听着她冷冰冰的语气，我就觉得绝望至极，就好像当兵地说"服从命令是军人的天职"一样，不给你任何商量的余地。

我摇了摇头，说："今天不管如何，我是不会让你带走封城的。"

娜美看了我一眼，"你拦得住我吗？"

我说："我可以拿命拦。"

我这话一出，娜美的5个小弟立马警觉了起来，齐刷刷地从身上掏出了家伙。我一看，不觉哑然失笑，这他妈跟我们在路上买的东西一样，"made in china"的春光牌水果刀。

看来他们也是上飞机的时候没法带家伙，匆匆在路上搞了把刀子武装自己。就连娜美，这次也没有把她经常随身携带的木刀带来。

看到对方亮出家伙，我的小弟毫不示弱，也从兜里掏出了那把春光牌水果刀。双方都拿着玩具一样的小水果刀对峙着，场面忽然间有些搞笑。要不是场合不适宜，我差点就笑了出来。

我说："娜美姐，中国有句古诗，叫'本是同根生，相煎何太急'，没想到却应在了我们身上。"

娜美冷冷道："那你就当从来没有读过那首诗。"

就在这时，刚才我们咨询过的负责管理寺院花名册的和尚突然走了过来，刚走到门口，想要说什么话，却看到我们双方剑拔弩张的样子，愣在了原地。

娜美冷冷地盯着他，喝道："说！"

"那个，你们找的叫'封城'的那个僧人……"他咽了一口唾沫，"我让他在殿外等着了……"

我一听这话，立刻关上了茶室的门，正要上锁，那扇木门却"砰"的一下被踹开了，娜美带着她的手下冲了出来，直奔殿外而去。我一看大事不妙，也急忙跑向殿外，隐隐约约地看到了封城的影子。他比之前略微消瘦了一些，留着光头，穿着一件青灰色的僧袍。

我大喊了一声："封城，跑！"

封城听到声音，陡然回头看了一眼，随后他就看到了正向他狂奔而去的娜美诸人，以及向他大喊大叫的我们。封城立刻就明白了什么意思，没有一丝犹豫，转身撒丫子就跑了起来。

就这样，穿着一身僧袍的封城在前面跑，娜美领着几个手下在后面追，而我带着几个人又在娜美后面追，一路风驰电掣浩浩荡荡地跑出了药泉寺，引得来往游客纷纷侧目。

封城一口气跑到了大街上，娜美他们及我们在后面跟着，紧追不舍，冲撞得路人尖叫连连。路上行人太多，封城根本跑不开，无法发挥出自己的速度优势，他便猛然急转弯，拐进了一条小巷子里。济州岛南端的一些小巷子建造的历史比较悠久，四通八达，像是蜘蛛网一样密集。封城在这里左拐右拐，妄图凭此来逃遁，却一直没甩掉一心想置他于死地的娜美的追逐。当然，娜美也一直没甩掉我跟手下的追逐。三波人，就在这宽可走马、窄可通人的巷子里左冲右突，来回追逐。

剧烈的奔跑耗光了我们的体能，几乎每个人都是气喘吁吁，强靠着顽强的意志力在支撑着。我大口大口地喘着气，想要把更多的氧气送入肺泡，但就是这样，肺部还是像渴死的鱼一样，几乎到了竭力的边缘。两条腿像灌满了铅一般，越跑越沉。

再这么跑下去，我估计我们都得因为呼吸系统衰竭而死。

转出了一条小巷子后，忽然没有了四通八达的纵横阡陌，反而视界豁然开朗，脚下出现了一大片沙滩。原来我们东拐八拐的，竟然转到了海边。远处蓝绿的海水正在翻滚着白色的浪花，一波一波向着岸边涌来，同时送来了一阵阵咸腥的海风。

封城在沙滩上跑了两步，估计也是累极了，实在跑不动了，干脆停了下来，转过身子，弯着腰扶着膝盖，喘着大气说："不跑了，你们想干啥，就干啥吧！"

9

不光封城停了下来，我们每个人都已经坚持到了极限，弯着腰，喘着大气，干瞪着眼，一句话都说不出来。三方人马就站在沙滩上这么僵持着，一时间除了沉重的喘息声以外，也没有人说话，只有海浪翻涌的声音，一波接一波地持续着。

"呃——啊！"娜美的一个小弟忽然声嘶力竭地嘶吼了一声，掏出那把春光牌水果刀，朝着封城就扑了过去。封城毕竟是接受过少林寺和国安系统双重专业训练的人，一出手就精准地擒住了那人握着刀子的手腕，但两人都已经处于筋疲力尽的阶段，并且脚下的沙子太过松软，站不稳脚跟，两个人便一起倒在了地上，在沙滩上翻滚着厮打起来。

我玩过那么多体育运动，包括篮球、足球、长跑、游泳、乒乓球……最后发现，其实打架才是所有运动项目里最累的，没有之一。因为无论是篮球还是足球运动，如果你已经累极了，身体到达了极限，那么你就可以将动作稍稍放缓一下，或者把奔跑的速度控制一下，等体力恢复了再继续下一波的冲刺。但打架这玩意却不行，它是一个从头到尾都需要保持体力和速度的过程。你不能因为自己到了极限就有所放松，因为你一旦放松，给了对方哪怕一点可乘之机，那么对方的拳头就会像雨点一般地落下来。所以在打架过程中，你能做的就是在体力已经达到极限的基础上，再突破这个极限，在你感觉肺都要炸了的时候还要咬牙出拳。

相信经常打架的朋友，会有这个感悟。那种打完一场架后筋疲力尽的感觉，是其他任何运动都无法比拟的。

而此时此刻，我们便处于那个最困难的当口，即使全身的力气已经像是放进了榨汁机里的橙子一样被榨干了，但还是要挤出最后一点力气，咬着牙冲上去。我的几个小弟，和娜美的其他几个手下也扑打在了一起，在沙滩上来回地翻腾着。

娜美平常看起来白皙的脸蛋此刻也是因为剧烈的运动和呼吸而变得潮红，胸部剧烈地上下起伏着。我缓缓掏出那把春光牌水果刀，反手握刀朝向着她，叫道："娜美姐，非要把事情做到这个份上吗？非要我们在这里拼个你死我活才能罢休吗？"

"路都是自己选的，阿乾，"娜美长长地呼出了一口气，强迫自己的呼吸稳定下来，"没人逼你。"

"我知道没人逼我，但我今天站在这里，是为了兄弟情义！我们出来混，如果连兄弟情义都不讲，还讲什么！"

"我不是个不讲兄弟情义的人，但情义再重，也不能凌驾于社团的命令之上。国有国法，帮有帮规。"

"你总是拿社团的命令说事！那该死的命令就那么重要吗？"

娜美直视着我，"对，重要，那是社团的根基。"

我知道，说再多的话也是无用，此刻能做的，也只有在这里拼死一搏了。我反手握刀，大吼了一声，就朝着娜美冲了过去。娜美早已有所准备，她一猫腰，从小腿处的皮裤里抽出了一把特别短的木刀。

娜美平时刀不离身，但没想到，她竟然会带了这样的一把刀具过来。

在剑道文化里，正规的剑客装束都是在腰间插着两把刀，一短一长。长的叫作打刀，是主战刀具，就是平常看到的那种武士刀。而短的那一把只有打刀的三分之一长度，它有个特别拗口的名字，叫作"胁差"。

胁差的作用是作为打刀的补充，属于辅助用刀。俗话说，一寸短，一寸险。胁差方便随身携带，在很多场合都是一件很有威力的武器，尤其是用于室内或者巷战和暗杀时。在日本的德川幕府统治末期，著名的"新撰组"组长近藤勇就是靠着一把胁差诛杀了数十名维新志士，而打出了自己的威名。当然，胁差除了战斗之外，它还有一个最重要的作用，那就是用来剖腹自杀。

而娜美，就带着这样一把木制的"胁差"上了飞机，想来也是，安检的时候是不会有人在意这个东西的，谁会把它当作一件武器啊。但这玩意，到了特定人的手中，就是一件不折不扣的凶器。

娜美也是反手持刀，一下子就磕飞了我手里的春光水果刀，接着她手腕一抖，转了一个刀花，一下子就砍在了我的右肩膀上。这胁差木刀的长度不如打刀，自然打击力度也要弱上许多，但饶是如此，还是震得我右边锁骨一阵酸麻，差点拿捏不住手里的刀子。

娜美这个家伙，绝对是一个天生的武器之子，如果空手对战的话，我有信心在两招之内就把她搞定，但她手上一旦拿了武器，就像换了一个人一样，战斗力呈几倍增长。小小的木刀不过三十厘米长短，放在别人手里，不过就是一短木棍，而在娜美手里，却使得出神入化。

她一招得势，赶上来刷刷又是两刀，逼得我往后连退了好几步。我知道靠着手里的水果刀已经是无法战胜她，便憋足了劲抡圆了胳膊，把刀子一下掷了过去，权作飞刀来使。可惜我不是李寻欢，没有例无虚发的本事，娜美随便拿木刀一挥，就把飞刀打在了沙子里。

我一看，立刻傻了眼，手中空空如也，连一把国产的小水果刀都没有了。娜美则一个跃步，手中的木制胁差横着抹了过来，朝着我的颈部砍来。

我情急之下，飞起一脚。这一脚却不是踢向娜美的，而是踢向了地上的沙子。一蓬扬起的沙子直扑向娜美的脸庞，她下意识地一闭眼，身体动作停滞了一下，就在这一瞬间的功夫，我就已经扑了上去，弓着身子，抱住了娜美的腰，不顾她手里的木刀打在我背上的痛感，一下子将她扑倒在了地上。

面对手持木刀的娜美，进入地面战，是我可能取胜的唯一手段。

到了地面之后，我抱着娜美在沙子里打了好几个滚，她手中木刀的威力完全发挥不出来。她拼了命地想站起来，可我哪里会给她这个机会？在大陆差点成为职业拳手的那段时间里，我是接受过一些巴西柔术的训练的，虽然不成体系，但这些地面技拿来对付娜美却已经是绰绰有余。所以她连续挣扎了好几次要站起来，都没有成功。

在翻滚了几个来回之后，我把娜美死死地压在了自己身下，两只手分别紧紧地按着她的两个手腕。娜美修炼剑道，腕力十分强劲，可不管再强，她终究是一个女人，所以被我死死按住不得动弹。她的短发凌乱，因为剧烈的挣扎而脸色绯红，气喘吁吁地说："你……你放开我。"

"不放。"我紧紧地压在她的身体上面，不敢有丝毫松懈。

"你到底放不放开！"

"废话，你让我放，我当然不放。"

"你……"娜美看着我，脸上忽然掠过了一丝奇异的表情，绯红的颜色更甚，像是抹了一层通透的胭脂。她紧紧地咬着嘴唇，把脸别到了一边去，不再与我的视线相交。

看着娜美的表情，我心里也有些怪异的感觉。她凌乱的短发，长长的睫毛，娇俏的嘴巴，好像在忽然间变成了一块甜美的蛋糕，吸引着我忍不住想咬上一口。我和她的身体紧紧地贴在一起，脸部也近在咫尺，能清晰地闻到从她身上散发出来带着淡淡女人体香的汗水味儿。这一切都在撩拨着我体内的荷尔蒙，更要命的是，我感觉到身体的某个部位正在不可抑制地起着反应。

娜美转过头，瞪大眼睛，吃惊地看了我一眼。很明显，她也一定是感觉到了。

卧槽，太尴尬了。

这可是在性命攸关的战斗中啊，我们千里迢迢赶到济州岛，执行黑帮版的"拯救大兵瑞恩"，与对方短兵相接，以命相搏，关系到我们的兄弟情义，关系到封城的生死安危，是多么严肃的一件事情！可就在这种时候，我的身体竟然起了反应！这简直是他妈的生命中不可承受之扯淡。

要命的是，这种反应还是男人的本能，不是你想控制就能控制的。

顿时，压在娜美身上的我尴尬无比，起来也不是，不起来也不是，心中如同有一万只草泥马呼啸而过。娜美的情况也比我好不了多少，她感受着我身体某个部位的强烈反应，脸上的表情混合着惊讶、尴尬、愤怒和羞涩。

总之，太扯淡了。

我的意识在一瞬间走了神儿，趁着这个空档，娜美右手手腕一翻，挣脱了我的控制，接着木刀就在我锁骨上顶了一下。我猛然吃痛，身体压制不住，被娜美一把推开，挣扎着站了起来。她看着我，紧紧地咬着下嘴唇，脸上的潮红还没有褪去，眼神却一扫刚才的迷蒙，转而犀利无比，握紧手中木刀，朝着我砍了过来。

完了，我心道，今天非栽在这里不可。对于娜美这样的对手，同样的招式不可能奏效两次，她估计不会再给我翻盘的机会了。

我有些悲怆，转头看去，我的几个小弟和娜美的几个手下还在沙滩上翻滚厮打着，不知道是谁挨了刀子，沙滩上有几片殷红的血迹，正在快速地渗透下去。封城纵然功夫不弱，可在这样的场合下也发挥不出来，也跟着他们在地面上翻滚厮打，一片狼藉。对面的娜美正在奔袭过来，我忽然感觉到了一种绝望的情绪。

突然，一阵"崩崩崩"的强劲汽车发动机的声音由远而近传了过来，一辆四轮沙滩车撕破海风，怒吼着冲了过来，开车的人穿着一件长袖花格子衬衫，戴着一副墨镜，头发被风吹得向后飘起。他径直冲到我们面前，开着沙滩车，像骑着赤兔马旁若无人冲进敌军阵营的关羽一样，如同天神降临，大声吼道："住手!"

我们所有人全都被镇住了，停下了动作，愣在原地，全都呆呆地看着他。

这个人从沙滩车上跳下来，摘掉墨镜，露出了一张还算英俊的脸庞，不怒自威地看着我们。我看着他，心里忽然有一种奇怪的感觉，这张脸好像在哪里见过，但一时间却又想不起来。

娜美的一个小弟最先反应了过来，走过去推了他一把，吼道："你他妈谁? 别在这儿瞎管闲事，滚开!"

这个突如其来的男人丝毫不受威胁，一把就将他推开了，朝着我们叫道："阿乾，娜美! 你们怎么会这样! 你们为什么会在这种地方打起来!"

我和娜美一下子都被震惊了，这个陌生的男人，竟然能精准地叫出我们的名字，并且还表现的是这么的……熟悉!

这究竟是他妈的怎么一回事? 这个男人到底是谁?

看到我们一脸震惊的表情，他再也抑制不住自己的情绪，眼眶竟然瞬间就红了，大颗大颗的眼泪从脸上滚落下来。他一把撕开身上的花格子衬衫，用力捶打着自己的胸膛，迎着海风嘶吼道："我啊! 阿乾，娜美，是我，老棒子啊!"

第十一章　老棒子重出江湖

1

这个突然出现的男人说自己是老棒子，我们所有人都愣住了。

老棒子？听到这三个字，我的脑海像是被闪电劈过一样，瞬间闪现出数不清的画面场景，在我面前一一倏忽滑过。可这些场景，都跟眼前的这个人对不上号。直到恍惚中，我看到安医生在诊所里给老棒子做"重生"手术，而做完手术之后的老棒子，便是这张脸。

没错，就是这张脸！这张老棒子"重生"之后的脸！我跟这张脸相处的时间满打满算不超过5个小时，那么长时间过去了，它几乎就要在我的记忆里被完全抹去。

而如今，他猛然间出现了，我却一时间还反应不过来。

娜美也是一脸疑惑，"你说你……是老棒子？"

"对啊，老棒子，如假包换啊，娜美姐！"

"可是，我们都知道，老棒子已经死了……"

"我没死！我当时制造了一起假死事件，只是为了逃避整个仁川黑帮对我的追杀，我是迫不得已之下才那么做的！"

"可是，你的脸……"娜美迟疑道。

"我来到济州岛，用攒下的钱做了整容手术，只是想与过去的身份来个一刀两断。"

听到他这么说，我长舒了一口气，刚才还在一直担心他会不会说漏了嘴，把安医生给卖了。我和老棒子站定，互相看着，因为场合原因，我们两人的表情上都没有太大的波动，而此刻，我相信，他一定也和我一样，心里早已是波澜万千。

目前掌管局面形势的关键人物还是娜美，她听了老棒子的解释后，半信半疑，围着老棒子转了一圈，仔细地端详着他的脸，就像一只猫好奇地打量着它感兴趣的玩具一样，"整容手术？能达到这样的水平？"

"贵嘛，"老棒子笑道，"娜美姐，你不知道为了这个手术，花了我多少钱。"

娜美摇了摇头，眯起眼睛，很显然，她一点都没有放下心里的警惕，相反，她对于面前的这个"陌生人"的警觉性更高了。

"娜美姐，就算不认得这张脸，我的声音你还是记得的吧？"老棒子有些焦急，"难道你连我的声音也忘了？"

"你刺杀金大奉的时候，用的是什么武器？"娜美冷不丁地抛出了这个问题。

"餐刀。"

"你老家是哪里？"

"大陆，东北延边。"

"你进入社团参加的第一战是什么？"

"对清洞派的华人街阻击战。"

"你和阿乾是什么关系？"

"阿乾……他是我兄弟。"老棒子看着我，眼眶通红通红的，"我说过，我是怎么带他出来的，还怎么把他带回去。可最后，我还是食言了。对不起阿乾，我们都离故乡越来越远……"

"棒子哥！"我终于还是没能控制住自己的情绪，猛然间号啕大哭起来。我就像是一个受尽了委屈的孩子，终于见到了自己的家长，可以毫无牵挂，放声大哭。那些在社团里的尔虞我诈，勾心斗角，那些寂寞、孤独和莫名的焦虑，此刻都化作大颗大颗的眼泪，争相从眼眶里涌出，坠向脚下的沙滩。

我一个人承载了太多，我身上背负了太多我根本承载不起的东西，就是靠着一份对兄弟的执念和生存下去的欲望，我才一步步地走到了今天。而在这里，忽然见到了老棒子，那些一直支撑我走到今天的东西轰然间崩塌了，我像一个无助的孩子一样站在海风中放肆大哭，任凭泪流满面。我好想回到家乡，回到故土，回到那冒着袅袅炊烟和飘着白云的地方。那里漫山遍野的青草像是大地的抚摸，清澈的小溪涓涓流过，赤裸着的孩子嬉笑着跳进水里，岸边走过面容青涩的姑娘……但我知道，我再也回不去了，我已经从天堂一脚跨进了地狱，我的手上沾染着数不清洗不净的鲜血，我再也没有资格踏进那里一步。

直到那一刻，我才明白，我拼了命地要救下封城，其实是在给自己赎罪。

老棒子的回答天衣无缝，娜美终于相信了老棒子就是老棒子。老棒子的出现纯属偶然，他来到济州岛之后，为了生活，在当地谋了一份差事，就是在旅游淡季的

235

时候巡游海滩，确保没有游客在海滩上搞破坏行动。严格来说，在旅游淡季的时候，沙滩并不对外开放，在这里海滩上搞排球比赛、烧烤一类的活动，都是被禁止的。老棒子的工作便是针对此类情况例行巡查。

他今天还没开始巡查的时候，就接到了有人在沙滩上打架斗殴的消息，对于这类举报，他们都是要马上进行处理的，如果延迟了就会扣掉相应的薪水。于是老棒子开着沙滩车就杀了过来，没想到却撞见了我们。

我脑海里再次想起了在偷渡码头上与老棒子分别时说过的那句话：一叶浮萍归大海，人生何处不相逢。

老棒子说："娜美姐，你知不知道，我在济州岛隐姓埋名的这些日子里，是多么地想你们，多么想见到你们！可是没想到我们再一次见面，竟然是这样一种局面！为什么，你们为什么要自相残杀，难道社团里连你们也反目成仇了吗？"

"事情不是你想的那样，"娜美指了指一边的封城，"就是因为他，他是一个卧底，是国安的人，社团要除掉他，我只是执行任务。"

我叫道："我不管他是什么人，我只知道，他是我兄弟！"

我在说"兄弟"两个字的时候，咬紧牙关，眼含热泪，直直地盯着娜美。我真的就不相信，这么多一起经历的风风雨雨，她真的就能对我下得去手。如果刚才不是老棒子突然间杀出来，难道她还能真的置我于死地？

娜美迎着我的目光看了过来，没有说话。

场面一时间僵持了下来，本来娜美势在必得，几乎就要把我搞定，但任谁也没想到，突然之间杀出了一个早已"死去"的老棒子，生生把这一切搅黄了。但我看到，娜美紧紧地握着手里的木制短刀，根本没有任何放松的迹象。这个时候，也许只有孟老大亲自出来，才能让她打消干掉封城的念头。

封城忽然悲吼一声，捡起地上的匕首，对准自己的咽喉处叫道："娜美姐，是不是只要我死了，你们才能了结这一切？"

娜美冷冷地看着他，脸上没有一丝表情，"是。"

"那好，那我就……"封城的话还没说完，我就撕心裂肺般地大叫起来。

"封城！你以为你自杀了，这些事情就能告一段落吗？我警告你，你可以死，但只要你死了，我就会把这笔账算在社团头上，算在孟老大头上，算在娜美头上！我这辈子剩下的所有时间都会用来复仇！只要你想看到我过这样的生活，那你就去死！"

封城一下子愣住了，拿着匕首的手不停地颤抖着，嘴里嗫嚅着："乾哥……"

娜美的一个小弟受了伤，肚子被扎透了，沙滩上的血就是他流出来的。其他的人脱了衣服，正捂在他的伤口处，扶着他坐在了地上。看着这一幕，我苦笑一声，"什么狗屁帮规，什么狗屁命令，非要把兄弟们搞死才罢休吗？"

娜美回头看了看那个受伤的小弟，对照顾他的人说："快，送他上医院处理伤口。"

"可是，娜美姐……"

"快！"娜美的语气不容置疑。

"用我的沙滩车，快去！"老棒子把钥匙丢了过去，"先别管什么命令，什么帮规，救活自己的命才是最重要的！"

沙滩车重新启动起来，"突突突"地开走了。老棒子看着沙滩车远去的方向，叹了一口气问道："娜美姐，你知道我整容成这副模样，是为了逃避谁的追杀吗？"

"谁？"娜美轻轻蹙起眉头，"不是为了逃避整个仁川黑帮对你的追杀吗？我听说，当时地下市场有很多杀手都在蠢蠢欲动，都想拿到悬赏你的暗花。"

"没错，当时整个地下市场都疯了，除了黑帮以外，想取我性命的专业杀手也数不胜数，他们都想拿到悬赏我的暗花……但你知道，最高额的悬赏暗花，是谁开出来的吗？"

"谁？"

老棒子直视着她，清晰地吐出了三个字："孟老大。"

娜美的身子很明显地震颤了一下，但脸上还保持着她一贯镇定的表情，"这不可能，孟老大没有理由这么做。"

"没有理由？哈哈哈……"老棒子仰天长笑起来，直笑得所有人都莫名其妙，他才停下来，摇着头说，"真是讽刺啊，就连他最亲近的手下，竟然对他的所知所想也毫不知情。人心真是这个世界上最复杂的东西了。"

"你到底在说什么？"娜美貌似有些愠怒了，"现在你的身份还得不到证实，如果你再这么胡言乱语下去，我只能把你当作社团的敌人了！"

"老棒子绝对不是社团的敌人，娜美姐，"我说道，"他是社团的牺牲品。"

"到底是……什么意思？"娜美的眼神里闪过一丝凌乱。

"好，今天我就来告诉你，孟老大到底是什么人！让棒子哥去刺杀金大奉，这是孟老大从一开始就布好的局，他曾许诺，事成之后会给棒子哥新开一个堂口。重赏之下必有勇夫，自古以来就是如此，这本无可厚非。但在棒子哥刺杀了金大奉之后，孟老大为了不惹火上身，竟然撤销了对棒子哥的一切庇护，任由那些疯狗一般的黑道帮派在后面对他进行追杀！后来，棒子哥终于躲过了黑道帮派追杀的高峰，但此刻悬赏他的暗花又出现了，一些职业杀手开始蠢蠢欲动。为了彻底清除掉这个威胁，为了自己以后高枕无忧，孟老大开出了一个让人咋舌的悬赏价格，也就是因为这个高额悬赏，让棒子哥在鬼门关前走了一遭，才重新回到了世间来。"

"你说的，都是真的？"娜美后退了一步，摇了摇头，"不，阿乾，我知道你跟老棒子兄弟情深，你莫要在这里编故事……"

"不，我没有编故事！"我大声吼道，"你知道孟老大为什么会把新浦堂口给我这么一个加入社团还不到两年的新人？因为他知道我是棒子哥最好的兄弟，这是他曾经答应过棒子哥的回报，现在，他把这个回报给了我，希望能用这个收买我的心，让我别再为棒子哥的事情耿耿于怀！没错，这个堂口我是接收了，但我绝不是那种见利忘义的人，我心里的这份恨，直到今天，一丝一毫都没有削弱过！"

娜美立刻站在风中凌乱了，她知道，我不可能编一个莫须有的故事去骗她，我既然这么说了，那么事情肯定是这样的。如今老棒子的重新出现，也印证了这一点。她的手一松，短木刀掉在了地上，插进了沙子里。我从未见她的眼神如此迷乱过，像被风吹起来的一张纸。

老棒子缓缓说道："娜美，你现在知道，为什么我整了容，换了一个身份，也不敢回到仁川去了？因为如果我的身份一旦泄露，孟老大第一时间就会找人把我给弄死，所以为了保命，我放弃了一切，龟缩在这济州岛里。"说到这里，老棒子又冷笑一声，"不过，现在我的身份你也知道了。如果你在这里把我干掉，回去之后也算立了大功一件。"

娜美摇了摇头，什么话都没说。我知道，她是不可能干出这样的事情来的，老棒子这么说，只是为了激她。我明白打铁得趁热，便道："娜美姐，虽然封城是为了调查别的事情，才潜伏在社团里的，但你知道孟老大为什么执意要干掉他？"

娜美看着我，没说话，恐怕此刻，她已经丧失掉了思考的能力。

"那我来告诉你，孟老大如此恐惧封城的原因，是因为他有把柄握在国安手里！在没有来韩国之前，孟老大混迹在大陆的时候，跟东南亚的很多黑帮都有联系，当时他最大的买卖就是联合越南人和缅甸人，借道金三角地区向美国和墨西哥的黑帮集团贩卖人口。多少妇女幼童，就是通过孟老大的手，从东亚转道去了北美，供人蹂躏。"

"不，这不可能是真的……"娜美徒劳地摇着头。

"乾哥说的这一切，确实是真的。"封城往前走了一步，站在我旁边，说道，"我们国安六处，有一个部门是专门负责追查孟老大犯罪罪证的。他所做的事情，还不止贩卖人口那么简单，为了获取最高利润，他还在被贩卖的人身体里藏毒，通过人体运输冰毒和海洛因。"

"怎么可能会是这样。"娜美像是失去了支撑似的，跟跄后退了两步，一屁股坐在了沙滩上。她的几个手下赶紧冲了上去扶她，"娜美姐，你没事吧？"

娜美喃喃地说："可是，在社团内部，孟老大是严禁我们碰毒品的……"

"因为他原来就是贩毒的，所以太明白毒品的厉害！"封城说，"我们后来抓捕过很多制毒大亨和国际毒贩，而这些人，都是不碰毒品的。"

"不，不，不，"娜美一连说了3个"不"字，惊恐地看着我们，"你们3个，合起伙来欺骗我，给我讲故事……"

我有些心酸，看着平时冷酷孤傲的娜美如今却像一个小女生般慌乱不已，仿佛所有的生活都狠狠地欺骗了她。可是娜美啊，我们三个人，每一个人吐露出来的都只是这事情的一个侧面，它们加起来，才构成了事件的全貌。

我没有再解释什么。娜美是个明白人，她只是暂时慌乱而已。冷静下来之后，她一定能想明白，我们到底是不是在骗她。

2

娜美精神的崩溃，就意味着给封城换来了一条生路。

她追杀封城的所有动力，都来自于对孟老大的忠诚，因为作为孤儿的她，从小就是被孟老大抚养成人的，她看待孟老大就像是看待自己的父亲一样。而现在，我们把所有的真相都抛给了她，娜美心中坚不可摧的信念崩塌了。

我很同情她，至少，我很明白她这种信念崩溃的痛苦。就像一开始的时候，我加入华人社团，跟那些本地的韩国人、越南人、菲律宾人浴血搏杀，我以为自己是在为国争光，身上沐浴着荣耀的光环，但后来我才发现，其实大家都是一样的，都只是这个地下江湖丛林法则的牺牲品。他们是邪恶的，而我们做的事情同样不堪，谁也不比谁高尚，谁也不比谁龌龊。

娜美肯定也明白这一点，只不过，她对于孟老大的忠诚掩盖了这些帮派之间逐杀交易的罪恶。而现在，孟老大的形象在她心里轰然崩塌，那么，黑道帮派的本质也就赤裸裸地呈现在了娜美的眼前。其实，说起来，我跟娜美算是同一种类型的人，我们混迹于此，终日搏杀，不是为了多高的地位，也不是为了攫取多少权力，而是在生活所迫之余，怀着一份对于未来美好的信念。

只不过，随着当初老棒子被孟老大的遗弃，这个美好信念的梦在我身上早早就幻灭了。现在，轮到了娜美。

正因为有了老棒子的突然出现，我才能把所有真相和盘托出，看着精神已趋于崩溃的娜美，我说："在这个社团里，其实权力、帮规、派系这些东西都不重要，因为它们都是为了暴力掠夺而设下的冠冕堂口的借口。只有情谊，在这生活所迫的暴力法则下积累的兄弟情谊，才是这操蛋的世界里唯一的闪光。现在，娜美姐，你知道我为什么就算拼了命也要救下封城了。"

老棒子看着我说："阿乾，好久不见，你还是没变。"

"棒子哥，如果你是我，你也会这么做的。"

老棒子一声苦笑，"我一直以为，自己是一个天生混黑社会的料，不过在逃到济州岛以后，我想明白了，阿乾，其实吧，我跟你是一类人。"老棒子看向娜美，说："娜美姐，今天不光是阿乾在这里求你，我老棒子也在这里求你，能不能放过封城？"

说完这句话，老棒子一下子跪了下去，说："从小到大，除了天地父母和关二爷，我老棒子还没跪过任何一个外人。今天，我就给你跪下了。求你放过封城。"

封城跑过去，也跪下抱着老棒子哭，"棒子哥，你跟我萍水相逢，为什么要做到这个份上……"

老棒子淡淡笑道："封城，你是阿乾的兄弟，也就是我的兄弟。我带阿乾来韩国的时候，曾答应过他许多事情，可惜都没做到，今天算是一个补偿吧。为了兄弟下跪，不丢人。"

娜美挣脱几个手下的搀扶，走过去，捡起插在沙子上的木刀，可是手一松，木刀又掉了下去，斜斜地歪倒在了沙子里。娜美长叹了一口气，转过头，看着远方的大海说："我就当封城已经死了。"

……

娜美最终放过了封城。

她回去之后会对孟老大复命，说已经干掉了封城，并且已经将之石沉大海，从世界上彻底抹杀掉了这一个人。而封城不能继续在药泉寺待着了，他要换一个更加能够隐藏身份的伪装。

我劝说封城干脆离开韩国，回到大陆去，那样就不会有任何危险了。封城却拒绝了这一提议，他是这样回答我的："乾哥，在这个世界上，每个人都有必须坚持的东西。就像你坚持要救我一样，这就是你的信念。而我一定要坚持在韩国扎下根来，完成我应该完成的任务，这也是我的信念。"

我有些不太理解这种信念了，"封城，你这么做，到底是为了什么呢？"

"为了正义。就算正义姗姗来迟，也总比永远缺席的好。"

我怅然一笑，"在你眼里，封城，像我这样的人，是不是已经算是十恶不赦？"

封城叹息一声，说："我刚入国安的时候，有过半年的新警培训。当时的教官就给我们讲过，不要用一个人的职业和他所处的环境来判定他内心的善恶。我记得很清楚，教官给我们讲了一个故事，他说有一天苏东坡去寺庙游玩，为了诘难，就指着大殿内的塑像，问了小沙弥一个问题：'同样都证得阿罗汉果，位列西方，为什么菩萨就这么慈眉顺眼，而金刚就这么怒目狰狞？'小沙弥说：'金刚怒目，所以降妖除魔；菩萨慈悲，所以普度众生。'"

我听了之后，心里一震，似有所悟。

封城说道："其实不管菩萨还是金刚，他们内心都是善的，只不过表现出来的方式不同。这就像你和我一样，乾哥，你虽然混迹帮派之中，但我知道，你内心里其实是向往善的。你和我只是工作不同，生活环境不同罢了，其实我们都有着相同的内心世界。你听过顾城的那首诗吗？"

"哪首诗？"

"黑夜给了我黑色的眼睛，我却用它去寻找光明。"

"哈哈哈哈……"我忍不住大笑起来，笑得泪花都出来了，一把搂过封城问道，"说，你到底什么学历？"

"硕士研究生。"

"卧槽，封城，我是彻彻底底被你给骗了，我还以为你小学毕业呢。你到底是不是从少林寺里出来的？"

"少林俗家弟子，如假包换。什么都能骗人，可'心意把'骗不了人。"

"你……"我恨得牙根痒痒地看着他，"你有这本事，咋不去当演员呢？"

封城哈哈笑了起来，"其实生活就是一场表演啊。人生如戏，全靠演技。这条路，我还要继续走下去。"

我拍拍封城的肩膀，自此与他相忘于江湖。在生命的长河里，我与他萍水相逢，又匆匆而过，然而，冬天花败，春暖花开，有人离去，有人归来。在我生命里

241

旷别已久的老棒子，终于再次出现了。

他们仿佛在完成某种仪式的交接，交替抚慰着我空虚的心灵。其实不管付出了多少努力，到头来，我才是那个一直被照顾的人。

我在离开济州岛的时候，执意要老棒子跟我一起回去。那天晚上，就在海边，我们两个找了个烧烤摊，点了两扎啤酒，在夕阳的海风里对饮起来。

我斟满一大杯啤酒，和老棒子碰了一下，一饮而尽，感叹着说："棒子哥，你知道吗，我好久没这样畅快地喝过啤酒了。"

老棒子嘿嘿笑了起来，说："我也是啊，自从离开仁川之后，我就感觉自己被世界给抛弃了，每天活得浑浑噩噩，连自己都快不知道自己是谁了。"

我盯着他的脸，黄昏的阳光斜斜照过来，打在这张脸上，更加显得棱角分明。这是一张十分英俊的、具有男人味的脸，相信每一个姑娘看到这张脸，都会怦然心动。我不知道是不是因为长相变了，连带着声音也有些变化，总之，老棒子的嗓音听起来都比以前有磁性多了，他现在这副样子去夜店泡妞，简直一泡一个准。

老棒子瞥了我一眼，"你盯着我干啥？我脸上有鸟屎啊？"

我轻轻皱起眉头，"你真的是老棒子吗？"

"操，脸变了，听声音你听不出来啊？"

"你声音也变了。"

"是，来了济州岛之后，我发了一场高烧，声带烧坏了。后来病好了之后，我发现自己连声音都变了，不过你仔细听听，音色是没变的，还是能分辨出来的。呵呵，阿乾，别说你不相信我是老棒子了，有时候我洗脸刷牙的时候都不敢照镜子，你知道那种感觉吗？就是自我认知混乱了，我看着镜子里那张陌生的脸，一下子不知道自己是谁了。"

"那你到底是不是老棒子？"

"你说呢？"老棒子有些愠怒，"安做重生手术的时候，那张照片你看过的吧？"

我挠了挠头，"时间太长了，我都记不清了。"

"靠。"

"那我问你一个问题。"

"你还敢试探我，好吧，你问。"

"咱们第一次去夜总会点小姐的时候，你找了几个妞？"

"两个，一个俄罗斯的，一个克罗地亚的。那个俄罗斯的妞胸部真大，差点没把我给闷死。"

"哈哈哈，"我狂笑起来，"你记得真清楚。"

"那可是，人生第一次啊。这回你相信我是谁了吧。"

"相信，相信，你就是老棒子！谁跟我说你不是老棒子我跟他拼命！"

"靠！"老棒子骂了一声，摸着自己坚毅英俊的下巴，陷入了沉思。不得不说，人真是一种颜值动物，以前的老棒子如果摸着下巴陷入沉思，那绝对是一种搞笑状态，就像进城的老大爷坐在星巴克里喝咖啡一般不伦不类。但如今的老棒子坐在那里沉思，竟然别有一番味道，竟然缓缓流露出一种属于中年男人的沧桑和成熟。我的天哪，只是换了一张脸，整个人都不一样了。

可见在这个世界上，长得帅是多么的重要。你没思想，看上去也像有思想一样。

我说："棒子哥，在济州岛还常去夜店吗？"

"不去了，烦。进去就被搭讪，买杯啤酒都有人调戏你。还有两次我没防备，直接被妹子给灌醉了，带到旅馆里折腾了我一夜，差点没虚脱了……阿乾，我告诉你，我现在对女人不感兴趣。"

"我靠，你那是撑着了好吧。你得感谢安医生啊，他赋予了你一个全新的人生。"

"呵呵，"老棒子又跟我干了一扎啤酒，"我还是怀念原来的我。"

"那既然这样，棒子哥——"我转过头看着他，"跟我回仁川吧。"

"什么？"老棒子拿啤酒的手猛地一抖。

"跟我回仁川，"我说，"我们兄弟重新联手，一起灯红酒绿，醉生梦死，叱咤风云。"

3

在我提出要一起回仁川的要求后，老棒子沉默了。

我知道他在犹豫什么。如果孟老大知道他还活着的消息，一定会想办法斩草除根。

我说："你放心，娜美答应过我们，她在孟老大面前，绝对不会提起你的事情，她手下的那几个小弟也会守口如瓶。"

"不只是孟老大，阿乾，"老棒子浅浅地啜了一口啤酒，忽然叹了一口气道，"刺杀完金大奉之后的那段时间，绝对是我人生里一个挥之不去的噩梦。你知道吗，当时整个仁川的黑帮和职业杀手都在拼了命地找我，为了活命，我东躲西藏，每天惶惶不可终日，不敢有哪怕一秒松懈，因为只要有一瞬间的放松，我的命可能就不属于自己了。你没体会过那种精神时刻紧绷，时刻处于崩溃边缘的状态，简直是这世界上最残酷的经历了。"

我静静地听着，没有说话。

"说实话，来了济州岛之后，感觉生活一下子变得无聊了起来，每天喝喝酒，打打牌，跟同事吹吹牛×，我竟然变成了一个上班族，你说这多荒诞吧。这要在以前，打死我都不会相信我竟然能安于过这样的生活。说实话，前一段时间我还想找一个姑娘，在这儿结个婚，生个孩子得了，了此一生，怎么过不是过啊，对吧？所以，阿乾，你看我可能已经习惯了这种安稳乏味的生活了。"

"习惯了，怎么可能？"我问他，"你在济州岛才住了多长时间？"

"一年了吧。"

"一年，才他妈一年，你就习惯了？棒子哥，你的前半辈子都是风里来浪里去，刀尖舔血，叱咤江湖，一心想着轰轰烈烈闯出一番名堂。这才来到济州岛一年，你就变了？你以前的那些野心和梦想，说没有就没有了？"

老棒子听着我的话，原本波澜不惊的眼神里好像有一团火焰在慢慢燃烧起来，像是熄灭已久的灰烬，此刻却被人吹了一口，暗焰陡生。

"但是……"老棒子迟疑道，"万一我的身份泄露出去……"

"不会的，棒子哥，金大奉都死多长时间了，那股风早就过去了。你离开仁川之后，金大奉的兄弟朴海信还想搞我，结果被我反搞了一把，现在清洞派的势力在仁川已经荡然无存了。"

"嗯，我听说了。"老棒子点头道，"你还顺带着把白逍也给弄死了。"

说到这个，我就黯然了下来，"我本意没想弄死他，他是自杀的。"

老棒子歪下头，盯着我的眼睛，"阿乾，你愧疚什么？"

"我害死了白逍……"

"×，你他妈到底是不是出来混的！那是白逍害你在先，他是咎由自取，跟你有半毛钱关系吗？我跟你说，别说你不是故意的，就算真是你把他给弄死的，那也一点错没有！这个事，你完全不用愧疚，你只需要担心一点——那就是你搞死了白逍，孟老大失去了左右手，更重要的是，他失去了一个可以制衡社团内部派系之间的棋子，因为这个，他可能会非常恨你。"

我大惊失色，几乎从躺椅上滚下来，霍然转过头，对着老棒子行至高无上的注目礼。

老棒子皱起眉头，"干嘛这么盯着我，你又不是小姑娘。"

"你怎么知道白道是孟老大用来制衡各个派系的棋子？"

"用猜的啊，这很难想到吗？坐在高位上的人为了保证自己的位置安全，必然会这么干。"

"卧槽棒子哥，你猜得太准了……不，你分析得太准了！我用时间和鲜血经历过的事情和得出来的经验，从你嘴里说出来只是这么轻描淡写的一句！太牛×了！你就是这块料，干别的都不行！相信我，棒子哥，济州岛绝对不是你应该待的地方，你应该跟我回仁川去，那里才是你应该混的地方！"

"可是——"老棒子面露难色，"就算不考虑仁川其他帮派，万一孟老大知晓了我的身份，他一定会痛下杀手，说不定，会把你和我来个连锅端。"

"他没那么容易知道的。我们都不说，他还能是神仙不成，未卜先知？其实我觉得这事吧，你就算跟他说，他也未必会相信，谁能想到自己一心想干掉的人又堂而皇之地回到了自己眼皮子底下？"

"你是说……"老棒子猛然醒悟了过来，"灯下黑？"

"对，咱就跟他玩灯下黑！"

最危险的地方，往往就是最安全的地方，世间之事，不过如此。老棒子听我一说，也有所心动起来。但仁川对他来说，是一个彻头彻尾的伤心地和炼狱场，如此贸然让他回去，他的心理上一时间还无法接受。

看着还在犹豫不决的老棒子，我劝说道："棒子哥，你还在犹豫什么？难道江湖风雨不是你一直所期望的吗？你别告诉我，你就真甘心在这无聊到死的岛上终老一生。"

"操，"老棒子骂了一声，又喝了一口啤酒，"阿乾，一开始的时候，是我把你从大陆带到了仁川，极力撺掇你加入社团。现在情况反过来了，是你要拉着我再回江湖，重操旧业。"

"万事万物，不过就是个轮回嘛。说实话，棒子哥，我也是豁出去了，要么不混，要混，就混他个风生水起。"

老棒子转头看向我，这时，夕阳已经彻底地落下了海平线，最后一丝光明掠过老棒子的瞳孔，余晖燃起了他眼神深处的一蓬火焰，"阿乾，看到你，就像看到了年轻时的我。"

"有句老话怎么说来着，你无耻的样子很有我当年的风采？"

"哈哈哈，就是这意思。"

"这么说，棒子哥，你愿意跟着我回仁川了？"

"回！"老棒子斩钉截铁地说了这么一个字，然后举起酒杯朝我道，"干！"

满满一大杯酒，我和老棒子碰杯痛饮，一口气喝干了。我看着无边大海的夜色，忽然想起令狐冲归隐牛背山时吟唱的那首诗，"天下风云出我辈，一入江湖岁月催。皇图霸业谈笑中，不胜人生一场醉。"

可惜的是，令狐冲是要归隐，而我拉着老棒子却是要复出。其实，又有什么区别呢？一心要归隐的令狐冲最终被江湖所羁绊，到最后也没归隐成功，还是身陷江湖。

什么是江湖？很小的时候，我看电影，以为那打打杀杀的武林世界就是江湖；后来长大了，我以为古惑仔代表的不同帮派之间的互相砍杀，那就是江湖；再后来，我从学校出来，步入社会，觉得这个社会其实就是一个江湖，想要在这个世道上活下去，各有各的门路，各有各的手段。而现在，经历多了，我无比认可古龙先生的那句话：有人的地方，就有江湖。

所以，令狐冲想归隐牛背山，那牛背山上难道就不是一个江湖吗？

既然我们无从逃避，还不如主动拥抱红尘。

定下了回仁川的计划后，我说："棒子哥，你不能再用这个名字了，你得重新起一个新名字。"

老棒子想了想说："我小时候长得特别丑，我爸就很担心我长大了找不着媳妇，就给我取了一个小名，叫阿俊。不如我就用这个名字吧。"

"阿俊，李阿俊，好名字，哈哈，"我看着他那张沉浸在夜色中的脸，说，"现在你老爸可不担心你找不着媳妇了。"

老棒子笑道："什么吃多了都难受。最近还算好一点了，你不知道我刚来济州岛那段时间有多疯狂，一晚上能同时跟4个女人睡觉。最后到什么份上？我看见女人就想吐！过犹不及，过犹不及啊！"

"哈哈，你这是睡到恶心了，却不知道羡煞多少屌丝啊。"

"其实一直保持着对于女人的渴望挺好的，起码不缺激情。不是有那么一句话嘛，永远年轻，永远热泪盈眶。"老棒子说完这句话，轻叹了一口气，装×般地抬起了头，45°角仰望天空。

我顿时感慨道："卧槽，你这姿势，悲伤逆流成河啊！"

"不好意思，不好意思，"老棒子赶紧恢复了原状，"前段时间闲着没事，读了几本温情治愈系的书，一不小心就这样了。"

"你还读温情治愈系的书？"我下巴都快掉下来了。谁能想到东北延边大混子老流氓竟然会读温情治愈系？这太混搭了，我已经无法接受！

"也是瞎读，闲着没事嘛。不走心，也就记住了其中几句话，比如'你是人间的四月天'什么的。"

"卧槽，这太恶心了！"

"恶心什么啊，我觉得挺好的，"老棒子越说还越来劲了，又念叨了一句，"不是说好要做彼此的天使吗？"

我咬着牙，强忍着想吐的冲动，说："棒子哥，够了……"

"请不要伤害××座，××座就是如此单纯善良。"

我再也控制不住，"哇"一下，把刚才喝下去的啤酒一股脑地全吐了出来。

这画风太诡异了，我完全无法接受，我决定了，等回到仁川后就给他买几本厚黑学、三国演义什么的书，好好陶冶一下他的文学情操。他再看这样的书，整个人就废了。

老棒子看着我吐了一地的啤酒沫子，不解地问："阿乾，你这反应也太大了吧。"

"不是我反应大，实在是……"我摆摆手，不想再继续纠缠这个话题，"好了，说回正事，你回仁川后，就用李阿俊这个名字吧。我想办法给你重新办出一张身份证来。"

"不用那么麻烦，你直接找唐妈就行了，她会把这个事搞定。"

"唐妈？"我惊愕道，"你疯了，找她？万一她把这事捅给孟老大怎么办？"

"不会的，唐妈跟孟老大不对付，他俩不是一个派系的人，"老棒子神秘兮兮地道，"更重要的是，唐妈是和安医生拴在一根绳上的蚂蚱，她不会让安医生出任何事情。"

"你怎么知道？"我惊讶万分。

"这些也都是我在仁川逃亡的时候打听到的内幕消息。唐妈的儿子曾经在仁川犯了大事，在街头火并的时候捅死了别的帮派的头目，也遭到了追杀。后来是安医生给她儿子做了重生手术，换了一个身份送到了日本，这才保下了一条命。所以，有这层关系在，只要跟安医生有关的事情，你就不用防备着唐妈。"

听老棒子这么说，我恍然大悟了，怪不得我一直觉得唐妈和安医生走得非常近，那一次娜美去安医生诊所搞突袭，抓杀手州的时候，也是多亏唐妈在那里坐镇才解了围，原来是有这层关系在啊。

一念及此，我道："那既然这样，就更没有什么好担心的了。棒子哥，今天晚上，咱俩无醉不归，明天一早醒来回仁川！"

4

封城的事情告一段落后，我和老棒子一起回到了仁川。

对外，我只是宣称我在大陆的好哥们李阿俊前来韩国投奔我了，在堂口内帮我处理一些杂事，丝毫没有引起任何人的怀疑。可能打死他们也想不到，早已经在车祸中"身亡"的老棒子，会以另一张脸、另一个身份重新出现在仁川。

老棒子来的第二天，我就带他去见了唐妈。

我和老棒子走进唐妈的杂货铺，打了声招呼说："唐妈，忙着呢?"

"不忙，怎么了阿乾，今天什么风把你吹过来了? 你可是有一段时间没来看我了。"

"呵呵，瞎忙，"我装作懊丧的样子道，"因为封城……我和娜美之间的事情，你也知道。"

"人在江湖，身不由己。娜美这孩子是我看着长大的，她就是对事不对人。阿乾，你别怪她。"

"我不怪她，唉，不提了，过去的事就过去了。唐妈，今天我过来找你，是有点别的事。"

"等会儿，"唐妈放下手里的活，走到铺子门口左右张望了一下，然后掩上了门，挂出了"盘点歇业"的牌子，这才放心地道，"什么事，你说吧。"

我指着老棒子说："唐妈，我给你介绍一个新朋友，李阿俊。"

老棒子上前伸出了手，说："唐妈，久仰大名。"

"你好。"唐妈也很客气地伸出手，跟他握了握，眼睛却疑惑地看向了我，她不明白我特地把李阿俊介绍给她，到底有何深意。

我说："唐妈，是这样，李阿俊是我在大陆的好哥儿们，特地来仁川投奔我的。为了以后方便，你能不能动动关系，给他弄张身份证?"

"这个啊……"唐妈有些为难道，"阿乾，按说你开口了，我也不能拒绝你。但你知道，办身份证这个事情，说难也难，说简单也简单，它得动用到社团里的关系。阿俊这才刚来，人头还没混熟，我就动用关系给他办证，有点说不过去。再说，你现在跟孟老大之间的关系……你明白吧?"

"我明白，我明白，"我道，"可是，唐妈，别的事情不说，这个事情你可一定得先帮帮我。因为阿俊不是外人，他可是咱们的老朋友。"

"老朋友?"唐妈不解地看看我，又看看老棒子。

"你觉得他像谁?"我又补充道,"别看脸,看身材。"

听我这么说,唐妈围着他转了两圈,上下打量着,摇了摇头,"看不出来,像谁?"

"你没觉得他这身材,特别像……老棒子吗?"我开始引导她。

"老棒子?"唐妈眯起了眼睛,又仔细打量了一遍,"不是很高,结结实实的,被你这么一说,还真有几分相似。"

"当然相似了!"老棒子忍不住叫了起来,给了唐妈一个熊抱,"我就是老棒子啊,唐妈!好久不见,我想死你了!"

唐妈像触电了似的,一把将他推开,瞪着我说:"阿乾,这玩笑一点都不好笑!"

"我们没开玩笑,真的,"我说,"他就是老棒子。"

"可是,他……"

"安医生给他做了重生手术。"

听到我言简意赅地指出真相,唐妈没有防备,忍不住浑身一震。

"安医生?"唐妈倒吸了一口冷气,"这么说,老棒子……没有死?"

"确实,棒子哥没有死,之前所有的一切,都是为了掩人耳目,为了活命,不得已的手段。"我把事情的来龙去脉,前因后果给她讲了一遍。唐妈听完之后,沉默了半晌,问道:"这太离奇了,你让我怎么相信你们?"

"很简单,"我说,"你去问问安医生,就什么都知道了。"

"稍等,我打个电话。"唐妈让我们稍微等待一下,她走进内间,打了个电话。她肯定是找安医生确认去了,谨慎如唐妈者,她肯定不会听信我的一面之词,就认定老棒子的身份。我跟老棒子在屋里等待着,稍微有些忐忑不安。

我说:"棒子哥,这个时候唐妈要是给孟老大来个通风报信,咱们可就完犊子了。"

"放心吧,不会,"老棒子自信道,"你要懂得揣摩人心,只要亮明了安医生这张底牌,那咱们就是一个阵营的人。"

"那万一呢……"

"没有万一!你要说万一,你吃饭还有可能被噎死,喝水还有可能被呛死呢,你吃不吃饭?喝不喝水?"老棒子白了我一眼,"阿乾,你现在是一个堂口的大哥,也历练了那么长时间了,稳重一点,自信一点好不好?"

其实我本来挺稳重的,可有了老棒子在身边,不知道怎么回事,我就像见着了家长的小孩子一样,又回到了当初那种略显幼稚不谙世事的状态。可能这就是所谓的"安心"吧,不用自己背负太多,整个人一下子就轻松了下来。

唐妈再次走出来的时候，脸上已经没有了一开始的那种警惕的表情。她看着老棒子，也不知道是惊讶还是感慨："老棒子啊，没想到，这辈子还能再见到你，世事真是难料啊。"

　　"呵呵，唐妈，我也没想到还能再见到你。本来我都打算好了在济州岛终老一生了，可是阴差阳错的，还是回到了这里来。"

　　"回来就好，回来就好。"唐妈拍了拍老棒子的肩膀，神色间忽然有些惆怅。我想，她一定是想起了她那个远赴日本的儿子。

　　老棒子说："我这次回来，各方面还要麻烦唐妈多多照顾。"

　　这一句话说得唐妈转悲为笑，"哈哈，这话说的，你是老油条了，需要我照顾什么？"

　　"我这不得以新人的身份，重新开始嘛。"

　　"呵呵，你是新人，那我们可都是雏儿了。"唐妈毕竟是江湖人，虽然平时看起来温文尔雅，可有时候在言谈间还会不自然地流露出江湖秉性来。她打量着老棒子的脸，不知道是在感慨这张新面孔还是在感慨安医生的鬼斧神工，"怎么样，在济州岛没少勾引小姑娘吧？"

　　老棒子忍不住笑道："怎么，这张脸有这么大的杀伤力，连唐妈你都动心了？"

　　"动不了喽。"唐妈笑着，转身走进柜台里，语气怀着些沧桑，"如果还能年轻个二十岁，我真的就能陪你玩玩。可现在，无心也无力了。"

　　"这话说得可不对，"老棒子将上身支在柜台上，一本正经地说，"武则天八十岁的时候还养面首呢，唐妈，你年轻多了。"

　　"去！"唐妈嗔怒地打了他一下，说，"我跟武则天能比吗？要是我哪天当皇帝了，我就包养你。"

　　"哎吆唐妈，这可说定了，我下半辈子可就靠你了……"

　　我站在一边，看着这两个老油条心照不宣地互相调笑着，明白了我们现在已经处于一个阵营之内。老棒子说的果然没错，这世界上没有什么万一的事情，一切偶然都是在必然之中呈现的。

　　所以，事情到了这个份上，有些话就不用多说了，老棒子新的身份证"李阿俊"，唐妈会在第一时间动用自己的关系，很快就把它给办出来。

　　我忽然想到朦胧派诗人北岛曾经写过一首诗，叫作《生活》，而这首诗只有一个字：网。

　　以前我不懂，但现在，我在社会上经历了那么多风风雨雨，回头再看这首诗，不禁拍案叫绝。简单的一个字，却写出了一个世界，写出了一个人生。一个"网"字，连标点符号都没有，却概括出了芸芸众生。是啊，我们从出生开始，到死亡结束，不是无时不刻陷在一张巨大的关系网里面吗？不同的是，有的人是富贵之网，有的人是屌丝之网，有的人是白道之网，有的人是黑道之网……而现在，我和老棒子、唐妈、安医生，又被紧紧地捆在了一张网里。

晚上的时候，我去了安医生的诊所。那天他出奇的清闲，一个人坐在楼上喝茶看韩剧，看到我过来，只是略微点了点头，算是打过招呼。

这人性情就是如此淡泊，我也早已经习惯了，便靠着他在旁边坐下，说："老棒子回来了。"

"我知道，上午的时候，唐妈跟我说了。"安放下茶杯，忽然幽幽地叹了一口气，"其实，我早就料到会有这么一天。"

"你早就料到老棒子会回来？"我疑惑道，"为什么？"

"这样的人物，我见的多了。生来就是江湖人，不管受过什么样的打击，心里总有一团火在烧。"

我在心里由衷赞叹了一声，安医生这洞察力，就像他的手术刀一样冷静精准。就这份洞悉人心的敏锐性，丝毫不在老棒子之下。

我说："老棒子回来了，你不担心吗？毕竟，他是你的作品，万一他暴露了……"

"呵呵，"安医生浅浅一笑，"担心有用吗？该发生的，迟早会发生；不该发生的，总也不会到来。另外，我相信你，也相信老棒子，当然更相信唐妈。现在最重要的，是娜美那边，如果消息泄露出去，也是从她那边走漏的风声。"

"放心，"我点头道，"这一点，我敢打包票，娜美向来是说到做到，她说了不会透露老棒子的情况，便打死也不会透露的。"

我和安医生谈完话，离开的时候，允儿送我到门口。要分别的时候，我抱了她一下，吻了吻她的唇。在夜色中，她的嘴唇冰凉冰凉的，像是被水浸过一样。

"允儿，怎么了？"我看着她的眼睛，她的表情有些不对劲。

"老棒子回来了，是么？"允儿问道。

"是。"我点了点头，"我们兄弟又能相聚了。怎么，老棒子回来了，你不高兴吗？"

"我不是不高兴，只是……阿乾，你知道自从认识你之后，我的梦想是什么吗？"

"是什么？"

"跟你离开这里，离开韩国，回到故乡去，一起过安安稳稳平平淡淡的日子。"

我沉默了。

"阿乾，我本来以为，你已经厌倦了这个江湖，我一直在等着你萌生退隐之心，我以为我就快等到了。可是现在，老棒子又回来了，你们兄弟重新聚首，势必要掀起一阵新的风雨。我觉得我等不到你退出的日子了，或许以后，我跟你，都会死在这里，再也回不去故乡。"

我的心像被撒了一把钢针般的痛，允儿所说的，又何曾不是我心里所想？可江湖就是这样，我们都是被一步步地推着，走到这般田地里来的，说抽身的时候，已经看不到身后的路。一失足成千古恨，再回头已百年身。

5

封城事件在社团里引起了一场地震似的波动，它不仅重新划分了派系之间的格局，使得我和娜美之间本来牢不可破的阵营分崩离析，而且还在社团内部掀起了一场各个堂口"自检"的风潮。孟老大在九龙春签署了最高命令，以极其正规的行文方式下发到了社团内的各个堂口，要求堂口大哥严格按照九龙春精神办事，自我筛查，自我检视，在第一时间发现不稳定因素，果断处理，并且及时上报。绝不能像新浦堂口一样，出现类似的"封城事件"。

在社团历史上破天荒发布的正规行文里，我管理的新浦堂口成了反面典型。老棒子拿着下发行文看了一遍，冷笑道："阿乾，孟老大这一手玩得好啊，他想彻底搞臭你。"

我有些不解，"按说封城这件事闹得已经足够大，孟老大以这个为借口，完全可以把我从堂主的位置上弄下去，但他却没有直接对我动手，为什么？"

"为什么？当然是留着你，利大于弊了。把你弄下去，再扶持上来一个，孟老大就有信心能控制的了吗？这跟官场里用人的道理是一样的，往往拍马屁的人都不会干活，而那些有本事干活漂亮的又不屑于当别人的心腹，所以，孟老大不可能弄个心腹草包过来管理一个堂口，那样更糟糕。而你能干活，有能力，又因为封城的事和娜美闹掰了，孟老大为什么不留着你呢？"

听了老棒子一番话，我顿时茅塞顿开，醍醐灌顶，感觉拨云见日，那些笼罩在我心头上的迷雾顷刻间一扫而空。我由衷地感慨道："棒子哥，你这辈子要是混不出来，那真是天理不容。"

"呵呵，这可不好说，你看，大半辈子已经这么浑浑噩噩地过去了。"老棒子点上一根烟，深吸一口，像以前那样从鼻孔里冒出了两道笔直的烟柱，"阿乾，活了这么久，我总算明白了一件事，那就是认命。人这一辈子能做出来多大成就，那真是天生成，命注定的，不是你有多牛×就能成多大事的，要那样，世界早就翻天了，从古至今，有多少牛×人啊，对吧？你说诸葛亮牛不牛逼，就我们这点智商加起来，都不够他个零头，可就算这么牛×的人，也只能是'谋事在人，成事在天'，到死也没达成夙愿。所以啊，不管这辈子能混成什么样，最后是一个什么结局，我都认命。"

我本来就有点宿命论的倾向，我总觉得，这宇宙间的一切，万事万物，大到星系毁灭，小到蚂蚁搬家，从奇点大爆炸宇宙诞生的那一刻起就已经注定了，就像一部拍好的电影一样，其发展轨迹已经形成，不管我们再怎么折腾，也都只是沿着这条轨迹前进，就像疾驰的火车一样，绝不可能脱离自己的轨道。

这无端让人觉得心安，也无端让人觉得沮丧。

如果一切真的都是已经注定好的，那我们的拼搏和努力到底还有什么意义？难道说，连这拼搏和努力本身也只是轨迹上的一环吗？

这真是对人生莫大的讽刺。

从济州岛回来以后，我一直想找娜美出来单独喝点，聊聊天，消泯掉以前的恩怨，化干戈为玉帛。其实，我真实的目的是想探探娜美的口风，毕竟，我不知道她对孟老大说了些什么。虽然我对安医生打过包票，她会遵守诺言，但事情真到了这个份上，我也不敢百分百的确定。

而就在我把娜美约出来之前，就意外地知晓了她和孟老大的谈话内容。那天，张勇真正在孟老大那里报账，娜美就不请自来地闯了进来，张勇真来不及回避，就听到了两个人的争论。

果然，我的担心不是多余的，娜美终究还是忍不住，把老棒子的事情提了出来。

据后来张勇真给我描述，两个人的谈话大致如下：

孟老大当时正在九龙春处理事情，听张勇真汇报社团这一段时间以来的账目收入，娜美就突然闯了进来。孟老大看到娜美进来，有些意外道："娜美，你怎么来了？"

"老大，我来汇报一下济州岛任务的完成情况。"

"嗯，这个不急，你刚回来，先休息两天……"

"不，我今天就想给你汇报一下，另外，还有一些别的事情……"

对于娜美的无礼强求，孟老大有些愠怒，但又不得发作。他转过头，看了看正在核对账目的张勇真。张勇真是个明白人，立刻问道："那我先回避一下？"

"不用，都是社团里的公事，没什么需要回避的。"孟老大摆了摆手，道，"娜美，你说吧。"

"按照您给的线索，我们以最快的速度赶往济州岛，在药泉寺发现了伪装成僧人，潜伏下来的封城。发现目标之后，我们立刻执行了社团下达的命令，将目标予以清除。"

"嗯，没有惊动当地警方吧？"

"没有，任务完成得相当顺利，一切都是在快速状态下进行的。虽然目标进行了一定程度的负隅顽抗，却对完成任务的阻碍不大。"

"好，娜美，每次交待给你的事情，你都能办得十分漂亮，这一点让我十分欣慰，没辜负我对你的期望。还有，尸体怎么处理的？"

"装进铁桶，沉到海里了。"

"唉……"孟老大叹了一口气，流露出一种悲怆的神情，"娜美，你知道的，我最近开始吃素了。杀生太多，会有损福报的，但有时候，我们做这一切都是被逼的，没办法，这个世界就是这么残酷……对了，我听说，阿乾在那天也赶去济州岛了？"

"对，他也去了，不过他晚了一步。当他赶到的时候，封城已经入海了。"

"那他什么反应？"

"他也没什么办法，事情已经做完了，他只能站在海边哭了一场。"

"这个阿乾，糊涂啊，竟然把一个条子当兄弟！纵容他这样下去，不仅会害了他自己，还会害了整个社团！"

"嗯，老大，我想他慢慢会明白过来的。"

"对，他应该能明白的，我们做这一切，都是为了他好，也是为了整个社团好。娜美，还有别的事吗？"

"有，"娜美迟疑了一下，道，"我想问问老棒子的事情。"

"哦？老棒子的事情，怎么了？"孟老大轻描淡写地问。

"我想知道，老棒子刺杀完金大奉之后，成了仁川所有黑道帮派的追杀目标，社团为什么不给他庇护？"

孟老大眯起了眼睛，"娜美，你为什么突然间问起了这个，是不是有人跟你说什么了？"

"没有，没人跟我说什么。老大，其实这个事情憋在我心里好长时间了，我一直

254

想问问你。"

孟老大沉默半晌，眉宇间愈加悲怆，良久之后长叹一声道："哎，娜美，你问到了我的伤心处啊！老棒子是我们社团的功臣，他最后落到那般田地，又怎么是我愿意看到的结果呢?"

"那到底是……"

"你刚才也说了，刺杀完金大奉后，老棒子成了仁川所有黑道帮派的追杀目标，这一后果是我之前始料未及的。如果那个时候，我对老棒子施以援手，势必会引火上身，使'狐'成为整个仁川黑道的敌人。是，我们社团是有些实力，但跟整个仁川黑道比起来，这点力量太薄弱了，太不值一提。为了保全整个社团的安危，没办法，我只能牺牲了老棒子，忍痛断绝了社团和他的联系。我这是弃卒保帅啊，情势所逼！如果不这样做，后果将不堪设想。我在继任社团龙头大哥的时候，可是在关二爷前面发过誓的，我要对得起社团的历代龙头，我不能让'狐'毁在自己的手里!"

听了孟老大这一番慷慨陈词，娜美嘴唇翕动了一下，竟然没有说出任何话来。

"每次想起老棒子的事情来，我这心里真是像刀绞一般的疼。好兄弟啊，我们失去了一个好兄弟……"孟老大说着说着还动了情，眼眶发红，"所以，我把新浦堂口给了阿乾，因为阿乾是老棒子最好的兄弟，这就当作是我对老棒子的补偿吧。娜美，我把你从小带大，我是一个什么样的人，你应该最清楚不过了。"

话说到这个份上，娜美竟然无话可说。的确，孟老大对她确实有养育之恩，有着类似父亲一般的恩惠。更何况，孟老大此刻言辞恳切，表情间流露着一股深切的悲恸惆怅之情，在那一瞬间，他脸上的容颜仿佛又苍老了十几岁。娜美心里纵然憋着千言万语和无数的疑问，此刻也无法说出口了。

封城事件，就这样平息了。老棒子说的没错，孟老大之所以还留着我，一来是因为我确实把新浦街市场经营得有声有色；二来，因为封城一事，我几乎成了整个社团的对立面，成了一个随时可以抛弃的棋子。就像在围棋里已经被困死，注定了没有了"活眼"的死棋一样，就因为是死棋，随时可以提掉，所以棋手们往往不会去管他，任由它搁置在那里，只有在最后收官的时候才会将之清除出去。

但我不是棋子，起码混到了这个份上，我已经不再甘心做一枚棋子。我在等一个机会，一个可以翻盘的机会，从死棋变成活棋。

有句话说得好，只要活着，一切皆有可能。

第十二章　越南帮

1

封城事件平息之后，小马拎了一些小菜和啤酒，特地来新浦街找了我，向我致以最诚挚的慰问。

小马也不说话，把酒食一一摆开，给我和自己倒上酒，我俩连干了三杯，小马长叹一声，才开始说话。

"阿乾，封城没了，我这心里……"话没说完，小马的眼眶已经红了。

我知道，小马是真把封城当兄弟了，虽然在跟朴海信赌拳赛的时候，封城一开始的假输害小马的两千多万韩币打了水漂，他心疼归心疼，但这个事根本就没往心里去。小马是绝对够哥们的，虽然他跟娜美是一个阵营，但一开始的时候千方百计维护封城，在娜美要去济州岛斩草除根的时候还特地跑来给我通风报信。我也是把小马当作兄弟的，但封城这个事，我却不能把内里的实情告诉他。小马哪都好，就是嘴上不把门，要是告诉了他，不出两天，孟老大就能知道这里面的猫腻。

所以我也叹了一口气，说："唉，我没得救得了他，那天我赶到济州岛之后，还是晚了一步。"

小马的情绪极度消沉，又跟我碰了一杯，"阿乾，人没了，我们还得继续向前看，节哀顺变吧。"

"马哥，封城能有你这样的兄弟，值了，我代他谢谢你！"说完这句话，我端起酒杯，一饮而尽。不管封城的事情怎么样，我说这句话是真心的。

"阿乾，你千万别怨娜美姐，她也是没有办法。社团的命令，不能不执行。"小马像夹在饼干里的奶油一样，哀悼完封城，又替娜美说好话。

我惨然一笑，"放心吧，我不怨娜美姐，每个人都有每个人的坚持，娜美姐心里的苦，我也知道。"

"那就好。"小马叹了一口气，又端起酒杯说，"这一杯，是我替娜美姐谢谢你的。"

我俩正喝着酒，老棒子正好推门走了进来。小马就坐在正对门位置的沙发上，抬头看了一眼，四目相交后，老棒子在原地愣了一下，小马也愣了一下。

我心里一个"咯噔"。老棒子发愣有情可原，他来到仁川之后，第一次见到小马，难免会勾起以前的诸多回忆。而小马也愣了一下，这就匪夷所思了，难道他还能看出来不成？

于是我也愣了一下。

"阿乾，这位兄弟……面生啊。"小马眯着眼睛说。

我急忙道："忘了给你介绍了，这是我一个刚从东北延边投奔过来的兄弟，叫李阿俊。"

"东北延边？跟老棒子是一个地方的？"

"是，一个地方的。"

"刚到韩国来？"

"对，刚到。"

小马眯着眼睛，又仔细打量了一下，说，"他这眼神……我感觉好熟悉啊，总觉得在哪里见过。"

我脸上肯定已经愀然变色，老棒子虽然依旧保持着镇定，心里面肯定也是扑通一下。我急忙顾左右而言他道："阿俊，来，给你介绍一下，这是小马哥，社团里的前辈，过来敬杯酒。"

老棒子走过来坐下，给小马倒了杯酒，说："马哥，我是新人，刚跟着乾哥开始混，以后还需要你多多照顾。"

"好说，你乾哥的兄弟，就是我的兄弟。"小马端着酒，刚放到嘴边，忽然又道，"哎，我们之前是不是在哪里见过？"

"马哥说笑了，我刚从东北那边过来，这是第一次来韩国，应该不会见过吧……对了，您之前去过东北？"

"没，我没去过大陆。"小马摇了摇头，带着疑惑喝下了这杯酒。

我唯恐夜长梦多，便想找个借口尽快把小马轰走，小马却话锋一转，道："阿乾，我今天过来，还有另外一件事情，想寻求你帮忙的。"

"呵呵，马哥，咱们之间就别提什么帮不帮的了，太见外，有事你说。"

"尚京路被越南人给吞了，你知道吗？"

这么大的事，我当然知道。尚京路在仁川老城区，一直是白道掌管的地盘。白道死了之后，尚京堂口群龙无首，混乱不堪，越南帮便趁虚而入，将原来尚京堂口的地盘全都抢了过去。我说："对于这个事，社团应该会拿出一个解决办法的吧？不能再耽搁下去了，再耽搁下去就真成越南人的地界了。"

"有啊，孟老大说话了，要解决这个事情，"小马又倒上了满满一杯啤酒，"孟老大说，这个事情交给我了，要我去跟越南人那边谈。"

"只有你去谈？娜美呢？"

小马苦笑一声，"呵呵，从济州岛回来之后，娜美姐就一直很消沉，每天心不在焉的，堂口里的事情，她管的很少，能不过问的都不过问了。这一段时间她又在剑道馆潜心修炼，准备参加什么'全东亚剑道大会'，更没时间管这些事情了。"

"孟老大都知道？"

"知道，孟老大也说，最近一段时间少麻烦娜美姐，就当让她散散心了。"

我心知肚明，娜美之所以选择这种方式，只不过对社团失望了，对孟老大失望了。她一直以来的人生信念崩塌了，于是便采用了这种消极抵抗的形式，来排遣自己心里的忧愁和愁绪。看来封城事件对她造成的影响，要远远超过我。

小马喝了一口啤酒，说："娜美姐是指望不上了，但越南人那边，该谈谈，该打打，事情还得做。所以，阿乾，我感觉自己一个人很难搞定这些事情，想借助你的力量来帮我。"

"我的力量？"我疑惑道，"你指的是，新浦街？"

"对啊，你的力量，不就是新浦堂口的力量吗？你现在是这里的主事，这里自然由你说了算。"

"你的意思是，想集合你的人和我的人，一起打掉越南帮？"

"不，先不打，孟老大的意思是先谈。他跟我说，这叫什么屈人而兵什么的……"

"不战而屈人之兵。"我接话道。

"对，对，就是这个意思。孟老大说，这是玩谋略的最高境界。"

操，我在心里暗道，这个老狐狸，算盘倒是打得啪啪响。你让小马这样的人去和越南帮谈判，还想不战而屈人之兵，哪里有这么好的事情？

我点上一根烟，沉思了片刻，说："马哥，孟老大这是把你往火坑里推啊。"

小马一惊，"这话怎么说？"

"越南帮是一帮啥样的人你不知道？那帮穷鬼把自己的命都看得特别贱，只要是为了钱，啥事都敢做。你还记得越南帮有一次跟菲律宾人火并吗？十几个越南人拿着AK-47就在光天化日之下开火，跟敢死队似的。最后都被警察围剿了也不投降，还跟警察火并了一场，现在仁川的警察听到越南帮的名字还打哆嗦呢。"

"那是以前，不是现在了。"小马道，"现在韩国市面上对于枪支的控制特别严格，根本搞不到枪支弹药了，别说AK-47，你现在去黑市上买把左轮都困难。你说的那种事情，放心，不会再发生了。"

我深深吸了一口烟，犹豫道："关键是我们一直没有跟越南帮打过交道，也不知道他们那边是啥情况。现在越南帮管事的人是谁？"

"我早就打听过了，现在越南帮的头子叫阮英雄，也是半路出家混帮派的，原来是个读书人，听说是国立河内大学毕业的，号称在用现代企业管理手段来打理帮派，所以现在越南帮比以前文明多了，所以……"

"所以，你就觉得能跟那帮越南猴子坐下来谈谈了？"我问。

"不是没有可能嘛，"小马双手一摊，无奈道，"再说了，这是孟老大吩咐下来的事情，难道你也想让我像你一样，拒不听令，站在整个社团的对立面？我可没有你这魄力。"

我深蹙着眉头，抽着烟说："这不是个小事，马哥，给我点时间让我想想。"

送走小马之后，我躺倒在沙发里，揉搓着自己的太阳穴，感觉有些头疼。封城的事件刚刚告一段落，本来想消停几天的，没想到又横生出这种枝节来，真是树欲静而风不止。

"怎么了，阿乾，你没答应小马，是不是怕越南人？"老棒子装作漫不经心地说道。

我一下子就从沙发上弹了起来。老棒子这一句轻描淡写的话，真是说到我心坎里去了，虽然我已经竭力装出一副"不愿意和别人再起暴力冲突"的样子，但没想到这种伪装还是没瞒过老棒子的法眼。我说："棒子哥，你……早就看出来了？"

"呵呵，你这点小伎俩能糊弄过去小马，可糊弄不了我。从小马一开始提到越南帮，我就知道你心里在想什么了。"

"没错，小马在提到越南帮的时候，我就不想蹚这趟浑水了。"我坦诚道，"棒子哥，跟你说实话，我是怕越南帮，可我不是怕死啊，我是怕越南帮那种……怎么说呢，这帮人根本就不把自己当人，只要为了钱，他们就跟狗一样什么都愿意去干，不管任何规则，杀人也行，放火也行，火并也行，绑架也行，就好像那条命不是自

259

己的一样。如果栽在这种人手里，那真是狮子走在大街上被疯狗咬了，折得没有任何意义。"

"人生活的这个世界，本来就是弱肉强食，哪有什么规则可言。为了生存下去，本来就是不择手段的嘛。你读的书多，应该知道一句话，叫既然有的，就是应该有的，怎么说来着？"

"存在即合理。"

"对对，就是这个意思。"

"那你的意思，棒子哥，是想让我帮着小马一起，解决掉越南帮这个事情？"

"没错，我就是这个意思，我觉得这对你来说是一个机会。"老棒子正色道，"因为封城的事，你几乎已经站到了社团所有人的对立面，本来情况就不乐观了。尚京路如果是别人的堂口还好说，偏偏又是白道的堂口，如果这个地方被越南人抢去了，所有人都会把这笔账算在你的头上，到时候你在社团里的处境就更加尴尬了。所以，如果你能和小马一起把这个堂口夺回来，大家都会对你刮目相看的，起码白道之前的那些嫡系不会再那么仇视你。百足之虫，死而不僵，白道在社团里经营了这么多年，手下的势力还是不容小觑的，你要仔细考虑下。"

老棒子一番话又刷新了我的人生观。我本来以为跟越南人打交道顶多就是一场你死我活的火并，没想到经过老棒子这么一分析，还具有如此重要的全局性意义。这着实让人震惊。

"棒子哥，那照你的意思，这活我接了呗？"

"接，必须得接，"老棒子严肃道，"你在社团里的地位能不能翻身，就全靠这一次机会了。"

2

老棒子的话，在我心中久久回荡，振聋发聩。

我深思熟虑了一夜，决定接受他的建议，用自己的力量，支援小马一把。或许，这真的能成为我在社团里咸鱼翻身的契机，毕竟，从长远来看，我还得在这里混下去。曾几何时，我还想过脱身而去，但现在，这个梦想越来越缥缈，越来越遥不可及。

这就是一个泥潭，我在里面越陷越深，可是却无力抽身。

我给小马打电话，把自己的决定告诉了他。小马很高兴，在电话里叫道："阿乾，好兄弟，我就知道你一定会帮助我的，谢谢了！"

我说："咱们兄弟之间，就别提什么谢字了，有福同享，有难同当。说吧，你准备怎么搞？"

"还是按照之前说的，先跟他们谈，谈不拢再打。我跟那边已经约好时间了，后天中午，在世宗酒楼见面。"

"世宗酒楼？"我头皮猛地一紧，"怎么挑那个地方？"

"不是我挑的，是对方定的地点。没事，别有心理阴影，就是一个见面吃饭的地方而已。"

挂了电话，我这心里就有些慌乱。世宗酒楼是白逍自杀的地方，也是从那时开始，这一连串的事情就像多米诺骨牌一样，一个接一个地发生了。越南帮占了白逍的堂口地盘，如今又定在了白逍自裁的地方跟我们见面，这是冥冥之中的宿命吗，抑或是说讽刺？

我跟老棒子商量后天见面的对策，在这方面，他比我更有经验。

我问："棒子哥，你觉得后面跟越南帮见面，事情能谈拢吗？"

"谈拢？"老棒子"呵呵"一声冷笑，"想都别想，根本不可能的事情。"

"为什么？"

"到嘴里的肉，谁舍得吐出来？越南帮那都是一伙什么人？在国内穷怕了，饭都吃不上，到了这儿，有吃有喝的，好不容易过上好日子，你让他把地盘让出来，他能干吗？"

我疑惑道："早知道谈不拢，直接开干就是了，还谈个屁啊。"

"那不行，该谈还是得谈，在道上混，就得按照道上的规矩来。"老棒子说，"其实这就是一个前期双方互相试探的过程，各自测试一下对方能够接受的底线。所以，到了后天谈事的时候，该硬气一定要硬气起来，先从气势上碾压他们，后续的事情就好做了。"

大体策略方针既然已经制定完毕，剩下的工作就是搜集对方的资料了。知己知彼，才能百战不殆。小马那边跟越南人也几乎没有打过什么交道，资料少得可怜，我就把收集对方信息的事情安排给了老棒子。

老棒子把人手撒出去，没过多长时间就有信息反馈了回来。老江湖就是老江湖，办事效率特别高。老棒子拿了一张照片来给我看。照片上的人瘦瘦弱弱的，三四十岁的样子，穿着一身灰色的中山装，戴着一副黑框眼镜，模样特别像二十世纪七八十年代的高中教师。我皱眉道："这谁啊？"

"越南帮现在的话事人，阮英雄。"

"我靠，就长这个模样啊。"我拿起照片打量道，"这跟我小学时候的数学老师似的。"

"他的情况，我差不多也摸清了。小马说的没错，这人毕业于越南国立河内大学，5年前才来到韩国的。他起来的速度特别快，对外号称要用现代企业管理手段打理帮派业务，前段时间还出过一本书，名字好像是叫《如何树立帮派文化》，仁川书店就有卖的。"

"我靠，"我颇为惊讶，"高级知识分子啊。"

"哼，别看他这样，办起事来手可真黑，要不然能窜得这么快呢，据说上一任越南帮老大的死，就是他从中搞的鬼。有句话咋说来说，流氓不可怕，就怕流氓有文化。"

我打量着照片，"这人怎么看也不像个心狠手辣的主儿啊。"

"难道坏人还都写在脸上啊？阿乾，我告诉你，越是这样的人，越可怕。这一次，咱们兴许还真碰上硬茬了。"

我碰到过的硬茬不少，但从来没有遇到过这种类型的硬茬。这个像我小学数学老师一样的家伙，我怎么看，都无法将他和一个心狠手辣的帮派头子联系在一起。

到了会谈的那一天，临出门前，我在身上揣了一把刀子，以备不测。按说像这样的场合，我是绝对不会带家伙出席的，但越南人不同，他们什么事情都做得出来，我必须提防着他们。

小马带了3个人，我带了3个人，会合之后，一同赶往世宗酒楼。像谈判这种事情，带多少人去也是讲究技巧的，人不能带得太少，带得太少恐遭不测，就算没有不测，万一临时打起来的话也难免吃亏。人也不能带得太多，太多的话会显得自己心虚，让对方看不起，貌似人多，其实在心理交锋上已经处于了下风。关二爷之所以深受帮派尊敬，不仅是因为他义薄云天，更重要的还有他那副胆识，"单刀赴会"的事情，不是随便找个人就能干的。说白了，单刀赴会也就是一场谈判，但关二爷只身赴会，从精神上把对方碾压成了渣，此非大英雄不能为也，所以关二爷一直是华人帮派中的精神偶像。

我要有他那身本事，我也单刀赴会。可是，我没有。

我们赶到的时候，越南帮的人已经到了。世宗酒楼的一楼是大厅，二楼是包间，三楼是一个小厅，有点 VIP 的性质，可以坐上六七座。我们会谈的时间是中午，正是吃饭的点儿，所以一楼和二楼都乱糟糟的，人声鼎沸，但三楼除了越南帮的六七个人外，其他一桌客人也没有。不知道其他客人都被吓跑了，还是酒店方面的特意安排。估计上一次白道死在这里的事情，还让酒店方面心有余悸，这一次得知双方要在这里谈判，早早安排出了场地。酒店规模搞得再大，背后老板再有钱，也不敢得罪帮派的人。

三楼的小厅中间摆着一张大圆桌，阮英雄就坐在圆桌的对面，跟我在照片上看到的形象一样，瘦瘦弱弱的，穿着一身灰色的中山服，戴着一副黑框眼镜，像一个被时代所抛弃的民办教师。他身后则并列站着六七个手下，穿着统一的服装，上身黑色长款运动服，下身深蓝色运动裤，像是大陆高中给学生统一配备的校服。要是不知情的，看到这一幕，还以为是哪个学校的老师领着学生出来郊游来了。

我心里暗道，这统一的着装管理，恐怕也是阮英雄"树立帮派文化"的一个重要内容，形象识别嘛，在一个企业文化里是非常重要的部分。

阮英雄看到我们过来，十分有礼貌，站起来还跟我和小马握了握手，用十分标准的汉语说道："久仰两位，今天幸得一见。请坐，请坐。"

我坐下的时候，打量了一下站在阮英雄后面的几个人，这是我第一次跟越南帮面对面地打交道，所以对他们有点好奇。他身后的几个小弟虽然穿着统一的"校服"，但一看就知道全是争勇斗狠之辈，身体消瘦，表情阴郁，眼神里面闪烁着阴鸷和兴奋的光芒，像是从贫瘠苦难之地迁徙到都市里的一群饿狼。这些特征又多多少少地点燃了一些我内心深处对于越南帮的恐惧。

小马开场道："阮老大，汉语说得很流利嘛。"

"呵呵，还算可以吧。在越南的时候，我在边境待过一段时间，教书，徒步走上2公里就到广西了。接壤的地方你们可能不知道，受中国影响特别大，说的是汉语，用的是人民币，连手机的信号都是中国移动。"

"既然这样，那阮老大应该对我们中国人很了解了？"我接话问道。

"了解，很不错，敢作敢当！"阮英雄竖了竖大拇指，说，"很多中国人去我们越南做生意，都是很拼的，特别有魄力。我还知道你们中国人流落海外各地，不管是在亚洲还是美洲还是欧洲，到哪里就会在哪里生下根来，特别顽强。尤其贵帮派有一位叫老棒子的，我印象特别深刻，他一个人干掉了清洞派的金大奉，以一己之力扫清了整个帮派的发展障碍，我特别钦佩，特别钦佩。"

靠，这家伙是来谈判的还是来捧哏的？我回头瞄了一眼站在身后现在叫作"李阿俊"的老棒子，看到他脸上不禁浮现出来一丝得意之色。

他这一番吹捧，倒弄得我和小马不知道该说什么好了。小马清了清嗓子，"咳咳，咱们还是先说说正事吧……"

"不急说正事——"阮英雄伸出了手，制止了小马的话头，"民以食为天，咱们先吃饭，吃饱了什么话都好说。这顿饭，我请客。"

3

阮英雄叫来服务生，点了一桌子的菜，要了几瓶酒，然后招呼大家全都落座，开始吃饭。十几个人全都坐了下来，动筷子吃东西。我跟小马无奈地对望了一眼，这哪里是谈判啊，简直就是聚餐。

阮英雄就像是一个打太极的高手，借力卸力，把我们弄得真是一点脾气都没有。我之前想好的那些对策，准备好的言辞，已经做好的激烈斗争的心理准备，都在他的寒暄中化为了无形。阮英雄倒上酒，还跟我们碰了几杯。他的那些小弟们倒是一言不发，埋头苦吃，只能听到咬肌咀嚼的声音，仿佛瘦削的体内充满了对于粮食的渴望。

越南帮战斗力如何，我没有直观感受过，但吃饭的战斗力我算是领教了，一桌子菜风卷残云，很快就消灭光了，像是打仗的时候吃行军餐一样。吃完饭，收拾完杯盏碗筷，阮英雄笑道："我这帮兄弟们吃相不好看，你们别介意。"

小马说："理解。"

"不，你们不理解，我们从越南来到这里，就是为了讨一口饭吃。只要能生存，能扎根，我们什么都愿意去做，你也看到吃饱饭对我们来说，是多么重要的事情。所以，谁抢我们的饭碗，我们就会跟谁拼命。"

这话风陡然一转，让我和小马都有些发愣。刚才还一脸和蔼的阮英雄，此刻却表情严肃，不苟言笑，黑框眼镜后面闪烁着凛冽的光芒。

我明白了，他们在用实际行动向我们表明要守护地盘的决心。

刚才还是一脸和蔼亲恭的样子，这吃完饭，转瞬间就像换了一个人一样，真是吃饱喝足，谁也不服。

我说："阮老大，你这样说话就不对了。尚京路本来就是我们社团的堂口，只不过最近出了点小问题，无人打理。你这么乘虚而入，恐怕是抢了我们的饭碗吧？"

"尚京路本来就是你们的？呵呵，这天下，哪有什么本来的事情。你们中国有部《史记》，里面有句话说的特别好：秦失其鹿，天下共逐之。"

这老小子果然不简单，对于中国文化的研究竟然到了如此地步，《史记》里面的话也能信手拈来。我说："阮老大，我们中国还有一句古话，叫'得道多助，失道寡助'。你们这样不讲江湖道义，肆意拿走别人的东西据为己有，就不怕坏了规矩，让别人看不起吗？"

"看不起？笑贫不笑娼，只有吃不饱饭才会让别人看不起。你告诉我，面子才值多少钱一斤？"

我冷笑道："可我们出来混，总要有面子的。"

"面子没有实力重要，这是我从你们中国人身上学到的东西。年轻的时候，我在河内大学读书，就在我们学校后方，有一处被轰炸过的废墟遗址，那是你们军队留下来的礼物。政府对那个地方，一直没有修缮过，就是为了告诉我们，面子根本不重要，没有实力，就得挨打。"

说到这些东西，无论是小马和老棒子都蒙圈了，完全接不上话，因为对于历史，这两人就是眼前一抹黑。尤其是小马，你问他现在中国领导人是谁他恐怕都不知道。这接下来的对话，只能我来，"阮老大，咱们在这里谈这些东西，我觉得毫无对照意义。要说起当年那场战争，也只不过是越南侵占了边境线，拿走了本来属于我们的东西，我们自卫反击而已。"

"孰对孰错，咱们就不论了。马克思说，历史发展有其必然规律，不以个人意志为转移。我们在这谈论已经是定数的问题，其实毫无意义。"

这阮英雄果然是从社会主义阵营国家里出来的，竟然连马克思都搬出来了，再讨论下去，非得扯出唯物论辩证法不可。我道："对，阮老大说的没错，任何事情的发展都有其必然的规律，不以咱的意志为转移。事情的起因咱们就不论了，国家利益不是你我所能了解的，也不是普通人所能掌控的。但有一个铁的事实，你不能不承认：越南在建设初期，受过我们很多恩惠，但后来，中国军人为越南妇女挑水的时候，就被她们从背后袭击而牺牲，越南就连十一二岁的孩子都射杀解放军，简直就是恩将仇报。"

"哈哈哈……"阮英雄仰天长笑，"废话，战争就是这个样子的。就像中国，如果没有日本的帮忙，孙中山能建立起同盟会吗？能推翻清朝的统治吗？但日本打进中国后，你们还不是奋力反抗？"

阮英雄这货历史功底果然很深，对东亚各国的近代历史都有涉猎，而且更要命的是，他的思维逻辑异常清晰，言语之中输出的理论观点无懈可击。照这样谈判下去，我们非得被他说得哑口无言不可。老棒子说的没错，流氓不可怕，就怕流氓有文化，我们这次还真碰上硬茬了。

小马还想再和他理论什么，我在下面偷偷地掐了一把他的大腿，制止了他的话头。按照小马这样的知识储备和逻辑体系，再和他辩论下去无异于自取其辱。面对阮英雄这样的人，想用语言来占到上风是不可能的了，只有抛开枝节，直奔主题。

我说："照你这么说，我们之间是没的谈了？"

阮英雄推了推脸上的黑框眼镜，"当然有的谈，事不辩不明。关键看是怎么谈。"

"呵呵，那你倒说说，该怎么谈？"

"世间万物，此消彼长，天地就是这么一个规律。你们中国的道家不是很推崇这种说法吗？"

"阮老大的意思是，你占了我们的地盘，就让我们干看着呗？"

"随遇而安。"

"我安你妈了个……"小马已经被他绕晕了，进入了暴躁状态，张口就要骂人。我急忙又在他大腿上掐了一把，才没让他把全话骂出来。虽说都是出来混的，江湖草莽，悍夫粗人，但我还是不想在这帮越南人面前折了自己的素质。

我说："阮老大，你这么说的话，咱们之间只有打了。"

"也许这就是终极的解决方式。"阮英雄看着我说，"马克思在批判黑格尔哲学思想的时候，有过一句很经典的话，'批判的武器当然不能代替武器的批判'，我本人对这句话无比赞同。"

"武器的批判，有时候带来的也并不是理想中的结果。我本来以为通过沟通，能和平解决掉这件事情的。"

"当然，我们也不是疯子，也想和平解决。可惜，利益的冲突总是让人与人之间的矛盾不可调和。"

我实在不想再跟他继续下去这哲理一般的辩论了，于是，我开门见山地道："那就开战。"

阮英雄面无表情，"随时奉陪。"

他看着我，黑框眼镜后面的目光波澜不惊，好像战斗对他来说，就是一场家常便饭。这个从贫瘠之地出来的乡村教师用强大的理论武装了自己的头脑和意识，起码在这场谈判的饭桌上，他深刻地诠释了什么叫"知识就是力量"。

在回去的路上，我跟小马都默默无言，垂头丧气的。回到新浦街之后，我越琢磨越觉得心里沉甸甸的，不由地发出了一声叹息。

老棒子看着我，"呵呵，被碾压的滋味怎么样？"

"头一次遇到这种人，"我摇摇头，"我感觉这家伙太难搞了，油盐不进，精神极其他妈的顽强。"

"这种人就是天生的，"老棒子说，"要是生在战争年代，他有可能会是另一个胡志明。"

"呦呵，那你的意思是说我在跟伟人较劲了呗？"

"不是这个意思，时势造英雄嘛，他没那个时势，自然也就不是英雄，虽然他叫阮英雄。"

我白了他一眼，问道："怎么办现在，真打啊？"

"那你还有什么别的好办法？"

我实在是不愿意跟那帮亡命之徒开战，那帮家伙简直就是一群疯狗，咬不着你也溅你一身血。我忽然灵机一动，"那帮穷鬼，用钱收买他怎么样？"

老棒子摇了摇头，"你今天没看到阮英雄的几个手下看他的眼神，那是一种发自内心的崇拜，就跟二十世纪六十年代的红卫兵似的。阮英雄混到今天这个份上，绝对不是为了钱，也不是为了地盘。"

我就搞不明白了，"那是为了什么？"

"生存信仰。"

听完老棒子的话，我忽然间明白了。其实，越南帮就类似于大陆的"凤凰男"，从贫瘠的乡村走出来，扎根在繁华的大都市里，拼命工作，拼命挣钱，其实最重要的还不是经济上的攫取，更重要的，他们要证明自己，哪怕牺牲掉这条命，也要证明自己在这世界上的价值。

因为只有用这种方式，才能洗刷掉他们曾经背负的贫穷和屈辱，才能让自己对糟糕的前半生释怀。

就像鲁迅说的一样，可怜之人，必有可恨之处。那么坚强之人，也必有一颗掩藏起来的脆弱之心。活在这个世界上，都不容易，到最后只能演变为一种结局：人不为己，天诛地灭。

总之，和越南帮之间的开战，已经成了板上钉钉的事儿。

4

我让老棒子组了一个局，一个只谈判，不吃饭的局。

这个局上除了我和小马、阮英雄之外，还邀请了另外几名其他帮派有头有脸的人物，权当见证人。

不管在什么场合下，阮英雄依旧是那身打扮，灰色中山装，黑框眼镜，不苟言笑，像是一个过气的中学教师。

在座的几位其他帮派有头有脸的人物，大家都认识，也就用不着再做介绍了。我说："阮老大，今天请这些兄弟们过来，主要还是想调解一下我们之间的矛盾。你熟悉中国文化，肯定知道我们有一句话，叫作冤家宜解不宜结。"

"我知道，"阮英雄习惯性地推了推鼻梁上的眼镜，"所谓化干戈为玉帛。那么，你们这边想怎么解决掉这个矛盾？"

"这就需要跟你谈谈了。这样说吧，只要能撤出尚京路，你开个条件。"

"条件？"阮英雄冷冷一笑，"我开的条件，恐怕你们也承受不起。"

"不妨说说看。"

"兄弟们跟着我出来混，无非图口饱饭吃。如果要我们撤出尚京路，也行，我要你们在尚京堂口经营利益的分成，三七。"

"三七？你们三，我们七？"

"呵呵呵，阿乾兄弟，你可真会开玩笑，"阮英雄一脸的冷笑，"当然是我们七，你们三。"

他这话一说完，我就看到小马的脸色立刻阴沉下来了，"阮老大，我们过来跟你谈判，是因为有诚心解决这个事情。你现在说这种话，不等于明抢吗？"

阮老大嘴角轻轻挑起，"我们越南人办事，就是这样。"

卧槽，我心头立刻一股无明业火窜了上来，恨不得现在就冲上去掐死他。小马火气明显比我还大，一拍桌子吼道："给你脸你不要脸！不把你们这些货打趴下，我他妈的就不姓马！开战开战！"

"开战？"阮英雄身体微微后倾，双臂在胸前抱起，"好啊，随时奉陪。"

我知道事情到了这个份上，唯有开打，没有别的选择，如果再一味妥协，那么我们华人社团的面子将荡然无存。我强压着心头的怒火说："时间你定，地点我定。"

阮英雄说："你先说地点。"

"尚京路，3号仓库。"

"尚京路？好啊，那就明天晚上9点，我会在3号仓库等你们。"

我说："当着这么多江湖朋友的面，咱们把话说明白了，如果你们输了呢？怎么算？"

"如果我们输了，自然会撤出尚京路，但我认为发生这种事情的概率微乎其微——"阮英雄冷笑道，"那么，如果你们输了呢？"

"如果我们输了，也是同样撤出尚京路，把此地拱手相让，以后再不纠缠。"我刚说完这句话，小马就在底下急着扯我大腿。我轻轻按住他的手，拍了两下，示意他稍安勿躁。

"好，也是痛快人。"阮英雄道，"那么在座的各位，都是见证人，今天咱们在这里说的话，谁也别想不承认了。"

"呵呵，阮老大，你想多了，我今天叫各位过来做这个见证，就是这个意思。"我冷言道，"君子一言，快马一鞭。今天把话撂这儿，就是为了让大家都听着。"

阮英雄冷冷地扫了一遍在座的全场人员，说："各位，对于今天的提议，谁还有什么意见吗？"

阮英雄这句话是用韩语说的，不是用汉语说的。其实，今天我叫来的这些人虽然属于不同的帮派，但还是以东亚和东南亚地区的为主，这些人大部分都是听得懂汉语的，而阮英雄最后却用韩语冒出了这一句，很明显有点"去中国化"的意思，这也表明了他要与华人社团彻底抗争到底的意思。

在目前的仁川，本地帮派早已经被我们打残，随着金大奉和清洞派的覆灭，结束了本土混混风光无限的历史，华人社团可谓是一家独大。越南帮虽然档次不高，规模也不大，但厉害就厉害在一个"狠"字，这世道就是软的怕硬的，硬的怕不要命的，不是每个出来混的都有把脑袋别裤腰带上的觉悟的。所以华人帮和越南帮这两个帮派，其他人谁也不敢惹，听得阮英雄这么发问，大家都纷纷摇了摇头，表示没意见。

"既然大家都没意见，那就按照这个来了，还有——"阮英雄盯着我和小马道，"讲点规矩，下一次再和我谈判，叫你们孟老大来。"

小马直接骂道："你什么档次，孟老大是你说见就见的？"

"好，"阮英雄不怒反笑起来，"很快，你们就会知道我是什么档次。"

说实话，我看到他那数学老师般的笑容，立刻就有一种被点名的冲动。时隔多年，我又重新回想起了曾经被老师支配过的恐惧。

269

回去之后，我对小马说："这个事情，必须要找娜美姐帮忙，光靠咱们两个，恐怕搞不定。"

小马面露难色，"恐怕不行，她现在在准备'全东亚剑道大会'，每天都在剑道馆里训练，连着好几天了，我连她人都见不着。"

"都什么时候了，火烧眉毛了，马上要跟越南人开战了，她还在准备剑道比赛？"

"她说了，这个事她不管。"

"她不管也得管啊，这是小事吗？要是娜美姐不管的话，这真麻烦了。"

"那怎么办？"

我沉思片刻说："娜美姐在哪家剑道馆训练？你带我去找她，我有话跟她说。"

小马带着我去到剑道馆的时候，天色已经黑了，剑道馆里却灯火通明，木头招牌上写着遒劲有力的四个正楷字：海东剑道。可能因为天色刚黑，还没进入到夜里上课的时间，剑道馆里没什么人，娜美穿着一身黑色的剑道服，手里拿着一把木刀，正在做原地的从上至下的挥砍动作。这个动作很简单，她却做得全神贯注，仿佛每一刀下去都融汇了自己的精气神。她额前的短发已经被汗水打湿，结成一缕一缕的，天知道她已经持续训练了多长时间。

我跟小马走进剑道馆门口，刚要进去，从对面的镜子里看到了我们的娜美就猛地一个转身，朝着我们冷喝道："脱鞋！"

我和小马一愣，立刻意识到进入到这里是需要赤脚的，赶紧脱了鞋，踩在凉凉的木地板上。我左右审视了一圈，剑道馆里装修得很雅致，很有东方传统的古典意味，在高处供着几张黑白照片，我想那一定是海东剑道的历代门派传承人。墙上还贴着几幅海报，其中有一张海报就是"全东亚剑道大会"的宣传画。

我点点头，"地方不错嘛。"

娜美收了刀，拿袖子擦了擦脸上的汗水，问："你们怎么来了？"

"娜美姐，你知道越南帮要跟我们……"

娜美冷冷地打断了我的话，"小马应该跟你说过了吧，我这段时间专心准备比赛，不想管这些乱七八糟的事情。"

"其他的事情我就不来麻烦你了，可是，这是个大事。"

"大事？呵呵，"娜美冷冷一笑，"这世间，除了生死，哪有什么大事？"

我心头一紧，低声问道："娜美姐，你不会还在怨我吧？"

娜美看了我一眼，眼神随即又淡淡地飘开了，"跟你无关，社团里的这些事情，我是真累了。"

从剑道馆里出来后，小马一头雾水地问我："你说娜美姐是怎么回事？我感觉她从济州岛回来以后，就变成了另外一个人。是不是……封城的事情，对她的刺激太大了？"

我心里跟明镜似的，封城没有死，娜美也没有心理负担，但老棒子的出现是对她的一个冲击，她没想到事情的真相竟然是那样的。当然，造成她如此消沉的根本原因还是孟老大，那个她像父亲一般崇拜敬仰的龙头大哥，完全不似表面上那般光明磊落，老棒子及封城事件，可能已经彻底摧毁了娜美二三十年来构筑的人生信念。

但这些话，我不能对小马说，他还被完全地蒙在鼓里。我只能说："娜美姐这不是消沉，而是看开了。"

"看开了？"小马疑惑道，"这话怎么说的？不替社团办事，非要参加什么剑道大会，和不认识的人去拼，这叫看开了？"

"也许剑道才是值得她托付生命和精力的东西吧。马哥，我问你，'月落乌啼霜满天，江枫渔火对愁眠'这首诗，你听过吧？"

小马挠了挠脑袋，"背过，我记得韩国的课本上都有这首诗呢。"

"没错，这首诗在整个东亚都影响很大。它的作者是唐朝的张继，是赶考落榜之后，回乡的路上写的。你看，那一届科考登榜的人，名字我们一个都不知道，反倒是落榜的张继，却因为这一首诗名垂不朽。有句话说得好，这世间的功名利禄、宏图霸业，其实都是粪土，先变成粪，再变成土。就像我们，不管为社团打下多大的江山，哪怕是碾压了整个韩国，若干年后，也只是变成风尘一缕，没有人会记得我们，没有人会记得'觚'这个社团。但娜美的名字，也许会随着剑道文化的传承，一直流传下去。"

小马听完这番话，站在了路边，定定地抬头看着天，仰望星空，良久无言。

5

我把和阮英雄谈判的结果给老棒子说了，还有娜美现在的状况。

老棒子问："这么说，娜美现在是不会出手帮我们喽？"

我说:"是，这回就得靠咱们自己了。"

老棒子皱眉道："这事有点悬。光靠咱们堂口的力量，再加上小马那边的人，去跟越南帮拼，太够呛了。"

"我问问社团里其他堂口有谁愿意帮我们的吗？"

"别问，千万别问，"老棒子一把拉住了我，"现在大家都在岸上站着，等着看你笑话呢，谁愿意下来跟你蹚这趟浑水？你问了也是白问，反而被他们笑话。再说，因为封城的事情，大家都知道孟老大对你的态度了，这个时候谁还愿意来帮你啊？"

"那咋办？"

"别急，想想，总会有办法的。"老棒子深深抽了一口烟，徐徐说道，"非常之时，也只有行非常之事了。"

只是一转眼，就到了我们跟阮英雄约定好的时间，次日的晚上9点。夜幕降临，华灯初上，这是我来到韩国之后直接面对越南帮的第一战。

我从来没有想过，会有这么一天。在我的印象里，越南帮就是一群狼，一群为了吃肉而千里跋涉不惜性命的饿狼。哪怕前面是刀山火海，只要头狼一声命令，它们也会毫不犹豫地跳下去。而今天晚上，我就要从这群饿狼嘴里，抢回本属于我们的东西。

外面的街道早已是车水马龙，流光溢彩，如果静下心来，还能听到隔壁一条街的迪厅里传来的音乐的震颤声。而相距不过几百米的尚京路3号仓库，此刻却是另一番景象：昏暗的巷子里只有几盏破旧的路灯，电线杆上线路纵横，空气里弥漫着一股海鲜的腥味。

3号仓库是尚京路上存储和转运海鲜的地方，天不好的时候，就连脚下的路都是泥泞的，间或会踩到章鱼或者螃蟹的尸体。我跟小马带着十几个人，全都是从社团里挑选的身手比较矫健的小弟，拎着的家伙也是韩国黑帮殴斗的标配：棒球棒、钢管、高尔夫球棍等等。这些武器都是经过历史检验的，经过无数流氓前辈们的鲜血印证过的，在街头混战中最趁手的工具。

3号仓库的大门是类似于汽修厂的那种生锈的大铁门，两扇禁闭，在黑暗中如同一个紧紧闭着嘴巴的巨兽。我们推开门，门闩发出了生锈的"嘎吱"声，缓缓启开。

里面的灯光在一瞬间就亮了起来，头顶上的灯管发出轻微的"吱吱"的电流声，越南帮的众人早就等待在这里了，有的站着，有的坐着，有的还蹲在地上，大约有30多个左右。人数并不算太多，但我跟小马看到他们的第一眼，我俩就傻了。

虽然阮英雄第一次跟我们谈判的时候，他手下的几个小弟都穿了统一的制服，严格地贯彻了他"以现代企业手段管理帮派"的信条，但在组织这么大规模的群殴的时候，对方的财力匮乏问题就暴露出来了。他们没有统一的着装，穿着乱七八糟各种款式的衣服，还有好几个光膀子的。但统一的是他们的面部表情，无一不是表情阴

272

鸷，眼神冰冷，像一群饿狼似的盯着我们。而最让我感到惧怕的是，他们手里的武器不是棒球棒，也不是高尔夫球棍，而是统一的装配在五六式自动步枪上的三棱军刺！

这是我第一次在韩国的帮派斗殴中见到这种凶器。三棱军刺，不具有砍削功能，只能用来捅刺，却有三面放血槽，捅哪儿哪儿就是一个血窟窿。并且由于其特殊构造，伤口无法缝合，只能任由鲜血奔涌，就算捅不到要害，也只能任由血液流干，身体枯竭而死，是彻头彻尾的战场杀人武器，曾经被广泛装备于中国及周边的社会主义阵营国家的军队中。在朝鲜战争和越南战争中，这种恐怖的武器曾让美军尝尽了苦头，而如今，不要命的越南黑帮又把它们用到了帮派的厮杀殴斗中！

这帮恐怖的越南人再加上这种恐怖的凶器，如果真打起来，估计能把我们捅成筛子！我跟小马都没有任何的犹豫，大喊了一声："跑"！

我跟小马掉头就跑，跟着我们的十几个兄弟也都一窝蜂地朝着外面跑去。我回头看了一眼，越南帮并未立刻追过来，估计他们也是有点发懵，可能打了这么多场架，还没见过刚照面就逃跑的。但他们也仅仅是发懵了两三秒的时间，随即喊了一嗓子，跟在我们后面追了上来。

我们一口气跑出小巷子，在尚京路路口早已停着3辆面包车，车子都没熄火，车门早已拉开等着我们。老棒子坐在车里，一边摆手一边朝我们大喊道："快！快！"

我们仓皇钻进面包车里，车子立刻发动开去。刚刚追过来的越南帮正在大声地咒骂着，这时让他们惊愕的一幕发生了，六七辆打着闪烁警灯的警车呼啸着冲了过来，把他们前后的路全都堵死了。那些警察立刻从车子上下来，拿着手枪，大声用韩语叫着让他们扔掉手里的三棱军刺，把手抱头蹲在地上。

老棒子停下车来，我们在远处看着这一切。老棒子摇开窗户，抽上了一根烟，得意地说："呵呵，这下被包了饺子了。"

这个"借花献佛"的策略是老棒子一手炮制的，在我们跟越南帮交锋之前，他就已经往警察局打了报警电话，说尚京路有越南帮在追砍无辜群众。对于黑帮之间的街头厮杀，警察是不会急着那么快出警的，一般都是等两方面打得差不多了，他们再出动收拾残局。但"追砍无辜群众"就不一样了，如果他们坐视不管，出警哪怕慢一点，媒体和社会舆论的压力他们是无法承受的。所以我们打了一个时间差，时机掌握得刚刚好。

虽然计划执行得很完美，但我心里还是有些忐忑，"棒子哥，咱们这样做，是不是不太符合江湖道义啊？道上混的可没这么干的。"

273

"还是那句话，非常之时，行非常之事嘛，对硬汉，就得下猛药，这也是没办法的事情。"

"可是咱们跟阮英雄的约定，都是有其他帮派见证人的啊，这样会不会遭来非议？"

"非议个屁！这世道，就是有本事吃饭，没本事吃屎。你要面子，我问你面子多少钱一斤？我全都卖给你。再说了，咱们这样做，是不会有人说啥的，你想想，越南帮是啥啊？就是一条疯狗，逮谁咬谁。在仁川混的，谁没被他们咬过？都是敢怒不敢言罢了，咱们这样做，除却了他们心头的一大恨，他们感谢咱们还来不及呢。"

老棒子话糙理不糙，说得我心里透亮的。

"这就叫借刀杀人。"老棒子得意地从鼻孔里喷出了两道烟柱，说，"这下全都得抓进去，阮英雄可得消停几天了，看他还拿啥跟咱们斗。"

我们正等着看好戏，忽然匪夷所思的一幕出现了，那些手提三棱军刺的越南人在包围之下，根本无视警察的口令，竟然直接扑了上去！面对荷枪实弹的警察，他们居然反击了！

"砰，砰，"警察相继开枪，枪火在夜光中显得格外扎眼。中弹的人当场就倒下了，没有中弹的则扑上去，朝着开枪的警察就是一顿乱捅。一时间，枪火声，叫骂声，捅刺声交织在一起，有警察拿着对讲机大声呼叫着支援。

我已经是目瞪口呆了，老棒子也完全愣住了，任我们谁都没有想到，这帮越南人竟然会反抗！在尚京路路口的夜晚，我亲眼目睹了一场自出道以来见过的最为残酷的血战，这帮越南人就像喝了神水自以为刀枪不入的义和团一样，疯狂地扑向手持警枪的警察。因为距离太远，我看不清他们具体是怎样厮杀的，但刺耳的开枪声此起彼伏，却也丝毫压制不住越南人的冲击和叫骂声。这种局面持续了约莫五六分钟的时间，远处又响起了尖锐的汽车警报的声音，很明显是警察呼叫的支援来了。

老棒子立刻发动车子，说："赶紧走，事儿闹大了，这一条街都得被封锁，过会儿想走都走不了了。"

我们的面包车绝尘而去，留下了在夜色中互相厮杀的越南人和韩国警察，远处，枪火的声音不停地传过来，渐渐变弱，像过年的时候逐渐稀疏的烟花。

6

回到新浦街以后，我们这帮人全部都是惊魂未定，找了个小酒馆一边喝酒一边压惊。小马说："靠，真服了，这帮越南人太亡命了，真他妈敢上啊。"

我连喝了好几口清酒，还是压不住心里的那种后怕。我说："咱们今天这事，是不是做得太绝了？"

"不管怎么说，尚京路这个堂口是夺回来了，"小马也是喘了一口气，"阮英雄这一次没本钱再跟咱们斗了。"

"马哥说的没错，这个世道，不是你死就是我亡，"老棒子接话道，"如果今天咱们跟那帮越南人硬拼的话，估计下场会更惨。"

"阿俊，有你的，"小马拍了拍老棒子的肩膀，"幸亏有你，要不是我们确实是惨了。"

我摇了摇头，"说白了，都是出来混口饭吃，今天这事，咱们做得太过分了。不管怎么说，那都是人命啊。"

老棒子冷笑一声，"扫地恐伤蝼蚁命，爱惜飞蛾罩灯纱，那是和尚才干的事情。咱们既然出来混，就得有这个觉悟，不仅把自己的脑袋别在裤腰带上，也得让别人的脑袋别在裤腰带上。"

我沉默了。是啊，整个社会就是丛林法则，弱肉强食，适者生存，何况是黑帮呢？但是，我一想起越南人不要命地往前冲，那些在夜色里此起彼伏的枪火，我的心里还是会突突乱颤。那不是出于对死亡的恐惧，那难道是一种出于对生命的怜悯？我不知道，我只觉得一个人像一条狗那样毫无价值地在街头混斗中死去，是一件太残酷的事情。

或者，就像他们说的，我真的不适合混黑社会。

那一晚，我辗转反侧，一夜未眠。

第二天一早，尚京路黑帮与警察血拼的新闻就出来了，被媒体大肆报道，网络上和电视上的新闻都在播报这个事情，警察部门还特地针对这个事情开了记者发布会，说以后要严厉打击整个仁川地区的帮派活动。因为媒体的报道，普通市民对于黑帮活动也十分恐惧，到了谈之变色的地步。

尚京路血战震动了仁川，甚至是波及了整个京畿道。是役，越南帮成员当场死亡二十一人，重伤四人，被逮捕六人。警察死亡五人，重伤七人。随后，仁川警察总部展开了雷霆行动，对仁川市内的越南帮成员进行了全面打击，不仅彻底清剿了越南帮的残余团伙，就连许多在韩工作或者做生意的越南人害怕受到牵连，也纷纷离开了仁川。而且受局势影响，仁川市内所有的帮派都纷纷蛰伏了起来，不敢有所动作，生怕折在这股风头上。

那一段时间，可以说是仁川市治安最好的"黄金时期"，但这种情形，并不会持续太久。

气象学家说，一只蝴蝶在日本东京扇动翅膀，就会引起华盛顿的一场飓风，这就是"蝴蝶效应"。越南帮的覆灭，也是一场典型的蝴蝶效应，白道的死导致了尚京路堂口的空虚，越南帮乘虚而入，经过一连串事情的演变，像逐渐倾倒的多米诺骨牌一样，最终导致了自己的全盘覆灭。这个世界真的就像电影里的阿甘说的那样，生活就像是巧克力，你永远也不知道下一颗是他妈的什么滋味。

越南帮完了，但唯一让我揪心不下的是，阮英雄并未在血战中丧生，在警方开展的专项打击活动中，也没有他的消息。他像人间蒸发了一样，不声不响地消失了。

没人知道他去了哪里，他或者潜伏了下来，或者去了别的城市，或者，他干脆回了越南。我总觉得阮英雄不是一个那么容易挂掉的角色，他就像一匹孤独的狼王，将自己藏身在了黑暗里，舔舐着流血的伤口，等待着咬断敌人喉咙的反戈一击。

越南帮被干倒以后，小马在社团里逢人便说我们那天晚上是如何如何牛×，如何如何机智，并且在他的嘴里，我成了一个"运筹帷幄之中，决胜千里之外"的角色，这使我在社团里一时间名声大噪。老棒子分析的完全没错，这一役，彻底改变了我在帮派里的地位。

在众人的眼中，小马就代表着娜美，我与小马的联合，就意味着与娜美的联合，那么，我与娜美阵营决裂的传闻也就不攻自破。我不知道孟老大对这个事情怎么想，但其他堂口的大哥都敏锐地嗅到了某种味道，之前冷落疏远我的那些家伙都纷纷以各种借口来套近乎，没事就来新浦街堂口串个门，喝个茶，晚上请我去夜总会或者"三温暖"。我也没有拒人于千里之外，毕竟人情世故还是要走的，世事就是这样，穷人闹市无人问。富人深山有远亲。别怪别人势利，人的天性就是这样。

但把这个功劳归功于我，是不对的，老棒子才是这一切的缔造者。那天晚上喝酒的时候，我由衷地敬佩道："棒子哥，我是服你了，你简直就是黑帮克星。"

老棒子饶有兴趣地问："这话怎么说？"

"你看啊，你以单枪匹马之力，搞死了金大奉，整个清洞派都荡然无存了。然后你又设计让警察围殴越南帮，现在仁川找个越南人都难了。咱们社团的两大死对头，都是你一手搞掉的，你说你牛不牛×？"

老棒子并未露出太得意的表情，而是道："有时候，事情的发展也并不是一开始就能控制的。在我一开始做这些事情的时候，哪里会想到要亡命济州岛？哪里能想到越南人会不要命地跟警察火并？只要活着，下一秒能碰上什么事情，谁都说不准。"

"透彻，牛×。"我举起酒杯，跟老棒子干了一杯。

老棒子干完杯，咂巴咂巴嘴唇说："阿乾，你等着看吧，就这一段时间里，社团里要有大动作了。"

"什么动作？"

"白逍的堂口啊！"

"哦……"我恍然大悟，这一句话把我给点醒了。尚京路虽然暂时从越南人手里夺了回来，但现在还是属于无主之地，这样下去不是办法，总得有个人以堂口大哥的身份掌管尚京路才行，要不然这块地盘过段时间又要被别的帮派抢去。关键问题就是，孟老大将指派谁成为尚京路堂口的大哥？这确实是一个棘手的问题。尚京路的主要经营业务是海鲜市场和海鲜货运，是一个大肥缺，足以引发帮派内部的明争暗斗，波谲云诡。

老棒子说："我听说，最近白逍的兄弟冯三很活跃，正在上上下下地拉拢关系。他还放出风来说，尚京路本来就是他大哥白逍的堂口，现在由他来继任，理所应当。"

"靠，"我骂了一句，"他不回首尔了啊？"

"首尔有什么好的，你看着像是被社团委以重任，开疆拓土，整得跟封疆大吏似的，其实就是远离中央核心了，啥好处都捞不着。就像古人做官似的，外面的官做得再大，最后还不是都想回京城混？"

"那你说，孟老大会让冯三接任尚京路堂口吗？"

"不好说，"老棒子冷哼一声，"孟老大这老狐狸，城府深着呢，谁知道他心里打的什么小九九。再说了，在接任堂口这个问题上，需要制衡的因素太多，够他想一阵子的。我跟你说，如果不是暴毙街头，那么孟老大一定是脑汁绞尽死的。"

"哈哈。"我笑了起来。

"就算当了龙头老大又怎么样，天天算计别人，最后把自己整成了一个大苦×。"老棒子显然还对孟老大耿耿于怀，愤愤不平地骂道。

爱一个人可以很短暂，恨一个人可以上万年，这是从古至今，颠扑不破的定律。在电影《西游伏魔》里，玄奘说，正是为了消除世人的恨意，他才西行取经。而如今，上千年过去了，玄奘取回的真经的译本广传于世间，可是世人的恨又何曾消除过一星半点？六根清净那只是幻想罢了，我们每个人都在爱恨中出生，在爱恨中挣扎，又在爱恨中死去。

第十三章　堂口之争

1

娜美参加的"全东亚剑道大会"开始了，小马拉着我一起去看了比赛。

如果娜美不混黑帮，那么她一定是个优秀的剑道选手，或许就像写下"月落乌啼霜满天"的张继一样名垂后世也说不定。但命运的轨迹有时候是无法选择的，娜美出身于黑帮，混迹于黑帮，所谓剑道，只不过是她行使暴力的工具罢了。但是，我看到在比赛现场，娜美的表情是专注而镇定的，我猜，也许只有在这种场合下，她的内心才能得到暂时的宁静和满足。

剑道比赛非常讲究，不像泰拳或者拳击，光着膀子、咬个护齿就可以上去打了。为了保护选手，剑道比赛中要穿着厚厚的护具，戴上面罩，手持竹剑，礼仪烦琐，鞠来躬去。两个人对峙半天，通常分出胜负都是电光火石之间的事情，以竹剑击打面部或者腹部，同时会爆发出威胁性的叫声。

"阿乾，小马，你们来了。"已经穿戴好了全副护甲，手里头捧着头盔的娜美即将上场，但她平静的脸上看不出任何表情的波动。对这副冷脸，我们早已习惯了。

"娜美姐，加油啊！你一定能赢的！"小马举着拳头为娜美加油鼓劲。

"嗯。"娜美并未其他表示，只是点点头，好像自己能赢是天经地义的事情一样。她说，"越南帮的事情，辛苦你们了。没帮上你们的忙，别怪我。"

"娜美姐，你这是说的哪里话。"我道，"你帮过的忙，已经太多太多了。"

我说这句话的时候，眼睛看着她，是有深意的。我自然指的是她放过封城及替老棒子保密的事情。娜美迎着我的目光，没说什么，只是点了点头。小马可能觉察出来了我们之间有点事儿，可又猜不出来，一头雾水地看着我俩。

马上要轮到娜美上场了，在上场之前，她熟练地拿一块方巾裹了头发，然后戴上头盔，单手握剑，走向了比赛场地中央。她不紧张，我倒是有些紧张起来，拧开矿泉水瓶盖喝了一口水润润喉咙，捅了捅小马说："你说，娜美这场能赢吗？"

小马没有回话，而是转头看着我，问道："阿乾，你是不是跟娜美姐有一腿？"

"噗"，我刚喝进去的一口水不偏不倚地喷了他一头一脸，我目瞪口呆地看着他，"你说啥？"

"你俩……有一腿……"小马擦了擦脸上的水。

"我靠，你是怎么作出这个推断来的？"

"我看你俩刚才的眼神，不一般……"

"眼神不一般？"我真是无语了，"你单凭这个，就觉得我俩有一腿？我特么的跟谁有一腿，也不敢跟她有一腿啊。"

"那我为什么觉得你俩之间有事，还是我不知道的事？"

我也没法跟小马过多地解释，说："算了，回头再跟你说，别瞎想些有的没的。快看，娜美姐要开始了。"

娜美站在比赛场地中央，面对着她的对手，正在鞠躬行礼。全东亚剑道大会并未分设男子组和女子组，因为女子选手参赛的本来就少，几乎没有，所以也都混在一块比赛了。娜美的对手是一个比她身体强壮不少的男子，虽然两人都戴着头盔，看不到表情，但我还是能感觉到娜美身上缓缓流淌的镇定和劲道。我忽然又想起小马刚才那句话，像娜美这样的女人，最后会找一个什么样的男人嫁了呢？或者说，什么样的男人才能降伏得了她？

比赛开始，两人对峙着，脚下的步子缓缓地移动，都在寻找着进攻的机会。剑道比赛不像拳击那样脚下步法灵活，没事就来几下前手拳刺探或者虚晃一下，剑道比赛虽然戴着护具，但还是比较还原真实的"对决"场景的——寻找机会，一击必杀。因为武器不同于拳头，挨了一下，有可能就再也没有反击的机会了。

对手缓缓移动了数步，可能是找不到娜美的破绽，只能怒叫一声，强攻了过去，手中竹剑高高举起，如流星般朝着娜美的头盔砸去。娜美迅速向后退去的时候右脚往后下方迈步，身体斜向侧面避开了这一击，同时手中的竹剑横着向对方的胸部击去。对方来不及避让，只能横剑格挡，两剑相交，发出清脆的"啪"的一声。在竹剑相交的一瞬间，娜美一个向前跃步，手中的竹剑顺着对方的竹剑滑了过去，高高挑起，接着一个从上至右下方的斩击，精准地打在了对方的头盔上。

场裁立刻举旗，示意攻击得分。这一击十分漂亮，干净利落，全场掌声雷动。

这一场比赛，娜美轻取对手，赢得十分轻松。下场后，我拿着一瓶矿泉水递给娜美，由衷地赞叹道："娜美姐，太牛×了。"

"呵呵，有那么厉害吗？"娜美难得谦虚地笑了笑，接过水喝了一口，解下了头上的方巾。

"太厉害了，照这样下去，你一路披荆斩棘，很快就拿到冠军了。"

娜美却摇了摇头，"我不是为了冠军而来的。"

"不是为了冠军？"我愣了，"那你参加比赛，是为了什么？"

"喏，你们看那个。"娜美举起手里的竹剑，指向体育馆看台上的一幅不太起眼的海报。海报上有一个看起来五六十岁的男人，但头发却全都是灰白的了，他穿着一身深蓝色的剑道服，闭着眼睛跪坐在地上，宛若一尊石佛。

小马问道："娜美姐，那谁啊？"

"苏越清。海东剑道九段，东亚剑道高手会会长，11岁学剑，13岁就开始进入职业比赛，同时取得了'道场师范'的称号，被人称为天才。15岁时称霸整个京畿道，一时间无人能敌。可惜23岁正值盛年时便急流勇退了，隐居在了虎臣山，潜心研修自己创立的流派'越清流'。据说他复原了古代遗失的剑术秘技'燕返'，连射出去的手枪子弹都能斩断。"

"乖乖，能斩断子弹？"小马咋舌道，"真的假的，拍电影吧？"

我看了看海报上那头发灰白的家伙，问道："娜美姐，这个苏越清，跟你参加这次比赛有什么关系？"

"这次剑道大赛的主办方是海东剑道，也就是苏越清出身的那个门派。所以主办方特地邀请了他过来作为特殊嘉宾。在大赛中，能够率先进入半决赛的选手，便可以与苏越清一战。"

我一惊，"你是为了能够跟苏越清比试，才参加这次比赛的？"

"对，苏越清是剑道界的传奇，也是我一直想打倒的人物。"娜美的眼神里开始闪现出炙热的光芒，"所以，为了这个目标，我必须做到心无旁骛，第一个闯进半决赛！现在，你们知道我什么不愿意因为越南帮的事情分心了吧。"

对于娜美的话，我有些吃惊，我以为她参加这场比赛的目的不过就是想证明自己的实力，拿到自己应得的荣誉，在剑道界竖起一面自己的旗帜，却没想到，她的目标却是这个叫作"苏越清"的隐士。在娜美的眼里，只要能够挑战到这个昔日天才，一切功名荣耀都是浮云。

古人说，由术入道。在某一行当里浸淫得久了，就会自然地生发出"天人合一"的感悟，就算你只是种个花，泡个茶，也能得道，比如花道，比如茶道。这人一旦得道，行事风格就很难琢磨了，因为在心里，世界已经有了另一番境界。

2

那天晚上，张勇真约我喝酒，我欣然赴约。这人虽然有些唯利是图的感觉，但还是一个好哥们，在我最困难的时候，帮派里其他人都像躲避瘟疫一般躲着我，但张勇真还是把我当朋友看待。甚至在夜店里当我面对冯三的刁难时，他还主动出来帮我解围。这些点点滴滴的细节，我都记得。

谁对我好，我会记得。谁对我坏，我更记得。做人就要这样，千万别信"以德报怨"那种屁话。"以直报怨，以德报德"，这才是正道，你对我好，我也对你好；你怎么打我的，我必须要怎么还回去。如果只是一味"以德报怨"，那这世界上就没有天理了。他杀人放火，他干你全家，你还要反过来感谢他，这是什么鸟逻辑？这是他妈的哪个朝代编出来的狗屁成语？如果要列个中国封建文化糟粕榜，这个成语能排到第一名。

我跟勇真随便找了一家居酒屋，路边摊，要了几瓶便宜的清酒和烤肉。喝什么酒不重要，关键是看跟谁喝。跟看不顺眼的人一起，喝茅台都像马尿，跟相处好的人一起，喝马尿也像茅台。

酒过三巡，张勇真趁着醉醺醺的劲儿，开始聊正经事："乾哥，你亲手把尚京路打下来的，还搞掉了越南帮，到如今，就没有什么想法？"

我佯装听不懂道："什么想法？"

"当然是将尚京路这个堂口纳入囊中了！"张勇真敲了敲桌子，把头伸过来小声道，"现在尚京路堂口空缺，你知不知道社团里有多少人正在盯着这块地盘上蹿下跳呢。是个肥缺，都他妈眼红啊。乾哥，别说我偏心，社团里这帮人，我就看好你，如果你需要上下打点关系的话，钱先从我这里拿，没问题。"

"呵呵，"我笑道，"你这算是对我的先期投资吗？"

"就当是吧。这世道，不管干什么都得用钱啊，是吧？美国民主不民主？总统竞选的时候照样得找财阀支持。只有舍得使钱，最后才能赚大钱。"

"勇真，投资我的话，恐怕会让你失望吧。尚京路这个堂口是我打下来的没错，但我已经有新浦街了，一个大哥占两个堂口，这多少会给人有点贪得无厌的感觉。

再说了，尚京路原本是白道的地盘，这个地方，理由交给他原来的嫡系部下，比如冯三谁的。"

"冯三个毛！"张勇真爆出粗口，"堂口是社团的，又不是他白逍家里的，怎么着，还想搞世袭制啊？白道死了给冯三，冯三死了给冯四？这位置，谁有能力谁坐！乾哥，啥也不说了，我就看好你。你要是有心争这个位置，我尽全力帮你。"

我苦笑着摇了摇头，"勇真，你就别费这个心思了，再上下活动打点关系也是徒劳，孟老大心里肯定已经有合适的人选了。这个堂口这么重要，他肯定会安排一个自己人进去，咱们这些边缘人物，呵呵，想都别想了。"

张勇真的心思我很明白，既然他已经跟我站在了一条战线上，那么就希望我发展得更厉害，更强大，这样他在社团里的地位也就更显赫，靠山也就更牢固。不管是混机关、混帮派还是混社会，到最后，混的就是一个圈子。可惜的是，这一次我真的不想再去争，因为让谁来坐这个堂口，孟老大肯定早已经心里有谱，我们这些人再去争逐，岂不是如跳梁小丑一般？

去争尚京路的事情，我不再去考虑它，就算有这个机会，我在社团里怎么说也算是一个后辈，资历不够，就不惹人说闲话了。比起这个，我反而对娜美的比赛更有兴趣，她一路凯歌，连赢数场，终于成了第一个打进半决赛的选手。

还真的如她所愿，要对决传说中的剑道九段苏越清了。

对决苏越清的那天，小马特地叫上了我，去体育馆给娜美加油鼓劲。那场比赛的规则有些特殊——普通的剑道比赛，选手都身穿护甲，武器是用的竹剑，采用的是得分制，这样的比赛只考验选手的技术，对身体造成不了任何的伤害。而娜美跟苏越清的这场比赛，却别开生面：不穿戴任何护具，比赛规则全面放开，比赛用的武器也不是竹剑，而是杀伤力极强的木刀。

这已经无限接近于实战了。

也许是苏越清在剑道界的号召力太大，比赛那天，体育馆里几乎全都坐满了人。我目测了一下，应该全部都是练剑之人，来自各个流派和各个道场的。我还听到有人在用日语交流，想必是专程从日本飞过来观看比赛的。看到这一幕，我心里多多少少有些不是味儿，本来发源于中国的剑道，在国内几乎销声匿迹，却在日本和韩国被发扬光大，不仅形成了一种比赛体制，更形成了一种剑道文化，这多少都让人心痛。

比赛开场前的形式也十分复古，两个光膀子的大汉露出赤裸的腱子肉和花花绿绿的纹身，手持鼓槌敲击大鼓，声音低沉慷慨，呈现出一股肃杀之气。敲完一通大鼓后，娜美和苏越清两个人才相继入场。

比赛双方都穿着深蓝色的剑道服，赤脚，不穿戴任何护具，手里拿着一把与真刀长度相仿的木刀。苏越清的形象跟我在海报上看过的一样，满头灰白的头发，但脸上看去又没那么苍老，顶多也就是五十来岁的年纪。他的身材比较瘦削，比娜美强壮不到哪去，虽然是站在一个万众瞩目的场合，但他的眼神里依旧是淡然笃定的目光，仿佛其他人都如草芥一般。

娜美的气势也毫不输给他，毕竟是一路大风大浪里闯过来的，有种睥睨全场的味道。我虽然是外行，但也明白这两个人几乎代表了韩国剑道界的最高水平，能看到这二人的对决，也算是三生有幸。

身穿黑色服装的裁判上场，做了个专业的手势，示意二人比赛开始。二人相互浅浅地鞠了一躬，然后缓缓将木刀擎在了手里，对准了对方。

偌大的体育馆里瞬间安静了下来，所有人都屏住呼吸，唯恐看漏了他们对决的任何一个动作。而在对战开始的那一瞬间，我发现他们二人的眼神在顷刻间变化了，无论是苏越清还是娜美，他们目光中之前的那种懒散和淡泊已经消弭不见，取而代之的是一种犹如鹰隼般的锋锐！

这种锋锐竟然生生带出了一股杀气的味道！在这之前，我原本以为"杀气"这个东西只是小说家们一厢情愿的扯淡，没想到竟然是真的。这顶级剑客的对决，果然不能跟一般的打架斗殴同日而语。

全场的气氛都跟随着这两个人压抑了下来，有一种"山雨欲来风满楼"的紧迫感。无论是娜美还是苏越清，两个人都没有任何的动作，除了脚下轻微的移动以外，便是全神贯注地盯着对方。但这种安静不是普通的安静，让人感受到一种随时都会"玉山将崩"的气势。

在大陆的时候，我看过日本作家司马辽太郎的几本小说，里面描写剑客决斗时，往往对峙许久，一方面是为了杀气的比拼，一方面是为了找到对方的破绽。甚至有许多场对决，往往不出一剑，对方就已经认输掉了，因为从前期的对峙中，有经验的剑客就可以观察到对方无论是杀气还是技术，都要远远高于自己。古代都是真剑决胜负，那可是玩命的。

两人的沉默对峙持续了大约半分钟的时间，每一秒都在拉扯着观众的神经。就在众人聚精会神的当口，娜美忽然动了！真个是静如处子，动如脱兔，她的整个身子拉成了一张弓，迅雷一般弹射出去，手中的木刀划成了一道闪电！我从来没有见过娜美有如此之快的刀速，这让我后背不禁起了一层冷汗，难道说，在之前的打架斗殴中，她从未使出过全力？而如今碰上了真正的高手，她才认真对战？

看来这世界，比我想象的还要更加广阔。

苏越清并未躲闪，甚至步伐都没有移动一下，而是举起木刀横在面前，挡下了娜美这一击从上至下的斩劈。两把木刀相交，发出了"铿"的一声闷响。

娜美故技重施，木刀顺着苏越清的刀身上撩，滑过去之后接着变线一个横斩，快速地削向苏越清的颈部。苏越清的步伐突然动了，由静止不动变为瞬间暴动，竟然没有任何动作上的预兆！他一个滑步向后撤去，躲过一击横斩后又迅速上前，仿佛位置就没有移动过一样！这瞬移的功力端的骇人！

娜美一斩不中，紧接着又是一斩，其刀快如流星！苏越清低头闪过，身子在原地画了一个半圈，手中的刀借助惯性猛甩而出，动作极快！他虽然是后发出招，却几乎与娜美同时出刀，划过一条优美凛冽的弧线，重重地砍在了娜美的右臂上。

我听到场内有人低声惊呼道："燕返！"

原来那就是连身边飞过去的燕子都能斩落的古代剑术秘技"燕返"！娜美的右手臂被砍中，面色一紧，手中的木刀"哐当"一声掉在了地上。她想弯下腰去捡，可是面色赤红，表情极其痛苦，显然已经无法再战斗了。

胜负已分。

我从未想过顶级剑客的决斗竟然是如此的迅速，两人对峙的时间不算，从娜美挥出第一刀开始，到苏越清以"燕返"结束战斗，加起来的出刀不过五六次，时间更是只有短短的三四秒，彻底推翻了我一开始那种"大战三百回合"的傻逼猜想。

武侠小说，看来还是古龙写得靠谱，高手对决，生死只在毫秒之间。

娜美的胳膊显然是抬不起来了，不知道骨头有没有断。苏越清收起刀，朝着娜美鞠了一躬，代表比赛已经结束了。小马转过头，不置信地看着我，"娜美姐，输了？"

我也是一脸大写的懵×，娜美输了？那个见神杀神，见佛杀佛的无敌一般存在着的娜美，那个声名威震整个京畿道地下江湖的娜美，竟然在不到5秒的时间里，彻底败北？

这让我想起来上学的时候曾经看过的《海贼王》的一个片段：三刀流索隆立志要成为天下第一剑客，而去挑战了传说中的剑圣鹰眼米霍克。面对索隆的三把大刀，鹰眼只是轻轻掏出了一把小到不能再小的水果刀，就轻易击败了他。索隆当时是崩溃的，他的人生信念在那一刻全部崩塌。

我看着娜美的表情，她的脸色赤红，看不出来到底在想着什么。我不知道，她的信念会不会因为这"燕返"一击而全盘崩溃？

可怜的娜美，我猜在这一刻，她肯定是绝望的。

3

孟老大发出召集令，让各个堂口的老大和社团里的主要负责人前往九龙春开会。

这是继封城事件之后，我第一次来到社团总部，面对孟老大。

孟老大见到我，什么也没话说，只是轻轻点了点头，好像过去的那些事情都已经云淡风轻，被大风吹走了，全然不挂在心上。可是我知道，有些事情，永远不会忘记，只会深深压在心底。

这次会议的主旨就是商讨由谁来继任尚京路堂口的问题，孟老大这一次把事情摆到明面上来说，还真是让我有点意外。参会的人比较齐，有白道的结拜兄弟冯三、社团的前元老唐妈、永宗堂口的邱大良，桂阳堂口的青哥，景德堂口的致平叔……除了娜美以外，基本上全都到齐了。当然作为娜美的替补，小马也出席了会议。

在九龙春里，很少能有聚齐这多人的会议，这些面孔我都见过，但能在一次会议上见这么齐整的，还真是难得。大家见了面之后都非常热情，相互寒暄着，互相递烟，拍肩搭背，跟亲兄弟似的。桂阳堂口的青哥常年剃着泛青的大光头，脖子上戴着一串大金链子，左脸上还有一道蜈蚣似的大疤，看起来要多吓人有多吓人。他搂着我，佯装亲热地说："阿乾，跟越南帮那一仗，你干得漂亮啊。要是你青哥出马，恐怕就不会这么利索了，非得给他们来一场血战不可。"

我只能呵呵一笑，不置可否。在一旁坐着的致平叔抽着烟，不冷不热地道："得了吧青子，一开始孟老大想的就是让你跟越南帮对着干的，你那么厉害，打出咱们社团的风采来嘛！可你早不来晚不来，偏偏在那个时候犯了阑尾炎，你说巧不巧？"

"哎致平叔，你说这话什么意思，我可没有扯谎啊。你懂不懂医学啊，我那可是急性阑尾炎，犯起来要人命的。我当天晚上还住院开了刀呢，不信你看，我这肚子上的线还没拆干净呢……"

"行了，别撩衣服了，没人愿意看你的肚子。"致平叔白了他一眼。永宗堂口的邱大良皮笑肉不笑地接了一句："给自己一刀，再缝上几针，总比跑去跟越南人拼命强吧？"

"哎大良，你这说的是什么话，你青哥我是这么怂的人吗？"青哥又转向冯三问道，"三弟，你说，我那天是不是临时犯病了？"

"病来如山倒，这个一点办法也没有，青哥说的都是实话。再说了，跟越南人打，那得是心眼多的人才行啊，像青哥这样的，太直率莽撞，玩不转。"冯三这时候帮青哥说话了，看样子这俩人已经结成了一个阵营。

这话说完，小马不乐意了，道："冯三，你什么意思，跟越南人干仗就得是心眼多的人？你意思我小马心眼挺多呗？"

"我没特指你啊，你急着对号入座干毛啊？谁心眼多谁知道。"冯三点上一根烟，冷哼一声，还若有若无地瞥了我一眼。

我只是笑了笑，啥话都没说。唐妈拍了拍身边空着的座位，说："阿乾，过来坐这儿。"

我走过去，坐在了唐妈身边。唐妈小声道："这帮人就嘴上厉害，你别跟他们一般见识。"

我小声道："不会的，我是一个后辈，他们说什么，我就听着。"

孟老大敲了敲桌子，示意大家安静，会议要开始了。他环视了一下四周，说："今天各位都在，大家也知道我把各位召集过来是什么意思，我就直奔主题了。尚京路堂口的问题，大家也都看到了，急需一个坐馆的人，今天让各位来，就是希望能举荐一下合适的人选。俗话说，举贤不避亲，有什么就说什么，希望大家都能够以大局为重，直言不讳。"

话音刚落，青哥就发话了，"老大，你说让举荐，那我就不客气了。冯三是白道的结拜兄弟，白道不在了，这个堂口的位置理应由他来坐，这才像话，尚京路堂口的兄弟们也服气。"

"呵呵，这话说的，"致平叔冷笑道，"你以为这社团是你家的，还搞世袭制？哥哥完事了给弟弟，那我问你青子，等你挂了之后，桂阳堂口是不是还要留给你儿子？"

"你……"青哥一瞪眼，想要发作，却又悻悻地坐了下来。致平叔这番话说得有理有据，他根本无从反驳。况且孟老大还在堂上坐着，他这个时候动粗，很明显就是不给孟老大面子。

"致平，你是社团里的老人了，很多新人都是你看着一步一步走上来的。"孟老

286

大问道，"社团里的这些骨干，你都算是熟悉的了，怎么样，有想举荐的人吗？"

"堂口坐馆嘛，自然是有能力者居之。为了避嫌，我还是不发表意见的好。"致平弹了弹烟灰说道。如果说人生如戏，全靠演技，那么致平叔也是一条老戏骨了，他心里面的城府，一点都不亚于孟老大。

这时，唐妈在桌下拍拍我的手心，在我手掌里写了一个"女"字。我明白她的意思，她是想推娜美上去，在征求我的意见。推娜美，我没有问题，便朝她轻轻点了点头。

大家为了举荐人的问题七嘴八舌，争得不相上下。孟老大突然打住了大家的话头，看着我道："阿乾，尚京路是你和小马从越南帮手里夺回来的，你应该发表一下意见，觉得谁来坐这个堂口合适？"

我不好意思地笑笑，"我就不发表意见了吧，各位前辈在这儿，还轮不到我说话。"

致平叔道："没事，孟老大说了，举贤不避亲，辈分小点又有什么问题？你该说就说。"

我说："我真的没有什么人选，在社团里时间太短，很多事还都没有弄明白，我先持保留意见。要不，让唐妈推荐一下吧？"

"对，唐，你有什么合适的人选？"孟老大问道。

唐妈说："让我来说的话，我觉得娜美这小姑娘不错。人办事干净利落，在社团里也有威望，更重要的是，我是看着她一点一点长大的，别的不说，她对社团绝对是忠心耿耿。"

"选娜美姐，我双手赞成！"小马立刻附和道。

"那不行！"永宗堂口的邱大良几乎就要拍案而起了，"自古女人哪有能成大事的？娜美已经有一个堂口了，你再给她一个堂口，这像话吗？不知道的还以为我们'狐'社团里男人都不行，全靠女人打天下呢。"

"呵呵，"听到这番话，唐妈也并不生气，而是看着邱大良说，"大良，你对着我这一老婆子嚷嚷这种话，也就算了。要是娜美在场，你敢这么说吗？"

"我……"邱大良喉头一梗，后半句话终究还是没有说出来。如果娜美在场，他要敢说这种话，估计当场就会被削个半死。

会议开了半天，众人七嘴八舌，到最后也没有个统一的意见。这是必然的事情，十几个坐馆大哥，分成了好几个派系和阵营，在这种紧要关口，当然是要把自己一派的人给推上去。孟老大最后也是没有办法，无论挑出来哪个都不能服众。或

287

许他也有自己的人选，但这种时候就算他说出来，恐怕下面的人也不会买账。毕竟在座的堂口大哥里有几位辈分极高的，像是致平叔这样的，他们的话语权足以跟孟老大分庭抗礼。

尚京路跟我的新浦街还不一样，新浦街当时是刚打下来的一个地盘，主要经营的业务是农贸市场，说白了就是进城的农民在那里摆摆摊卖卖蔬菜，在社团里属于不起眼的小堂口，没有什么油水的那种，所以当时孟老大直接让我坐了新浦堂口，众人也没谁提出什么反对意见。但尚京路不同，绝对是肥缺中的肥缺，经营海鲜生意的，不知道要甩我的新浦堂口几条街。

"行了，都别说了！"孟老大敲了敲桌子，示意大家都安静下来。他的脸色很不好看，想必这种乱糟糟的局面也不是他想看到的。一心想搞帮派制衡，最后搞出来这么一个互不买账的局面，也算他是自食其果。

"尚京路堂口坐馆人选，事关重大，在这个问题上，我不会偏倚任何一个堂口，任何一个人。本着公开、公平、公正的原则，这一次堂口坐馆人选给大家一个自由竞争的机会，一个月以后，在中华街召开社团全体会议，每个候选人给20分钟时间，阐述自己的竞选理念和竞选措施。采用全体社团成员无记名投票的方式，得票最多的那个，就执掌尚京路堂口！你们有没有意见？"

孟老大此言一出，我们面面相觑。这不是在黑社会里搞民主选举吗？这也太牛×了，还没听说过哪个帮派有这样的搞法。看到我们一个个都在发懵，孟老大敲了敲桌子，又问道："你们到底有没有意见？"

既然孟老大已经发话，下面的人又推不出一个大家都满意的，只能纷纷表示没意见，同意了孟老大的提案。

回去后，我把此事给老棒子说了，老棒子听后哑然失笑："卧槽，搞选举啊，孟老大这是玩真的？"

"是啊，我也是看不懂了，他这是唱的哪一出啊？"

"估计跟诸葛亮唱空城计差不多，实在是没办法了，被逼的。你想想，尚京路堂口必须得推一个人上去，可现在不管推谁，下面的人统统不服。那怎么办？只能用这招了，民主选举上去的，大家都没话说。孟老大到时候再把他拉拢过来，变成自己人，这就没问题了。"

"嗯，姜还是老的辣。"我叹道，"孟老大这城府，深着呢。"

"走的也是一步险棋。"老棒子沉思片刻，忽然问道，"阿乾，这时候该站队了，你想推谁上去，这个时候就得表现出来了。"

我想了想，"你觉得娜美怎么样？"

老棒子眯着眼睛，思考了一下，"行，娜美是个合适的人选，外面的人看跟咱们的关系破裂了，其实还是一个阵营的。另外娜美虽然年轻，但在社团里的威望也比较高，不是没有可能竞选上去。"

"那就这么定了？"

"嗯，事不宜迟，你现在就去找娜美，告诉她你要推她上台。这一个月里，你不要想别的，就专心考虑怎么能够让娜美在竞选的时候脱颖而出吧。"

4

我立刻去找了娜美，但让我吃惊的是，娜美竟然已经不在仁川了！

据小马说，娜美输给苏越清之后，终于看清了自己与顶级剑客之间的差距。为了追求剑道的最高奥义，她已经去了虎臣山，拜在了苏越清的门下，潜心修炼。

我一听，当时就蒙圈了，"娜美姐进山了？你怎么不早跟我说？"

"说了你也拦不住她啊。娜美姐临走的时候特地吩咐，不要让堂口的人去找她，不要打扰她的修炼。"

我靠，我真是×了狗了，今年不知道是命犯何煞，总是能见到奇葩幺蛾子事。孟老大在黑社会里搞选举，这就已经够奇葩的了，而娜美又把自己的堂口一丢，跑去深山里修炼去了，这简直是让人匪夷所思。

我说："马哥，我想好了，这一次推选尚京路堂口坐馆的事情，事关重大，我准备要推娜美姐上台。"

小马道："我也是这个想法，可娜美姐已经进山了，怎么办？"

我一咬牙道："不就是虎臣山吗？走，跟我进山里找她。"

"可娜美姐临走的时候特地吩咐，不要人去打扰她……"

"非常之时，行非常之事。我们这就动身。"

虎臣山在仁川市外，因为地势险峻，并未得到很好的旅游开发，平时只有一些资深驴友会去那里游玩。我刚来到韩国没多久的时候，还看到过两名大学生进虎臣山游玩失踪的新闻。我跟小马两个人准备了一下，开车去了虎臣山。到了山脚下，我一看就傻眼了，这山脉绵延，到哪里去找娜美的影子？

小马说："我知道在哪里，娜美姐临走的时候说过，苏越清就隐居在鹰嘴峡一带。"

说是鹰嘴峡，其实就是山腰处的一处凹地，植被郁郁葱葱的，含氧量倒是不低，在这里居住，至少能长寿个十年。但这里除了树就是树，间或还有一些山里的野生动物什么的，没酒没肉没女人，一般人住在这里，估计待不到半个月就崩溃了。我想起来娜美说过苏越清二十三岁就隐居在了这里，看他的面相，至少也是四五十岁的人了，他一个人在这山里住了那么多年，到底是一个什么样的怪咖。

我们没有目标，只能信步向前，走了许久，忽然在山里看到了一小片平整的开阔地，搭建着一所简陋的木头房子，外面摆放着做饭用的简单的炊具，旁边还有一个木头墩子，上面楔着一把斧头，下面散落着一些劈砍下来的木柴。

有人生活的痕迹，想必这里就是苏越清的隐居之处了。

我们走进屋里，借着有些黯然的光线，看到一个身穿黑色粗布衣服的人坐在那里，手持小刀，正在聚精会神地雕刻一尊十来厘米高的木制观音像。在他身后有一个架子，上面摆放着一些乱七八糟的木制雕像，形象各异，却全都是佛教造像题材，有观音菩萨、不动明王、梵音天王等等。雕刻的线条虽然十分粗犷，却浑然天成，神态各异，有一种木制品本身的自然之美。我不禁有些吃惊，就这等雕刻，拿去仁川市里的工艺品店去卖，绝对能让那些有钱人趋之若鹜。

正在雕刻观音像的人见我们进屋，抬起头来，他满头灰白色的头发，面容瘦削，眼神淡然明澈，就如同这山里的清风一般，赫然就是在剑道大赛上见过的苏越清。

这人面容肃然淡泊，眼神中毫无杀气，如果不是亲眼见过，怎么也不敢相信他会是当今世上数一数二的顶级剑客。他淡淡地问道："二位有何贵干？"

我跟小马朝他鞠了一躬，说："苏先生您好，我们是娜美的朋友，因为有急事找她，所以才贸然造访，还请不要见怪。"

"哦，娜美的朋友啊。"苏越清放下手中的刻刀和观音像站了起来，去拿地上的茶壶，"两位先一坐，喝点茶，静候片刻如何？"

看来这人还不算怪，虽然隐居深山多年，仍通人情世故。我急忙拦住了他说："苏先生，不用麻烦了，我们不渴。那个，娜美她现在……不在这里吗？"

"娜美正在后山练剑，两位要是有急事的话，我带你们过去。"

苏越清带着我们翻过一座山坡，走了大约两三公里的距离，看到了一片稀疏的竹林。娜美也穿着一身黑色的粗布衣服，手持木刀，静静地站在竹林中。我看到了娜美，正要跑过去打招呼，苏越清忽然伸出了手，轻声道："等一等，先不要说话。"

我这才注意到娜美是闭着眼睛站在那里的，一动不动，如同石雕一般，只有清风缓缓吹过的时候，她身上的衣服才轻轻飘荡起来。过了大约三四分钟的时间，忽然又是一阵山风吹过，竹林摇晃，簌簌作响，几片竹叶从上面悠然飘落。娜美忽然动了起来，手中的木刀倏忽而出，如流星一般掠过一道极快的弧线，然后停在了原地。

那动作太快，我完全看不清楚发生了什么。

苏越清这才领着我们走过去。他捡起娜美脚边的一片竹叶，我这才看清楚，那片细长的竹叶从中间部分已然剖开，在苏越清捡起来的时候，在他手掌里轻轻断为了两截。苏越清用手捻着竹叶说道："格物致知，再细微的东西也有自己运动的节奏和规律。于秋毫之末间，见山川万物，进而见天地众生。娜美，你刚才凭借空气的触感觉察到了竹叶的飘落，可在出刀的一瞬间，呼吸乱了。"

"是，刚才出刀的一瞬间，我无意中动了杀念，没有按照您的吩咐，做到心如止水。"娜美朝着苏越清鞠了一躬，这才抬头看向我们，"阿乾，小马，你们来这里做什么？"

我便把孟老大开会，民主竞选尚京路堂口坐馆的事情给她说了一遍，最后道："娜美姐，我跟马哥都商量过了，我们决定推你上台，来坐尚京路堂口的位子。"

娜美收起木刀，淡淡地道："这个事情，你们就别指望我了。社团里的那些事，我不想操心，也不想再管。来虎臣山的时候，我已经跟孟老大说过了，江湖上的恩怨纷争，能不找我的，就尽量别找我。我现在只想跟着苏老师在山里潜心修炼，提高自己的剑技，这才是我应该做的事情。"

我跟小马瞠目结舌，"你这意思，就是从此要退出江湖，不过问社团里的事了？"

"该过问的，还是要过问，不过没有必要的事，我就不搀和了。像争堂口大哥的这种事情，我一点兴趣都没有。"

"娜美姐，你要是这样，那就难办了。"小马面露难色，"为了一个月后的公选大会，他们都已经开始行动了，咱们要是没有动作，就落了下风了。"

"如果你们非要推个人出来，那就……"娜美想了一下，看着我说，"阿乾，你就代替我上位吧。"

"我？"我连连摆手道，"不行不行，我在社团里是个新人，资历还浅得很，推我上来，没人会服气的。"

"你错了，社团是个讲丛林法则的地方，不是按资排辈的地方，资历什么的并不重要。越南帮是你打跑的，尚京路也是你夺回来的，这一点在社团里没有人能否认。我知道你跟张勇真的关系很好，还有小马这边，再加上老……李阿俊的协助，人脉已经够了。尚京路堂口的位子，你未必不能坐。"

"可是我……"我还想说什么，娜美打断了我的话，问小马道："推阿乾上位，小马你这边有什么想法？"

小马看了我一眼，呵呵笑了，"娜美姐，我听你的。你说阿乾行，那我就看好他，全力推他上位。"

卧槽，我有点蒙。本来这一次虎臣山之行是要请娜美出山的，结果话没说两句，把我自己给推上来了，这算是什么情况？

5

从虎臣山回去后，小马立刻就发动了一切可以发动的力量，广散我要参加尚京路堂口竞选的消息，先期制造舆论氛围。一时间，这事已经闹得沸沸扬扬，尽人皆知，那些以为我已经跟娜美关系决裂的人此刻忽然明白，原来我跟娜美还是穿一条裤子的。

就算小马已经把消息都散播了出去，可是我心里还是有些犹豫，晚上喝酒的时候，我问老棒子："棒子哥，你说他们要把我推上来，这是好事还是坏事？"

老棒子不咸不淡地说："是福不是祸，是祸躲不过。既然事来了，你就接着。"

"可我总觉得心里没底。"

"心里有底也不是什么好事。金大奉牛×的时候，心里有没有底？朴海信茬架的时候，心里有没有底？白道设计陷害你的时候，心里有没有底？他们心里都有底，可最后全都歇菜了。我给你说，混了这么多年，我是总结出了一条经验：江湖如股市，谁都不知道下一秒会发生什么。所以有底也没用，事儿都是靠着一步步趟出来的。"

我由衷赞叹道："棒子哥，等你从江湖退役了，一定要写一本《黑帮回忆录》，把你的经验和领悟全都写进去，以留给后人，让他们少走弯路。"

"呵呵，"老棒子大笑，"我没那个文笔，看书都费劲，还写书呢。这个活，以后就留给你了。"

"好，等我哪天退出江湖了，有时间了，一定要把这些事情全都写下来，也算是一个纪念吧。"

"那你可得把我写得牛×点。"

"靠，你本来就牛×。"

晚上的时候，我正在跟老棒子商量尚京路堂口竞选的事情，手机忽然响了，我拿起来一看，是允儿打来的。

我才忽然想起来，这段时间由于事情比较多，并且都是连轴转，我一心都扑在社团上面了，算一算，已经将近一个月没跟允儿见面了。

我接通电话，正要开口道歉，允儿却幽幽道："阿乾，有时间的话，就来接我下班回家吧。"

等我赶到安医生诊所的时候，差不多是凌晨一两点的样子。允儿脱下护士服，换上便装走出来，神情之间有些疲惫。我打开车门，问："允儿，要不要带你去吃点夜宵？"

允儿摇了摇头，也不坐车，而是说："陪我走走吧，感觉好久没有跟你一起在街上走路了。"

凌晨时分的仁川，是一个夜晚即将逝去，另一个白天快要到来的分界线，大多数的人都已经沉沉睡去，在梦里继续着碌碌人生。但仁川并未完全入睡，我和允儿并排走在路上，能看到模糊闪烁的霓虹，偶尔驶过的汽车，以及从酒吧里出来喝多了站在路边哭泣或者狂笑的寂寞男女。在夜色里，仁川展示着它孤独的一面。

允儿可能觉得有些冷，她拉上了大衣的领子，挡在小脸前面，一阵风迎面吹过来，她散乱在脸颊前的大波浪头发轻轻地飘散着。我跟她并排走过了两条街道，觉得气氛有些异样。

我说："允儿，你是不是有话要对我说？"

允儿忽然停住了脚步，转头看着我说："阿乾，你还记不记得你跟朴海信火并的那一次，你说过什么？"

"我说什么了？"

"你说，如果这一次你不死，就会带着我走，回到大陆，或者随便哪一个地方都行，然后跟我结婚。"

我一下子想起来了，没错，当时的我，是跟允儿说过这样的话。面对允儿在夜色里灼灼逼人的目光，我默然了。

"可是朴海信的事情完了，还有白道的事情，白道的事情完了，还有封城的事情。封城的事情完了，你如今又要参加尚京路堂口的竞选……你告诉我，曾经答应我的承诺，再也无法兑现了是不是？"

　　"允儿，我……"

　　"我知道，出来混的，就是人在江湖，身不由己。这就是一个漩涡，你一步走进去，步步都要跟着往前走。但也并不是完全不能抽身啊，你只要愿意放弃现在得到的一切，地位、名声，哪怕你身无分文，就像你刚刚来到韩国时一样，我也愿意跟你走，无论什么地方。"允儿定定地看着我，眼睛里闪动着渴望的目光。

　　我还是沉默，我不知道应该怎么回答她。事情走到这一步，不是我想放弃就能放弃的。我身上所背负的，已经不单单是我个人的命运，而是还有其他人的，小马、娜美、老棒子、张勇真……江湖没有回头路。但这些话，我不知道该怎么说。

　　允儿看我不说话，她急了，问我："就算为了我，难道你也放不下如今的一切吗？"

　　我沉默了半晌，终于憋出了这么一句："允儿，事情不像你说的那么简单。"

　　允儿摇了摇头，往后退了一步，她看着我，在苍廖的夜色中，流露出一种失望的眼神，"阿乾，告诉我，这种每天生死博弈、刀尖舔血的日子，就是你一直想要的生活？"

　　"不是，允儿你相信我，这不是我想要的生活，可是，想要回头，也没有那么简单……"

　　我话没说完，就看到允儿的眼角处流下两行晶莹的泪珠，这时一辆车开了过去，在车灯的照耀下，那些泪珠反射着璀璨的光芒，却依旧无力堕地，随即就隐没在了黑暗之中。我走过去，要替她擦拭脸上的泪水，她却一抬胳膊，拨开了我的手，说："阿乾，我对你好失望。"

　　听到这句话，我顿时有一种万箭穿心的感觉。郑允儿，这个站在我面前的中国姑娘，是我来到韩国后第一个给予我温暖的人，在无休无止的帮派生涯和街头厮斗中，每当我感觉生活黑暗绝望的时候，一想起她的笑脸，心里就会充满了力量。是她让我感觉自己还活着，还有血有肉，有心有肺地活在这个冷冰冰的世界上。而如今，她却对我说感觉好失望，顿时，支撑我内心的某种信念崩塌了。

　　允儿独自走了，她没有再让我送她。我一个人定定地站在路边，站了好久好久，任凭寂寥苍茫的夜把我的灵魂一点一点吞没。

第十四章 鹿死谁手

1

张勇真知道我要参加尚京路堂口竞选的消息后，十分高兴，立刻送来了一笔价值不菲的"竞选经费"。我说："勇真兄，你也太客气了吧。"

"不客气不客气。你没见美国总统竞选的时候，每个人都要依附于一个财团吗，要不然哪来的钱去搞活动？你就当我是你的小财团吧，哈哈哈。阿乾，好好干，我看好你哦。"

我笑道："丑话说在前面，要是竞选输了，这钱我可不还给你。"

"哈哈，那是必需的。投资嘛，自然是有风险的。我只希望等你日后发达了，不要忘了我这个兄弟就行。"

"这说的是哪里话，咱们这么好的关系。别说尚京路堂口坐馆了，就算以后我一不小心当了美国总统，我也不会忘了你的。"

"好，哈哈，等会儿，你再说一遍，我用手机录下来，免得你以后当了美国总统不认账……"

有了张勇真提供的这笔资金，我们接下来的工作就好开展了。小马组织了一个"宣传队"，在社团里及中华街以各种方式对我进行广而告之，主要是宣传我加入社团以来的"辉煌"战绩，包括对清洞派的阻击战、打下新浦街，春川街头遭遇战等等，包括刚刚发生的在尚京路跟越南帮的交战，把胜利的果实也全都算在了我的头上。在他的描述中，我简直就成了一个英雄，是智慧兼勇气的集合体。他的宣传范围以中华街为中心点，向外呈伞状辐射，范围波及大半个仁川城。在"宣传队"强大的舆论攻势下，几乎整条中华街上的人没有不认识我的，无论是吃饭、买衣服、挑水果甚至是买一卷手纸都没有人向我要钱，搞得我都不好意思上街了。

而老棒子这边却制定了一条更加"奇葩"的策略，那就是"派红包"。老棒子说人性其实很简单，人为财死鸟为食亡，自古以来莫不如此。张勇真所提供的经费的大部分都被他包了红包，然后派发给社团里比较底层的小弟们，每个堂口都占有一定的名额，争取做到"雨露均沾"。吃人嘴短拿人手软，既然收了我的钱，那么到时候在竞选会上肯定要投我一票的。

我们前期工作搞得有声有色，但鹿死谁手还真的很难说。不管再怎么搞，我在社团里还只是一个资历尚浅的后辈，这个事实改变不了。而尚京路堂口竞选是社团里的一个大事，孟老大发话以后，各个堂口的人都对此虎视眈眈，包括邱大良、青哥这样的辈分比我高很多的大哥都参加了竞选，还有白道的那个结拜兄弟冯三。

这是一盘前途未卜的棋局。

为了竞选这个事，我们着实忙活了一阵子，甚至是有些焦头烂额。那天稍微有了点空闲，小马提议哥几个一块去酒吧喝点酒，放松放松，毕竟好久没有在一起喝酒吹牛×了。

于是那天晚上，我、小马、老棒子、张勇真，外加叫了几个小弟一块去了春川街的一个酒吧，准备大醉一场。刚坐下没多久，老棒子忽然想起了什么，低声问我："阿乾，最近没见你跟允儿一块出来玩啊，怎么，小两口吵架了？"

"没有，也不算吵架，只是……哎，算了，不想提这事儿，烦。"我举起酒杯道，"来，喝酒，喝酒。"

我们干了几杯，都有些醉醺醺的了。小马眼光一扫，看到不远处的吧台坐着一个打扮时髦的姑娘，不由两眼放光，道："哎，那妞儿长得不错啊。"

我们顺着他的目光看过去，果然，那姑娘确实长得挺漂亮，条顺盘亮，淑雅中隐藏着一丝撩人的风骚。我道："算了，别流哈喇子了，这里的美女全特么是后天整出来的。"

"能整容整成这样也算不错了，你总不能阻挡人家对于美的追求吧。"张勇真呵呵笑道。

"你们说，我今晚上能不能泡上她？"小马有些跃跃欲试。

我笑道："马哥，你还是歇歇吧。打架你在行，泡妞你可真不行。"

"哼，小看我。"小马不服，站起来说，"看好了，10分钟之内，我给你们要过来那妞的电话号码。"

小马说完，就一步三晃地走了过去，借故跟那姑娘搭了个讪，就坐在了人家旁边。两人具体怎么聊的，我们听不到，只能看到那姑娘对小马完全不来电，一脸的敷衍，连头都不愿意扭过去。过了大约15分钟，小马悻悻地回来了，一屁股坐在座位上，神情相当沮丧。

"哈哈，怎么样？"我笑道，"马哥，我说你泡妞不行，你还不服。"

小马仍不服输，"不是我不行，是那妞儿根本就是个性冷淡，闹不好，还是个同性恋，对男人根本不感兴趣。"

"别找借口了，来酒吧里的姑娘，就是等着被男人泡的。"我拍了拍老棒子的肩膀，对小马说，"你要不服，让阿俊过去试试？"

"哼，谁试也没用。"

"呵呵，"老棒子笑道，"5分钟，我给你搞定。"

"哎呦，吹牛×啊。"小马掏出自己的银行卡，一把拍在了桌子上，"别说5分钟，我就给你10分钟，你能要来这妞的电话号码，今晚随便喝，我请！"

"好，马哥，你就瞧好吧。"老棒子拍了拍小马，站起身来，整了整衣服，朝那姑娘走了过去。

整容后的老棒子绝对是女性杀手，少青中三代通吃。他往那一坐，没费多大事，两个人就聊得火热。老棒子不知道讲了一个什么笑话，逗得那姑娘咯咯大笑，前俯后仰。不到5分钟的时间，老棒子就拿起手机，朝着我们这边得意地晃了晃，示意他已经得手。

"哎呀卧槽？"小马惊讶地一拍桌子。

"呵呵，马哥，看来你果然对泡妞不在行啊。今天这顿酒，你请定了。"张勇真笑道。

我道："勇真，别这么说，多伤马哥心啊。马哥泡妞不行，床上未必不行，是吧马哥？"

小马被我们调戏得吹胡子瞪眼睛，一句话也说不出来。

老棒子正跟那姑娘打得火热，忽然一个啤酒瓶子兜头就砸了下来，"啪啦"一声，在他头上开了瓢。酒吧里的人一下子就愣住了，老棒子往后退了两步，左手捂着头，殷红的鲜血从指缝间慢慢淌了出来。

我们一下子就站了起来。小马二话不说，抄起椅子就要冲过去，我一把拉住了他，让他稍安勿躁。因为我看到拿啤酒瓶砸老棒子的，不是别人，正是留着一头毛寸、脖子上戴着一根大金链子的冯三。在他的旁边，还站着桂阳堂口的老大青哥，两个人也带了不少小弟过来。

我走过去，先扶老棒子坐下，问："怎么样？"

"没事，没大碍。"难得老棒子在这种时候还保持着清醒，江湖老炮儿就是不一样，他低声对我道，"阿乾，这里不是打架的地方，他们有备而来，真要打起来我们肯定吃亏。"

"我明白。"我点了点头，转过身来看着一脸得瑟的冯三，问，"三哥，你二话不说就出手伤了我的人，怎么个意思？"

"怎么个意思？我这是替你教训手下的兄弟学学规矩！"冯三一把拽过来那个刚才跟老棒子聊天的姑娘，搂进自己的怀里，"这是我的妞，能随便泡？"

那个姑娘已经被吓得花容失色，被搂在冯三的怀里不停地挣扎，很明显，他们之间根本就不熟悉，冯三这只是借机挑事。

"冯三我×你妈！"小马骂道，"你说是你的妞，你问问那姑娘认不认识你？"

冯三抬手就扇了那姑娘一个耳光，笑眯眯地问："你认不认识我？"

那姑娘很明显被打懵了，不敢说别的，只能掉着泪说："认……认识。"

"看到了吧。"冯三得意地笑了起来。

我一把将那姑娘拽了过来，让她躲在我身后，指着冯三道："有事说事，别随便欺负人。你也是爹生娘养的，别一说话就跟个王八蛋似的。"

"哎哟，你骂我，你竟然敢骂我，哈哈哈……"他一边大笑着，一边问旁边的青哥，"青哥，这兔崽子竟然敢骂我，今天这事怎么了？"

青哥摇着头说："阿乾，这就是你的不对了，你怎么能因为一个女人对社团里自己的兄弟……"

"你他妈的给我闭上嘴！"小马早已经是怒不可遏，指着青哥骂道，"给你个面子，叫你一声青哥，不给你面子，你是个什么东西？要是娜美姐在这儿，你敢多放一个屁？活劈了你！"

青哥毕竟辈分比较大，这时却被小马骂得一句话也说不出来，只能干瞪个眼睛，脸上的表情比吃了屎还难受。冯三说："少他妈在这儿娜美长娜美短的，没女人撑腰你就不会说话了怎么着？听说你家娜美姐在山里修炼，有没有被狼叼走都难说呢，你还不赶紧去山里陪着，还有空在这儿喝酒？"

"我×你妈，你敢说娜美姐，我弄死你！"小马再次抄起椅子就要冲上去，我又拦住了他。在这里跟冯三冲突绝对不是明智之举，他们敢这么公然挑衅，不可能不是有备而来。

冯三跟青哥两个人带了十来个小弟，看到小马要动手，"呼啦"一下全围了上来，气势逼人。他们的人手比我们的人手多了一倍，要打起来肯定吃亏。冯三本人还十分得瑟，左右手的食指交叉比划成一个加号的形状，放在自己的脑门上，"要动手是吧？来呀，砸，砸，朝这儿砸，哎哟你可吓死我啦。"

我实在忍不住了，推了他一把，"冯三你过分了。"

"你敢推我？"冯三往后退了一步，佯装吃惊地看着我。他的好几个小弟一下子就冲了上来，跟我们推搡在了一起。眼看着一场遭遇战就要爆发，我把心一横，牙一咬，心道事情既然已经发展到了这个份上，不能打也得打了！

就在我准备号召兄弟们开始动手的时候，忽然听到一声暴喝道："都给我住手！"

这一声来得极其突然，双方都愣了一下，停住了手，看到一个留着火红色莫西干发型，身材又胖又壮的家伙从围观的人群里走了过来，脖子上还带着一条泛着银色的金属项链，打扮得相当新潮，像是一个发福了的摇滚歌手。冯三斜睨着眼睛问他："你他妈的谁啊？"

"我谁？你来我这儿喝酒不知道我是谁？我是这家店的老板！"

"呵呵，老板？老板怎么了？告诉你，这没你的事，给我闪一边去，小心一会儿溅你一身血。"

酒吧老板没再理他，而是转头问小马道："我听见你刚才提娜美的名字了？你说的是哪个娜美？'犰'社团里练剑道的那个？"

"对，没错，怎么了？"小马问道。

"你跟娜美什么关系？"

"她是我大姐。"

"哦，这样啊，那今天这事，我管定了。"酒吧老板打了一个唿哨，他的那些店员、调酒师、门口保安及后厨做菜的全都拎着啤酒瓶子、椅子还有菜刀什么的围了上来。酒吧老板整个儿一大块头站在冯三的面前说："我是海东剑道的学员，娜美是我的启蒙教练。你骂娜美，就是骂我师父。我看你今天是不想走出去了。"

2

酒吧老板的突然出现让场上局势逆转，他的店员加上我们的人，足足比冯三带来的人多了将近两倍。冯三看这架势，嘿嘿一声干笑，"怎么着，还管上闲事来了？

信不信打起来，把你这店也给砸了？"

酒吧老板很明显不是善茬，一声冷笑，"你才几个人，还想砸我的店？我让你今天走不出去你信不信？"

"呵呵，怎么着，想凭着人多吓唬我啊？"

"好，老子不吓唬你，老子今天靠实力取胜！"他朝一个调酒师喊道，"把我的家伙拿过来！"

调酒师答应了一声，到吧台下面翻了一阵子，竟然找出了一把武士刀来。他凌空一扔，酒吧老板看都不看，随意地一伸手，就稳稳地接住了那把刀。随后，他将刀缓缓拔出，刀身雪亮，反射着酒吧壁顶上的灯光，晃得我眯起了眼睛。

"我在海东剑道修炼六年，黑带三段，虽然水平不及娜美，但要斩个一般人，还是没什么问题的。"酒吧老板单手握刀，刀尖朝着冯三斜斜地指着。他身材虽然很胖，但持刀的姿势却毫不含糊，颇有一股大家的气势，一看就是专业练过的，"怎么样，今天不靠人多吓唬你，单挑，来不来？"

冯三嘿嘿干笑两声，脸上的表情就变得十分尴尬了，面对这雪亮的武士刀，他手下的小弟一时间也是裹足不前。要说这刀跟刀真不一样，这酒吧老板如果拿的是一把西瓜刀，绝对没有这种威慑力。诞生于战场上的正儿八经的杀人兵器武士刀，天然地就带着一种威慑人心的气魄。

青哥上前去拉了拉冯三，小声道："三儿，好汉不吃眼前亏。"

冯三梗着脖子，拿手指挨个点了点我们，又点了点酒吧老板，"好，今天晚上算你们狠，青山不改，绿水长流，咱们后会有期！"

冯三和青哥的人悻悻地撤走了，一场虚惊就此结束。酒吧里的人见此一幕，都兴奋地鼓起掌来。我第一时间去照看老棒子的伤势，看他被砸得到底重不重。

啤酒瓶子在他脑袋上豁开了一道口子，倒是不深，皮外伤，不过怎么说也得缝针了，还得清理嵌在伤口里的玻璃渣子。我说："棒子哥，我送你去医院。"

"我开车送你们去。"酒吧老板道。

我说："谢了，我们在门口打个车就行了，方便。"

"哎，别客气。你们跟娜美是朋友，那自然也就是我的朋友，并且——"他掂了掂手里的武士刀说，"我带着这玩意一块去，我知道你们华人帮派里有去医院补刀的传统。"

我们都尴尬地笑了笑，正好今天晚上想着不醉无归的，也没有开车，便同意了酒吧老板的要求。刚才被冯三打了一巴掌的那个姑娘抹了抹脸上的泪，说："我……我也去。"

我心里"哎哟"一声，暗道老棒子这一啤酒瓶没白挨，赚回来一个姑娘。

安顿好一切后，从医院回去的路上，最后就剩下了我、张勇真和小马三个人。临分别的时候，张勇真嘱托道："马哥，我不是想说教，但你这火爆脾气真得改改，今天晚上要是真打起来，后果一定是咱们不愿意看到的。"

小马还犹自愤愤不平，"冯三那王八蛋，哪天要是落到我的手里，非把他活剐了不可。"

"那也是以后的事，现在这个时候，咱们千万不能出乱子，以免落下口实。"张勇真道，"还有几天，堂口的竞选大会就要召开了，冯三这帮人现在是狗急跳墙，能搞点事出来就搞点事出来，咱可不能中了他的圈套，乱了自己阵脚。"

小马虽然生气，却也点了点头，"嗯，我明白。"

张勇真还不放心，又嘱托了小马一番，这才告别。我今天喝了点酒，也是困了，便道："勇真兄，那今天就先这样吧，回头见。"

"等等，阿乾，"就在我挥手要告别的时候，张勇真忽然叫住了我，"我陪你走段路。"

我有些意外，"你家不是这个方向啊。"

"没事，陪你走走。"

我有些好奇，就在猜测张勇真用意的时候，他忽然说话了："阿乾，我问你个事。"

"你说，什么事？"

"你的兄弟李阿俊的事。"

"阿俊，阿俊怎么了？"

"他说话的语气、动作、行为方式，还有处事不惊的态度，我总觉得……他跟我认识的一个人特别像。"

我心里一个"咯噔"，立刻就僵在了原地，舌头都有些发硬了，"像谁？"

话一出口，我就懊恼不已。张勇真是何等精明的人物，他一定是从我的表情里看出了些许端倪，越是这时候，我越应该表现得自然才对。

就在我等待张勇真发难的时候，他却忽然笑了笑，道："或许是我多虑了，好，没事了，你回去早点休息吧。还有几天就是竞选大会了，养精蓄锐，别出岔子。"

他拍了拍我肩膀，转身走了，我站着没动，看着他的身影逐渐隐没在夜色的黑暗里。或许，他已经猜到了，或许，他料定就算问什么我也不会说，干脆还不如不

301

问。总之，他留给我的迷惑，比我留给他的还多。

忽然间，我有些庆幸，像张勇真和老棒子这样的人，不是敌人，而是朋友。这样的人，一旦找到机会，发起狠来，要比冯三和青哥那样的可怕一百倍。

一个月的时间说快也快，转眼间，就到了堂口竞选的日子，终于到了检验我们劳动成果的时候了。这是一场公平的角逐，鹿死谁手，非常难说，但套用一句庸俗点的话，至少努力过，就不后悔。

就在参加竞选的前一天晚上，致平叔忽然来到了新浦街找我。

对于致平叔的突然造访，我非常意外。要知道在社团里，致平叔的辈分是非常高的，就连孟老大跟他说话的时候都要客客气气的。而今，他却屈尊来主动看望我这么一个小辈，怎能不让我受宠若惊。

我急忙招呼致平叔坐下，吩咐手下赶紧去泡两杯好茶来。

致平叔摆摆手道："阿乾，不用麻烦啦。我过来就是坐坐，跟你说两句话就走。"

我问："致平叔有何指教？"

"呵呵，自古英雄出少年，指教谈不上。前天晚上，青哥和冯三来找我了，还带了一笔钱，说是孝敬我的。寒暄了大半天，临走的时候才表明了他的意思，希望在竞选那天，让我堂口的小弟把票都投给冯三。"

"呃……"我一时语塞，不知道致平叔跟我说这个是什么意思。难道是索贿？想要我也给他塞一笔钱？

我说："致平叔，那个……"

致平叔摆摆手，打断了我的话，"你知道我是怎么回复冯三跟青哥的吗？"

我说："您老怎么回复的？"

"我说，我在社团混了一辈子，从来没干过给人送钱的事，也从来不因为收了别人的钱就给别人办事。你们今天过来送钱，让我替你们拉选票，说是孝敬我，其实是打我脸。这钱你们拿走，我一个子儿也不要。你们不拿走，我就烧给你们。"

我赞道："致平叔，太帅了，你简直就是我的人生偶像！"

"别给我戴高帽，小兔崽子，我知道你私下里也没少忙活，到处给人派红包，拉选票，我堂口里有不少人都收了你的红包，这事可瞒不过我。"

我一时怔住了，正在想怎么解释，致平叔又道："不过，阿乾，你知道我最欣赏你的是哪一点吗？"

我说："我帅？"

"哈哈哈，"致平叔大笑起来，"臭小子，你就臭美吧。我最欣赏你的一点是，没有去拉拢各个堂口的大哥，而是直接从基层下手，笼络人心。阿乾，我问你，你知道咱们混帮派的，为什么要敬关二爷吗？"

我猜测道："因为他够义气？"

"不，不止于此，"致平叔摇头道，"关二爷不仅讲义气，更重要的是他这个人，傲上而不辱下，欺强而不凌弱，从来不会对比自己强的人屈服，但也从来不会亏待自己手下的兄弟，所以咱们帮派里才会敬重关二爷。同样的，我也敬重这样的汉子。阿乾，如果你也像冯三那样，不是去拉拢我的小弟，而是直接找我送钱，那我也就不会来找你说这番话了。"

我听了倒不好意思起来，嘿嘿一笑，"致平叔，我可不是故意挖你墙角的。"

"我明白，宣传策略嘛，非常之时，行非常之事。比起他们来，你的手段算是光明磊落了。行了，我走了，阿乾，我今天来，主要就是想告诉你一点，你参加竞选，我整个堂口的人都支持你！"

我激动差点浑身打摆子，却还强自装着镇定，握着致平叔的手说："致平叔，谢谢你，你这真是雪里送炭啊。如果我能当选的话——我是说如果，毕竟帮派里那么多有头有脸的人都参与竞选，跟他们比，我的实力和辈分都太低了——我是说，如果我竞选堂口成功，那么放心，致平叔，您的这份心意我会一直记得。"

"哼哼，别急着说漂亮话。我支持你，可不是为了等你回报的。我这把年纪，就算再有钱，还能享受几天好日子？"

"致平叔别这么说，您一定能长命百岁。"

"我不指望那个。"致平叔摇摇头道，"能活多少年，那是天注定的，个人的力量微不足道。我只想着在闭眼之前，能看到社团里崛起一些真正有胆识、有前途的年轻人，能够光耀我们华人社团，那我也就安心了。"

送走了致平叔以后，我忽然心里有些惭愧。光耀华人？说实话，我没起过这么崇高的念头，我一步步走到今天，只是为了让我和我的兄弟们吃饱饭，活下去。

3

不管经历过什么，该来的终究会来——尚京路堂口民主竞选大会在中华街拉开了帷幕。

在中华街，有一个社区礼堂，平时的时候，里面会上演一些老华侨喜欢看的京剧、昆曲等曲艺项目。这个礼堂的建成时间比较早了，有些破败，框架却很大，能够容纳不少人。

大会的时间定在了早上9点。这应该是"犰"社团自成立以来，最盛大的一次会议了。几乎各个堂口的大哥和小弟都悉数到场，到最后礼堂里坐不下了，还有一帮子小弟在外面门口站着。这个时候就能看出混帮派的差距了，凡是在社团里混得不错的，稍微有一些地位的，不能说是穿的西装革履吧，也是一身得体的运动休闲服装，打扮得整整齐齐，干净清爽。却是那些连座位都捞不着的基层小弟，一个个打扮得花枝招展，奇装异服，染着五颜六色的头发，在身上刺龙画虎，嘴巴上耳朵上打着各式耳钉，一水儿的杀马特。

这次参加竞选的候选人有九位，基本都是各个堂口的大哥，或者是能力比较强的，堂口里的骨干力量。而像致平叔这样的德高望重的前辈就权且担任了此次会议的名誉组委成员，负责对各位候选人进行监督等事宜。

作为候选人之一，我在这天穿的比较人模狗样，穿了一套暗纹色的西服，还破天荒打了一条领带。这身行头是老棒子帮我捯饬的，一开始我还有些抗拒，"有必要穿得这么正式吗，保持本色不就好了？"

老棒子都懒得反驳我，直接道："你要保持本色，光着腚上街不就行了？"

总之，今天也许是我社团职业生涯里最帅的一天了，以至我走进礼堂里后，很多熟人都纷纷站起来跟我打招呼，说的不是"加油"，而是说："乾哥，今天帅爆了。"

对于他们的恭维，我挨个点头微笑致谢，然后在前排找到了写着自己名牌的座位。老棒子和小马他们不是候选人，只能坐在后排，与我遥遥相望。

会议开始，主持人先请孟老大上台讲话。孟老大还是有些水平的，做到了脱稿演讲。他先是缅怀了一下社团辉煌的过去，然后展望了一下社团宏伟的将来，由面及点，最后落在尚京路堂口这个事情上，强调这里地位重要，牵一发而动全身，必须要让"有能力者居之"，最后说道希望全体社团成员能够秉持公正之心，用一张选票行使自己的天赋人权，同时也给予社团一个美好的未来。

别管孟老大人如何，这一番话还是讲得十分漂亮，赢得了全场掌声。我原来说过，如果孟老大不是混帮派，而是混行政系统的话，以他的谋略和城府，混到副部级不成问题。如今我要再修正一下这句话，没想到他在公共场合的口才和气度也表现得恰到好处，如果真是混行政系统的话，他估计能轻松干到正部级，或者更高。

孟老大讲完话，正戏就开始了。每个候选人轮番上台，给20分钟时间，阐述自己的竞选理念和竞选措施。我看了一下排名表，我的发言时间比较靠后，排在我前面的，却正好是冤家路窄的冯三。

说是20分钟的发言时间，其实每个人都要上去喋喋不休，把自己曾经在社团里打下的那些"丰功伟绩"再说一遍，什么哪年参加了春川街保卫战啦，什么曾经一个砍五个打得菲律宾人抬不起头啦，什么当年在街头砍人被抓进局子里跟警察斗智斗勇啦……所谓的理念阐述，到最后都变成了自我表彰大会，20分钟的时间根本不够用，大多数都得用半个小时来叙说自己的光辉历史。

在这里，出现了一个十分好笑的场景，这与我后来金盆洗手，进了工作单位上班见到的情景类似：领导竞聘上岗，每个人都在谈自己做了什么什么丰功伟绩，完成了什么什么项目，可惜这些项目都是他们共同参与的，所以每一个上去竞聘演讲的领导都拿同一个项目说事，重复率极高。今天的社团会议也是这样，春川街保卫战至少被4个人提起来过，当年自己如何如何勇猛云云。

轮到冯三了。不得不承认，这家伙还是有些头脑的，另辟蹊径，没有像之前那些人一样大谈自己的光辉历史，而是就事论事，谈到如果自己入主尚京路，要如何利用尚京路的地缘优势，不断侵蚀周边地盘，努力扩大社团的势力。他还给自己制定了一个比较宏伟的目标，要以尚京路为据点，在5年之内，争取把仁川南部的所有其他帮派驱逐干净，包括菲律宾帮、泰国帮、马来帮、甚至是韩国本地帮派，彻底变成华人社团的一家独大。这番豪言壮语抛出，自然赢得了台下的一片掌声。

冯三的时间拿捏得不错，20分钟刚刚好，在讲话结尾的时候，他还简要地回忆了一下他和白道之间的兄弟情谊——这一招用得极为巧妙，他在用这一张情感牌暗示大家：因为他是白道的拜把子兄弟，所以由他来接任白道的地盘，是再合理不过的。

冯三讲完，就该我上场了。说实话，我有点压力，我没想到冯三的竞选演讲说得这么好，出乎了我的意料。

我上了台，坐好，调整了下麦克风，目光在礼堂里扫了一圈，看到老棒子举起手，对着我做了一个"OK"的手势。我轻轻地点了点头，让他无须担心。

"我们今天都在说尚京路，可我们对尚京路又了解多少？"我沉默了一下，接着道，"赶跑越南人之后，我在尚京路一连住了9天，每天都泡在海鲜市场里，跟那些商贩聊天，跟那些搞运输的打交道，就是为了弄清楚尚京路的真正底细！"

305

这一番话撂下去，果然震惊了全场，他们都没想到我来了这一出。

"尚京路区域有常住人口12万，大部分是韩国本地人口，华人占6%，其他外籍人口总共占7%，也就是说外来人口占到了13%的比重。尚京路有4个海鲜市场，最大的海鲜市场在旺季的时候每天的吞吐量在50吨左右，小的也有15吨左右的量。如此之大的吞吐量，各位，你们知道决定尚京路的命脉是什么吗？"

我扫视了一下全场，效果很好，他们都被吸引住了，静待着我的下文。

"是运输，"我又重复了一遍，"没错，运输便是尚京路的命脉，这不是'要想富，先修路'那么简单，如果没有运输，尚京路将彻底失去生命支撑。从尚京路海鲜市场到仁川港有三条主要交通干线，有两条来往比较频繁，其中距离最近、成本最低的那条交通线却是生意最萧条的，为什么？因为那条交通线中间要经过泰国人的地盘，他们从中间要多盘剥一层费用，所以运输商户都不愿意从那条路走。不过没关系，我已经跟泰国人达成了协议，海鲜市场的运输份额，从社团里每年拨出5%的收益给他们，作为交换条件，他们不再设卡盘剥。虽然我们失去了5%的收益，但换来的却是最重要的一条交通命脉的开通，那么尚京路海鲜市场的吞吐量将翻上几番，到时候，我们的收益将大大超过5%这个数字。"

"漂亮！"台下的致平叔忍不住叫了一声，鼓起了掌，一时间，台下掌声雷动。

"我反对！"冯三忽然站了起来，大声叫道，"你跟泰国人谈判，割让5%收益？你这是什么行为？你这是灭自己志气，长他人威风！我们华人社团不需要跟任何帮派妥协苟且，敢拦我们的路，直接灭掉就好了！你要真为尚京路考虑，就不该去跟泰国人谈判，而是灭掉泰国人！"

冯三这么一喊，他的手下也都附和起来，一时间，场面上有些混乱。

我运足中气，对着麦克大喊一声："错！"

这一声音量极足，估计坐在前排的人都要耳膜"嗡嗡"。冯三也被我震住了，抬起头惊愕地看着我。

"混江湖，我们讲的是江湖规矩，但江湖规矩再大，也大不过生存法则！什么是生存法则？就像古龙说的一样，有人的地方，就有江湖，你灭了泰国人，那还有菲律宾人、马来人、日本人、墨西哥人……你灭得过来吗？好，退一万步讲，就算你灭得过来，把他们全灭了，咱们'狐'一家独大，你知道这会导致什么后果吗？一家独大的帮派，绝对不是仁川警方和韩国高层愿意看到的局面，他们会把我们作为重点打击对象，甚至会派出大韩国民警卫队来对付我们也未尝可知！如果真发生那样的事情，那经营了百年之久的'狐'社团就要在韩国的土地上销声匿迹了！我问你，冯三，这种情形是你希望看到的吗！"

冯三一时间怔住了，嘴巴动了动，却终究没说出任何反驳性的话语。

我忽然又想起他之前对我挑衅的那些场景，这时几乎历历在目，于是我不依不饶地又加上了一句："天天就是打打打，杀杀杀！你考虑过后果吗？考虑过结局吗？我们要把社团做大不是靠蛮力，而是要靠脑子！"

我在公共场合讲的这一句话，绝对等于扇了冯三100个大嘴巴子，意思已经表现得很明显，冯三你丫做事不计后果，没有脑子，其实就一傻×。他的脸上青一阵红一阵，简直是没法找台阶下，当然，我也没打算给他找台阶下，我是故意这样做的，就是为了出一口心里的恶气。

"好，阿乾！讲得好！"小马站起来，拼命鼓掌，大家也都跟着鼓起掌来，才好歹算是把冯三的尴尬掩盖过去。

我发表完竞选演讲之后，后面还有两个人，估计感觉没有什么希望，直接弃权了，这样，就等于提前进入了投票选举阶段。结果出来之后，既在意料之外，又在情理之中——我以65%的票数以绝对优势顺利当选。

孟老大也只能被迫接受了这个现实，当场宣布了我同时兼任新浦街和尚京路两个堂口的坐馆，同时，我在社团里的辈分也提高了一个等次。

对这个结果，我表现得很镇定，还在现场对支持我的人挥手致意。孟老大过来跟我握手说："阿乾，恭喜你，好好干，社团的未来就靠你们这些年轻人了。"

看着孟老大那张貌似发自肺腑，其实不可捉摸的笑脸，我也只是回敬了一个礼貌性的笑容。如果说老棒子的事情已经造就了我们之间不可弥补的裂痕，那么封城事件就是压死骆驼的最后一根稻草。我对于孟老大的任何言语和行为动机，都抱着深深的怀疑和不信任。

会议散场后，社团里的好多大哥都来请我去喝一杯，以恭喜我荣任新职。我都很有礼貌地一一拒绝了。这帮孙子，之前视我为眼中钉肉中刺，现在又来巴结我，我才不给他们这个面子。

经历了这番大起大落，我忽然感觉到身心俱疲，哪里都不想去，就想回到新浦街好好地睡一觉。老棒子开着车，直接向新浦街驶去。我坐在副驾驶座上，沉默了一会儿，忽然鼻子一酸，就忍不住咧着嘴哭了起来。

老棒子奇怪地看了我一眼，说："阿乾，你哭什么啊？今天这事要好好庆祝一下啊。怎么，真把你高兴成这个样子?"

"不是，我只是……"我抽着鼻涕哽咽道，"有些后怕……"

4

我成了社团历史上少有的同时兼任两个堂口的大哥。

这对于一个在社团里尚属新人的我来说，这简直就是一个奇迹。

老棒子事后总结得很到位，在我做竞选演讲的时候，冯三突然发难，本来给我制造了一个巨大的危机，但我凭着自己的思维逻辑，又有理有据地反驳了过去。这一反击做得漂亮，成了整个竞选拉锯战中的关键所在。这个关键点一旦坐实了，事情结局的走向也就差不多了。

老棒子说，如果当时是他在上面的话，不会做出如此犀利有效的言语反击，如果换了娜美，她也做不到。老棒子最后感慨道："多读书，还是有用处啊。"

没想到这个反智主义者，还有被洗礼的时候。

我在社团的地位猛然高了起来，这是社团的一小步，却是我个人的一大步，我成了众人争相拉拢的对象，无论谁见了我都是客客气气的。我以一介新人的身份，做到了与那些前辈们平起平坐。一时间，很多堂口的小弟都把我当作了他们混帮派的楷模。

我有些飘飘然起来，但我时刻在提醒自己，这绝不是我个人的努力，在这背后，是集体智慧的闪烁。小马、老棒子、张勇真、致平叔，甚至是娜美，少了他们任何一个人，我都绝不会坐上这个位置。如果他们只是波澜，那么我就是那个被波澜推到了前沿的人。

入主尚京路堂口的第二天，各个商家店铺的老板就开始纷纷跑来递帖子，拜码头，争着抢着要请我过去坐坐，能喝杯酒、吃口菜对他们来说就已经是最大的荣耀。我一一回绝了他们，并且对他们说，老老实实做自己的生意，平时该怎么样就怎么样，只要不出幺蛾子，以后大家就相安无事，共同发财。

就在我赶走了好几拨来拜码头的老板之后，尚京路最大的夜店"银河不夜城"的崔老板来访。崔老板早些年也混过帮派，后来金盆洗手不干了，下海经商，一手经营的夜总会生意红红火火，据说身后也颇有一些背景。对于这样的人，我也是不好怠慢的，于是便请他坐下来聊了聊。

"乾哥履新，可喜可贺啊！"崔老板拱了拱手道。他虽然是韩国人，却在中国做过生意，生活过好几年，算是个中国通。

"呵呵，崔老板，以后还请多多关照哦。"我笑道。

"乾哥说笑了，以后只有您关照我们的份，我们哪里能关照上您啊。"崔老板说着，从口袋里摸出了一个红包递了过来，"小小礼物，不成敬意，还请笑纳。"

我装模作样推阻了一番，也就收了下来。别人的红包都已经递到了身上，再不收，就等于打人家脸了。

见我收下了红包，崔老板往前凑了凑，一脸神秘地笑道："乾哥，晚上没事，去我那里坐坐？"

我摆摆手道："哈哈，谢了，好意心领了。现在初来乍到的，杂事挺多，改天吧。"

"别，择日不如撞日，就今天吧。"崔老板压低声音笑道，"我那里新来了几个俄罗斯年轻姑娘，个个长得跟霍尔金娜似的，老漂亮了，皮肤又白又软，一掐嫩出水来。"

"哎哟，俄罗斯姑娘？"我精神抖擞了一下。俄罗斯美女可是全世界有名的，尤其是年轻的时候，那可真是人间尤物。

"是啊，刚从北边过来的，真是不错。您今天就带着朋友过去随便玩玩，就当是给我捧捧场。"

"呵呵，这个……"

"好，就这么说定了！"崔老板唯恐我变卦似的，站起身来就要走，临出门前还给我做了一个打电话的手势，"乾哥，晚上到了给我电话哈，我亲自安排。"

靠，这事弄得，就这么稀里糊涂地应承了下来。既然答应了人家，不去又显得不太好，于是到了晚上的时间，我叫上了老棒子、张勇真、小马，还是原班人马，杀向了银河不夜城。心道就过去坐坐，喝杯酒，权当跟崔老板结识一下。他是地头蛇，以后肯定有用得着的地方。

银河不夜城果然霸气，装修档次和规模从全仁川来说也是数一数二的。崔老板给我们安排了位置最好的卡座，芝华士威士忌等各色洋酒齐齐摆上，然后领出了几位俄罗斯美女过来陪我们。

果然是名不虚传，崔老板没有托大，几位俄罗斯姑娘漂亮极了，皮肤白嫩，眼珠湛蓝，胸挺臀翘，腰肢纤细，充满了热情奔放的异族风情。小马和张勇真眼睛都看直了，几乎要流下哈喇子，就连整容后阅女无数的老棒子也差点无法自已，差点当场就棒子了。

张勇真啧啧叹道："俄罗斯姑娘，我不是没见过，但真没见过这么标致的。卧槽，今天晚上没白来。"

崔老板对几位俄罗斯姑娘交代了几句，就先去忙了。俄罗斯美女坐下来，挨个挽上一个，语言不通不要紧，可以玩的东西多了去，玩骰子、喝酒、猜手语……他们三个搂着姑娘上下其手，玩得不亦乐乎，乐得嘴巴都合不上了。

我由于刚才猛灌了两杯洋酒，脑袋昏昏沉沉的，就仰靠在卡座里面想缓一缓。那俄罗斯小妞特别主动热情，直接就贴上来了，像一只大猫似的趴在我怀里，抬起头朝着我吹气如兰，叽哩哇啦地说了一句俄罗斯语，我也没听明白。我刚想着要跟她怎么交流，她就像蛇一样缠了上来，抱着我的脖子，湿润丰满的嘴巴就贴了上来。

我几乎是被迫性地跟她吻在了一起。由于刚喝完酒，体内的热血仿佛随着酒精一起被撩拨了起来，我忍不住张开双臂，把她抱在怀里，同时双手在她柔韧的腰肢上下四处游走着，探索着她滑嫩的肌肤和凹凸的线条。正在我完全沉醉在这迷离的海洋里的时候，忽然腿上被踢了一下。

我睁开眼睛，看到踢我的人是老棒子。我正要问他干鸡毛，他忽然又踢了我一脚，然后用下巴朝着我的左边努了一下。我顺着他示意的方向看过去，一下子愣住了。

在距我不到六七米远的地方，站着的正是允儿。她定定地站在那里看着我，一动不动，眼睛里有些晶莹的东西在闪烁。

我一把推开了怀里的俄罗斯姑娘，站起来道："允儿，你……"

允儿最后看了我一眼，转头就走。我猛赶两步过去，抓住了她的手，她用力一甩，把我甩开，然后快步走出了夜总会。

我紧紧地跟着她追了出去，到了夜总会外边，嘈杂的环境一下子安静了下来，仿佛能听到空气里细微的浮尘流动。晚上的风也冷了许多，吹在人身上，汗毛都忍不住竖了起来。

我再次一把抓紧她的手，将她的身子拽了过来，道："允儿，你听我解释。"

"你想解释什么？"允儿冷冷地看着我，说，"我今天来尚京路找你，打你电话也不接，你堂口里的人说你来夜总会了，我以为你只是来喝喝酒而已，没想到……"她摇摇头，苦笑一声，"是我看错人了。"

我有些头大，这个时候，解释什么都没用了。我深深知道，女人在发脾气的时候是没法解释的，也是没法讲道理的，这个时候我说的所有话，在她听来都会是狡辩。我只能说："允儿，我喝了点酒，鬼迷心窍了，你原谅我。"

"呵呵，我有什么好原谅你的。你玩你的就是了。"允儿说完，转身就要走。

我牢牢拽住了她的手，说："你就不能给我一次机会吗？"

"我们的机会，是被你生生毁掉的。"允儿虽然被我拉着手，但她却头也不回地道，"你还记得你说过什么吗？你说想跟我一起离开这里，无论到哪儿都行，哪怕是浪迹天涯。但你一次一次地食言，一次一次地毁掉你说过的话。好，阿乾，你现在发达了，是两个堂口的大哥，更无法抽身了。你知道吗，我能预见到你的将来，你将永远活在腥风血雨里，不停地砍人，或是被人砍，然后哪天横尸街头。你想过没有，你让我怎么办？"

"不，允儿，你相信我，我不会让这种事情发生的。"

"我相信你？你让我怎么相信你？阿乾，我真的错了，我从一开始就不应该相信你的话。或许，我们从一开始就不应该在一起。"

听到允儿这么说，我的心里忽然间拔凉拔凉的，一直支撑我的最坚实的东西仿佛忽然间崩塌了。不由自主的，我松开了手，允儿随即抽了回去，转头看了我一眼，脸上流着泪水。然后她回过头，一言不发地走掉了。

我呆呆地站在夜总会的门口，看着允儿离去的背影，没有去追，也没有说任何话，我一动都不想动，就愣愣地站在那里，像根木头一般。

不知道什么时候，老棒子站在了我的身后，点上了一根烟，吐出了一道笔直的烟柱，说道："阿乾，别想了，事情都已经发生了。男女之间，就是那么回事，想再多也没用。"

我抬起头，看着天上寥落的星辰，问："棒子哥，你说，我们还有机会退出社团吗？"

"一入江湖深似海啊。"老棒子也叹了一口气，"你觉得，你现在还能退出吗？这是一条只能走到底的路。"

两行清泪，从我的眼眶流了下来。在依稀的夜色里，我仿佛看到了还生活在大陆时的自己。如果不是那场偷渡，如果没有来到韩国，那么我现在的生活，会不会是另外一副模样？

可惜轨迹已经注定，没有任何人能改变它。

5

那段时间，是我在韩国最风光的日子。我掌管新浦街和尚京路两个堂口，地位在社团里急速蹿升，一时间风头无限，威风八面。再加上张勇真、小马、唐妈等人的簇拥，势力急遽做大。不是我愿意，但人到了一定份上，派头自然就搞上去了。每次出入，都有一帮子小弟跟着我，前呼后拥，吆五喝六。那些之前跟我不对付的其他派系的大哥或者堂口的骨干，见了我都要恭恭敬敬地喊上一声"乾哥"。

我没有像三国时期的法正一样，得势之后，对之前的政敌睚眦必报，恩怨必究，而是采用了"宽宏怀柔"的态度。不管之前是谁搞过我，是谁在暗地里黑过我，是谁在背后说过风凉话，只要你现在不犯浑，那我统统就不追究了。其实人性就是这样，趋利避害，历史上凡是能干出一些丰功伟绩的人无不了然于此。在官渡之战时，历经千难万险，曹操终于战胜了比自己强大数倍的袁绍，在清理袁绍敌营的时候，曹操发现了自己一方的许多将领在大战之前写给袁绍的投降书或者结交信。疑心极重的曹操竟然破天荒地没有按信点名，一个个地拉出去砍头，而是一把火把这些信件给烧光了，以借此收买人心，还说什么这是人性使然，无论换了谁在那种情况下都会写这种信的。

不管史书上是怎么记载的，但我绝对相信，曹操在烧这些信的时候，他绝对已经看完了一遍！这也是人性使然。要换了你，你能忍住不看？至于看完之后再烧了装逼，说说漂亮话，那是另一回事。

我的势力做大了，但也不是一片和谐，在社团里，还是有人不服我，这个人就是我的死对头，冯三。

就在我上任尚京路没多久后，冯三就约了我谈判，地点定在了尚京路上的一家休闲吧里。我那天出门的时候，特地没有带那么多人，只随便带了三四个手下，就是不想在冯三面前失了风度。

我到的时候，冯三已经在休闲吧里等候了，他跷着二郎腿，悠闲地喝着咖啡，好像是一个人前来的，连一个小弟都没带。

"乾哥，气色不错嘛。"看到我走进来，冯三站起来打了声招呼，一脸招牌似的皮笑肉不笑。

"三哥，坐。"我也很客气地点了点头，朝着他笑了笑。从心理上来讲，我真的不愿意跟冯三当仇人，说俗一点就是，大家都出门在外，血浓于水，中国人不打中国人嘛。

"乾哥今天很低调啊。"冯三扫了一眼跟着我过来的三四个小弟，"听说乾哥最近风光的很，每次出门都一大票人跟着，今天怎么回事？"

"呵呵，来见老朋友嘛，摆那么大阵势干什么，没必要。"我淡淡笑道，"装那些排场，都是给外人看的。"

"没想到乾哥现在这么风光，还能顾及老朋友的情谊，真是让人感动。"

"那必须的。咱们都是中国人，还都是一个社团的，这点情面还是要记着的。"我用这句话也点明了自己的态度，不想同室操戈。

"好一个中国人，这句话说得好，血浓于水。既然说到这个，乾哥，中国有句老话，叫父业子承，长兄如父，没错吧。"

"是没错。"我点点头。

"好，既然这样，我也就不绕弯子了。尚京路这个堂口，本来是我大哥白逍的，现在他没了，如果说轮到我来坐，无论按资历按程序来讲，都是没有问题的吧？"

"三哥，话不能这么说。我坐这个堂口，是孟老大发话，经过社团全体表决的。我可没有一丝一毫的耍诈，整个过程，你也都参与了。"

"对对，我没有说你耍诈，的确，你坐上来也是经过社团全体表决的，公开公平公正，合理合情合法。但从道义上来讲，你说，由我来坐这个位置，是不是更能说得通呢？"

我向后坐了坐，抱着双臂笑着看着他，"三哥，咱就别绕圈子了，你想怎么样，就明说吧。"

"好，乾哥果然痛快人，那我就直说了。这个位置，我不跟你争，但是，我有个条件。"

"条件？"我呵呵一笑，"好，那你说。"

"我要看你们在尚京路每个季度的经营流水，从这里面，要提给我一成的收益。"

我缓缓掏出一根烟，点上，徐徐吐出一道烟雾来，"三哥，你要这样的话，跟之前那些强占尚京路的越南人有什么区别？"

"区别大了。越南人那算什么？尚京路有今天的成就，那全都是我大哥白逍之前一点一滴打下来的，在这个过程里，我也功不可没，跟着大哥一块流过血，流过汗。没有我们，哪有尚京路的今天？乾哥，说实话，你算是捡了个大便宜。我要一成的收益，多吗？"

"不是多不多的问题。如果我给你开了这个先例，那社团的其他人怎么看我？他们都跑过来要求分一杯羹，我该怎么办？"

"这么说，乾哥是不同意我的要求了？"冯三眯起眼睛看着我。

"完全不能同意。"我淡定回答，"就算我同意了，我手下的这些兄弟们也不会答应。"

313

"好，那就没什么好谈的了。"冯三站起来伸了个懒腰，"那今天算我白来了。乾哥，别怪我没提醒你，以后万事都要当心。"

"谢谢，"我呵呵一笑，"不送。"

跟冯三谈完话之后，我并没有把这件事太放在心上，毕竟我现在的势力已经做大，就算冯三想用什么办法对付我，他也得考虑考虑后果。

但事实证明，这个世界上，还是有人为了利益去铤而走险的。

就在我跟冯三谈完话后不到一周的时间，尚京路堂口就出事了。从仁川港出发往尚京路海鲜市场跑的海鲜运输车，连着有四五辆，被半道上给拦截逼停了，汽车被砸，拉的海鲜散落了一地，司机也被打得鼻青脸肿，并且还受到了威胁，让他们以后不要跑这条线，否则见一次打一次。

那天我就在尚京路待着，被这事搞得焦头烂额。我既然是堂口的大哥，下面的人每个月都交着份子钱和保护费，我自然有义务保护他们的安全。出了这样的事情，来找我告状诉苦的人是络绎不绝，在我办公的房间里，连着一上午，我接待了好几拨前来告状诉苦的人，全都是海鲜市场的摊贩老板。他们的货今天没有运到，没办法出货，短短的一上午就损失不少。

这真是打了我一个措手不及，因为我当时完全没有头绪，到底是谁干了这样的事情。现在只要是在道上混的，是个人都知道，尚京路是我的地盘，我是"犰"社团的人，现在仁川几乎没有哪个帮派能有实力跟"犰"来叫板了。虽说有一条最重要的交通线是要经过泰国人地盘的，但我已经跟他们商量好了，每年会从海鲜市场的运输份额里拨出5%的收益给他们，泰国帮的老大很高兴，他们没有理由做这个事情。

这个事情让人焦头烂额，一时间也找不到什么头绪。我派了人，去车辆出事的地方盯着，一旦发现有可疑人员，立刻抓回来，问出幕后指使是谁。但是对方干了那么一票，纯粹是为了制造恐慌氛围，然后就销声匿迹了，根本抓不到人，所以打砸车辆这个事情也根本他妈的无从查起。

我很烦躁，再加上跟允儿的关系跌入了谷底，心情就更不好。晚上的时候，老棒子提出要跟我去酒吧喝一杯，散散心。

到了酒吧，我跟老棒子都把手机给关了，准备要一醉解千愁。自从他回来之后，就是一件事连着一件事，走马观花似的，我们哥俩都没有机会单独坐下来喝一杯。

喝了两瓶洋酒，几瓶白酒，老棒子已经有些微醺了，他摇着头说："阿乾，越往后，路会越难走，高处不胜寒啊。"

"哎，我明白。"我举起酒杯晃了一下，一饮而尽，抹抹嘴说，"原来的时候，我以为爬到高位，就可以无忧了，呼风唤雨了，现在想想，根本不是，无论你混到什么份上，总有解决不完的烦心事。"

"是啊，你以为当总统就爽了吗？说不定总统比你的烦心事还多呢。咱们还可以出去找个小姐泄泄火，总统行吗？不敢吧。"老棒子嘿嘿笑着说。

一说到这事，我就想到允儿，心里面不由得一阵黯然。老棒子是何等人精，立刻就看出了我的心思，拍拍我的肩膀说："天下大势，合久必分，分久必合，想太多也没用。"

话是这么说没错，可允儿如果真的跟我分了，我真不知道该怎么办。在刚来韩国的时候，她是我的精神支柱，她的笑容就是我在黑暗的日子里唯一的一抹光亮，我是靠着这抹光亮才坚持到现在的。如果允儿真的选择分手，那我心里一定会有很多东西要轰然倒塌的吧。

允儿怨我也好，骂我也好，哪怕对我心灰意冷都好，但她如果选择分手，那是我最不想看到的事情。我的人生像是一艘被推到了激流里航行的独木舟，无法控制方向，只能随波逐流。

我跟老棒子不知道喝了多少瓶酒，光去厕所我就吐了三次，喝到最后，我俩几乎都要开始说胡话了。大约在凌晨2点多钟的时候，忽然我堂口的两个小弟闯进了酒吧里来，看到我就大声喊道："乾哥，乾哥！"

我回头看到他俩，有些意外，问道："这么晚了，找我干啥？"

"刚才给你打手机，一直关机！乾哥你快去看看吧，尚京路3号海鲜市场出事了！"

"出事了？"我脑子喝得懵懵的，心道，这大半夜的，市场里鬼影都找不到一个，能出什么事？

6

当我跟老棒子赶到3号海鲜市场的时候，脑袋"嗡"的一下，喝下去的酒全都醒了。

空气中弥漫着一股海鲜的腥臭味和建筑材料烧焦的味道，3号海鲜市场的大棚已经被烧成了空壳，连带着十几家商铺也被烧得不成样子。消防车刚刚撤离，脚下还都是湿漉漉的水渍。几乎被烧光的海鲜市场的残骸立在黑暗中，像是经历了数千年风化的古代遗迹。现场还有些工作人员和闻听消息之后赶过来的商铺老板，一派嘈杂忙碌的景象。

短暂的懵逼之后，我立刻意识到了最重要的问题："有人遇难没有？"

一个小弟回答："幸亏是在晚上，市场里一个人都没有。刚才消防的人已经统计过了，没人遇难。"

我长舒了一口气，没人遇难，就是不幸中的万幸。这时来到现场的几位商铺老板看到我来到了现场，一股脑儿地全冲了上来，几乎就要抱着我的大腿给我跪下了。

"乾哥，我一家老小的生计都在里面了，这下烧了个精光，接下来我可怎么活啊。"

"这门面房的贷款我还没还清呢，就被烧成了这个样子……"

"乾哥你得为我们做主啊，这是断了我们商户的口粮啊。"

"被烧成这个样子，我们还怎么做生意啊？"

……

几位老大哥几乎是涕泪齐流了。也是，靠山吃山靠水吃水，他们就是靠着这个海鲜市场吃饭的，一家老小的生计和吃喝拉撒全在里面了，烧了海鲜市场，就等于是要了他们的命。这对于我来说，是震惊，而对于他们来说，却是一个致命的打击。

我急忙道："各位老哥，请放心，不会让你们为难的。我保证尽快把烧毁的海鲜市场重新修葺，整修时间内，我会从社团的收益里面拨出来一部分，按月发给各位，当作是维持这些日子的生活费了。这个事情来得太过突然，相信我，我一定会彻查此事，给各位一个交代。在这段时间里，希望我们能同舟共济，共渡难关。"

各位商铺老板听我这么一说，心下才稍微宽慰一些，没有再继续哭闹下去。看着被烧毁的海鲜市场，我的心里更加沉重了。今天晚上的这些商铺老板，只是临时闻讯赶过来的，那么明天一早，会有更多的人过来向我讨说法。

饶是老棒子反应快，立刻吩咐堂口里的几个小兄弟道："快多派点人手，去其他几个海鲜市场看着，轮流值班，千万不能再出这样的事情了！"

听了老棒子的话，我才猛然一惊，亡羊补牢，这才是目前最应该干的事情。被烧的只是体量小一点的3号海鲜市场，如果吞吐量最大的1号海鲜市场也遭此厄运，那后果简直不堪设想。如果真那样的话，尚京路就废了，我这个堂口的大哥到时候也就徒有虚名了。

我刚处理完眼前的事，不知哪里的媒体又得到了消息，扛着摄像机和照相机就过来了，还自带着灯光设备。我吩咐几个手下，过去拦着赶来的媒体记者，不要让他们进入现场。

我看着这一派乱糟糟的场面，揉着太阳穴说："头疼啊。"

老棒子说："阿乾，这绝对不是偶然事件。海鲜市场里本就潮湿，如果是意外失火，根本不可能烧起来的，除非是人为纵火。很明显，有人要在背后黑你。"

"×他妈的，会是谁呢？"

"应该跟白天砸海鲜运输车的是同一拨人。"

我一下子就想到了某个人，"难不成……冯三？"

"不是没这个可能，现在他的嫌疑最大。"老棒子点点头，面色十分严肃，"前段时间，他不是刚找你谈过判吗，你们也没有达成一致意见。再说了，他一直对你怀恨在心。"

"可是，就凭冯三现在的实力，想跟我对着干，他是不是不想活了？"我挠挠脑袋。

"冯三的实力现在是不如你，但没人能保证，他背后没有人给撑腰啊。"

听了老棒子的话，我悚然一惊，"有人撑腰？难不成……是孟老大在后面给他撑腰，让他搞我，其实还是不甘心我妥妥地稳坐尚京路？"

"有这个可能，但又说不过去——"老棒子分析道，"你是在社团全体竞选大会上公选出来的，也经过了孟老大点头的。如果把你搞下去，他脸上未必能有光，也未必挂得住。所以，这背后撑腰的人，可能是孟老大，也可能不是。"

"不是孟老大，那能是谁？"

老棒子沉思片刻，"这事情，你就别管了，我派人去调查。"

一波未平，一波又起，3号海鲜市场被烧了没多久后，1号海鲜市场也遭了厄运。在光天化日之下，一群蒙着面，手持钢管的暴徒冲进了海鲜市场里，不分青红皂白，只要见人就是一顿毒打，疯狂的暴行持续了有五六分钟左右。等我堂口的人收到消息，赶到地方的时候，对方那伙人早已逃窜得无影无踪。

这一连串的事件让我焦头烂额，我这个刚上任不久的堂口大哥，在尚京路的威信力几乎要下降到冰点。事态已经很明显了，就是有人想搞我，让我在这个位置上坐不安生。我几乎可以肯定，这个要搞我的人就是冯三，可是，他既然要搞我，就一定有最合理的打算。在没摸清他的真实实力之前，我不想贸然动手。

然后，老棒子那边就带来了最新的调查信息，其结果出乎我的所料。

老棒子不知道通过什么手段，搞到了十几张冯三跟其他人秘密见面的照片。我看着老棒子搞回来的东西，十分惊讶，问道："你怎么能搞来这些东西？"

老棒子说："找了个私家侦探，办事靠谱，还挺厉害。他说自己其实是从海军陆战队里出来的。"

我连忙问道："是不是海军陆战队特遣二队情报科？"

老棒子一惊，"还真是，你认识？"

我苦笑一声，"世界真是小啊。封城就是栽在了这个人的手上，他一开始受雇于孟老大，本想跟踪我，却无意中拍下了封城跟人秘密接头的照片。"

"看来干私家侦探比在部队服役赚钱啊。"老棒子把那些偷拍到的照片在桌子上挨个摆开，说，"在济州岛那段时间，我差不多跟道上就断了联系，这些面孔看着都陌生。你一直在仁川待着，应该会认识这里面的人吧？"

我眯起眼睛，仔细观察照片里的人。由于是偷拍的，光线不是很好，冯三的脸十分清楚，其他人的脸稍微有些模糊。通过观察照片，我发现冯三在不同场合下，与一个人频繁见面的概率很高，并且这个人我感觉似曾相识，好像在哪里见过似的。

我闭上眼睛，仔细在脑海里搜索着这人的面孔，忽然一个人的名字跳了出来，我睁开眼道："我想起来了，这个人，是韩国最大帮派、首尔七星帮的老大李康焕！

7

冯三投靠了七星帮，这已经是板上钉钉的事情，有着铁一般的证据。

七星帮是韩国最大的帮派，有着深厚的历史遗承和群众基础，主要是在首尔和釜山两大城市发展。"犰"社团之所以占据仁川，无法进入首尔和釜山这两个城市，主要就是因为七星帮的存在。前两年，孟老大铁了心地要进军首尔市场，便把冯三派了过去，委任他各路打点关系，争取洒下华人社团的星星之火。我猜想，也许就是在那个时候，冯三和七星帮的老大李康焕就已经有了一腿。

那么很显然，冯三既然与李康焕在仁川频频见面，那么，七星帮现在就是冯三的后台了。这个家伙，竟然成了叛徒！

我拿起这些照片，又看了看，跟老棒子商量道："你说，要不要去孟老大那里参一本？"

"要。"老棒子点点头，"老孟就算再护着他，也绝不允许帮派里出现叛徒。这事给孟老大一说，冯三在社团里就站不住脚了。"

就在我准备要面见孟老大，陈述这一切详情的时候，忽然接到了许久没有联系过的安医生的电话。

我一看手机，是安医生的来电，便接起电话打了个招呼："安医生，好久不见，别来无恙啊……"

我还没有寒暄完，安医生就急火火地打断了我，叫道："糟了，刚刚允儿被一群家伙给绑走了！"

我浑身一惊，电话都差点掉在地上，"绑走了，在哪儿绑走的？"

"就在诊所门口，允儿刚要出门做一个家访，忽然就冲过来好几个黑衣人，不由分说就把允儿塞进面包车里带走了！"

"车牌！车牌！"我大吼道。

"我没看清，事情太过于突然，等我追出去的时候，早就开远了！"

"我靠！"我悲怆地喊了一声。

"阿乾，"安医生的声音冷静了下来，"你想一下，你有没有什么仇家？会是什么人干的？"

我放下了电话，双眼无神，脑袋里一片空白，浑身都在打战。想了片刻，我立刻拿起电话拨号码。

老棒子一把抓住了我，"你要打给谁？"

"报警，允儿被绑了，我得报警！"

"胡扯！"老棒子一把将手机拍飞了出去，"阿乾，你出来混的知不知道，出了事去报警，你以后还怎么当这个堂口的大哥！还怎么混下去！"

"那怎么办？"一牵涉允儿的事情，我已经是六神无主。

"你先别急，等等。"老棒子沉稳了下来，"你想想，他们绑架允儿，肯定是奔着什么目的来的，所以一定会联系我们！等我们弄清了对方的来意再说。如果现在贸然报警，说不定会导致对方撕票的！"

撕票？一想到那血淋淋的场景，我心里就狂抖起来，差点站都站不住。

老棒子分析的没错，没过太长时间，电话果然打进来了，我看了一眼来电号码，眼皮狂跳不止，这个人果然跟老棒子猜测的一样，是冯三。

接通电话，还没等对方说话，我就叫道："你把允儿怎么样了！"

冯三惊讶道："哎呀乾哥，允儿？允儿怎么了？允儿出事了？"

"×你妈冯三，别给我装！我告诉你，要是允儿少了一根头发，我干你全家！"

"哈哈哈，乾哥，你好凶啊。你要是这个样子，我就不敢跟你谈了。"

我强压住心中的愤怒和恨意，道："这么说，你这是承认绑了允儿了？"

"哈哈，你手上有对付我的王牌，我当然也得搞一张对付你的王牌以备不测了。"

我心里一惊，"你……知道？"

"海军陆战队特遣二队情报科的那个私人侦探，你们既然能找得到他，我当然也能找得到他。不愧是情报科出来的人，嘴还挺硬呢，为了套出来这点事情，我差点要了他的命！"

"他怎么样了？"

"没怎么样，挑了两根脚筋，扔到大吉医院门口了。"

"冯三，你说个时间和地点，我想跟你好好谈谈。"

"呵呵，现在想跟我谈谈？晚了。给你机会谈的时候，你不珍惜，真是等到失去的时候才后悔莫及啊。我今天给你打这个电话，不是想跟你谈什么事情，而是单方面地通知你，允儿在我手上，你最好别乱来。如果你敢做出任何对我不利的事情，我敢保证，允儿将见不到明天的太阳。"

"冯三！你要是敢动允儿一根手指头，我就把你全身的指头都剁了……"

我还没骂完冯三就挂了电话，我再打过去，对方已经关机。我顿感全身无力，颓然地坐倒在了沙发里。

老棒子反应饶是飞快，等我挂了电话，他立刻一通吩咐，把堂口里的几个比较精明的小弟全都撒了出去，让他们务必找到冯三劫持允儿的藏匿地点。同时告知他们，行动一定要小心谨慎，千万不要被冯三获悉。

我有些万念俱灰，道："棒子哥，算了，找不到的，冯三既然有信心做这件事情，那么他就有把握，肯定不会让我们找到。"

老棒子拍了拍我肩膀，"阿乾，振作点！我知道你现在心里很难受，但只要还有一点希望，我们就要拼命去干！要是你现在放弃了，那真的什么都完了！"

老棒子的话很难再激起我的斗志来，我就像一条蛇，被冯三打住了七寸，直冲要害，无法动弹。我颓然地摆了摆手，道："棒子哥，你带两个兄弟去趟大吉医院，探望一下那个私家侦探吧，毕竟他是因为咱的事情才遭了毒手，顺便给他送点钱。"

做完这一切，我躺倒在沙发上，闭上眼睛，心里涌出一种巨大的悲伤。允儿的音容笑貌，她的一举一动，一颦一笑，一下子都浮现在我的脑海里，如果她真的出了什么意外的话，我一辈子都不会原谅自己的。我现在真是后悔没有听允儿的话，早早退出这个是非江湖。如果我能下定决心舍弃这一切，那么我们俩现在一定在某处，过着幸福而平静的生活吧。

但现在想这些，一切都晚了。冯三已经切到了我的要害处，人为刀俎，我为鱼肉，即使我手下有那么多小弟，我身为两个堂口的大哥，然而我和允儿的命运，却都掌握在他人的手里。

晚上的时候，安医生来找了我，再加上老棒子三个人，我们坐在一起，就商量这个事情。

对于安医生，老棒子是十分感谢的，毕竟是安医生给了他重生的机会。但现在由于允儿被冯三劫持，他俩也来不及叙旧情了，我们直接就切入了主题。

安医生问道："这一切，都是冯三在暗中做的手脚？"

我点点头道："对，冯三已经给我打过电话了，他承认是自己做的。"

"他想要什么？"

"他没说，所以这才是我最担心的。冯三现在跟七星帮的人搞到了一起去，不知道在酝酿着什么事情。"

安医生皱眉道："山雨欲来风满楼啊。"

我和老棒子都有些沉默，一种大事将来的压迫感重重地坠在了心头。

安医生询问道："你们撒出去的小弟，带回来什么信息没有？"

老棒子摇了摇头，"没有。冯三这个人十分狡猾，他不会轻易暴露地点的。再加上一切都是在暗中进行的，还要尽量不引起冯三的警觉，难度很大。"说完这番话，老棒子又恳求道，"安医生，你已经救过我一次，按说我不能提这么过分的要求，但阿乾比我亲弟弟还亲，他的事，就是我的事。这一回，我求你想办法，再帮帮他。"

安医生苦笑道："棒子哥，这话不用你说，我自然会帮。对于我来说，允儿就是自己人，她被绑了，我比你们更着急。可现在的情况确实棘手，你们现在坐拥两个堂口，手下小弟无数，尚且都没有办法，我一个小诊所的整形医生，又能怎么样呢？"

老棒子低下头，抓了抓凌乱的头发，骂道："靠，从来没碰到过这种窝囊事！"

"阿乾，能否给我一支烟？"安医生问道。

我递过一根烟给他，很少抽烟的安医生接过，点燃，深深吸了一口，说："出来混，不管怎么样，祸不及家人。冯三玩的这一手，已经坏了规矩，简直是太无耻了。既然这样，那我也破回规矩，用同样无耻的方法对付他。"

我眼前一亮，问道："安医生，你有办法？"

安医生双眉紧皱，看着我说："阿乾，你还记得在我的诊所里做'重生手术'，还强迫我们吃下延时毒药的朴泰州吗？"

"啊，我记得啊！"我叫道，"是那个追杀棒子哥没有成功，差点被孟老大灭口的杀手州！"

"对，就是他。朴泰州离开仁川的时候，给我留过一个号码，我想这个事情，也许得找他帮忙了，把专业的事情，交给专业的人干，成功率是最大的。"安又深深地吸了一口烟，"虽然，不跟以前的客户联系，是我这行的铁则。但现在，这条法则要被打破了。"

第十五章　七星帮

1

劫持了允儿之后，冯三的动作变本加厉，开始嚣张起来。3号海鲜市场被烧的只剩下了骨架，我组织了一帮工人来装大棚，活干了一半，第二天早上一看，刚刚搭建起来一半的大棚被人为破坏掉了，零散的建筑材料洒得满地都是。

干活的工人们怨声载道，一直不能开工的商户们也是长吁短叹。老棒子跟我商量道："阿乾，3号海鲜市场少开工一天，这些工人和商户们的吃喝拉撒都得从堂口的经费里往外拨，以咱们的财力，撑不了几天的。"

"撑不了也得撑啊。"我叹气道，"如果这个时候不管他们，那我以后也不用在尚京路混了。"

"说的就是这个事啊。"老棒子也叹了一口气，"冯三这一手玩得真绝，他是在往死路上逼咱们啊。"

我一口气堵在胸膛里，出不来，也下不去。不管冯三做什么，就是他现在跑过来骑到我头上撒尿，我也不能说什么，也不敢说什么。允儿在他手里，我不想她出任何一点差错。

我堂口的小弟不知道允儿的事情，但已经有风言风语传开了，这些事情都是冯三在暗中搞的鬼。他们一个个的都气愤不已，要去找冯三拼命，都被我强行劝阻了下来。堂口的兄弟们不知道内情，个个都憋了一肚子无明业火。

无论是我，还是老棒子，都知道，再这样下去，尚京路堂口非黄了不可。孟老大那边已经派人来问，这里到底是怎么回事，为什么一而再，再而三地出事，这里甚至已经有人把事情告到了他那儿。我知道孟老大在质疑我的能力，但我却无法解释。

按照老棒子的分析，如果这样持续下去的话，尚京路堂口的这个位置我是无法坐下去了，只能让贤，并且还只能让给他冯三。换作另外任何一个人来坐这个堂口，都会被他给搞死。但我现在不想管这些，只是担心允儿的安危。我对老棒子说："要不然，这堂口我不坐了，就让给他，让他放过允儿。"

"你是个猪脑壳！"老棒子骂道，"你现在是堂口的大哥，他不敢直接对付你，只能来暗的，下阴手，绑了允儿要挟你。你要是真让冯三坐了堂口，那他就更明目张胆了，在明面上就能把你给灭了，到时候，咱们一个都没好日子过。"

"那怎么办啊，棒子哥。"我已经是六神无主。

"哎，目前为止，就只能等安医生那边的消息了。"老棒子叹了一口气道。

入了夜，安医生打电话过来，让我去诊所里等着，今晚便会有消息。

我和老棒子立刻开车去了诊所，允儿不在，思聪也暂时回国探亲去了，倒显得并不太宽敞的诊所里有些空荡荡的。安医生摆了一桌围棋，正在自己跟自己下着，已经下了半局。

我们进门后，安医生只是说了一声"坐"，再未有其他的言语。我不禁心里焦急，问道："安医生，事情到底怎么样了？"

"还没有消息，我们稍安勿躁，再等等吧。"安医生说着，又落下了一枚黑子。

大事在前，他却波澜不惊，还在博弈以自娱自乐，我真是有点看不懂了。或许，安医生心里比我们都紧张，他只是在用这种办法来克服心里的紧张情绪。东晋时期，在八万北府兵于淝水边上对峙百万前秦军队的时候，宰相谢安也是在朋友那里下棋，风度翩翩，毫不惊虑，时人目之为神人。但根据后来史书的记载，我们都知道谢安其实是在装×，他心里比谁都焦虑，直到大捷的消息传来后，他兴奋得都不知道是怎么走回的家，以至在跨门槛时，竟碰折了一个屐齿，他都没有察觉。

任何人都不可能完全泯灭掉自己的喜怒哀乐和恐惧，即使像谢安那样的准神人也不能例外。或许，围棋真是一种有效的镇静办法，无论是谢安，还是安医生，他们都只是用这种方式调节内心的情绪罢了。

但我却没有这份闲情逸致，在屋里不停地走来走去，像火烧了屁股似的。老棒子也心里十分不安，问安医生道："安医生，朴泰州应该没问题吧？"

"我们只能做我们能做到的，剩下的，就交给命运吧。"安医生捏着棋子，淡淡地说。

他这话说得倒是轻描淡写，但是我却无法这么镇定啊。我的神经已经绷成了一张弓，一根弦，只要轻轻一拨，就会砰然断掉。

这种煎熬，就如同等待命运最后的审判，那种无力感、沮丧感和幻想的庆幸感交织在一起，让我感觉灵魂都快出窍了。

就在我徘徊不安，如同热锅上的蚂蚁的时候，忽然诊所的门"砰"的一下被推开了，一个身材魁梧，双目眼光如刀，但满身都是血迹的男人走了进来，在他身后，跟着的赫然就是允儿！

"允儿！"我大叫一声，瞬间感觉灵魂归位。这画面来得太过突然，几乎让我觉得这一切都不是真的。

"阿乾！"允儿看到我，眼泪立刻涌了出来，她跑过来，跟我紧紧地拥抱在了一起。

那种失而复得的心情，无法明说。直到这一刻我才确认，允儿就是我这辈子最重要的东西，没有之一。如果失去了她，那么我将无法面对自己以后几十年的生活。

"允儿，你没事吧？"我上下左右打量着她，看到她除了头发凌乱，面色苍白以外，其他地方倒是没有受什么伤害。

"嗯，我没事，阿乾，我好怕……"看样子允儿仍后怕不止，躲进我的怀里瑟瑟发抖。

"放心吧，她没事。"满身血迹的男人拿起桌上的一根烟，点燃抽了一口，"我救她的时候，倒是替她挨了几刀，幸亏他妈的老子有枪。喂，安医生，赶紧帮我处理一下伤势，要不然我真得挂了。"

他一把撕掉了沾满血迹的衬衣，露出了壮硕的上身，在他腰上还别着一把应该是从黑市上买来的DP51韩国警用手枪。这张脸我见过一次，就是在安医生诊所里做过"重生手术"的朴泰州。州的前胸和后背都有几道特别长的伤口，很明显是利器切割造成的，特别是左腹处还被捅了一刀，有一个看起来挺深的伤口，正在往外汩汩地渗着血。

这家伙果然是天生的杀手体质，牛一样的体魄，一般人如果被伤成了这个样子，别说是把允儿带回来，就是保持站着或者神智清醒都是个问题。安医生一看这情形，立刻也是大惊，"你坐下，别乱动，我立刻给你消毒止血，麻醉完后缝合伤口！"

"别费那个鸟劲了，不用麻醉，赶紧止血缝好伤口就行，哎，你快点，我感觉自己快撑不住了，不会要挂了吧？"

"没事，死不了。"安医生一边给他清理伤口，一边监听着他的心跳，"失血过多，不过还在可接受范围之内，你别乱动，别再撕扯伤口就没事。"

我朝着他正儿八经地鞠了一躬，说："州先生，今天这事，真是谢谢你了。"

"别谢我，要谢就谢安医生，我这一次只不过是还他一个人情。"州咬着烟头，斜睨着正在忙碌的安说，"安医生，这一回咱们算是两清了，各不相欠。"

"好，算你还清了。"安医生连头都没抬，在聚精会神地清理着伤口。

州在以前的时候见过我，他又把目光看向了老棒子，老棒子也看着他。很明显，通过这件事情，两个人都已经知道了彼此的身份。他俩有着诡异的命运纠缠——老棒子在安医生这里做了手术，改头换面，远离仁川。州领了黑道的暗花，要干掉老棒子，结果却因为老棒子的"重生"而失去了对他的追踪，无奈之下也只能来到安医生这里，同样做了重生手术，也同样远赴济州岛。

而命运在这里打了一个结，绕了一大圈，又让二人在这里相见了。对视许久，两人忽然都咧嘴一笑，仿佛也感觉到了命运善意的嘲弄。时过境迁，往事如烟，度尽劫波兄弟在，相逢一笑泯恩仇。

州在营救允儿的时候，已经摸清了冯三他们的藏身之处。我对允儿说："允儿，你先在诊所里休息，哪里都不要去，棒子哥会留在这里保护你。我还会再叫几个兄弟过来。"

允儿一下抓住了我的手，"阿乾，你要去哪儿？"

"该算一下这笔账了！"我心中的怒火如同从地狱里喷薄出来一般，瞬间就燃烧了六腑五脏，"冯三这个混蛋，一而再，再而三，三而四地欺辱我，今天晚上我要把这些全都还回去，我要让他后悔自己被生在这个世界上！"

2

安顿好允儿后，我连夜赶回了新浦街。这里是我经营时间最长的地方，有我培养的心腹力量。自从我坐镇尚京路之后，新浦街的一切大小事务都由一个绰号叫二嘎的兄弟负责处理。二嘎的能力很强，并且对我忠心耿耿，新浦街被他打理得有声有色。

我赶到新浦街的时候，二嘎已经等候多时。我问他："嘎子，都准备妥当了吗？"

"放心吧乾哥，今天兄弟们都没睡觉，就等着你召唤呢。家伙也都备齐了。"

"尚京路堂口的兄弟们也都来到了吗？"

"全都来齐了，我点过了，一共83个人。"

83，这个人数如果放在古代战争里，那真是九牛一毛，撒进去就看不见了。但如果放在帮派的街头斗殴里，这个人数绝对可以称得上是"大军"。尤其是在韩国这个地方，一般的帮派斗殴，少则几人，多则十几人，能拼的上三四十人的，那都是可以载入黑道帮派史的重大斗殴事件了。而这次，我集结了手下共83人，就是为了打冯三一个措手不及。

根据杀手州带回来的情报，冯三的藏匿之处就在桂阳街南里。只要说出这个地方，我就明白了，冯三跟青哥，这两个人是一丘之貉。桂阳街南里，就是青哥在桂阳堂口的大本营。

我手下八十多号人，十几辆车，几乎已经是两个堂口能动用的所有力量，趁着凌晨时分的夜色掩杀了过去。

深夜的桂阳街南里，并不静谧，也许是因为允儿被突然掳走，给对方制造了一定程度的惊吓，在本该安心入眠的时刻，青哥的那栋"株式会社"大楼的九层，依旧灯火通明，可以看到钢化玻璃窗上在灯光下投射的人影。

我下了车，把钢管别在腰里，第一个向前走去。在大楼下面的入口处，站着两个身穿黑色西服的小弟，看到我过来立刻示意我停下，问道："干什么的？"

青哥这人极好面子，连他妈看门的小弟都要西装革履，唯恐人家把他给看扁了。真是应了那句老话，头上长角的，全是他妈的食草动物。像青哥这种喜欢虚张声势的人，用这句话来形容他再合适不过了。

我没说话，继续向前走，那两个家伙一齐伸出手来按住了我的肩膀，又重复了一遍："没听到是吧，问你干什……"

他俩话没说完，脸上的神色就变了，惊恐地看着我的身后。我没有回头，但我也知道，在我身后，八十多个小弟逐渐从黑暗中走了出来，就像在静谧的海面上突然浮现的鲸群。

看门的两个货已经吓傻了，面对这种场景，不知道是应该跑，还是应该喊，或者是拿出手机来打电话通风报信。我面无表情地推开他俩，再也没有回头看一眼，领着我的人像一波潮水似的涌进了大楼。

两部电梯可以装载二十来个人，直接到9楼，剩下的人会以最快的速度爬楼梯上去，这样无论是电梯还是楼梯，我都彻底断绝了青哥还有冯三的退路。

我站在电梯里，看着不断跳跃的楼层数字，微微眯起眼睛，从背后抽出钢管，握紧，肌肉和金属摩擦，发出了"嘎吱嘎吱"的声音。

这部电梯，对我来说，是一个释放愤怒和业火的地狱。

"叮"，清脆的声音响起，楼层到了，电梯门徐徐打开。我看到楼道里已经站了一排人，一色的黑色西装，领带皮鞋，标准的职场精英打扮，却个个手持砍刀钢管等凶器，早已经严阵以待。看这情况，应该是楼下看门的那两个小弟提前通了风报了信。

我一挥钢管，只说了一个字："打。"

我身边的人呼啦一下全都冲了出去，跟对方的人鏖战在了一起，顷刻间杀得难解难分。就在情况僵持不下时，爬楼梯上来的大部队赶到，一下子冲入了阵群，战斗的天平顷刻间向我们这边倾斜了过来。

为了防止钢管脱手，我特地拿白色纱布把钢管和手掌缠在了一起，迅速冲了进去，朝挡在我前面的一个家伙的头上狠狠抢了下去。"砰"的一下，钢管和头盖骨的撞击发出了一声闷响，震得我虎口发麻，而对方则直接白眼一翻，身子硬挺挺地就朝后倒了下去。我踩着他的胸口踏了过去，大声喝道："兄弟们，打砸抢，见人就干倒，绝不放过一个！"

这栋大楼一共四个楼梯出入口，两部电梯，一个消防通道，我都安排了人手守着，绝不会放过任何一个人过去。这栋大楼的整个9楼已经成了一个困境，插翅难飞，唯一逃脱的办法就是从窗户上跳下去。

以前的写字楼已经变成了人间地狱，犹如都市古战场。不管是在楼道里、办公室、储物间、卫生间，都是拿着砍刀或者钢管的人在互殴，墙上和地上到处都是触目惊心的血迹。我穿过纷乱斗殴的人群，径直向前走去，看到了惊慌失措的青哥。

青哥也在第一时间看到了我，立刻装作无比委屈的样子道："阿乾，乾哥，你这是做什么？做什么呀？"

我举起钢管，指着他的脑袋，"少废话，让冯三出来。"

"冯三，冯三他……阿乾，我跟你说，其实我跟冯三没什么关系的。"

"现在又想撇清关系了？"我冷笑道，"你们两个没少联起手来整我，看在都是中国人的份上，我一而再再而三忍着你们，可是却没有想到，你们这帮杂碎竟然敢对允儿下手！"

"阿乾，阿乾，你听我说，绑架允儿这个事情，完全是冯三一个人策划的，跟我完全没关系啊……"

他话还没说完，冯三突然出现，从斜刺里就冲了出来，手里握着一把短刀朝着我的心窝就捅了过来！我看到冯三出现，立刻觉得双眼喷火，手中的钢管猛得一挥，就磕飞了他手里的短刀。冯三失了家伙，空着手又朝我扑了过来，一记右拳挥向了我的眼睛。

"打人先封眼"，冯三不愧是在帮派里混大的，一出手就是江湖老炮儿的做法。这些招数，是无数流氓混子在街头经过实践总结出来的经验，对于一般人来说，可能属于杀招，但对于我来说，却是没有任何用处，冯三可能忘了，我是差点走上职业搏击之路的。

他一拳挥过来的时候，我已经一个下潜摇闪，躲过了这一拳，然后一个平勾拳狠狠地打在了他的左腹上。冯三吃痛，立刻弯下了腰，我扔了钢管，拽过他的肩膀，卡住他的脖子，使出了泰拳经典的内围招式"箍颈撞膝"，双臂像钢条一样缠住他的脖子，然后膝盖向他的两肋使劲顶去。我这顶膝又快又猛，丝毫没有留手，完全是奔着杀招去的，冯三立刻一声哀号，估计肋骨至少断掉了三四根。

我松开了冯三，他捂着肚子后退了两步，脸上的表情极其痛苦，一只手指着我说："兄弟们，上，干死他，现在就干死他……"

我走过去，"啪"的一下扇了他一记响亮的耳光，"冯三，我告诉你，你今天完了！你看看你的那些兄弟，正在被我的兄弟群殴，今天这里就是你们的坟场。"

"你……"

冯三刚要张口骂我，又被我一耳光扇了回去。

"冯三，你不是很拽吗？×你妈的，起来打我啊！"

我几乎每说一个字，就朝他脸上扇一记耳光，十几个耳光扇下来，他一侧的脸已经完全红肿了起来，鼓起老高，嘴里往外吐着血沫子，眼神都开始涣散了。这时候青哥上来拉我，劝道："阿乾，你别再打了，你再打下去就把他给打死了。"

我转过头看着他，"要是冯三当上尚京路的坐馆，他许诺给你什么了？"

"啊？"

"别给我'啊'，给你个面子，叫你一声青哥，其实你是个什么东西我还不知道？就他妈一胆小如鼠钻到钱眼里的货！要是冯三不答应给你好处你能帮他？"我说着，朝着他"呸"了一声，啐了他脸上一大口唾沫。

青哥尴尬地抹着脸，"阿乾，我好歹也是你的前辈，你怎么能……"

"能你妈了个×！"我一脚把他踹翻在地上，招呼手下的小弟说，"兄弟们，有哪个是重口味的，把这小子给我拖进去鸡奸了！"

329

别说，还真有好这口的。我话音刚落，就相继站出来三个精壮强悍的小伙儿，笑嘻嘻地拎起倒在地上的青哥，说："放心吧，这事交给我们来办。"

我说："你们行不行？可别让青哥不爽。"

"放心吧乾哥，我们哥仁轮番上阵，保证让他爽得透透的，一个月都下不了床。"

他们三个淫笑着，拽着青哥就往房间里拖，青哥惊恐地挣扎大叫着："乾哥，乾哥，救命啊，我跟这件事真的没有关系，求你放过我，放过我……"

"放过你？"我看着被拖进房间里的青哥，冷笑一声，"对敌人的仁慈，就是对自己的残忍，你好好体会一下这句话吧！"

允儿已经被救了回来，我也用不着再投鼠忌器，该怎么干就怎么干。放眼望去，桂阳街堂口已经快被我的人团灭了。我上前去把半躺在地上的冯三拽起来，揪着他的衣服领子狠狠地问道："冯三，没想到你自己会有今天吧？"

"你这样对我，孟老大不会放过你的……"冯三的脸肿得像个茄子，嘤嗫不清地说。

"孟老大再向着你，也不会容忍帮派里出现叛徒的！"我说着，又朝他的小腹狠狠地打了一拳，冯三一声干呕，痛苦地蜷缩起了身体，躺倒在地上，像一只被煮熟的大虾。

桂阳堂口的有生力量基本上被消灭殆尽了，由于双方力量对比太过悬殊，这场突击闪电战取得了意料之中的战果。战斗结束后，冯三被连夜送进了医院的重症监护室，堪堪保住了自己的一条小命。至于青哥，真的是在床上躺了一个月才能下地走路。

3

尚京路和桂阳路两大堂口火并事件发生后，在社团内部引起了轩然大波。孟老大是又气又恼，第三天就召集各路堂口负责人去开会。其实明眼人一看就知道，说是召集所有人，实则醉翁之意不在酒，他一直看我不顺眼，想借此机会挫一下我的锐气。

在九龙春的会议厅里，我颜色如常，举止像平时一样。大家都知道我把青哥跟冯三都办了，但他们一时间都搞不清楚状况，不知道风向应该往哪边偏，所以就算那些平时跟青哥和冯三关系相处得不错的人，也不敢轻易说话。

孟老大脸色阴沉如水，说："阿乾，桂阳堂口的事情，你必须给我一个解释。"

"冯三跟青哥狼狈为奸，一直在暗中坏我的事情，我只是给他们一个教训罢了。"我淡淡地说道。

孟老大被我这种不屑的态度有些激怒了，看得出来，他在压着火气问道："他俩都坏你什么事情了？"

"从白道出事以后，冯三就一直针对我。在尚京路堂口竞选的前期，他就没少找我麻烦。前两天，他又派人放火烧了3号海鲜市场，这还不算完，最关键的是，他还让人绑架了允儿，这是我最不能忍的事情。"

"不能忍也得忍！"孟老大霍然站起，发起虎威来，一拍桌子吼道，"进社团的时候，你背过的帮规还记不记得！'帮门内兄弟不得捉拿自己人，即有旧仇宿恨，当传齐众兄弟，判断曲直，决不得记恨在心，如有违背，死在万刀之下'！阿乾，你私自报仇桂阳堂口，已经是犯了帮规！"

听得孟老大这么说，有几个人立刻嗅出了风向，纷纷附和道："是啊，阿乾，不管怎么说，冯三跟青哥也是自己人，你下这样的狠手，太过分了。有什么事，你可以直接来找孟老大决断啊。"

我说："我没法来找孟老大，因为我掌握了冯三最要命的证据，他为了要挟我，才绑架了允儿。我做这一切，都是迫不得已的。"

孟老大问道："你掌握了冯三什么要命的证据？"

我也没有再说话，直接掏出了几张照片，扔在了桌子上，摊给他们看。这几张照片一亮出来之后，他们的脸色全都变了。

孟老大端起照片来，又仔细分辨了一下，"这是七星帮的老大……李康焕？"

"没错，就是李康焕！"我说道，"冯三一直在暗中跟这个人秘密接触，你看他们交谈的姿势多亲密。至于他们在谈些什么，我想不用解释，大家也能猜得到一二吧？"

孟老大盯着照片，脸色由青转白，由白转青。他绝对没有想到，自己派去首尔开疆裂土、建立分会的先头兵，竟然投入了对方的怀抱，这不啻于打了他一记响亮的耳光。孟老大问道："你……你是怎么搞到这些照片的？"

我说："尚京路海鲜市场的运输车被砸，3号市场又被烧，我就怀疑这一切是冯三在暗中干的，因为他之前就找我谈判过，想要从我的堂口利益里抽成，我没答应他。所以我找了个私家侦探，暗中跟踪冯三，想看看海鲜市场的一系列动静是不是他搞的鬼，没想到却拍下了这些照片，算是意外收获吧。要不是因为这些照片，冯三也不会劫持允儿。"

孟老大的脸色又是一变，"你是说，李康焕不在首尔，来了仁川？"

"对啊，这些照片就是前几天在仁川拍的。"

刚才的几个墙头草这时又抓住了风向，气愤地大吼一声："冯三这个叛徒！"

"你们先别急着骂人，这个事情，没有那么简单。"一直没有发言的致平叔忽然说话了，"李康焕来了仁川，还跟冯三搞到了一起，这释放了一个什么信号？要知道，在七星帮的眼里，我们'犰'社团一直是他们的眼中钉，肉中刺，从二三十年前开始，他们就一直想灭掉我们了，可惜一直没有机会。所以，我觉得这件事情，不止是冯三成了叛徒那么简单。你觉得呢，唐？"

致平叔看向了唐妈，唐妈沉吟片刻道："平哥说的没错，李康焕在仁川的出现绝不是偶然，冯三也许成了叛徒，倒向了七星帮，但现在来说，这个事情已经不重要了，重要的是，李康焕。"

唐妈说完这句话，孟老大脸上的肌肉猛地抽搐了一下，"唐，你的意思是，七星帮要有所动作了？"

唐妈沉吟道："刚才致平哥的话提醒了我，没错，华人社团一直是七星帮的眼中钉，肉中刺，他们老大李康焕曾经在公共场合说过：'仁川盘踞着的无法清除掉的华人社团是大韩民国的耻辱。'李康焕想除掉我们，已经不是出于帮派利益那么简单，而是上升到了国家和民族的高度。我现在怀疑，冯三就是他收买的一枚过河卒，让他搞乱我们，然后七星帮再乘势而动，一口吃掉我们。"

"哼，冯三这小子，我早就看他不是东西。"致平叔冷哼一声，"他的那个大哥白道，就心术不正，勾结外人，陷害自己社团内的兄弟，结果害人终害己，按说是咎由自取，但冯三却一直怨天尤人，把白逍的死怪罪到别人的身上，自己却又做下这等事来，真是社团耻辱！"

这话说完，孟老大脸上便有些挂不住。白逍一直是他的左右手加心腹，白逍死后，他又偏心着冯三，现在这两个人在致平叔嘴里都成混蛋了，这是明面上义愤填膺，暗地里骂孟老大呢。

"具体怎么回事，现在还不能盖棺定论，也许另有隐情……"孟老大刚想打个圆场，小马这个不懂察言观色的就说道："老大，我刚才让手下的小弟去打探过了，据桂阳堂口的人说，冯三早已经跟李康焕谈好了交易条件，李康焕给冯三提供人手，冯三来吃掉阿乾的地盘，然后七星帮会给他一个堂主的位置。"

这一番大实话真是神补刀，差点没一下把孟老大给捅死。他的脸色由煞白差点变成青绿色了，唐妈见状，也不好看着孟老大太尴尬，便道："冯三既然跟七星帮谈了那么多条件，肯定对他们下一步的行动部署有所了解，照我看，是不是派几个兄弟去医院里盯着点，什么时候等冯三从重症监护室里出来了，问问他嘴里的七星帮的情报？"

"嗯，这是正事。"致平叔点头道。

孟老大也同意了唐妈这个提案，"好的，是应该派些人手去医院里盯着。知己知彼，百战不殆。"

冯三的事情，就此告一段落，但让我没想到的是，这却是开启另一场宏大的战役的序幕。真正残酷血腥的帮派生涯，从严格意义上来讲，才刚刚开始。

4

五天之后，就在冯三即将从重症监护室里转出来的前夕，忽然出事了。

准确地说，是冯三被干死了。

冯三已经是废人一个，没有了任何利用价值，任谁也没有想到，他竟然会被灭口。所以平时派去医院里负责看护冯三的几个兄弟都放松了警戒心，完全没有想到会有人跑到医院里对冯三补刀。但意外就是这么发生了，当夜的值班护士照例查房巡视的时候，看到了心脏位置插着一把刀子的冯三，吓得像见了鬼似的一声惊叫。

听到这个消息之后，社团里的一些跟冯三有点交情的人都去了医院。不管怎么说，冯三再是叛徒，毕竟在社团里混了这么多年，也算是有头有脸的人物，之前的那些关系网不是白经营的。人刚走，茶还没凉，这点薄面大家还是要给的。

不过我没去。我跟冯三之间没有交情，只有仇恨，要是我去了，不知道怎么面对死去的他，那场面太过尴尬。听回来的人说，冯三死的时候大睁着眼睛，一脸恐怖的表情。

老棒子听后，淡淡地笑道："他那不是恐怖的表情，而是惊讶的表情。"

我忙问道："棒子哥，这话怎解？"

"你觉得干死冯三的人，会是谁？"

"冯三以前的仇家？"

"仇家？呵呵，冯三的仇家多了，但他已经被你打成了废人，在医院里躺着不能动弹，哪个仇家还会冒险跑到医院里去补刀？都巴不得看他求生不能求死不得的样子呢。阿乾，我读的书不如你多，但经验告诉我，分析一件事情的时候，一定要看动机，也就是说谁会从这件事情上获得最大利益。"

听他这么一分析，我灵机一动，"我明白了，你是说，这个事，是李康焕做的？"

"对，是他没跑。"老棒子打了一个响指，"对于七星帮来说，冯三已经失去利用价值了，但他的身份已经暴露，还知道七星帮里很多重要的事情，留着这个人，有百害而无一利，最好的办法，当然就是除掉他了。"

我心里一个哆嗦。补刀这种事情，我们也经常干，但大多是发生在恩怨情仇之间，比如谁把谁打进医院了，觉得还不爽，还没有打够，便追进医院里再来两刀泄愤。但七星帮的做法却完全不同，他们不是为了泄愤，也不是为了报仇，只是为了灭口而灭口。这种真正冷酷的黑帮行事风格不由得让我心里猛然凉了一下。

跟这种风格比起来，我们还是稍显稚嫩了一些。

冯三死了，孟老大认识到了事情的严重性，立刻召集各路人马，召开了一次堂口扩大会议。此次会议的议题只有一个：七星帮要有所行动了，我们是战是和？

七星帮，这个横亘于韩国这片土地上最大的本土帮派，终于对着华人社团露出了潜伏已久的獠牙。几十年的时间过去了，相安无事的平衡局面终于被打破了，卧榻之侧岂容他人鼾睡？这是命中注定好的结局，不是七星帮走出这一步，便是"狐"社团走出这一步。无论是由谁开始，都将是韩国帮派世界里的一次大动作。

在会议上，大家对于是战是和，都纷纷表达了自己的观点，争执不休，场面上的形势分为了主战派和主和派两方，各方谈到最后，已经开始了人身攻击，吹胡子瞪眼睛。

主战派的主心骨是致平叔，他一辈子砍砍杀杀过来的，真刀实枪地混成了这个辈分，从来没怕过谁，没服过谁。吵到后面，他拍着桌子大骂道："要谈和？要仿效南北朝划江而治？呸！你们这些不学无术的家伙，回去多读点历史吧！看看中国哪个朝代偏安一隅最后能有好果子吃？我这把老骨头了，还不怕他们，你们年纪轻轻的就要学秦桧？文天祥、岳武穆都在头上看着你们呐！你们说出这样的话，能不能对得起厅堂里天天供奉的关二爷?!"

致平叔辈分本来就高，此刻这一番话骂得又铿锵有力，掷地有声，当场就弄得好多人有些讪讪。永宗堂口的邱大良是个实诚汉子，瓮声瓮气地说："致平叔，咱有事说事，您别乱扣帽子行吗？谁当汉奸了？谁当秦桧了？七星帮他们势力是比我们大，无论从财力还是从人力上，我们都跟他们没法比，所以才想着谈和，这也是为了社团好啊！你就那么愿意看着社团里的这些小年轻们冲上去，跟他们拼个头破血流，死的死，伤的伤啊？"

"宁死也不能丢了中国人的骨气！"致平叔拍着桌子，气得浑身都哆嗦了，"咱们背井离乡，流落他地，拼的是什么？还不是拼的一口气！"

我一看这事不好，致平叔再这样下去，非犯心脏病不可，没死在外人手上先死在自己人手上了。我急忙凑上前去，扶着他坐下来，同时安慰道："致平叔，咱们就有事说事，别动气成吗？不值当的。"

孟老大这时点了我的名，道："阿乾，你一直还没发表意见，你倒说说，是怎么个看法？"

"我的看法嘛……"我迟疑了一下，"算是比较折中的吧。"

"怎么个折中法？"

"我们跟七星帮力量相差太过悬殊，这我承认，是不争的事实。当年日本进攻中国的时候，就有很多人看到了两者之间的差距，主张谈和，其中就包括著名的学者胡适。当时国民党里有一些主战派就很气愤，找到蒋介石说，胡适身为社会学者，怎么能公然散布谈和言论呢？这不是卖国吗？应该枪毙！但胡适毕竟太出名，蒋介石就把这事情给拦了下来。后来中日开战，中国一败再败，那些当时的主战派才看清了形势，认识到硬碰硬下去中国只会完蛋，当时的那个元老就找到蒋介石说，中国不能再打下去了，需要跟日本谈和。蒋公，这个黑锅你不能背，那就让我们来背吧。"

致平叔听到我这么说，立刻气得又站起来，转身看着我，胡子都气得一抖一抖的。我急忙安慰道："但是，这也只是事情的一方面，我觉得这个事情，我们不能单纯从实力差距和力量悬殊方面来考虑，致平叔说的没错，我们既然在韩国混，就要混出中国人的骨气来！就像大宋亡了，文天祥照样不投降，宁死不屈，这是风骨。有的时候，世间事，真的是不能以成败论英雄。"

我的一番话说完，大家都陷入了沉默，可能是思辨性太强了吧。邱大良沉吟片刻，一拍脑门子，"阿乾，你这等于啥也没说嘛！"

"怎么啥也没说啊，这就是我的观点啊。"

"那你说，我们是打还是和？"

"不管打还是和，我们都不能失了中国人的志气，这才是最重要的，要不然我们在这块土地上也没法再混下去了。我的建议是，先找人跟七星帮谈一谈，不卑不

335

亢，表明我们的立场，他们要是想谈和，好，大家一块发财，一块赚钱，没问题。他们要是想打，也OK，我们就陪他们打一仗！"

我话刚说完，大家都不约而同地看向了我，我立刻心里一惊，从他们的目光中读懂了某些意思。我刚想说点什么，孟老大忽然道："阿乾说得很好，我完全赞同这个提议。那么，阿乾，这个方案既然是你提出来的，那就由你代表社团走一遭吧。"

卧槽，果然，我心里一个咯噔，孟老大在这儿等着我呢。

我说："孟老大，我在社团里辈分很低，又没见识过什么大场面大风浪，由我出面，是不是不太妥当啊？"

"妥当，非常妥当。这个事情，阿乾你就不要推托了。"孟老大道，"虽然你辈分不算太高，但自从你加入社团以来，一系列的动作都非常亮眼，也算是名声在外。另外，你现在是两个堂口的大哥，分量自然是足的。最重要的一点，就是在我们这群人里，你是读书读得最多的，所以由你出面，再合适不过了。"

话说的倒是好听，这是把我往火坑里推啊。七星帮，那是真正的黑社会，杀人不眨眼的主，虽说两国交战，不斩来使，但他们真要对我下手，我是一点办法都没有啊。

我说："孟老大，其实我……"

我话还没说完，孟老大就一把重重地拍在了我的肩膀上，语重心长地说："阿乾，社团下一步该怎么走，就托付给你了！"

我草，这一句话直接把我给坐实了，我是去也得去，不去也得去了。所有人的眼睛都在看着我，前面就是万丈深渊，我也得一头扎下去。

5

去跟七星帮谈判的事情，就这么定下来了，由我出面，负责一切洽谈事宜。为了让我的身份更加被对方看中，社团还特地又给我提了一个辈分，让我成了十分少有的"双花红棍"。

这种临时抱佛脚的做事风格我也是服了，这小帮派斗殴，与大国之间的争伐，看起来形态迥异，其实里面的内核是一样一样的。无非就是你打我，我打你，在各种力量威慑下的战或者和。

在去跟七星帮谈判的前一天晚上，我从诊所接了允儿，送她回家。我没有开车，就陪着她静静地走在深夜的马路上。自从上次被冯三劫持过之后，允儿的性格就沉闷了好多，话也没有以前说得多了。

不过，在心有默契的人之间，说再多的话也是多余的。我就牵着她的手，静静地走在零星有汽车驶过的街道上。头顶上的路灯照射下来，把我们的影子拉得一短一长。

我忽然有种期望，期望这条道路永远也走不到尽头。我跟允儿就这么手牵着手，一直静谧地走下去。

走了许久，忽然风起，允儿一下子钻进了我的怀里，我顺势紧紧地抱住了她，亲吻着她的秀发。不知道为什么，我对于允儿，心里总有着一种劫后余生的庆幸感，总觉得我们相处的每一秒都是那么的珍贵。

"你明天，真的要去跟七星帮谈判吗?"允儿趴在我怀里，低低地问。

"是的。"我轻声道。

"阿乾，我不想再催你离开社团，离开这一切了，但是，我想问你一句，你说我们最终能过上平静的生活吗?"

允儿这句问话让我一阵无语。是啊，我该怎么回答你呢，允儿? 自从我们好上的那一天起，我就说带你离开这里，离开这血雨腥风的江湖，但我却一次又一次地食言，在这异国他乡的泥潭里越陷越深。到底是为了追求什么，声望? 财富? 权力? 我不知道。可能只是在单纯地追求一种生命的价值吧。

但我生命的价值，只是靠着砍人或者被砍才能来证明吗?

我一时间思绪翻腾如海，心乱如麻，只能紧紧地抱着允儿，一句话都不说。

命运的齿轮徐徐转动，该来的，终究会来，就像这一场我与七星帮的谈判。七星帮，正儿八经的韩国本土黑社会，其性质与哥伦比亚黑手党、意大利西西里岛黑手党如出一辙，带有十分凶残和暴力的标签。孟老大向他们发出邀请后，谈判的时间和地点都是他们定的，就在春川街上的一栋私人会所里。跟这种帮派谈判，我知道只要是出事，那么带多少小弟都是白扯，干脆，我就一个人也没带，独自去了谈判地点。

心中一直在向往关二爷的"单刀赴会"，没想到，这一次还真装了一回大×。但能不能装好，那就看老天爷怎么安排了。

像李康焕这种级别的帮派老大，是绝对不会跟我直接对话的，代替李康焕来谈判的，是他的弟弟李康佑。李康佑比他哥哥长得凶悍多了，国字脸，麻蛋头，左脸上还有一道伤疤，从眼睛上贯穿了下去，猛一看跟卡卡西似的，但比卡卡西丑一万倍。可能是为了掩饰自己身上的匪气，李康佑还戴了一副黑框眼镜，但这更让他显得不伦不类。

七星帮做事果然周密，在进门之前先过了一遍安检，安检完之后还有人工搜身，将我上上下下搜了个遍，连袜子里都没有放过。我笑道："哥几个，不用这么仔细吧？"

他们却并不理我，面色冷酷，直到确认我身上没有携带任何危险物品，才放我进去。我走进屋子里的时候，李康佑正靠着一张红木桌子喝红酒，看到我进来，他站起来很热情地跟我握了握手，"阿乾，'犹'社团的阿乾！久仰大名！"

我谦虚道："哪里，我在社团里辈分低得很，还是个新人。"

"哎，你不用谦虚。你们中国人有句老话，叫英雄不问出处。你干的几件事情，火并清洞派，赶跑越南帮，哪一件提起来都是震动仁川啊。听说你现在还是两个堂口的大哥？"

"呵呵，康佑哥过奖了，我就是在社团里混口饭吃而已。"面对他的夸赞，我只是轻轻一声冷笑，并未有太多表示。知人知面不知心，别看他这么捧我，其实心里不知道怎么盘算的呢。这种职业混帮派的人，从他嘴里吐出来的每一句话都不可信。

我跟李康佑分别落座，有手下过来给我倒上了一杯红酒。李康佑做了个"请"的手势，"尝尝，八二年的拉菲。"

我装模作样地抿了一口，赞道："嗯，是不错，好酒。"

他脸上现出得意的神情，"对吧，这是我特地安排人从法国酒庄空运过来的。你们在大陆很少能喝到红酒吧？"

听到他这么说，我的脸色一下就阴沉了下来，"其实并不是这样，大陆现在也有很多葡萄酒厂，生产的葡萄酒也都很上档次，销往国外。"

"大陆还有葡萄酒厂？"李康佑脸上现出惊讶的神情，"听说你们饭都吃不饱呢，还有能力建酒厂？"

我呵呵一笑，"中国大陆完全不是这样，我们现在很富裕啊，经济上都快赶超欧美了。"

"哦，真的是这样吗？怎么前段时间还听台湾那边的人说，大陆人都吃不起茶叶蛋呢？"

"哈哈……"我大笑起来，"这纯属抹黑。你们印象里的大陆，还是二十世纪六七十年代的样子，现在早就变了，大陆的经济，领先韩国已经是绰绰有余的。"

"哦？"李康佑端起红酒杯抿了一口，轻轻皱起眉头，"大陆既然这么好，你们为什么不回去，还要留在韩国呢？"

我心中一凛，暗道，终于进入正题了。

我说："在外开拓进取，是中国人特有的民族精神。在我们明朝最为辉煌的时候，国力强盛，人民安居乐业，还有很多人远下南洋，建立华人生活的区域。到了现代，尤其如此，你看各个国家都有中国人活动的影子。我们不会因为生活富裕了就故步自封，那样不是中国人的行事风格。"

李康佑挠了挠头，"那你们这样做，会让别人很困惑的吧？你们到处开花结果，这是想在全球范围内搞'日不落帝国'啊。"

我笑道："太夸张了，中国正在崛起，但绝不称霸，我们社团也是这样。大家兼容并包，和平共处，有钱一块赚，共同发财，岂不是很好？"

"说得好，说得好，说得我都差点动心了。"李康佑拍了拍手，"要是第一次接触你们，说不定就被你们给说服了。但是，别以为我是傻子，什么兼容并包，和平共处，那都是说给外人听的，对于有些人，你们要是能赶尽杀绝的时候是绝不留情的。"

我笑道："康佑哥说这些话，我就有些听不懂了。"

"听不懂？那没事，我叫个人出来，你就能听懂了。"李康佑朝着后面的隔间喊道，"老阮，出来吧。"

门"吱呀"一声推开了，一个人走进来，高高瘦瘦的，三四十岁的样子，穿着一身灰色的中山装，戴着一副标志性的黑框眼镜，看上去就像一个二十世纪八十年代的高中教师。我心里猛地跳了一下，这不就是越南帮的头子阮英雄吗？！

6

阮英雄走进来，坐在我的对面，面无表情地说："好久不见。"

我已经是惊讶得说不出话来。因为尚京路血拼事件，越南帮已经被韩国警方全盘剿灭，来了个一锅端，现在别说帮派成员了，在仁川找出来个越南人都困难。我本以为在这样的恶劣环境下，阮英雄会偷渡回国，或者潜逃去其他地方，以图东山再起，万万没想到，他根本就没离开仁川，并且投靠在了七星帮的旗下！

"呵呵，两位也是故交了，此刻相见，就没有什么话想说的吗？"李康佑饶有兴趣地问道。

"我这次不是来见老朋友的，而是奉社团孟老大之命，来跟你们谈事情的。康佑哥，我诚心而来，你却唱这么一出，是什么意思？"

"没什么意思啊，我就是单纯地佐证一下你说的话。你说你们华人社团是兼容并包，和平共处，我就帮你找个例子喽。"

"那不一样！"我争辩道，"越南帮趁我们社团空虚，强占了尚京路，我们已经先期跟他们谈判过了，没有达成一致协议，最后才动的手！那尚京路本来就是我们的地盘！"

"你们的地盘？"李康佑的脸色猛地阴沉了下来，歪着脑袋，斜睨着我说，"在大韩民国的土地上，一切地盘都是属于大韩民族的！包括尚京路，包括中华街，包括整个仁川，都是属于韩国人的！你们根本没有资格说哪个地方是你们的地盘！"

李康佑发怒了，像潜伏已久的老虎终于露出了爪牙。他虽然不动声色，但眼神间已经杀气流露。我顿时感到后背一紧，对于危险直觉的第六感使我的汗毛都竖了起来。我呵呵一笑道："康佑哥，你要这么说，咱就没的谈了。"

"没的谈，可以不谈。因为该走的，迟早会走。"李康佑晃了几下杯中的红酒，然后一饮而尽。

我感觉到危险如影随形，便站起身来说："好，我明白了康佑哥的意思，我会回去转达给我们老大的。既然这样，我就先告辞了，再见。"

我刚转过身，就有两名穿着黑色西服的彪形大汉拦住了我的去路，一脸虎视眈眈地盯着我。我转过头说道："康佑哥，这是几个意思？"

"别急着走啊，阿乾，我好不容易把你的老朋友阮英雄请过来，不叙叙旧吗？"

阮英雄死死地盯着我，眼神里射出的光芒像刀子一般锋利。我知道，他恨不能生吞我心，生剥我皮，因为是我一手导致了整个越南帮的覆灭，毁灭了他们这些来自穷乡僻壤之人的所有梦想。而事到如今，我也彻底明白了七星帮的计划，他们是铁定要吃下"犰"社团了，先是拉拢了阮英雄及他手下的越南帮残部，然后又收买了冯三，让他从中作梗，最好能当上尚京路堂口的坐馆，有了这个内应，那么他们再对付华人社团就容易得多了。

其狼子野心，已昭然若揭。

阮英雄慢慢地从桌子底下抽出了一根军刺，指着我说："今天，我要让你血债血偿。"

我用余光瞥见在我身后的两个黑衣大汉也都从后腰上摸出了匕首，这是要给我来三刀六洞啊。如果论单挑的话，我不惧怕他们其中任何一个人，但此时此刻，情形却有些危险。我被困在中间，手中又空空如也，万一真动起手来，我绝对要交代在这里。

我说："我如果是你们，就不会轻举妄动。"

"哎哟，真是顽强。"李康佑鼓掌道，"不愧是'犼'社团选出来的谈判代表，嘴真是硬。"

"不只是嘴硬，"我说道，"你看看外边。"

李康佑狐疑地瞅了我一眼，然后转过头，看向窗户外面。他们这是在三层小楼上，从窗户的位置可以看到楼下聚集着一大群人，至少有100多人，人头熙熙攘攘的。那是老棒子和小马把两个堂口的小弟们全都拉了过来。

看到这么多人聚在一起，李康佑也有些吃惊。我趁势道："这是仁川，不是首尔，不管将来如何，现在仁川还是我们华人社团的天下。我们华人能混到今天这个地步，就是因为人多，心齐，上阵父子兵，打虎亲兄弟。再过10分钟，如果我没有完好无损地走出这个大门，那么他们就会冲上来，到时候，你们任何一个人都跑不了。"

"我先结果了你！"阮英雄怒吼一声，就要冲上来，李康佑一把拉住了他，"老阮，你先别冲动！"

"你别管我，先让我废了他！"阮英雄咬着牙，黑框眼镜后面几乎要喷出火来。

"大事！我们是要干大事的，别因为这一时冲动在阴沟里翻了船！"李康佑叫道，看来他很是忌惮楼下的那100多号人马。

阮英雄被李康佑拉着，动弹不得，只得重重地叹了一口气，将那把三棱军刺狠狠地扎在了桌子上。我也不再说话，拨开了挡在我身后的那两名彪形大汉，正要走出门去的时候，我又站住，转身问道："最后一个问题，冯三死在了医院里，是不是你们动手干的？"

李康佑一声干笑，"世界法则，就是弱肉强食。留下垃圾，只会拖累自己。"

"好，我明白了。"说完这句话，我转身出了门。

我走出来以后，老棒子第一个迎了上来，问我："阿乾，没事吧？"

我心有余悸，抚摸着狂跳不止的胸口说："好险，差一点就出不来了，幸亏你有先见之明，拉了这么多人过来壮声势……你猜我见着谁了？"

"谁？"

"阮英雄。"

"卧槽，"老棒子也睁大了眼睛，"他还没死呢？"

"没死，他哪儿都没去，一直在仁川待着呢，现在投奔了七星帮。这一回，咱们社团跟七星帮之间肯定要干仗了。"

老棒子也面色严峻，"敌人的敌人，就是朋友。七星帮这一手玩得挺狠，拉拢了阮英雄，又拉拢了冯三，这都是咱知道的，咱们不知道的不知道还有多少。正好，小马的人也都在我这里，不如现在冲上去，做掉他们，能灭几个是几个，以免留下祸害。像阮英雄那样的人就是一匹狼，除非把他弄死，要不然早晚被咬。"

"不可，"我拦住了老棒子，"千万别冲动，李康佑虽然没有出手，但他腰里鼓鼓囊囊的，别着东西呢，瞅样子像是一把枪。"

"他们有枪？"老棒子也是惊讶。韩国对这一块管制十分严格，混帮派的打架斗殴都是清一色的冷兵器，很少能有用枪的。因为一旦牵涉枪击事件，程度就会升级，警察厅就会迅速介入调查。

"对，他们肯定有枪，咱们不能冒这个险，现在还不到鱼死网破的时候。先撤吧，我回去把事情给孟老大说一下，看他怎么决断。"

孟老大是战是和，我们心里都没底，谁都摸不清楚他心里怎么想的。我想，就连他自己也不清楚自己内心深处的想法吧。有一次，因为要送一个东西，我去了孟老大的家里，看到他家的客厅上挂着一幅字，上面笔力遒劲地写着"老骥伏枥，志在千里。烈士暮年，壮心不已"。孟老大一直视自己为曹操一类的人物，胸怀极广，心机极重，这一点倒是跟曹操很像，整个一矛盾综合体。

平心而论，不管孟老大如何奸诈，如何利用别人，他的野心是颇值得让人称赞的。社团取得了在仁川的绝对控制权和绝对地位之后，他又得陇望蜀，想在首尔和釜山这样的老牌本土帮派地盘上分一杯羹，冯三就是在这样的背景下被派到首尔去的。虽然孟老大的最后目的没有达成，但他为此付出的努力和心思却值得肯定。只是不知道，在七星帮蠢蠢欲动之下，老奸巨猾的孟老大，到底会做如何选择？

这只老狐狸，我是摸不透他的。我能做的，便是将今天我与李康佑交谈的全部内容，一字不漏地转达给他。

孟老大听完我的转述后，长久地沉默不语，忽然叹息了一声道："三年前，我去广济寺游玩的时候，曾经算过一卦，求了一个字，是'鱼'。当时我不太明白是什么意思，现在，我明白了。"

"鱼？"我也是一头雾水，"这代表什么？"

孟老大问我："鱼身上有什么？"

我说："鱼鳞啊。"

"对，就是鱼鳞。鳞甲，代表着'甲兵之相'，意思是会有一场大战。看来，这句话真的应验了。"

卧槽，我心里暗道，这也太能牵强附会了吧，一条鱼就能联想到这么多？不过算命占卜这种事情，本来就是个心理暗示、捕风捉影的东西。现在不管这些，我就想弄明白孟老大的真实想法。

其实对于孟老大来说，做出这个选择是极其困难的。一方面，他不愿意和七星帮开战，因为一旦开战，"狐"社团极有可能会全盘崩溃，被七星帮给吃掉，那样的话，他这么多年的辛苦经营也就付诸东流，目前所取得的一切地位和成就也就不复存在。另一方面，他还不能认怂，不管他再坏，心机再重，城府再深，作为华人社团的老大，他目前还是社团所有成员的表率。如果他怂了，那么华人以后真的就在仁川无法立足了，就像越南帮被干掉以后，越南人的下场一样。

孟老大抽着一根烟，看似面无表情，其实内心里已经泛起无数波澜。他朝着我挥了挥手，说："阿乾，你先回去吧。这个事，容我好好想想再说。"

我回到堂口之后，才知道我跟李康佑的谈话内容早已经传遍了全社团，几乎所有人都知道，七星帮要对我们下手了。一时间，有些人心惶惶。

跟李康佑谈判完的当天晚上，小马就来找了我，告诉了我了一个情理之中而又意料之外的消息，那就是这短短的一天时间里，社团里已经有好几拨人私下里去找了孟老大，无一例外，都是过去劝说他和谈的。甚至还有几个人，劝说孟老大干脆归顺了七星帮算了，这样省的大家大动干戈，避免伤亡。

我心里一惊，道："哪个家伙敢说出这样的话？"

"不止一个呢。"小马摊摊手道，"大家现在都快吓死了，挨个儿去劝说孟老大和谈呢。"

从小马口中，我知道很多堂口的大哥都已经私自去找了孟老大，比如永宗堂口的邱大良，他今天去找孟老大的时候还做了一个PPT，各种图表，各种数据，一通分析，总之最后得出一个结论：狐社团跟七星帮的实力差距太大，无论是经济力量还是武装力量都无法抗衡，如果悍然跟七星帮开战的话，结局只有一个，那就是以"狐"社团的全盘崩溃而告终。

我问道："邱大良这个搞法，他到底想怎么样？"

小马道："劝说孟老大和谈啊，不，不对，还不是和谈，是归顺！据我打听来的消息，邱大良对孟老大说，要是归顺了七星帮，不仅可以不用开战了，而且依附于七星帮在首尔和釜山的实力，我们'犰'社团的生意可以越做越大，越做越好。邱大良还劝说孟老大，人这一辈子，就这几年好时候，何必去跟拼不过的人玩命呢？"

我耸然一惊，"邱大良说出这样的话，孟老大没当场扇他？"

"没有，"小马撇撇嘴说，"孟老大只是说，我再想想，再考虑考虑。"

我心里一惊，不知道为什么，心底深处忽然流过一股巨大的悲哀。虽然从一开始踏足黑道开始，我就是拒绝的，心里面就是不愿意承认的，也一直不想去面对这些无休止的杀戮和血腥，但是，帮派的生活再残酷，再混蛋，它也是一个华人社团，这是稍微能给我带来一丝慰藉的东西。只有在这里，我还能找到一点家乡的感觉，找到根的感觉，不会觉得自己是一叶四处漂泊、无根无落的浮萍。如果"犰"社团真的归顺了七星帮的话，那么华人社团也就不再姓华了，而是要姓韩了。

一点抗争的火花顷刻间从我心底迸发了出来，我无法接受命运这样的安排！虽然，踏入社团只是我的一步失误，但既然我在这里，我来到了这里，就不能眼睁睁地看着它朝着覆亡的命运走去。

我黯然而起，站起来就往外走。小马急忙问道："你要干吗去？"

"去找孟老大，"我说，"这个时候，总要有一个来摊牌的人。"

7

我去找孟老大的时候，已经是晚上10点多钟的时间，他还没有睡，在书房里写什么东西。半天的时间没见，他仿佛苍老了许多。也许是灯光照射的原因，也许是他的疲惫给我造成的错觉。

"老大，听说今天不少人都过来找你，大部分是过来劝你谈和的？"我已经没工夫跟他费嘴皮子，直接开门见山地说道。

"没错，你都听说了？"孟老大躺倒在椅子上，闭着眼睛，两只手按压着两边的太阳穴。看得出来，他有些心乱。

我说："我还听说邱大良劝你干脆归顺了七星帮？"

孟老大抬起眼皮，看了我一眼，又怆然笑道："没错，大良也是出于好意，毕竟那样的话，犰社团不至于全盘覆灭，兄弟们最起码还能有口饭吃。"

看到孟老大这样的说话态度，我心里明白，他已经动心了，动了跟七星帮和谈甚至是归顺的心。要是他没动心的话，早就逮着邱大良一顿臭骂了，根本不会说这些包庇他的话。没办法，人毕竟还是耳根子动物，被人说得多了，心里自然就会动摇了，"三人成虎""众口铄金"的典故就是这么来的。

我看到在书房的书架上，摆着许多书，多是一些汉语的传统文化的大部头，比如《红楼梦》《三国演义》《西游记》什么的，间或有几本韩语书籍。我灵机一动，指着书架上的书问道："老大，这些书你都读过吧？"

"嗯，大部分都翻阅过。"孟老大又抬起眼皮看了我一下，也许他奇怪我为什么忽然跳跃到了这个话题。

"《三国演义》，您肯定是精通读透了的。"

"谈不上精通，也就粗读过两遍而已。事情太多，静不下心来好好读书。"

"那您还记得在《三国演义》里，当曹操号称率领百万大军，要顺江而下，讨伐江东的时候，孙权曾经有过跟您一样的烦恼吗？"

听到我这么说，孟老大豁然坐了起来，他好像想到了什么，目光炯炯地看着我。

我一看，孟老大已经被我的话勾起了兴致，便信心大增，接着说道："当时孙权统率江东，面临曹操的百万大军，是战是和，他也拿不定主意。因为战，有可能江东就此全盘崩溃，沦为一片赤血之地，而和的话，还有可能保江东父老一方平安。但曹操是逆贼，他挟天子以令诸侯，令天下人所不耻，若归顺曹操，那么江东基业就此葬送殆尽。"

孟老大接话道："面对曹操的百万大军，孙权帐下的谋士和大臣纷纷进言，劝他尽快归顺曹操，以免一旦开战，后果不堪设想。"

"对，"我点头道，"就连张昭那样的股肱之臣都劝降孙权，实在让人匪夷所思。倒是后来周瑜对孙权说的一番话，点明了其中的奥秘。孟老大，您还记得是什么吗？"

孟老大张了张口，但没说出来。他肯定是知道的，只不过，这种话从自己嘴里说出来，太过于讽刺。

他不说，我便替他说出来："周瑜对孙权说，百官都劝你降，那是怀着私心的。他们都在江东经营多年，有房产妻妾，良田仆人。若是归顺了曹操，那么他们的官位自然还可以得到保留，家中财产也可以继续享用。但你孙权呢，如果归顺了曹操，你会是什么样的下场？"

这一番话说完，孟老大一下从椅子上站了起来，绕着书房来回踱着步子，看得出来，他内心在做着剧烈的挣扎。孟老大说自己粗读中国传统文学，其实他是谦虚了。此人精于权谋制衡，所以对于传统文学无比热忱，尤其是《三国演义》《东周列国志》这类题材，他钻研颇深，从中得到的玩味也甚多。所以他自然明白所谓历史其实就是不断地重复以前发生的那些事情，只不过换个模子在后世继续上演。

所以我刚才的那一番话，自然就点到了他心里的痛痒处，而此时此刻，我需要再浇上一把油。

"七星帮的老大李康焕，是个极其狠辣的角色，他的发家史我研究过一点，其手段之残忍，用心之歹毒，都十分让人震惊。从我跟他弟弟李康佑的谈判就可以看出来，七星帮这一次根本就没打算给我们留活路。"

我说完这番话，孟老大还在书房里来回踱着步子，只是眉头皱得更紧了些。

"孟老大，还记得南唐后主的牵机药吗？"

他听完这句话后浑身一个激灵，愣在了原地。熟读传统文学和历史的他不可能不知道，南唐覆亡之后，李煜就投降了宋朝，被软禁起来后，受尽屈辱，最后还是被迫服用了"牵机药"，毒发身亡。所谓牵机药，吃下去后，人的头部会开始抽搐，最后与足部佝偻相接而死，状似牵机，所以才得其名。可以想象得出来，李煜的死状是极惨的。

这句话成了压死骆驼的最后一根稻草，孟老大没有再犹豫，而是双目炯炯地看着我，几乎是咬牙切齿道："七星帮想搞垮我们，一家独大？好，我就让他们知道知道，华人社团到底是多硬的一块骨头！"说完这句话，他一巴掌拍在了桌子上，把水杯都给震翻了。显而易见，他这次下了多大的决心。

这就是一次赌博，并且还是豪赌。

我说："我举双手赞成您的决定！"

刚刚下完决心的孟老大豪情壮志了不到1分钟，就又委顿了下来，重新坐回了椅子上，看着我说："孙权面对曹操的百万大军，不知是进是退，我面对虎视眈眈的七星帮，也不知道是进是退。周瑜深夜会见孙权劝谏，你也深夜来找我，推心置腹……阿乾，你这是故意仿效三国里的情节，来让我下决心啊。"

我笑道："不是仿效，而是历史本来就是不断的重复。前车之鉴，后事之师嘛。"

"可是，周瑜面对曹操强敌，尚有长江天险可以拒守，而且还有诸葛亮及刘备做盟友，虽然势力微薄，却也足以一用。最重要的是，赤壁一战中，东风骤起，帮了周郎一个大忙。虽然说历史不可假设，但我们想想，当时要万一没有那场东风，那么江东之地不就尽数归曹了吗?"

"孟老大，话不能这么说，周郎之所以敢犯险，便是算定了会有东风。人活这一辈子，有时候总有几步是需要赌一赌的。毛主席说，不打无准备之仗，但有时候被形势逼迫得我们不得不仓促应战。"

"好，说得好，那这一次我就赌上一赌!"孟老大又瞅着我道，"阿乾，看你小子，心里肯定有什么计谋了吧? 事情都发展到了这个地步，你也别藏着掖着了，说出来听听。"

"谈不上计谋，就是有两个想法。之前您一直举棋未定，我就没说，既然您现在下定决定心了，我就拿出来商量一下。孟老大，您刚才说周瑜有刘备这个盟友，咱们也有啊。"

"咱们的盟友? 谁?"

"泰国人。"

"泰国人?"

"对，"我点点头道，"前段时间，因为尚京路海鲜市场运输线路的问题，我跟泰国人打了不少交道。这帮人虽然也爱钱，但比越南人靠谱多了，最起码没那么狠。在钱上，我是一点都没亏待他们，因为我当时就觉得双方以后或许会有别的合作的机会。果不其然，这一回七星帮来找茬了，我刚联系了泰国人那边的扛把子，他回答得很干脆，只要钱能给够，他愿意帮我们对付七星帮。"

"好，这个好!"孟老大点头赞道，"能用钱解决的问题，那就不是问题。"

"另外，还有一个事，在春川街上，有一个私人会所，那是七星帮驻扎在仁川的办事处，这几天为了跟咱们谈判，李康焕的弟弟李康佑就住在那里。既然决定要跟七星帮开战了，那咱们就先下手为强，派人把那个私人会所围个水泄不通。咱们也不攻进去，就那么围着，看那会所里的人没吃的没喝的，倒是能坚持几天。"

孟老大眼睛明显一亮，刚才还附着在脸上的疲惫之态一扫而空，"围城打援?"

这老小子，果然读过的书不少，这种经典的军事术语竟然能够顺手拈来，看来他书架上的那些书不是白放的。我说:"对，就是围城打援。李康佑是他亲弟弟，李康焕不能见死不救吧? 要救，他们就得上春川街，这样咱们的开战地点就能确定下来了，还能打乱七星帮之前的部署。春川街本来就是咱们的地盘，咱们这算是主场作战啊!"

"阿乾，你说的没错，"孟老大的神情很兴奋，用中指的关节有节奏地敲着桌子道，"七星帮势力大，手下可用的人多，如果战线拉得太长，对咱们极为不利，根本不可能拼得过他们。不过如果能够把开战地点锁定在春川街，再加上'围城打援'这个策略，我觉得有搞头。这样一来，鹿死谁手还犹未可知。"

我一看孟老大都这样说了，便进言道："事不宜迟，应该现在就调拨人手，去围了春川街的那个私人会所。万一李康佑得到消息提前溜了，那咱们这计划可就功亏一篑了。"

"没错没错，这个事交给你了，今晚就开始行动，让你堂口的人先把私人会所围了再说！"孟老大说完，忽然又道，"阿乾，还有一点，你得注意，围城打援的重心在于打援，所以力量部署的重点是打援，围城则是辅助的力量……你稍等再去，先把仁川地图给我拿来。"

地图在桌面上摊开，孟老大眉头紧皱，手指点中春川街的位置，从上面缓缓划过。不知道是因为下定了决定还是恢复了自信，那种睥睨天下的气魄又在他身上出现了，自从得知七星帮行动消息后的颓势一扫而空，孟老大，重新变成了那个胸藏城府、挥斥方遒的孟老大。

"我们要围城打援，只需要派适当的人手围困这栋私人会所，并不需要太多人力。围困之后，一方面是禁止任何人出入，另一方面是从外围断水断粮，这样他们很快就会吃不消的，势必会通过电话跟李康焕联系。"孟老大在地图上轻移自己的手指，"要进入春川街，从南要走平阳巷，从北要走青龙道。青龙道地势开阔，并不利于伏击，但在收口处有些狭窄，是个易守难攻的好去处。我会把永宗堂口的人全部调集在这里，把守这一关隘，从而逼着他们走平阳巷。"

听完孟老大的分析，我心里一下子亮堂了。平阳巷现在正在搞拆迁，有几栋破楼还立在那儿，钉子户正在跟开发商死磕，这种地形正是一个打伏击的好去处。七星帮的人若是选择从那里进入春川街，肯定会打他们一个措手不及。"围城打援"策略虽然是我提出来的，但我只是想了一个大概而已，没想到孟老大正是抓住了这一点，由此生发扩散，短短几分钟内便进行了精密且科学的部署。在这之前，社团里的每一次大的行动，其计划步骤都是由孟老大亲自制订实施的，这等功力，真不是一朝一夕可以练成的。他没接受过正儿八经的军事战略素养训练，所有这一切都是他从《三国演义》《东周列国志》等书里学来的，将古代战争的经验，活灵活现地运用到了帮派街头斗殴中。

这一套策略简要明晰，条理清楚，并且具有很强的操作性，不愧是具有大眼光的人才能制定出来的，这份功力犹在老棒子之上。虽然在我心中，老棒子就已经是一个天生混帮派的主，很多时候观察事情也非常透彻，洞若观火，在制定策略方面擅长剑走偏锋，以奇取胜，比如对付越南帮那次，他就很好地利用了韩国警方一直想根除掉越南人这个因素，一举覆灭了越南帮。但是，要论实打实的策略制定，他跟孟老大并不在一个级别之上的。能玩转这么大一个华人社团，孟老大的确有两把刷子。

我说："要按这个步骤下来，七星帮也占不到什么便宜了。"

"计划赶不上变化，七星帮也不会蠢到完全按照我们的套路走，后期场面上的局势可能会演变成这样——"孟老大指着通向春川街的两条弄堂，加重了语气，"这两条巷子太过狭窄，并不是他们进攻路线的首选。但是如果他们相继在青龙道和平阳巷进攻受挫的话，肯定会分散力量，转而从这两条弄堂里进攻。集中战并不是七星帮想看到的场面，他们想把战线拉得越长越好。我会让小马带上他堂口下的所有人，来分别把守这两条弄堂，希望能够顶得住。"

我问道："泰国人那边，把他们的人手分配到哪一块地盘？"

"春川街这边，暂时不需要泰国人的帮忙，如果我们真的败了，就算加上泰国人的力量，那也是杯水车薪。你去跟泰国帮那边说一下，一旦开展，就让他们火速奔赴首尔。"

我一惊道："围魏救赵？"

"没错，"孟老大微微颔首，"兵者，诡道也。咱们就得留这么一手。七星帮倾全力来攻，老巢必定空虚，此时便让泰国人直捣黄龙，让他们首尾不能兼顾。到时候，且看他们如何收场。"

卧槽，这一招太狠了，相当于点了七星帮的死穴。孟老大在小小地图上的运筹帷幄间，华人社团的所有力量都被调动了起来，准备着最后的决战。这样大规模的战斗在韩国黑道帮派史上并不多见，上溯到前一次，还是二十世纪七十年代的"春川保卫战"。历史总是惊人的相似，这一次，"春川保卫战"将再次上演。

第十六章　最后一战

1

我从孟老大那里回去之后，老棒子问我："怎么样，老孟什么态度？"

"搞定了，我激将了他一把。"我便把与孟老大商谈的细节对老棒子和盘托出。

老棒子听完之后，也是对孟老大的布局安排赞叹不已，说道："老孟这心机和城府，太可怕了。

我说："棒子哥，大战马上就要来了，我怎么感觉心里慌慌的呢？"

"怕啥，没事，有我在呢。"老棒子拍拍我的肩膀，"阿乾，还记得我说过的那句话吗？我是怎么把你带出来的，还怎么把你带回去。"

"棒子哥，"我紧紧地抱住了他，"有你这句话，我就放心了。"

当天夜里，我就带领新浦街堂口的十几个兄弟，把李康佑住的那栋私人会所给围了，并且找了专业的维修工，把水给他们断了。除非他们这栋私人会所里有地道，否则只能等着困死在里面。做完这一切，我还连夜写了一封手书，描述现在形势如何如何危急，简直是生死一线，存亡之秋。然后让一个手下拿着这封信去虎臣山找正在隐居修炼剑道的娜美，务必要请她出山，助我们一臂之力。

会所被困，李康佑天亮之后才发觉不对劲，但他们看周围全是一些帮派的成员，又不敢出来，只能打开窗户，从楼上对我们隔空喊话。

"阿西吧，你们是怎么回事？"李康佑站在楼上，朝着我们喊道。他还穿着睡衣，看样子刚刚起来。

"哎哟，这不是康佑哥吗？"我抬起头看着他，朝着他挥了挥手，"昨晚睡得还好？"

"阿乾，你们这是什么意思？"

"孟老大吩咐过了，你在我们的地盘上，我们一定要保证你们的安全才行。你不知道，仁川这地方乱啊，尤其是春川街，那是兵家必争之地，万一有别的帮派分子混进来，把你们给怎么怎么样了，康焕哥怪罪下来，我们真是跳进黄河也洗不清了。所以孟老大特意吩咐道，让我兄弟们24小时保护你们，切实确保你们的安全!"

"阿西!"李康佑大骂一声，"为什么会停水? 没有水，我们喝什么?"

"停水了?"我佯装惊讶道，"康佑哥，你别急，我这就派人去自来水公司问问，一定给您一个交待!"

事已至此，李康佑完全明白了我们的意思，就是想活活地困死他。他发狂地大骂了一声，随即缩回了身子，狠狠地关上了窗户。

旁边一个小弟道："都特么成瓮中之鳖了，脾气还这么大，七星帮真是横行惯了。"

我眯起眼睛，"这是他们最后一次在我们面前嚣张了，很快就让他们知道谁才是仁川的老大。"

我断定李康佑已经出离愤怒了，肯定在第一时间给他哥李康焕打了电话。以李康焕的智商，不会不知道我们这是在"围城打援"，但他却不得不救，因为这是他亲弟弟。我们早已经查明了七星帮的底细，李康焕从小就父母双亡，与弟弟相依为命，感情十分深厚，可以说，七星帮有今天的成就，就是他哥俩联手打出来的。

这场左右韩国黑帮天平的战斗，终于迈出了关键性的一步。

天亮之后，孟老大火速发出指令，召开了战前的最后一次全体堂口骨干会议。对于昨天夜里我跟孟老大商量出来的策略，大部分人都还不知情，一听说孟老大要决定以全社团之力来对抗七星帮，他们都纷纷站起来表示反对。孟老大也是怒了，从腰上抽出一把匕首来"刷"的一声就甩在了桌子上，嗡嗡发颤，吓得所有人立刻都噤声了。

"谁要是再提跟七星帮和谈的事情，就拿着这把匕首剁了自己的小拇指，然后滚出社团!"孟老大须发皆张，鹰隼般的目光扫视全场。在这般重压之下，竟然没有一个敢吱声的。我也是第一次见到孟老大发怒，没想到自带这么强烈的气场，果然令人心生震颤。

看到已经震慑众人，孟老大便把昨天夜里与我商量出来的策略大体给众人讲了一遍，然后问我："阿乾，现在情况怎么样了?"

我说："昨天夜里就已经把会所围了，今天早上跟李康佑交涉过了，他很生气，已经通过电话把这里的情况告诉了他哥李康焕。现在是箭在弦上，不得不发。"

"好，我们就要射这一箭!"一直主战派的致平叔兴奋起来，敲着桌子叫道，"有勇有谋，有攻有守，你们制定的这个策略，我双手赞成！"

邱大良等主和派虽然有些不服气，但看到现在木已成舟，这仗不打也得打了，再加上孟老大心意已决，他们也就不敢再说什么，只有听得号令的份儿。孟老大在会议上总结了一下七星帮的战斗风格，在仁川道上混了这么多年，再加上之前跟七星帮打过交道，这点经验他还是有的。

据孟老大分析，李康焕这人性情暴躁，而又城府极深，平生最为崇拜的偶像便是希特勒，与别的帮派发生火并事件的时候，他总是会效仿希特勒的"闪电战"，集中优势兵力速战速决，迅速吃掉对方，也是凭借这一手，他在首尔和釜山横行无敌，逐渐吞并掉了大大小小的其他帮派。

所以，这一次，他应该也会故技重施，用最得意的战术"闪电战"击溃我们。因为他发动攻击的预备时间越短，留给我们布防的时间就越少，就越容易被击溃。而首尔距离仁川又近，火速赶来的话，也不过三四十分钟的时间。根据以上种种情况分析，李康焕应该会首先集结首尔的力量发动进攻，预计的攻击时间应该是下午至黄昏左右。

我疑问道："釜山也是七星帮的大本营，李康焕会不会集结首尔和釜山两方的力量，一起对我们发起进攻？那样的话，我们现有的力量恐怕会有些薄弱。"

"不会，"孟老大给我们吃下了定心丸，"釜山距离仁川太远，如果集结力量再进攻过来的话，就会失了先机。兵贵神速，李康焕不会犯这种错误的。"

分析完李康焕可能采用的战术，预估了开战时间之后，孟老大在会上做了简短的战前动员，最后说了一句话："兄弟们，这一次我们就要让这帮韩国小崽子们明白，谁才是亚洲最狠的人！"

就是这一句话，点燃了所有与会人员的斗志。小马一下站了起来，叫道："孟老大，你吩咐吧，我们干他娘的！"

接下来，按照昨天晚上商量的策略套路，孟老大迅速进行了兵力部署，让邱大良带领永宗堂口几乎所有的人手布防青龙道，势必要防守住其中最险隘的要处。由于青哥还在家里床上躺着，桂阳堂口暂时交由张勇真管理，负责埋伏在平阳巷两边，随时准备阻击改道而来的七星帮。小马带领堂口的兄弟，驻防在通向春川街的两条弄堂里，做好巷战的准备，其他人则全部集结到春川街内里，准备与攻进来的七星帮决一死战。

2

下午5点，夕阳开始西下，黄昏的阳光扫过来，给建筑物高大的剪影镶嵌了一道淡淡的金边。风有些凉了，我带着十几个兄弟，守在春川街的私人会所下面，抬起头，盯着紧闭的窗户，暗道，孟老大的估算不会有误吧？万一李康焕不来怎么办？那这么多兄弟都集结在春川街周边，一天两天的还行，时间长了可怎么办啊？在这干熬？

事实证明，我的多虑是无用的。正在我胡思乱想的时候，青龙道方向忽然传来了一阵嘈杂骚乱的声音。充当斥候的小弟从前方风一样的跑回来，大叫道："乾哥，乾哥，七星帮的人来了，已经在青龙道干上了！"

我心中一凛，孟老大估算的没错，七星帮果然发动了"闪电战"，并且第一攻陷目标就是青龙道！

也许是听到了动静，李康佑打开窗户，探出半个身子来，朝着青龙道的方向张望着。没过几秒，他便兴奋起来，朝着下面叫道："我哥带着人杀过来了，你们就等着翘辫子吧！"

我不再跟他废话，从地上捡起一枚石子就朝着他扔了过去。吓得他赶紧缩回身子，关上窗户，"啪"一声，石子砸在了窗棂上。

青龙道方向的嘈杂和骚乱仍在继续，所幸及早地知会了春川街周边的居民，家家户户都大门紧闭，唯恐伤及无辜。警察听闻有这么大规模的帮派械斗，也不会在第一时间赶来的，就算赶来他们也控制不了态势，还不如坐山观虎斗，等双方两败俱伤了他们再进行出击，事半功倍。

充当斥候的小弟不断带过来新的战况汇报："七星帮已经全部涌入了青龙道，预计有300多人，正在跟永宗堂口的兄弟们火并！"

300多人，这个数字让我咋舌。从上午得到消息，到下午5点多便组织了300多得力干将从首尔直扑仁川，这份调度能力，远在"犰"社团之上。七星帮果然不愧为韩国第一大帮派。

青龙道负责防守的力量相比之下，就薄弱许多了，只有区区的四五十人。但是，青龙道宽头窄腹，中间地带易守难攻，并不是能靠人数取胜的地方。是以双方僵持了20多分钟，一直未能分出胜负来。身边有小弟劝我道："乾哥，我们过去支援一下青龙道的兄弟吧！"

"不能，"我咬牙道，"力量的部署安排都是经过研究的，我们的任务就是看好会所，守卫春川街，绝不能脱离自己的坚守位置！"

青龙道的火并持续了大约40多分钟的样子，邱大良最终没有辜负孟老大的嘱托，以40多人的力量完全守卫住了阵地，成功地阻击了七星帮的第一波进攻。斥候小弟从前方带来战报："七星帮撤了！七星帮撤了！"

"不，他们没撤，是转移阵地了！"我看着即将落入地平线后的夕阳，缓缓说道，"他们要转战平阳巷了，恶战才刚刚开始。"

平阳巷两边虽然适合埋伏人手，却由于地形太过于开阔，十分不利于打阻击战，所以能不能在平阳巷挡住七星帮的进攻，就是这一次"春川街保卫战"的关键所在了。负责平阳巷伏击的是张勇真临时接管的桂阳堂口的兄弟，张勇真这人搞财务还行，可是打架真是让人捏把汗，孟老大也是一时找不到人手了，才挑他来临时挑大梁。

在落日的夕阳洒下最后一丝余晖的时候，平阳巷的战斗开始了。桂阳堂口及其他堂口加起来大约100多人，在七星帮刚刚进入伏击范围的时候忽然从两侧的埋伏地冲将出来，从两边的侧翼夹击七星帮的主力。七星帮不愧是老牌帮派，面对奇兵突袭竟然毫不惊慌，而是迅速组成了"川"字型战斗形态，两边的人手用来抵御突袭，中间的100多人则进行迅速突破，直捣黄龙。

也许是双方实力悬殊差距过大，也许是因为张勇真确实不适合火并斗殴，总之战斗了不到半个小时的时间，充当斥候的小弟就慌慌张张地跑过来报道："平阳巷封锁线被突破了！"

我大惊失色，没想到集结人手最多的平阳巷封锁线这么容易就被突破了，真是出乎意料。平阳巷是扼守春川街的咽喉，一旦突破了平阳巷，那么再进攻春川街就是一马平川！我不再顾忌孟老大关于坚守阵地的吩咐，立刻招呼新浦堂口的兄弟道："抄起家伙，跟着我去支援平阳巷的兄弟！其他人留守待命！"

我粗略点了一下，光新浦堂口的兄弟，只有二三十个，可就这些也比没有强。虽说七星帮的人攻入春川街之后，我们还能与之一战，但那不是我们想看到的场面。春川街是最后的决战地，也是我们的最后一层防线。

太阳已经完全落山了，夜晚的灯光还没有亮起来，能见度降到了最低。在平阳巷宽广的战场上，分不清敌我的人影正在相互厮杀，钢管、棒球棒及短刀匕首的挥砍声不绝于耳，离得老远就能闻到一股浓重的血腥味。第一次目睹这么大规模的帮派械斗火并，本以为久经沙场的我竟然一时间有些惊惧。

前方已经不辨敌我，我不敢带着人贸然上前，便停在春川街与平阳巷的交汇处，命令所有人原地待防，不管任何人，都不让他从这里再前进一步。

我握紧手中一根七十厘米左右长度的钢管，这截钢管前段被机床削尖了，可抡可刺，在大陆的时候，我们都管这种东西叫"管儿叉"。我从身上扯下一根布条，将我的右手和管叉的末端紧紧地缠在一起，以防脱手。

凉风乍起，一股腥风扑面而来，前面猛然出现了一群黑乎乎的人影，目测有五六十个，正在朝这边猛扑过来。我肾上腺素猛地飙升，大吼一声道："兄弟们，都给我顶住了，一个人都别放过去!

转眼间，那群人就冲到了眼前，手里拎着各色各样的武器。他们往这边冲锋的队形呈箭状，只要前面的人能够突破封锁线上的一个空档，后面的人就会蜂拥而入，势不可挡。没想到在这种混乱状态下，对方还能保持着这种规整的箭状进攻队形，很明显每个人都是江湖老炮儿，不说身经百战，至少也经历过大大小小的街头火并十几次。这是由一群战斗力和经验都极为强悍的混混组成的讨伐队伍，估计已经是七星帮中最精锐的力量，怪不得张勇真不是他们的对手。

我怒吼一声，迎头而上，一管叉放翻了第一个冲过来的家伙，钢管砸在他头骨上，发出"铿"的一声闷响，然后这家伙就无声地倒在了地上。但对方的其他人则像潮水一般涌了上来，顷刻间就跟我们混战在了一起。只听"噬"的一声轻响，我只感觉背后一阵冰凉，情知是后面挨了一刀，赶紧转过身来，一管叉送进了那个想砍下第二刀的家伙的肚子里。

这是我第一次用管叉伤人，那种金属捅进肉肠里的触感，就像小时候用树枝插进滩涂里的感觉一样，沙沙的，黏黏的，同时还能听得"噗嗤"一声轻响。那个家伙的身子一下子就软了，丢了砍刀，捂住了自己的肚子，我则奋力一抽，将管叉从他的小腹处拔了出来。鲜血像蚯蚓似的顺着钢管淌了下来，流到了我的手心里，温热滑腻。

我不知道他死了没有，在这种情形下，我们每个人都没有能力去担心他人的死活。丛林法则在这一刻得到了最经典的诠释，弱肉强食，用进废退，不能适应这个残酷杀戮战场的唯一结果，就是死亡。

垂暮的夜色里，我看不见每个人的脸，只能看到他们模糊的轮廓；嘈杂和喧嚣的声音太大，我也听不清每个人的呐喊，以至让我有一种不是在跟真人火并的错觉，仿佛这些扑上来的只是傀儡，没有感情，没有血肉，只知道厮杀。但理智告诉我，他们每一个人都跟我一样，有着自己的家庭，自己的爱人，有自己所不能割舍的一切。

我一边挥舞着管叉，一边多希望这一切只是一场游戏。

对方的进攻太猛烈了，单凭我们二三十个人，根本挡不住他们的攻势。迎头放倒的那几个人，对于改变战局来说根本没有任何意义。大约只持续了五六分钟的时间，我们的队伍就被冲散了，对方一窝蜂地向春川街涌去。我心中大骇，这时听得背后有声音，衣服领子还被拽了一下，我反手就是一管叉，却被人一下握住了，对方大喊道："阿乾，是我啊！"

夜色还未十分浓重，远处的灯火也亮了起来，借着这光亮，我看到了一身血色的张勇真。他本来穿的是一件白衬衣，此刻却已经被染成了暗红色。

"勇真？"我大叫道。

"平阳巷……失守了。"张勇真哭丧着脸说。

"还没结束，你振作点！"我揪住他的衬衣领子大叫道，"叫上你的人，跟我回防！春川街里有我们不少兄弟，那里是我们的主力，我们前后夹击七星帮的这帮杂碎！"

张勇真似乎还沉浸在失败的情绪里走不出来，我连扇了他两个耳光大叫道："听明白我说的话了吗？"

他这才清醒了一点，"明，明白了……"

"明白了就赶紧招呼你的人，跟我一起杀回去！"

张勇真接管的桂阳堂口有一部分还在跟七星帮外围的人鏖战着，我们集合剩下的人手，大约四五十人的样子，又重新朝着春川街杀了回去。我在奔跑的过程中一不小心被绊倒了，趴在了一个人温热的身体上。我没看清他的脸，他却看清楚了我，轻微地叫了一声："乾哥……"

我仔细低头一看，才分辨出来这是在堂口里跟着我混的一个小兄弟，叫顺子。顺子气若游丝，眼看着就不行了，他身上温热的液体，全是从腹腔和胸腔里淌出来的鲜血。

我抱起顺子，说："兄弟，撑住……"

"别，乾哥……"他把我推开，拒绝了我的施救，嘴里开始涌出血沫子，口齿不清地说，"我不行了……乾哥……别给中国人丢……"

那个"脸"字没有说出来，顺子就停住了动作，永远地躺在了这片异乡的土地上。我想起来了，顺子，26岁，山东菏泽农村人，上次一起喝酒的时候，我跟老棒子还嘲笑他的方言难听……我的胸口像被扎进了一根刺刀般疼痛，猛地站了起来狂叫道："七星帮，我×你妈！"

3

我像疯了一般地冲入敌阵，管儿叉四处乱抡。背上和前胸被砍了几刀，我已经数不清了，也没时间去数，脑子里想的只有一件事情，杀，杀，干死一个算一个！夜色的灯火已经完全亮了起来，但我已经看不到春川街，我只能看到一片地狱。地上到处都是翻滚的人和流淌的鲜血，随着风一起灌进鼻子里来的，是浓郁到让人作呕的血腥气息。

如果说这是黑帮火并的话，那么之前我们的那些街头斗殴简直就是小孩子打架，玩的是尿泥和过家家。此时此刻，我已经不知道有多少自己一方的兄弟躺倒在了地上，对方还有多少人也被砍得奄奄一息。我只有在依靠自己的本能去不停地砍杀，管叉上面全是流动着又干涸的血迹，仿佛把我的手和钢管黏在了一起。

就在我们前后夹击七星帮，战斗进入白热化的时候，忽然一个小弟跑过来朝着我大叫道："乾哥，不好了！"

这小子也是一头一脸的血，我定睛一看，好不容易才分辨出来他是我这方充当斥候的那个小弟。我心里一惊，急忙道："怎么了？"

"七星帮把人全都散开了，春川街两边的弄堂里也在开战，小马哥他们快支撑不住了！"

我脑袋"嗡"的一声，大叫道："为什么会这样？弄堂里不是已经布置了人手吗？"

"刚才平阳巷吃紧，小马哥将一半人手都调出去，支援平阳巷了！"

我心里如同有一万只草泥马奔腾而过，转身看了看身边的几个兄弟，也个个都跟血葫芦似的。但我明白，两条弄堂必须要守住，万一两条弄堂被打通，七星帮三方会合，那么将会士气大振，到时候我们就无力回天了。现在李康佑怎么样已经无所谓了，他本来就只是一个诱饵，事情发展到这个地步，就算他现在跳楼死了，也没有人会因为他而收手。

决不能让他们汇合，必须立刻驰援小马哥！我招呼身边的七八个兄弟，连续撂倒几人，带着他们朝弄堂的方向奔了过去。

我在心里大体估算了一下，七星帮总共来了300多人，青龙道一战损失十几人，突破平阳巷损失几十人，还要留下主力强攻春川街，能够用于两条弄堂作战的，也不过五六十人的样子。但一旦进入巷战，由于地理狭窄的原因，人数并不能成为制胜的关键，就是看谁更拼命。

那两条弄堂虽然狭窄，但上面还有路灯，所以光线并不是很暗。我刚赶到弄堂口就一下滑到了，踩中了一团黏乎乎的东西，用管叉一挑，才发现那是一坨血乎拉碴的肠子，恶心得我差点没当场干呕起来。小小的一条弄堂里，真个如无间地狱一般，墙上和地上到处都是喷溅的鲜血，一个个浑身鲜血的人横七竖八地倒在地上，就在我面前，两个人正互相扯在一起，谁也不松手，将各自的刀子一下下地捅进对方的身体里，内脏混合着鲜血像稀饭似的从豁口处淌了下来。

我头皮一阵发麻，但还是领着兄弟们冲了进去，立刻加入了战斗。狭窄的胡同巷子不适合管叉，我就从地上捡了一把砍刀，配合着管叉劈刺。战斗进行到这个时候，也不知道已经过了多长时间，总之已经过了凌晨，但我却丝毫感觉不到一丝疲惫，心中只有无穷的杀意。

连续放翻了数人后，忽然看到面前有一个熟悉的人影在晃动着，我跑过去大叫道："小马！"

小马转过身来，满脸都是血，看来脑袋被什么东西给砸破了。他眼前一亮，惊喜地叫道："阿乾！"

"小马，你没事吧！"

"我没事，兄弟们现在折了多少？"

"我也不知道，刚才平阳巷那里折了不少兄弟，不过也没让七星帮这些杂碎占便宜！这里没事，你快去后面那条巷子支援你的兄弟李阿俊！"

"×，那不是什么李阿俊，那是老棒子！"

"什么？"小马惊愕了。

"等我回头再跟你说！"我将全部兄弟都留了下来，让他们跟着小马挡住七星帮的进攻，然后一个人奔向了另一条弄堂。这条弄堂被杀得一片狼藉，地上到处躺着不知道是自己人还是对方的人。急切之间，我寻摸不到老棒子的声音，只能大叫道，"棒子哥，棒子哥……"

紧接着，我就听到了一声暴喝："快躲开！"

我浑身一个激灵，立刻就地翻滚向前躲去，同时借着路灯看到一把砍刀"刷"

的一下划过了一道轨迹，那人一刀未砍中，看我翻滚后重心不稳，紧接着上来又是一刀。我刚想举起管叉格挡，忽然老棒子从他背后猛地出现，一刀将那人砍翻在了地上。

"阿乾，你没事吧?"老棒子大声叫道。

"我没事!"我看到他的大腿有一道明显的被豁开的口子，便惊叫道，"棒子哥，你的腿?"

"不碍事，皮外伤!"老棒子甩了甩刀上的血，说道，"我已经干翻了八个人了，你呢?"

都什么时候了，他还有兴致跟我比这个。我正要说话，忽然从春川街上传来了一声嘧哨，老棒子脸色大变，"糟了，小马没有防住他们，那条弄堂被攻破了!"

我猛然吃了一惊!那条弄堂被攻破，也就意味着七星帮的人要会师了!我急忙问道:"那现在怎么办?"

"这条弄堂他们一时半会儿攻不进来，我带几个兄弟，咱们杀回春川街去，千万不能让他们提起来士气!"

我们遂又转向杀回了春川街，在里面经历了地狱一般的鏖战，都不知道砍杀了多长时间，到最后身体都有些麻木了。远方有一丝暗红的曙光透了过来，凭感觉，应该是凌晨三四点的样子。我的身体已经适应了这种节奏，对于血腥的味道也没有了任何的抵触。

这场血腥的大规模殴斗在进行了六七个小时后，终于渐渐分出了胜负，天平开始慢慢倾斜。虽然在事前，我们已经经过了精心的准备和筹划，但实力的差距是无法掩盖的，七星帮在同样付出了高昂的代价后，终于占据了上风。他们及时改变战斗策略，拉长战线，以空间换时间，相继攻陷了青龙道、平阳巷，以及其中的一条弄堂，成功会合之后，将我们压缩在了春川街里面，展开了最终的决战。

一股淡淡的绝望笼罩在了我的心头，回头看看身后的兄弟，能够称得上完全战力的，不过也就是六七十人，而对方还有100人之多。我们已经完全失去了地利和防守，再这样干下去，非被对方全部吃掉不可。就在我绝望搏杀的时候，忽然一个人猛地从斜刺里冲了出来，像从人群里钻出来的一匹狼，朝着我就猛扑了上来。

这人是从我的左侧方冲过来的，极其迅速，几乎不给我任何反应的时间。就在我一愣神的时候，老棒子大喊了一声"阿乾小心"，一下子就挡在了我的身前，紧接着猛地抱住了对方。

我看到一柄三棱军刺的刺尖从老棒子的后背露了出来，那柄无情的军刺，几乎完全没入了他的胸膛。老棒子的身体一下子软了，抓着对方的衣服缓缓地倒了下去，阮英雄狰狞的脸，慢慢露了出来。

"棒子哥!"我几乎是撕心裂肺地发出一声惨叫。

阮英雄抽出军刺，老棒子跟跟跄跄地往后退了两步，一下子倒进了我的怀里，温热的液体正从他胸口的血洞里一股股冒出来。我抱着他坐在地上，脱了衣服，手忙脚乱地去堵那个血洞，却顷刻间被浸透了。

"阿乾，别动，我没救了，你听我说……"老棒子已经是气若游丝。

我的眼泪一下子流的满脸都是，全都砸在了他的身上。我说："棒子哥，你说……"

"我想过无数种结局，没想到却是这样，呵呵……"老棒子一笑，就呛出一大口血来，"还记得我说过的话吗? 阿乾，我怎么把你带出来的，还怎么把你带回去……对不起，我食言了……"

我抱着他，哭得一句话都说不出来。

"阿乾，"在黯然灯光的照耀下，老棒子的眼睛里忽然散发出七彩的颜色，他猛地抓紧了我，"带我……回家……"

我狂叫了一声，瘫坐在地上，紧紧地抱着老棒子不再动弹的身体，心里面被一股不由分说的绝望给席卷了。看着连续捅翻了好几个人，逐渐逼近过来的阮英雄，我连站起来的想法都没有。

就让这一切就这么结束吧，我抱着老棒子的身体，淡淡地想着，忽然间有了一种解脱的感觉。

"呵呵，绝望吧?"阮英雄看着没有了任何斗志的我，狞笑道，"我就是要让你知道一下，失去兄弟的滋味! 你毁了我一个社团，我才干死了你一个兄弟，太便宜你了，我要让你拿命来偿!"

我抬头看着他，苦笑一声，心道，去他妈的，就这样吧。反正我们今天谁都跑不了，"犰"社团，今天要被七星帮彻底干掉了。

阮英雄一声怪叫，手里擎着军刺就朝我冲了过来。忽然"铿"的一声响，那柄即将扎到我身上的军刺被什么东西给磕飞了，一个黑影像旋风般的从他的身边掠了过去。

"谁!"阮英雄猛地转头，大吼一声。

对方身形瘦削，一头短发，宽大的衣襟在夜风里兀自飘动，手里斜斜地握着一把木刀，身上带着一股原始纯粹的山野气息。她回过头，我看到了娜美那张冷酷无情的脸。

"是娜美姐！"不知道是谁喊了一声。

"娜美姐回来了！"这句话瞬间传遍了整条春川街。

阮英雄大怒不已，从地上捡起一把刀子，朝着娜美就捅了过去。娜美猛地一个转身回旋，木刀如流星般回转，如同划过天际的极光，一下子就把阮英雄崩飞了十几米远！这一招，赫然就是我在剑道大赛中只见过一次的秘技"燕返"！

娜美回过头，看了我一眼，也看到了我怀里的老棒子，"对不起阿乾，我来晚了。"

我没有说话，我已经不知道该说什么。

"娜美姐她回来了！"社团的众人欢呼着娜美的名字，重新又聚了起来，顷刻间士气大振。就在"犰"社团即将要发起反攻的时候，对方忽然安静了下来，然后迅速后退，结成防御阵型，并且中间让出了一条道路，一个看似文质彬彬，穿着质地考究的衬衫的中年男子走了过来。

"你就是娜美？"他淡声问道，声音里却有掩饰不住的王者威严。

"是。"娜美面无表情地答道。

"很好，我是李康焕。"

我听到有人发出了一声低低的惊呼，这个人，就是七星帮的龙头大哥，站在整个韩国黑道体系巅峰上的人物，李康焕。

有了李康焕的压阵，双方暂时安静了下来。他扫视了一下全场，缓缓说道："我承认，自出道以来，这是我打过的最艰苦的一场战斗。在战前的时候，我就摸过你们的底细，知道你们有一些很不错的骨干力量，娜美、阿乾、小马、张勇真、邱大良……但我没想到，你们能坚持到这个份上，即使作为敌人，我亦受震动。好，今天在这里，我承认你们的实力。我想跟你们做一个交易，把弟弟李康佑交给我，从此以后，七星帮再也不会踏足仁川一步。"

4

"犰"社团和七星帮之间的战斗，最终以双方互相付出了惨重的代价而告终。这种巨大的伤亡，让双方之间达成了一个平衡。七星帮退出了仁川，可以预见的是，在未来几十年内，都不会再爆发这样的战斗。

"狐"社团历史上的第二次"春川保卫战"，最终以惨胜而告终。

经过春川一役，"狐"社团名声大震，生生地在仁川扎下了不可撼动的根系。虽然这一仗折损了社团内百分之六十五的有生力量，却一举奠定了在仁川帮派内的声望。自此，仁川市内大大小小的社团帮派，都唯"狐"社团马首是瞻。

但是我却付出了牺牲老棒子的代价。

那些事情太沉重，说说后事吧。第二次"春川保卫战"之后，除了双方帮派人员的大量伤亡外，整条春川街也被毁得不成样子，众多店家和商铺被砸。虽然已经给普通市民提前做了通知，但还是不可避免地伤及了无辜，有七名市民在双方战斗中受到了不同程度的伤害，两名偶尔路过的市民不幸死亡。

这个事件经过媒体报道出来以后，引起了仁川市民的极度不满，认为帮派活动已经影响到了他们最为基本的安全保障，愤而举行了上街游行。此事震动了韩国警方高层，迫使他们内部通过了"对华社团3号法案"，针对仁川市内的黑道帮派活动给予了雷霆打击。并且韩国警方也知会了孟老大，通知他必须把"春川保卫战"事件中的几个骨干力量交由警方，因为警方也需要给市民们一个交代。

本来这种事情，一般都是交几个小弟出去做垫背的就可以了，没想到这一次，孟老大却把目标瞄准了我。

"李阿俊"就是"老棒子"的事情，在春川街保卫战之后，已经暴露了出去，孟老大当然也知晓了这个事情。至于内幕如何，他不得而知，因为老棒子已死，但就算这样，他也是格外吃惊。为了这个事，他单独找过我一趟问原因，但我什么都没有告诉他。

然后，唐妈就悄悄地找到了我，告诉我孟老大正在做筹备，想把我作为"春川街保卫战"的首凶交给警方。

知道这个消息之后，很意外的，我并没有太多气恼，也没有太多气愤，而是感觉到了一种释然，一种终于看透了一切的释然。孟老大这样做，明摆着是忌惮我，不仅仅是因为老棒子的事情，还有最传统的中国哲学思想迫使他做出了这种选择，"敌国破，谋臣亡，飞鸟尽，良弓藏"。

唐妈说："阿乾，我知道你很伤心。"

我说："不，唐妈，我不伤心，因为我知道为之奋斗的，是在韩的华人，而不是社团。我为之拼命的，是我们的骨气，而不是为了孟老大。"

唐妈有些急了，"阿乾，不管你是为了谁，不管你心里有多崇高的理想，你现在都非走不可了。仁川太危险，你已经不能继续留在这里了。如果社团真的把你交给警方的话，你这一辈子都完了。"

我苦笑一声，"走？往哪儿走？孟老大既然想把我交出去，肯定一早就派了人盯着我。再说了，警方现在也盯着我，飞机、火车、汽车和轮渡都不能坐，偷渡的水路又全都是孟老大的人，到处都布满了他的眼线，我能跑到哪儿去？"

"你忘了，有个人可以帮你的。"唐妈看着我说道，"找安医生。"

"安医生？"我心里一惊，难道我也要改头换面，来一次"重生"吗？用一张新面孔，来摆脱这梦魇似的回忆？

"也许，"我看着窗外，喃喃地道，"真到了该离开的时候了。"

这个结局，也许从一开始就已经注定了。只是浮尘迷人眼，功名乱人心，跌宕了那么久，我们终于还是走回了原点。

一个月后。

我看了最后一眼列车窗户里反射出的陌生的自己，然后深吸一口气，走出了延吉火车站。

深秋的延边，已经是一片萧瑟，草木凄凉。我拉着允儿的手，一直向那荒野的深处走去，直到满眼都是凋零的树木和落叶，我才停下来，拿出背包里的坛子，抓起一把骨灰扬在风里，说："棒子哥，我们回家了。"

（完）